Ravi Roy

Der Hof des
Purpurmantels

Ravi Roy

Der Hof des Purpurmantels

Die Abenteuer eines Heilers

*Meiner bezaubernden Frau Carola
in Liebe gewidmet*

Ein Autor, den ich sehr mag, hat seine Lektoren immer wieder in einer besonderen Weise gewürdigt. Ein potentiell guter Roman wird durch die Bemühungen eines guten Lektors zum leuchtenden Stern am Himmel.
Die schöne und einfühlsame Weise, in der Dr. Frank Weinreich den Roman mit seinen Vorschlägen, Kommentaren und Ergänzungen lektorierte, machte die Zusammenarbeit zu einer Freude. Ihm gebührt von Herzen großer Dank.

Unserem langjährigen Lektor, Gerhard Juckoff, gebührt ein besonderer Dank, indem er sich bereit erklärte, dem Werk den letzten Schliff zu geben. Dies, obwohl er mit unserer Vorliebe für die alte Rechtschreibung so seine liebe Not hatte.

Impressum

Ravi Roy
Der Hof des Purpurmantels

Photos: Jakob Roy S. 20, 48, 116, 144, 166, 181, 196, 232, 273, 274, 286, 318, 334, 344, 370, 406, 424, 454, 498
Carola Lage-Roy 47, 180, 250, 285, 301-2, 453, 489, 490, 497, 514
Photos Cover: Christian Kolb, Murnau
Covergestaltung: Susanne Karrasch, Murnau

© Lage & Roy Verlag für homöopathische Fachliteratur
Burgstraße 8 . 82418 Riegsee-Hagen
Tel. 08841/4455 . Fax 08841/4298
E-Mail verlag@lage-roy.de; www.lage-roy.de

1. Auflage September 2015
Druck: CPI Books, Ulm
Alle Rechte beim Lage & Roy Verlag
ISBN 978-3-929108-00-2

*Wenn Sie eine Tyrannei akzeptieren,
ist die nächste prädestiniert!*

Zu diesem Buch

Das Abenteuer beginnt in dem Moment, wo einer sich auf das Leben einläßt, und es hört auf, sobald der Mensch Sicherheiten im Äußeren sucht. Das Sorgen für sich selbst ist nicht gleichzusetzen mit dem Glauben an die trügerischen Versprechen von Sicherheit, denen Gehör geschenkt wird.
Das Abenteuer ist eine heilsame Reise, indem es einem das Leben nahebringt und Selbstsicherheit schenkt.
In dem Sinne ist dieser Roman geschrieben worden, spannungsgeladen und voller Freude.

Häufig sind am Ende eines Kapitels Bilder von Heilpflanzen mit einem Text eingefügt. Dieser Text erläutert die Essenz der Heilpflanze und verleiht ein inneres Verständnis über sie. Bei der Anwendung der Heilpflanzen für einfache physische und seelische Verletzungen bedarf es des Wissens, das im Roman dargestellt wird. Das Verinnerlichen des Wesens hilft, heilsame Reisen in höhere Ebenen zu unternehmen.

Im Anhang finden Sie ein gleichermaßen unterhaltsames wie lehrreiches Kapitel, das eigentlich zur Geschichte gehört, jedoch als vertiefender Exkurs über die hohe Kunst der Heilung gedacht ist.

Mit Recht werden Sie fragen: Warum die alte Rechtschreibung? Am Ende des Buches, im Anhang, finden Sie Näheres über meine Gedanken zur neuen Rechtschreibung.

Inhaltsangabe

	Prolog	13
Kapitel I	Gefährliche Reise	22
Kapitel II	Manche Einsichten in die Lehre der Heilkunst	50
Kapitel III	Verwüstung	74
Kapitel IV	Interludium	102
Kapitel V	Meinungsverschiedenheiten	118
Kapitel VI	Die Flucht	146
Kapitel VII	Die Falle	160
Kapitel VIII	Kampf ums Überleben	168
Kapitel IX	Sicherheit für Anjulie	182
Kapitel X	Gewissensbisse und Wiedervereinigung	198
Kapitel XI	Eile mit Weile	216
Kapitel XII	Heldentaten	234
Kapitel XIII	Mehrumas Dilemma	252
Kapitel XIV	Unsicherheit	260
Kapitel XV	Überfall	276
Kapitel XVI	Erkenntnisse und kleinere Abenteuer	288
Kapitel XVII	Die Vorbereitung des Kampftrupps	304
Kapitel XVIII	Wie es mit den dreien weiterging	320

Inhaltsangabe

Kapitel XIX	Ronans Unterweisung	336
Kapitel XX	Aussichtslosigkeit und seltsames Glück	346
Kapitel XXI	Überraschungen für Ronan und Anjulie	360
Kapitel XXII	Die Befreiung von Malina	372
Kapitel XXIII	Keine rosigen Aussichten	408
Kapitel XXIV	Die bösen Absichten Sar A Wans	426
Kapitel XXV	Der letzte Kampf	456
Kapitel XXVI	Anjulie in Gefahr	476
Kapitel XXVII	Abschied	492
Kapitel XXVIII	Das Wahre und das Unwahre	500
	Epilog	516
Anhang I	Wichtige Erkenntnisse über Kampf und Heilung	519
Anhang II	Kurze Erläuterung wichtiger Begriffe	537
Anhang III	Die Entstehung des Romans und meine Danksagung	544
Anhang IV	Kommentar über die neue Rechtschreibung	556

Prolog

„Du sollst nicht unbedacht nach dem Purpur streben!"
Ronan nahm den Satz seines Lehrmeisters Ling während der Schwertkampfstunde der Heilerschule auf einer Anhöhe nur mit einem Ohr wahr. Eigentlich verstand er gar nicht, was der Meister damit meinte, da „unbedacht" das einzige Wort war, das er wirklich registrierte. Daher verstand er die Aussage auch in dem Sinne, er solle unbeirrt weiterkämpfen. Er hätte auch keine Zeit gehabt, sich über den verheißungsvollen Purpur Gedanken zu machen, denn er mußte mit seinem Schwert das seines Gegenübers abwehren und versuchen, zu einem schnellen Gegenangriff anzusetzen. Mit lautem Knall prallte seine Waffe auf die des Gegners, als er ihn erneut angriff.

Der kräftig gebaute Opponent überragte ihn um einen ganzen Kopf und führte das eigene Breitschwert mit einer bewundernswerten Leichtigkeit. Ronan wirkte ihm gegenüber fast wie ein Zwerg, obwohl er selbst auch verhältnismäßig groß war.

Sein drahtiger Körper schimmerte in der Sonne wie Bronze und bewegte sich im Einklang mit dem Schwung seines Schwertes, auch wenn dieses nicht seine Lieblingswaffe war und dementsprechend nicht völlig natürlich in seiner Hand lag. Lieber kämpfte er mit einem Degen, der allerdings gegen ein schweres Breitschwert keine gute Waffe abgäbe. Um mit einem Breitschwert kämpfen zu können, braucht es deutlich mehr Kraft und ein ganz anderes Geschick als für das Fechten mit dem Degen. Schwer in die Enge getrieben und einen Schlag nach dem anderen abwehrend, überlegte sich Ronan Strategien, wie er seinen Gegner überrumpeln könnte. Doch nur ein schlechter Kämpfer grübelt, schoß ihm die Ermahnung seiner Kampflehrer durch den Kopf: *Während eines Kampfes darf ich mir nicht den Kopf zerbrechen, sondern muß, auf den Kampf gerichtet, meinem Geist freien Lauf lassen.*

Sein Gegenüber fügte dem durch seine Gedanken abgelenkten Ronan in schneller Folge mehrere äußerst schmerzhafte Hiebe mit dem Holzschwert zu. In immer größere Not geratend, stolperte Ronan rückwärts. Er schaffte es gerade noch, sich zu ducken und so dem nächsten Schwerthieb auszuweichen. Schwer atmend starrte Ronan den vor ihm hochragenden Kämpfer an.

Ich muß das schaffen, aber wie, überlegte er verzweifelt. *Dieser Gigant ist nicht nur ein Riese, sondern auch noch sehr geschickt.*

Mit größter Anstrengung ließ Ronan jetzt die Weisungen der Kampfmeister auf sich wirken. Er schaltete seinen Kopf aus und lenkte mit einem tiefen Atemzug sein Bewußtsein tief unten ins Becken, in das Zentrum, das einem Festigkeit verleiht.

Der Riese startete bereits einen erneuten Angriff, und sein Schwert raste seitlich von rechts auf Ronans Kehle zu. Ein gewagter und gefährlicher Schlag! Doch das galt auch für den Riesen selbst, der dadurch für den Bruchteil einer Sekunde ungeschützt war. In Ronan, der es genau in diesem Augenblick geschafft hatte sich zu zentrieren, übernahm nun sein Wurzelchakra, das Zentrum der unbeirrbaren Handlung, das Ruder. Mit für ihn ungewöhnlichem Geschick führte er die Breitseite seines Holzschwertes genau auf die Höhe seines

Halses. Im selben Moment, als das Schwert des Riesen auf seines prallte, ging er leicht in die Knie, wirbelte sein Schwert um das des Gegners, schlug es herunter und streckte sein Schwert blitzschnell mit der Spitze bis an die Kehle des Gegners.

Trotz seiner ernsten Natur hätte Ronan jetzt jubeln mögen, doch er brachte nur ein schwaches Lächeln zustande. *Ob dieser Sieg ein Ausnahmefall ist oder zur täglichen Erfahrung werden könnte?*, lautete die hoffnungsvolle Frage, die in seinem Kopf auftauchte.

„Nicht schlecht", kam Lob auch aus Meister Lings Mund. „Solltest du als Heiler genauso viel Geschick entwickeln, besteht für dich eine gute Chance, das Purpur zu erlangen." Obwohl dabei eine leichte Belustigung in seinen Augen lag, wirkten sie dennoch mild und liebevoll. Mit seinem kantigen Gesicht, seiner breiten Stirn, aber vor allem aufgrund seiner durchschnittlichen Größe konnte man ihn leicht unterschätzen. Beobachtete man den Meister jedoch genauer, war eine große Selbstsicherheit zu erkennen, die durch seine dynamischen Bewegungen und wachen Augen zum Ausdruck kam. Sie spiegelten seine Unerschrockenheit wider und versprachen, vor nichts – aber auch vor rein gar nichts – zurückzuschrecken.

Wovon spricht Meister Ling da bloß?, fragte sich Ronan. Obwohl er auf dem Heilerhof des Purpurmantels lebte, hatte er von dem „Nach-dem-Purpur-Streben" vor dem heutigen Tage noch nie etwas gehört. Mit diesen Gedanken beschäftigt, sah er, wie Sung ki, sein engster Freund, ihn zu sich heranwinkte. Andere Kameraden lächelten Ronan zu und drückten durch ein Nicken ihre Achtung aus. Ronan erwiderte die Gesten freundlich anerkennend.

Seinen Arm um Ronans Schulter schlingend, ging Sung ki mit Ronan in den Garten. „Das hast du wirklich gut gemacht, Ronan", freute Sung ki sich für den Freund.

Voller Stolz stieß der ein erleichtertes „Puuuh!" aus und

sagte: „Vielleicht! Der Galand, dieser Riese, ist schon ein außergewöhnlich guter Kämpfer. Doch heute erkannte ich, daß er sich oftmals zu sehr auf seine Kraft stützt. Ich habe bei diesem Kampf gelernt, mich nicht von einer überwältigenden Größe beeindrucken zu lassen. Doch Lehren zu verinnerlichen, bis sie ein Teil von uns werden, kann Jahre dauern. Aber du, Sung ki, du bist unschlagbar. Sollten wir wirklich einmal in den Kampf ziehen müssen, würde ich nur dich an meiner Seite haben wollen."

„Ronan!" der normalerweise stille und zurückhaltende Sung ki lächelte. „Mit mir in den Kampf ziehen! Du bist ja ganz schön kampfeslustig. Glaubst du etwa, daß wir kämpfen lernen, um andere Menschen zu töten?"

„Nun, es ist mir schon klar, daß es nicht unsere Absicht sein darf, als Heiler andere Menschen zu verletzen, geschweige denn sie zu töten. Sollten wir jedoch selber angegriffen werden, müssen wir uns verteidigen können, denn den Menschen, die uns brauchen, ist nicht damit gedient, wenn der Heiler einem tödlichen Schlag zum Opfer fällt. Und wer weiß besser als wir Bescheid über die unbändige Wut, die Menschen zu befallen vermag? Über die Raserei, die bis zur Mordlust führen kann? Und davor müssen wir uns zu schützen wissen."

Sung ki schaute Ronan mit unergründlichen Augen an und brach dann in herzliches Lachen aus: „All diese Gedanken von dir stimmen – wer den Orden nicht kennt, würde sich sicher fragen, was der Unterricht im Schwertkampf mit Heilen zu tun hat. Wo die meisten Menschen doch Hochachtung gegenüber einem Heilkundigen empfinden. Selbst für die Vogelfreien stellt dies ein ungeschriebenes Gesetz dar. Also scheint es keinen Grund für uns zu geben, so kampftüchtig zu sein. Doch uns Heilern ist die Unberechenbarkeit des Menschen immer gegenwärtig. Und dann wird der Genuß hoher Wertschätzung, in den wir durch unser Tun kommen, nutzlos. Aber wir tragen aufgrund unserer Berufung bestimmt mehr

Verantwortung für uns selbst und andere. Und überhaupt ist es ja nicht der Aspekt der Selbstverteidigung, der die Kampfkunst für uns so bedeutsam macht. Sie hat eine ganz andere und wichtigere Bedeutung für den Heiler. Durch die Kampfkunst lernt der Heiler lebenswichtige Grundsätze, die ihm für das Heil seiner Patienten nützlich sein werden."

„So habe ich das bisher nicht betrachtet", sagte Ronan, und dann fielen ihm die Worte Meister Lings ein: „Sag mal, Sung ki. Vielleicht haben die Worte Meister Lings nach dem Kampf – ich hätte doch noch die Chance, das Purpur zu erlangen, sollte ich als Heiler ähnliches Geschick entwickeln – damit zu tun? Was ist aber dieses Purpur? Und Heilen? Es kommt mir manchmal vor, als würde ich das nie begreifen. Selbst nach vierzehn Jahren intensiver Ausbildung am Heilerhof habe ich oft das Gefühl, ich habe immer noch keine Ahnung."

„Du siehst Heilen noch als die bloße Versorgung der Leidenden an. Es ist aber eine wahre Kunst, die alle Aspekte des Lebens beinhaltet: Wie man sich benimmt, wie man geht, wie man schläft, ißt, kämpft und sogar liebt. Ich glaube, daß unser Meister sieht, daß sich dein Potential so langsam aktiviert. Schau nur, wie elegant du heute in einer Notsituation deine Mitte und Sicherheit gewonnen hast. Das hat selbst ihn beeindruckt."

Nachdenklich ging Ronan, um sich zu erfrischen. Er stellte sich unter den Eimer mit eiskaltem Wasser, zog am Seilzug und ließ das Naß auf sich herabprasseln. Sein Körper reagierte erfreut auf die vitalisierende Wirkung des kalten Wassers, und sauerstoffreiches Blut strömte in sein Gehirn. Mit klarem Kopf dachte Ronan an die letzten Worte Sung kis, die dieser über die Ganzheitlichkeit der Heilkunst an ihn gerichtet hatte. Ronan erkannte, daß der wahre Heilkünstler wirklich all diese Aspekte in sein Leben einbauen sollte. Vor allem der Gedanke an die Ernährung verdeutlichte ihm den Sinn von Sung kis Worten.

Was das Essen anbelangte, nahm er mit großer Verwunderung in letzter Zeit immer stärker wahr, daß es für ihn weniger bedeutsam war, was er aß, als vielmehr in welcher Stimmung er die Speisen zu sich nahm. Diese Erfahrung brachte sein bisheriges Wissen über die Ernährung derartig durcheinander, daß er das Gelernte gar nicht mehr richtig einordnen konnte. So erlebte er einige Tage später, nach einem weiteren Trainingskampf, etwas ganz Neues.

Vor der Übung hatte Ronan eine eiweißreiche Mahlzeit zu sich genommen, und deren Auswirkung gab ihm viel zu denken, denn was jetzt geschah, war ihm bisher noch nicht bekannt gewesen. Seine Kampfstrategie, besonders ohne Waffen, bestand darin, zunächst alle Angriffe abzuwenden, ohne selber anzugreifen, bis er auf einmal blitzschnell und überraschend zuschlug. Er war allerdings in diesem Muster gefangen, was natürlich Nachteile in sich barg. Ein guter Kämpfer muß seine Kampftechnik immer anpassen können, und an diesem Tage geschah dies wie von selbst: Alle Schläge abwehrend ging er gleich in die Offensive und trieb den Gegner immer weiter in die Enge. Plötzlich, statt den nächsten Hieb abzuwenden, packte er den linken Arm seines Gegners mit der rechten Hand. Als dieser mit seiner rechten Hand zuschlagen wollte, ergriff Ronan diese auch noch und sprang mit seinen Knien auf dessen Brust, so daß sein Gegenüber rücklings zu Boden fiel, seine Arme unter Ronans Beinen eingeklemmt. Ronans Sprung war derart spontan erfolgt, daß es ihn selbst verwunderte. So kühn und agil war er noch nie gewesen!

Jetzt waren einige Fragen da, auf die er gerne eine Antwort hätte, zumal er nach der Übung zufällig ein Gespräch zwischen Meister Ling und Meister Samuel über das purpurne Blut und die höheren Geheimnisse der Ernährung belauscht hatte. Welche Gesetzmäßigkeiten waren bei seinem letzten Kampf ins Spiel gekommen? Meister Lings Worte über das Purpur und die höheren Geheimnisse der Ernährung oder etwa das eiweißreiche Essen oder letztendlich gar die Stimmung, in der er beim Essen gewesen war?

Die ungeahnte Leichtigkeit, die er gerade beim Kampf erlebt hatte, verstärkte seine Wißbegierde, noch mehr über die wahre Kunst des Kampfes lernen zu wollen. Üben, üben und nochmals üben ist zwar schön und gut, aber besteht dabei nicht die Gefahr, sich festzufahren und zu erstarren? Der Wunsch, mehr darüber zu erfahren, elektrisierte Ronan aufs Äußerste. Der Meister hatte mit seinen Worten, nicht unbedacht nach dem Purpur zu streben, auch noch Flausen in Ronans Kopf gesetzt.

Doch in den Klauen der kommenden Geschehnisse würde das Wort 'Purpur' erst einmal gänzlich aus seinem Geist entweichen, und seine Wißbegierde würde Geduld üben müssen. Noch ahnte Ronan nichts von den dunklen Wolken, die sich am Horizont zusammenbrauten und sehr bald über sie alle hereinbrechen und ihn in unglaubliche Abenteuer stürzen würden.

I

Gefährliche Reise

Eine kühle Hand auf seiner Stirn holt Ronan aus schönen Träumen heraus. Sein Meister steht über ihn gebeugt neben dem Bett. Ronan schaut ihn verdutzt an.

„Komm, Ronan, es ist an der Zeit", flüstert er mit einem Blick, der nichts verrät.

Ronan stand vorsichtig auf, so daß niemand gestört würde. Mit einem Zeichen bedeutete Meister Ling ihm, er solle ohne Fragen zu stellen folgen, und ging aus dem Schlafsaal voraus. Neugierde vertrieb die noch vorhandene Schlaftrunkenheit Ronans, als sie Meister Lings Zimmer betraten, in dem zwei vollgepackte Reisetaschen und Kleidung auf dem Tisch lagen. Meister Ling bat ihn, sich anzukleiden und dann eine der Taschen auf seinen Rücken zu schnallen. Sie waren so konzipiert, daß sie bequem saßen und auch bei schnellem Lauf gut am Rücken hielten.

Offenbar würden sie sich auf eine Reise begeben. Neugier und Spannung erfüllten Ronan, der jetzt völlig wach war. Nur zu gern hätte er gewußt, was es mit dem nächtlichen Ausflug auf sich hatte. Doch des Meisters Ermahnung folgend, stellte er keine Fragen und schloß sich schweigend den Vorbereitungen an. Da kam Saloman, die Katze, und schmiegte sich an ihn. Zärtlich kraulte er ihren Kopf. Hätte er gewußt, daß dies das letzte Mal war, daß er sie sah, so hätte er sie auf den Arm genommen und ihr einen herzlichen Abschiedskuß gegeben. Wie wenig ahnt man doch von dem, was die Götter mit einem vorhaben!

Warum nur sollte er plötzlich mitten in der Nacht den Hof des Purpurmantels heimlich verlassen, fragte sich Ronan die ganze Zeit. Er hoffte, er fände eine Antwort auf diese Frage, aber er fand keine, und der Meister würde ihm nichts verraten, zumindest jetzt noch nicht. Aus irgendeinem Grund mußte er bei diesem Gedanken plötzlich an seinen ersten Tag auf dem Hof denken.

Er konnte sich noch gut an diesen Tag erinnern, wie er, von der Schönheit des Hofes überwältigt, sich einfach glücklich gefühlt hatte. Die hügelige Landschaft breitete sich von Süden her östlich des Hofes aus und stieg in immer größeren Wellen nordwestlich empor, während das Land auf der Westseite des Hofes recht flach war. Die Straße führte gemächlich über die Ländereien des Anwesens zu einem prächtigen, kunstvoll geschmiedeten Tor. Davor standen majestätisch auf einem größeren Areal viele mächtige Bäume, in lockerer Folge so angepflanzt, daß sie viel Licht und Sonne hineinließen. Zu den Ländereien hin wurden sie immer dichter, so daß sie auf allen Seiten, mit Ausnahme des Südens, einen Schutzwall bildeten. Ronan betrat die Parklandschaft des Hofes, die ihn mit einer üppigen Blumenpracht überraschte; an manchen Stellen wuchsen besonders auserlesene Sorten, durchsetzt von wildem Grün. Vor dem mondsichelförmig angelegten Hauptgebäude befand sich ein Teich mit einer kleinen Fontäne, in den ein Bach von Nordosten floß, der kurz vor dem Rand unterirdisch in den Teich mündete. Die Pracht der Gebäude – wahre Kunstwerke aus Holz und Stein – wirkte so überirdisch auf den in einem kleinen Dorf aufgewachsenen Jungen, daß er sie mit offenem Mund anstarrte, bis ihn der Bruder, der ihn hergebracht hatte, an die Hand nahm. Es war dort, an diesem märchenhaft-schönen Ort, wo der damals fast Fünfjährige erstmals mit der Welt des Heilens in Berührung kam.

Der Meister drängte Ronan, sich zu beeilen, und holte ihn damit aus seiner Gedankenversunkenheit. Fertig angezogen, mit den Taschen auf ihren Rücken verließen sie Meister Lings Zimmer. Der Hund Theodor lief auf Ronan zu und schmiegte seinen massigen Körper liebevoll an ihn. Das Tier war riesig, doch von sanftmütiger Natur. Ronan umarmte und streichelte ihn, doch schon gab Meister Ling ein Zeichen weiterzugehen. Theodor wollte ihnen folgen, als sie im Begriff waren, ihren Weg zu den Bergen auf der südöstlichen Seite des Hofes zu nehmen. Der Meister befahl ihm dreimal zurückzugehen, aber jedes Mal – als wüßte er, daß dies das letzte Mal sein würde – ignorierte der Hund die Anweisung. Am Ende setzte sich Meister Ling zu ihm, sah dem Tier in die Augen und sprach ein paar Worte in einer Sprache, die Ronan nicht verstand, woraufhin der Hund sich umdrehte und traurig weglief. Zweimal wandte er sich dabei noch um und blickte ihnen nach.

Ronan hatte dieses Verhalten an Theodor noch nie beobachtet. *Ob es ein gutes oder schlechtes Omen war?* Er suchte am Himmel nach einer Antwort. Das Firmament war mit unzähligen Sternen übersät, die ihnen erwartungsvoll zuzwinkerten. Darunter die Berge, die als dunkle Silhouette unter dem Himmelszelt lagen: Ein magischer Sog ging von ihnen aus und versetzte sein Herz in freudige Erregung. Diese Berge im Süden hatten ihn schon immer fasziniert. Doch waren sie ihm stets verborgen geblieben, da die Schüler zwar überall mit den Brüdern gewesen waren, aber nicht in jenen Bergen.

Ronan hatte immer gehofft, diese Berge eines Tages kennenzulernen.

Als sie die erste Anhöhe erreicht hatten, warf er einen Blick zurück. Der Hof, dieses kunstvoll geschmiedete Paradies auf Erden, schien sich immer mehr in der hügeligen Landschaft zu verlieren. Gemächlich schlängelte sich der Fluß durch das Tal und lächelte ihm zu. Als Ronan den Rauch vom Küchenkamin vor seinem geistigen Auge hochsteigen sah, ergriff ihn eine derartige Sehnsucht, daß es ihm schien, als wenn er physisch von der Höhe weggerissen würde, und so streckte er eine Hand aus, um sein Zuhause wieder zu sich zu holen. Warum er einen so sehnsüchtigen Schmerz empfand, war ihm unerklärlich. Sie würden doch bald wieder zurückkehren. Der Meister machte sicherlich nur einen kurzen Ausflug mit ihm. Als er sich wieder wegdrehen wollte, nahm er zum ersten Mal wahr, wie bedacht die Gründer des Hofes den Ort ausgewählt hatten. Er lag auf der sonnigen Seite, abseits einer Biegung des Flusses. Bei einem Unwetter bestand daher keine Gefahr, von den Wasserfluten überschwemmt zu werden. In der Vergangenheit war ihnen dies schon zugutegekommen.

Erneut drängten alte Erinnerungen hoch. Wie er nach seiner Ankunft einsam auf dem Innenhof stehend hoffte, irgendwann auch ein paar Worte in den Redefluß der anderen Jungen einwerfen zu können und ein Teil der Gemeinschaft zu werden. Dabei fürchtete er, daß ihm das nie gelingen würde. Dann nahm er einen kleinen Jungen am Rande wahr, der ganz in sich gekehrt, zusammengekauert ebenfalls allein dasaß. Er rückte zu ihm hinüber und fragte ihn, wie er hieße. Aziz' schmales, kantiges, dunkel gebräuntes Gesicht leuchtete in der Hoffnung auf, einen Freund gefunden zu haben. Wundersamerweise antwortete Aziz ihm in seiner eigenen Sprache. Bevor er aber den Jungen fragen konnte, wieso er seine Sprache spräche, kam ein Bruder und gebot ihnen, still zu sein, da der Abt sie jetzt empfange. Sie reckten ihre Hälse nach dem großen Tor des Gebäudes und schauten gespannt.

Das Tor ging auf. Zwei Brüder in schimmernder Kleidung schritten die Treppe herunter und stellten sich zu beiden Seiten am Fuß der Treppe auf. Und dann ging ein Leuchten von dem Tor aus. Eine majestätische Gestalt erschien dort und in ihrem Licht erstrahlte die ganze Umgebung. Die Gestalt schwebte fast die Treppe herunter, so sanft berührte sie den Boden und war doch fest mit dem Grund verbunden. Ronans Herz hörte auf zu schlagen, und er schaute den Abt mit weit aufgerissenen Augen an.

Der Abt näherte sich ihnen, nahm auf einem großen, rosarot bemalten Sessel Platz und sprach: „Meine Kinder, seid im Namen des Höchsten gegrüßt. Es ist eine große Freude, euch hier im Hof des Purpurmantels empfangen zu dürfen. Aus allen Winkeln der Welt, aus vielen Kulturen und Religionen seid ihr hierher gebracht worden und wißt nicht, was euch erwartet. Eure Herzen sind voller Hoffnung, aber auch nicht frei von Furcht. Es ist gut, etwas Angst zu haben, um die Hoffnung nicht blind werden zu lassen. Auf diesem Hof wartet ein anderes Leben auf euch. Die Kultur, die ihr gekannt habt, wird es in dem Sinne nicht mehr geben und im Grunde auch eure Religion nicht." Ein sanftes Lächeln milderte jeden möglichen Schrecken, den die Kinder ob der Vorstellung von Furcht empfinden mochten.

„Rechtschaffenheit ist unser Glaube und unsere Religion", fuhr der Abt fort. „Rechtschaffenheit gegenüber anderen, gegenüber der Natur, unseren Pflichten, unseren Handlungen, unserem Leben und vor allem uns selbst." Ein tiefer Frieden floß vom Abt zu den Kindern und ließ sie seine Rede auf eine Weise verstehen, die sie nicht in Worte zu fassen vermocht hätten. Wenn ein Berg von einem Mann vor einem Kind auf dem Podium sitzt und mit solch einer Ruhe spricht, dann ist ein Vier- oder Fünfjähriger überaus beeindruckt. Die Worte drangen in die tiefsten Winkel seiner Seele und erweckten in Ronan eine unbeschreibliche Ehrfurcht. Eines verstand er aber bereits in diesem Augenblick: daß Frieden eine mächtige und bewegende Kraft ist. Dieser Frieden, den er vom Abt ausgehen spürte, übertraf die Ruhe noch, die Ronan bei seiner Ankunft am purpurnen Hof empfunden und wodurch er sich gleich wie zu Hause gefühlt hatte. Nachdem der Abt geendet hatte, erhob er sich von seinem reich verzierten roten Sessel, nickte den Neulingen freundlich zu und kehrte in sein Gemach zurück.

Wenn Ronan später an die Eiferer verschiedener Religionen dachte, war er froh, in dieser Atmosphäre des Friedens und der Toleranz am Hof des Purpurmantels groß geworden zu sein. Jedoch war es ihm unangenehm, an seinen eigenen Eifer zurückzudenken, für ein gerechtes Leben zu kämpfen. Gott sei Dank, war er nie ein Fanatiker gewesen. Kaum jemand kann unbeschadet die Dogmen seiner Religion verlassen, aber für einen Fanatiker ist es kaum möglich, sich überhaupt zu befreien. Er ist geschädigt und kann sich kaum mehr in die Welt einpassen. Sicher bietet die Religion einer Menge Menschen einen gewissen Trost und Halt; wie sie jedoch manches Mal praktiziert wird, muß sie vielen als Hohn der Rechtschaffenheit erscheinen.

Schon vor der Ankunft am purpurnen Hof hatte Ronan das überirdisch klare Licht der Berge in der Sonne wahrgenommen, welches alle Farben noch prächtiger wirken ließ. Der Bruder, der ihn hergeführt hatte, zeigte und erklärte ihm freundlich einiges über das Leben hier, danach brachte er ihn zum Schlafsaal und zeigte ihm einen Spind, wo er seine Sachen deponieren sollte. Aber vorher konnte er sich noch an dem einfachen, doch schmackhaften Essen laben. Anscheinend war er als Letzter zu der Gruppe der Novizen gekommen, und er erfuhr, daß manche von ihnen bereits einige Tage am Hof verweilten. Ihre angeregten Gespräche erweckten den Eindruck, als ob sie sich in der kurzen Zeit gut kennengelernt hatten. So dachte er, bis er eine Vielzahl von Sprachen wahrnahm. Wie Kinder nun mal sind, versuchte jedes sich irgendwie verständlich zu machen, und der Mimik nach gelang es manchen sehr gut, anderen weniger. Überwältigt von so viel Neuem, beobachtete er sie still, ohne sich vorerst beteiligen zu wollen, denn auch weil die anderen schon so lebhaft in Gespräche vertieft waren, fiel es ihm schwer, einen Einstieg zu finden.

Nach einer kurzen Stille, die das Eintreten des Abts hinterlassen hatte, fingen die anderen Kinder an, wieder miteinander zu reden. *Wie kann das sein*, dachte Ronan? Sie unterhielten sich in vielen Sprachen, aber der Abt hatte doch nur eine Sprache gesprochen. Ronan hatte ihn verstanden, und so hatte er automatisch angenommen, daß der Abt seine Sprache gesprochen hätte. Wie konnte es da sein, daß auch die anderen ihn verstanden hatten? Es war und blieb ihm ein Rätsel. Später, als er sich mit den anderen verständigen konnte, erfuhr er, daß ein jeder glaubte, der Abt spräche seine Sprache. Außer Aziz zweifelte kein anderes Kind daran, da sie ihn alle verstanden hatten.

Der Hof lag mittlerweile weit hinter ihnen. Ronan und sein Meister näherten sich in der friedlichen Nacht den Bergen im Süden. Vielleicht kamen deswegen all die Erinnerungen an den ersten Tag am Hof des Purpurmantels wieder hoch. Den Frieden, den er bei der Begrüßung empfunden hatte, hatte er in dieser Weise nie wieder erlebt, und seine Seele sehnte sich oft danach.

Diese Berge scheinen eine magische Kraft zu haben. Werde ich jetzt vielleicht zu einem Geheimort gebracht?, fragte sich Ronan. In Gedanken versunken, stieß er mit seinem Fuß an eine Baumwurzel, die sich auf ihrer Suche nach Nahrung auf den Pfad hinausgetraut hatte. Der plötzliche Schmerz brachte ihn wieder in die Gegenwart: Er befand sich auf einer mysteriösen Reise in geheimnisvolle Berge. Es war aufregend und unbehaglich zugleich, da der Meister ihm immer noch nichts verraten hatte. Und jetzt war es soweit: Sein tiefster Wunsch, die Berge im Süden kennenzulernen, würde in Erfüllung gehen.

Auf dem Pfad stiegen sie ganz langsam aufwärts und bogen nach einer Weile links in ein Tal ein. Als sie tiefer in die Berge gelangten, zeigte sich der erste helle Streifen der Morgendämmerung am Horizont. Der sich rosa und golden verfärbende Berggrat verbreitete ein ungewohntes Gefühl in seinem Herzen. So hatte er einen Sonnenaufgang noch nie erlebt. Seine Schritte bekamen eine Leichtigkeit, und unbewußt legte er ein schnelleres Tempo vor. Als Ronan irgendwann einen Blick zum Meister warf, musterte dieser ihn gütig schmunzelnd.

Fast erschrak Ronan. Das war eine neue Seite am Meister. Schmunzeln hatte er ihn noch nie gesehen.

„Du hast ein neues Gefühl bewußt erlebt: die Leichtigkeit, die aus tiefstem Glück entspringt. Unbeschreiblich, mit Worten kaum auszudrücken. Es bleibt denen verschlossen, die ihren Herzensgefühlen nicht vertrauen. Du hast heute eine neue Seite des Heilens kennengelernt." Ronan sah den Meister fragend an, der ihm daraufhin die Frage stellte, was er denn unter Heilen verstünde.

Ronan hatte sich nie richtig über das Heilen Gedanken gemacht. Obwohl er seit dem vierten Lebensjahr damit in Berührung stand, vermochte er keine passende Antwort zu finden. Am wenigsten verstand er, in welcher Weise sein augenblickliches Glücksempfinden eine Art von Heilung darstellen sollte. Einer seiner Lehrer hatte immer behauptet: „Man kann eine Sache erst zu verstehen anfangen, wenn man sich tiefgründig damit beschäftigt." Bisher hatte Ronan Heilung als ein selbstverständliches Geschehen betrachtet, das zu den Kernanliegen seines Ordens gehörte. Diesem Lehrer zufolge hätte er also noch gar nicht wirklich begonnen, sich damit zu beschäftigen.

„Heilung könnte man auch so beschreiben: dem Menschen wieder das zu verschaffen, was ihm fehlt", munterte ihn der Meister auf, weiterzudenken.

Ronan dachte nach: *Jemand ist krank. Was fehlt ihm dann? Ihm fehlt die Gesundheit. Was aber ist Gesundheit? Warte mal,* sagte er zu sich. *Wenn jemand etwas Falsches ißt und dann krank wird. Was dann? Wie soll das zugeordnet werden?* Die Gedanken rotierten in seinem Kopf.

„Belaß es dabei", sagte sein Meister. „Wir werden auf der Reise genug Zeit haben, all diese Dinge gründlich anzugehen. Im Moment müssen wir uns beeilen, denn wir haben eine Verabredung. Doch laß uns vorher etwas frühstücken. Da drüben am Bach machen wir Rast." Erst jetzt fiel Ronan auf, daß sie völlig aus dem alltäglichen Rhythmus gefallen waren. Er fragte sich, wen der Meister treffen wollte und warum er Ronan überhaupt mitgenommen hatte. *Und warum konnte dieser Mensch nicht an den Hof des Purpurmantels kommen?* Es war doch alles recht mysteriös.

Das Frühstück fiel mager, aber kräftigend aus. Ronan blickte nach Osten und nahm wahr, wie der Himmel immer goldener wurde. Die letzten und mutigsten Sterne kämpften noch mit der Sonne, aber bald wichen auch sie ihrer Macht. Ronan fand jedoch nicht die richtige Muße, die Pracht der Natur zu genießen, da der Meister es eilig hatte. *Ohne Muße gehen die Schönheiten der Natur an einem vorbei,* dachte er. *Wie einfach es ist, den Frieden zu verlieren.*

Der Meister hingegen schien trotzdem alles in Ruhe genießen zu können, ohne in seinem zügigen Vorwärtsstreben innezuhalten. *Offensichtlich ist es doch möglich,* dachte Ronan und beruhigte sich.

Viel später wurde ihm klar, daß sich einfach nur zu beruhigen auch eine Art des Verdrängens sein kann. Das gehörte aber alles weit in die Zukunft. Jetzt frühstückten sie erst einmal, aßen ein paar trockene Früchte und ein Stück trockenes Brot, kauten alles gründlich und spülten es mit dem kalten, erfrischenden Wasser des Baches herunter.

Es ist ein ganz eigenes Gefühl, unterwegs zu sein und das Gewohnte hinter sich zu lassen. Der Körper fängt an, sich entsprechend anzupassen. Bei einem vitalen Menschen passiert das praktisch nahtlos. Ist man in den geistigen Disziplinen geübt, kann der physische Körper Wunder vollbringen und dabei völlig unangetastet bleiben. Aber darüber hatte Ronan noch viel zu lernen, auch wenn er selbst der Meinung war, diese Disziplinen schon recht gut zu beherrschen. *Nur eine Disziplin reicht mir in der Regel aus, damit mein Körper zufriedenstellend funktioniert, wenn ich aus dem täglichen Rhythmus gewissermaßen aussteigen muß,* ging es durch Ronans Kopf. *Es genügt, für eine Viertelstunde über die Silberschnur die aufbauende Kraft tief ins Nabelchakra, das uns mit der Kraft der göttlichen Mutter verbindet, einzuatmen. Und wie wohltuend ist es, wenn diese Kraft jede Zelle beim Ausatmen durchflutet.*

Meister Ling und Ronan brachen sofort nach dem Frühstück auf und drangen tiefer in die Berge vor. Der Weg schlängelte sich durch den Wald, mal war der Hang auf der einen Seite, mal auf der anderen.

Nach einer Weile stellte sich ein Rhythmus ein. Ihr Atem wurde tief und belebte sie, so daß er ihnen Kraft verlieh, und sie kamen zügig voran. Immer wieder erhellten sonnige Abschnitte, die Ronan sehr willkommen waren, ihren Pfad; obwohl die Anstrengung ihn bereits aufgewärmt hatte, so war es doch noch recht frisch.

Die Sonne stieg langsam höher. Der Wald war jetzt ganz still geworden. Das Vogelgezwitscher des Morgengrauens hatte längst aufgehört, und nur ab und zu durchbrach ein plötzlicher Vogelruf die Ruhe. Einzig das gelegentliche leise Summen der Insekten im Hintergrund erinnerte sie daran, daß der Wald voller Leben war, und manchmal zeigte es sich auch: So betrachtete eine Rehmutter sie mißtrauisch von einer Wiese aus. Doch als sie merkte, daß die beiden Wanderer mit ihr und ihren Kleinen nichts Böses vorhatten, fuhr sie mit dem morgendlichen Mahl fort.

Plötzlich erreichten sie eine Ebene, die rechterhand steil abfiel. Diese Gegend nahm Ronan umso aufmerksamer wahr, da der Meister nun gesprächig wurde. Sie hatten bis dahin kaum ein Wort miteinander gewechselt, außer bei kurzen Unterbrechungen, wenn sie ihren Durst an einem der Bäche stillten.

„Wir liegen gut in der Zeit und können nun etwas langsamer gehen", meinte Meister Ling, blieb dabei sogar stehen und erkundete die Gegend. Er schien gar nicht mehr in der Stimmung zu sein, weiterkommen zu wollen.

Auf einmal leuchtete sein sonst eher unbewegtes Gesicht vor Freude auf: „Da ist sie", rief er mit dem Finger auf eine Gestalt zeigend und schritt zügig auf sie zu. Ronan schaute hin. Ob es das Spiel des Lichtes im Wald war oder weil die Sonne von hinten auf sie leuchtete, wußte er nicht, aber er sah die schönste Vision seines Lebens auf sich zu schweben.

Er starrte eine Frau an, überwältigt von ihrer Schönheit. Ihr Haar, wie gesponnenes Gold, schien meilenweit hinter ihr her zu wehen und verlieh ihr etwas Überirdisches. Was für Streiche Licht und Wind den Augen spielen können! Oder sind es andere Sinne, die etwas Übersinnliches wahrnehmen? Ronans Herz fühlte sich an, als sei es von einer Faust gepackt und doch zum Bersten ausgedehnt. Die Zeit schien stillzustehen, und zugleich kam es ihm vor, als vergingen Stunden, während er sich im Schauen verlor. Auf einmal zuckte die Gestalt zusammen, wurde ganz klein und schwankte hin und her. Erschrocken erkannte Ronan, daß plötzlich ein Pfeil unter ihrem linken Schlüsselbein steckte.

Die Szene war eigentlich ganz anders abgelaufen: Als sein Meister aufschrie: „Da ist sie!" hatte die Frau zu ihnen aufgeschaut, und ein freudiges Lächeln war auf ihrem Gesicht erschienen. Nach kurzem Stocken fing sie an, auf sie zuzulaufen. Sie trug ein weißes, am Oberkörper eng geschnittenes Kleid, das von der Taille abwärts beidseitig geschlitzt war. Auf dem magentafarbenen Gürtel aus Stoff funkelten Halbedelsteine, und um den Hals hatte sie einen hellblauen Schal gebunden. Auf ihrem Kopf saß eine sonnengelbe Kappe, die mit Blumen und Vögeln bestickt zu sein schien. Darunter quoll ihr Haar hervor und fiel auf ihre Schultern. Sie war nur ein paar Meter vom Meister entfernt, als der Pfeil sie so böse traf. Durch die Wucht des Einschlags schwankte sie nach links, in Richtung des steilen Hanges. Doch sie fing sich wieder, ging leicht in die Knie und warf sich zur anderen Seite.

Ihre unmittelbare Reaktion gelangte Ronan erst später ins Bewußtsein – welche Beherrschung angesichts des unter ihrem Schlüsselbein steckenden Pfeils! Was für eine bemerkenswerte Frau sie sein mußte! Unbewußt hatte er sich eine Hand vor den Mund gehalten, als sie beinahe den gefährlichen Hang hinuntergefallen wäre.

Mit einem Sprung war der Meister bei ihr, warf sie über seine Schulter, drehte sich zu Ronan, schrie: „Lauf!" und war selbst bereits am Hang untergetaucht, als ein Pfeil in den Baum drang, an dem er eben noch gestanden hatte.

Ronan verharrte wie angewurzelt, unfähig sich zu bewegen, und sah zu, wie Meister Ling mit äußerster Geschwindigkeit den Hang hinunter verschwand. Das Mädchen trug er über der Schulter, als ob sie gar kein Gewicht besäße, so flink und geschmeidig waren seine Bewegungen. Leicht nach hinten gelehnt, drehte er sich mit jedem Schritt etwas nach links und rechts; über kleine Hindernisse hüpfte er wie eine Gazelle, landete federnd und lief weiter, ohne einen Augenblick zu verlieren. Keine Bergziege konnte schneller und sicherer sein. Fasziniert schaute Ronan ihm nach, der lauernden Gefahr immer noch nicht richtig bewußt. *Irgend etwas zischt an ihm vor-*

bei, und er verspürt einen schneidenden, brennenden Schmerz am Ohr. Seine Hand faßt instinktiv danach, da ist etwas Heißes. Erstaunt reißt er die Hand vor die Augen und sieht sie mit Blut verschmiert. Blitzschnell dreht er sich um.

Diese Bewegung rettete ihm das Leben. Der nächste Pfeil flog nur Millimeter neben seinem rechten Auge vorbei, und als er den Kopf zurückdrehte, steckte der Pfeil vibrierend neben dem ersten in einem Baum. Er zögerte nicht eine Sekunde und sauste den Berg hinunter. Zumindest versuchte er es seinem Meister gleichzutun, doch er krachte gleich gegen eine Esche. Er dachte, der Schmerz würde ihn umbringen, in dem Moment drang der nächste Pfeil seine Haare streifend in den Baum ein und überzeugte ihn, daß der Tod doch eher in den Geschossen lauerte.

Entsetzt vergaß er alle Schmerzen und duckte sich hinter die Esche, um zu sich zu kommen, wobei ihm der Baum die nötige Ruhe schenkte. Er hatte nur einen Gedanken im Kopf: *Wie erreiche ich meinen Meister?* Ronan hatte volles Vertrauen, daß der in der Lage wäre, sie alle zu retten. Ein weiterer Blick zu Meister Ling zeigte ihm, daß dessen Slalomlauf mit gewissen Verzögerungen einherging. Bei jedem Schritt mußte er abbremsen, je nach Gelände mal leichter, mal stärker.

Verstanden! Ronan legte erneut los. Nach einem kurzen, erfreulichen Ansatz landete er falsch auf dem linken Fuß, stolperte und fiel mit solcher Wucht zu Boden, daß ihm mit einem Schlag die Luft aus der Lunge gepreßt wurde. Sein Kopf stieß dumpf gegen einen Felsbrocken, während er den Hang hinabrollte. Der Schmerz ließ ihn laut aufbrüllen, was schnell in ein Ächzen umschlug, als ein weiterer Baum seine unwillkürliche und ungeschickte Talfahrt stoppte. Trotz des schmerzhaften Aufpralls war er froh über das Hindernis, denn ohne es wäre er vielleicht den ganzen Berg hinuntergepurzelt, da es an diesem Teil des Hangs keine weiteren Bäume mehr gab.

Es waren nicht mehr als zehn bis fünfzehn Sekunden vergangen, seit der Pfeil das Mädchen getroffen hatte. Aber der Meister war schon mehr als fünfzig Meter rechts im bewaldeten Teil des Hangs vor ihm. Er trug das Mädchen über seiner Schulter. Ihr Kopf hing nach unten, die angewinkelten Beine baumelten unter seinem rechten Arm. Der Meister rutschte dabei auf seinem Hinterteil mit der linken Hand lenkend in unglaublicher Geschwindigkeit den Berg hinunter. An diesem steilen Hang bedeckte Gras den Boden und bildete zusammen mit Tannen- und Fichtennadeln eine weiche Rutschbahn, auf der sie wunderbar hinabsausen konnten.

Sein Schüler wartete keine Sekunde und versuchte den beiden auf dieselbe Art zu folgen. Doch das war nicht so einfach, wie es aussah. Obwohl er beide Hände zum Lenken frei hatte, prallte er ständig gegen Steine und Erhöhungen, die sich unter dem Polster befanden, so daß sein Hinterteil sich bald wie von Stöcken geprügelt anfühlte, und seinem Rücken ging es von dem ständigen Aufschlag des Rucksacks auch nicht viel besser. Der Meister trug sein Gepäck ebenfalls auf dem Rücken, und trotzdem segelte er so elegant hinunter – auf und ab federnd, nach links und rechts lenkend, das Mädchen federleicht auf seiner Schulter balancierend –, daß Ronan sich zeitweise selbst vergaß und sich von den wundersamen Bewegungen vor ihm ablenken ließ.

So rasten die drei den Berg mit atemraubender Geschwindigkeit hinunter. Der aktuellen Todesgefahr durch den Schützen waren sie zwar erst einmal entkommen, aber diese abenteuerliche Fahrt fühlte sich gar nicht so ungefährlich an.

Ronans Talfahrt endete mit einem Plumps an einem rauschenden Bergbach, nachdem er den Hang nahezu senkrecht heruntergefallen war. In der kurzen Zeit, die er noch brauchte, um die beiden zu erreichen, hatte der Meister schon den größten Teil des Pfeils abgeschnitten und war gerade dabei, einen Verband um die Schultern des Mädchens zu schlingen. Sie hielt sich tapfer, auch wenn ihre Augen große Schmerzen ausdrückten und das erbleichte Gesicht die Schwere der Wunde zeigte. Die Finger des Meisters huschten mit einer Fertigkeit und Sicherheit um Stoff und Wunde, die Ehrfurcht in Ronan erweckten. Gefahr lauerte, doch Meister Ling saß völlig unbewegt da, seine Aufmerksamkeit ganz auf die Versorgung der Verletzung gerichtet. *Wie lange braucht man, um mit so einer Ruhe und Gelassenheit durch jegliche Situation im Leben gehen zu können? Ein Leben reicht sicher nicht dafür.* Die Frage, *wie alt Meister Ling wohl sein mochte,* schoß Ronan plötzlich durch den Kopf.

Er war noch in seinen Gedanken versunken, als sein Lehrer ihn rief: „Komm, wir müssen los und uns in Sicherheit bringen. Große Gefahr droht. Zieh deine Schuhe aus, binde sie zusammen und hänge sie um deinen Hals. Wir gehen im Fluß weiter."

Damit hob der Meister die junge Frau wieder auf seine Schulter. Sie sah so klein und zerbrechlich aus. Ronan spürte ein ungewöhnliches Gefühl in seiner Brust emporsteigen. Er würde für sie kämpfen. Jeden, der für sie eine Bedrohung wäre, würde er aus dem Weg räumen. Gegen den Schurken, der sie angeschossen hatte, verspürte er solch einen Haß, daß er sich nicht mehr wiedererkannte. Daß er zu derartigen Gefühlen überhaupt fähig war, war ihm ganz neu. Er spürte auch keine Reue, sondern ganz im Gegenteil empfand er den Haß als berechtigt. So ein Unding, dieses unschuldige, wunderschöne Mädchen in dieser Weise zu verletzen! Als ob sie irgendwie seine Gefühle spürte, sah sie ihn mit ihren unbeschreiblich schönen Augen an. Ein tapferes Lächeln erhellte ihr schockblasses Gesicht, und Ronans Herz füllte sich ungeachtet der Situation mit warmen Glücksgefühlen.

Die Flüchtlinge stiegen in den Fluß und schlugen den Weg talabwärts ein. Glücklicherweise bog der Wasserlauf gleich an dieser Stelle nach rechts, so daß ihre Verfolger die Flucht von oben nicht beobachten konnten. Mit ihrem Vorsprung würden sie es vielleicht schaffen, spurlos zu verschwinden.

„Spurlos werden wir nicht verschwinden können, wenn wir uns nicht sehr viel Mühe geben", sagte der Meister, als ob er Ronans Gedanken gelesen hätte. „Unsere Rutschpartie hat deutliche Spuren hinterlassen, und auch jetzt sind wir nicht unsichtbar. Wir müssen immer vom schlimmsten Fall ausgehen, daß unsere Verfolger Experten im Spurenlesen sind. Beeilen wir uns, aber nicht überstürzt und von Angst geblendet. Folge mir dichtauf. Die Wasseroberfläche und die Strömungen zeigen uns die Beschaffenheit des Flußbettes an."

Trotz der lauernden Gefahr schweiften Ronans Augen immer wieder zu dem Mädchen, von dem eine magische Anziehungskraft ausging. Es war zweifellos das liebreizendste Geschöpf, das er je gesehen hatte, wobei er bisher allerdings auch nicht viel mit Mädchen zu tun gehabt hatte. Auf dem purpurnen Hof hatten nur Jungen gelebt. Außerdem war er von zurückhaltender Natur und hätte auch nicht gewußt, was mit ihnen anzufangen sei. Er hätte nicht einmal das Antlitz des anderen Geschlechts mit Worten beschreiben oder mit einem Bleistift skizzieren können. Und hier unter diesen unmöglichen Umständen war er einfach wie ein Narr von der Schönheit dieses Mädchens betört. Das Einzige, was er hätte wiedergeben können, wenn man ihn einst danach fragen würde, war der Eindruck ihres sehr hellen Teints, fast ein leuchtendes Sonnengelb. Ihr rotgoldenes Haar bezauberte ihn, da er solches noch nie gesehen hatte.

So kam es, als seine Augen gerade wieder einmal zu ihr hinüberglitten, daß er auf den glitschigen Steinen des Bergbaches ausrutschte und mit einem Plumps im Wasser landete. Der Meister drehte sich überrascht um, und seine Augen schienen zu fragen: *Was ist los, mein Junge?* Ronan war eigentlich bekannt für seine Sicherheit und Balance auf den Füßen. Beschämt erhob er sich aus seiner mißlichen Lage im Bach und folgte dem Meister mit einem verlegenen Lächeln und kleinen Schritten, die ihn schnell und sicher voranbrachten.

Doch es dauerte nicht lange, bis er sich wieder ganz im Griff hatte, und bald hüpfte er erneut flink über kleinere Hindernisse hinweg. Mit wieder einigermaßen aufgebautem Ego ließ er den Blick nochmals zu dem Mädchen schweifen und war überrascht zu sehen, daß sie ihn musterte. Er wollte sich wegdrehen, aber das Mädchen lächelte ihn an. Ronans normalerweise strenges Gesicht leuchtete auf; die Wärme, die ihn durchströmte, war Labsal für seine Seele.

Auf einmal blieb Meister Ling stehen. Mit einem Ruck riß Ronan seine Augen von dem Mädchen los.

„Achtung, hier steigen wir aus dem Fluß und gehen durch die sandige Uferzone. Versuch genau dorthin zu treten, wo ich vor dir auftrete." So gingen sie einige Meter, dann kamen sie über flache Steine in ein felsiges Gelände. „Jetzt werden wir wieder zurück zum Fluß gehen. Sobald wir erneut auf den sandigen Untergrund kommen, gehen wir rückwärts und du trittst genau in meine Fußstapfen." In dieser Weise kehrten sie zurück zum Fluß.

„Sei besonders vorsichtig, wenn du wieder in den Fluß steigst", kam die Anweisung. „Unsere Verfolger sollen nichts Auffälliges vorfinden. Sie werden es zwar eilig haben, uns einzuholen, aber könnten trotzdem alles Außergewöhnliche bemerken. Wir werden hier etwas Zeit gewinnen, da sich der felsige Boden in verschiedene Richtungen und teilweise über längere Strecken ausbreitet. Und weil wir so lange darüber liefen, bis unsere Fußsohlen trocken waren, werden sie nicht wissen, welche Richtung wir genommen haben. Mit etwas Glück werden sie auch nicht gleich feststellen, daß wir zum Fluß zurückgekehrt sind, und Glück brauchen wir im Moment."

Nach einer Weile wurde der Fluß sehr reißend und erschwerte das Vorwärtskommen extrem. *So werden wir es nicht schaffen*, dachte Ronan. Etwa hundert Meter vor ihnen bog der

Fluß scharf nach links und schien in einem tiefen Abgrund zu verschwinden. Gerade als ein verzweifeltes „*Oh nein!*" in Ronan aufkommen wollte, stieg Meister Ling auf der rechten Seite aus dem Fluß, wo plötzlich ein Pfad zu sehen war. „Jetzt spielt es keine Rolle mehr, ob sie unsere Spuren sehen. Durch unser Täuschungsmanöver haben wir viel Zeit gewonnen, auch wenn sie sicher irgendwann merken werden, daß wir den Fluß hinuntergegangen sind." Mit tastenden kleinen Schritten ging der Meister schnell weiter, das Mädchen sicher auf seiner Schulter balancierend, die Knie leicht gebeugt, das zusätzliche Gewicht schwungvoll mit den Fußballen abfangend. So lief er in zügigem Schritttempo etwa zwei Kilometer voran, um dann wieder in dem jetzt gemächlicher fließenden Fluß weiter abwärts zu gehen. Nach einer Rechtsbiegung kamen sie zu Zuflüssen auf beiden Seiten. Er nahm den linken und folgte einem munter sprudelnden Wildbach den Berg hinauf.

„Unsere Verfolger werden hier bei den drei Fluchtmöglichkeiten ganz schön rätseln, aber trotzdem sollten wir uns beeilen." Behutsam hob Meister Ling das Mädchen auf die andere Schulter und ging im seichten Wasser flott den Wildbach hinauf. Nach zwanzig Minuten harten Aufstiegs erreichten sie einen Wasserfall.

Oh weh!, fürchtete Ronan. *Wie sollen wir jetzt, ohne Spuren zu hinterlassen, weiterkommen?*

Unerwartet blieb der Meister jedoch am Wasserfall stehen und winkte ihn zu sich. Er bat Ronan, das Mädchen zu halten. Voller Freude über die unverhoffte Gelegenheit, ihr so nahe zu kommen, nahm Ronan sie in seine Arme und drückte sie an sich. Der geschmeidige Körper des Mädchens löste solch ein Glücksgefühl in ihm aus, daß er sie so für immer hätte halten können. Nun holte Meister Ling eine lange Leine aus seinem Rucksack und gab ihm Anweisungen: „Hinter dem Wasserfall ist eine Gumpe, in der sich auf der rechten Seite ein Loch befindet. Es ist nicht leicht zu finden, da es hinter einem Felsvorsprung verborgen ist. Aus dem Loch kommt ein unterirdischer Fluß heraus. Tauche in das Loch und erforsche es soweit, daß du später keine Schwierigkeiten haben wirst, es wiederzufinden und hindurchzuschlüpfen."

Ronan wunderte sich, wie gut sich der Meister in dieser entlegenen Gegend auskannte, daß ihm sogar dieses Schlupfloch unter Wasser bekannt war. Nur ungern reichte er das Mädchen dem Meister zurück und watete durch den Vorhang aus herunterprasselndem Wasser. Die dahinter liegende versteckte Gumpe sah ziemlich tief aus. Ohne zu zögern, tauchte er hinein und fand der Beschreibung des Meisters folgend sofort ein Schlupfloch, breit genug, um auch einen kräftig gebauten Menschen hindurchzulassen. Trotz der starken Gegenströmung gelang es ihm, sich durch die Öffnung zu zwängen und sich hochzustemmen, wenn auch der Zufluß anfänglich beängstigend niedrig war. Doch sehr bald weitete er sich wieder. Zufrieden mit seiner Erkundung ließ Ronan sich vorsichtig mit der Strömung in die Gumpe zurücktreiben und tauchte nach Luft japsend auf. Der Meister gab ihm ein Zeichen, zu ihm zu kommen.

„Hör gut zu, Ronan, und du auch, Anjulie. Während ich durch das Zuflußloch voraustauche, bindest du, Ronan, diese Leine fest unterhalb deiner Arme um die Brust. Sobald ich an der Leine ziehe, tauchst du mir nach." Anjulie war bei vollem Bewußtsein und hörte ebenfalls aufmerksam zu.

So heißt sie also, dachte Ronan. Das war sicher nicht der Moment, nur an sie oder ihren Namen zu denken, aber er konnte nicht anders, als ihre Anmut zu bewundern. All die Jahre des Übens, all die Praktiken, sich zu konzentrieren und fokussiert zu bleiben, schienen durch die Anwesenheit dieses bemerkenswert schönen Mädchens nutzlos geworden zu sein. Mit größter Kraft zwang er sich, den weiteren Anweisungen des Meisters zuzuhören.

„Bevor ihr taucht, atmet dreimal tief ein und aus, wie ihr es gelernt habt. Wenn Gefahr droht, neigt der Mensch dazu, die einfachsten und grundlegendsten Regeln zu vergessen. Gerade dann sollte ein Kämpfer jedoch die Disziplin aufbringen können, sie harmonisch und sogar noch bewußter anzuwenden. Das macht den Unterschied aus zwischen einem siegreichen und einem bloß technisch guten Kämpfer. Also, beim vierten Einatmen taucht ihr hinunter zu dem Schlupfloch. Unten angekommen drehst du, Ronan, dich auf den Rücken, steigst durch das Schlupfloch und stemmst dich im Wassertunnel nach oben. Anjulie, du mußt warten, bis Ronan vollständig im Tunnel ist, dann hältst du dich mit beiden Händen an seinen Fesseln fest. Sobald du Anjulies festen Griff an deinen Fesseln spürst, ziehst du, Ronan, dich an der Leine soweit im Tunnel hoch, bis die Höhe für euch beide ausreichend ist. Dann gibst du Anjulie ein Zeichen, indem du einen Fuß kurz anziehst. Wie du schon weißt, ist es stockdunkel da drinnen. Ihr müßt also allein mit dem Gefühl arbeiten. Sobald du das Zeichen von Ronan bekommst, ziehst du, Anjulie, dich an seinen Beinen hoch, bis du auf der gleichen Höhe wie er bist, und legst dich mit deiner rechten Seite auf Ronans Oberkörper, so daß kein Druck auf den Pfeil in deiner Brust ausgeübt wird. Ronan hält dich mit einem Arm fest. Mit der anderen Hand behält er das Seil fest im Griff und gibt mir das Zeichen, daß du bereit bist. Ich ziehe euch dann hoch, und du, Ronan, hilfst mit deinen Füßen, euch der Strömung entgegenzustemmen. Wegen der Wunde wird Anjulie nicht so tief einatmen können. Also mußt du ihr alle fünfzehn Sekunden etwas Luft spenden. Ganz wenig, gerade so, daß sie bei Bewußtsein bleibt. Du, Anjulie, mußt aber vorher immer etwas Luft rauslassen. Der Weg ist lang, aber du schaffst das, Ronan." Damit atmete er selbst dreimal tief und verschwand mit dem vierten Atemzug im Wasser.

Ronan wartete gespannt auf sein Zeichen. Es erschien ihm wie eine Ewigkeit, bis er einen kurzen, kräftigen Zug an der Leine spürte. Er nahm Anjulies Hand, atmete mit ihr zusammen dreimal tief ein, und mit einem Kopfnicken und Zuversicht versprechenden Blick ging es hinab in die Tiefe.

Unten an der Mündung des unterirdischen Flusses angekommen, zeigte er ihr die Öffnung, indem er ihre rechte Hand dort hinführte. Rasch zog er sich an der Leine soweit durch das Schlupfloch hoch, bis er sich mit einem Bein sicher an der Seite des Wassertunnels abstemmen konnte. Das noch in der Öffnung steckende freie Bein bewegte er kräftig: das Zeichen, daß Anjulie jetzt seine Fesseln ganz fest halten sollte. Ohne Zeit zu verlieren, packte sie ihn an beiden Fußgelenken. Jetzt zog er sich geschwind an der Leine weiter nach oben, bis er die Stelle erreichte, wo die Decke nach oben für beide genug Platz bot. In dem stockdunklen Tunnel waren sie noch mehr auf Körperzeichen angewiesen. Er zog leicht sein Bein zu sich, um ihr das Signal zu geben, daß sie sich nach oben auf ihn ziehen sollte. Schnell drückte er sie mit einem Arm fest an sich, stemmte sich mit beiden Füßen gegen die Seiten des Tunnels und fing an, sie beide nach oben zu schieben. Gleichzeitig gab er mit der anderen Hand das Zeichen an der Leine. Er spürte, wie der Meister sie mit kräftigen Schwüngen hochzog, und seine Sorge galt den vielen Kurven des Tunnels, die das Vorwärtskommen erschwerten und die Gefahr, an die Felsen zu stoßen, erhöhten.

Die mühsame Passage ließ Ronan fast vergessen, daß er Anjulie längst etwas Luft hätte geben sollen. Bei einer geraden Strecke drückte er sie am Oberarm als Zeichen, sie solle etwas Luft ablassen. Er brachte seinen Mund auf den ihren und stieß in seinem Eifer sehr viel Luft in sie hinein.

Obwohl es um Leben und Tod ging, fuhr es dem jungen Mann durch Mark und Bein, als seine Lippen die ihren berührten und ihr geschmeidiger Körper eng an den seinen gepreßt wurde. Unter anderen Umständen hätte er sie ewig so halten können, aber langsam spürte er, daß ihm selbst die Luft ausging. *Wie lang mußten sie noch aushalten?*

Da eröffneten sich ihm auf einmal ungeahnte Reserven. Er dankte den Göttern, daß es über die Jahre sein Stolz gewesen war, lange und noch länger unter Wasser bleiben zu können, weit länger als jeder andere der Knaben. Als er Anjulie noch einmal Luft geben wollte, spürte er, wie sich sein Becken entspannte und seine Lungen sich ausdehnten, als ob sie noch Unmengen an Sauerstoff übrig hätten. Doch diesmal paßte er auf und übergab Anjulie genau die richtige Menge.

Das Gefühl, unendlich viel Luft zu haben, hielt allerdings nicht allzulange an. Als er dachte, *jetzt ist es aus mit mir,* bemerkte er, wie das dunkle Wasser sich aufhellte, und schon brachen sie, nach Luft japsend, in einer von mattem Licht erfüllten Höhle aus dem Wasser. Meister Ling zog die heftig Keuchenden zum schmalen Ufer des unterirdischen Flusses und nahm das Mädchen in seine Arme, so daß Ronan ungehindert aus dem Wasser steigen konnte.

Das sanfte Licht in der Höhle wurde von phosphoreszierenden Wänden erzeugt, welche sogar den unterirdischen Fluß an dieser Stelle erhellten. Sie befanden sich in einer kleinen Höhle, durch die rasend schnell das Wasser floß, um gleich wieder in dem Tunnel zu verschwinden, durch den sie gerade hochgestiegen waren. Vom Ufer zweigte ein dunkler Gang schräg nach rechts ab, in den Ronan nur ein paar Meter hineinzusehen vermochte. Meister Ling zündete mit seinem Flintstein eine Fackel an und gab sie Ronan zum Halten. Dann nahm er Anjulie in seine Arme und trug sie in den Gang hinein. Ronan folgte auf dem Fuße.

Der Weg bog scharf nach rechts, wurde immer niedriger und enger, so daß sie nur tiefgebückt gehen konnten. Doch schnell weitete sich der Tunnel wieder, und sie gelangten in eine andere Höhle, groß und von kuscheliger Atmosphäre. *Ist es nicht seltsam, daß mir diese Höhle kuschelig vorkommt,* dachte Ronan. Erst dann wurde ihm klar, warum: Sie war wohnlich ausgestattet, wie ein Zimmer mit allem Drum und Dran, und in einer Ecke entdeckte er sogar Schlafplätze. Der Meister machte jedoch keinerlei Anstalten, an diesem gemütlichen Platz zu verweilen. Er bat Ronan lediglich, einen Schafpelz und ein Kissen mitzunehmen. Nach etwa zwanzig Metern kamen sie in eine riesengroße Höhle, wo Ronan das Fell und die Kissen an einer ebenen halbrunden Ausbuchtung hinlegen sollte, auf die Meister Ling Anjulie vorsichtig bettete. Das Mädchen wollte ihnen etwas mitteilen, doch mit einem „Pssst!" legte er einen Finger auf seine Lippen und sagte zu ihr: „Alles mit der Zeit. Du mußt erst versorgt werden!"

Ronan wurde geschickt, noch eine Decke aus der anderen Höhle zu holen. Als er zurückkam, hatte der Meister schon Holz für ein kleines Feuer vorbereitet und entzündete gerade mit seinem Flintstein Holzspäne und Reisig. Nun bat er ihn, aus einer nebenan liegenden Vorratshöhle etwas getrocknetes Gemüse, Reis, Kräuter sowie anschließend vom Fluß Wasser zu holen. In der Zeit, in der Ronan all die gewünschten Dinge besorgte, hatte Meister Ling dem Mädchen die nassen Kleider ausgezogen und auf eine Art Holzständer zum Trocknen gehängt. In der Höhle gab es sogar einen Vorrat an Kleidung, so daß das Mädchen nun frische, trockene Kleider trug.

Ronan war mehr als verwundert. *Das ist ja ein äußerst gut vorbereitetes Versteck. Wozu dient das alles?*, fragte er sich. Doch die geheimnisvolle Stimmung der Situation war so überwältigend, daß Ronan sie nicht mit seiner Frage zerstören wollte.

Meister Ling gab etwas Öl aus seinem Rucksack in einen Topf, schwenkte darin kurz die Gewürze, gab dann das Trockengemüse, Reis und Wasser dazu und ließ alles über den Flammen kochen. Nach all den Strapazen war Ronan froh, am Feuer zu hocken und die himmlische Wärme zu genießen.

Bald war das Essen fertig. Meister Ling setzte das Mädchen auf und sich selbst hinter sie, so daß sie sich an seiner Brust anlehnen konnte. Dann reichte er ihr Löffel für Löffel die warme, Kraft spendende Suppe. Nachdem sie fertig gegessen hatte, legte er Anjulie wieder hin, und jetzt durften auch sie speisen. Eine köstliche Suppe hatte Ronan noch nie gegessen!

Normalerweise sollte der Magen eher leer sein, bevor größere Eingriffe in den Körper vorgenommen werden dürfen, ging es Ronan durch den Kopf. *Anscheinend gibt es Ausnahmen.*

Als ob der Meister seinen Gedankengang erahnte, sagte er: „Anjulie und auch wir sind jetzt gestärkt und können mit dem Verarzten beginnen. Anjulie besonders, aber auch wir haben viel Kraft benötigt, um uns in Sicherheit zu bringen. In solchen Fällen braucht der Körper Stärkung, zumindest solange kein lebensbedrohlicher Notstand herrscht. Die Stärkung erreichen wir am besten in Form von etwas Leichtem, Nahrhaftem und Flüssigem. Mit dieser leichten Ernährung braucht der Körper seine Reservekräfte nicht anzuzapfen und kann sich in vollem Maße auf die Heilung konzentrieren. Diese wird jedoch in erheblichem Maße gestört, wenn Stimulanzien eingesetzt werden. Zu solchen Maßnahmen sollten wir daher nur greifen, wenn es nicht anders möglich ist."

„Die Stimulanzien haben doch einen Platz in der Heilkunde? Wann sind sie angebracht?"

„Im äußersten Notfall, zum Beispiel bei einer schweren Verletzung, wenn der Mensch keine Nahrung zu sich nehmen kann. Sollte sich der Körper in einem Zustand befinden, der dem des Anregungsmittels entspricht, ist das Aufputschmittel für diesen Zustand sogar das Heilmittel. Das merken wir besonders daran, daß der Körper ein unwiderstehliches Verlangen nach dieser Stimulanz bekommt."

Ronan war aber noch nicht ganz zufrieden: „Wird der Magen bei einem schweren Eingriff denn nicht revoltieren und möglicherweise mit Erbrechen reagieren?"

„Das passiert vor allem in den Fällen, wo der Magen zu voll ist, die Speise schwer verdaulich und mit Reizstoffen zubereitet wird. Zudem solltest du wissen, daß der Körper in einer bedürftigen Verfassung die Speise sehr rasch aufnehmen und verarbeiten kann, da er die Nährstoffe dringend benötigt."

Ronan nickte und freute sich, an einem solch immensen Wissen teilhaben zu dürfen. Damit waren sie bereit, mit Anjulies Operation zu beginnen.

Arnica montana
Bergwohlverleih

Tapfer durch die Welt des Schreckens stapfe ich,
stets auf der Suche nach heilsamerem Schwung.
Erscheint die Lage aussichtslos,
zünde ich an die Fackel der Hoffnung!

II

Manche Einsichten in die Lehre der Heilkunst

Trotz der erstaunlichen Art und Weise der Verarztung Anjulies war ein Teil von Ronans Geist mit dem Überfall beschäftigt: Daß Anjulie von einem Pfeil angeschossen worden war, konnte in keinem Zusammenhang mit dem Grund ihrer Reise stehen – oder doch? Jetzt lag sie, unter mysteriösen Umständen nahezu tödlich verwundet und inzwischen wiederhergestellt, in tiefem Schlaf. Somit war die Reise, die gerade erst begonnen hatte, beendet.

So denkt ein unerfahrener Geist und sieht nur den kleinen Rahmen der Ereignisse, nicht aber weitsichtig das große Ganze, dachte Ronan aber sofort weiter. Es war sicher keine launische Entscheidung von Meister Ling gewesen, ihn als Begleiter auszusuchen. Was auch der Grund dafür gewesen sein mochte, so war es durch diesen Zwischenfall belanglos geworden. Ronans naive Hoffnung bestand darin, daß der Meister alles bald wieder in den Griff bekommen würde und das Leben am Hof des Purpurmantels schön und unbeschwert wie vorher weitergehen könnte. Daß dies jedoch erst der Anfang war, und zwar ein ganz kleiner im Hinblick auf all das, was noch bevorstand, hätte sich Ronan nicht im entferntesten vorstellen können. Wie Anjulie verarztet worden war, hatte ihn derart beeindruckt, daß er sich zwangsläufig in einer falschen Sicherheit wiegte.

Auf die heilsame Versorgung von Anjulie war Ronan sehr gespannt gewesen. Über Heilung hatten die Kinder in der Schule vieles gelernt: Heilung ist eine vielschichtige und komplexe Angelegenheit. Es gibt viele Heilweisen und jede hat ihren Platz. Doch einige Methoden haben mit Heilung direkt nichts zu tun, werden aber in den meisten Heilberufen als solche verstanden und mit den anderen in einen Topf geworfen. Also wurde als erstes der Begriff 'Heilung' richtig geklärt, um die heilsamen Methoden von den anderen Behandlungsrichtungen unterscheiden zu können.

Als Ronans Abenteuer begann, waren die Meister in der Schule gerade dabei, die verschiedenen Stufen der Heilung zu unterrichten. Ein Punkt war ihm besonders in Erinnerung geblieben: Die Arznei oder Maßnahme, die bei einer Krankheitsstufe oder Phase heilsam wirkt, ist auf der nächsten Stufe nicht mehr gültig. Hat jemand eine akute Gallenkolik, reicht es in der ersten Stufe, den akuten Auslöser zu beseitigen und die Entspannung herbeizuführen. Die zweite Stufe besteht im Beseitigen der Gallensteine, welche die Schmerzen ausgelöst haben. In der dritten Stufe wird die Veranlagung zu Gallensteinen in Ordnung gebracht. Die eigentliche heilsame Versorgung eines Kranken kann erst durchgeführt werden, wenn diese grundsätzliche Unterteilung in ihrem vollen Umfang verstanden ist.

Meister Samuel, dessen Lehre von sehr hohen Idealen geprägt war, behauptete, daß einige Schulen der Heilkunde trotz Mangel an solchen Grundsätzen ihre Lehre sogar als einzig gültige betrachten. Sie seien felsenfest davon überzeugt, ursächlich zu behandeln, wobei sie aber den wirklichen Ursachen, die tief im Menschen liegen, kaum Platz in ihrer Therapie gewähren. Außerdem wollen die meisten Menschen in der Regel die echte Heilung gar nicht erfahren und danach leben. Der Grund dafür sei die Bequemlichkeit des Menschen, da jede echte Heilung Veränderungen im Leben bringe, kleinere oder größere Umstellungen verlange und mit Mühen verbunden sei. Manche der angeblichen Heilweisen seien lediglich Wohlfühlverfahren, wogegen im Grunde nichts einzuwenden sei, jedoch verleite dies den Menschen dazu, verschiedene, voneinander zu unterscheidende Verfahren als Heilungsprozesse zu betrachten.

Dies alles war noch Theorie für Ronan, denn was das Praktische anbelangte, so hatte er wenig Erfahrung. Deshalb war er jetzt auch so neugierig, wie die Versorgung und Heilung von Anjulie aussehen würde.

So vertieft in seine Gedanken nahm Ronan nicht wahr, wie der Meister ihn schmunzelnd betrachtete. Er kam mit einem Ruck wieder zu sich und gab zu verstehen, daß er jetzt ganz präsent sei. Anjulie wollte Meister Ling wieder etwas sagen. „Gleich, mein Herz! Erst versorgen wir dich", stoppte er sie jedoch und lehnte sie halb liegend gegen Ronans linke Schulter. Mit einem scharfen Messer schnitzte Meister Ling nun eine Mulde in den Pfeilschaft. Zufrieden mit seiner Arbeit, holte er aus einem Beutel ein schwarzes Pulver heraus und füllte die Mulde damit auf.

Nun gab er Ronan die Anweisung, sich bereitzuhalten und nach Aufforderung an dem hinteren Teil des Pfeilschaftes zu ziehen, der aus Anjulies Rücken herausstach. Dann zog er einen brennenden Stock aus dem Feuer und hielt ihn an das Pulver. Plötzlich flammte es auf. „Jetzt!" rief Meister Ling und klopfte fest mit einem kleinen Hammer vorne auf den abgebrochenen Pfeilschaft.

„Wusch!" glitt der Pfeil nach hinten heraus. Anjulie stieß einen leisen Schrei aus und wurde ganz blaß. Meister Ling nahm ihren Kopf in seine Hände. Sogleich atmete sie ruhig und tief, und ihr Gesicht bekam wieder Farbe. Nachdem er die Wunde verbunden hatte, hielt er ihre Schläfen mit seinen Händen, woraufhin sie gleich einschlief. Eine Zeitlang ließ er seine Hände dort, dann legte er Anjulie mit liebevoller Sorgfalt nieder und deckte sie zu.

Also an den Schläfen soll man jemanden berühren, wenn man ihn in einen tiefen, erholsamen Schlaf versetzen will, dachte Ronan. Nun, ganz so einfach ging das nicht, wie er später erfahren würde. Heilsame Hände brauchte es dafür schon.

Ronan verglich sich manchmal mit der Tümpelkröte aus einer Parabel, die er gelesen hatte. Was er seit dem Überfall und hier in der Höhle gerade erlebt hatte, grenzte ans Unreale. Sollte es bei ihm keinen tiefen Eindruck hinterlassen und ihn bewegen, seinen Horizont zu erweitern, würde die Erinnerung verblassen. Plötzlich war er in eine Welt versetzt worden, die er sich in seinen kühnsten Träumen nicht hatte vorstellen können. Die Geschehnisse folgten einander so schnell, daß sein Geist nur schwer mitkam. Es war ihm fast unmöglich, seine Gefühle in Worte zu fassen und sie damit in ihrer eigentlichen Tiefe wahrzunehmen, geschweige denn, daß er sie hätte verarbeiten können.

Ereignisse können wohl beschrieben werden, aber was innerlich in der betroffenen Person geschieht, liegt außerhalb der Vorstellungskraft. *Du kannst dir Dinge vorstellen, deren Zusammenhang dir bekannt ist. Du kannst damit hin und her jonglieren und sie zu fantastischen Möglichkeiten kombinieren. Was du jedoch nicht kennst, kannst du dir nicht im Geringsten ausdenken,* erkannte Ronan. *Dieser Tag war in sein Gedächtnis eingebrannt. Die Menschen gehen durch die Welt und glauben, ihr kleines Reich sei die ganze große Welt,* ging es ihm durch den Kopf.

So wie die Kröte in ihrem kleinen Tümpel war er stolz auf sein Reich gewesen und hatte keinen Bedarf empfunden, etwas wirklich Großartiges zu erleben. Ebenso wie sie hatte er sich aufgeplustert und der Wanderkröte sagen mögen: „Sei gegrüßt im Königreich der Kröten, kleine Damenkröte. Woher kommst du?"

Die Wanderin hatte viele Welten im Innen und Außen erlebt und Wunder gesehen. Somit war sie von der Eitelkeit der Tümpelkröte nicht beeindruckt gewesen und hatte freundlich erwidert: „Ich komme von überall her. Ich gehöre zu keinem Land. Zuletzt war ich am Meer."

Nun war Ronan ja ein Bergmensch, und Menschen vom Meer beeindruckten ihn nicht. Würde er sich also, wie die Tümpelkröte, noch mehr aufspielen? Die Tümpelkröte konnte sich die Unendlichkeit des Meeres gar nicht vorstellen, und mit bedauernswert schauenden Augen hatte sie sich mit der Frage aufgeplustert: „Größer als ich und mein Reich?" So war sie immer weiter angeschwollen, bis sie schließlich platzte.

Der Wanderkröte hatte der Tod der Tümpelkröte doch etwas leidgetan. *Und ich?*, dachte Ronan. *Würde ich vielleicht einen inneren Tod erleiden, weil auch ich die Wirklichkeit gar nicht wahrnehmen will? Glücklicherweise fordert mich das Leben immer wieder heraus,* ging es ihm durch den Kopf. *Entweder du lebst die Wunder des Lebens, wobei du meist nur die Freude daran verspürst und wenig davon verstehst, oder du stirbst einen erbärmlichen inneren Tod, meist unbemerkt.*

Neunzehn Jahre lang hatte Ronan so viel gelernt. Na ja, eigentlich nicht wirklich neunzehn Jahre lang, denn er war gerade erst neunzehn geworden. In Wirklichkeit waren es etwa vierzehn Jahre des Studiums gewesen.

Lernen! Was für ein schönes Wort, das Ronan viel beschäftigt hatte. Was bedeutete es eigentlich? Was hatte er überhaupt gelernt? Bis zu diesem Tag, so schien es ihm jetzt, hatte er in seinem kleinen Tümpel gelebt und die Arroganz des Ignoranten gehegt. Was er jetzt bei dieser Flucht erlebt hatte, gab ihm nun sehr zu denken. Doch all die Heilmöglichkeiten, die ihm Meister Ling zeigte, überstiegen seine Vorstellungskraft.

Als nach der Behandlung Anjulies diese Gedanken durch seinen Kopf gingen, fragte der Meister: „So, Ronan, und wie geht es dir?"

Erst auf diese Frage hin spürte Ronan, daß sein Körper sich anfühlte, als wären hundert Bäume darauf gefallen. *Ich bin ganz schön geprügelt worden auf meiner Flucht den Berg hinunter*, dachte er. Kurz schilderte er dem Meister die Verletzungen, die er erlitten hatte, und wie zerschlagen sich sein ganzer Körper anfühlte. Seine Neugier über die Verarztung des Mädchens war jedoch so groß gewesen, daß er bereit war, sein Befinden in den Hintergrund zu stellen.

„Immer mit der Ruhe! Ich erzähle dir das Wichtigste über Anjulies Verarztung, während ich alles für deine Behandlung vorbereite", sagte Meister Ling und holte kleine Bällchen aus einer Dose, die mit ihren graugrünen Blättern und orangenen Blüten wie getrocknete Pflanzen aussahen. Er legte sie ordentlich in die Nähe des Feuers auf den Felsboden der Höhle. Des weiteren nahm er eine kleine Flasche Öl und stellte sie neben die Bällchen. „Das größte Problem bei allen sogenannten Kriegsverletzungen ist die Gefahr von Fäulnis. Wir müssen daher verhindern, daß abgestorbenes Gewebe das tieferliegende Gewebe auch noch zur Verwesung bringt und dies schließlich zum Tod führt, indem der gesamte Körper vergiftet wird. Der einfache Gedanke hinter der Versorgung solcher Wunden ist: alles abgestorbene Gewebe zu entfernen und keines mehr absterben lassen. Die heroische Methode mit einem heißen Eisen ist sehr wirksam, kann jedoch in erster Linie nur von starken Menschen überlebt werden."

„Was Ihr gemacht habt, war ja im Vergleich sehr sanft. Ist das aber auch genauso effektiv?"

„Eigentlich noch viel effektiver, da das, was ich benutzt habe, für solche Fälle auch das Heilmittel ist. Was ich in die reingeritzte Mulde des Pfeils hineingab, war Schießpulver. Durch das Verbrennen und rasche Durchziehen des Pfeils wird alles an oberflächlichem Gewebe und auch das Innere der Wunde ausreichend verbrannt, um nicht mehr verwesen zu können. Gleichzeitig wird die Wunde vollständig verschlossen und vor äußeren unheilsamen Einwirkungen geschützt. Zusätzlich aktiviert Schießpulver im Körper die spezifischen Selbstheilungskräfte, die gegen eine Blutvergiftung wirken."

Ronan kratzte sich nachdenklich am Hinterkopf und zuckte kurz zusammen, als er an eine verletzte Stelle kam.

Meister Ling bemerkte das unwillkürliche Zucken Ronans und sagte: „Fangen wir mit deiner Behandlung an. Das sind die Blätter und Blüten der Arnika-Pflanze. Sie werden wir hauptsächlich brauchen. Arnika, wie ihr schon gelernt habt, hilft grundsätzlich bei allen Verletzungen, vor allem bei Prellungen und besonders bei Verletzungen des Kopfes, den Körper von dem Verletzungsschock zu befreien und dadurch den Selbstheilungskräften freie Bahn zu verschaffen. Du selbst hast dich von deinem Wesen her wie ein Arnika-Mensch verhalten und die Schmerzen überspielen können."

Nachdem alles vorbereitet war, untersuchte er Ronan. Dabei bekundete er laut seine Feststellungen. Dies war also auch als Lehrstück für Ronan gedacht. „Mehrere schlimme Prellungen und Schürfwunden. Die äußerst schmerzhafte Verletzung an der rechten Schulter hat zur Überdehnung der Sehnen und einem tiefen Muskelriß geführt. Dein Kopf hat eine recht heftige Erschütterung abbekommen und die Pobacken wiederholte kräftige Stöße. Also brauchen wir noch etwas Giftsumach, Rhus toxicodendron, für den Muskelriß, und Gänseblümchen, Bellis perennis, für deine verletzten Pobacken."

Er nahm eines der Bällchen in seine Hände und sagte: „Heute werde ich dich an einer ganz anderen Erfahrung teilhaben lassen." Langsam und auf magische Weise fing er an, die Arnika-Kräuterkugeln zwischen seinen Händen mit Drehbewegungen zu reiben und zu zerkleinern. Dabei wendete er jeweils seine Hände und damit auch die Drehrichtung. „Aus den Bällchen werden gleich Flammen schlagen. Sie haben schon angefangen zu glühen." Daß Ronan wenig Ahnung hatte, wovon er sprach, war Meister Ling dabei völlig bewußt. „Ich erzeuge auf diese Weise die Heilungsflamme. Ihre grundsätzliche Farbe ist grün. Auf jeder Handfläche ist ein Glühen entstanden, das die Farbe Grün angenommen hat. Jetzt werde ich meine Hände auf deinen Kopf legen."

Ein unbeschreibliches Gefühl durchdrang Ronans Schädel, als würde sich sein ganzes Gehirn pulsierend bewegen. Mit einem Ruck, der aber sehr angenehm war, richtete sich alles aus, und es war, als ob alle Gehirnzellen wieder ihren gewohnten Platz eingenommen hätten. Ronan fühlte sich im Kopf wieder wie er selbst. Nun nahm Meister Ling die restlichen vier Bällchen und wiederholte den Vorgang des Drehens, Reibens und Zerkleinerns.

„Diesmal lasse ich die Flamme tiefgrün und hoch hinaufzüngeln und bearbeite deine schlimmen Prellungen. Und nun dringt in jedes geprellte Körperteil die tiefgrüne Flamme ein und schafft dort Ordnung." Auf einmal spürte Ronan, wie eine hohe Energie in die verletzten Teile hineinschoß und sich die Moleküle der beschädigten Zellen in einem immer schnelleren Rhythmus drehten. „Ich habe zu der grünen Flamme eine feine weiße hinzugegeben, denn sie belebt die beschädigten und geschwächten Zellen. Sie erhalten dadurch gleich wieder ihre ursprüngliche Form – sind vollständig heil." Auf diese Weise behandelte der Meister alle Verletzungen, und jedes Mal wurde ein Teil der Flamme absorbiert. Mit dem letzten Teil der Flamme strich er Ronan über den ganzen Körper und alle Abschürfungen. Am Ende erklärte er ihm, wie die Flammen wirkten.

„Die grüne Flamme bringt den Körper wieder in seine ursprüngliche Ordnung zurück. Doch auch ihr müssen genaue Anweisungen gegeben werden, wie bei allem. Wenn wir eine Heilpflanze zusammen mit der Flamme anwenden oder sie gänzlich in die Flamme umwandeln, wird die Heilkraft der Pflanze in die Flamme übertragen, und sie kann dann zielgerichtet die Heilung durchführen. Die Transformation der Arznei in die Flamme, so wie ich es bei dir gemacht habe, intensiviert die Heilkraft und beschleunigt den Heilungsprozeß um ein Vielfaches."

„Und das können alle Meister?" bemerkte Ronan fragend.

Meister Ling lächelte: „Vor allem ein Meister der Heilung. Ein Meister wird nicht geboren, sondern muß erst zu einem werden. Der erste Schritt besteht darin, sich mit den sieben Flammen der göttlichen Eigenschaften vertraut zu machen, um sie dann benutzen zu können. Wie schnell einer von uns vorankommt, hängt davon ab, mit wie viel Begabung für eine bestimmte Art des Heilens dieser Mensch geboren wurde. Wenn ein Heiler darüber hinaus auch die Flammenarbeit erlernen will, muß er mehr Einsatz aufbringen. Der Einsatz bestimmt, wie gut er sich in einer gewissen Disziplin entwickelt. Deswegen könnte auch ein begabter Mensch – und dies gilt natürlich für alle Arten von Begabungen –, wenn er sich nicht genügend einsetzt, einem nicht so begabten mit seinen Fertigkeiten hinterherhinken. Der eigenen Begabung die erste Priorität einzuräumen lohnt sich immens, dann kannst du am ehesten die Technik meistern."

„Also seid Ihr in dieser Technik einer von den Begabten."

„Nein. Ich würde sagen eher von den Begnadeten."

„Was bedeutet das?"

„Das heißt, daß die Götter eine besondere Zuneigung zu mir hegen und mir mehr ermöglichen."

„Und wie könnte ich die Gunst der Götter gewinnen?"

„Genauso wie du sie von Menschen gewinnst: Freundschaften schließen, bestimmte Dienste leisten, ihnen geben, was sie von einem wünschen könnten. Sie einfach ins Herz schließen." Ronan betrachtete Meister Ling voller Bewunderung, sagte aber nichts mehr.

Nun waren nur noch das Gesäß und Ronans Schulter unbehandelt geblieben. Meister Ling nahm die Giftsumach-Kugeln und bearbeitete sie in derselben Weise wie die Arnika.
„Diesmal lasse ich eine weißgrüne Flamme entstehen. Sie züngelt jetzt über deine Sehnen, welche sich zu ihrer ursprünglichen Länge zusammenziehen. Gleichzeitig bewegen sich die gerissenen Muskelfaserenden aufeinander zu und schließen sich wieder zu einem ganzen Muskel zusammen." Ronan konnte diesen Vorgang buchstäblich in seinem Körper spüren. *Tatsächlich ist das ja hundertmal schneller, als der Heilungsprozess normalerweise braucht,* ging es ihm durch den Kopf.

„Der Giftsumach hat die Eigenschaft, überdehnte Sehnen und gerissene Muskeln zurück in ihre ursprüngliche Struktur und Position zu bringen", fuhr Meister Ling fort. „Er befreit sie von der Verspannung, die aus Angst vor dem großen Schmerz entsteht, den eine Bewegung verursachen würde. Doch um die auseinander gerissenen Muskel- beziehungsweise Sehnenfasern wieder zusammenzubringen, müssen die verletzten Teile bewegt werden. Bewegt der Mensch sie wenig oder gar nicht, dauert die Heilung entsprechend länger. Der Giftsumach ermöglicht rasch eine wesentlich schmerzfreiere Bewegung und beschleunigt dadurch den Heilungsprozeß. Das zusätzliche Weiß in der grünen Flamme dient dazu, sich an die ursprüngliche Unversehrtheit des Gewebes zu erinnern, an die reine Form, so daß der Körper sich bei der Regeneration genau danach richtet und es keine Abweichungen gibt."

Als letztes nahm Meister Ling die Gänseblümchen. Diesmal bildete sich eine violette Flamme mit grünen und rosafarbigen Zungen. Als die Flammen in Ronans Fleisch drangen, empfand er auf einmal eine große Liebe für sein armes Gesäß. Die zusammengestauchten Muskeln und das Gewebe bewegten sich auseinander und erlangten so ihre alte Form zurück.

„Gänseblümchen sind Balsam bei Verletzungen, wenn der Mensch sich äußerst zusammenreißen muß, um wiederholte, sehr schmerzhafte Hiebe oder Stoßverletzungen auszuhalten. Das Rosa hilft dir, mehr Liebesfähigkeit für dich selbst zu entwickeln, so daß du die Heilung nicht einfach nur hinnimmst, sondern Dankbarkeit dafür aufbringen kannst. Der Mensch, der Gänseblümchen als Arznei braucht, kann trotz der schlimmsten Schmerzen weiter agieren, indem er sich zusammenreißt. Kurzerhand wird er Gänseblümchen-Mensch genannt. Demgegenüber kann der Mensch, dem Arnika guttut, weiter arbeiten, indem er den Schmerz ausschaltet. Sollte der Arnika-Mensch die Schmerzen nicht richtig ausschalten können, wird er in dem Maße immer funktionsunfähiger werden. Darin liegt der Unterschied zu Bellis, dem Gänseblümchen-Menschen, der trotz des größten Schmerzes weiter funktionsfähig bleibt. Dein Gesäß hat wiederholte Stöße erhalten, dadurch haben sich die Muskeln immer mehr zusammengezogen und verhärtet."

Ronan glaubte, damit sei er wiederhergestellt und die Behandlung beendet. Doch soweit war es längst nicht, wie er bald erfahren sollte. Ein äußerst wichtiger Bestandteil seiner Genesung mußte noch vollzogen werden. Sein Meister gab dafür etwas Sonnenblumenöl mit Goldrutenessenz, Solidago, auf seine Hand und rieb die Hände zusammen. Ronan nahm ein helles goldenes Licht in den Händen des Meisters wahr. Der legte die Hände nun auf Ronans Kopf, und der junge Mann spürte dort ein unbeschreiblich wohltuendes Gefühl. Ihm war, als würde der ganze Segen des Universums hineinfließen.

„Gold habe ich speziell in deinem Fall verwendet, um dir ein Gefühl für die wahren Werte des Lebens und für die Rolle, die sie bei der tieferen Heilung spielen, zu geben. Die Goldrute dient mir als Trägersubstanz für die Flammen und nicht wegen ihrer arzneilichen Eigenschaften."

Auf diese Weise ließ Meister Ling die goldene Flamme durch Ronans gesamten Körper hindurchfluten, und dieser ahnte zum ersten Mal, was Segen bedeuten könnte. Der Meister strich sanft über Ronans Augenlider, denn dieser sollte sich jetzt ausruhen. Als Ronan nach einer Weile wieder aufwachte, brachte Meister Ling ihm eine dickflüssige, nahrhafte Suppe mit etwas Brot. Gestärkt setzte Ronan sich auf. Er war ganz Ohr für all das, was Meister Ling ihm zu erzählen hatte, und Fragen über Fragen türmten sich in seinem Kopf.

Der Meister merkte, daß Ronan diese Fragen auf den Lippen lagen, und forderte ihn mit gütiger Miene auf, sie zu stellen.

„Bevor ich die anderen Fragen stelle, möchte ich gerne etwas mehr über die Flammen wissen."

„Sicher, Ronan. Wo hakt es bei dir?"

„Bei dem Begriff 'Flammen' bekomme ich das Gefühl von Feuer. Aber Feuer brennt. Wird dieser Gedanke in Bezug auf die Heilung den Menschen nicht möglicherweise Angst machen?" merkte Ronan an.

„Feuer auf der physischen Ebene macht den Menschen besonders große Schwierigkeiten. Energien, die sich bewegen beziehungsweise fließen, sehen wie Flammen aus. Auch das physische Feuer ist nichts anderes als die geformte Bewegung von Energien", erklärte Meister Ling.

„Wie geschieht die Heilung durch die Flamme?"

„Jede Farbe ist nicht einfach, wie der Mensch sich vorstellt, eine Wellenlänge. Jede Farbe besitzt darüber hinaus viele Eigenschaften, von denen ich dir auch schon einiges erzählt habe."

„Also könnte ich einfach an diese farbige Flamme denken und sie würde das Entsprechende bewirken?"

„Nein, es gehört ein gewisses Können dazu. Es reicht nicht, die Flamme in der richtigen Farbe erzeugen zu können, die erwünschte Eigenschaft muß auch noch aktiviert werden."

„Wenn also nur eine farbige Flamme erzeugt wird, geschieht nichts", schlußfolgerte Ronan.

„Im besten Fall wird nichts Schlimmes geschehen. Doch der Mensch wünscht sich immer etwas. Sind diese Wünsche, wenn sie auch unbewußt vorhanden sein mögen, der Sache nicht dienlich, so richten sie Schaden an. Auf diese Weise können die Flammen leicht zu Unheil verstimmt werden", erwiderte Meister Ling.

„Das ist ja schlimm. Ich dachte, die Flammen haben nur schöne Eigenschaften?"

„In ihrer reinen Form schon, aber im Grunde sind sie neutral, so daß der Mensch sie nicht nur erzeugen, sondern auch mit der entsprechenden dienlichen Eigenschaft erfüllen muß. Und es ist gut für die Menschheit, daß das gefahrlose Erlernen dieser Disziplin von der Güte und Liebe des Menschen abhängt, die er für das Wohl aller empfindet. Welche Eigenschaften der Mensch in einer Flamme erzeugt, wirkt zuerst auf ihn, den Erzeuger."

„Ich habe verstanden, wie die Flammen erzeugt werden, aber wie werden sie mit der Eigenschaft erfüllt?"

„Von der Handhabung her gesehen, läuft es so ab: Du bestimmst die Eigenschaft und gibst sie von deinem Herzen in die Flamme hinein. Das wirkt als Initialzündung, und dann folgt die Flamme der Aufforderung, in einer gewissen Weise zu wirken, automatisch. Doch laß uns jetzt zu deinen anderen Fragen übergehen, sonst werden wir endlos in dieses Thema verwickelt sein. Wie fühlst du dich?"

„Mir geht es sehr gut. Ich fühle mich wohl. Vorhin dachte ich über das Verschwinden von Symptomen und das 'Wohlbefinden' nach und überlegte, ob es mit Heilung gleichzusetzen ist. Wir haben am Hof des Purpurmantels in der Mathematik gelernt: Birnen und Äpfel können nicht zusammengezählt werden. Die Frage ist, ob das nur auf diese beiden Begriffe angewandt werden kann oder ob es nicht ein Grundprinzip des Lebens ist. Also sollten die Begriffe 'Wohlbefinden' und 'Heilung' einzeln für sich betrachtet werden. Nun, Heilung soll mit Verbesserung und dem Verschwinden der einzelnen Symptome einhergehen. Umgekehrt jedoch kann das Verschwinden von Symptomen nicht mit Heilung gleichgesetzt werden. Aber neigen die Menschen nicht dazu, von 'Heilung' zu reden, sobald sie keine Symptome mehr verspüren?"

„Geht es jemandem besser oder vielleicht sogar gut, so bedeutet das nicht unbedingt Heilung. So fühlt man sich zum Beispiel auch gut, wenn der Hunger gestillt wird oder wenn man sich verliebt", antwortete Meister Ling.

„Wenn es jemandem an einem bestimmten Ort gut geht, kann man auch nicht gleich von Heilung sprechen. Die Erfahrung zeigt, daß die 'scheinbare' Heilung mit der Zeit vergeht oder andere Beschwerden einsetzen, die aber lediglich eine andere Form der ursprünglichen krankmachenden Ursache sind.

Heilung hieße, sich von den Hindernissen und dem Krankmachenden zu befreien, und nicht an einen Ort gebunden zu sein, es sich gut gehen zu lassen, ganz gleich, wo man gerade ist. Es kann jedoch eine heilsame Erfahrung sein, seinen Hunger an einem bestimmten Ort zu stillen. Nehmen wir an, jemand hat gar keine Empfindung für Hungernde. Sollte dieser Mensch nun selbst einmal hungern müssen und bekäme dann etwas zu essen, so könnte in ihm eine große Dankbarkeit entstehen, und dadurch mag er durchaus lernen, tiefes Mitgefühl für Hungernde zu empfinden. Auf diese Weise geschieht auch eine gewisse Heilung."

„Ja, das ist einleuchtend, aber wie soll ich wissen, wo und wann jemand für seine Heilung bereit ist? Außerdem habt Ihr einmal gesagt, daß das Verschwinden einer Krankheit damit verbunden sein kann, daß man sich sogar schlechter fühlt. Und darüber hinaus sagtet Ihr nicht auch, daß der Befreiung von Beschwerden ein noch schlimmerer Zustand der Krankheit folgen kann und daß man daran die Unterdrückung erkennt?"

„Zu viele Fragen auf einmal, mein lieber Ronan. Du willst alles gleich wissen, aber du kannst nicht alles auf einmal angehen. Zu deiner ersten Frage über die Bereitschaft: Dabei handelt es sich um einen langen und stetigen Lernprozeß. Auf deine letzte Frage werde ich später eingehen. Deine zweite Frage hat einen direkten Bezug zu dem Vorherigen. Wenn dem Menschen bestimmte Zusammenhänge mit der Krankheit, meist seelischen Ursprungs, entweder gar nicht oder nur zum Teil bewußt sind und nicht durchgearbeitet werden wollen, kann es ihm bei der Genesung kurzzeitig schlechter gehen."

„Was genau ist eigentlich eine Unterdrückung und wann unterdrücken wir nicht?"

„Abgesehen von allgemeinen Maßnahmen, von denen die wichtigsten Notfallversorgung, Chirurgie und Ernährung sind, gibt es zwei Versorgungsprinzipien. Das erste ist 'Similia similibus curantur' und das zweite 'Contraria contrariis curantur'. Das erste bedeutet die heilsame Versorgung des Menschen entsprechend der Natur des Leidens und seiner eigenen Natur. Das zweite aber richtet sich ganz im Gegensatz gegen die Natur der Dinge. Das Naturgemäße wird dabei nicht beachtet, und jeder Versuch der Natur, sich zu behaupten, wird sofort gezähmt und mit entsprechender Gegenkraft zum Schweigen gebracht. Sie ist dann mundtot."

Ronan schaute seinen Meister ganz überrascht an.

„Halt, lieber Ronan, nun bäume dich nicht gleich auf, wenn du hörst, daß das Handeln '--gegen die Natur' ein Versorgungsprinzip sein kann. Du hast dein ganzes Leben lang gelernt, die Natur und damit auch deine eigene und die der anderen zu achten und zu respektieren."

„Ich verstehe nicht, wie das 'Gegen-die-Natur-Handeln' ein Heilprinzip sein kann."

„Sei nicht überrascht, wenn ich Versorgen nicht als Heilen hinstelle. Über die Jahrhunderte verloren die Menschen immer mehr den Bezug zu ihrem Inneren, zu ihrer wahren Natur. Damit änderte sich auch die Bedeutung der medizinischen Versorgung und wurde mit Heilung gleichgesetzt. Die Medizin konnte kaum noch heilen und mußte sich daher mit der ihnen bekannten bestmöglichen Hilfestellung zufriedengeben. Diese entsprach viel mehr einer Versorgung des Kranken als dessen Heilung."

„Und wie sieht es heutzutage aus?"

„Viel anders läuft es heute auch noch nicht. Es gibt eine sehr große Anzahl von Versorgungsmöglichkeiten für Körper, Geist und Seele, von denen viele dem Menschen zum Verhängnis werden. Das mag an seiner großen Opferbereitschaft liegen, denn diese Methoden sind zum größten Teil qualvoll und furchtbar. Gleichwohl nennen die Menschen die Resultate dieser Art der Versorgung 'Heilung', gänzlich unbeeinflußt davon, wie miserabel sie sind."

Meister Ling legte eine kleine Pause ein, denn ihm entging nicht, daß Ronan damit beschäftigt war, das ihm vermittelte Wissen zu sortieren. Ihm gleich noch mehr Gedankenanstöße zu geben, würde ihn nicht nur anstrengen, sondern durcheinander bringen. Ronan streckte sich und hob den Kopf, um seine Gedanken zu sammeln. Meister Ling lächelte über die Klarheit schaffende Reaktion seines Schülers, auch wenn sie unwillkürlich geschah, und fuhr fort.

„Wenn du eine Zeitlang die Äußerungen der inneren Krankheit deaktivierst, erreichst du durch diese Unterdrückung keine Heilwirkung auf die wirkliche Krankheit, sondern deren Verstärkung. Dadurch können Menschen sogar verkrüppelt werden. Vielleicht mögen manche sogenannten Heilungen den Menschen in ihrer Verblendung wundervoll erscheinen. So gibt es viele Arzneien, die zum Beispiel den Geist kurzzeitig erhellen, sogar glücklich machen und alle Krankheitserscheinungen verdecken können. Das geschieht jedoch immer auf Kosten der Lebensqualität, des Lebensgefühls und wird dem Menschen schließlich zum Verhängnis, da es nur zu einer erheblichen Verstärkung der inneren Krankheitsursachen führt."

„Wenn das Contraria-Prinzip solch verheerende Auswirkungen hat, wie kann es dann als Heilprinzip gelten?"

„Das Contraria-Prinzip liegt in der Natur des Menschen – und zwar in seiner unheilen Natur, die er sich angeeignet hat –, gegen sich selbst zu arbeiten. Der Mensch hat so lange gegen seine eigentliche Natur, die wohlwollend und heilsam ist, gehandelt, daß dies zu seiner zweiten Natur geworden ist. Er ist geneigt zu glauben, daß diese zweite Natur die eigentlich gültige ist, da er seine göttliche Natur verdrängt und vergessen hat. Wenn er daran erinnert wird, empfindet er große Widerstände, dieser wahren Natur auch nur den geringsten Platz zu gewähren. Das ist das eigentliche Unheil, und die weibliche Seite des Menschen empfindet diesen Zustand als 'heillos'."

„Würde dies bedeuten, daß der Mann dies als heilvoll empfindet!?"

„Richtig, Ronan! Es ist die Natur des Mannes, die Dinge haargenau nach seiner Vorstellung, die er als ordnungsgemäß und deswegen als heil betrachtet, haben zu wollen. Alle anderen Betrachtungsweisen und Möglichkeiten würden nur stören, und daher gebührt ihnen kein Platz in seiner Vorstellung von Ordnung. Die Frau, das Weibliche, spürt zwar immer das Heillose in sich und in anderen, ist demgegenüber aber machtlos, da diese Macht, Dinge zu bestimmen, im männlichen Teil liegt. Dagegen verfügt der Mann oder das Männliche nicht über das Gespür. Zudem liegt es fatalerweise in der zweiten 'unheilen' Natur des Mannes, stets das Gespür der Frau, des Weiblichen, in sich und anderen zu unterdrücken."

„Wenn ich also meine wirklichen Gefühle zulassen würde, würde die wirkliche Heilung in mir in Bewegung kommen?" fragte Ronan nachdenklich.

„Stimmt! Das hast du gut erfaßt! Doch der Mann muß die weibliche Seite in sich auch angehen, und zwar genauso wie eine Frau es tun würde. Das heißt, wenn die Frau sich nicht unterdrücken läßt, erlangt sie wieder die Macht über ihre wirklichen Gefühle. Die Frau muß lernen zu unterscheiden zwischen ihren Gefühlen der heilsamen, wahren Natur und denjenigen, die aus der unheilsamen Natur entspringen."

„Das verstehe ich alles gut. Aber wie wirkt das Contraria-Prinzip?"

„Also bewußt gegen deine eigene Natur vorzugehen, ist in dem Sinne heilsam, da du irgendwann von diesen unheilvollen, zerstörerischen Energien die Nase voll hast und nichts mehr damit zu tun haben willst."

Ronan wollte jetzt mehr über das Similia-Prinzip wissen.

Und Meister Ling fuhr fort: „Das Similia-Prinzip der Ähnlichkeit richtet sich nach der inneren, wahren Natur des Menschen. Das bedeutet, entsprechend der Situation zu handeln: Die krankmachende Energie in einem Menschen braucht eine ähnliche, jedoch heilsame, aufbauende Energie, um geheilt zu werden. Dieses Prinzip beachtend folgt die Versorgung des kranken Menschen dem Lauf des Geschehens, läßt also keine Unterdrückung zu und sorgt dafür, daß der Heilungsverlauf nicht gestört wird. Dadurch werden die Selbstheilungskräfte des Menschen aktiviert und entsprechend unterstützt. Die unterstützenden Maßnahmen sollten dabei entsprechend dem krankhaften Zustand sanft angewandt werden, damit der Strom der freigesetzten Heilkräfte den Damm nicht durchbricht, alles überflutet und möglicherweise zerstört. Das Similia-Prinzip verlangt jedoch viel mehr vom Heilkünstler als das Contraria-Prinzip."

Soweit war Meister Ling mit seinen Ausführungen gekommen, als plötzlich das Mädchen aufwachte und etwas verdutzt um sich schaute: „Ich habe schon lange geschlafen? Ach ja! Was ich dir die ganze Zeit sagen wollte. Ich habe eine Botschaft für dich von einem Mann namens Sangharsh."

„Sangharsh!" rief Meister Ling. „Wo hast du ihn getroffen?"

„Auf dem Weg hierher. Er schien in großer Eile zu sein."

„Was war seine Botschaft?"

„Komisch klang es mir: *Wenn die Sonne heute stehen bleibt, horche auf das Bellen der Hunde, welche die Röte im Himmel zerfressen!*"

„Lieber Gott! Ronan, die Schüler und alle anderen auf dem Hof des Purpurmantels sind in höchster Gefahr. Die Rothunde sind beauftragt worden, unsere Schule zu zerstören, alle festzunehmen und diejenigen zu töten, die Widerstand leisten. Kein Wunder, daß sie auf dich geschossen haben. Welch ein Narr bin ich doch, daß ich nicht sogleich nach dem Grund deiner Verfolgung gefragt habe! Ronan, wir haben keine Zeit zu verlieren. Pack nur die wichtigsten Sachen zusammen", befahl der Meister.

„Wir werden dich hierlassen müssen, mein Herz, kommen aber sobald wie möglich zurück. Du hast hier genügend Vorräte. Deine Verletzung wird zwar noch etwas schmerzen, dich aber nicht mehr allzusehr hindern." Damit küßte er sie auf die Stirn. Sie hielt ihn kurz fest und küßte ihn dann entschlossen auf beide Wangen.

Rhus toxicodendron
Giftsumach

Oh weh! Oh weh! gibt es in meinem Vokabular nicht.
Gefaßt die Aufgabe betrachtend,
beschreite ich den Weg, in mir ruhend,
die Kraft des Vertrauens mich bewegend!

Gunpowder
Schießpulver

Was mal zum Spaß erdacht,
hat mich zum Ernsthaften gebracht.
Die Vernunft lehrte mich die Kräfte zu bewahren,
geballt die schönen Dinge des Lebens zu genießen.

Solidago virgaurea
Goldrute

Nein, tue es nicht!
Ist das eine Warnung oder eine Hemmung?
Auf das Warnschild achte ich und mich auf meine Kraft
stemmend, überwinde ich alle Hindernisse.

III

Verwüstung

Sie durften keine Zeit mehr verlieren. Nur die Unerfahrenen, jene mit übertrieben hoher Selbsteinschätzung, bereiten sich nicht beizeiten auf unvorhergesehene Ereignisse vor.

Doch die Schüler des Purpurmantelhofes wurden dafür trainiert, sich immer bereitzuhalten, um sofort handeln zu können – egal wie die Umstände waren und ganz gleich, was auf sie zukommen mochte. Aus diesem Grund gab es nie einen Rest von Unentschlossenheit, und sie lernten, auf alle Eventualitäten zu achten.

Das mag vielleicht sehr aufwendig wirken, ist aber eigentlich in Belangen des Äußeren eine einfache Disziplin. Was braucht man in einem Notfall? Nur das Grundsätzliche. Und wie man dies noch auf das Minimale reduziert, lernten die Schüler des Purpurmantelhofes gründlich. Das Gegenteil von Disziplin entsteht durch die Verwöhnung des Körpers. Ein verwöhnter Körper ist unflexibel und schlecht in der Lage zu improvisieren. Wogegen ein Mensch, der gelernt hat, seine Bedürfnisse auf das wirklich Notwendige zu reduzieren, mit wenig sehr gut auszukommen vermag.

Selbstverständlich stellt sich für viele Menschen die Frage, ob sich so ein Leben lohnt, da sie auf keinen Genuß verzichten wollen. Sollte nicht alles, was man zu sich nimmt und für sich tut, ein Genuß sein? Das ist der ewige Streitpunkt der Menschen und der Götter. Die Götter scheinen alles genießen zu können, sogar ohne Probleme, doch für den Menschen gilt das nicht, denn die falschen Genüsse des Menschen, die durch egoistische Erwartungen entstehen, führen lediglich zu einem lethargischen Körper und Geist.

Die Jugend ist eine unbeschwerte Zeit. Der junge Mensch ist vollkommen überzeugt, alle Weisheit der Welt mit einem goldenen Löffel gegessen zu haben. Was für eine wunderbare, treibende Kraft die Jugend besitzt! Der Mensch, der die Überzeugungskraft der Jugend immer und zu jeder Zeit aufrechterhalten kann, ist sicher glücklich zu schätzen. Doch Ronan hatte in Hinsicht auf die elementaren Bedürfnisse des Lebens auch noch viel zu lernen! Da der disziplinierte und strukturierte Geist seines Meisters ihn so faszinierte und er darauf brannte, eines Tages selbst Handlungen dieser Art ausführen zu können, war er zuversichtlich, die Lehren zu meistern. Dafür sollte allerdings in jedem Bereich seines Lebens Ordnung herrschen. Das würde nicht einfach werden. Aber er wußte, daß diese Ordnung zu halten ihn dann zum Lohn mit Freude erfüllen würde.

Die Höhle, in der sie sich mit Anjulie befanden, verzweigte sich in viele kleinere, die alle miteinander verbunden waren, wenn auch durch teilweise sehr enge Gänge. Rechts weitete sich die Höhle zu einer Ausbuchtung, wo sie lagerten. Daneben befanden sich die Vorratskammern. In einer wurden die Lebensmittel in luftdichten Holzbehältern aufbewahrt, in der benachbarten befanden sich die Heilkräuter. Brennholz war in einer länglichen Höhle gestapelt, die spitz zulief und deren linke Seite in eine breite Wölbung überging. Das Anzündholz war gleich rechts am Eingang zur hinteren Wand aufgestapelt. Links in der Wölbung hingen Kochutensilien, Werkzeuge und frisches Bettzeug. Alles zusammen ergab eine schön eingerichtete Behausung, sollte jemand das Bedürfnis verspüren, unterirdisch leben zu wollen. Ronan wunderte sich, warum so viel Aufwand in die Ausstattung der Räume investiert worden war, doch noch war nicht der richtige Zeitpunkt, diese Neugier zu befriedigen. Welch ein Glück, daß die Meister diese Höhle so gründlich vorbereitet hatten. Sie mußte ihnen wohl schon einmal gute Dienste erwiesen haben. Ronan wagte gar nicht daran zu denken, wie ihr Schicksal sonst ausgesehen hätte.

Innerhalb kürzester Zeit hatte Meister Ling alles zusammengetragen, was sie brauchen würden. Gleichzeitig gab er Ronan genaueste Anweisungen: „Leere deinen Rucksack aus und sortiere den Inhalt. Wir nehmen nur so viel Frisches mit, wie wir gleich draußen essen werden, und legen es als Oberstes hinein. Den Rest lassen wir hier. Die eisernen Rationen kommen ganz nach unten!" Schnell umhüllte er den Rucksack mit einem wasserdichten Stoff.

„Alles", sagte sein Meister, „hat seinen Nutzen, aber genauso kann man es auch mit allem übertreiben. Der rationale Geist befähigt einen, herauszufinden, was notwendig ist, und wird es dementsprechend nutzen. Dagegen verhindern Bequemlichkeit und unbedachter Konsum, all das, was wir haben und benötigen, richtig zu würdigen. Daß wir uns das Leben dort, wo es angemessen ist, angenehmer gestalten, dient dem Fortschritt. Alles, was uns jedoch verweichlicht und unsere Aufmerksamkeit vom Wesentlichen ablenkt oder verringert, erleichtert uns das Leben keineswegs. Ganz im Gegenteil – es beschwert uns."

Meister Ling legte seine Hand auf die Schulter des Mädchens und drückte sie kurz an sich, um ihr Mut zu verleihen. Dann drehte er sich um und ging. Ronan nickte Anjulie zu, die seine Geste mit einem zuversichtlichen Lächeln erwiderte. Das entzündete sein Herz mit rasender Wärme und erweckte Gefühle, die ihm Kraft verliehen. Ihm blieb keine Zeit, groß über sie nachzudenken, doch im Weggehen dachte er sich: *Der Meister liebt sie wohl sehr.* So liebevoll und verwundbar sah sie aus, daß sich sein Herz schmerzlich-süß zusammenzog. Während er dem Meister folgte, fühlten sich seine Füße an, als würden sie den Boden gar nicht berühren.

Bevor sie sich zurück ins Wasser begaben, zogen sie ihre Kleider aus und verstauten sie in ihren wasserdichten Rucksäcken. Und so erfolgte ihre Rückkehr aus der Höhle deutlich schneller. Da Ronan diesmal nur auf sich selbst aufzupassen hatte, mußte er sich lediglich vor den Felsseiten im unterirdischen Fluß schützen.

Wieder an Land angekommen, klopften sie sich rasch trocken, zogen die Kleider an, die sie zuoberst im Rucksack verstaut hatten, und steckten ihre Dolche in die Lederscheiden an ihrer Seite. Da sie jetzt die Anstrengung der Unterwasserstrecke hinter sich gebracht hatten, konnten sie sich ein Mahl erlauben und setzten sich am Ufer des Flusses nieder, um es still und bedachtsam zu sich zu nehmen.

Einem Meister sind stets die weitreichenden Konsequenzen seiner Handlungen bewußt, auch wenn schnelles Handeln notwendig ist. Nahrung, in Stille aufgenommen, verleiht dem Körper eine viel höhere Qualität an Energie. Höhere Qualität ist dabei als ein Mehr an Energiereserven, Dynamik und Ausdauer zu verstehen. Ausdauer ist im Grunde die Folge der ökonomischen und entspannten Nutzung der verfügbaren Energie. Essen in Hast und Eile verspannt den Menschen und trennt ihn von den aufbauenden Energien. Wie kann die aufgenommene Nahrung dann in den Fluß der Lebenssäfte gelangen?

Nach der kraftspendenden Mahlzeit ruhten sie noch fünf

Minuten, um den Verdauungsprozeß voll in Gang zu bringen, und machten sich sodann langsam auf den Rückweg. Nach kurzer Zeit erhöhten sie gemächlich das Tempo, bis sie schließlich mit langen Schritten liefen, die sie schnell vorwärtstrugen.

Die Dunkelheit brach über sie herein, als sie sich noch in einiger Entfernung von ihrem Zuhause befanden.

„Flammen", rief Ronan. Eine riesige Feuerzunge schoß zum Himmel hin und verglomm am Horizont. Sie verlangsamten ihre Schritte, um das, was sie in der Ferne sahen, besser zu verstehen. „Unsere Brüder wurden angegriffen", rief Ronan, „hoffentlich konnten sie entkommen und sich schützen! Aber wer sollte uns attackieren und warum? Haben wir denn jemals jemandem etwas angetan? Wir sind doch Heiler und schaden niemandem."

„Egal was du tust, ganz gleich, wie nobel du zu sein meinst, es bekommt immer irgendjemand durch deine Handlung einen Schaden zugefügt, selbst wenn sie wohl gemeint ist", entgegnete Meister Ling.

Ronan hatte keine Ahnung, wovon der Meister redete: „Wie können gute Taten schädlich sein?"

„Ganz einfach erklärt: Jede Tat wird vom Betroffenen nur in der Weise betrachtet, wie sie auf ihn wirkt. Solltest du in einer Weise heilen, die nicht nur effektiv ist, sondern tief zu den wahren Ursachen dringt, gefährdet es die Interessen vieler Menschen. Alleine die Wirksamkeit stellt oft schon eine Gefährdung dar. Ist sie dramatisch und verwendest du höhere Ebenen des Heilwesens, so kann es sein, daß du dich in gefährliche Gewässer begibst. Es sei denn, du verhältst dich nach außen hin klein und unbedeutend."

„Ich verstehe überhaupt nicht. Mein Verstand kann die von Euch dargestellte Idee nicht fassen. Wir sind doch nur eine Schule, die werdende Heiler trainiert, um den Notleidenden zu helfen. Wem könnten wir im Geringsten gefährlich werden?"

„Wie ich schon sagte: allen möglichen Arten von Institutionen. Nimm einfach das Beispiel der Contraria-Schule, welche die Auswirkungen der Krankheitsursachen nur verdrängen will. Obwohl die Befürworter dieser Methode in der Mehrzahl sind und auch die meisten Menschen unbewußt keine echte Heilung anstreben, fühlt sich die Contraria-Schule stets durch alles bedroht. Allein schon der Gedanke einer echten Auseinandersetzung mit uns Heilern löst bei ihr diese Angst aus. Stell dir vor, was passieren würde, wenn ein Dutzend Heiler in der Weise, wie du es heute erleben durftest, in der Außenwelt wirken würde! Das würde einen Aufruhr in den Gemeinschaften auslösen, und die Contraria-Schule würde dies mit allen Mitteln verhindern wollen."

Ronan stolperte kurz, da die Worte Meister Lings ihn zu sehr peinigten und seinen Geist aus dem Gleichgewicht warfen. Doch er hatte sich sofort wieder im Griff und lauschte weiter.

„Die Contraria-Schule sieht Heilung nicht in dem Sinn wie wir, denn sie glaubt wahrlich nicht an die Macht der Natur und deren Gesetzmäßigkeiten. Aus diesem Grund könnte man meinen, daß sie mit uns wirklichen Heilern kein Problem haben sollte. Aber sie fühlt sich instinktiv durch alles bedroht, was sie nicht erklären kann und was nicht in ihre Denkstruktur hineinpaßt. Aus diesem Grund würde sie Maßnahmen einleiten, um Heiler wie uns zu unterdrücken, auch wenn die Gesetze eines Landes seinem Volk gewisse Freiheiten gewähren. Für die Contraria-Schule ist alles, was nicht ihren Methoden entspricht, Quacksalberei. Sie sehen es als eine medizinische Abscheulichkeit an. Auf einer Basis von solch absoluter Überzeugung entsteht bei ihnen ein Gefühl der Entrüstung, das allein seinen Glauben als den einzig richtigen und wahren betrachtet. Dies führt wiederum dazu, die Macht, die aus diesem falschen Gefühl, im Recht zu sein, geschöpft wird, zu benutzen, um alle jene erbarmungslos zu verfolgen, die auch nur im Geringsten etwas gegen ihre Meinung sagen beziehungsweise anders handeln."

Zum Glück öffnete sich der Weg jetzt, und Ronan konnte sich trotz der Mühe ganz auf die Worte, die ihn so faszinierten, konzentrieren.

„Das ist auch eine irregeführte Umsetzung der wahren Bedeutung des Begriffes 'Glaube'", sprach der Meister weiter. „Glaube heißt im eigentlichen Sinne: In dem Grund, der einen bewegt, im Ganzen verwurzelt zu sein. Natürlich gibt es Quacksalber und Scharlatane in allen Schulen und Methoden. Bei unserer Methode kann es sich höchstens um eine recht schlechte Anwendung handeln, nicht aber um Quacksalberei. Wenn eine Methode so mächtig ist, wie du sie heute erlebt hast, wirst du schwerlich jemanden finden, der sie bis zur Meisterschaft beherrscht, jedoch viele, die sich darin üben oder ihre Beherrschung gar nur vortäuschen. Ferner gibt es ja unzählige Methoden der Heilung, besser gesagt Verfahren, die dir ein Gefühl des Wohlbefindens verleihen, jedoch nicht unbedingt etwas mit Genesung zu tun haben."

„Also, wenn ich es richtig verstehe: Die Methode selber ist nicht Quacksalberei, sondern entweder dem Leben dienlich oder in irgendeiner Weise gegen das Leben gerichtet?"

„Richtig! Aber was soll's! Jedem gebührt das Recht, sein Leben so zu verbringen, wie er es für sich entschieden hat. Daß das Leben dich mit Sicherheit immer weitertreiben wird, um mehr Heilung in dir zu schaffen und dich zu verbessern, ist wiederum eine andere Sache. Doch nicht alles bringt Heilung, denn vieles ermöglicht uns nur weiter zu funktionieren – dies manchmal sogar unglaublich gut. Dennoch sollten wir nicht vergessen, was die Weisen uns gelehrt haben: nämlich uns vor Täuschungen und Illusionen in acht zu nehmen und deren Gefahr immer im Gedächtnis zu bewahren. Die in uns tätigen Kräfte der Zerstörung – die wahre Ursache allen Leidens, die wir Heiler als die eigentlichen Krankheiten ansehen – werden unaufhörlich ihre Angriffe vorantreiben. Diese Kräfte können nur eine Zeitlang in Schach gehalten werden, und früher oder später werden sie auch den Mächtigsten entmachten. Das einzige, was dem wirklich entgegenwirkt, ist, die Strömungen dieser krankmachenden Energien zu heilen und sie nicht durch Verdrängung oder Unterdrückung einfach woanders hinzuleiten."

Dies war das erste Gespräch, das sie seit ihrer Rast am Fluß geführt hatten. Sie hatten ihre Energien geschont und sich darauf konzentriert, so schnell wie möglich nach Hause zu kommen. Ronan hatte sogleich ein weiteres Thema angeschnitten, das wiederum eine Unmenge weiterer Fragen aufwarf. Doch auch dieses Mal mußte er sich in Geduld üben, bis seine Neugier gestillt werden konnte, denn gerade als sie an die Wegbiegung gelangten, an welcher der Hof und seine Ländereien in voller Pracht vor ihnen lag, sahen sie ein brennendes Gebäude und ein zweites, das gerade unter den Flammen zusammenbrach. Ronan erschrak zutiefst und erblaßte innerlich, als er sein ein und alles verbrennen sah.

Sein geliebtes Heim! Momente der Ewigkeit schienen zu vergehen, bevor er diesen grausamen Anblick zuließ und wieder zu Sinnen kam.

Manchmal ist es gut, nicht zu wissen, was das Leben mit sich bringt. Wie sollte man sonst all seine Fährnisse aushalten können?

Da es schon dunkel geworden war und das Feuer lichterloh brannte, würden sie nicht so leicht zu sehen sein. Rasch liefen sie den Hang hinunter, bis sie im Windschatten einer Erhöhung auf der rechten Seite des Hofes ankamen. Dort befanden sich unter anderem die Schlafräume des Übernachtungsheims, mehrere Lager sowie einige Werkstätten. Noch hatte das Feuer nicht auf sie übergegriffen, doch schien es, als ob das Küchengebäude links hinten gerade in Brand gesetzt wurde. Dort flackerte etwas. Fackeln? Stimmen drangen an ihr Ohr. Meister Ling und Ronan setzten ihre Rucksäcke leise am Boden ab und betrachteten betroffen die Verwüstung vor sich. Sie konnten schemenhaft Gestalten ausmachen, deren Bewegungen ungerichtet wirkten, gerade so, als wären sie verwirrt.

„Es sieht so aus, als hätten unsere Brüder das Hauptziel des Feindes, alle festzunehmen, verhindern können. Wir müssen herausfinden, wie groß der angerichtete Schaden ist. Ich gehe um die Gebäude auf der rechten Seite herum. Du gehst direkt zwischen diesem Haus vor uns und jenem auf der linken Seite hindurch und gibst mir Rückendeckung. Der Großteil der Eindringlinge scheint sich am Zentralgebäude aufzuhalten. Wir treffen uns dort, wo der Boden ansteigt, und gehen dann an der Rückseite entlang. Von dort aus können wir die Lage besser einschätzen. Verstecke dich hier, bis du mich ganz oben auf der Anhöhe sehen kannst, dann komm schnell nach. Wenn du Gefahr erkennst und mich warnen willst, benutze das Froschquaken. Mögen die Götter mit uns sein!"

Die Gebäude lagen quer zu ihnen, in einem schrägen Winkel nach links versetzt. Sobald Ronan sein Versteck verließe und zu ihnen hinunterginge, würde er den Meister erst wieder sehen können, wenn er am Ende der beiden Gebäude angelangt war. Also mußte er sich schnell bewegen, ohne dabei das geringste Geräusch zu verursachen. Die Teile seiner Kleidung, die sich lösen und ihn stören könnten, befestigte er. Mit einem feinen Baumwolltuch um die Stirn band er seine langen, kräftig gewellten Haare zusammen, die ihn normalerweise nicht störten. Seltsamerweise war Ronan in äußerst aufgeregter Stimmung, verspürte jedoch gleichzeitig eine innere Ruhe, die er bisher noch nicht gekannt hatte. *Das ist Leben!*, ging es durch seinen Kopf. *Abenteuer in seinem höchsten Sinne.*

Da sah er den Meister wie einen Schatten den Hang hinaufschleichen. Als dieser gerade unterhalb des höchsten Punktes angekommen war, sagte Ronan zu sich: *Jetzt!* und schoß, den Oberkörper gebeugt, den Hang hinunter. Dabei machte er sich so klein wie möglich, was ihm auch bestens half, die Balance zu halten. Vorsichtig schaute er um das Gebäude in den dunklen, schmalen Gang hinein und war entsetzt: Eine Gestalt zielte mit einem Pfeil geradewegs auf seinen Meister. Der Angreifer mußte soeben aus dem linken Gebäude herausgekommen sein und dabei den Meister erspäht haben. Diesem war die von dort kommende Gefahr entgangen, während er die Lage unter sich betrachtete. Ronan hatte keine Zeit zu verlieren, jeden Augenblick mochte der Krieger den Pfeil losjagen.

Er stürzte sich zwischen die Gebäude, federte in den Knien, ergriff dabei einen auf dem Boden liegenden Stein und warf ihn im Aufrichten mit ganzer Kraft auf den Schützen. Der Stein traf den Mann mit enormer Wucht an der Schläfe, und er fiel zu Boden.

Es zahlte sich tatsächlich einmal aus, daß Ronan es als Kind geliebt hatte, mit Steinen zu werfen. Die anderen Knaben waren damals schnell von diesem Spiel gelangweilt gewesen, und so schaffte es niemand, wie Ronan ein Ziel zu treffen. Das Werfen wurde zu seiner Leidenschaft, und er entwickelte es bis zur Perfektion.

Genau in dem Moment, als Ronan den Stein warf, wandte sein Meister sich um. Irgendein Instinkt schien ihn gewarnt zu haben. Er sah den Krieger in sich zusammensacken, konnte aber nur ahnen, was dort unten vorgefallen sein mußte.

Ohne eine Sekunde zu verlieren, lief Ronan weiter auf den Hang zu. Als er das Ende des Gebäudes erreicht hatte, hielt er sich rechts, um auf dem Pfad zu bleiben, der ihn direkt den Hang hinaufführen würde. Dort bog er wiederum rechts ab, und plötzlich sah er drei Krieger auf sich zukommen. Der rechte war kaum zehn Schritte von ihm entfernt, der mittlere ein Stückchen dahinter und der letzte einen halben Meter weiter links. Ronan lief weiter, ohne den Schritt zu verlangsamen. Er wußte im selben Augenblick, wie er handeln mußte.

Mit einer fließenden Bewegung war er bei dem rechten Krieger. Der Bruchteil einer Sekunde war vergangen, seit er die drei entdeckt hatte und sich auf sie zubewegte. Sie hatten keinerlei Gelegenheit zu reagieren.

Die Außenkante seiner linken Hand traf den Hals des rechten Kriegers mit einem dumpfen Schlag. Als dieser ruckartig nach hinten kippte, kniete sich Ronan auf sein rechtes Bein, packte den Schwertgriff des Stürzenden, stand im Einklang mit dem Fall des Kriegers auf und traf im selben Schwung mit dem erbeuteten Schwert den Hals des mittleren Gegners. Er ging erneut in die Knie, führte die Spitze des Schwertes in dessen Rücken und schlug dem dritten Krieger im Aufrichten den Schwertgriff unters Kinn – der war nicht einmal dazu gekommen, das eigene Schwert zu ziehen, als er wie ein gefällter Baum zu Boden stürzte.

Der Kampf war vorbei, bevor Ronan richtig bewußt wurde, daß er gehandelt hatte. Es war wie ein rhythmischer Tanz gewesen. Mindestens einen Mann hatte er getötet, doch er spürte weder Abscheu noch Schuld. Gefaßt schaute er auf die Körper der drei Krieger, als Meister Ling zu ihm trat. Ronan entging, daß sein Lehrer ihn mit neuen Augen ansah.

„Wir sollten sie gleich von hier wegschaffen", sagte der Meister. Damit trugen sie alle vier Angreifer in das Gebäude auf der rechten Seite, wo sie die beiden Überlebenden fesselten und knebelten. Kopfbedeckungen und Umhänge der Eindringlinge zogen sie geschwind über die eigene Kleidung. Wenn man sie nicht zu genau betrachtete, könnten sie sich auf diese Weise unter die Mörderbande mischen, ohne entdeckt zu werden. Schnell verschwanden sie bergauf.

Am Aussichtspunkt angekommen, spähten sie in den Hof. Viele Söldner waren dort zu sehen. Manche waren offensichtlich als Wachen postiert, andere wiederum standen da, als warteten sie auf Befehle. Es lagen Tote auf dem Hof, Angreifer wie Verteidiger. Ein Krieger saß auf einem Pferd, offensichtlich der Anführer. Der Mann war dabei, einen von den Brüdern zu befragen. Selbst von hier oben konnten sie erkennen, daß der Bruder stark blutete und unter heftigen Schmerzen litt. Sein Name war Palan.

Wahrscheinlich war seit dem Überfall nicht viel Zeit vergangen. Meister Ling und Ronan waren nur ein wenig zu spät gekommen, um die Brüder zu warnen und zu retten. Plötzlich zog der berittene Führer sein Schwert und schlug es Bruder Palan mit Wucht in den Hals, daß er ihn fast geköpft hätte. Ronan wollte vor Entsetzen aufspringen, aber Meister Ling schien das zu ahnen und packte seinen Arm mit erstaunlicher Kraft, so daß er keinen Muskel mehr bewegen konnte. „Kein Leichtsinn", mahnte er.

Ronan war tief getroffen. Bruder Palan war tot. Ein Herz von einem Menschen, der nie jemandem einen Schaden zugefügt hatte. Selbst wenn er einmal mahnend einen Finger erhoben hatte, war sein Gesicht von einem gütigen Leuchten erfüllt gewesen. Jetzt war er tot. Die Liebe, die sein Leben erfüllte, hatte ihm am Ende doch nicht helfen können. *Weh den Menschen, die in irgendeiner Weise die Personen bedrohen, die mir lieb sind.*

„Laß uns jetzt hinuntergehen und uns umschauen, damit wir abschätzen können, wie schlimm es uns getroffen hat." Meister Lings Aufforderung holte Ronan aus seiner Trauer. „Hilfe leisten wir nur dann, wenn es uns nicht gefährdet. Du mußt lernen, dich zu zähmen, denn es gibt höhere Ziele. Und manchmal ist es erforderlich, Opfer dafür zu bringen. Vielleicht fällt es dir leichter, wenn du die Sache so betrachtest:

Wir müssen die Opfer, die andere für uns bringen, achten. Andernfalls ist ihr Opfer bedeutungslos, und sie haben es umsonst gebracht. Wie würdest du dich fühlen, wenn du ein Opfer bringst und derjenige, für den du es tust, opfert sich mit?"

Ronan waren Tränen in die Augen getreten, doch das bemerkte er erst jetzt, als er bei den eindringlichen Worten des Meisters zu ihm aufblickte.

„Natürlich geben wir alles, um anderen zu helfen, um andere Menschen zu retten. Es kommt darauf an, in jedem Moment das Richtige zu tun. Bewaffnet mit der aus solchem Wissen geschöpften Kraft, können wir dann handeln. Jetzt aber gilt, daß wir uns zurückhalten müssen!" Meister Ling zog seinen Schüler auf die Füße und in den Schatten eines Busches oberhalb der Klosteranlage. Er legte ihm eine Hand auf die Schulter und sprach: „Bewege dich ganz selbstverständlich – wie einer von ihnen. Halte keinen Augenkontakt, aber schau auch nicht auffällig weg. Gib dich einfach so, als hättest du etwas Wichtiges zu erledigen, was deine Konzentration erfordert. Du gehst zum Speisesaal, und ich mache mich auf den Weg zum Wohntrakt der Brüder. Wir treffen uns hier oben wieder. In fünfzehn Minuten, nicht später."

Der Hof des Purpurmantels war in einem Halbkreis angelegt. Am Hang – auf der nördlichen Seite –, wo sich die beiden gerade befanden, lagen die Häuser der Meister und Brüder. Sie bildeten einen Bogen, schön wie die Mondsichel bei Neumond. Manchmal schimmerten sie am frühen Abend, als würde der Mond den Meistern einen Besuch abstatten. Auf der westlichen Seite befand sich das Gemach des Abtes, wo der Hang nach Westen bog und es eben wurde. Vor diesen Gebäuden spannte sich großzügig ein hufförmiger Hofgarten, reich bepflanzt mit großen Bäumen und seltenen Blumen. Kreisförmig um den Hof lagen rechts die Schulungsräume und links der Speisesaal, an den sich die Küche anschloß. Davor breitete sich die volle Pracht von Teich und Garten aus.

Die Schulungsräume brannten bereits lichterloh. Der Meister würde vom Hang aus ohne größere Schwierigkeiten in seine Gebäude hineinkommen können. Ronan dagegen mußte erst den Hof überqueren, um zum Speisesaal zu gelangen, und der hatte auch schon Feuer gefangen.

Vorsichtig gingen die beiden den Hang hinunter. Am Ende des ersten Gebäudes angekommen, warteten sie, bis niemand in ihre Richtung schaute, dann trennten sie sich – der Meister ging nach rechts und Ronan weiter geradeaus. Die Mehrzahl der Angreifer hielt sich vor dem Haus des Abtes auf. Einige sorgten sich um die eigenen Verletzten. *Es muß eine heftige Schlacht gewesen sein,* dachte sich Ronan; er zählte acht oder neun Verletzte und fünf Tote auf der Gegenseite. Erfreulicherweise schienen hier nur drei der Hofbewohner ums Leben gekommen zu sein. Ronan hätte gerne aus größerer Nähe einen Blick auf sie geworfen. Doch sich dieser Gefahr auszusetzen wäre töricht. Trotzdem näherte er sich ihnen so gut wie möglich. Als er einen raschen Blick auf die Toten warf, schwoll ein Knoten in seinem Magen.

Nein, das darf nicht sein, nicht gerade Sung ki. Tränen stiegen ihm in die Augen, und er schüttelte heftig seinen Kopf, um bei Sinnen zu bleiben.

Einer der Söldner rief etwas zu ihm hinüber. Ronan antwortete mit einer wegwerfenden Handbewegung und bog schnell zum Speisesaal ab, als wäre ihm noch etwas Wichtiges eingefallen.

Die Schüler des Purpurmantelhofes wurden aus allen Ländern der Welt ausgesucht und in die Obhut des Abtes gegeben; es war ein Opfer, das die Eltern bewußt darbrachten. Ihnen war klar, daß ihre Kinder damit nach den Regeln des Hofes erzogen und nicht mehr zum Land ihrer Geburt gehören würden; daß sie zu einer neuen Familie, zu einer Gemeinschaft gehören würden, die all diese Begrenzungen durchbrach. Es war ein Ausdruck des vollsten Vertrauens in die Integrität der Meister und Brüder.

Dem kleinen Ronan war es damals schwergefallen, sich in andere hineinzuversetzen. Deswegen wußte er nicht, daß es für andere Vierjährige mit unterschiedlichen Gefühlen verbunden war, wenn sie vom Schoß ihrer Mutter genommen wurden. Er jedenfalls war in guter Stimmung zum Hof gekommen, hatte Freude in seinem Herzen verspürt, etwas Ehrwürdiges und Schönes erlernen zu dürfen, und ein Gefühl von Abenteuer genossen. Er hatte damals geglaubt, daß es für die anderen Kinder genauso sei. Die Erinnerung an seine Mutter war bald verblaßt. Er wollte sie einfach vergessen, da er wußte, daß er sie nie wiedersehen würde. Am Hof des Purpurmantels lebten keine Frauen, und so wurde ihm durch das Fehlen weiblicher Geschöpfe die Ferne seiner Mutter nicht so schmerzlich bewußt. Auf diese Weise vergrub er den frühen Verlust tief in sich und stürzte sich ins Abenteuer. Mit der Zeit wandelte sich der Verlust nahezu unbemerkt in Stärke.

Das Leben verlangte viele Opfer von den Kindern. Vor allem wenn sie eine besonders harte Disziplin zu lernen hatten. Und dann gab es diejenigen Kinder, die jede Arbeit auf ihre eigene Weise erledigen wollten. Hilarius zum Beispiel wollte immer alles besonders schön gestalten. Ein bißchen mehr von den Zweigen der Büsche wegschnipseln oder vielleicht doch zwei, drei Stengel stehen lassen. Nach jedem Schritt schaute er zu dem Bruder, ob der damit einverstanden wäre, und ein strenger Blick des Bruders genügte, um ihn zur Reinheit der Anweisungen zurückzubringen. Ronan hatte sich immer gewundert, wie die Brüder es schafften, so gelassen und gleichzeitig streng zu sein. Gelegentlich hätte er manchen Kindern gerne eine Ohrfeige verpaßt, aber das kam natürlich nicht in Frage. Gewaltlosigkeit gehörte nämlich zu den obersten Grundprinzipien des Hofes. Gewaltlosigkeit hatten die Meister deutlich von Kämpfen unterschieden. Kämpfen um sein Recht und um sein Leben gehört zu den Grundlebensprinzipien. Doch jemandem bewußt oder unbewußt wehtun wollen heißt Gewalt ausüben und ist gegen das Leben gerichtet.

Die Erziehung war konsequent und unnachgiebig, und die Schüler mußten viel üben und lernen; doch bei alldem ließen ihnen die Brüder immer auch einen gewissen Spielraum. Die Kinder sollten die Möglichkeit haben, sich zu entwickeln, nach ihrer eigenen Natur zu wachsen, und nicht zu bloßen Befehlsempfängern werden. Dieses Prinzip reizten die Kinder dann teilweise bis zum Äußersten aus.

Nach ihrer Ankunft hatten sie eine Woche lang Narrenfreiheit, durften machen, was sie wollten, und sich nahezu überall umschauen. Dabei lernten sie neben Brüdern und Meistern auch die Gruppe der im letzten Jahr Aufgenommenen kennen.

Nachdem die Woche verstrichen war und Ronan das erste Mal um vier Uhr morgens geweckt wurde, wußte er überhaupt nicht mehr, wo er sich befand. Er hatte schlimme Alpträume, fühlte sich bedroht und fuchtelte wild um sich. Sung ki, eines der Kinder, hielt ihn fest und sprach ein paar beruhigende Worte zu ihm. Als Ronan in Sung kis unergründliche Augen blickte, war er von Frieden umgeben. Augenblicklich war er bei sich, und von diesem Moment an hatte er keine Angst mehr. Ein Gefühl tiefer Zuneigung zu Sung ki entsprang in seinem Herzen und hatte dort von nun an seinen festen Platz. Sung ki wußte das, doch sie sprachen nie darüber.

Die Erinnerung an Sung ki ließ erneut Tränen in Ronans Augen schießen. Trauer überrollte ihn, aber er durfte den Kopf nicht einmal wenden, um sich ein letztes Mal von ihm zu verabschieden.

Es gibt Menschen, die von einer anderen Klasse sind, weit über die Besten hinaus. Sie gehen ihre Disziplinen mit ehrfurchtgebietender Hingabe und Zielstrebigkeit an. Es ist schwierig, die Worte zu finden, die sie angemessen beschreiben. Auch wenn man an ihrem Gesicht keine Regungen ablesen kann, können diese Menschen große Freude im Herzen empfinden und viel Spaß am Leben haben. Sung ki war einer von ihnen gewesen. Sung ki, der Unbesiegbare. Ein ganz Stiller, der nur sprach, wenn es angebracht war. Sonst erledigte er die Dinge, ohne dabei große Worte zu verlieren, und saß da, ohne seine Miene zu verziehen, mit einem unlesbaren Gesichtsausdruck. Nur seine Augen hatten eine Tiefe, eine unendliche Tiefe. Man konnte ihm erzählen, was man wollte. Immer gab er einem das Gefühl von friedlicher Ruhe. Sowohl bei den Kampfkunstübungen als auch in der Waffenkunst ließ er sich niemals in einen Wettkampf hineinziehen.

Jetzt war er tot. Und doch hatte er im Tod noch friedlicher ausgesehen als im Leben. Ronan schluchzte und spürte plötzlich eine unbändige Wut in sich. Er würde ihn rächen, das schwor er sich, als er auf dem Weg zum Speisesaal war.

Sein Instinkt warnte ihn beim Betreten des Speisesaals. Aus der Tür quollen ihm dicke Rauchschwaden entgegen. Er schaute wachsam um sich, um sicherzugehen, daß ihn niemand beobachtete, und schlüpfte dann rasch durch die Tür. Trotz des Rauchs und der Flammen konnte er erkennen, daß er inmitten eines Schlachtfelds stand. Die Angreifer schienen die Schüler beim Abendessen überrascht zu haben. Viele der Mitschüler lagen tot am Boden, sie setzten sich aus allen drei Schülergruppen zusammen, die derzeit am Hof lebten. Ronan atmete erleichtert auf, als er feststellte, daß zumindest hier keiner seiner engen Freunde darunter war. Doch zu vorschnell war diese Erleichterung! Als Ronan einen weiteren Schritt in den Raum tat, rutschte er beinahe aus und bemerkte entsetzt, daß er in einer Blutlache stand, das Opfer lag mit dem Gesicht im Suppenteller. Es war Sankhya, der Sanftmütigste unter den Kindern. Ronan schwor sich, besonders ihn zu rächen.

Plötzlich war da ein Stöhnen. Ronan horchte auf. Noch einmal vernahm er ein Keuchen und Stöhnen. Es schien aus der Küche zu kommen. Schnell lief er hinüber, konnte auf den ersten Blick aber niemanden sehen. Ein leises Seufzen kam aus der hintersten Ecke. Vorsichtig bewegte er sich zur Kammer hinter der Küche. Hier war es ziemlich dunkel, also wartete er drinnen, seitlich der Tür hockend, bis sich seine Augen an die Dunkelheit gewöhnt hatten. Dann schaute er hinein. Hinter der Kammer, an der Tür, die nach außen führte, saß jemand, schräg zur Seite gelehnt. Vor ihm lagen drei Angreifer am Boden.

„Aziz", entfuhr es Ronan, und so schnell er konnte lief er zu ihm. Aziz' Augen flackerten auf, als er seinen Namen hörte. Er war übel zugerichtet worden. Aus einer Messerwunde am Hals, die nah der Schulter begann und fast bis zur Kehle reichte, sickerte Blut, und am Boden hatte sich bereits eine furchterregend große Lache gebildet. Auf der Brust klaffte ein Riß, der von der Herzgegend fast bis zum Magen reichte, allerdings bedrohlicher aussah, als er wirklich war. Die wirklich gefährliche Wunde befand sich am Hals. Selbst eine weitere Verletzung an der Hüfte, die den Hüftknochen entblößt hatte, war nicht so schlimm wie die Blutung am Hals, ganz zu schweigen von den Messerschnitten an den Armen.

Ronan stand vor Augen, was hier geschehen sein mußte. Die Mörderbande war aus der Dunkelheit gekommen und hatte sich sogleich in den Speisesaal gedrängt. Die Schüler jedoch leisteten Widerstand. Als die Schlacht losging, entkam einer von hinten durch die Küche, um die Meister zu warnen. Die wachsamen Köche reagierten sofort und brachten die Schüler durch die Küche nach draußen in Sicherheit. Sung ki und zwei andere hatten die Bande aus dem Saal zurückgedrängt. Sie hatten versucht, die Angreifer so lange in Schach zu halten, bis alle anderen in Sicherheit waren. Für Sung ki und seine beiden

Mitstreiter wäre es da schon zu spät gewesen, sich in Sicherheit zu begeben, doch hatte ihr Opfer die Mitschüler gerettet.

Drei der Angreifer waren jedoch an ihnen vorbeigekommen und in den Saal zurückgelangt, noch bevor alle Schüler hatten weglaufen können. Aziz hatte diese drei in der Küche aufgehalten und den Fluchtweg durch die Außentür verteidigt. Als der letzte Schüler draußen war, hatte auch Aziz versucht zu entkommen. Doch einer der beiden übrig gebliebenen Angreifer – den dritten hatte Aziz da bereits erledigt – sah seine Chance und hatte Aziz am Hals erwischt. Der zweite hatte von unten zugestochen und ihn mit seinem Messer an der Hüfte getroffen. Irgendwie war es Aziz gelungen, die Angreifer trotzdem abzuwehren, doch nun lag er fast bewußtlos da und preßte seine Hand fest auf den Hals, um die Blutung zu stoppen.

Als Ronan näher kam, sah er, daß einer der drei Angreifer zu Aziz' Füßen noch lebte. Wie er da im schwelenden Rauch den Bewußtlosen liegen sah, stieg in Ronan eine Wut hoch, daß er dem Mann, ohne nachzudenken, mit dem Handballen so fest auf das Kinn schlug, daß dessen Kopf weit zurückschnappte. Ronan hatte all den in ihm lodernden Zorn in diesen Schlag gesteckt. Wenn der Bandit dadurch nicht gestorben war, dann würde er sich jetzt wünschen, tot zu sein.

Nun wandte Ronan sich Aziz zu. Er mußte ihm schnell helfen, denn jederzeit könnte jemand von der Bande vorbeikommen. Bestimmt vermißten sie einige ihrer Männer, und zudem hatte der Meister ausdrücklich fünfzehn Minuten für ihr Treffen ausgemacht. Als erstes schnitt Ronan passende Längen Stoff von den Kleidern der Toten. Zwei kleine Stücke faltete er und legte sie überlappend auf Aziz' verletzte Ader. Darüber band er eine Tuchlänge Stoff um seinen Hals. Fest genug, um die Blutung zu stoppen, aber so, daß Aziz weiterhin gut atmen konnte. Nachdem er auch die beiden anderen Wunden schnell versorgt hatte, war Aziz wieder klarer bei Bewußtsein. „Kannst du gehen?" fragte er den Schwerverletzten.

Aziz nickte nur, denn sprechen würde er für lange Zeit nicht mehr können.

Ronan stützte ihn auf seiner unverletzten Seite, und so gingen sie aus der Hintertür ins Freie. Den Pfad nach oben würden sie ab der Stelle nehmen müssen, wo Ronan zuletzt gekämpft hatte. Vorsichtig machten sie sich auf den Weg. Für ein kurzes Stück der Strecke würden sie im Blickfeld der Söldner sein, doch niemand sah zu ihnen hinüber. Ronan legte Aziz am Hang auf den Boden und drückte seine Hände vorsichtig gegen die Schläfen seines Freundes. Der nickte ein, und Ronan ließ heilsame Kraft in ihn fließen, so wie er es bei seiner eigenen Verarztung gelernt hatte.

Meister Ling war in den Trakt der Lehrer geschlichen. Hier war noch kein Feuer gelegt worden. Er hatte überlegt, ob er als erstes nach dem Abt schauen sollte, doch galt es, vorher Wichtigeres zu erledigen. Ein Kampf schien auch hier stattgefunden zu haben, aber Meister Samuel und die Brüder hatten die Söldner wohl außer Gefecht setzen können. Das mußte bedeuten, daß den Schülern aus diesem Bereich die Flucht gelungen war. Schnell schlüpfte er eine Treppe hinunter, die zu einer geheimen Tür führte. Als er die dahinterliegende Kammer erreichte, blieb ihm das Herz fast stehen.

Plötzlich war er mit schrecklicher Gewißheit erfüllt, daß es seinen geliebten Freund Samuel erwischt hatte, und tiefe Trauer stieg in ihm auf. Er nahm all seine Kraft zusammen, um die Trauer nicht zu verdrängen. Meister Ling ließ zu, daß sie ihn überwältigte, und so konnte sie durch ihn hindurchfließen und verschwinden. Nun verspürte er in seinem Herzen nur noch Liebe für Samuel, und das reine Gefühl erhellte ihm all die Erinnerungen an die schöne Zeit, die er mit ihm hatte verbringen dürfen. So gewappnet betrat er langsam das Zimmer.

Meister Samuel saß auf einem Stuhl. Ein Pfeil in seiner Brust hatte das Herz durchbohrt. Unmittelbar neben dem Eingang lag ein Söldner mit einem Messer in der Kehle, ein Bogen und Pfeile waren um ihn herum am Boden verstreut.

Meister Ling trat zu Samuel und berührte liebevoll seine Wange. Im selben Moment öffnete dieser seine Augen und schaute Meister Ling mit einem durchdringenden Blick an.

„Samuel, mein geliebter Bruder, du lebst noch."

„Nicht mehr lange, fürchte ich. Auch ich kann einen Pfeil im Herzen nicht überleben, nur das Ende verzögern."

„Laß mich dir helfen."

„Nein, das bedarf zu vieler Zeit und kostet zu viel Kraft. Du mußt unversehrt und unbeobachtet von hier fortkommen. Die Verantwortung für das zukünftige Wohl unserer Schüler und der gesamten Bruderschaft liegt in deinen Händen." Meister Ling zuckte kurz zusammen, hatte sich aber sofort wieder im Griff, als Meister Samuel weitersprach. „Ich glaube, daß unsere Meisterin Mehruma in großer Gefahr ist. Du mußt nach ihr schauen."

„Nein. Sie kann nicht gefährdet sein, dafür ist sie zu gut geschützt", erwiderte Meister Ling.

„Ling, mein Bruder, glaube mir, wenn ich dir das sage. Schlechte Zeiten sind über uns gekommen, schlimmer als alles, womit wir rechnen konnten. Dunkelheit droht die Erde erneut zu ersticken. Der Herr der bösen Mächte hat Fuß gefaßt, und eine grausame Wolke rollt bereits über die Länder auf uns zu. Niemand ist mehr sicher, auch die Meisterin nicht. Wir wurden zu einem Zeitpunkt überfallen, zu dem wir unvorbereitet waren. Es hängt jetzt von deiner Führung ab, ob das Licht siegen oder erlöschen wird. Wir können nur hoffen, daß Anjulie und Ronan ihrem Auftrag gerecht werden und die Prophezeiung erfüllt wird. Sind sie denn in Sicherheit?"

„Anjulie wurde von einem Pfeil der Gegner verwundet. Doch sie ist in Sicherheit in der Höhle, und ihre Verletzung ist nicht zu schwer. Ronan ist bei mir. Ich habe ihn zum Speisesaal geschickt, denn wir müssen wissen, woran wir sind."

„Gott sei gedankt, daß Anjulie lebt, aber dieser Auftrag für Ronan war ein unnötiges Risiko. Wir können es uns nicht erlauben, ihn zu verlieren."

„Ich habe volles Vertrauen in ihn. Einen derartigen Kämpfer habe ich schon lange nicht mehr gesehen. Das Herz wäre dir aufgegangen, hättest du ihn gegen die Söldner kämpfen sehen. Ohne zu zögern, hat er sich von seinem Instinkt leiten lassen und war ganz in seinem Element. Aber du hast recht: Wir können uns kein Risiko erlauben."

„Geh, mein Bruder. Die Geheimtür habe ich wieder unsichtbar werden lassen. Unsere Leute sind durch den Tunnel entkommen. Gott sei mit dir." Mit diesen Worten schloß Meister Samuel die Augen, atmete ein letztes Mal und verließ diese Welt.

Meister Ling umhüllte Samuels Seele mit all seiner Liebe und übergab ihn den Engeln. Der Freund lächelte Meister Ling zu und zog dann mit rasender Geschwindigkeit himmelwärts.

Meister Ling erreichte den Hang ohne weitere Zwischenfälle. Dort fand er Ronan, die Hände um Aziz' Schläfen gelegt. Er setzte sich zu ihnen und musterte Aziz. „Mit den Verbänden hast du gute Arbeit geleistet. Jetzt werde ich Aziz so gut wie möglich wiederherstellen. Bitte hol unsere Beutel hierher." Ronan eilte zu der Stelle, wo sie ihre Rucksäcke versteckt hatten, und kam sofort wieder zurück. Meister Ling nahm etwas Sumpfporst, Calendula und Johanniskraut aus seinem Beutel. Während er die Kräuter in seinen Händen vorbereitete, nahm Ronan die Verbände ab. Er brachte seine Hände an Aziz' Halswunde: „Dunkelrosa, weiße und tiefgrüne Feuerzungen durchdringen jetzt diese Wunde. Aziz braucht als erstes eine starke Liebeskraft, welche die dunkelrosa Flammenzunge beinhaltet. Den Tod von so vielen geliebten Menschen und eine derartige Gewalt zu erleben, läßt die Liebeskraft zunehmend schwinden. Wegen der schweren Verletzung am Hals muß auch die Heilungsflamme tiefgrün sein, um viel tiefer hineinlodern zu können."

Ronan war durch seine Trauer doch etwas abwesend, und es fiel ihm schwer, auf die Worte und Taten des Meisters zu achten. Kaum fand er die Ruhe, den Handlungen Meister Lings zu folgen, sah er wieder das Gesicht seines Freundes Sung ki vor seinen Augen. Nachdem aber sein Meister so ruhig arbeitete, verlor auch er die Sorge, daß die Angreifer sie entdecken könnten.

Nach und nach bekam Aziz immer mehr Farbe im Gesicht, und seine Lebensgeister schienen wieder zurückzukehren. Seine Wunde sah schon nicht mehr so bedrohlich aus. Als nächstes bearbeitete Meister Ling kurz Aziz' Brustverletzung, worauf eine ausführlichere Behandlung der Hüfte folgte. „Sumpfporst nehmen wir für die Stichwunde, Calendula sowohl für die Blutgefäße als auch für die Blutung und Johanniskraut für die Nerven", erklärte Meister Ling nach einer Weile, und langsam übertrug sich etwas von seiner Sicherheit auch auf Ronan.

„Zur ersten Bearbeitung der Knochenhaut sowie der Brust- und Hüftwunden hätten wir auch Raute und Beinwell nehmen können. Doch das braucht mehr Zeit, und dieser Zustand erfordert es nicht zwingend, so daß wir es überspringen. Wir müssen schleunigst von hier weg und an einen sicheren Ort kommen. Vorher muß ich jedoch wissen, was dem Abt widerfahren ist. Du bleibst hier, Aziz. Ruh dich aus, wir sind gleich wieder da."

Mit einem Zeichen an Ronan, ihm zu folgen, schlich Meister Ling den Pfad bis zur Rückseite des Gebäudes hinunter, das der Abt bewohnte – es war beleuchtet, war aber vom Feuer noch unversehrt. Vorsichtig spähten sie durch das Fenster. Ein Anblick des Grauens bot sich ihnen. Ronan war entsetzt, was sich dort vor seinen Augen abspielte; für immer würden sich diese Bilder in seine Seele brennen: Der Abt war schwer verwundet, war geschlagen, ja gefoltert worden, seine Kleider zerrissen und blutgetränkt. Der Anführer der Söldner stand vor ihm und schrie ihn an: „Wo halten sich die Flüchtigen versteckt?" Der Abt schwieg nur und schaute seinen Peiniger voll ruhiger Stärke an. Daraufhin schlug der Anführer wiederholt mit einem Klauenhammer auf ihn ein. Nicht einmal ein Wimmern kam über die Lippen des Abts.

Der Krieger in Ronan hatte Blut geleckt, und erneut rauschte die Kampfeslust heiß durch seine Adern. Mit all diesen Mördern wollte er sich anlegen und sie erbarmungslos umbringen. Meister Ling zog an Ronans Arm, legte einen Finger auf seine Lippen und gab ihm zu verstehen, daß sie ihrem Abt nicht mehr helfen konnten und sich jetzt zurückziehen mußten. Einen Augenblick lang wollte Ronan protestieren, hielt sich dann aber zurück. So begaben sie sich in den Schutz des Hangs. Unter einem Dickicht aus Haselnußsträuchern ließen sie sich nieder und saßen einige Augenblicke regungslos da.

„Meister Samuel ist von uns gegangen", begann Meister Ling schließlich, gab Ronan jedoch keine Zeit zu trauern und fuhr ohne Unterbrechung fort: „Doch sag mir nun, was du erlebt hast, Ronan!"

„Ich konnte im Speisesaal mit ziemlicher Sicherheit feststellen, daß sieben meiner Kameraden tot sind. Den armen Sankhya hat es auch getroffen. Draußen lagen noch drei weitere von uns. Am schlimmsten aber war für mich der Tod von Sung ki. Der unbesiegbare Sung ki! Jetzt, wo ich weiß, daß er nicht mehr da ist, spüre ich in mir nur noch eine unendliche Leere."

„Ja, das war ein schwerer Schlag. Aber selbst der beste Kämpfer ist nicht unbesiegbar. Die Leere, die du empfindest, ist in Ordnung, doch denke an das Opfer, das er für uns gebracht hat. Deine Trauer schmälert nur Sung kis Freude über die Rettung seiner Kameraden. Trauern sollst du, ja. Aber denke auch mit Liebe an ihn und schenke ihm die volle Freude, die ihm für seine Heldentat gebührt."

Ronan wollte das nicht wahrhaben. Als er es nach einer Weile dennoch versuchte und Sung ki sein ganzes Herzenswohl wünschte, durchflutete ihn auf wundersame Weise tatsächlich eine Welle der Freude, auch wenn die Trauer ihn gleichzeitig nicht aus ihrem Griff entließ. Und damit begann der Kampf zwischen Leid und Freude. Zum ersten Mal in seinem Leben erfuhr Ronan, was es bedeutete, einen wahren inneren Kampf auszufechten.

Er mußte an die Konflikte mit und in der Außenwelt denken. Bei Auseinandersetzungen dieser Art war er immer dermaßen bestrebt, siegreich hervorzugehen. Das mußte doch bei den inneren Kämpfen auch möglich sein! Also stemmte er sich in sein Becken, so wie er es vor jedem anderen Kampf auch getan hatte, und brachte all seine Kraft auf, um Sung ki Freude zu schicken.

Und plötzlich verschwand die Trauer, übrig blieb nur die Liebe für Sung ki.

Meister Ling forderte Ronan nun auf, zusammen mit ihm für den Abt und all ihre Freunde, die ums Leben gekommen waren, zu beten. So baten sie die Engel, sie in ihre Obhut zu nehmen und sie mit ihren heilsamen Energien zu umhüllen, um sie auf diese Weise vom Trauma des schlimmen Todes zu erlösen. Für ihren Abt erbaten sie die besondere Gnade, daß er für all seine Dienste, die er der Menschheit erwiesen hatte, in einen höheren Himmel aufgenommen werde. Sie stellten sich vor, wie alle Gefallenen, von göttlichem Licht umhüllt und allem Negativen erlöst, freudig von den Engeln empfangen wurden. Zuletzt schickten sie sogar ein Gebet für die Toten des Feindes hinaus. Ronan fiel dies zunächst sehr schwer, aber in einem weiteren harten inneren Kampf schaffte er es doch, seinen Unwillen zu überwinden und eine Fürbitte auszusenden.

Bevor sie aufbrachen, erfaßten sie noch einmal die Situation. Von mehreren Brandherden ausgehend verbreitete sich eine riesige Feuersbrunst, und schon sehr bald würde es den Hof des Purpurmantels nicht mehr geben. Ronans noch lebende Freunde würden von den Brüdern über geheime unterirdische Wege hoffentlich in Sicherheit gebracht werden. Aber würde er sie jemals wiedersehen? Er hoffte es inständig. Doch jetzt mußten sie erst einmal schnellstens zurück zu Anjulie.

IV

Interludium

Meister Ling berührte Ronan sanft an der Schulter und riß ihn damit aus seinen Gedanken. Es war Zeit aufzubrechen. Sie nahmen Aziz zwischen sich, und die drei schlichen in Richtung der Berge. Sie verwischten ihre Spuren am Hang und noch einige hundert Meter weiter, um mögliche Verfolger abzuschütteln. Als sie eine genügende Entfernung hinter sich gebracht hatten und sicher waren, hielt Meister Ling an und bat Ronan, neben ihm Platz zu nehmen. Aziz hatte sich sofort hingelegt und war schon eingeschlafen. Für eine lange Weile war Meister Ling still, und sie saßen kameradschaftlich nebeneinander.

Dann fing Meister Ling an zu sprechen: „Du willst wissen, was los ist, worum es hier eigentlich geht. Es gibt vieles, was du erst mit der Zeit richtig verstehen wirst. So lange mußt du dich mit dem Leben zufriedengeben, mit den Launen der menschlichen Natur, mit den Machtspielen. All das mußt du bewußt akzeptieren und darfst trotzdem niemals in deinem Inneren aufgeben; halte deinen Lebensgeist stets hoch. Wir kämpfen allen Widerständen trotzend, doch stets führen wir einen intelligenten Kampf. Es geht darum, daß du nicht den Tod eines grandiosen, doch armen Helden erleidest. Du hast heute gezeigt, daß der Geist zu überleben in dir steckt. Es liegt dir im Blut, bei Gefahr sofort mit absoluter Direktheit und Sicherheit zu handeln. Das ist das Leben, welches du dir dieses Mal ausgewählt hast: die Entscheidung, ein Heiler zu sein, diejenigen zu retten, die gerettet werden können und die gerettet werden wollen. Das Überbleibsel aus deiner Vergangenheit, der Überlebensgeist, kann dabei für dich von großem Wert sein. Solltest du diesen Instinkt als Stärke in dir entwickeln können, daß du die gegen sich selbst gerichteten schädlichen und zerstörerischen Neigungen und Anteile in einem Menschen bekämpfen und besiegen kannst, dann vermagst du Unglaubliches zu schaffen!

Der Kämpfer-Heiler ist der unnachgiebigste Streiter. Nicht jeder wird mit dieser Eigenschaft geboren. Nicht jeder kann diese Rolle spielen. Es ist auch keine Bedingung, da es unterschiedliche Arten von Seelen mit je eigenen Aufgaben gibt. Viele sind zufrieden, nur das Notwendigste zu erreichen. Andere dienen gerne weiter und sind auch unter der Last eines schweren Leidens glücklich. Du mußt wissen, daß sie ihre eigenen Methoden finden werden, um ihre Leiden zu lindern. Dann gibt es diejenigen, die alles herausfinden müssen und die Dinge endlos analysieren. Du wirst diese Handlungsweisen nicht nachvollziehen können, da du Probleme direkt angehst und sofortige Resultate haben willst – die den Prüfungen der Zeit standhalten.

Jetzt zu uns. Es gab eine Zeit, da waren wir ein Geheimbund von Heilern. Unsere Lehrstätten befanden sich an versteckten und schwer erreichbaren Orten. Gelegentlich trafen wir uns und tauschten unsere spirituellen Erfahrungen aus. Wir diskutierten die Vorzüge bestimmter Heilmethoden, mit der der eine oder andere experimentiert hatte. Eine Möglichkeit besteht zum Beispiel darin, daß derjenige, der bestimmte Heileigenschaften einer Pflanze erfahren möchte, mit dem Geist der Pflanze in Kommunikation tritt. Nach etlichen Kontemplationen offenbart sich ein gewisses Grundwesen der Heileigenschaften. Nun fängt die wirkliche wissenschaftliche Exploration an. Welcher Teil der Pflanze ist am wirksamsten? Ist es die Wurzel, die Blüte, die Rinde oder gar die ganze Pflanze? Welche Jahreszeit eignet sich am besten, um ihre Essenz zu extrahieren? Wie bereitet man sie zu? Mittels Mazeration, Mahlen, Kochen usw.? Soll die Sonnen-, Mond- oder Planetenmethode angewendet werden? Vielleicht eine Kombination aus allem? Welcher Farbstrahl sollte der Abkochung beigegeben werden?

Kennt man die Eigenschaft gewisser Pflanzen sehr gut, könnte man auch ein 'Gebräu' kreieren. Doch heutzutage hat dieses Wort seine wahre Bedeutung verloren. Denn Scharlatane mixen alles, wie ihre Laune sie führt, aber sie haben nicht die entfernteste Ahnung von dieser Kunst. Wie du weißt, existieren sie in jeder Heilrichtung, machen eine große Schau, die sehr wissenschaftlich aussehen soll, und mit viel Manipulation schaffen sie es auch manchmal, diejenigen zu überzeugen, die es eigentlich besser wissen sollten. Sie beeindrucken die Menschen mit ihren hypnotischen Methoden dermaßen, daß man denjenigen, die Mängel in der vorgeblich wissenschaftlichen Arbeit ans Licht bringen, nicht einmal in ihrem eigenen Lager glaubt. Das geht soweit, daß die Personen, die etwas wahrhaftig beleuchten, verurteilt und aus ihrer Gruppe ausgeschlossen werden. Die Geschichte der Medizin war und ist voller solcher Tatsachen.

Der Grund für die vehemente Ablehnung von Enthüllungen ist, daß eine etablierte Methode von heute auf morgen ihre Gültigkeit verlöre. Sie könnte nicht mehr praktiziert werden oder zumindest nicht mehr so wie bisher. Alles würde in Frage gestellt werden und als Folge das herrschende System kollabieren.

Doch zurück zur Geschichte unseres Geheimbundes! Wir suchen uns die Schüler aus, die spirituell am weitesten sind, oder diejenigen, deren Berufung es in diesem Leben ist, zu heilen. Sollte uns einer – seiner Erinnerung aus einem anderen Leben folgend – finden, aber es diesmal nicht seine Bestimmung sein, unserer Art des Lebens nachzugehen, wird er zurückgewiesen. Umgekehrt nehmen wir auch jemanden an, wenn er spirituell noch nicht soweit ist, solange er hohes Potential besitzt. Dieses Vorgehen birgt jedoch ein gewisses Risiko. Sollte der widerspenstige Teil seiner Natur die Oberhand gewinnen, würde der Schüler sich nicht mehr der notwendigen strengen und oft harten Disziplin unterwerfen wollen. Wenn dies geschehen sollte, muß er die Lehrstätte verlassen. Natürlich haben wir Sicherheiten eingebaut, so daß diese Schüler uns nicht aus Versehen oder sogar absichtlich verraten können. Sie werden in der Dunkelheit zu uns geführt und auf diese Weise auch wieder in ihre Heimat zurückgebracht. Außerdem liegen die Wege zu unserem Zentrum recht abgelegen und gut versteckt, sind eigentlich unsichtbar. Zudem passen unsere Falken gut auf uns auf.

Nun, du weißt, wie viel Wissen wir sammeln und wie manche unter uns in der Kunst des Heilens fortgeschritten sind. Würden wir unsere Experimente nur in unseren Zentren durchführen und das gewonnene Wissen nicht anwenden, so wäre das für niemanden von Nutzen. Deswegen werden jene Schüler, die den Abschluß geschafft haben, stets in die Außenwelt geschickt und im Allgemeinen von Klöstern aufgenommen. Deren Äbte wissen von uns, sind aber nicht über unsere Standorte informiert.

Du wunderst dich über diese Geheimnistuerei? Das wirst du gleich verstehen. Die Welt ist nicht, wie du denkst, und wahre Heilung wird nicht gern gesehen. Sie macht den Menschen Angst. Diejenigen, die Macht besitzen, haben Angst, sie zu verlieren. Sollte jeder geheilt werden können – also wahre

Heilung erhalten, ohne jemals einen Rückfall zu erleiden, ohne die Abhängigkeit von Arzneien, und dies alles auf einfache Art und Weise durch zwar fundierte, jedoch unkomplizierte Methoden –, es würde die etablierten Strukturen der Macht und des Geldes erschüttern und zu Fall bringen. Das wäre so, wie in ein Hornissennest hineinzustechen.

Aber diese Art des Heilens ist nicht allen erlaubt und nicht für jeden gedacht. Die Heilung muß dem Bewußtsein des Menschen entsprechen, sonst kann er sie nicht aushalten. Damit meine ich die Art umfassender Genesung, die über den physischen Körper hinausgeht, und nicht bloß das wohlige Gefühl, welches sich als Folge der Heilung des Körpers einstellt. Der Körper kann nämlich mit ganzheitlichen Methoden vollständig gesunden, auch ohne daß man die tieferen Ursachen der Krankheit im Geringsten angeht. Wenn wir also Menschen in der Außenwelt heilen, sorgen wir dafür, daß die Strukturen der Gesellschaft nicht zu stark erschüttert werden. Wenn aber tiefgehende Veränderungen infolge unserer Heilung aktiviert werden, Veränderungen, welche alle Menschen betreffen, so kann das weitreichende Auswirkungen auf die Gesellschaft haben. Dies setzen wir deswegen nur gelegentlich um, und dann auch nur im Kleinen. Wir vollbringen es, wenn günstige Bedingungen herrschen, wenn wir dadurch eine neue Bewegung in ein ganzes Land zu bringen imstande sind. Alles muß jedoch sehr bedacht durchgeführt werden, damit dieses Momentum nicht nur gehalten, sondern stets weiter aufgebaut wird, andernfalls könnten die tiefgehenden Heilungsprozesse rückläufig werden und erlöschen. Ja, es ist gar nicht so einfach, mein lieber Ronan.

Durch die Klöster erhalten die Schüler die notwendige Anerkennung, um als Heiler in der Außenwelt tätig zu werden. Natürlich sind die meisten Schüler nur mit den Grundlagen der Heilung vertraut, was ungefähr dem entspricht, was auch ihr am Hof des Purpurmantels gelernt hättet. Denjenigen, die mehr Potential zeigen, wird ein tieferes Verständnis gegeben, und sie werden in fortgeschrittenen Techniken geschult. Manche Schüler kommen nach vielen Jahren zurück, da sie höheres Wissen anstreben oder sogar eine Meisterschaft. Aber ein Meister wird in der Regel geboren. Indem er viele Leben lang das notwendige Training erhalten hat, ist er mit dem gesammelten Momentum, also einer geballten Schwungkraft, ausgestattet. Ihm wird schon von Kindheit an ein spezielles Training gegeben. Du zeigtest in letzter Zeit ein vielversprechendes Talent und wurdest ausgewählt, dieses spezielle Training zu bekommen. Aber daß die Entwicklungen diese tragische Richtung nehmen würden, konnte nicht vorausgesehen werden. Das bedeutet, daß die Parzen, die Schicksalsgöttinnen, viel mit dir vorhaben, und daß du dich inmitten eines Mahlstroms befindest, in den sie dich geworfen haben. Ich kann nur beten, daß dir auch all der nötige Mut und die Kraft zu bestehen, geschenkt wurden."

Ronan hatte zugehört, ohne ein Wort zu sagen. Als er dann aber seinen Mund aufmachen wollte, um etwas zu fragen, hob der Meister eine Hand, stoppte ihn und fuhr fort.

„Du hast sicher viele Fragen, aber dafür haben wir jetzt keine Zeit. Ich muß dir das Wichtigste jetzt und hier erzählen, so daß du den Hintergrund verstehst und die Kraft hast, immer weiterzugehen. Es geht um den Hintergrund der Entstehung des Purpurmantelhofes. Wir hätten nicht einfach ohne Weiteres öffentlich einen Hof aufbauen können, wenn wir nicht davon überzeugt gewesen wären, ausreichenden Schutz zu genießen. Und dafür haben wir der Meisterin Mehruma zu danken."

Plötzlich ist die Rede von Frauen, wunderte sich Ronan.

Er sah so verdutzt aus, daß Meister Ling sich unterbrach und erläuterte: „Ja, wir sind nicht nur Männer, sondern auch Frauen. Was glaubst du, was Anjulie für eine Rolle spielt? Es gibt nicht nur Brüder, sondern auch Schwestern. Und die ganze Geschichte von Mehruma ist zwar eine sehr schöne, aber jetzt ist nicht der richtige Zeitpunkt, sie zu erzählen. Manchmal geht sogar ein Meister in die Außenwelt und bleibt dort für eine gewisse Zeit. Also kam es dazu, daß Mehruma – sie war vielleicht die Begabteste von uns allen – in das Königreich Sinus ging. Nach vielen Jahren konnte sie durch ihr Wirken den König so tief von dem möglichen Segen unserer Schwestern- und Bruderschaft überzeugen, daß sie von ihm die Genehmigung bekam, eine Schule für unsere Art der Heilkunst zu gründen und zu führen. Doch die bösen Kräfte haben dort jetzt die Oberhand gewonnen, und wir müssen uns anstrengen, wenn wir da wieder heil herauskommen wollen."

Meister Ling schaute Ronan ernst an: „Du gehst zurück zur Höhle und bringst Anjulie in Sicherheit. Sie ist unsere Hoffnung. Ich nehme Aziz mit mir, denn ich muß woanders noch einiges regeln."

Hoffnung für was soll Anjulie sein?, fragte sich Ronan im Stillen.

Der Meister sprach weiter: „Du hast dich sicher gefragt, warum wir heute morgen im Geheimen losgingen. Der Sinn unserer Reise war, zu testen, ob ihr beide, du und Anjulie, für eure Aufgaben bereit seid und harmonisch zusammenarbeiten könnt."

Ronan war verdutzt. *Das Ganze war eine Prüfung!*

„Du hast heute abend am Hof bewiesen, daß du der Aufgabe gewachsen bist. Anjulie hat in diesem Sinne auch ihre erste große Prüfung bestanden, indem sie alleine die ganze Strecke bis zu unserem Treffpunkt geschafft hat. Sie ist zwar unsere Hoffnung, aber sie muß, wie alle anderen auch, auf ihren eigenen Füßen stehen können, um sicher in dieser Welt durch die Gefahren zu kommen. Sie hat alles gelernt, aber sie muß sich in der realen Welt und in jeder Situation beweisen können. Auch wenn wir Hilfe leisten, wo wir können, so steht oder fällt doch jeder für sich allein. Daß unsere Reise diese Wende nehmen würde, haben wir jedoch nicht im Geringsten geahnt. Jetzt bleibt zu sehen, ob ihr beide harmoniert."

„Das ist alles verständlich", sagte Ronan. „Aber warum sprecht Ihr von Anjulie als unserer Hoffnungsträgerin?"

„Anjulie hat die Fähigkeit, den Samen des Wahren in einem Menschen zum Keimen zu bringen. Wir Menschen bestehen aus Vorstellungen. Vorstellungen haben mit dem Wahrhaften nichts zu tun. Der Keim, den Anjulie anlegt, hilft dem Menschen, aus der Vorstellung heraus zum Wahrhaften zu kommen. Das Wahrhafte ist auch die Grundlage der Heilung. Entweder führt es direkt zur Heilung oder es legt den Grundstein dafür.

Das Böse dagegen verspricht dir die Erfüllung deiner Vorstellungen. Nicht nur die Erfüllung, sondern viel mehr – auch das, was du dir in deinen Träumen nicht vorstellen könntest. Der Mensch empfindet diese Versprechen als grandios; es glitzert alles so wunderschön. Doch das ist der Keim des Unwahren. Wir alle tragen beides in uns. Nur was lassen wir in uns wachsen beziehungsweise wie viel von welchem? Die ungeheure Gefahr, die auf uns zurollt, ist das Böse, das überall unweigerlich den Samen des Unwahren zum Keimen bringen und das Wahre vollständig ersticken will. Anjulie ist aus dem Grund unsere Hoffnung, da sie in den Menschen, die gegen das Böse kämpfen, den Keim des Wahren unzerstörbar verankern kann. Und nicht nur in den Menschen, sondern auch in ihrem Umfeld."

„Aber was ist meine Aufgabe?"

„Du spielst eine führende Rolle dabei. Ohne dich oder besser gesagt ohne deinen Schutz wird Anjulie es nicht schaffen. Mit Schutz meine ich nicht nur den Kampf in der äußeren Welt, sondern ihr vielmehr innerlich gegen das Böse einen vollständigen Schutz zu verleihen. Sollte einer von euch, aber besonders sie, gestoppt werden, hätten wir es schwer. Im besten Fall werden wir dann gänzlich an geheime, zu schützende Orte zurückgedrängt. Am liebsten würde das Böse alles überschatten. In dem Fall wäre alles verloren, auch wir. Das muß um jeden Preis verhindert werden."

Ronan spürte eine unheimliche Bedrohung in seiner Brust, als würde eine schwere schwarze Wolke sein Herz erdrücken. Mit einem Ruck und mit Schaudern befreite er sich davon, atmete tief ein und schaute dem Meister ins gütige Antlitz.

„Du mußt mit Anjulie zu einem Ort namens Tongsu Dham gehen. Dort suchst du die Abtei auf und überreichst dem Abt dieses Stück Holz. Er wird wissen, was zu tun ist."

„In der Höhle findest du weit hinten in der Ecke ganz links eine Nische. Schaue dort nach einer kleinen Vertiefung und drücke darauf. Dieser Teil wird daraufhin nachgeben und sich zu einem kleinen Raum öffnen. Dort findest du eine Holzschachtel. Darin befinden sich eine kleine und eine große Karte mit entsprechenden Anweisungen. Studiere die große und nimm nur die kleine mit. Die Schachtel legst du zurück. Das ist alles, was du für eure Flucht zu wissen brauchst."

Ronans Gefühle glichen einem Wechselbad. Gerade war er noch stolz gewesen, die Verantwortung zu bekommen, und jetzt drängten wieder Tränen in seine Augen. Er sah den Meister an und fand keine Worte. In weniger als vierundzwanzig Stunden hatte seine Welt aufgehört zu existieren. Er sollte seinen Mentor verlassen und ein Mädchen zu einem sicheren Ort bringen. Auf einem Weg voller unbekannter Gefahren. Wie schafft ein junger Mann von neunzehn Jahren so etwas ohne jegliche Erfahrung? Doch Meister Ling wartete auf eine Antwort. Ronan riß sich zusammen und sprach mit aller ihm zur Verfügung stehenden Selbstsicherheit: „Ich mache es!"

„Noch ein letztes Wort", fuhr sein Meister fort. „Vieles von dem, was du wissen mußt, erfährst du von Anjulie. Behalte immer im Kopf, daß sie nicht nur temperamentvoll, sondern auch sehr gebildet ist. Das wird für dich auf deiner Reise oft zu einer Prüfung werden. Du wirst mit ihr streiten und sie scharf angreifen wollen. Gibst du dem nach, wirst du immer der Verlierer sein, selbst wenn du glaubst, die Oberhand gewonnen zu haben. Doch da wirst du dich irren. Das wäre eine schwere Wahnvorstellung, so unfaßbar wie eine Schlange, die sich dem Griff des Menschen entwindet. Anjulie hat andere Lektionen zu lernen, und die sind nicht deine Angelegenheit. Du mußt dich auf deine Aufgaben konzentrieren. Sie wird dir einiges beibringen, ihr bloßes Dasein wird dir eine große Lehre sein, so daß du deine Kämpfernatur zu zähmen lernst und deinen kriegerischen Hang kontrollieren kannst.

Der wahre Kämpfer kämpft nur, wenn es notwendig ist. Er streift den Schlag beiseite; das Ziel seines Gegenschlages ist, den anderen außer Gefecht zu setzen, aber nicht, ihm Schmerzen zuzufügen. Sollte er jemanden verletzen, dann liegt es an der Angriffslust des anderen. Sollten böse Menschen darauf versessen sein, zu verletzen oder zu zerstören, dann werden sie beim Zusammenprall mit dem wahren Kämpfer sich selbst zerstören. Das ist, was heute geschehen ist. Die Soldaten im Hof hätten mich sicher verletzt, sogar getötet und dich auch, hättest du nicht instinktiv gehandelt. Der wahre Kämpfer ist unbesiegbar. Er versteckt sich, wenn notwendig, weicht aus oder verstellt sich gar, um nicht in unnötige Kämpfe verwickelt zu werden. Sobald du aber selber kampfeslustig wirst, bist du nicht mehr unbesiegbar. Du kannst dann verletzt werden. Doch das ist eine der schwierigsten Lektionen im Leben", sagte der Meister, und ein beruhigendes Lächeln spielte um seinen Mund.

Ronan hörte zu und dachte darüber nach, was sein Meister ihm genau sagen wollte. Es war nicht so, daß er die Worte nicht registriert hätte, nur drangen sie nicht richtig zu ihm durch. Seine einzige Hilfe war das Gefühl, daß die Lehren auf einer für ihn unfaßbaren Ebene schon Grundlegendes in seinem Herzen bewirkten, und etwas sagte ihm, daß er dabei war,

Entscheidungen zu fällen, die unumkehrbar waren. Einzig deren weitreichende Konsequenzen waren seinem Bewußtsein noch nicht zugänglich.

Er erinnerte sich an das Gespräch zwischen seinem Meister und Meister Samuel, das er nach seinem Sieg gegen Galand belauscht hatte. Besonders die Worte Meister Samuels hatten ihn nachdenklich gestimmt:

„Als du Ronan heute kämpfen sahst, hattest du da nicht das Gefühl, daß in seinen Adern purpurnes Blut fließen könnte?" hörte Ronan Meister Ling sagen.

„Bist du ernsthaft der Meinung, daß ein Mensch, der die Prinzipien des Lebens zwar kennt, aber diesen Grundsätzen ohne die nötige Strenge folgt, des Purpurs würdig ist? Ich finde, daß Ronan beim letzten Kampf um jeden Preis gewinnen wollte, egal wie, und sich dadurch unnötiger Gefahr aussetzte", hatte Meister Samuel erwidert.

„Ja, er wollte unbedingt gewinnen. Aber sein elegantes Abwehrmanöver konnte nur aus dem Einssein mit sich selbst entspringen, daher war er keiner Gefahr mehr ausgesetzt."

„Stimmt, und das vermag nur ein Schüler mit purpurnem Blut in seinen Adern. Ich bezweifle aber, ob es wirklich das purpurne Blut ist oder ob es sich um eine einmalige, zufällige Situation handelt", hatte Meister Samuel nachdenklich in Frage gestellt.

„Sicher ist das zuwenig, doch in Ronans Augen war bei seinem Sieg noch Achtung für seinen Gegner zu erkennen, und er wollte ihn nicht unnötig verletzen. Er hätte seinen Gegner mit einem Schlag durch die Luft fliegen lassen und ihm dabei auch noch einen schmerzhaften Hieb auf die Brust versetzen können. Die Zukunft wird zeigen, ob er bei einer Konfrontation mit dem schönen Geschlecht, wenn es nicht um Leben und Tod geht, würdevoll nachgeben kann. Bisher hat er zu Frauen noch keinen richtigen Kontakt gehabt. Es ist etwas anderes, sie nur als Patientinnen auf unserem Heilerhof zu erleben oder im Dorf mit ihnen kurz zu plaudern. Der Härtetest steht an, wenn es bei einer solchen Begegnung zu einem Wortgefecht der unterschiedlichen Willensäußerungen kommt."

Diese Worte hatten Ronan überaus neugierig gemacht, und ein gewisser Stolz hatte sich in seiner Brust ausgebreitet, möglicherweise solch eine würdige Person zu sein. Jetzt sprach sein Meister von Anjulie und der Herausforderung, die sie für ihn darstellen würde. Also um den Purpur zu erlangen, müßte er sich bei all den Prüfungen, die sie für ihn bedeuten würde, beweisen. Bevor er aber über den Begriff Purpur etwas fragen konnte, sprach sein Meister weiter.

„Du hast sicher noch die Worte im Kopf: 'Du sollst nicht unbedacht nach dem Purpur streben'", weckte die Stimme Meister Lings ihn aus seinen Gedanken. „Der purpurne Kämpfer bezieht den Kampf immer auf sich. Er sieht in seinem Gegner sich selbst. Im Grunde lernt er, mit sich selbst zu kämpfen, und fordert sich selbst heraus. Sein höchstes Ziel ist die Sicherheit seiner Nächsten, seiner Geliebten. Und da er selbst die größte Gefahr für sie ist, ist er stets bestrebt, gegen sich selbst zu gewinnen. Jeder Sieg, den er gegen sich selbst erringt, macht das Leben der geliebten Menschen sicherer, freier und glücklicher. Er ist der echte Adlige. Du hast heute gezeigt, daß du sicher kämpfen kannst und daß in deinen Adern das purpurne Blut fließt. Jetzt gilt es, dies in dein Leben zu integrieren. Du hast gerade, ohne zu zögern, vier Krieger besiegt und warst gnadenlos dabei. Diese Energie, diese Fähigkeit, umgesetzt auf die Heilkunst, ist von unschätzbarer Kraft."

Ronan mußte bei dem Gedanken an einen gnadenlosen Heiler lächeln: „Also sollte der Krieger, der zum Heiler wird, auch bei der Heilung gnadenlos sein?"

Meister Ling merkte, daß Ronan diese Vorstellung schwer zulassen konnte, und fuhr sanft und verständnisvoll fort: „Die Fähigkeit selbst ist weder gnadenvoll noch gnadenlos."

„Sie ist aber gefährlich!"

„Nein, Ronan. Es kommt auf die Motivation an. Bei deinem Kampf mit den Kriegern setzte sofort das Gesetz des Kreises ein – was du hinausschickst, kreist wieder zurück zu dir. Die Krieger waren eine unmittelbare und tödliche Gefahr für uns. Auf dieser Grundlage betrachtet, sind sie also bereits selber tot; sie haben das Töten hinausgeschickt und werden deswegen gerechterweise, das heißt nach dem Gesetz des Kreises, getötet. Wenn du sie als Krieger tötest oder außer Gefecht setzt, hast du nur das Gesetz erfüllt."

„Ihr meint, da sie schon aufgrund ihrer eigenen Handlungen tot waren, war nicht ich es, der sie getötet hat?"

„Doch, du warst das Instrument, das es ausführte. Das begründet aber keine Schuld deinerseits, da sie den eigenen Tod selbst besiegelt haben."

„Es gibt aber doch das Erbarmen?"

„Ja, sicher. Und indem du ihre tödliche Bedrohung gleich ausgeschaltet hast, war es ein Akt des Erbarmens. Sonst müßten sie die Konsequenzen ihrer Handlung, Unschuldige zu töten, selbst austragen. Das ist eine sehr große Schuld."

„Ich glaube, daß ich das nun langsam verstehe. Nur der Bezug zur Heilung will mir nicht einleuchten."

„Wie ich dir schon sagte, ist die Fähigkeit, tödlich zu handeln, an sich neutral. Wenn du Barmherzigkeit gegenüber dem Kranken mit hineinbringst, dann wird die Heilung genauso schnell und sicher in Bewegung gesetzt. Aber viel wichtiger ist, daß du als Heiler dein Auge auf die wirkliche Bedrohung hältst, welche die Krankheit in sich birgt, und sie dann gleich ausschaltest."

„Dann brauche ich also nur noch die Barmherzigkeit hineinzubringen?"

„Theoretisch schon. Doch in der Praxis bedeutet das, die Kunst des Heilens zu beherrschen, genauso wie du die Kunst des Kampfes beherrschst. Also Barmherzigkeit im Herzen zu entwickeln und nicht alleine in Gedanken barmherzig sein zu wollen. Und nun wünsche ich dir Erfolg und segne dich von ganzem Herzen. Wir treffen uns wieder, wenn die Zeit gekommen ist. Gott begleite dich!"

Meister Ling faßte Ronan an den Schultern und umarmte ihn. Nach einem kurzen Augenblick der Innigkeit nahm er Aziz auf die Schulter, stand auf, drehte sich um und ging.

V

Meinungsverschiedenheiten

Ronan fühlte sich sehr, sehr allein. Wer immer mit starken Menschen zusammengelebt hat, in dem sicheren Wissen, daß alles gut ist, kann sich nicht vorstellen, wie es ist, plötzlich auf sich alleine gestellt zu sein.

Es ist etwas anderes, wenn jemand seine Aufgaben und Pflichten selbständig ausübt, sich sicher fühlt und dann erst auf die Obhut dieser Menschen verzichten muß. Er kennt die Arbeit, verfügt über eine solide Basis und traut sich zu handeln. Er weiß auch, daß er Rat einholen kann, wenn er dessen wirklich bedarf.

Ronan stand nun alleine in der Dunkelheit. Sein Zuhause existierte nicht mehr. Er hatte Menschen sterben sehen, den Tod erlebt und mußte zusehen, wie das Mädchen erbarmungslos angeschossen wurde. Beinahe wäre er selbst ums Leben gekommen und mußte wie ein gehetztes Wild fliehen. Und dann die Geschehnisse am Hof. Was er da erlebt hatte, erweckte zwar seinen Killerinstinkt und ließ zunächst ein atemberaubendes Gefühl in ihm aufsteigen, doch jetzt hatten die Nachwirkungen eingesetzt. Er zitterte am ganzen Leib und mußte sich mit überkreuzten Armen selbst Halt geben. Der

Tod seiner Freunde und des Abts hatte ihn sehr mitgenommen, und doch konnte er in sich keine Wut mehr finden, an der er sich hätte festhalten können, nur noch Schrecken. Unter einem Baum suchte er mit hängendem Kopf Trost, das Gewand fest um sich gezogen. Die Stunden vergingen, während er in den gewaltigen Ereignissen des Tages versank. Sein Geist war zu nichts anderem fähig. Für ihn war die Zeit wie stehengeblieben. Und die Bilder verharrten vor seinen Augen.

Irgend etwas bewegte sich in seinem Herzen. Wieviel Zeit vergangen war, konnte er nicht sagen. Er hob den Kopf. Die Sterne beleuchteten den ganzen Himmel wie ein sanftmütiger, verständnisvoller Geist. Auch die entferntesten strengten sich an und blinkten ihm aufmunternd zu. Die Stille ergriff ihn bis tief ins Mark und löste eine ungeahnte Kraft in seinem Geist aus. Er dachte an das Mädchen, und sein Herz tat ihm fast weh. Arme Anjulie. Allein in der Höhle, verletzt. Er wollte sie in seine Arme nehmen und trösten, sie beschützen. Eine Energiewelle überflutete ihn augenblicklich. Die Liebe, die in seinem Herzen entflammt war, brachte eine überwältigende Klarheit in seinen Geist. Er sah seine Bestimmung felsenfest vor sich. Nichts konnte ihn davon abbringen. Die Worte, die sein Meister ihm so eindringlich eingeschärft hatte, versanken vor dieser Kraft fast zur Bedeutungslosigkeit.

Gerade wollte er aufbrechen, als er aus den Augenwinkeln Bewegungen erspähte. Instinktiv hatte er einen geschützten Ort aufgesucht, sonst hätte die Bande, die seine Brüder niedergemetzelt und ihren Hof abgebrannt hatte, ihn entdeckt. Jetzt ritten die Männer dicht an seinem Versteck vorbei, und Wut loderte wieder in ihm hoch. Ihre Zeit würde kommen! Das Mädchen zu schützen war jetzt jedoch seine oberste Priorität. Unklar war ihm nur, in welcher Form Anjulie ihrer aller Hoffnung sein sollte.

Als die Mörder schließlich in einiger Entfernung hinter einem Hügel verschwanden, machte er sich auf den Weg. Nach einer Weile fiel er in einen mühelosen, gleichmäßigen Rhythmus und konnte nach und nach die Geschwindigkeit so erhöhen, daß seine Füße vor Freude fast abhoben. So früh am Morgen flossen die Energien wie von alleine und erfüllten Körper, Geist und Seele mit einem Glücksgefühl. Die Ereignisse des gestrigen Tages lösten auf einmal ihre Krallen und wurden vollständig weggeweht, während er in Hochstimmung beschwingt den Berg hinauflief.

Welch ein Wunderwerk ist doch der menschliche Körper, dachte Ronan, *ein wunderbarer Organismus! Wenn Geist und Körper fein aufeinander abgestimmt sind, erlebt man dieses Wunder und fühlt sich unsterblich.* Er hatte sich über die Naivität mancher Menschen gewundert, die Gefühle als eine chemische Reaktion betrachteten und glaubten, daß alles vom physischen Körper ausginge.

Was für eine ungeheure Angst muß in diesen Menschen stecken!, überlegte Ronan. *Freude entsteht in jedem Menschen auf unterschiedliche Weise. Was dem einen Freude bereitet, ist dem anderen ein Greuel, zum Beispiel ein bestimmtes Nahrungsmittel. Wenn die Wirkung der Nahrung eine rein chemische Reaktion sein soll, dann muß aus dem Zusammenwirken bestimmter Bestandteile Freude entstehen. Folglich müßte ein bestimmtes Nahrungsmittel doch bei allen Menschen dieselbe Wirkung haben. Nun erlebt aber jeder, daß dies nicht der Fall ist. Sogar ein und dasselbe Nahrungsmittel bereitet demselben Menschen mal mehr Freude, mal weniger, und manches Mal empfindet er gar keine, während sie wiederum zu anderen Zeiten unbeschreiblich groß sein kann. Das zeigt doch, daß die Empfindung nicht von der chemischen Reaktion abhängen kann. Natürlich laufen entsprechende chemische Reaktionen ab. Aber die Freude ist etwas Eigenständiges, das man nur gefühlsmäßig erfassen kann. Sie ist auch veränderlich und kann von null bis zu unermeßlich variieren. Diese Fähigkeit, sich an etwas zu erfreuen, kann aber auch verstärkt werden. Wir können in uns Freude erzeu-*

gen. Also können wir auch bezüglich der Dinge, bei denen wir vorher keine Freude empfanden, lernen, eben doch welche zu empfinden. Wenn Freude außerhalb des menschlichen Körpers existiert, dann muß der Mensch sie aus dieser Quelle schöpfen können. Aus etwas Leerem entsteht nichts.

Ronan war sich bewußt, daß seinen Überlegungen viele Einwände entgegengebracht werden konnten. *Aber jeder Einwand läßt sich zu seinem Ursprung zurückführen, um die entsprechende Klarheit zu schaffen,* antwortete er gedanklich auf die etwaige Gegenrede. *Doch die unermeßliche Angst, die der Mensch vor der Wahrheit hat, macht ihn aggressiv, und so reagiert er oft mit Ärger, Wut und Hilflosigkeit, was ein vernünftiges Gespräch unmöglich macht. Menschen wollen eine Antwort bekommen, die zu ihrem Denkmuster paßt. Sie wollen es bestätigt haben und nichts in Frage stellen.*

Die ersten Sterne waren erloschen, als Ronan die Flußgabelung erreichte, wo sie vor einer Ewigkeit eingebogen waren und ihren Unterschlupf gefunden hatten. Bald würden nur noch die hellsten Sterne die tiefe Stille der Nacht erhellen, bis auch sie der aus der Stille entstehenden heranwogenden Kraft des Tages weichen würden.

Schon bevor er so nah an die Höhle gekommen war, hatte Ronan sich von allen ablenkenden Gefühlen und Gedanken verabschiedet, um besonders achtzugeben. Die Assassinen mochten überall lauern. Aber er konnte nichts Verdächtiges feststellen. Ihre Ablenkungsmanöver und das Beseitigen der Spuren schienen gut gelungen zu sein. Schnell huschte Ronan zu dem Felsen, aus dem der unterirdische Wasserlauf heraustrat. Sekunden später tauchte er hinter dem Wasserfall in den unterirdischen Fluß, der ihn zur Höhle bringen würde. Süß war die Erinnerung an seinen letzten Tauchgang, als Anjulie sich eng an ihn geschmiegt hatte.

Schneller als gedacht war Ronan durch den Tunnel getaucht und zog sich ans Ufer der ersten Höhle. Zügig klopfte er sich ab, schlüpfte in seine Kleider und durchquerte die anderen Höhlen, bis er in der großen Höhle ankam, wo das Mädchen ruhte. Sie mußte ihn gehört haben, denn sie blickte ihm entgegen.

Sein Herz schlug ihm bis zum Hals, als er ihr begegnete und seinen Rucksack verlegen auf dem Boden absetzte: „Sei gegrüßt, Anjulie, einen wunderschönen Morgen wünsche ich dir. Wie geht es?"

„Dir auch einen schönen guten Morgen. Mir geht es soweit gut." Sie schaute ihn mit einem festen Blick an, der bis zum Rand mit Fragen gefüllt war. Doch dann suchten ihre Augen Meister Ling.

Ronan senkte den Blick. Er scheute sich, sogleich mit den schlimmen Nachrichten herauszuplatzen und den Frieden, der Anjulie umgab und die ganze Höhle erfüllte, zu zerstören. „Es ist leider nicht so gut gelaufen. Das tut mir sehr leid. Meister Ling konnte nicht mitkommen. Er muß sich um wichtige Angelegenheiten kümmern. Ich erzähle dir später nach dem Frühstück alles, denn zuerst muß ich nach deiner Wunde sehen."

„Du könntest doch schon dabei erzählen."

„Ich soll so nebenbei über etwas derart Ernsthaftes berichten? Das kann ich nicht, es widerstrebt meiner Natur. Wir haben doch viel Zeit, und außerdem können wir die Geschehnisse im Moment sowieso nicht ändern. Als erstes müssen wir uns um uns selbst kümmern. Und dankbar sein, daß wir heil und am Leben sind."

„Ach, wie schön. So selbstlos!"

Ronan drehte sich erstaunt zu ihr: „Nein, so meine ich es nicht."

„Wie meinst du es dann? Wenn du ehrlich bist?"

Er war sprachlos. Er hatte die falschen Worte gewählt. „Ich

meine das, was passiert ist. Wir haben momentan keine Macht über das Geschehen."

„Aha, machtlos sind wir also! Wie willst du dann dich selbst schützen, geschweige denn uns?"

„Nein." Er hatte fast „verdammt" sagen wollen, was gar nicht klug gewesen wäre. „Wir sind doch nicht grundsätzlich machtlos. Aber im Moment müssen wir uns – wie ein schlauer General – zurückziehen, müssen Kräfte sammeln."

„Stimmt, das sollte man tun, wenn man schwach ist. Ich wußte nicht, daß du ein General bist."

Ihre Augen zwinkerten dabei. Ronan erkannte erst jetzt, daß sie einen Riesenspaß mit ihm hatte. Er verstand nun ein wenig besser, was Meister Ling meinte, als er über sie gesagt hatte: eine temperamentvolle, junge Dame. Er lachte auf und setzte sich zu ihr: „Okay, du hast gewonnen, ich erzähle dir gleich alles."

Anjulie hörte ihm zu, ohne ihn auch nur einmal zu unterbrechen. Als er von dem armen Palan und dem Abt erzählte, weinte sie sehr. Er bewunderte ihre Zartheit und Schönheit, die selbst durch die verweinten Augen nicht getrübt werden konnten.

Durch ihre Warmherzigkeit berührten ihre schönen Gesichtszüge noch mehr Ronans Herz. Ronan dachte, *wie Gefühlskälte aber die Schönheit schmälern kann*. Anjulie hatte kräftige Gesichtszüge, ohne daß sie männlich wirkte, die Konturen schön rund gefüllt. Die Nase war vielleicht etwas zu klein, was aber zu der Festigkeit von Anjulies Ausdruck beitrug. Natürlich nahm er das nicht alles in diesem Moment wahr. Er fand sie einfach bezaubernd.

Ronan erzählte selbstverständlich nichts von seinen Begegnungen mit den Kriegern. Aber Anjulie war nicht nur eine gute, sondern auch eine intelligente Zuhörerin, der er nichts vormachen konnte. Sie merkte sogleich, daß seine Geschichte Lücken enthielt, und fragte nach. Also hatte er keine andere

Wahl, als seinen Part zu erzählen. Als er von Sung ki berichtete, füllten sich Anjulies Augen wieder mit Tränen, und sie faßte Ronan voller Mitgefühl am Arm. Ronans Herz barst, und er weinte wie ein Kind über den Verlust seines Freundes. Sie teilte seinen Schmerz und die Tränen und hielt ihn, bis er sich wieder im Griff hatte.

Dann munterte sie ihn auf: „Also bist du doch ein Held. Ich kann ruhigen Gewissens Vertrauen in dich haben. Du wirst bestimmt nicht bei der ersten Witterung von Gefahr davonlaufen", lächelte sie durch ihre Tränen. Sie wollte alle Details wissen und lockte sie aus ihm hervor: „Wirklich bewundernswert, du bist ein echter Krieger!"

Ronan stimmten die Lobesworte von Anjulie sehr froh, aber aus Verlegenheit konnte er nichts anderes, als banal zu murmeln: „Nun, der Rest später, denn deine Versorgung hat Priorität."

Er beugte sich zu ihr hinunter und nahm ihr behutsam den Verband ab. Ihre Wunde schien auf einem sehr guten Weg der Heilung zu sein. Eigentlich sah sie so außerordentlich gut aus, daß er sich nur noch wundern konnte. Selbst mit den erfolgreichen Heilungen, die er am Hof erlebt hatte, war das hier kein Vergleich und übertraf alles bisher Erlebte. „Die Wunde sieht wunderbar aus. Trotzdem sollten wir noch ein paar Tage hier bleiben, bis du dich ganz gestärkt fühlst. Das gibt mir auch Zeit, nach den Spuren dieser Halunken zu suchen, die dich angeschossen haben."

„Und was willst du mit den Spuren machen?" fragte sie belustigt.

Er lächelte. „Ich werde schauen, was ich aus ihnen herauslesen kann."

„Also, du betrachtest die Schönheit der Spuren und liest heraus, welche Schuhgröße die Träger haben und wie ihre Schuhe aussehen? Du kannst zum Beispiel sagen, wie schwer sie sind?"

Er konnte sich nicht zurückhalten, herzlich zu lachen. „Okay, okay, Scherz beiseite. Laß es uns etwas ernster betrachten."

„Ach, du lieber Gott! Bitte erleg dir nicht schon wieder diese Ernsthaftigkeit auf, mit der du gekommen bist."

Langsam spürte er Verzweiflung aufkommen. War es denn nicht möglich, mit diesem Geschöpf ein vernünftiges Gespräch zu führen?

Als ob sie seine Gedanken lesen konnte, fügte sie hinzu: „Bloß nicht vor Verzweiflung ausrasten! Ich bin ein armes, krankes Mädchen und verkrafte das gar nicht."

Beschwichtigend legte er seine Hand auf ihren Arm und sagte: „Nie würde ich dir etwas zuleide tun. Ich möchte aber gern auch mal ein vernünftiges Gespräch mit dir führen."

„Habe ich dir erlaubt, mich zu berühren? Nimm deine Hand weg", sagte sie mit strengem Blick. Er zog seine Hand weg, als ob er gestochen worden sei. „Du willst vernünftig reden? Wo liegt die Vernunft in der Suche nach den Spuren dieser Menschen? Was willst du mit ihnen machen, falls du sie denn findest? Hast du überhaupt gelernt, Spuren zu lesen?"

„Natürlich! Die Meister haben uns das Grundsätzliche beigebracht. Wir sind auch den Spuren von Tieren, sogar von Vögeln, gefolgt."

„Ja, ja, du Meister des Spurenlesens. Du bist ja in der Natur aufgewachsen, hast von jungen Jahren an innig mit der Natur gelebt und kannst sicher sagen, ob derjenige langsam gegangen ist oder schnell, ob er herumgeschlichen oder gelaufen ist. Weißt du, wie die Spur aussieht, wenn der Untergrund lehmig ist und es geregnet hat? Oder auf einem steinigen Boden?"

„Das ist ja doch im Moment alles egal. Ich möchte nur etwas erkunden und habe nicht gleich vor, deine Übeltäter aufzuspüren oder zu verfolgen."

„Ich hoffe, daß du nicht auf die Nase fällst bei deinem Herumschnüffeln", entgegnete sie keck. „Aber raten kann ich dir dazu nicht, denn es könnte mit Gefahren verbunden sein."

„Ich habe, glaube ich, einen guten Instinkt für solche Sachen und werde sicher zurechtkommen. Aber danke für deine guten Wünsche."

„Nachdem du entschlossen scheinst, dich unnötig der Gefahr auszusetzen, bete ich, daß dein Instinkt dir zur Seite steht."

Zuerst bereitete er für Anjulie und sich etwas zu essen, danach ruhte er sich aus. Dann ergriff er seine Waffen und verließ die Höhle wieder.

Er schwamm im Fluß draußen soweit er konnte unter Wasser, bis es ihm gelang, möglichst geschützt aufzutauchen. Sollte sich zufällig jemand am Ufer aufhalten, würde er nicht wissen, woher Ronan gekommen war. Er schaute sich lauschend um – alles war ruhig um ihn herum, keine lebende Seele zu sehen.

Er ging in diesem Nebenfluß abwärts, bis er den großen Fluß erreichte. Erst dort stieg er wieder aus dem Wasser. Niemand konnte nun noch erraten, aus welcher Richtung er gekommen war. Nachdem er sich mit den Handflächen trocken geklopft hatte, zog er rasch trockene Kleidung aus dem wasserdichten Rucksack an und band sein Messer am Oberschenkel fest. Geschwind lief er von hier aus los, am Fluß entlang und durch den Wald.

Als er die Stelle erreicht hatte, wo sie gestern heruntergepurzelt waren, setzte er sich hin und spähte die gesamte Umgebung vor sich aus. Beruhigt, keine Menschenseele in der Nähe zu sehen, kletterte er auf einen Baum und beobachtete die ferner gelegenen Teile des Hanges. Nachdem er sicher war, daß sich dort niemand befand, überquerte er den Fluß an einer Stelle, die von oben nicht einsehbar war. Am anderen Ufer angelangt, sah er deutlich die Spuren, die Meister Ling, Anjulie und er bei ihrer unsanften Landung nach der Rutschpartie hinterlassen hatten. Weiter abwärts waren ihre Spuren überdeckt und vermischt mit den Spuren ihrer Verfolger, die hier unschlüssig hin und her gelaufen zu sein schienen. Drei waren es gewesen, so viel konnte er sicher sagen. Sie mußten sie lange gesucht haben, da sie sich immer wieder hier getroffen hatten. Sie schienen sich ausgetauscht und ihre Ergebnisse besprochen zu haben. Er mußte lachen. Wie verdutzt sie wohl ausgesehen hatten, als sie trotz bester Bemühungen keine erfolgversprechende Spur hatten finden können. Was für ein Glück, daß der Meister dieses unauffindbare Versteck kannte und es auch in solcher Nähe lag.

Ronan identifizierte die frischesten Spuren und begann ihnen zu folgen.

Eine Vision von Anjulies Antlitz lenkte ihn bald ab, und ein Lächeln breitete sich auf seinen Lippen aus. Tief versunken in schönen Erinnerungen sah er die Senke im Pfad nicht und stolperte. Dies rettete sein Leben!

Genau in diesem Moment streifte ein Pfeil sein Gesicht, der es auf seinen Schädel abgesehen hatte. Mit einem entsetzten Aufschrei stürzte er und rollte den Abhang hinunter. Rollend und rutschend versuchte er fieberhaft, sich an Grasbüscheln und am Boden festzukrallen. Vergeblich! Der Sturz schien ewig weiterzugehen, bis Ronan endlich mit zerkratzten Gliedern an einem Busch hängenblieb. Trotz der äußeren Turbulenzen hatte er sich schnell wieder im Griff.

Im Bruchteil von Sekunden erfaßte er seine Situation. Wieder hatte er Glück gehabt. Aber Überleben ist kein Glücksspiel. Der Schlag kommt unerwartet, und Unachtsamkeit bedeutet den Tod. Nur der Narr überläßt sein Leben den Göttern und nimmt es nicht in seine eigenen Hände. Die Götter sind einmal gnädig, danach ist der Mensch dran, den weiteren Verlauf selbst zu bestimmen.

Doch was ist absolut vorauszusehen und zu bestimmen? In dem Moment, in dem er aufhörte zu rutschen, preßte er sich ganz dicht auf den Boden und sah die Szene klar vor seinem geistigen Auge.

Direkt oberhalb des Pfades, an der Stelle, wo er gestolpert war, gab es kaum mehr Bäume. Von dort oben war der Pfeil abgeschossen worden. Die Jäger würden nicht direkt hinterherkommen, da sie sich erstens nicht zeigen wollten und zweitens nicht wußten, wie gut er bewaffnet war. Weiter vorne, in der Richtung, in die er sich bewegte, war es bewaldet. Wenn es dieselben drei Verfolger wie gestern waren, hatten sie gute Möglichkeiten, ihn zu umzingeln und ihm den Weg abzuschneiden. Einer würde direkt durch den Wald zu der Stelle kommen, wo Ronan durch den Fall in etwa gelandet sein müßte. Der zweite würde einen Bogen schlagen und Ronan sofort sehen, sollte er sich aus der Deckung bewegen. Der dritte würde weiter hinten Wache halten. Ronan kroch so schnell, wie es ihm, ohne Geräusche zu verursachen, möglich war, zu einer Stelle oberhalb des von ihm vermuteten besten Verstecks für den dritten Mann. Dort angekommen schaute er sich um, um eine passende Stelle zu finden. Noch ein Stückchen weiter entdeckte er ein dichtes Gebüsch. Dort versteckt wartete er ab, was geschehen würde. Aber es kam niemand.

Ronan erinnerte sich, daß er in seiner Kindheit beim Versteckspielen sehr bald herausgefunden hatte, daß auch das beste Versteck irgendwann ausfindig gemacht wurde. Also war ihm klar, daß es seinen sicheren Tod bedeutete, sich in die Erde hinein zu vergraben. Das beste und sicherste Versteck war es, kein Versteck zu haben, sondern immer in Bewegung zu sein. Am meisten Spaß hatte ihm das Versteckspiel im Wald gemacht, und zwar dann, wenn er den Suchenden folgte. Erst beobachtete er sie, um sich in dem Moment, wo sie sich aufteilten, die Richtungen zu merken und ihnen zu folgen. Er hatte den Wald natürlich gut gekannt und konnte sich ausrechnen, wo entlang und wie lange sie gehen würden. Es war ein Leichtes, den einen zum richtigen Zeitpunkt weitergehen zu lassen, um auf den nächsten zu warten. Wenn die festgelegte Zeit um war, mußten die Suchenden den Wald verlassen, so daß sein „Versteck" nie erraten wurde. Es gelang seinen Mitspielern schon bald nicht mehr, ihn zu finden.

Damals hatte er gelernt, sich geräuschlos durch das Unterholz zu bewegen, was ihm jetzt zugute kam. Seine Sinne waren durch die Gefahr noch stärker geschärft. Er konnte nach einer Weile sogar spüren, wo genau die anderen sich befanden. Er lernte auch, seine Aura zurückzuziehen. Sollte seine Aura die der anderen berühren, würde ein guter Kämpfer dies sofort merken, so wie Tiere es natürlicherweise können. Beim Jagen kommt es nicht nur darauf an, sich geräuschlos und gegen den Wind zu positionieren, sondern besonders darauf, sich energetisch unsichtbar zu machen. Die meisten Menschen waren so abgestumpft, daß sie keine echte Bedrohung darstellten. Hier aber waren außergewöhnlich gut trainierte Menschen am Werk. Also mußte er besonders sorgfältig vorgehen.

Ronan konnte die Aura eines Verfolgers wahrnehmen, war jedoch nicht in der Lage, dessen genauen Standort auszumachen. Wären seine Sinne nicht zum Äußersten geschärft gewesen, hätte er gar nichts bemerkt. Das zeigte, daß dieser Assassine sehr gut war und nicht genau plaziert werden konnte. Doch die beiden anderen, deren Spuren er auch schon gesehen hatte, ließen sich gar nicht orten. Entweder waren seine Komplizen außergewöhnlich gut, oder sie waren gar nicht da. Vielleicht hatten sie nur einen hier zurückgelassen, und die anderen suchten Ronan und seine Gefährten ganz woanders.

Auf jeden Fall mußte Ronan jetzt von hier fort, und er fing an, den Berg hochzusteigen. Er würde einen Kreis schlagen, wobei der Mittelpunkt der eine Jäger war, den er links von sich schwach spüren konnte. Das Gespür ließ immer wieder nach, und Ronan ging in Links-rechts-Wenden, wobei er den Kreis im Auge behielt. Nach einer Weile überlegte er, ob er das Risiko eingehen sollte, auch die anderen aufzuspüren. Einen Versuch war es schon wert.

Folglich weitete er seine Spürsinne auf einen Radius von 300 Grad aus. Die sechzig Grad zu dem Jäger vor ihm mußte er dabei mit großer Kraft unterdrücken. Ein gewagtes Spiel, da sie ihn sofort wahrnehmen würden, sobald er ihre Aura berührte. Also ließ er seine Spürsinne in Wellen und in Form eines sehr schmalen Bandes von sich ausgehen. Auf diese Weise würden sie ihn nicht orten können. Er schickte seine Sinne wie ein Echolot meilenweit, traf aber auf nichts.

Gerade als er damit aufhören wollte, glaubte er irgend etwas wahrgenommen zu haben, dann war es gleich wieder weg. Viele weitere Versuche gingen ringsum in die Richtung, blieben aber erfolglos. Vielleicht hatte er sich getäuscht?

Also konzentrierte er sich jetzt ganz auf diesen einen, den er sicher gespürt hatte, und schlich immer näher an ihn heran. Schon bald konnte er seinen Verfolger sehen und beschleunigte seinen Gang. Ein großer Bursche mit breiten Schultern näherte sich ihm mit sicherem Schritt. Vielleicht hätte Ronan ihn sogleich überwältigen können, aber jetzt war Vorsicht geboten, denn Anjulies Sicherheit stand für ihn an erster Stelle. Also überlegte er sich genau, wie er den Angriff durchführen konnte, und handelte nicht wie sonst aus einem spontanen Impuls heraus.

Sein Körper reagierte bereits auf die bloße Absicht: Sein Herz pumpte kräftig Blut in den gesamten Kreislauf. Er fühlte, wie gewaltige Energien ihn durchflossen, die er bewußt nach oben kanalisierte, um sie in vollem Umfang nutzen zu können. Er suchte einen geeigneten Stein am Boden, nahm ihn in die Hand, bereit für den Wurf. Freude auf den geplanten Angriff stieg in ihm hoch. Doch plötzlich drehte der Assassine seinen Kopf direkt in seine Richtung.

Ronans freudige Aufregung, seinen Verfolger zu überlisten, hatte seine Aura expandieren lassen, und der Jäger hielt mitten im Schritt inne. Er drehte sich so schnell um, daß er Ronan überraschte. Jetzt geschah alles so blitzschnell – wie eine einzige Bewegung lief es ab –, daß Ronan eigentlich erst später im Rückblick die einzelnen Schritte genau nachvollziehen konnte: Seine Aura expandierte, Hand und Augen zielten mit dem Stein. Die Drehung des Jägers bestimmte das Ziel – den Hals. Schon zog der Verfolger sein Messer und schleuderte es zielsicher auf Ronan. Doch Ronan hatte den Stein, ohne zu zögern, geworfen. Das Geschoß traf den Jäger an der Kehle und mit einem gurgelnden Geräusch fiel er auf sein Gesicht. Ronan sprang derweil auf den Boden und spürte, wie ein schneidender Luftzug an seinem Gesicht vorbeizischte.

Der Jäger hatte Glück und lebte noch. Der Stein hatte seine Kehle etwas seitlich getroffen und nicht zerquetschen können. Ronan fesselte ihn schnell und sicher.

„Es wäre weise, wenn du mir gleich sagtest, wer auf das Mädchen geschossen hat."

Wütend schaute der Assassine Ronan an, sagte aber nichts.

„Weißt du", fuhr Ronan sehr freundlich fort, „die Fingerspitzen sind die empfindlichsten Stellen des Körpers", und beschrieb dem Assassinen detailliert, was er mit dessen Fingerspitzen machen würde. Doch der schwieg weiterhin. Ronan knebelte ihn und sagte: „Wenn du reden willst, nicke mit dem Kopf."

Es dauerte keine fünf Minuten, bevor der Assassine nickte. Ronan nahm den Knebel weg und wartete.

„Ich war es, der auf sie geschossen hat."

Ronan munterte ihn auf, weiterzureden: „Und wer hat euch geschickt?"

„Das hilft euch nicht weiter, denn es läuft über viele Ecken."

„Laß das nicht deine Sorge sein."

„Wir sind Assassinen. Ich weiß nur, daß nebenbei der Name Graf Jong Lim fiel."

„Jong Lim kenne ich zwar nicht, aber das spielt im Moment keine Rolle. Doch für dein Attentat auf das Mädchen werde ich von dir als Opfer deinen rechten Daumen verlangen."

Als er merkte, daß Ronan es ernst meinte, erfüllte Angst die Augen des Angreifers. „Nein!" kreischte er auf.

Aber Ronan hatte sich selbst ein Versprechen gegeben, das er unbedingt einhalten wollte.

„Eure Art versteht keine andere Gerechtigkeit als das Gesetz 'Auge um Auge'. Eines Tages wirst du für diese Lektion dankbar sein", und er ließ seinen Worten die Tat folgen. Der Assassine war von der harten Sorte. Nur durch ein Grunzen ließ er den Schmerz anmerken.

Da er als Heiler den Assassinen nicht unversorgt zurücklassen wollte, zog Ronan ein Fläschchen mit einer blutstillenden Tinktur aus frischem Spitzwegerich und Alkohol aus seinem Rucksack, befeuchtete einen festen Stoffballen mit der Lösung und preßte ihn auf den Daumenstumpf, aus dem das Blut heraussprizte.

Der Assassine schrie gellend auf! Der Alkohol schnitt tief ins offene Fleisch, wie Messerstiche fühlte sich das an. Die erneuten Schmerzen holten ihn aus seinem Schock und brachten die Selbstheilungskräfte in Gang. Die Wunde schloß sich schnell, wie beim Abnehmen des Stoffballens ersichtlich wurde. Um die frische Wunde zu schützen, legte Ronan ein sauberes Tuch darauf und verband die Hand mit Streifen von Stoff.

„War außer euch dreien noch jemand da? Lüge nicht, sonst nehme ich dir auch noch dein rechtes Auge. Dann gilt wirklich 'Auge um Auge'."

„Ja, ein vierter. Gestern hat er die ganze Strecke flußabwärts abgesucht. Heute flußaufwärts. Wir werden ihn morgen hier treffen."

„Wo sind die anderen zwei?"

„Sie suchen in anderen Richtungen nach euch."

„Wann und wo trefft ihr euch wieder?"

„Sie werden im Laufe des Tages zurückkommen."

„Dich lasse ich am Leben, und dein Kumpel kann dich später befreien."

„Wir werden dich aber trotzdem nicht entkommen lassen, sondern bis ans Ende der Welt verfolgen", zischte der Gefesselte mit haßerfüllten Augen.

„Macht diesen Fehler nicht. Es ist nicht ratsam, sich mit mir anzulegen. Das nächste Mal kommt keiner mit seinem Leben davon. Haß als treibende Kraft bringt einem nur Leiden. Du hast zwar nichts anderes gelernt, als zu hassen und zu morden, aber das kannst du, wenn du nur willst, ändern."

War es nicht besser, ihn doch zu töten? Zweifel überfielen Ronan, als er weggehen wollte. Aber einen wehrlosen Verletzten konnte er nicht kaltblütig umbringen. In einem Kampf, wenn es ums Überleben geht, ist das eine andere Situation. Zu dumm, daß er entdeckt worden war! Sehr unklug von ihm, nicht vorsichtiger gewesen zu sein! Jetzt durfte er keine Sekunde mehr verlieren und mußte Anjulie schnellstens in Sicherheit bringen. Die anderen Assassinen würden bald wissen, was hier geschehen war, und ihnen eine Falle stellen.

Ein Plan, wie er und Anjulie den Häschern entkommen könnten, fing an in seinem Kopf Gestalt anzunehmen. Diesmal mußte er bedachter vorgehen, denn er war wohl doch ein Anfänger, wie ihm Anjulie unterstellt hatte. Zugegebenermaßen – diese Schurken hatte er unterschätzt. Sie waren eine sehr große Bedrohung für Anjulies Leben, und so zögerte er ein letztes Mal weiterzugehen.

Sollte er ihm nicht doch einfach die Kehle durchschneiden?

Aber er konnte es nicht. Schnellstens weg, eine große Entfernung zwischen sich und den Assassinen bringen. Entschlossen nahm er dessen Pfeile und Bogen an sich und lief in Richtung Fluß.

Der vierte war sicher ihr bester Spurenleser, zumindest sollte Ronan nach dieser Annahme handeln. Gestern, als Meister Ling und er die Höhle verlassen hatten, waren sie auf der anderen Seite des Flusses über eine Felswand geklettert und, so lang es ging, auf steinigem Boden geblieben, auch wenn sie dann eine Zeitlang über Erde hatten laufen müssen, um den Wald zu erreichen. Sie hatten vorsichtig ihre Spuren verwischt. Von dort waren sie wieder an den steinigen Ort am Fluß gelangt, wo sie ihn überquert hatten. Auf der anderen Seite des Flusses angekommen, hatten sie sich viel Mühe gegeben, ihre Spuren unsichtbar zu machen. Ein guter Spurenleser würde sie trotzdem früher oder später finden, es sei denn, Sturm und Regen würden sie gänzlich wegspülen.

Wunschvorstellungen! Ronan hatte im Wald auch Spuren eines Verfolgers gesehen, der sie gesucht hatte. Natürlich hatte der nichts gefunden, da sie sich zu dieser Zeit in der Höhle befunden hatten.

Ronan ging wieder zurück zum Fluß, zu der Stelle, wo sie tags zuvor hineingestiegen waren. Die Stelle war dem vierten Assassinen ja bekannt, und von daher konnte er ruhig Spuren hinterlassen. Auf der anderen Seite des Flusses würde er die echten Spuren verwischen und falsche legen.

Ronan war gerade drüben angelangt, als er ein leises Geräusch hörte. Er ging in die Hocke und lauschte in die Richtung, aus der das Geräusch gekommen war. Dann bemerkte er eine Bewegung am Waldrand etwa fünfzig Meter vor sich. Ein Bär von einem Mann trat heraus.

Oh je, schoß es Ronan durch den Kopf, *ich hatte richtig gespürt. Da war noch jemand in der Nähe. Und der ist ein sehr guter Kämpfer, der es vermag, unbemerkt so nah an mich heranzukommen.* Ronan handelte instinktiv: Wie von einer Tarantel gestochen, schnellte er aus seiner sitzenden Position schräg hoch. Sein einziger Gedanke war, sich erst einmal soweit wie möglich von der Höhle zu entfernen. Später konnte er immer noch überlegen, wie er den Weg unbemerkt zurückkehrte.

Die ersten fünfzig Meter sprintete er voller Kraft los, dann wechselte er zu einem schnellen Lauftempo, das er stundenlang beibehalten konnte. Immer wieder schaute er über seine Schulter, doch der Assassine blieb genausoweit hinter ihm wie zuvor. *Wem die Puste wohl als erstem ausgeht?* dachte Ronan.

Aber nachdem über eine Stunde vergangen war und der Assassine hinter ihm keine Anzeichen von Schwäche zeigte, wurde es Ronan langsam mulmig. Die meiste Zeit ging es bergauf. Daher hatten sie nicht mehr als sechs oder sieben Meilen zurückgelegt. Ronan zerbrach sich noch den Kopf, wie er seinen Verfolger loswerden könnte, als sie zu einer Ebene kamen, wo rechts von ihm die Berge steil nach oben stiegen. Ronan wollte um die Berge herum und stand plötzlich vor einer Schlucht.

Nein, das ist doch derselbe Fluß wie unten. Der hat sich nach rechts gewunden und versperrt mir den Weg. Den Berg hochzusteigen wäre nicht ratsam, da der Verfolger sicher alle seine Reserven einsetzen würde, um ihn einzuholen, wohingegen Ronan seine Kräfte sparsam benutzen mußte, da er nicht wußte, was noch alles auf ihn zukam.

Blitzschnell durchdacht, wagte Ronan ein verzweifeltes Manöver. Er wandte sich um, stoppte ungeachtet des Verlusts an Vorsprung, den ihm das einbrachte, und schoß einen Pfeil auf den Verfolger ab. Er traf in das Bein des Mannes.

Doch der rannte einfach weiter; es schien ihm nicht das Geringste auszumachen.

Mit einem Ruck brach der Hüne den aus dem Bein ragenden Pfeilschaft ab und kam wie eine Walze weiter auf Ronan zu. Ronan schoß schnell hintereinander mehrere Pfeile auf den Verfolger ab, aber entweder wich der Mann den Geschossen aus, oder er schnappte sie mit der Hand aus der Luft. Ronan war einer Panik nahe.

Dicht hinter ihm war die Schlucht, die über fünfzehn Meter tief abfiel. Ronan wußte nicht, wie er diesen Riesen mit den ihm zur Verfügung stehenden Möglichkeiten besiegen sollte. Der Kerl war nicht nur groß und stark, sondern auch noch flink. Sicher war er auch ein sehr guter Kämpfer, aber wahrscheinlich würde er Ronan mit all der Kraft auch einfach ersticken können, ohne überhaupt viel Kampfkunst anwenden zu müssen.

Doch das half nun auch nicht weiter. Ronan bereitete sich auf den Zusammenstoß vor: breitbeinig, die Knie gebeugt und die Arme seitlich erhoben. Als der Riese knapp zwei Meter vor ihm war, tat Ronan so, als ob er ihn mit seinem Kopf rammen wolle, woraufhin sich der Riese schnell etwas bückte, um Ronan zu packen zu bekommen. Doch Ronan war gewandter: Er beugte sich noch tiefer, indem er sich mit einem Knie und beiden Händen abstützte. Der furchteinflößende Riese griff dadurch ins Leere, verlor den Halt und krachte mit seinem Oberkörper auf Ronans Rücken. Das unglaubliche Gewicht des Bären-Menschen walzte Ronan fast platt. Er hatte ein Gefühl, als ob der ganze Berg auf ihn gefallen sei. Mit all seiner Willenskraft drückte er sich hoch und warf den Riesen über seine Schulter hinter sich in die Schlucht.

Ronan hätte vor Schmerzen aufschreien mögen. Sein Rücken fühlte sich an, als wären alle Muskeln von ihren Ansätzen abgerissen. Trotz des Schmerzes drehte er sich schnell um und sah in die Schlucht. Unglaublich! Der Riese hatte sich in der Luft gedreht und gerade noch am Rand der Schlucht an Felssteinen festklammern können. Als er nach einem kleinen Baum griff, traf Ronan ihn mit der Kante seines Fußes mit solcher Wucht gegen den Unterkiefer, daß es einem normalen Menschen das Genick gebrochen hätte. Zu Ronans Entsetzen packte der Riese mit der anderen Hand Ronans Fuß und zog ihn zu sich. Mit einem fürchterlichen Schrei umklammerte Ronan den Baum mit beiden Händen, denn nun begann der Angreifer, sich an Ronans Körper hochzuziehen. Er krallte sich in seine Hüfte, als ob er sie herausreißen wollte. Viel Zeit blieb Ronan nicht, seine Kräfte schwanden zusehends und nur mit größter Mühe konnte er sich am Baum festhalten.

Mit letzter Kraft schlang er einen Arm um den Baumstamm, zog mit der linken Hand sein Messer heraus und stach dem urgewaltigen Schreckgespenst ins Auge. Vergeblich! Ronan blieb in seinen Fängen.

Er warf das Messer weg, hielt sich wieder mit beiden Händen am Baum fest und drehte sich soweit wie möglich seitlich, um seine Beine hochzuziehen und sie dem Riesen mit aller Kraft in den Bauch zu stoßen. Das war zu viel für den Angreifer, er ließ schlagartig los und wurde in die Schlucht geschleudert.

Ronan, den Baum noch fest umklammernd, keuchte schwer; sein Herz pumpte wie kurz vor dem Zerreißen. Nach einer Ewigkeit vermochte er sich am Baumstamm hochzuziehen und dem Abgrund zu entrinnen. Erschöpft brach er auf sicherem Boden zusammen.

Irgendwann kehrten die Kräfte langsam zurück, und sein zerschlagener Körper meldete sich: Welcher Teil tat nicht schrecklich weh? Überall brannte und stach es, als er sich zum Rand der Schlucht schleppte und hinunterschaute. Doch der Leichnam seines Angreifers war nirgends zu entdecken.

Notdürftig versorgte Ronan seine Wunden. Schnellstmöglich wollte er zurück zu Anjulie. Sicherlich machte sie sich schon große Sorgen um ihn. Als er an einem kleinen Bach vorüberkam, merkte er erst, wie sein Körper nach Wasser dürstete. Er warf sich in den sprudelnden Gebirgsbach und labte sich in kleinen Schlucken an dem unbeschreiblich erfrischenden Quell. Erst als sein Körper für eine größere Menge Flüssigkeit bereit war, schlürfte er das Bachwasser wie ein ausgetrockneter Fisch, bis sein Bauch zum Platzen gefüllt war. Jetzt kam sich Ronan wie neugeboren vor, und er konnte zum Fluß hin eine etwas schnellere Gangart einschlagen. Am Ziel angekommen, tauchte Ronan mit einem lauten Einatmen in die Höhle ein. Er fühlte sich wieder voller Freude, und trotz der Blessuren spürte er die Lebenskraft in sich vibrieren.

Während Ronan den Fluß hinunterwatete, kroch eine Riesengestalt viele Meilen weiter oben in den Bergen aus dem Fluß heraus. Mit schmerzverzerrtem Gesicht schleppte sich der Riese ein Stückchen vorwärts, ehe er zusammenbrach. Blut lief aus seinem Mund. Eine der vielen gebrochenen Rippen hatte die Lunge durchstochen. Oberhalb seines rechten Knies hatte er eine tiefe Fleischwunde, und aus seinem linken Auge hing der halbe Augapfel heraus. Nach einer Weile setzte er sich auf. Es war ein Beweis seiner geistigen Kraft, daß er das tun konnte, ohne vor Schmerzen zu versagen. Vorsichtig zog er die Arme aus den Riemen seines auf dem Rücken hängenden Beutels und holte eine Schere heraus. Jede Bewegung mußte Schmerzen auslösen, die auch einem starken Menschen das Bewußtsein rauben würden; diesem hier nicht!

Er schnitt sein Hemd in lange, mittelbreite Streifen. Dann sog er all das Blut aus der Lunge und spuckte es aus. Er atmete tief ein und spannte seine Arme seitlich soweit nach hinten, wie es ging. Diesmal brüllte er laut auf. Doch die Rippen fanden tatsächlich ihren richtigen Platz, sogar die gebrochene, auch wenn dadurch noch mehr Blut in die Lunge schoß. Mit bloßer Willenskraft befahl er dem Körper, das Blut umzuleiten und die Blutung zu stoppen. Jetzt band er die Streifen straff von oben nach unten um seine Brust. Als er damit fertig war, aß er etwas Trockenfleisch aus seinem Beutel, trank Wasser und legte sich auf den Rücken. Augenblicklich schlief er ein. Als er aufwachte, war ein neuer Tag angebrochen. Es war ihm klar, daß er hier viele Tage würde bleiben müssen, bis er wieder heil war. Dann aber würde er sich an die Fersen von Ronan heften und ihn erledigen.

Das liebliche Gesicht Anjulies spornte Ronan an, und ein unbeschreibliches Gefühl durchströmte ihn. Die durchgestandene Todesgefahr hatte ihm sehr zu denken gegeben. Zum ersten Mal hatte er erlebt, was Angst wirklich bedeutet, und siegreich fühlte er sich bei weitem nicht mehr. Vielleicht war jetzt die Zeit gekommen, Übermut und Leichtsinn aus seinem Leben zu verbannen. Auf der Flucht mit Anjulie konnte er es sich nicht erlauben, sie durch seinen Leichtsinn zu gefährden.

Als er in der großen Höhle ankam, traf ihn der nächste Schreck. Erst dachte er, Anjulie wäre weiter in die Höhle hineingegangen, und rief nach ihr; doch es kam keine Erwiderung. Voller Furcht lief er überallhin. Hatte ein Assassine sie doch gefunden? Nein, das konnte nicht sein. Der Verfolger hätte hier in der Höhle auf ihn gelauert.

Seine aufgeregte Suche in der Höhle blieb erfolglos. Anjulie war spurlos verschwunden. War sie vielleicht auf eigene Faust nach draußen getaucht? Aber dann hätte er ihr doch begegnen müssen. Wie sollte sie sich in der kurzen Zeit von gestern auf heute so gut erholt haben? Die Behandlung? War sie dermaßen wirkmächtig? Welche Wunder bewirkte Meister Ling! Die Ruhe, die langsam immer mehr zu einem Teil von Ronan wurde, umhüllte ihn, als er die Höhle verließ. Flußabwärts war Anjulie sicher nicht, denn von dort war er ja gekommen. Also ging er flußaufwärts. Als er um eine Flußbiegung kam, fand er sie auf einem Stein sitzend.

„Was machst du denn da?" rief er voller Erleichterung.

„Brüll doch nicht so."

„Ach, ich freue mich so, dich wiederzusehen. Es hat mir einen solchen Schreck eingejagt, als ich dich nicht in der Höhle fand."

„Und? Habe ich etwa kein Recht, mich zu sonnen?"

„Lassen wir das, bitte. Wir müssen sofort von hier weg. Ich erzähle dir gleich, was geschehen ist." Erst jetzt schien sie seine Verwundungen wahrzunehmen. Die blutige Furche an der Wange mußte fürchterlich aussehen, denn Anjulie zuckte zusammen und schrie auf.

„Oh Gott, was ist dir passiert?" Sie sprang vom Stein auf und eilte zu ihm.

Der ebenso sorgen- wie liebevolle Blick in ihren Augen war Balsam für Ronan. Erst jetzt spürte er so richtig die schlimmen Schmerzen und Prellungen, die sein Körper erlitten hatte. Doch als Anjulie seine Wange berührte, verschwand all das augenblicklich, und es durchströmte ihn ein herzerwärmendes, heilsames, Hoffnung verleihendes Gefühl, wie er es aus seiner Kindheit kannte. Bloß war das hier so viel intensiver.

Er spürte solch eine Dankbarkeit ihr gegenüber, daß er sich leicht vor ihr verneigte. Dann nahm er ihre Hand und führte sie zurück zur Höhle.

Liebevoll versorgte Anjulie alle seine Wunden mit einer Calendula-Salbe. Sie rieb neben Arnika auch Sumach-Salbe auf seinen Rücken und erklärte ihm dabei die Wirkung der Arzneien. Anjulie war zwar eine selbstbewußte Frau, aber trotzdem eine zurückhaltende und vorsichtige. Der Zuneigung, die sie gegenüber Ronan empfand, konnte sie deshalb nicht einfach freien Lauf lassen. Also befriedigte sie ihr Bedürfnis, mit Ronan zu reden, indem sie ihm etwas über die Arzneien erzählte.

„Calendula ist gut für offene Wunden, wohingegen Arnika nicht dafür geeignet ist. Vom Wesen her ist Arnika kein Wundheilmittel. Ihr Wesen entspricht dem Schlag und dem darauffolgenden Schock, den der Körper erleidet. Indem der Schock geheilt wird, ist der Körper natürlich auch wieder fähig, eine offene Wunden zu heilen. Calendula ist dagegen in der Lage, die Heilung offener Wunden um ein Vielfaches zu beschleunigen. Aus diesem Grund ist Arnika das Grundmittel für alle Verletzungen. Aber die verschiedenen Arten von Wunden verlangen dann jeweils andere Heilmittel als Arnika. Der Fehlgedanke, daß Arnika auch für alle Verletzungen gut sei, kommt daher, daß Arnika grundsätzlich nach einem Verletzungsschock die Selbstheilungsenergien im Körper freisetzt. Sollte die Wunde selbst keine Energiesperre in sich aufgebaut haben, können die durch Arnika freigesetzten Energien ohne weiteres walten. Natürlich ist es immer besser, die Wunde selbst auch noch mit der entsprechenden Arznei zu versorgen, denn dadurch bekommt sie auch die spezielle Heilenergie, um sich dann schneller und optimal regenerieren zu können."

Ronan hatte das Gefühl, als ob ein zweiter, wenn auch kleinerer Meister Ling vor ihm stünde: „Du hast ein sehr schönes Verständnis von diesen Sachen", lobte Ronan.

Anjulie errötete etwas und, um ihre Verlegenheit zu verbergen, redete sie weiter: „Ja, durch Kontemplation und innere Zwiesprache mit der Heilpflanze habe ich viel gelernt. Aber die Natur lehrt uns auch direkt, sollten wir sie falsch anwenden. Geben wir Arnika auf eine offene Wunde, entzündet sie sich zur Wundrose. Die Lehre ist also klar: Hände weg von Arnika bei offenen Wunden. Calendula hingegen ist lieblich, aufbauend und blutungsstoppend und kann jede Art von arteriellen Blutungen zum Stoppen bringen. Das vermögen auch andere Mittel in gewisser Weise, etwa der Spitzwegerich. Calendula jedoch ist gleichzeitig heilsam für die Wunde. Rosmarin, die wilde Sorte – also Sumpfporst –, ist auch gut für Wunden. Aber sie ist scharf und wird bei einer normalen Wunde brennen. Daher ist auch sie nicht passend für offene Wunden. Jedoch ist sie extrem gut für Wunden durch scharfe Gegenstände oder Instrumente. Calendula hingegen ist besser für ausgefranste Wunden. Manchmal mögen auch beide notwendig sein."

Nachdem Anjulie ihn verarztet hatte, begann er mit den Vorbereitungen für ihre Flucht. Er ging in Gedanken durch, was sie alles brauchen würden, wobei die Last aber in tragbaren Grenzen zu bleiben hatte. „Wir werden Pfeil und Bogen brauchen. Wenn wir längere Zeit in abgelegenen Gebieten sein sollten, müssen wir unseren Proviant durch die Jagd wieder auffüllen."

„Du willst unschuldige Tiere jagen?"
„Wie willst du sonst in der Wildnis überleben?"

„Ach, der Arme. Umgeben von solcher Vielfalt an reichhaltiger Nahrung im Wald würde er vor lauter Ignoranz verhungern."

Wütend fragte er sie unbesonnen: „Bist du Vegetarierin?"

„Was ist denn das?" kam die schnippische Antwort zurück.

„Machst du eigentlich immer Scherze?"

„Du hast meine Frage nicht beantwortet."

„Gut, wenn du es so haben willst. Ein Vegetarier ist jemand, der kein Fleisch ißt. Zufrieden?" knurrte Ronan.

„Ich pflege anders zu denken. Ein Vegetarier ist jemand, der die Tiere innig liebt."

„Ja, gut, ob er Tiere liebt oder nicht, er ißt sie halt nicht", erwiderte Ronan.

„Spielst du den Dummen oder bist du wirklich dumm?"

Jetzt fühlte er sich so in die Enge getrieben, daß er am liebsten mit bösen Worten um sich geschlagen hätte. Aber eine warnende Stimme hielt ihn zurück: *Anjulie muß sich immer rechthaberisch durchsetzen, egal, wie die Situation ist. Ob in einem Moment Gefahr droht oder nicht – ihr Sturkopf ist nur zufrieden, wenn sie das letzte Wort behält. Also sollte er das Gespräch mit ihr jetzt besser abbrechen.* Mit größter Mühe versuchte er, ein Lächeln auf seine Lippen zu bringen, auch wenn das eher wie eine Grimasse aussah. „Nein, entschuldige, ich weiß nicht, worauf du hinauswillst. Aber jetzt ist nicht die Zeit dafür. Wir müssen uns voll auf die Flucht konzentrieren", entgegnete Ronan mit ruhiger Bestimmtheit, was ihn selber überraschte. „Als erstes packen wir alles ein, was wir unbedingt brauchen. Kannst du bitte etwas Proviant zusammenstellen? Nur Notfallmengen, da wir auf der Flucht so wenig wie möglich beladen sein dürfen."

Er ging zuerst zu der Holzkiste, von der Meister Ling erzählt hatte, nahm die beiden Karten heraus und studierte die größere Landkarte gründlich, bis sie sich in sein Gedächtnis eingebrannt hatte.

„Was machst du denn noch?" kam die ungeduldige Stimme von Anjulie. „Ich bin schon fertig."

„Ich versuche gerade, mir diese Karte einzuprägen. Hast du alles, was du sonst noch brauchst? Etwas Kleidung, warme Sachen, Heilkräuter, Flintstein, Messer und soweiter?"

„Ich glaube schon. Du solltest langsam auch in Bewegung kommen."

„Ja gut, ist ja gut." Ronan verpackte die kleinere Karte wasserdicht und steckte sie ganz unten in seinen Rucksack. Er legte die große Karte zurück in die Kiste, versteckte sie wieder in der kleinen Nische und schob den Stein genauso wie vorher davor. Die Höhlenwand sah jetzt unauffällig aus und auch eine intensivere Untersuchung würde das Versteck nicht verraten.

Er begutachtete alles, was Anjulie zusammengetragen hatte, und fand nichts zu bemängeln. Mehr als zwei Drittel des Gepäcks sowie einen ebenfalls in der Kiste gefundenen Beutel mit Silbermünzen packte er bei sich ein, so daß Anjulie ein sehr angenehmes Gewicht zu tragen hatte. Sie protestierte zwar, aber er winkte beschwichtigend ab. Am Rucksack befestigte er ein dünnes, geknotetes Seil, eines der wichtigsten Utensilien der Ausrüstung.

So verließen sie gut vorbereitet die Höhle.

VI

Die Flucht

Ronan ging davon aus, daß ihnen im Moment keine Gefahr durch ihre Verfolger drohte, da die zwei noch nicht ausgeschalteten woanders waren. Doch er wollte kein Risiko eingehen, da er ja Anjulie an seiner Seite hatte. Das Erlebnis des heutigen Morgens saß noch tief in seinen Knochen. Also war er besonders auf der Hut, obwohl die Gegend einsam war und kaum jemand hier vorbeikam. Denn in einem unaufmerksamen Augenblick konnte doch jemand sie erspähen und sie später ungewollt verraten. Also blieben sie im Flußbett und gingen in Ufernähe bis zu dessen Mündung in den großen Fluß. Um zu dem Bachzulauf auf der gegenüberliegenden Seite zu kommen, mußten sie den großen Fluß an einer Furt durchqueren. Anschließend wateten sie bachaufwärts und würden irgendwann den Weg treffen, über den Ronan mit seinem Meister gestern früh gelaufen war.

Ist das wirklich erst gestern gewesen?, fragte sich Ronan. Nur anderthalb Tage waren vergangen, seitdem die kühle Hand des Meisters ihn geweckt und ihn in dieses unglaubliche Abenteuer gestürzt hatte. Er konnte es kaum für möglich halten. Mit einem Schlag war er von einem Jungen zum Erwachsenen geworden. Er mußte jetzt planen, handeln, kämpfen, beschützen und denken wie ein Erwachsener. Auf gewisse Weise begeisterte ihn das sogar. Die vierzehn Jahre Schulung am Hof des Purpurmantels waren zwar hart gewesen, sie hatten ihm jedoch viel Spaß gemacht und ihm all das Rüstzeug mitgegeben, mit dem er bisher alle Schicksalsschläge so sicher hatte bewältigen können.

Als sie sich der Brücke näherten, wo der Weg über den Bach führte, spannte Ronan seinen Bogen, bereit zu schießen. Aber alles war ruhig um sie herum. Der vierte Assassine sollte ja auch erst am nächsten Tag wieder eintreffen. Trotzdem waren sie darauf bedacht, keine Zeit zu verlieren, und zogen stetig weiter in Richtung Tongsu Dham, wie es Meister Lings Geheiß war.

Sicherheitshalber wollte Ronan noch ein Täuschungsmanöver durchführen, das er Anjulie in der Höhle erklärt hatte, als sie die Vorbereitungen für ihre Flucht trafen. Anjulie fand seinen Plan recht erfolgversprechend, warnte ihn aber auch, daß die Assassinen nicht zu unterschätzen seien.

Es war wichtig, anfänglich so viel Abstand wie möglich zwischen sich und die Verfolger zu bekommen, um ihren Plan gut durchführen zu können. An der Brücke angekommen, spähten sie vom Bach aus in beide Richtungen des Weges. Da die Luft rein zu sein schien, unterquerten sie die Brücke und folgten eine Zeitlang weiter dem Bachlauf. Das Vorwärtskommen wurde langsam immer schwieriger, und als sie zu einem kleinen Wasserfall kamen, stiegen sie aus dem Fluß heraus und balancierten über Steine, bis sie auf einen schmalen Pfad trafen. Jetzt konnten sie ein schnelleres Tempo vorlegen und an ebenen Stellen sogar laufen. Die Karte hatte sich Ronan gut eingeprägt, so daß er den Weg problemlos fand.

Bis zum späten Nachmittag waren sie gute fünfzehn Meilen vorangekommen. Eine kurze Pause, um eine kleine Stärkung zu sich zu nehmen, stand an, obwohl Ronan noch gerne fünf bis sechs Meilen weiter gekommen wäre. Aber Anjulie sah erschöpft aus. Sie verlangsamten ihr Tempo, um nach dem viel Hitze erzeugenden Lauf nicht gleich zum Stehen zu kommen, so daß das Blut nicht einfach in die Beine absinken würde. Bald sichteten sie abseits des Pfades einen kleinen Bach. Da sie durch das langsamere Gehen nicht mehr überhitzt waren, erlaubten sie sich gleich, den Durst richtig zu löschen, und tranken nach Herzenslust. Danach zogen sie ihre Schuhe aus und ließen ihre Füße im kalten Wasser baumeln. Es war überwältigend, wie die vitalisierende Kraft in einer erfrischenden Welle von unten hochschoß. Gut erholt suchten sie eine geeignete Stelle und legten sich auf den Rücken, den Kopf hangabwärts, so daß die Füße etwas höher lagen. Völlig entspannt fühlte sich das an, als ob ihre Körper immer tiefer in die Erde versanken.

Ronan erschrak fast zu Tode. Direkt neben sich hörte er plötzlich eine Stimme. Da saß ein kleines Männlein mit einem sanften Gesicht neben ihm und hatte eine strenge Miene aufgesetzt.

„Gutes Herz, gutes Herz, aber nicht so hell im Kopf!" sagte es zu jemandem. Das Blut strömte in Ronans Kopf, mit einem Ruck schnellte er hoch, konnte aber sonst niemanden entdecken. Die tiefe Entspannung und die vermehrte Blutzufuhr zum Gehirn hatten das sechste Chakra auf seiner Stirn stark angeregt, und durch den Schreck wurde Ronan auf eine andere, ihm bisher unbekannte Bewußtseinsebene katapultiert. Langsam nahm er ein Flimmern wahr, in dem weitere Gestalten eine festere Form annahmen. Diese betrachteten ihn so ernst, daß er sich gar nicht traute, auch nur einen Mucks von sich zu geben. Es waren auch weibliche Gestalten darunter, die etwas weichere Konturen aufwiesen, dabei aber nicht weniger grimmig wirkten. Er warf einen Blick zu Anjulie hinüber. Um sie herum wimmelte eine ganze Schar von Erdbewohnern, und zu seinem Erstaunen plauderten sie mit ihr, und einige streichelten sie sogar liebevoll. Sie lächelten sich gegenseitig freundlich zu. *Merkwürdig, wieso schauen sie mich dagegen so böse an?*, wunderte er sich.

In diesem Moment sagte Anjulie zu ihm: „Du hast noch keine Beziehung zu den Erdgeistern aufgebaut. Also sind sie dir gegenüber mißtrauisch. Nur aus Liebe zu mir sind sie dir heute erschienen und warten, ob du dich ihnen gegenüber öffnen und in deinem Herzen Achtung für sie empfinden wirst."

„Na ja, ich bin ein bißchen überrascht. Aber ich habe wirklich nichts gegen sie."

„Das reicht nicht. Du mußt ihr Vertrauen schon erringen."

Zwei süße Erdfrauen fingen an, eine Art Balsam in Anjulies Füße einzumassieren. Zumindest dachte Ronan, daß es Balsam sein müsse. Ein Erdmensch strich ihr übers Haar und streichelte ihr Gesicht, das so entspannt und glücklich aussah. Dies wundervolle Gefühl hätte er auch gerne erlebt. Aber er traute sich nicht, seinen Wunsch zu äußern.

„Du hast Angst, abgelehnt zu werden. Dafür brauchst du dich nicht schämen. Es braucht nur einen kleinen Sprung über deinen Schatten: Empfinde all die Liebe, die du aufbringen kannst, und sag es ihnen."

Er tat, wie Anjulie ihm geraten hatte, und spürte tatsächlich etwas Zuneigung zu den Wesen, doch als er versuchte es auszusprechen, geriet er ins Stottern: „Könnte ich ... ich ... auch so eine Massage bekommen?"

„Was meinst du, Hohim?" fragte der Erdgeist neben Ronan seinen Nachbarn.

„Harumpf", grunzte Hohim, der dabei geräuschvoll Luft aus seiner Lunge stieß. „Machen wir es. Wenn nicht seinetwegen, dann Anjulies wegen."

Anjulie brach in ein herzhaftes Lachen aus. Ronan war so erleichtert, daß er schmunzelnd zu ihr hinüberschaute, ein „Danke" mit seinen Lippen formte und den Erdgeistern freundlich zunickte.

So etwas Wunderbares hätte er sich nie vorstellen können. Die Kraft, die durch ihre Hände zu ihm floß, war unglaublich. Ronan war zwar nicht sonderlich angestrengt gewesen, aber die Erholung, die er nun erlebte, war trotzdem sagenhaft. Er staunte, wie schnell er darüber alle Gefahren vergaß. Sicher, tödliche Bedrohungen lauerten immer noch auf sie, doch an diesem schönen Platz mit den Erdgeistern war das wie aus seinen Sinnen geweht. Anjulie riß ihn aus seiner Himmelfahrt: „Wolltest du heute nicht noch sechs Meilen hinter dich bringen?" Oh ja, und fast wäre er in tiefen Schlaf versunken.

Die Erdgeister verabschiedeten sie: „Gott begleite euch!" Beide bedankten sich mit einem „Lebt wohl" und dem Versprechen, die Freunde und Verwandten der Erdgeister zu grüßen. Sie fühlten sich so verjüngt, daß sie die nächsten zehn Meilen fast gänzlich im Laufschritt hinter sich brachten.

Als sie zu einer Waldlichtung kamen, entschieden sie sich, dort die Nacht zu verbringen. Sie fanden eine geeignete Stelle zum Schlafen und legten ihre Rucksäcke ab. Ronan bat Anjulie, Wasser zu holen, während er eine Feuerstelle vorbereitete. Da sie keine Stangen hatten, legte er die Steine enger zusammen, so daß der kleine Topf darauf paßte. Er suchte geeignetes Holz, trockenes Gras und Blätter.

Blätter brennen in einem kleinen Feuer nicht so gut, und so plazierte er sie am Rande des trockenen Grases. Sie sind eigentlich nicht notwendig, um Feuer zu machen, aber sie riechen so gut.

Er legte zwei dickere, jedoch gut brennbare Holzstücke nah beieinander. Dazwischen kam das Heu und drumherum das ganz kleine Holz. Das restliche Holz legte er geordnet und griffbereit neben den Feuerplatz. Jetzt blieb nur noch, glühende Stücke Kohle zu schaffen. Mit Hilfe des Fidelbogens bohrte er schnell den Feuerquirl in das weiche Holz. Bald fing das Holz an zu rauchen. Die dabei entstandenen Holzspäne schob er zügig in die Kerbe. Die ersten winzigen glühenden schwarzen Stücke waren zu sehen. Als sie eine ausreichende Menge erreicht hatten, kippte er die Glut und den Holzstaub auf das Heu. Rasch blies er mit tiefen, langen Zügen Luft hinein, und auf einmal fing es richtig Feuer. Schnell stapelte er das vorbereitete Holz kreuz und quer auf die zwei stabilen Holzstücke.

Er trug auch einen Feuerstein bei sich, der eigentlich praktischer war, aber er fand es einfach romantisch, mit einem Quirl eine Schmorstelle zu bohren. In seinem Rucksack trug er deshalb immer eine Portion gut brennbares Heu bei sich.

Anjulie brachte nicht nur das Wasser, sondern kam beladen mit allem möglichen Grünzeug, Rinde und Zweigen zurück. „Großer Gott", sagte er. „Das ist nutzlos fürs Feuer, es sei denn, du willst Rauch produzieren."

„Das ist zum Futtern, du Grünschnabel. Die Blätter werden teilweise zum Würzen und als Suppeneinlage verwendet. Diese feine Rinde verleiht der Suppe nicht nur einen abgerundeten Geschmack, sondern ist auch sehr nahrhaft."

Ronan ergriff den Haufen, ohne genau hinzuschauen, und schrie auf: „Au, das hat mich gestochen."

„Du bist mir wirklich einer. Einerseits hast du so einen klugen Kopf, andererseits bist du total ahnungslos. Brennesseln einfach so anzupacken ... Wenn du sie nicht mit Liebe und Bestimmtheit anfaßt, dann zeigen sie dir gleich ihre Stacheln." Sie nahm die Pflanze fest in die Hand und hielt sie ruhig und ohne auch nur den leichtesten Schmerz erkennen zu lassen.

Er glaubte nicht, was er da sah.

„Du traust dich nicht? Nur nicht feige sein!" Ronan nahm ihr die Brennesseln aus der Hand, und sie brannten ihn wirklich nicht. „Du mußt sie nicht aus lauter Angst mit einem tödlichen Griff packen. Es reicht, wenn du sie ganz normal in die Hand nimmst wie dein Messer. Was hast du eigentlich auf dem Hof gelernt?"

O weh, worauf habe ich mich da eingelassen?, kam es Ronan in den Sinn. Eine Wahl hatte er nicht, da es nicht nur den

Auftrag von Meister Ling gab, Anjulie nach Tongsu Dham zu bringen, sondern er sich auch selbst geschworen hatte, sie mit Leib und Seele zu schützen. Auch wenn er momentan nicht sehr froh über die Situation war, mußte er sein Schicksal doch akzeptieren. *Ganz schön frech ist Anjulie ja schon. Wenn ich sie zähmen könnte, würde ich große Fortschritte machen. Aber um das zu erreichen, müßte ich mich erst selbst in den Griff bekommen, so daß ich immer mit Humor, respektvoll und würdevoll auf ihre Sticheleien reagieren kann.*

„Hör auf, Trübsal zu blasen! Was für eine Jammermiene. Komm, lassen wir das Feuer nicht umsonst brennen und fangen wir an zu kochen." Mit etwas Öl briet sie die trockene Rinde an, die Ronan mit dem Reibstein gerieben hatte. Dann ließ sie ihn die grüne Rinde von den Zweigen abschälen und zwischen zwei Steinen reiben. Seine Fingerspitzen wurden langsam wund. Als er sie wehleidig ansah, sagte sie: „Sei kein Waschlappen, du bist doch der große Krieger! Nach all den Heldentaten, die du vollbracht haben sollst, müßtest du ja unverwüstlich sein."

„Kannst du meinen Händen nicht einen Kuß geben, so daß sie sich schön heil und geliebt fühlen?"

Da wurde sie ganz still.

„Es tut mir leid", sagte er bedrückt, „so meinte ich es nicht."

Sie lächelte und war gleich wieder die alte: „Wie meintest du es dann, mein kleiner, unbedarfter Ritter? Willst du doch keinen Kuß auf die Hand bekommen?"

„Nein, äh, ich meine, doch. Nein so nicht. Es war ein Versehen, aber eigentlich nicht. Wir kennen uns ja kaum, und das war vermessen von mir."

„Ich glaube dich wohl ziemlich gut zu kennen. Aber du hast recht, das war schon recht anmaßend von dir. Soll ich es dir verzeihen?"

Es ist klar, dachte Ronan, *daß ich ihr gegenüber keine Chance habe.* „Ja, das hätte ich liebend gerne."

„Und das war's dann? Von dir muß nichts kommen?"
Er schaute sie verdutzt an. „Was meinst du damit? Was muß ich machen?"
„Da habe ich die Bestätigung. Ein ziemlich stolzer und hochmütiger Mensch! Beleidigend, aber kann nicht um Entschuldigung bitten."
Ronan war jetzt empört. „Es war ja nicht als Beleidigung gemeint. Es ist mir nur herausgerutscht. Die Erinnerung an deine heilsame Berührung vom Fluß ..."
„Es geht nicht darum zu diskutieren, wenn du etwas anstellst. Die Frage ist einzig: Hast du es gemacht oder nicht? Die Gründe spielen keine Rolle, und mildernde Umstände gibt es nicht. Und jetzt gibt es auch erst einmal keine Entschuldigung für dich. Du hast die Prüfung nicht bestanden. Und dabei bleibt es. Kochen wir zu Ende und dann essen wir."

Danach herrschte Stille zwischen ihnen. Er bereitete einen Eßplatz auf der Erde vor, stellte den Topf hin und legte zwei Löffel daneben. Mit einem kurzen Gebet und Dank an die Wesen der Pflanzen, die sie als Gericht zubereitet hatten, lächelte Anjulie ihn mit den Worten an: „Guten Appetit und gesegnete Mahlzeit!"

Ronan war so überrascht, daß er nur „Mahlzeit" nuscheln konnte. Gott, wieder ein Fauxpas. Er hatte nicht einmal das Mindeste, „gesegnete Mahlzeit", herausgebracht, geschweige denn „guten Appetit". Mit hängendem Kopf schlürfte er die Suppe. Als er einmal hochschaute, bemerkte er Belustigung in ihren Augen, aber er bekam auch einen Hauch des Gefühls zu spüren, ein Barbar zu sein. Sie hatte ihn ganz schön in seine Grenzen verwiesen. Beschämt wie er war, gab er sich zumindest viel Mühe, ihr ein bequemes Nachtlager auf vielen Blättern und Gras zu richten. Mit einem „gute Nacht" verkrümelte er sich unter einen etwas entfernter stehenden Baum auf ein notdürftig hergerichtetes Nachtquartier.

„Gute Nacht und schöne Träume", kam ihre Entgegnung.

„Verdammt, ich habe mich wieder überlisten lassen", ärgerte er sich im Stillen. Der Vorfall hielt ihn lange wach. Hätte sie ihn nicht ausreden lassen können? Er fühlte sich ungerecht behandelt und war auch etwas böse auf sie. Für wen hielt sie sich? Die schöne Erinnerung im Fluß hatte ihn völlig verblendet. Es war doch kein Verbrechen, das noch einmal erleben zu wollen. Für seinen kleinen, unschuldigen Wunsch sollte sie keine Entschuldigung verlangen. Keine Entschuldigung, keine Entschuldigung, keine Entschuldigung. So tönte es immer wieder in seinem Kopf. *Wir hätten es so schön miteinander haben können,* dachte er voller Selbstmitleid.

Es dauerte viele Jahre, bis er im Schneckentempo lernte, daß schöne Vorstellungen alleine nicht ausreichen. Vorstellungen müssen mit Respekt, mit Würdigung, mit tiefer Liebe erfüllt werden. Nun ja, der unbedarfte Ronan war zu dieser Zeit noch ziemlich naiv.

Mit einem Ruck wachte er auf. Ein Geräusch hatte ihn geweckt. Vorsichtshalber hatte er an allen Zugängen zu ihrem Lager kleine Alarmgeber aus trockenen Zweigen, Steinen, Blättern oder Holz aufgebaut. Durch die verschiedenen Geräusche würde er wissen, aus welcher Richtung Gefahr drohte.

Es war noch ganz dunkel. Er war verdutzt: Hatten die Assassinen sie schon eingeholt? Sie wollten doch erst am nächsten Tag aufbrechen, nachdem der vierte Mann zurückgekehrt war. Wie konnte er nur so naiv gewesen sein, den Assassinen das zu glauben! Und jetzt hatten sie ihn überrascht. Welche bessere Zeit zum Überfall gibt es, als wenn das Opfer selig schläft? Vielleicht war der vierte auch viel eher zurückgekommen, und sie hatten möglicherweise den Rauch des Feuers von Weitem gesehen. Es war doch keine gute Idee gewesen, ein Feuer zu machen. Auch das Aroma gekochten Essens bleibt lange in der Luft, wenn kein Wind es verweht, und im Dunkeln hatten sie sich an der Glut orientieren können.

Das Geräusch kam von rechts. Ronan schlüpfte ganz langsam und ohne die Decke zu bewegen aus seinem Lager zur dunkleren Seite hinaus und kroch vorsichtig zum nahen Waldrand. Geschickt wich er den eigenen Fallen aus, bis er die Stelle erreichte, von der er das Geräusch zu hören geglaubt hatte. Wer auch immer dort war, schaute sicher weiterhin zu ihrem Lager. Plötzlich sah er leuchtende Augen direkt vor sich. Er wollte sich mit seinem Messer auf die Gestalt stürzen, doch es war nur ein Tier! Vor Erleichterung atmete er laut aus. Die ganze Zeit hatte er seinen Atem angehalten.

Er huschte zurück zu seinem Schlafplatz. Anjulie war durch sein lautes Ausatmen aufgewacht und fragte im Halbschlaf, was los sei. „Nichts, es war nur ein Tier. Schlaf weiter."

Dieser Vorfall ließ Ronan nachdenklich werden. Wenn es wirklich so sein sollte, daß die Verfolger sie viel schneller einholten, als er geglaubt hatte, dann müßte er versuchen, das Ziel eher zu erreichen.

In der Morgendämmerung stand er mit einem neu durchdachten Plan auf. Nach einem kleinen Frühstück gingen sie los. Nachdem ihre Gelenke sich gelockert hatten, legten sie einen Laufschritt ein, bis sie am Abend den Ort erreicht hatten, wo er seinen Plan durchführen wollte.

Nachdem sie gegessen hatten und gemütlich beisammen saßen, schaute Ronan Anjulie mit Bestimmtheit an und sagte: „Ich habe einen Plan entwickelt, aber bevor wir den durchführen, muß ich eins ganz deutlich sagen. Sollte irgend etwas schiefgehen, mußt du weglaufen. Bitte versprich es mir. Du läufst so schnell wie möglich zu diesem Ort", zeigte er ihr auf der Karte. „Merk dir die Landmarken. Eine der wichtigsten ist dieser tanzende Derwischbaum und danach kommst du zu einer Mulde. Ungefähr eine Meile nach dieser Mulde triffst du auf einen Felsen, der wie angemalt aussieht. Auf der linken Seite oben findest du eine Gesteinsformation, die einem Drachenkopf ähnelt. Gleich dahinter kannst du leicht den Felsen hochklettern. Bevor du aber hochsteigst, gehst du zum Bach und achtest darauf, daß du dabei gut sichtbare Spuren hinterläßt. Dann kehrst du rückwärts zurück, wobei du deine Füße genau in die Spuren setzt. Oben auf dem Felsen ist kein richtiger Weg. Du gehst einfach weiter gerade hinauf und nach einer Weile erreichst du ein Walddickicht. Von dort gibt es einen Pfad, der etwa dreihundert Meter hoch steigt. An einer Rechtskurve beginnt ein steiler Hang. Achte darauf, daß du besonders an dieser Stelle keine Spuren hinterläßt. Auch wenn es kaum möglich ist, daß jemand den Weg nach oben am Felsen findet, ist es immer weise, doppelt und dreifach sicherzugehen. Verwische hundert Meter vor dem Hang all deine Spuren. An der Stelle, wo du anfängst sie zu verwischen, gehst du mehrmals nach rechts und links. Das sieht aus, als ob du unsicher wärst, wie du weitergehen sollst. Unten am Hang gehst du dann nach rechts. Wieder nach einer Rechtskurve findest du hinter zwei Felsen eine Spalte, durch die du gerade so passen müßtest, und dahinter eine kleine Höhle. Dort wartest du auf mich."

Sie nickte ihm gefaßt zu. Ein mutiges Mädchen – auch diese Umstände schienen ihr nicht zuviel zu werden. Ronan faßte sie am Arm. „Das sind nur Vorsichtsmaßnahmen. Aber sollte wirklich etwas schiefgehen, verspreche ich dir, daß ich kommen werde. Es kann vielleicht dauern, aber nichts wird mich davon abhalten." Starke Worte, als ob er sie sich selbst zusprechen wollte: *Nur Mut, Junge, du schaffst es!*

„Gut, unser Plan ist, am Ende des trockenen Bachbetts dort vorne zum Fluß und hinunter in die Klamm zu klettern. Unsere Kleidung geben wir in unsere Rucksäcke. Unten werden wir dann unsere Spuren gründlich verwischen, mit Ausnahme eines oder zweier winziger Zeichen, die wie zufällig übersehen wirken, die ein talentierter Spurenleser aber entdecken müßte. Das wird unsere Aktion glaubhaft erscheinen lassen. Unser Plan ist es, unsere Verfolger zu täuschen, sie auf eine falsche

Fährte zu locken und hinter sie zu gelangen, denn dort werden sie uns am wenigsten erwarten. Sie werden glauben, daß wir hundert Meter flußaufwärts zu dem kleinen Wasserfall gegangen sind, weil er gut zu erklettern ist. Wir lassen uns aber etwa fünf Meilen flußabwärts treiben, bis zu dem Punkt, wo sich auf unserer Seite dicht oben am Rand der Klamm ein fast undurchdringlicher Wald befindet. Dort klettere ich erst die Schlucht hoch und werfe dir dann ein Seil runter."

„Ich kann auch klettern."

„Ja, das weiß ich. Aber auch wenn du gut wiederhergestellt bist, möchte ich nicht, daß du deine verletzten Muskeln strapazierst." Anjulie wollte protestieren, aber Ronan fuhr fort: „Bitte, Anjulie, hier geht es um Leben und Tod!"

Sie nickte und schwieg dann.

„Sobald ich dich hochgezogen habe, klettern wir auf einen Baum, um keine Spuren auf dem weichen Waldboden zu hinterlassen. Ich helfe dir, zum nächsten Baum zu klettern, und komme hinterher. Auf diese Weise werden wir uns in den Bäumen soweit wie möglich fortbewegen."

„Woher weißt du, daß die Bäume so dicht beieinander stehen?"

„Das habe ich auf der großen Landkarte gesehen. Ich wundere mich, warum gerade dieses Detail eingezeichnet wurde, aber es kommt uns sehr gelegen. Wenn die Bäume nicht mehr so dicht stehen, daß wir von einem zum andern klettern können, gehen wir weiter durch den Wald, ohne Spuren zu hinterlassen. Während die Assassinen ihre vergebliche Suche nach uns immer weiter ausweiten und weit weg von uns umherirren, folgen wir unserem Weg nach Tongsu Dham."

Kapitel VII

Die Falle

Frohen Herzens ging Ronan mit Anjulie in den frühen Morgenstunden die Schlucht hinunter. Er war davon überzeugt, seinen Auftrag, sie nach Tongsu Dham zu bringen, bald erfüllen zu können.

Die Klamm fünf Meilen flußabwärts erklommen sie relativ leicht. Und in den Bäumen bereitete es ihm große Freude, immer wieder die Nähe zu Anjulies geschmeidigem Körper zu fühlen und ihre Hand halten zu können, wenn er ihr zum nächsten Baum hinüberhalf. Noch lange danach schwelgte er im Rausch der Erinnerung, bis Anjulie ihn sanft an der Schulter schüttelte und auf den Boden der Tatsachen holte.

In einem großen Bogen hatten sie sich wieder der Stelle genähert, wo die Assassinen vorbeikommen würden. Dort suchten sie sich ein sicheres Versteck im dichten Unterholz. Erst wenn sie sicher sein konnten, daß ihre Verfolger vorbeigezogen wären, würden sie beide nach Tongsu Dham aufbrechen. Ronan schlich vorsichtig zum Weg, konnte aber keine Spuren ausmachen. Doch sein Bauchgefühl sagte ihm, daß irgend etwas hier nicht stimmte. Aber was? War der vierte Assassine doch eher zurückgekommen, oder hatten die Verfolger ein rasendes Tempo eingelegt, um sie zu überrumpeln? Die Assassinen mußten in der Nähe sein, sagte ihm sein Gefühl. Irgendwie schienen sie Ronans Täuschungspläne erraten zu haben und lauerten ihnen auf. Mit dem Zeigefinger auf den Lippen winkte er Anjulie zu sich und erklärte ihr in Zeichensprache die Lage. Sie hatten keine Wahl, als ihr Versteck zu verlassen, und Ronan mußte versuchen, ihre Verfolger über deren Aura auszuspähen. Da jetzt Anjulie bei ihm war, konnte er sich keine Unvorsichtigkeiten erlauben. Doch die Assassinen hatten ihre Auren unterdrückt.

Der ursprüngliche Plan Ronans hatte darin bestanden, den Weg, den sie gekommen waren, zurückzugehen und dann die Richtung zum Hof des Purpurmantels einzuschlagen. Tongsu Dham lag vom Hof aus gesehen Ost zu Süd. Das heißt sie müßten vom Hof aus fast nach Osten gehen, nur einen Hauch gen Süden. Sie selber waren auf der Flucht von der Höhle nach Osten gegangen. Kurz vorm Hof wollte Ronan auf dem flachen Land nach Westen, um die Berge im Süden herum und dann langsam nach Osten einschwenken. Anjulie schlug vor, nachdem sie den Assassinen vorgetäuscht hätten, nach Osten zu gehen, gleich den Weg über die großen Berge nach Süden zu nehmen. Waren sie erst einmal über die Berge, wären sie ihrem Ziel viel näher. Aber jetzt hatten sie keine andere Wahl mehr, als herauszufinden, wo genau sich ein jeder Assassine befand, bevor sie weiterkonnten, denn überall mochte sich einer versteckt halten, um ihnen aufzulauern. Mit aller Vorsicht schlichen sie durch den Wald wieder zurück zu dem Ort, von wo sie am Morgen losgegangen waren.

Ronan lauschte mit höchster Aufmerksamkeit, damit ihm kein einziges Geräusch entging. Aber außer den üblichen Lauten des Waldes war nichts zu hören. Seine Instinkte arbeiteten auf Hochtouren. Etwas Bedrohliches lag in der Luft. Anjulie mußte seine Anspannung bemerkt haben, da sie seine Hand vor lauter Angst krampfhaft festhielt. Eine lange Zeit verging.

Sie mußten allmählich die Schlucht, wo sie das Täuschungsmanöver durchgeführt hatten, erreicht haben. Auf einmal sah Ronan einige Vögel von der Bergseite in alle Richtungen aufstieben. Irgend etwas hatte sie aufgeschreckt! Da schrie Anjulie plötzlich auf. Wie aus dem Nichts tauchte ein Assassine nur ein paar Meter neben ihnen auf, wobei der allerdings genauso überrascht war wie sie selbst. Er mußte von hinten gekommen sein. Ronan reagierte blitzschnell, packte Anjulie, warf sich mit ihr zu Boden und rollte sich von ihr weg. Im Rollen griff er mit einer Hand nach einem Prügel, doch zu spät: Ein wahnsinniger Schmerz schnitt durch seine rechte Schulter. Mit unglaublicher Schnelligkeit hatte der Assassine sein Messer auf ihn geschleudert.

Noch im Rollen gelang es Ronan trotz des Schocks, den Stock auf den Assassinen zu schleudern. Er traf dessen Wange. Viel Schaden richtete er nicht an; nur etwas Schmerz, der Ronan jedoch Bruchteile von Sekunden schenkte. Geschmeidig kam er auf die Beine und griff den Gegner frontal an. Obwohl dieser Assassine ein gewiefter Kämpfer war, gaben die gewonnenen Sekundenbruchteile Ronan die Oberhand, und er konnte seinem Gegner mit der rechten Faust einen Schlag gegen den Hals versetzen. Als der Assassine nach Luft rang, versuchte Ronan ihn mit der Außenkante seiner linken Hand mit aller Wucht am Kehlkopf zu treffen. Trotz des ersten Treffers drückte der Assassine sein Kinn rechtzeitig nach unten und drehte sich weg. Ronan erwischte nur den Unterkiefer. Den erneuten Schlag des Assassinen seitlich abwehrend, traf er ihn dann aber mit voller Wucht ins Sonnengeflecht und konnte ihn damit außer Gefecht setzen. Seine Komplizen hatten Anjulies Aufschrei sicher gehört. Also nichts wie schnellstens weg von hier!

Anjulie schaute mit Entsetzen die Szene an und war noch im Schock. Ronan packte und rüttelte sie. „Anjulie, komm wieder zu Sinnen. Wir haben keine Zeit zu verlieren!"

Er zerrte sie weg und lief zum Weg. Dann hörte er laute Geräusche oben vom Berg her und sah, wie einer ihrer Verfolger den Berg hinunter auf sie zuraste. Ein weiterer näherte sich ihnen von unten. Die Assassinen hatten die beiden an der Nase herumgeführt, und sie waren wie Schafe zum Schlachten in die Falle getappt.

Anjulie schrie wieder auf: Der Assassine oben zielte mit dem Bogen auf sie. Ronan schubste Anjulie geistesgegenwärtig zur Seite, ging auf ein Knie und im selben Schwung spannte er seinen Bogen. Der Pfeil des Verfolgers zischte in diesem Moment über seinen Kopf.

Als er seinen Pfeil abschoß, schrie er Anjulie zu: „Lauf, Anjulie, lauf!" Der oben stehende Angreifer warf sich zu Boden, dabei schaute Anjulie immer noch erstarrt das Spektakel an. Ronan packte sie und schüttelte sie wieder mit aller Kraft. Dann hielt er sie fest, sah sie mit flehenden Augen an. „Lauf, bitte lauf, Anjulie!"

Mit einem Mal sprintete sie wie eine verängstigte Gazelle davon. Er wartete, bis sie in einer halbwegs sicheren Entfernung war. *Mann,* dachte er, *kann die laufen!* Der Assassine unten war Ronan derweil gefährlich nah gekommen. Als Ronan Anjulie in der Ferne verschwinden sah, schoß er schnell einen Pfeil auf ihn ab und lief fort von ihm, auch nach unten, aber seitlich abweichend.

Der Assassine brüllte wie ein wildes Tier und änderte seine Richtung direkt auf Ronan zu. Er würde Ronan ganz nah sein, wenn er die Schlucht erreichte.

Ronan beschleunigte zu einem halsbrecherischen Tempo. Er erreichte den Rand der Schlucht etwa fünfzehn Meter vor dem Assassinen und setzte im Schiefer und Geröll so auf, daß er mit den Beinen nach vorne gestreckt auf dem Gesäß nach unten rutschte. Seine Hände hielt er seitlich und versuchte sich mit ihnen soweit wie möglich zu schützen und seine Schußfahrt zu steuern. Viel Schutz und Steuern waren nicht möglich, da die Schlucht nahezu senkrecht abfiel. Dafür kam er aber verblüffend schnell hinunter. Die letzten paar Meter segelte er durch die Luft.

Die Knie etwas gebeugt, um den Aufprall abzufangen, warf er seinen Körper weit nach vorne, so daß er nicht auf dem Rücken landete, sondern glücklicherweise direkt auf einem großen flachen Stein. Er schaffte es mit Ach und Krach, seine Füße zusammenzubringen, auf die Knie zu gehen und mit einem Halbsalto im ausgetrockneten Bachbett anzukommen. Ohne eine Sekunde zu verlieren, lief er die Schlucht weiter hinunter.

Plötzlich spürte er einen brennenden Schmerz im Gesicht. Ein Pfeil streifte ihn unterhalb seines rechten Unterkiefers: Wie ein verletzter Stier brüllend rannte er weiter, ohne einen Moment innezuhalten. Dabei schaffte er es gerade noch, um eine Biegung herumzukommen, und war für einen kurzen Moment außer Gefahr.

Er drückte eine Hand gegen den Kiefer, um die Blutung zu stoppen, mußte aber loslassen, als er aus der Schlucht, die auch hier steil zum Fluß abfiel, hochkletterte.

Welche Ironie, dachte er, *in dieser Schlucht waren wir vor kurzem noch unterwegs, als wir den Feind überlisten wollten. Jetzt bin ich eben hier auf der Flucht, weil wir in seine Falle getappt sind.*

Oben angelangt, lief er mit letzter Kraft auf dem Pfad oberhalb des Flusses entlang. Da schoß ein scharfer Schmerz ganz oben in seinen linken Arm. Ronan stolperte und fiel in den Abgrund.

Calendula officinalis
Ringelblume

Der Schock der Wunde ist groß,
doch größer ist die Macht des Wortes!
Das kriegen wir hin, meine Tapferen,
schreitet fort mit Mut und Elan.

VIII

Kampf ums Überleben

Endlos fiel Ronan in die Tiefe. *Jetzt hat es mich richtig erwischt,* schoß es ihm durch den Kopf.

Im letzten Moment rollte er sich zusammen, streckte kurz vor dem Sturz ins Wasser die Arme nach vorne aus, um den Aufprall zu abzumildern und sofort wieder auftauchen zu können. Und erneut hatte er Glück.

Wie oft werden mir die Götter Glück schenken? Genau an dieser Stelle war das Wasser tief. Ronan glitt geschmeidig hinein und schaffte es auch, vorher noch tief Luft einzuatmen. Ein weiteres Glück, denn der Fall aus etwa zwölf Meter Höhe zog ihn doch stark in die Tiefe. Sein Kopf streifte einen Felsen, und er schrammte mit dem Rücken daran entlang. Fast verlor er das Bewußtsein, aber er hielt eisern seinen Mund geschlossen, um den kostbaren Sauerstoff nicht zu verlieren. Mit letzter Kraft schwamm er, halb auf dem Flußbett krabbelnd, zum Ufer auf der Felsseite, wo er von oben unsichtbar war. Hier tauchte er aus dem Fluß auf.

Mit aller Kraft zwang er sich, nicht laut nach Luft zu schnappen, wie es seine schier berstenden Lungen verlangten, sondern lautlos und langsam zu atmen, gleichzeitig durch

Mund und Nase. Wie lange er sich dort an einer Felsnase festgeklammert hatte, wußte er nicht. Erst als er ganz sicher war, daß die Assassinen endgültig abgezogen waren, schaute er nach seinen Wunden.

Die Begutachtung der großen Wunde zeigte ihm, daß der Pfeil seinen Deltamuskel durchschlagen hatte. Das würde wehtun, dachte er, aber ihn nicht daran hindern, den Bogen zu benutzen.

Die Assassinen würden sich nun auf Anjulie konzentrieren, da sie ihn für tot hielten. Doch er hatte volles Vertrauen in Anjulie, daß sie lange vor diesen mörderischen Menschen die Höhle erreichen würde. Trotzdem schickte er ein kraftvolles Gebet für ihre Sicherheit an die Götter, bevor er sich wieder aufmachte.

Flußabwärts, sich von der Strömung treiben lassend, suchte er die erste Möglichkeit, das Wasser auf der anderen Seite zu verlassen, so daß er sich an einem sicheren Ort würde verarzten könnte. An einer geeigneten Stelle zog er sich an dem steilen Hang mit der rechten Hand hoch. Mit der linken stützte er sich unter irrsinnigen Schmerzen ab. Halbwegs oben blieb er stecken. Was anfänglich mit nur einer Hand als machbar erschien, konnte jetzt zum Scheitern verurteilt sein. Entweder setzte er auch den verletzten linken Arm ein, oder er ließ sich wieder ins Wasser fallen. Bei dem Gedanken, erneut im kalten Bergbach zu schwimmen, fröstelte ihn noch mehr. Er riß sich zusammen, krallte die Finger seiner linken Hand in eine winzige Ritze und zog sich nach oben. Feuer schoß durch seine Schulter. *Da mußt du jetzt durch!*, sprach er sich Mut zu, als er sich mit reiner Willenskraft hoch genug stemmte, um sich mit der rechten Hand an einem kleinen Grat im Fels festhalten zu können. *O Gott, soweit noch zu klettern.* Er preßte sich mit seiner linken Körperhälfte an den Fels, um die Schulter zu entlasten. Viel brachte es nicht. Stück für Stück schaffte er es immer weiter, bis er langsam aus der Felsschlucht herauskam und erdigen, flacheren Boden erreichte. An einem kleinen Busch klammerte er sich fest, bis seine stoßweise Atmung sich beruhigt hatte und er wieder Mut fassen konnte. Ganz oben angekommen, richtete er sich auf und wankte wie ein Halbtoter ziellos einen kaum sichtbaren Pfad entlang. Sein Kopf war wie betäubt. *Ich brauche ein Feuer,* war Ronan klar, aber er mußte doch schmunzeln, als er daran dachte, daß er den Feuerquirl mit seinem Arm kaum würde benutzen können.

Er torkelte lange herum, bis er eine geeignete Stelle fand. Schließlich schaffte er es, mit dem Feuerstein ein Feuer zu entzünden. Doch seine Schulter tat jetzt höllisch weh, so daß er kaum noch Kraft hatte und in einen Dämmerzustand fiel. Von weit her tönte eine Stimme und jemand piekste ihn in die Schulter: „Ronan, du mußt die Wunde versorgen, verarzte dich!" Mit Mühe riß er die Augen auf. Niemand zu sehen! Aber zu Sinnen gekommen, betastete er die Wunde. Was er für eine einfache Wunde gehalten hatte, stellte sich als eine tiefere Verletzung heraus, als er zunächst geglaubt hatte. Es wurde ihm heiß, Schweißperlen tropften von seiner Stirn, aber langsam und sicher ließ der Pfeil sich herausziehen. Jetzt stand die Wundpflege an.

Den Trick mit dem Schießpulver konnte er unmöglich allein durchführen. Also erhitzte er etwas Wein, von dem er glücklicherweise eine kleine Flasche in der Höhle eingepackt hatte, auf dem Feuer. Zuvor gab er jedoch Calendula-Salbe auf beide Seiten der Wunde und kaute an Arnika und Sumpfporst. Jetzt mußte er durch den Härtetest, wenn der heiße Wein auf die Wunde gegossen wurde. Mit vor angstvoller Erwartung weit aufgerissenen Augen und krampfhaft atmend tröpfelte er den glühend heißen Wein in die Wunde. So laut hatte er noch nie in seinem Leben geschrien, und doch galt es, den Vorgang zur Sicherheit noch einmal zu wiederholen. *Dafür bin ich dann ja schon abgehärtet,* sprach er sich erneut Mut zu. Er schrie noch lauter.

Nachdem er sich wieder gefangen hatte, aß er etwas getrocknetes Fleisch, trank viel Wasser und kaute an gerösteten, geschroteten Bohnen so lange, bis sie flüssig waren. Nun legte er ein paar größere Holzstücke aufs Feuer und fiel vor Erschöpfung sofort in einen tiefen Schlaf.

Er träumte: *Er befindet sich in einer grausamen Hölle. Das Höllenfeuer brennt. Drei groteske, bewaffnete Figuren stehen vor ihm. Der eine hat eine Eisenstange, der nächste einen Speer und der dritte eine Peitsche mit Metallstreifen, die er im Feuer glühend rot erhitzt. Langsam, mit höllischer Freude in ihren Augen, kommen sie auf ihn zu. Ein Peitschenhieb zerfleischt seine linke Schulter. Ronan will schreien, doch die Wucht, mit welcher der zweite den Speer in seine Wunde sticht, erstickt ihn. Es kommt nichts als ein gurgelndes Geräusch aus seiner Kehle. Und dann versetzt ihm der dritte mit der Eisenstange einen furchtbaren Hieb auf die Schulter. Ronan schreit und schreit. Das macht den dreien einen Heidenspaß. Sie lachen gräßlich und schlagen und stechen ihn mit größtem Vergnügen. Auf einmal erscheint eine vierte Figur, die auf Ronan zuschwebt. Ein Pfeil steckt in ihrer Kehle. Ronan spürt eine entsetzliche Angst und starrt sie mit furchterfüllten Augen an. Sie zieht sich den Pfeil heraus. Aus dem Loch sprudelt kochend heiße Lava. Mit dämonisch blitzenden Augen bückt sie sich über Ronan, und ein Riesenschwall Lava ergießt sich über ihn.*

Ronan wachte vor entsetzlichen Schmerzen brüllend auf. Es brannte überall wie Feuer, als wenn er durch giftige Pflanzen gewatet wäre. Noch dazu war er kalt und steif und konnte sich vor Schmerzen kaum rühren. Jeder Versuch, sich zu bewegen, geschweige denn sich gerade zu strecken, fühlte sich an, als ob er zerrissen würde. Der ganze Körper war wie in ein eisernes Korsett eingeschnürt. Die Wunde am Arm sah gar nicht schlecht aus, aber die am Kiefer war in keinem guten Zustand und schien sich recht schlimm entzündet zu haben. Er hatte sie nicht versorgen können, da er gleich in den Schlaf gefallen war. Hatte nicht der Meister von einer Pflanze erzählt, die Balsam bei so einer Tortur sein sollte, die ihm die schreckliche Steifheit nähme und ihn wieder geschmeidig machte? Aber welche war das?

Es fiel ihm nicht ein, also versorgte er vorerst die Wunde am Kiefer. Großzügig schmierte er Calendula-Balsam darauf und Arnika-Salbe auf den restlichen Körper. Als er in seinem Rucksack herumwühlte, sah er sie: die Gifteiche, auch Giftsumach genannt. Das brauchte er für die brennenden Schmerzen und die Steifheit. Aber wie sie verwenden?

Er kaute auf ihr, aber das war gar nicht so gut. Seine Mundschleimhaut fing an zu kribbeln und zu brennen. Er tat etwas Öl auf seine Hände, gab die Blätter der Gifteiche dazu, vermischte alles und rieb das Heilkrautöl überall auf seinem Körper ein. Doch, oh je, davon hatte ihm der Meister nichts erzählt: In Sekundenschnelle steigerten sich die Schmerzen zu einer Intensität, die außerhalb jeglicher Vorstellung lag. Er konnte sich nicht mehr aufrecht halten, zusammengesunken auf dem Boden vermochte er sich nur noch hin und her zu rollen.

Eine Ewigkeit verging und eine zweite Ewigkeit nahm ihren Lauf. Irgendwann begannen die Schmerzen nachzulassen, und er kam aus dem Delirium, um sogleich in einen tiefen und ruhigen Schlaf zu sinken.

Als er wieder aufwachte, war er wie neugeboren.

Irgend etwas schien er nicht richtig gemacht zu haben, daß sich so eine heftige Reaktion auf die Gifteiche ergeben hatte. Normalerweise hätte es ein ganz sanfter Prozeß sein müssen. Da begriff er plötzlich: Er hatte in der Höhle die Flasche mit der heilsam zubereiteten Gifteiche übersehen und stattdessen das Rohmaterial, die getrockneten Blätter, mitgenommen. Wurzelsumach, wie er auch genannt wird, muß vierundzwanzig Stunden in Wasser mit etwas Weingeist sieden. Abgegossen in eine hellviolette Flasche wird er sieben Tage zur Vollmondzeit von Sonne und Mond beschienen, sodann können aus diesem alchimistischen Extrakt Salben und Tinkturen zubereitet werden. Die Blätter des Giftsumachs dürfen auch zerrieben und mit Weingeist verdünnt werden. Jedoch ist die Wirkung der alchimistisch zubereiteten Präparate für solche schlimmen Verletzungen und andere schweren körperlichen Leiden um ein Vielfaches effektiver. Das alles würde Ronan allerdings erst später von Meister Ling erfahren, nachdem er die eigene Roßkur längst überstanden hatte.

Doch letztendlich war er für den Höllenritt dankbar. Er war gut wiederhergestellt worden und Anjulie brauchte ihn. In dem Zustand, in dem er das erste Mal aufgewacht war, wäre er für sie keine Stütze gewesen.

Nun benötigte sein Körper neue Kraft in Form einer nahrhaften eiweißreichen Suppe. So kochte er sich eine Brennesselsuppe mit einer kleinen Menge Baumwollsamen und tat dazu etwas trocken gekochte Milch, die mit Rohrzucker konserviert war. Er brauchte Eiweiß und Kraft. Von Brennesseln wußte er jetzt durch Anjulie, daß sie nicht nur sehr viel Eiweiß enthalten, sondern auch die reinigende Sonnenkraft besitzen. Baumwollsamen bringen Treibkraft in die Muskeln.

Gestärkt und vitalisiert machte er sich auf den Weg. Die Sonne stand schon im Westen. Mehr als vierundzwanzig Stunden waren vergangen, seit sie sich getrennt hatten. Arme Anjulie, so lange alleine zu sein und nicht zu wissen, was mit ihm passiert war. Er schickte ihr Mut und liebevolle Gedanken.

Langsam ging er los, schonte seine Kraft, bis der Körper in Fluß kam und die Kräfte durch die Energiebahnen strömten. Er fühlte sich gut und bereit für das, was vor ihm lag. Zeit hatte er sich sogar genommen, alle Sachen soweit wie möglich zu trocknen, seine Waffen zu pflegen und sich kampfbereit zu machen.

Er wollte gerade den Fluß überqueren, als er ein Geräusch von weit her wahrnahm. Still sein und horchen! Da! Direkt vor ihm. Leises Wimmern, eine krächzende Atmung waren zu hören. Ronan bewegte sich, ohne zu zögern, lautlos in die Richtung. Jetzt war er darin geübt, unsichtbar von Baum zu Baum und Busch zu Busch zu schleichen. Die Geräusche wurden lauter. Vorsichtig spähte er durch einen Busch und sah voller Überraschung, daß es zwei Hofesbrüder waren: der offensichtlich verletzte Bandhu, gestützt von seinem Kameraden Fuhua.

Doch plötzlich sprangen drei Söldner aus dem Dickicht auf Ronans Brüder zu. Fuhua ließ Bandhu zu Boden gleiten, um für den Kampf die Hände frei zu haben. Ruhig taxierte er die Angreifer, von denen ebenfalls einer verletzt war.

Vor Ronans Augen lief in Sekundenschnelle eine Szene des dreizehnten Jahrgangs am Hof des Purpurmantels ab. Sie hatten die Grundausbildung im vorhergehenden Jahr hinter sich gebracht, und in diesem Jahr wurden alle Schüler auf ihre Schwachstellen überprüft, um die Ecken und Kanten ihrer Charaktere abzuschleifen: Sie waren in jedes Gebiet eingeweiht worden, auch in die Grundsätzlichkeiten des Heilwesens, und wurden jetzt in das Praktische eingewiesen. Die Meister behandelten Patienten in den Vormittagsstunden, manche kamen sogar von sehr weit her angereist, doch die meisten waren von den umgebenden Dörfern; dreimal in der Woche durften die jungen Männer bei der Behandlung dabei sein. Sie wurden aufgeteilt und waren abwechselnd bei dem einen oder anderen Meister. Ronan war der Meinung, daß bloßes Zuschauen und Lernen wichtig sei, daß aber die Praxis auch Talent erfordere.

„Ich habe viel Talent und interessiere mich sehr für die Patienten", hatte Bandhu eines Tages behauptet.

„Das einzige, wofür du dich interessierst, sind die Mädchen", hatte Hilarius geantwortet.

„Mich interessiert das weibliche Geschlecht und ich lerne viel, indem ich die Mädchen beobachte."

Fuhua hatte gelacht: „Nur falls Glotzen Beobachten ist! Wenn wir lernen wollen, ist es angebracht, die Mädchen dabei diskret wahrzunehmen. Aber sie scheinen dein Lieblingsfach zu sein." Fuhua war mittelgroß mit einem fein geschnittenen Gesicht, das tief gelbbraun war. Lebenslustig ging er mit einem Lächeln durch das Leben.

„Ich bin der Meinung, daß wir die Mädchen ganz aus dem Spiel lassen sollten, wenn wir richtig lernen wollen", hatte nun Ronan in die Runde geworfen.

„Bei einer Sache mit all deinen Kräften sein zu können, ist die Grundvoraussetzung des Lernens. Wenn man dadurch die Welt und die Realität zu sehr ausschaltet, wird man allerdings engstirnig und zum Heilen weniger befähigt sein", hatte Sung ki erläutert. Damit waren erst einmal alle still gewesen, aber Ronan konnte sich nicht zurückhalten, da er sich angesprochen fühlte. „Mich interessiert so ziemlich alles, aber besonders das Heilwesen, auch wenn ich mir nicht vorstellen kann, eines Tages selber Heiler zu werden."

„Deswegen", hatte Allan gesagt. „Du schaltest das weibliche Geschlecht aus, wie du das Heilen an sich auch ausschaltest."

Die Meister hatten ihnen beigebracht, daß sie beim Beobachten innerlich mitgehen sollten. Sie sollten sich in die Heilprozesse, die der Meister einleitete, einfühlen und die Schritte genau in ihrem Geiste nachvollziehen. Ronan hatte das Talent, dies ganz selbstverständlich so zu tun, ohne darüber nachzudenken. Nachdem er diese Technik gemeistert hatte, verstärkte sie sein Talent ungemein. Über die Jahre fühlte er sich immer selbstsicherer und hatte keine Zweifel, die Heilungen selbst genauso vornehmen zu können. Es war, als ob die Selbstsicherheit eines Meisters ihm so zu eigen wurde.

Die erste schöne Erinnerung an Bandhu hatte er, als sie in ihrer Ausbildung zu Schönschreibübungen und Kalligraphie kamen. Ronan, völlig ungeschickt mit der Feder, wollte die Flinte ganz und gar ins Korn werfen. Er fragte sich, ob es eine Einstellungssache sei oder ob es doch eines Talents für die Kalligraphie bedurfte. Bandhu jedenfalls, der sanftmütige Knabe, der ihm langsam ans Herz gewachsen war, brachte solch herzerfreuende Kalligraphien auf die Stoffbahnen, daß alle ihn bewunderten. Zumal Bandhu mit seinem runden, ganz hellen Gesicht und den wässrigen Augen gar nicht wie ein Künstler aussah, und dazu noch solch ein Begabter! Das zeigte Ronan, wie verhaftet man in den Vorstellungen ist, wie ein Künstler auszusehen hat. Der einzige, der nach Ronans Eindruck Bandhu sein Talent nicht gönnen wollte, war Diego. Trotzdem mochte er Diego.

Jetzt war Bandhu anscheinend schwer verletzt, und Fuhua stand mit einem Lächeln und einem Schwert in der Hand allein gegen drei harte, erbarmungslose Söldner. Den eleganten Schwertkampf, den Fuhua beherrschte, hätte Ronan unter anderen Umständen gerne angeschaut. Nun aber mußte er schnell und sicher reagieren. Fuhua war zweifellos am Ende seiner Kräfte und würde den Angreifern bald ausgeliefert sein. Der erste Kämpfer, sicher der Führer der drei, griff Fuhua von der Mitte aus an und brachte ihn langsam, aber sicher in große Bedrängnis. Den müßte Ronan als ersten ausschalten. Er spannte seinen Bogen. Fünfzig Meter und sich hektisch bewegende Ziele – es war ein gewagter Schuß. Ronan fixierte die ganze Szene mit seinem inneren Auge und zielte auf das Herz des Führers.

Auf einmal stürzte der verletzte Söldner auf Bandhu, als der eine Bewegung machte, um aufzustehen. Das Schwert des Söldners zielte auf den Bauch. Fuhua schrie auf und sprang zu Bandhu, um ihn zu schützen. Der Anführer sah seine Chance, schwang sein Schwert auf Fuhuas Hals, und auch der dritte mischte sich jetzt ein.

Lautlos zischt der Pfeil durch die Luft und trifft den Führer ins Herz. Die Wucht des Pfeils wirft ihn einen vollen Meter nach hinten. Fuhua stößt das Schwert des verletzten Söldners mit dem eigenen beiseite und duckt sich dabei unter dem des dritten Söldners durch. Die Waffe des verletzten Söldners trifft Bandhu am Unterleib und reißt eine schmerzhafte, aber nur oberflächliche Wunde bis zur Hüfte. Der Schlag des dritten Söldners trifft Fuhua noch soeben an der Seite des Schädels und nimmt sein halbes Ohr mit. Er kracht neben Bandhu zu Boden, die linke Hand an Ohr und Kopf, das Schwert in der rechten bereit zur Abwehr.

Als der Pfeil die Sehne verließ, war Ronan schon fast auf den Füßen und sprintete zu seinen Freunden. Im Laufen spannte er einen weiteren Pfeil ein und schoß auf den unverletzten Söldner, traf ihn in die Achsel. Mit seinem vollen Lauftempo sprang Ronan auf ihn, und beide stürzten zu Boden. Noch im Fallen stieß Ronan seine gestreckten Finger in die Kehle des Gegners, und dieser erschlaffte leblos unter ihm.

Fuhua wehrte den tödlichen Schlag des letzten Söldners ab, stand dabei geschmeidig auf, rollte sein Schwert um das des anderen und schlitzte dessen Kehle auf.

Die drei schauten sich an. „Na", lächelte Fuhua da, „du bist dann wohl der rettende Engel, den sich jeder in solch einer bedrängenden Situation wünscht. Woher tauchst du so plötzlich auf? Das letzte, was wir von dir wußten, war, daß du auf mysteriöse Weise verschwunden bist."

„Lange Geschichte. Keine Zeit, jetzt zu erzählen. Laß mich erst Bandhu verarzten." Sprachs und kniete sich zu ihm hin. „Und ihr? Ist ja klar: Ihr seid beim Überfall entkommen und wurdet von den Söldnern verfolgt."

Fuhua verzog das Gesicht, lächelte etwas bitter und sagte nichts.

Ronan verarztete Bandhu schnell und sprach dabei zu beiden. „Ich bin von Meister Ling beauftragt worden, ein Mädchen aus großer Gefahr in Sicherheit zu bringen. Ich konnte sie vor grausamen Assassinen retten und bin dabei selbst fast ums Leben gekommen. Doch sie ist noch weit entfernt davon, in Sicherheit zu sein. Fuhua, kümmere du dich um Bandhu, und macht euch auf den Weg zu diesem Ort, sobald er wieder einigermaßen zu Kräften gekommen ist." Ronan holte seine Karte aus dem Rucksack und zeigte ihm, welchen Ort er meinte. „Dort wartet ihr auf mich."

Ronan und Fuhua ergriffen einander an den Unterarmen, dann streichelte Ronan Bandhu liebevoll an der Stirn, stand auf und verließ die beiden.

Anacardium orientale
Elefantenlausbaum

Ist das Böse der Gegenpol des Engels?
Ist die Frau der Gegenpol des Mannes?
In Freuden brach das Lachen aus mir heraus,
die entgegenziehende Kraft so
unwahrscheinlich wohltuend.

Plantago lanceolata
Spitzwegerich

Der Zweifel hat mich überrumpelt.
Nur schwer erkennbar ist der Weg.
Den Schimmer der Hoffnung
überbrachte ein kleines Wesen.
Mein Tatendrang erweckt,
reagierte ich wieder geschickt.

IX

Sicherheit für Anjulie

Ronan lief fast den ganzen weiteren Weg, nur auf den Steigungen schonte er sich etwas.

Er gab stets acht, seine Kräfte nicht zu vergeuden, auch wenn ihn die Sorgen drängten, schneller voranzukommen. Ihm war aber klar, daß er sich keine Unvorsichtigkeiten leisten konnte. Er hatte auf den Moment zu achten, wo er den Weg in der Nähe des Felsens verlassen mußte. Dort würden die Jäger auf der Suche nach Anjulie sein. Aber noch war der Fels weit entfernt.

Der letzte Kampf beschäftigte ihn, während er weiterhastete. All das Töten war ihm zuwider. Aber was konnte er sonst tun? Diese bösen Menschen ließen ihm keine Wahl. Entweder er, Anjulie und seine Freunde oder die Bösen. Die Meister, vor allem Meister Ling – Meister Samuel war schwer einzuschätzen gewesen –, sagten immer: Jeder von euch ist die wichtigste Person, achtet zuerst auf euch. Doch das beinhaltete das Problem, wo sich die Grenze zum Egoismus befindet, die man dabei nicht überschreiten darf. Ronan verstand das schon, doch in der Praxis war es äußerst kompliziert.

Wenn der Angreifer so tief in den Fängen seiner bösen

Kräfte festhängt, können keine Versöhnungsversuche unternommen werden, besonders wenn geliebte Menschen in Gefahr sind. Bei Ronan führte dies zu einem rein instinktiven Handeln. Er war der geborene Krieger und dazu stand er auch. Wenn er ehrlich mit sich selbst sein wollte, dann war der Kampf sogar ein länger anhaltendes, berauschendes Gefühl. Wenn er den Kampf in seinem Kopf noch einmal durchlebte, versetze ihn das ein zweites Mal in Euphorie. Nur hinterher, im normalen Dasein fühlte er sich damit nicht wohl. Gott sei Dank – sonst würde er sich noch von diesem Hochgefühl abhängig machen, sein Leben danach richten und zum Killer werden. Gott bewahre ihn davor!

Am Purpurhof wurde ihnen erklärt, daß das Wirken eines Menschen in solchen Situationen auch davon abhängt, wie viel Achtung er ehedem vor dem Leben entwickelt hat. Laut ihnen gab es Meister, die einen Menschen mit anhaltendem Tötungswunsch augenblicklich aus diesen Fängen befreien können, so daß keine Gefahr mehr von ihm drohte. Doch diese Meister begaben sich nur in Ausnahmefällen in die Welt der Menschen. Die logische Folge dieser Überlegungen war, daß Ronan umso sicherer war, dem Kampfesrausch nicht zu erliegen, je mehr Achtung vor dem Leben sein Herz bestimmte.

Vertieft in diese Gedanken übersah er fast den Baum, der wie ein tanzender Derwisch aussah. Das war das Erkennungszeichen, etwa eine Stunde zu Fuß vor dem Felsen. Er verlangsamte sein Tempo und schärfte Aufmerksamkeit und Sinne noch mehr. Seinem Instinkt folgend, verließ er an einer Kreuzung den Weg gänzlich und ging im Vertrauen auf sein Gefühl quer durch den Wald. Als er wieder auf den Weg stieß, blieb er versteckt hinter Büschen und überprüfte sorgfältig, ob die Spuren der Jäger zu sehen waren, aber nichts Auffälliges war zu sehen. Manchmal lauschte er sehr lange, bevor er weiterging. Wenn man es eilig hat oder ungeduldig wird, dann neigt man dazu, unvorsichtig zu werden. Man fängt an, sich vorzumachen, alles im Griff zu haben und gut zurechtzukommen. Dessen eingedenk zügelte er sich und konzentrierte sich weiter.

Nach einer Weile ging er nur noch im Schutz des Waldes neben dem Weg, bis er zu der Stelle kam, wo er eine Brücke überqueren mußte. Dafür war es notwendig, kurze Zeit wieder auf dem Weg zu gehen. Gerade hatte er es gewagt, aus dem Wald zu treten, da schlug etwas rechts neben ihm auf den Boden. Blitzschnell zog er sich wieder zurück. Sein Herz pochte und die nackte Angst jagte durch seinen Körper. Alles war still, keine Geräusche mehr. Er versuchte nachzuvollziehen, was das gewesen war, da krachte es wieder. Diesmal sah er den Übeltäter, kurz bevor der Tannenzapfen auf den Boden prallte: ein Eichhörnchen! Beruhigt stieß er die angehaltene Luft aus der Lunge.

Die Spannung löste sich und sein Körper bebte. *Zu angespannt,* sagte er zu sich selbst, *das geht gar nicht, lieber Ronan.*

Er fing an, tief und rhythmisch zu atmen. Das beruhigte ihn und gab ihm mehr Kontrolle über seine Nerven. Er achtete auch darauf, nicht zu schnell zu atmen und den Atem bei jedem Zug über die Wirbelsäule fließen zu lassen. Ronan war zwar noch weit entfernt von der Meisterschaft in dieser Art des Atmens, aber glücklicherweise gelang es ihm immer gut, in Rhythmus und Fluß hineinzukommen. Er paßte auch auf, daß sich nicht zu viel Energie sammelte. Das erste Zeichen überschüssiger Energie wäre ein trockener Hals. Der Energieüberschuß kann einem zwar im Notfall helfen, hält aber nicht lange vor, und hinterher ist man lustlos und desinteressiert an allem.

Die Meister hatten die Schüler die Auswirkungen aller Arten von Aufputschmitteln ausprobieren lassen, damit sie zwischen den natürlichen Möglichkeiten und den Aufputschmitteln, welche einem nur noch die Kräfte und Gesundheit rauben, Vergleiche ziehen konnten. Letzteres war sicher nicht sein Weg. Aber jeder soll seinen eigenen Weg finden. Er war nicht darauf bedacht, andere bekehren zu wollen.

Als er knapp vor der Stelle war, wo sich der Felsen befinden mußte, ging er hinunter zum Fluß, der rechts vom Weg lag und hier eine größere Wende nach links machte. Er mußte diese Stelle genau studieren, um sich einen Plan auszudenken, wie er die Assassinen überlisten konnte.

Da wo der Fluß wieder nach rechts bog, kroch Ronan äußerst vorsichtig zum Felsen. Dort angekommen, legte er sich am Wegrand hin, verborgen von üppigen Pflanzen. Unterwegs hatte er sein Gesicht mit dem Saft einer Pflanze grün gefärbt und war nun praktisch unsichtbar, vorausgesetzt, daß er keine plötzlichen Bewegungen machte. Wegen der spöttischen Frage Anjulies, ob er überhaupt eine Ahnung hatte, was Spuren verraten konnten, strengte er sich nun besonders an. *Liebe, süße Anjulie, was für ein Schatz sie ist.* Jetzt würde keiner von diesen Schurken verschont bleiben.

Die Meister rieten, Spuren nicht direkt anzustarren, sondern die Augen über sie schweifen zu lassen und dabei nur zu empfinden, nicht rational zu analysieren. Dann verriete einem das Gesehene alles, und das traf auch hier zu.

Die Jäger waren mehrmals hier entlanggegangen, schließlich hatten sich zwei von ihnen in Richtung Fluß und einer in die entgegengesetzte Richtung nach links gewandt. Fast sah es so aus, als ob sie gespürt hätten, daß Anjulie irgendwo in der Nähe war. Die junge Frau war Ronans Anweisungen für das Täuschungsmanöver gefolgt und mehrmals in verschiedene Richtungen gelaufen, um einen verunsicherten, verängstigten Eindruck zu hinterlassen. Nachdem sie ein gewisses Maß an Wirrwarr geschaffen hatte, war sie wie besprochen zum Fluß hinuntergegangen und hatte dort eine falsche Fährte gelegt. Unten am Fels sah es nun so aus, als ob sie über den Weg im Wald verschwunden wäre.

Ronan nahm wahr, daß noch nicht viel Zeit verstrichen

war, seit sich die Assassinen getrennt hatten, um Anjulie zu suchen. Und das, obwohl er einen Tag später als sie eingetroffen war. *Sie haben sich Zeit genommen,* dachte er. *Sie sind zu selbstsicher und denken, daß sie eine einsame junge Frau ohne Probleme einholen und fertigmachen können. Unter normalen Umständen mag das ja stimmen, doch dieses Mal haben sie mit mir zu rechnen. Anders als sie glauben, bin ich nicht tot.*

Mit dem Assassinen, der nach links gegangen war, würde er später abrechnen. Die anderen zwei waren als erstes dran. Sollte er zuerst dem einen hinterhergehen, dessen Ende aber mit einem geräuschvollen Kampf einhergehen, so wären die anderen beiden gewarnt. Das könnte tödlich für ihn ausgehen, denn dies waren erfahrene Assassinen von der gefährlichsten Sorte und keineswegs zu unterschätzen. Das erste Mal war er gut davongekommen, das zweite Mal nur um Haaresbreite. Mit seinem Glück würde er nicht mehr spielen. Hier ging es nicht um einen Kampf unter Gleichgesinnten, bei dem man sich ehrenvoll gegenübertritt und den anderen nach Regeln besiegt. Hier ging es um Leben und Tod und weniger um ihn als vielmehr um Anjulie, „unsere Hoffnung", wie Meister Ling gesagt hatte. Daß ihr Schutz an erster Stelle stehen würde, hatte er dem Meister versprochen. Also würde er auch den Assassinen keine Chance lassen und sie schnell beseitigen.

Er überlegte sich eine Strategie. Wenn die beiden zurückkämen, würde einer sicher von oben kommen und der andere von unten. Den oberen würde er zuerst ins Visier nehmen. Nachdem er mit dem ersten Gegner fertig geworden war, hätte er dann von oben eine bessere Sicht auf den zweiten. Doch es müßte ganz leise geschehen, sonst würde der untere Assassine gewarnt sein, und dann hätte er große Schwierigkeiten. Er kroch neben dem Weg durch den Wald, bis er eine geeignete Stelle fand, um auf den ersten Assassinen zu schießen. Der Weg machte hier eine scharfe V-Biegung nach rechts. Wenn der Assassine ihm hier entgegenkäme, würde er an dieser

Stelle nach links biegen, und seine Aufmerksamkeit würde in Richtung Tal gerichtet sein. Das würde der ideale Moment für den Schuß sein.

Ronan überquerte den Weg sehr vorsichtig, etwa zehn Schritte vor der Biegung. Dort stieg er den Berg hoch und versteckte sich oben, von wo aus er eine gute Sicht auf den Weg und eine freie Schußbahn hatte. Sollte sein Gegner aber doch von noch weiter oben durch den Wald kommen, so gab es dort genügend trockenes Unterholz, um Ronan zu warnen, so daß er schnell weiter links nach oben laufen und ihm auflauern könnte. Würde der Assassine einen Weg weiter unterhalb nehmen, müßte Ronan schnell unbemerkt nach unten laufen, um ungehindert einen Schuß abfeuern zu können. Es würde noch ein paar Stunden hell bleiben, und Ronan hoffte, daß die Assassinen noch vor Einbruch der Dunkelheit kommen würden.

Beruhigt, alles gut geplant zu haben, setzte er sich hin und wartete. Die Zeit verging. Kein Laut war zu vernehmen, bis er auf einmal doch ein leises Geräusch hörte; aber sehr weit weg, irgendwo unten am Fluß. Dann noch einmal. Ein drittes Mal kam ein ganz leises Knacken aus dieser Richtung. Das mußte der Assassine sein, der sich von unten näherte.

Es wäre gar nicht günstig, wenn dieser schon oben ankommen würde, bevor der andere beseitigt war. Ronan konnte aber nichts machen als warten. Vergeblich, der Assassine kam nicht. Unruhe und Unbehagen packten Ronan. All seine Instinkte schrien laut, daß irgend etwas nicht stimmte. Das Vernünftigste wäre jetzt, weiter nach oben zu gehen und sich dem oberen Assassinen von hinten zu nähern. Ronan zögerte aber, da er an seinem Angriffsplan hing und ihn nur zu gerne in Erfüllung gehen sehen wollte. *Eine törichte Schwäche, die dich das Leben kosten kann!*, sagte sein Bauchgefühl. Egal wie gut er kämpfte, überleben würde er nur, indem er immer seinen Instinkten folgte. Und in seiner kindischen Sturheit stand er kurz davor, den Instinkt zu überhören.

Er überwand seine törichte Haltung und war gerade dabei, sich umzuwenden, um nach oben zu laufen, da stand der Assassine von oben schon hinter ihm – eine gewaltige, furchterregende Gestalt. Blitzschnell packte er Ronan an den Haaren, sein Messer zielte auf den Hals.

Eigentlich hätte das Ronans Ende sein müssen, doch sein Training rettete ihn. Zwei Dinge hatten die Schüler gut geübt, bis sie in Fleisch und Blut übergegangen waren: erstens eine angefangene Bewegung immer ohne Zögern fortzusetzen und sie stets zum Gegner hinzuwenden. Zweitens jeglichen Schmerz abzuschütteln, weiterzukämpfen, die ganze Kraft mobilisiert zu halten und sich ja nicht von den Schmerzen lähmen zu lassen. Hinterher konnte man immer noch schreien, soviel man wollte.

Ronan setzte die begonnene Drehbewegung nach hinten fort und brachte seinen rechten Arm zwischen die Messerhand des Assassinen und seinen eigenen Hals. Das Messer stach tief in seinen Unterarm hinein und Blut spritzte. Er ließ sich fallen, wodurch das Messer nur Millimeter von seinem Hals entfernt zum Halt kam. Der Assassine mußte sich nach vorne beugen und Ronan mit aller Kraft festhalten, als dieser seinen Körper erschlaffen ließ. In dem Moment schlug Ronan ihm mit der linken Faust, so fest er konnte, zwischen die Beine. Ein solcher Schmerz schoß durch Ronans verletzten Arm, daß er hätte losbrüllen können. Der Assassine ächzte nur grimmig, lockerte aber zumindest seinen Griff an Ronans Haaren. Dem eigenen Schlag folgend bäumte sich Ronan auf, stieß mit seinem Schädel von unten gegen die Kinnlade des Assassinen und schleuderte ihn damit nach hinten. Die messerführende Hand des Assassinen wurde nach oben geworfen. Den Schwung seiner Bewegung fortsetzend packte Ronan nun den schlaff gewordenen Arm des Assassinen am Handrücken, drehte sich mit aller Kraft nach rechts, zog das Messer an sich vorbei und durchbohrte damit die Kehle des Assassinen. Alles geschah so schnell, daß der Gegner nicht einmal einen Warnschrei auszustoßen vermochte.

Ronan faszinierten kunstvoll angelegte Übungskämpfe als gute Unterhaltung. Aber im realen Leben, wenn es um Leben und Tod geht, entscheidet sich alles meist blitzschnell. Überleben wird derjenige, der zielgerichteter handelt als der andere.

Ronan hielt sich so ruhig, wie er konnte, und preßte gegen die Wunde am Unterarm, um die Blutung zu stoppen. Viel Zeit hatte er nicht, weiterkämpfen zu können, bevor ihm der Arm seine Dienste versagte. Der erneute Schlag auf die gerade heilende Wunde konnte schon zu viel gewesen sein. Auch seine Willenskraft würde ihm dann nichts mehr nützen.

Auf einer Lichtung entdeckte er einige Heilkräuter. Leise und achtsam näherte er sich ihnen, legte sich am Rand auf den Boden und beobachtete die Umgebung. Dann streckte er seine feinen Sinnesfühler aus, ohne daß sich seine Aura ausdehnte. Er nahm wahr, daß sich der zweite Assassine auf dem Weg zum Felsen befand und somit momentan noch keine Gefahr darstellte. Von der Lichtung pflückte Ronan Spitzwegerichblätter, um die Blutung zu stoppen, und ein paar Blätter von der gewöhnlichen Raute. Wieder im dichten Buschwerk versteckt, holte er sich auch noch Stephanskornsamen sowie das Pulver von der Nuß des Elefantenlausbaums aus seinem Medizinbeutelchen und kaute auf beidem.

Sein Instinkt hatte Ronan auch hier geholfen. Glücklicherweise lag die Schnittwunde an der Kante des Unterarmknochens und war daher nicht so tief. Doch die Sehnen waren verletzt, und dafür brauchte er die Elefantenlausnuß. Als erstes träufelte er die gekauten Stephanskörner und das Nußpulver samt seinem Speichel auf die Wunde. Die Körner sorgten für die Heilung der Schnittwunde. Danach zerquetschte er die Blätter vom Spitzwegerich in seiner rechten Hand, bis der Saft heraustrat, und bedeckte mit der Blättermasse großzügig die

Wunde. Er brachte seine Mentalkraft hinein und befahl der Wunde, schnell zu heilen. Und tatsächlich schlossen sich die Wundränder und das Bluten hörte auf. Meister Ling hatte ihn gelehrt, daß die echte Heilung über die Herzenskraft geschieht, aber in Notfallsituationen, wenn sich das Herz verschlossen hat, muß die Mentalkraft benutzt werden, wobei aber auch Herzenskraft – so viel wie möglich – hineinfließen soll. Als letztes legte Ronan die Blätter der Raute auf den Schnitt. Wie Balsam floß die Heilkraft hinein, und die verletzte, arg schmerzende Knochenhaut beruhigte sich augenblicklich.

Nachdem er seinen Arm versorgt hatte, machte er sich auf den Weg zum zweiten Assassinen. Er hatte keine andere Wahl, als sich wieder durch den Wald anzuschleichen, da der Assassine inzwischen vermutlich am Felsen angekommen war und auf seinen Komplizen wartete. Zu Ronans Erstaunen war es der Assassine, dem er den Daumen als Opfer abgenommen hatte.

Der Mann war gerade dabei, den Boden genau zu untersuchen. *Hat er Anjulies Spuren entdeckt?*, überlegte sich Ronan.

Ronan zielte auf ihn und traf ihn so neben dem rechten Auge, daß der Pfeil vom Jochbein ein Stück Knochen mitnahm und seine Ohrmuschel durchspießte. Perfekt! Genau, worauf er gezielt hatte. Der Assassine schlug seine Hand aufs Gesicht und schrie wie am Spieß. Ronan ging mit gespanntem Bogen schußbereit auf ihn zu: „Keine Bewegung!"

Der Assassine schaute ihn voller Entsetzen und Angst an. Die Erinnerung an Ronans Versprechen war in seinen Augen zu sehen.

„Leg dich ganz langsam auf den Bauch, die Hände hinten auf deinem Rücken." Ronan fesselte seine Hände, knebelte ihn und hieß ihn aufstehen. Dann stieß er ihn vor sich her in Richtung Fluß. An einer Stelle, wo keiner ihn so schnell entdecken würde, fesselte er ihm auch die Füße. Jetzt stellte der Assassine keine Gefahr mehr dar.

Ronan merkte freudig, daß sein Arm zwar schmerzte, aber in der Bewegung nicht eingeschränkt war, selbst als er den Bogen gespannt hatte. Er hatte die Macht seines Überlebensgeistes unterschätzt. Der Schmerz war fast schon wohltuend, und Ronan wunderte sich, zu was sein Körper fähig war, und bei diesem Gedanken durchfluteten ihn ungeahnte Kräfte.

Jetzt mußte Ronan sich beeilen, da der letzte der drei Assassinen sicher das Geschrei gehört hatte und jederzeit auftauchen würde. Schnell lief er hoch in die Richtung, aus der der letzte Assassine kommen mußte.

Gerade als er oben am Weg ankam, rannte ihm der Mann aus dem gegenüberliegenden Wald entgegen. Er war vollkommen überrascht, da er Ronan für tot gehalten hatte.

Ronan blieb keine Zeit, Pfeil und Bogen zu spannen. Er ließ beides fallen und stürzte sich sofort auf den Gegner. Doch flink beugte sich der Assassine vor und stieß Ronan mit seinem Kopf in den Bauch. Als der nach hinten fiel, packte der Assassine seine Ohren mit beiden Händen und wollte seinen Kopf mit aller Wucht auf den Boden knallen. Ronan reagierte instinktiv, warf sich nach hinten und rollte sich vom Assassinen weg, so daß dem Aufschlag des Kopfes seine volle Wucht genommen wurde. Trotzdem schwanden ihm für eine kurze Sekunde die Sinne, doch auch da ließ er nicht von dem Mann ab.

Immer noch instinktiv handelnd ergriff er die kleinen Finger des Assassinen, um sie zu brechen. Doch der war zu schlau dafür, ließ Ronans Ohren los und rollte sich weg. Im Aufstehen traf Ronan mit seiner Ferse den Assassinen unterhalb des Ohres, doch der rollte sich weiter, so daß fast alle Kraft des Tritts ins Leere lief.

Ronan ging auf Abstand, da die Folgen des Kopftreffers ihn noch etwas betäubten. Er schüttelte sich und zwang seine Sinne zurückzukehren.

Der Assassine wartete bereits auf ihn, und es schien Ronan, als wirke er fast belustigt ob der Probleme seines Feindes. *Dieser hier ist gefährlich*, dachte Ronan, *vielleicht der Gefährlichste, doch soll ihm diese Andeutung von Hochmut noch zum Verderben gereichen.*

Keiner griff an. Auf diese Weise konnte es ewig weitergehen. Ronan mußte sich zusammenreißen, um Geduld zu bewahren und Gelassenheit zu entwickeln. Plötzlich tauchte eine Idee in seinem Kopf auf, die er ohne zu zögern umsetzte: Er wandte seinen Blick schräg hinter den Gegner, als ob dort etwas auftauchte, und tatsächlich ließ der sich irritieren.

In dem Augenblick, als die Aufmerksamkeit des Assassinen für den Bruchteil einer Sekunde abgelenkt war, trat Ronan seitlich gegen dessen Knie. Der Assassine reagierte schnell und geschickt, ging in die Hocke, so daß Ronans Schlag zwar schmerzhaft, aber harmlos seinen Oberschenkel traf. Der Assassine packte Ronans Fuß und schleuderte ihn mit einer ungeheuren Wucht auf den Rücken.

Die Meister hatten sehr viel Wert darauf gelegt, daß ihre Schüler richtig fallen lernten. Sollte man direkt auf den Rücken krachen, würde nicht nur die Luft aus einem herausgepreßt, man konnte auch eine schwere Verletzung erleiden. Also lernten sie, den Fall mit den Händen und Armen abzufangen und unversehrt zu bleiben, und das aus verschiedenen Höhen. Ab einer gewissen Höhe durften sie gar nicht mehr auf dem Rücken landen, sondern mußten sich wie eine Katze in der Luft drehen können, und dann wurde die Höhe, aus der ihnen das gelang, Stück für Stück verringert. Es war wirklich spannend, was sie alles schafften. Es wird zum Reflex, so daß nach einer Weile die Höhe augenblicklich eingeschätzt wird und man nicht mehr darüber nachdenken muß, ob ein Umdrehen möglich oder die Rückenlandung angebracht ist.

Aber jetzt konnte sich Ronan nicht drehen, da der Assassine seinen Fuß festhielt. Er konnte jedoch im Fallen den Fuß ausstrecken und dann sofort mit aller Kraft zurückziehen. Der Assassine mußte Ronan loslassen, um nicht selbst aus dem Gleichgewicht zu geraten. So gestaltete sich Ronans Landung auf dem Rücken doch noch bilderbuchmäßig.

Keine Zeit sich zu freuen, schon schnellte die Ferse des Assassinen auf Ronans Solarplexus und Brustbein zu, und das wäre sein Ende gewesen. Ronan bäumte sich etwas auf und stoppte den Schlag, indem er die linke Handfläche unter die herabstoßende Ferse brachte und den Fuß zu seinem Bauch hin ablenkte. Dann führte er den Fuß des Angreifers weiter und hebelte damit den Mann herum, so daß der auf sein Gesicht aufschlug. Damit nicht genug, drehte Ronan weiter, bis er hörte, wie das Kniegelenk auseinanderbrach. Der Assassine brüllte wie ein abgestochener Stier. Ronan ließ keine Sekunde nach, zog sich am Rücken des Mannes hoch und nahm den Hals in einen Würgegriff. Der Assassine kämpfte weiter, wurde aber immer schwächer.

Ronan zögerte ihn zu töten. Doch dann dachte er an die Gefahr, die der Assassine für Anjulie bedeutete, nahm all seinen Mut zusammen und brachte es zu Ende.

Es gibt nur ein Ziel: Überleben! Leben kann man hinterher. Bist du tot, ist es das Ende, dann kannst du dich vergessen. Es werden Menschen mit tausend Einwänden kommen gegen die Idee des Überlebens um jeden Preis. Wenn sie sterben wollen, haben sie sich dafür entschieden. So ist es auch im Leben bei allen Dingen. Sollte eine für dich wichtige Angelegenheit zerschlagen werden, weil du nicht zielgerichtet warst, stirbt ein Teil in dir. Dann mußt du neu anfangen, alles wieder neu aufbauen. Aber warum sich überhaupt töten lassen? Das Spiel ist in jedem Bereich das Gleiche, nur die Waffen sind anders. Es wird sicher der Einwand kommen, daß dann der andere stirbt. Was ist damit? Du kannst diesen Menschen damit konfrontieren: Er könnte durch das Nichttöten in seinen Untergang gehen, oder töten und überleben. Es ist immer eine individuelle Angelegenheit. Was dich töten wollte, kann ja nicht das Wahre sein. Also stirbt das Unwahre in dem anderen.

Ronan beruhigte sich mit diesen Überlegungen, um Frieden schließen zu können. Die Einwände der anderen hatten viel Kraft, und er mußte ihnen mit noch mehr positiver Kraft begegnen, um sich treu bleiben zu können. Das Töten ist keine schöne Sache, auch wenn es oft eine Notwendigkeit ist. *Vielleicht erreiche ich einmal den Zustand, in dem mich das alles nicht mehr berühren wird,* dachte er. *Den Zustand des echten Friedens, von dem große Meister, große Seelen sprechen. Nicht jedoch den vom Kopf gesteuerten, erzwungenen Frieden, in dem keine Konfrontationen und Auseinandersetzungen stattfinden; den erträume ich mir nicht.*

Gossypii semen
Baumwollsamen

Die treibende Kraft verstockt, das Trauma festsitzend.
Gespalten: handeln wollen oder Trauma bearbeiten?
Entfacht ist der Wunsch,
das zu Lernende tief zu verankern,
die wogende Kraft treibt zu immer höheren Künsten.

X

Gewissensbisse und Wiedervereinigung

Die Tötung des letzten Assassinen hatte Ronan viel Kraft gekostet, obwohl er geschworen hatte, alle erbarmungslos umzubringen, um die Sicherheit Anjulies nicht aufs Spiel zu setzen. Beim ersten Assassinen war es in dem Moment wirklich um Leben und Tod gegangen; gefreut hatte es ihn nicht. Doch jetzt, wo der Blutrausch abebbte, bekam er Gewissensbisse.

Aber egal wie er die Tötungen betrachtete, er vermochte keine andere Lösung zu sehen. Seit dem Angriff der Söldner auf den Hof des Purpurmantels existierte das friedliche, liebevolle Leben nicht mehr. *Erstaunlich,* dachte er, *vor knapp drei Tagen lebte ich in einer heilen Welt. Daß sie von so viel Bösen umgeben ist, hätte ich mir nie vorstellen können.*

Hier draußen warteten so viel Kämpfe auf ihn, daß nur sein angeborener Kriegerinstinkt ihn und Anjulie gerettet hatte. Darüber war er wirklich froh, aber solch ein Leben wollte er nicht beständig führen. Und doch hatte er, ohne mit der Wimper zu zucken, diese Menschen umgebracht. Wie um Himmels willen konnte er diese Lust am Töten in das von

Meister Ling angedeutete Streben nach dem Purpur erreichen und in seinem Inneren integrieren?

Er war zu verwirrt, um sich weitere Gedanken zu machen. Der lange Weg nach Tongsu Dham stand vor ihnen, und wer wußte schon, welchen Gefahren sie noch ausgesetzt sein würden. Das brachte ihn wieder zu sich. Er wollte sich um Anjulie kümmern und seine Probleme nicht die Oberhand gewinnen lassen.

Also machte er sich auf den Weg zu ihr. *Anjulie wartet auf mich. Doch was wird sie über mich denken, nachdem ich ihr all das erzählt habe?* Mut hatte er sowieso nicht genug gefunden, ihr von seiner Zuneigung zu erzählen, aber jetzt drohte alles zu erlöschen. Nur irgendwo in seinem Herzen ließ eine kleine Hoffnung eine angenehme Aufregung in ihm aufsteigen. Fast anderthalb Tage waren vergangen, seit er sie gebeten hatte wegzulaufen. Das war jedenfalls die richtige Entscheidung gewesen – auch im Nachhinein gesehen. Hätten sie zusammengehalten, wären sie jetzt beide tot. Sein Herz bebte bei der Frage, wie es ihr wohl ergangen sein mochte.

Ich lief und lief, zwar um mein Leben, aber schweren Herzens, da ich solch eine Angst um Ronan hatte. Jedes Gramm Energie und alle Konzentration würde er brauchen, wenn er sich mit diesen grausamen Menschen anlegen wollte. Ich würde alles genauso ausführen, wie er es mir erklärt hatte. Darauf konnte er sich verlassen. Das hatte ich ihm mit meinen Augen zu verstehen gegeben, als ich mich von ihm losriß und floh. Es gibt das Sprichwort 'Angst verleiht Flügel'. So kann frau wahrlich sagen, jedoch war es die Angst um ihn, die mir die Flügel verlieh. Ich fühlte mich, wie von Engelsflügeln getragen. Je länger ich lief, umso leichter fühlte sich mein Körper an. Die Zeit hörte auf zu existieren, und als ich den Felsen erreichte, hatte ich das Gefühl, von dort, wo ich gerade mit Ronan gewesen war, hierher gesprungen zu sein.

Ich machte alles genauso, wie Ronan es mir aufgetragen hatte, und war bald oben am Hang, wobei ich alle Spuren sorgfältig verwischte. Die Spalte zur Höhle war furchtbar eng. Ich hatte sie erst gar nicht gesehen. Wie käme ein etwas dickerer Mensch hier hindurch?, dachte ich, als ich mich an der steilen Felsnase hochstrecken mußte, um bis zur Spalte zu kommen. Den Rucksack schob ich immer vor mir her. Unter anderen Umständen hätte das Spaß gemacht. Was ich fand, war ein kleiner Raum von etwa fünf, sechs Quadratmetern. Wie ein in der Mitte durchgeschnittenes Oval. Zum Sitzen und Liegen war die Höhle gut. Stehen konnte man nur am Eingang. Etwas Licht kam von der Eingangsseite herein, und so blieb mir ein Aufenthalt im Finstern erspart. Die ersten Stunden war ich nur von Angst und Schock ergriffen. Dann löste ich mich aus dem Griff der dunklen Kraft und lenkte meine Aufmerksamkeit auf den gütigen Engel des Trostes. Langsam verschwand die Dunkelheit in meinem Herzen, und ich wurde von einer hellen, segensreichen Kraft umhüllt. So blieb ich erfüllt von diesem Licht, ohne Raum- und Zeitgefühl, bis ich die herzerwärmende Stimme Ronans hörte.

Oberhalb des Hanges angekommen, schlitterte Ronan einfach hinunter, lief zum Fels, wo er die Höhle war, und kletterte schneller als ein Affe den Stein hinauf. An der Spalte zur Höhle rief er leise ihren Namen, um sie nicht zu erschrecken.

„Bist du es, Ronan? He warte, ich komme raus!" antwortete sie ihm.

Freude stieg in seinem Herzen auf, als sie sich eilig durch den Spalt quetschte. Mit einem „Oh, Ronan!" warf sie sich an seine Brust. Die nächsten Minuten waren wie ein Rausch. Er hielt sie fest in den Armen und küßte ihre Stirn, ihr Haar. Sie schmiegte sich an ihn, Tränen liefen über ihre Wangen, und Ronan erlaubte es sich, auch seinen Freudentränen freien Lauf zu lassen. Nach einer Weile lösten sie sich voneinander und schauten sich, die Hände haltend, zögerlich lächelnd an.

Anjulies Gefühle waren vermischt. Sie mochte Ronan schon, konnte sich aber nicht vorbehaltlos auf ihn einlassen. Sie wußte nicht, warum. Es war wie eine warnende Stimme in ihr. Sie sah ihn an und lachte etwas unsicher. Erst da sah sie seine Wunden und hielt den Atem vor Schreck an. „Oh, Ronan, was haben sie mit dir gemacht? Sind sie noch hinter uns her? Nein, das kann nicht sein. Dann wärst du sicher nicht hier. Du hast sie abschütteln können."

In ihrer liebevollen Sorge um ihn sah sie so süß aus, daß sein Herz vor Freude hüpfte. „Langsam, langsam. Die Assassinen sind uns keine Gefahr mehr."

„Was meinst du damit?" drehte sie ihren Kopf fragend zu ihm.

Er mochte ihr die gruseligen Details gar nicht erzählen. *Schade, die Freude ist so kurz. Jetzt müssen wir uns mit den grausamen Tatsachen auseinandersetzen.* „Zwei Assassinen sind tot, und der Letzte liegt gefesselt unten im Wald. Es tut mir leid. Ich will unser Glück nicht zerstören. Aber es gibt noch eine Sache zu erledigen, und dazu müssen wir zu ihm runter."

„Du willst ihn nicht etwa kaltblütig töten?"

„Nein, da brauchst du keine Angst zu haben. Ich werde ihm sein Leben schenken. Aber dafür muß er einen Schwur ablegen, und dafür bedarf es deiner Anwesenheit."

„Was willst du tun? "

„Nichts Schlimmes, nein, etwas Gutes. Ich sehne mich nicht nach Blut und Totschlag. Aber unser Leben ist das höchste Geschenk, und das soll uns niemand rauben. Sollte dir Gefahr drohen, würde ich die ganze Welt töten. In den vergangenen drei Tagen wären wir einige Male fast ums Leben gekommen, und gegen diese Bedrohung möchte ich uns wappnen."

„Du weißt nicht, wovon du sprichst. Wie kannst du die Zukunft sichern?"

„Es ist eine Stimme, die in mir spricht und eine Überzeugungskraft in mir entzündet. Sie bewegt mich, alles zu nutzen, was Schutz bieten kann. Nicht umsonst sind wir verschont worden. Die Götter waren gnädig zu uns, und ich werde alles tun, was von mir verlangt wird. Der Preis der Freiheit ist die ewige Wachsamkeit."

Anjulie stimmte sein Herz durch ihr Lachen wieder freudig und erwiderte: „Einfach gesagt, aber so schwer umzusetzen. Kennst du alle Ungeheuer in der Welt deines Unbewußten? Glaubst du, daß du sie alle auf einen Schlag zügeln kannst? Aber dein Vorhaben ist edel, und so werde ich dir mit all meiner Kraft und Hilfe zur Seite stehen."

Ach, ihre Worte waren goldiger, flüssiger Balsam für sein Herz. Er nahm ihre Hand und führte sie den Berg hinunter.

Der überlebende Assassine war sehr überrascht, daß Ronan zurückkam und auch noch die gesuchte Frau mitbrachte. Ronan schnitt ihm die Handfesseln durch und entfernte den Knebel. Die Füße ließ er noch gefesselt. „'Auge um Auge' hatte ich dir gesagt. Aber es gibt ein höheres Gesetz. Aus dem Grund habe ich dich nur am Auge gestreift und es dir nicht genommen. Dieses höhere Gebot tritt in Kraft, wenn es noch möglich ist, den anderen zu bekehren. Wenn der Funke der Güte in ihm wiedererweckt wird und in seinem Leben wirkt. Deine Komplizen verdienten den Tod, weil sie unter allen Umständen Anjulie – und mich sowieso –, ohne mit der Wimper zu zucken, getötet hätten. Auch du hättest Anjulie töten können, aber verschontest ihr Leben im letzten Moment, nicht wahr? Dein Pfeil traf sie so, daß Herz und Lunge unverletzt blieben. Was für Gründe du hattest, will ich gar nicht wissen. Ich denke, daß es mit deiner Schwester zu tun hat. Nun, was es auch sein mag, ich schenke dir das Leben, aber dafür mußt du einen Schwur ablegen. Du nimmst Anjulie als deine Schwester an und schwörst, für immer ihr Leben mit deinem zu schützen."

Tränen füllten die Augen des Assassinen. Anjulie berührte

liebevoll seine Wunde. Auf einmal brach er zusammen und weinte wie ein Kind. Die Güte Anjulies hätte sogar ein Herz aus Stein zum Schmelzen gebracht.

„Ich möchte euch meine Geschichte erzählen", der Assassine sah Anjulie bittend an. Sie nickte zustimmend. Er griff nach ihrer Hand und hielt sie eine Zeitlang, dann küßte er die Hand voller Ehrfurcht und sprach:

„Ich hatte eine kleine Schwester, die ich über alles liebte. Als Kinder waren wir fast immer zusammen. Ich nahm sie überall mit hin und zeigte ihr alles. Ich spielte mit ihr und brachte ihr alles bei, was sie wissen mußte. Eines Tages bekam ich ein ganz ungutes Gefühl, das ich nicht beschreiben konnte. Ich wußte nicht, was los war, mir war nur klar, daß ich sie beschützen müßte, aber nicht immer da sein könnte. Also fertigte ich ihr einen Talisman. Zu ihrem nächsten Geburtstag schenkte ich ihr den und sagte, daß er sie immer schützen würde, wenn ich nicht da bin. Sie strahlte vor Freude, und in ihren Augen sah ich absolutes Vertrauen. Kurze Zeit später schnappten die Assassinen mich. Sie suchen immer Jungen zwischen zehn und zwölf Jahren mit besonderen Talenten, die sich auf den Straßen bewähren. Ich war einer der Besten. Ich war stark, ich war flink, konnte Schläge aushalten und kam auch mit zwei oder drei Angreifern auf einmal gut zurecht. Doch meine besonderen Begabungen waren: Ich konnte planen, sehr präzise und gut planen, und hatte den Mut, einen gefährlichen Plan auch auszuführen. Das war mein Verhängnis, weil die Assassinen genau dies von mir verlangten.

Wenn du einmal in ihren Händen bist, bist du für immer verloren! Sie betreiben eine spezielle Art der Manipulation und der Programmierung. Manche Banden benutzen Drogen, aber die besseren verabscheuen sie, da sie den Geist zu sehr verzerren und dem Drogensüchtigen nur wenige Jahre die notwendige körperliche Kraft und Gesundheit erhalten bleiben. Das aber ist zu wenig für das, was sie in uns investieren. Die erste Initiation ist die der Bruderschaft. Du bist am Anfang verärgert und ressentimentgeladen. Also wirst du gut behandelt. Dir wird Trost gespendet und die wunderschöne Welt der Bruderschaft nahgebracht: die Zusammengehörigkeit, die Loyalität, hohe Ideale, auf denen alles aufgebaut ist.

Als ich über die lange Zeit der Trennung von meiner kleinen Schwester weinte, erzählten sie mir mit viel Gefühl die Geschichten großer Opfer. Ihre Bastei ist zwar einfach, aber man fühlt sich wohl: Schöne kleine Gärten mit Blumen, Bäumen, Brunnen und Früchten schmücken das Gelände. Das Essen ist nahrhaft, abwechslungsreich und schmackhaft. Natürlich ist ihre Festung abgelegen und unerreichbar, jedenfalls so gut wie. Und sie wird trotzdem sehr gut bewacht. Du wirst für deine Talente gelobt und für Erfolge belohnt. Die größte Belohnung ist, mit einer Frau zusammenleben zu dürfen. Es gibt dort eine Schar schöner Frauen. Manche von ihnen sind auch Assassinen. Aber du kannst die Erlaubnis erlangen, eine Frau zu heiraten und sie damit vom Assassinentum oder Sklaventum zu befreien. Dann darfst du mit ihr auch Kinder bekommen und eine Familie gründen. Der Tod eines Bruders wird betrauert; zwar stoisch, doch feierlich. Ich wurde zu einem Spitzenassassinen. Planung und Durchführung waren meine Spezialität.

Eines Tages bekam ich den Auftrag, eine junge Frau zu beseitigen, da sie für eine Herzogin gefährlich geworden war. Sie war plötzlich auf der Bildfläche erschienen und hatte den Sohn der Herzogin um ihren Finger gewickelt. Es würde nicht leicht sein, ein Attentat auf sie zu verüben, da sie unberechenbar war und immer ihre Wege änderte. Außerdem hatte sie Begleiterinnen, die ihr als Double dienten: Dienerinnen, die zur gleichen Zeit andere Wege gingen, um einen möglichen Attentäter zu täuschen. Ich setzte all diese Frauen unter Beobachtung, um einen gewissen roten Faden zu entdecken, falls einer existierte. Es waren wirklich unberechenbare Menschen, die nur grob vorab planten und alle Einzelheiten aus dem Moment heraus entschieden. Doch nach vielen Wochen hatten wir die notwendigen Informationen: Gut zehn Wege und drei Frauen waren darin involviert. Wir würden ihnen zwei Tage folgen, ohne etwas zu tun. Damit blieben vier Wege für den dritten Tag, obwohl durch ihre Unberechenbarkeit dies auch fehlschlagen könnte. An diesem Tag würden vier von uns auf die drei Frauen warten, die jede einen von diesen vier Wegen gehen würde.

Ihr möchtet sicher wissen, warum wir nicht einfach die zehn Wege mit zehn Menschen belegten. Nun, zehn Personen nach einem Attentat auf die Geliebte des Sohns der Herzogin aus einer Stadt heil wieder herauszubekommen, ist eine schwierige Angelegenheit. Eines unserer Gebote lautet, sich nicht erwischen zu lassen, geschweige denn getötet zu werden. Sicher gibt es Assassinenbünde, denen das Ziel wichtiger ist als das Leben ihrer Mitglieder. Aber das halten wir für eine unnötige Verschwendung.

Der Plan lief reibungslos. Mein Pfeil traf das Opfer direkt ins Herz. Die Frau trug einen Ring, den wir der Herzogin als Beweis bringen sollten. Schnell lief ich hin, um ihr diesen Ring abzunehmen. Doch auf einmal überfiel mich ein ganz mulmiges Gefühl: Die junge Frau kam mir irgendwie bekannt vor. Ich suchte den Ring an ihrem Finger und merkte, daß sie krampfhaft etwas in ihrer Hand festhielt. Als ich ihre Faust löste, fiel der Talisman, den ich meiner Schwester geschenkt hatte, heraus. Entsetzt erkannte ich in den Gesichtszügen der Toten meine kleine Schwester wieder, die ich vor zehn Jahren zum letzten Mal gesehen hatte. Ich war so geschockt, daß ich erstarrte. Einer meiner Begleiter vermißte mich und riß mich mit Gewalt von dem Leichnam fort.

Nie verlor ich ein Wort über das, was an jenem Tag geschehen war. Doch in meinem Herzen schwor ich Rache für den

Tod meiner Schwester. Die ganze Bruderschaft hatte Schuld an ihrem Tod auf sich geladen, und das würde ich zurückzahlen. Und jetzt bin ich hier und stehe euch zu Diensten."

Anjulie faßte sich zuerst: „Es gibt keine Worte des Trostes für deinen Verlust, doch reiche mir deine rechte Hand." Sie ritzte dem Assassinen mit ihrem Messer leicht in die Hand und machte auch bei sich einen kleinen Schnitt. Dann legte sie ihre Handfläche auf seine und drückte sie zusammen. „Wie heißt du?"

„Manhawa."

„Manhawa, jetzt hast du wieder eine Schwester und ich einen Bruder."

Er stand auf und verbeugte sich vor ihr: „Es ist eine Ehre für mich, so eine schöne Schwester zu haben. Schönheit in ihrem Geist, Erbarmen in ihrem Herzen. Du bist eine Göttin der Barmherzigkeit."

Ronan dachte: *Es gibt vieles, was ich von Anjulie lernen kann. Sie nimmt das Lob mit so einer Würde an. Daß sie mir manchmal auf die Nerven geht, kann ich da wirklich ertragen. Sie ist sonst so lieb und fröhlich. Und auch weise. Ich wundere mich, woher sie in solch jungen Jahren so viel weiß. Aber ich kann einfach nicht den Mut aufbringen, zu fragen, wer sie ist. Ich glaube, sie wünscht nicht, daß ich ihr solche Fragen stelle.*

Überraschend auch, daß sie mir zuvorkam, diesen Mann feierlich zum Bruder zu ernennen. Ich hatte mir das anders vorgestellt: Ich wollte ihm den Schwur abnehmen, sie als Schwester zu schützen. Aber dafür muß doch Anjulie keine schwesterlichen Verpflichtungen eingehen. Na ja, sie hat eine noble Natur, und der Bund zwischen den beiden ist von einer Tiefe, die weit übertrifft, was ich vorhatte. Bei mir hätte er so schnell keine Vergebung gefunden, das muß ich anscheinend noch lernen. Doch ich bin wohl ein langsamer und widerwilliger Schüler. Ich bin stark. Ich kann Gefahren ganz direkt mit kühlem Kopf angehen und besitze die notwendigen Talente, um sie sicher und mit Schnel-

ligkeit abzuwenden. Mir fehlt nichts und ich bin voll von mir überzeugt. Deswegen bocke ich auch immer, wenn jemand mit irgendeinem Vorschlag oder Veränderungswunsch kommt. Nur meine Vernunft läßt mich nicht gleich alles zerstören, und das mag mir noch als Feigheit ausgelegt werden, da ich mich immer zurückhalten muß, nicht übereilt zu handeln."
Ronan holte tief Luft und schüttelte die Gedanken ab. Dann öffnete er seinen Rucksack und holte ein kleines, sorgfältig mit Stoff umwickeltes Objekt heraus. „Manhawa, das hier ist dein Daumen. Ich habe ihn für den Fall, daß du bekehrt werden könntest, aufbewahrt."

Manhawa schaute Ronan an, als ob er all seine Sinne verloren hätte. Ronan lachte: „Schau mich nicht so entsetzt an. Es ist kein Scherz. Der Daumen ist nicht zu totem Fleisch geworden. Ich habe ihn in der regenerierenden Flamme oder, genauer gesagt, in der Auferstehungsflamme aufbewahrt. Eine kleine Essenz von der regenerierenden Flamme ist mit ihm verpackt."

Diesmal hatte er auch Anjulie in Erstaunen versetzen können. Meister Ling hatte ihn an dem schicksalhaften Tag über die Flammen eingeweiht. Als Anjulie im tiefen, erholsamen Schlaf in der Höhle lag, hatte er Ronan nicht nur über Heilung und Heilsames erzählt, sondern ihm auch die sieben Flammen gezeigt. Meister Ling hatte ihm dann gesagt, daß Ronan sie alle ab jetzt benutzen könne. Er hatte sein Vertrauen in Ronan ausgedrückt, daß dessen Herrschaft über die Flammen dazu ausreiche, sie in vollem Umfang zu benutzen. Also hatte Ronan, als er den Daumen abschnitt, ihn instinktiv in die Auferstehungsflamme gehüllt und einen Strahl der Regeneration aus der grünen Flamme hinzugegeben.

„Woher weißt duuu das denn?" fragte Anjulie bewundernd.
„Meister Ling hat es mir beigebracht."
„Er hat dir das Wissen anvertraut! Dann muß wahrlich mehr in dir sein, als auf den ersten Blick sichtbar ist."

Ronan zuckte mit den Schultern: „Das kann ich nicht beurteilen. Aber jetzt machen wir uns daran, Manhawas Daumen wieder anwachsen zu lassen. Hilfst du mir dabei?"

Zu Befehl, Herr. Du bist ja jetzt der große Meister", doch sie entschärfte ihre Worte mit einem Lächeln.

Die Szene vor zwei Tagen, als Ronan ihm seinen Daumen nahm und was er dabei empfand, ging Manhawa durch den Kopf: *Ronan plaziert Manhawas rechte Hand auf einen flachen Stein und drückt ein Knie auf seinen Arm. Die Klinge des scharfen Messers legt er auf das erste Gelenk seines Daumens. Manhawa fleht Ronan mit seinen Augen an, doch Ronan preßt mit ganzer Kraft, schneidet, und Manhawas blutiger Daumen fällt auf die Erde. Es schmerzt entsetzlich, aber er grunzt nur. „Das ist Gerechtigkeit", sagt Ronan zu ihm. „Ich war noch gnädig mit dir. Ich hätte beide Daumen verlangen können. Eure Sorte versteht keine andere Gerechtigkeit, und so gilt für euch das Gesetz 'Auge um Auge'. Eines Tages wirst du für diese Lektion dankbar sein. Alles muß beglichen werden. Die Wege des Kosmos sind mysteriös."*

So erinnerte sich Manhawa, als er Ronan zu Anjulie sagen hörte: „Halte bitte um mich herum die Energien rein, den Rest schaffe ich."

Ronan nahm Manhawas Hand in die seine und umhüllte sie mit Rosa, so daß die Operation sanft und schmerzlos verlaufen würde. Dann entfernte er mit Anwendung der blauen Flamme alles Verhärtete und Alte. Jetzt ging die eigentliche Arbeit los. Er legte das Ende des Daumens auf den Stumpf und begann mit dem Verschmelzungsprozess, was immer viel Hitze erzeugt. Der Schweiß brach ihm aus und lief in Bächen an ihm hinunter. Anjulie brachte etwas Kühle hinein, ohne den Prozeß zu beschleunigen. Die Nerven-, Sehnen- und Knochenenden mußten sich in Ruhe bewegen und anwachsen können. Nach einer Weile war ein festes Energiefeld um all das Gewebe erzeugt, das ausreichte, die beiden Teile zusammenzuhalten. Manhawas Körper würde nun nach und nach, aber in einem beschleunigten Tempo, den Rest schaffen. Ronan war noch nicht soweit, daß er alles gleich wiederherzustellen vermochte, so wie sein Meister es bei ihm getan hatte.

„Gut gemacht", ermunterte ihn Anjulie. Er nickte ihr dankbar zu und setzte sich erschöpft hin. Sie brachte ihm etwas Wasser zu trinken, das er gierig hinunterschüttete.

„Das tut gut, wirklich gut, danke", sagte er.

Manhawa sah seinen Daumen verwundert an. Er konnte einfach nicht glauben, daß so etwas möglich war. Und auch Ronan, der die Operation mit voller Zuversicht durchgeführt hatte, empfand es auf eine gewisse Weise als Wunder. Manhawa war so bewegt, daß er kaum ein Wort herausbrachte, und zeigte seine Dankbarkeit in wortlosem Kopfnicken.

„Was machen wir jetzt?" lenkte Anjulie ab. „Manhawas erstes Versprechen, die Rechenschaft gegenüber den Assassinen, muß auch eingelöst werden. Sonst trägt er die Bürde und kann nicht frei seinen Weg mit uns gehen. Es würde ihn immer belasten und daran hindern, seine volle Kraft einzusetzen. Nach seiner Erzählung ist ja klar, daß diese Assassinen-Bruderschaft von sehr hohem Rang ist. Derjenige, der sie gegründet hat, muß seinerzeit bei uns ein Meister in der Ausbildung gewesen sein; zwar nicht ein Kundiger des inneren Kreises, aber doch Inhaber eines immensen Wissens. Sicher ließ irgendein Streit ihn abtrünnig werden, und er versuchte auf diese Weise, Macht an sich zu reißen. Es kam zu einer Spaltung, und einige Schüler schlossen sich ihm an. So einer verkauft seine Dienste nicht direkt an einen Fürsten oder König, wäre er doch dann nicht mehr als ein Diener. Nein, der abtrünnige Meister bot seine Dienste sicher als Unabhängiger an und erledigte die ersten Aufträge unentgeltlich, um Fürsten und anderen potenziellen Auftraggebern seine Fertigkeiten zu beweisen.

Diese Menschen sind nicht nur Assassinen, sondern übernehmen Aufträge auch in kriegerischen Auseinandersetzungen. Sie führen aber keinen offenen Krieg, sondern siegen, ohne in eine Schlacht zu gehen. Sie bewegen sich, ohne Spuren zu hinterlassen. Sie können jede Rolle spielen, vom Bettler bis zum General, sogar als Könige gehen sie durch. Die Disziplinen, die Methoden, die Fähigkeiten, die diese Menschen benutzen, sind dem Guten bis ins Extrem nachempfunden. Sie sind dadurch sogar effektiver als die Guten. Sie umgeben sich nach außen mit viel Glanz und Glorie und verändern ihre Erscheinung ganz nach ihrem Willen. Doch man vermag sie zu erkennen, denn wo der echte Meister immer bescheidener und zurückgezogener wird, werden sie immer anmaßender und fallen durch ihre Extravaganz auf, welche die meisten Menschen anzieht und verblendet."

„Oho!" rief Ronan aus. „Du scheinst dich vielfach besser auszukennen als Manhawa, der ja eigentlich der Experte sein sollte."

„Sei nicht so arrogant. Natürlich ist er der Experte durch direkten Kontakt, während meine Kenntnisse auf Hörensagen beruhen."

„Vielleicht weißt du gar schon, um wen es sich bei diesem abtrünnigen Meister handelt?"

„Ja, ein Name ist gefallen: Sar A Wan. Ich kann natürlich nicht sagen, ob er Manhawas Bruderschaft gegründet hat, aber es erscheint mir plausibel."

„Nun, was schlägst du vor?"

„Wir sollten Manhawa helfen, diese Bruderschaft zu Grunde zu richten."

„Toll, wie sollen wir uns denn mit so einer mächtigen Geheimarmee anlegen?"

„Was ist mit dir los? Ich dachte, du hättest heldenhafte Neigungen."

„Nur wenn es um dein Leben geht. Und natürlich auch um meins. Aber das hier ist alleine Manhawas Krieg, und ich werde dein Leben nicht aufs Spiel setzen."

„Bitte", flehte Anjulie ihn an. „Siehst du nicht, wie wichtig es für Manhawa ist? Kannst du es da nicht mir zuliebe tun?"
Sie klimperte so reizend mit den Wimpern, daß Ronan keine Widerrede mehr einfiel.
„Schon gut. Wenn es sein muß, dann tue ich es für dich." Sehr überzeugt war Ronan aber nicht von dem Gedanken, und das merkte sie auch.

„Natürlich wird von dir nicht erwartet, daß du auf einem Pferd wie ein leuchtender Ritter in das Lager des Feindes reitest und alle mit deinem unbesiegbaren Schwert bezwingst. Wir müssen sehr gut planen und unsere Pläne mit Geschick durchführen. Es geht darum, wie wir diese Bruderschaft überlisten können, ohne daß sie es merken. Außerdem wird das ein Riesenschlag gegen das Böse sein, das uns so viel Leid in den letzten paar Tagen beschert hat. Es wird eine Vergeltung für die Untaten an deinen Brüdern sein. Wir werden dadurch die Macht des Bösen schwächen, vielleicht für immer. Dafür brauchen wir auch keinen Riesenumweg zu machen. Sie müssen aus der Nähe operieren. Wenn ich mich richtig erinnere, hörte ich Gerüchte über ein Lager in der Provinz Tor Dan, die nordwestlich von uns liegt."

„Fast tausend Meilen nach Nordwesten. Das ist keine kleine Entfernung."

„Kein Debattieren mehr. Das Wort ist einmal gegeben, nun ist Schluß."

Oh weh, dachte Ronan: *Ich muß aufpassen, nicht zu schnell mein Wort zu geben. Mein eigentlicher Auftrag lautet immer noch, Anjulie in Sicherheit zu bringen.* Aber er konnte ihrer Bitte nicht widerstehen. Vielleicht würde sich alles so ergeben, daß er ihren Wünschen nachkommen konnte, ohne sie in Gefahr zu bringen.

Er holte seine Karte raus und studierte das Blatt. Dann teilte er seinen Entschluß mit: „Okay, wir werden bis zu diesem Ort hier hinter der Provinz von Sanan zusammen gehen. Das ist eine Entfernung von etwa fünfhundertfünfzig Meilen. Unterwegs können wir uns in die Einzelheiten vertiefen, unsere Pläne konkretisieren und uns auf den unsichtbaren Krieg vorbereiten. Wir trennen uns nach der letzten Vorbereitung. Manhawa geht dann direkt zur Bruderschaft, und wir kommen langsam aus einer anderen Richtung. Ab diesem Zeitpunkt werden wir uns nicht mehr sehen, bis der Bund der Assassinen zerstört ist."

„Hört sich gut an. Ich werde dir die gesamte Planung überlassen. Das ist ja dein Spezialgebiet."

Ronan grinste und sagte: „Wir werden dieser Assassinenbruderschaft eine Lektion erteilen, die sie bis zum Ende der Zeit nicht vergessen wird."

„Okay, Spaß beiseite", sagte sie mit einem kurzen Lachen. „Machen wir uns irgendwo gemütlich ein Feuer, bereiten uns auf die morgige Reise vor und gehen dann schlafen. Doch warte noch, Manhawa, eine Frage! Ich wollte schon die ganze Zeit wissen, wie ihr so schnell auf unseren Fersen sein konntet."

„Wir haben Glück gehabt. Unser bester Spurenleser entdeckte zufällig eure Spuren und holte uns mit Rauchsignal herbei. Doch daß die falsch gelegt waren, fiel uns zu spät auf. "

„Tatsächlich? Naja. Dann muß Ronan wohl doch etwas Meisterhaftes in sich tragen und ist nicht so unbedarft, wie ich geglaubt habe", bemerkte Anjulie lächelnd.

Damit begann die nächste Etappe von Ronans und Anjulies Abenteuer.

Ledum palustre
Sumpfporst

Den Gegner, zu meiner Schande, habe ich verachtet.
Wohlwollend klopften auf meine Schulter
die barmherzigen Engel.
Achtung für den Gegner
beleuchtete meinen Abwehrgeist.
Schritt haltend wandte ich den Stich zurück zum Feind.

XI

Eile mit Weile

Der Tag fing unter einer strahlenden Sonne herzerwärmend an. Ronan, Anjulie und Manhawa machten sich sehr früh auf den Weg, nachdem sie sich am Fluß erfrischt und ihren Durst gestillt hatten. Nach einem zweistündigen Marsch hielten sie an, um zu frühstücken, und auch wenn das eine magere Angelegenheit war, so behielt die Hochstimmung sie doch in ihrem Griff und trieb sie weiter an. Eine Handvoll gekeimte Körner, einige Trockenfrüchte, große Mengen Wasser, und alsbald waren sie wieder unterwegs. Die Vernunft hatte im Moment keine Chance, verdrängt von der Freude an dem großartigen und noblen Dienst, den sie dem Licht leisten würden. Ein überschwängliches Gefühl stieg in ihren Herzen auf. Sie fühlten sich unbesiegbar und unsterblich, und in diesem Rausch trieben sie sich in einem erbarmungslosen Tempo voran.

Sie hatten sich entschieden, die Abkürzung über eine Bergkette zu nehmen und waren schon ziemlich weit oben angekommen, als sich aus dem Nichts ein kalter Wind erhob. Wolken zogen schnell auf und betrachteten die drei ziemlich unfreundlich, wenn nicht gar böse. Jede Minute konnte es anfangen zu schneien. Der Gipfel des Berges war gar nicht mehr soweit entfernt, aber sollte der Sturm bald ausbrechen, würden sie den geschützten Platz auf der anderen Seite unterhalb des Gipfels nicht rechtzeitig erreichen. Umkehren konnten sie nicht, zumal der letzte sichere Ort schon zu weit hinter ihnen lag.

Das unvernünftige Tempo machte ihnen jetzt zu schaffen. Ein eisiger Wind blies in ihre Gesichter. Sie nahmen ihre Vliesumhänge heraus und hüllten sich bis zu den Augen darin ein. Da sie nun den Umhang wegen des fast zum Sturm angewachsenen Windes mit beiden Händen festhalten mußten, gestaltete sich der Aufstieg noch schwieriger.

Dann fing es an zu schneien, und der Weg wurde immer steiler und steiniger – unter diesen Umständen lebensgefährlich. Ronan wäre fast ausgerutscht und konnte sich gerade noch an einem Felsvorsprung festhalten. „Halt!" schrie er. „Bindet die Umhänge fest um euch. Wir müssen unsere Hände freihalten."

Sie halfen sich gegenseitig, die Umhänge zu befestigen, und Ronan holte zwei kurze Seile aus seinem Rucksack, die er um ihre Rümpfe band, so daß sie sich gegenseitig halten konnten. Ronan ging als Erster, Anjulie hinter ihm, gefolgt von Manhawa. Doch jetzt kamen sie nur noch im Schneckentempo voran.

Der Wind stürmte wie eine Furie und wirbelte große Schneeflocken um sie. Ronan befahl den beiden, auf allen vieren weiter hinauf zu kriechen. Als sie eine ungeschützte Stelle an einem tiefen Abgrund erreichten, erwischte sie eine Sturmbö mit orkanartiger Wucht und drohte sie vom Berg hinunterzufegen.

„Runter", schrie Ronan, „krallt euch mit den Händen am Boden fest." Der Sturm tobte und wütete unaufhörlich über sie hinweg. In dieser Raserei verloren sie jegliches Zeitgefühl und lagen im Schnee, unfähig auch nur einen Zentimeter vorwärtszukommen. Die Hände wurden zu Eisklumpen, die

Gesichtet gefroren zu Marmorplatten. Die Gefahr bleibender Erfrierungen war groß. Ronan rief den beiden zu: „Preßt eure Finger fest in den Schnee, bis sie wehtun, scheuert das Gesicht, besonders die Lippen, im Schnee. Schlagt eure Füße ab und zu fest in den Boden."

Sie waren alle am Ende, als der Sturm auf einmal nachließ.

„Schnell hoch", krächzte Ronan. Bis zum Gipfel waren noch etwa zweihundert Meter an Höhe zu bewältigen. Sie krochen so schnell wie möglich durch den Schnee aufwärts. Wo es möglich war, erhoben sie sich und verfielen in eine etwas schnellere Gangart. All ihre Kraft einsetzend näherten sie sich dem Gipfel zusehends, aber dafür schwanden ihre Reserven in gleichem Maße.

Der Gipfel war in Sicht, als Anjulie kollabierte.

„Ich glaube, ich kann nicht mehr", stöhnte sie und sank zu Boden. Ronan hätte sich am liebsten auch hinlegen mögen. So verheerend hatten die Elemente an ihren Kräften gezehrt. Es war bewundernswert, daß Anjulie es überhaupt soweit geschafft hatte. Ronan winkte Manhawa zu sich und bat ihn vorauszugehen. Dann löste er das Seil von Anjulie. Er wollte sie auf seine Schulter laden.

Anjulie wehrte sich: „Laß mich. Ich kann schon." Mit größter Kraft erhob sie sich, torkelte ein paar Schritte, ließ sich auf die Knie nieder und krabbelte auf allen vieren weiter den Berg hoch, bis sie mit hängendem Kopf gänzlich in sich zusammensank.

„Du bist bewundernswert stark, Anjulie. Aber laß mich dir bitte helfen", sagte Ronan mit Bestimmtheit, holte tief Atem, bückte sich und nahm Anjulie über die Schulter.

Im immer höher werdenden Schnee war es nicht leicht, den Weg zu erkennen. Irgendwann erreichten sie den Gipfel. Von dort sahen sie einen noch höheren Gipfel. Sie wollten aber nicht weiter nach oben. Nach einigem Suchen entdeckten sie einen mit Schnee bedeckten, schwer erkennbaren Pfad, der nach unten führte, und folgten ihm so schnell wie möglich. Bei steilen Stellen rutschte Ronan im Schnee an den Innenkanten seiner Füße, so daß er mit Anjulies Gewicht auf seiner Schulter besser balancieren konnte und sicherer hinunterkam, als wenn er gerade gehen würde. Um seine Kräfte zu schonen, brachte er sie nach einer Weile auf seine linke Schulter. Der Schnee fiel wie dichter Nebel herab und nahm ihnen die Sicht.

Bald mußten sie einen geschützten Platz finden, da sie mehr als erschöpft waren und nur mit ihrer Willenskraft noch vorankamen. Ronans Sinne waren zum Zerreißen angespannt, als er plötzlich etwas sah. „Da", zeigte er voller Erleichterung mit seiner freien Hand.

„Wo, was?" fragte Manhawa umherschauend.

„Dort drüben." Es war nur ein kleiner Unterschlupf in der Felswand, aber besser als nichts, und die drei würden gerade hineinpassen. Ungefähr einen halben Meter davor war der Zugang wegen einiger den Wind etwas abhaltenden Bäume frei von Schnee. Ronan brachte Anjulie zu der Felsnische und setzte sie auf einer Seite ab. Dann bat er Manhawa, Holz zu besorgen.

„Mache ich", sagte Manhawa. „Unter den Bäumen und Büschen finde ich sicher noch trockenes Holz."

„Solltest du eine Birke entdecken …"

„Na klar. Birkenrinde ist hervorragend geeignet als Zunder", ergänzte Manhawa.

Ronan legte seinen Rucksack auf die andere Seite der „Höhle" und packte das Heu und den Feuerquirl aus. Dann wartete er, bis Manhawa mit dem Holz kam.

Er hatte gutes Holz gefunden, Kleinholz zum Anzünden und sogar Birkenrinde. Ronan gab Manhawa den Feuerquirl. In ein paar Minuten hatte der ein schönes, knisterndes Feuer entfacht.

„Manhawa, bringe große Zweige von Nadelbäumen und staple sie vor der Höhle auf. Ich helfe dir dabei. Das wird dafür sorgen, daß wenigstens ein Teil der Hitze hier drinnen bleibt. Wir brauchen auch noch viel mehr Trockenholz." In der nächsten halben Stunde schichteten sie eine Mauer aus Zweigen vor der Höhle auf und legten einen Vorrat an trockenem Holz dahinter.

Anjulie bekam langsam wieder etwas Farbe. Es wurde heimelig warm in der Höhle; sie zogen ihre Kleider aus und legten sie in der Nähe des Feuers auf Zweige und Holzstücke zum Trocknen. Was für eine Kraft alleine das Feuer spendet! Nun aber verlangte der Körper dringend nach Flüssigkeit und Nahrung. Nach so einer Strapaze in der Kälte braucht er erst Kaltes zum Trinken, meinte Manhawa, vorausgesetzt, eine gute äußerliche Wärmequelle ist geschaffen worden, und das hatten sie mit dem Feuer gut erreicht. Von geschmolzenem Schnee tranken sie reichlich und kauten dazu Kalmuswurzeln. Kaltes Wasser regt den Körper an und macht ihn widerstandsfähiger.

„Kalmus stimuliert die Leber sowie die Schleimhäute des Magen-Darm-Trakts. Die Entgiftungsprozesse der Leber werden verbessert und die Schleimhaut revitalisiert", erklärte Anjulie.

Nun fingen sie an, das Essen vorzubereiten. Für die Suppe nahm Ronan Trockenfleisch, getrockneten Sellerie und Graupen. Zuerst briet er eine kleine Menge Arnikablüten und -blätter in etwas Öl an und gab dann die restlichen Zutaten hinzu.

Als das Essen anfing zu kochen, schmiegte er Anjulie an sich, um sie innerlich zu wärmen, da sie noch immer zitterte. Doch das war weniger die Kälte, sondern lag eher an der Anspannung. Trotzdem hielt er sie, bis das Essen gar war. Als sie endlich speisen konnten, waren sie heilfroh über die köstliche, kraftspendende Suppe. All die Qualen, die sie durchgemacht hatten, schienen sich in Nichts aufzulösen. Das Gefühl, warm und geschützt zu sein sowie einen vollen Magen zu haben, war unbeschreiblich.

Friedlich saßen sie vor dem Feuer und lauschten noch

einmal Manhawas Erzählung von der Assassinenbruderschaft und seiner Schwester, und wieder standen Tränen in seinen Augen. Anjulie wischte sie ab und hielt seine Hand.

Ronan dachte darüber nach, wie glücklich sich Manhawa schätzen durfte, solch eine Frau als Schwester zu haben. Ihm war dieses Glück verwehrt, und als Lebensgefährtin hatte er Anjulie auch nicht. Sie hatten einander noch nicht versprochen. Sie würde, ohne absolut sicher zu sein, daß sie auf ihn zählen könnte, Abstand zu ihm halten. So viel war ihm klar. Daß er tatsächlich auf den härtesten Prüfstein gestellt würde, wußte er glücklicherweise nicht, sonst wäre er wohl zurückgeschreckt. Ronan spürte irgendwann eine leichte Eifersucht gegenüber Manhawa, die er vorüberziehen ließ, wie die Meister es ihnen beigebracht hatten. Dabei blieb er fest in seinem Herzen verankert. Die Eifersucht verschwand, und er spürte eine größere Sicherheit in sich: das Gefühl, es zu schaffen.

Sie tranken viel von dem geschmolzenen Schnee und trotz der Strapazen erfüllte sie ein Gefühl der Frische. Ronan erzählte vom Hof des Purpurmantels. Obwohl nur ein paar Tage vergangen waren, fühlte es sich an, als ob Jahre verflossen wären, seit er ihn auf so dramatische Weise verlassen mußte. Eine nostalgische Trauer stieg in ihm hoch, mit der er seine Freunde aber nicht belasten wollte, und er erzählte ihnen stattdessen lustige Begebenheiten vom purpurnen Hof. Als er von dem Vorfall mit Sankhya und dem Bach erzählte, lachten die beiden aus vollem Herzen, und die Stimmung wurde leichter:

„Bei einem Ausflug kamen wir zu einem Bach, der gerade so breit war, daß wir nicht hinüberspringen konnten. ‚Ich wate durch. Wer kommt mit?' schrie Sankhya. Er zog seine Kleider aus und warf sie über den Bach auf die andere Seite. Dann sprang er in das Wasser, das sich aber als sehr sumpfig erwies. Im Nu versank er bis zum Hals. Seine Augen wurden zu riesigen Kugeln, seinen Mund hatte er weit aufgerissen. Und er sank noch tiefer. ‚Hilfe!' schrie er auf. Ich warf mich am Bachrand auf den Bauch und packte Sankhya an Kinn und Hinterkopf. Leider war er kahlköpfig, sonst hätte ich ihn noch zusätzlich an den Haaren fassen können. Sankhya riet ich, seine Arme seitlich an den Körper zu pressen und sie dann mit gestreckten Händen nach vorne und oben zu drücken. Langsam schaffte er es, dann flutschten die Arme aus dem Schlamm heraus. Jetzt bat ich zwei meiner Freunde, ein Seil unter seine Arme zu bringen. Und so konnten wir ihn mit vereinten Kräften aus dem Schlamm ziehen. Wir hatten einen Heidenspaß, als er da so verschlammt und keuchend lag. Selbstmitleid sei eine herunterziehende Kraft, hatten uns die Meister gelehrt, und so sorgten wir dafür, daß er es gar nicht erst empfinden konnte."

„Was war mit den Kleidern von Sankhya, die auf der anderen Seite lagen?" fragte Anjulie. „Mußte er nackt nach Hause?"

„Nein. Der Bach war zwar breit, aber schon mit einem guten Sprung zu schaffen. Ich hätte es sicher auch schaffen können, aber Sung ki war unser bester Springer." Tränen traten in Ronans Augen bei der Erinnerung an Sung ki.

„Sung ki war Ronans bester Freund und kam beim Überfall auf den purpurnen Hof ums Leben", erklärte Anjulie Manhawa und faßte Ronan liebevoll am Arm.

Ronan konnte sich durch Anjulies Mitgefühl gleich wieder fassen und fuhr fort: „Sung ki nahm einen kurzen Anlauf, sprang und landete am anderen Ufer des Baches. Für einen Moment sah es so aus, als ob er rücklings in den Bach fallen würde, doch er konnte seinen Oberkörper nach vorne drücken und in Sicherheit gelangen. Und so bekam Sankhya seine Kleider wieder."

Manhawa legte noch mehr Holz aufs Feuer. Anjulie wurde langsam müde, und Ronan bot ihr an, ihren Kopf auf seinen Schoß zu betten. „Entspann dich, streck deine Beine aus und schlafe. Ich komme gut zurecht im Sitzen, angelehnt an die Wand."

Sie wollte protestieren, aber er hielt sie beruhigend in seinen Armen, und nach einer Weile nickte sie zustimmend: „Ist in Ordnung!"

Sie war so schnell eingeschlafen, daß er es erst bemerkte, als er ihre tiefe, rhythmische Atmung wahrnahm. Und bald waren sie alle eingeschlafen. In der Nacht wachte er kurz auf, fühlte sich etwas steif, besonders im Nacken, da über ihm so wenig Platz war. Er rutschte ein paarmal hin und her, und Anjulie wimmerte im Schlaf. Sanft streichelte er ihren Kopf, und sie wurde wieder ruhig. Manhawa hatte irgendwann noch mehr Holz aufs Feuer gelegt, und in der Höhle war es schön warm.

Das nächste Mal, als Ronan aufwachte, dämmerte schon der Morgen. Kurz danach schlug auch Manhawa die Augen auf und dann Anjulie. Es schneite immer noch, und draußen war der Schnee schon auf einen dreiviertel Meter angewachsen, und das Feuer war bis zur Glut heruntergebrannt.

Sie entschieden sich, die morgendliche Toilette nackt im Schnee vorzunehmen. Erst legte Ronan noch mehr Holzscheite aufs Feuer, dann zog er sich aus und stapfte, so schnell es ging, durch den Schnee, seinen Oberkörper und das Gesicht dabei mit Schnee einreibend. Erfrischt und mit vor Vitalität glühendem Körper kam er zurück. Die beiden anderen waren noch nicht wieder da, und so begann er mit den Vorbereitungen für das Frühstück. Als Anjulie und Manhawa zurückkehrten, wollten beide mithelfen. Doch drei Personen auf dem engen Raum waren ihm zu viel. Also überließ er ihnen die Vorbereitung und sagte nur: „Wir sollten sparsam mit dem Holz umgehen. Auch wenn wir unter dem Schnee noch mehr Äste hervorholen könnten, ist es doch mühselig, trockene Äste zu finden und ..."

Anjulie hielt das nicht für dringlich: „Wir können zum Trocknen noch viel Holz vor dem Feuer stapeln. Das geht gut, denn es ist in dem Schnee ja alles nur oberflächlich feucht geworden. Aber gut, wir sollten vorsichtig sein, da wir nicht wissen können, wie lange das schlechte Wetter noch anhält. Wir sollten uns am Tag viel bewegen, um uns fit zu halten. Dabei können wir auch noch mehr Essensvorräte unter dem Schnee suchen. Paßt dir das so, du Schlaumeier?" Anjulie war von Ronans Belehrungsversuchen etwas genervt.

„Was? Verstehe ich nicht", erwiderte Ronan.

„Manhawa und ich sind auch in der Lage mitzudenken."

„Natürlich, aber irgendeiner muß ja die Anweisungen geben, oder?"

„Oder auch nicht!"

„Ich gebe auf!"

„Er gibt auf", sagte Anjulie und schaute Manhawa an.

Der wandte sich Ronan zu: „Anjulie will doch nur sagen, daß im Moment kein Notfall besteht und daß wir solche selbstverständlichen Dinge auch ohne Anweisungen regeln können."

„Warum bist du so nett zu ihm, Manhawa? Hat er das verdient?"

Ronan, in die Enge gedrängt, fühlte sich auf einmal ein bißchen schutzlos und einsam. Meister Lings Worte hallten in seinem Kopf wider: „Sie ist nicht nur sehr wissend, sondern wird auch für deine Entwicklung sehr wichtig sein." *Also was macht man in so einer Situation,* fragte er sich, *Humor hineinbringen, über seinen Schatten springen, freundlich erwidern, zustimmen und nicht angriffslustig erscheinen?*

„Das war ja schön dumm von mir, nicht wahr?" lächelte er. „Ich hoffe, daß ich mich deinen Belehrungen gewachsen erweise, aber ich kann es nicht versprechen."

„Ist er nicht bewundernswert?" lachte Anjulie. „Also, Manhawa, kannst du ihm bitte öfter eine Lektion in guten Manieren erteilen?"

Manhawa streckte sich und rekelte seinen kräftig gebauten Körper. Ein Schmunzeln breitete sich über sein breites, doch kantiges Gesicht aus, das seine schmalen Augen funkeln ließ. Tief holte er durch seine lange, gebogene Nase Luft, dann sprach er in einem wohltuenden Bass: „Ronan meint es wirklich gut mit dir."

„Nimm ihn doch nicht in Schutz", tönte Anjulie.

Sein Schmunzeln wandelte sich zu einem vertrauenswürdigen Lächeln, als er sich wieder Ronan zuwandte. „Das ist ihre Art. Laß dich nicht davon irritieren. Du bist ein Kämpfer und willst immer gleich zupacken. Du kennst es nicht anders. Aber man kämpft nur gegen seine Feinde. Freunde wollen mit dir, Ronan, als Mensch und nicht als Kämpfer verkehren."

Irgendwie erinnerte Ronan dieser Hinweis an die Worte seines Meisters. Aber richtig verstanden hatte er sie bisher nicht.

Manhawa sprach weiter: „Der Mensch hat Stärken und Schwächen. Er macht laufend Fehler, die ihm aber keineswegs bewußt werden müssen. Auf dem Schlachtfeld darfst du keine Schwächen zeigen – auch nicht im Geringsten. In menschlichen Beziehungen dürfen die Schwächen aber ins Spiel kommen. Da der Mensch seine Schwächen nur ungern zugeben will, und seine Fehler sowieso nicht, ist er auf gute Freunde angewiesen. Ein guter Freund wird dich auf deine Fehler hinweisen. Im Umgang mit Menschen, die einem am Herzen liegen, ist es wichtig, auf den anderen Acht zu geben und die oft versteckten Hinweise auf unsere Schwächen oder begangenen Fehler zu verstehen. Das bedeutet nicht, daß du zum Lamm wirst, das sich schlachten läßt, sondern daß du auf dein Herz hörst."

Ronan versank in Gedanken und Anjulie sagte nur: „Ich glaube, du hast es gut rübergebracht, Manhawa. Wer weiß, wie lange wir noch hier bleiben müssen. Da sind Gespräche wie diese beileibe keine Zeitvergeudung."

Acht Tage blieb das Wetter konstant schlecht. Der Schnee fiel mit wenigen Unterbrechungen weiter, wenn auch nicht mehr so stark. Die drei kräftigten sich mit Spaziergängen im tiefen Schnee, auch wenn die eher einem Herumwühlen glichen. Ihre Vorräte reicherten sie mit allem an, was sie an manchen vor den Schneemengen geschützten Stellen finden konnten; zumindest gelang Anjulie dies, da sie sich am besten auskannte: Blätter, Rinden, Wurzeln, Früchte, Nüsse und Kräuter. Ronan hatte das Glück, ein Reh erjagen zu können. Wie er es von Anjulie gelernt hatte, bedankte er sich bei dem Reh und der Herde für das Opfer und dachte dabei zurück an ihr Gespräch über den Fleischverzehr. Er bat Anjulie, ihre Ansichten zu erläutern.

„Wo waren wir stehengeblieben? Ich erinnere mich noch: Du warst der Meinung, daß der Vegetarier keine Tiere essen dürfe. Wobei ich behauptete, daß ein wahrer Vegetarier die Tiere innig liebt, und weil er sie so liebt, könnte er auch ihre sterblichen Überreste zu sich nehmen."

Ronan war völlig sprachlos und brachte nur noch ein „Wie bitte?" heraus.

„Ganz einfach. Sich für den andern zu opfern ist doch eine sehr noble Tat. Tiere, die dich lieben, sind auch bereit, sich für dich – in Liebe – freiwillig zu opfern. Wenn dies in beiderseitiger Liebe geschieht, erlangt jeder von euch viel Licht dadurch. Die Tiere empfinden das Leben und den Tod anders als wir Menschen. Wenn die Götter sie rufen und etwas von ihnen verlangen, sind sie meist bereit, dies freiwillig zu geben. Das Opfer kann auch darin bestehen, daß du sie verzehrst. Natürlich sollte der Mensch seine Haustiere nicht gleich verzehren wollen. Er sollte bedacht sein, ihre Gesellschaft so lange wie möglich genießen zu können, und keineswegs nur danach trachten, sich von ihnen zu ernähren. Aber für ein Tier kann die Zeit zu gehen viel eher kommen, als man es denkt oder will. Nehmen wir an, daß dieses Tier seinen Herrn oder seine Herrin tief liebt, daß es für sie einen besonderen Dienst erbringen will. Es möchte mit der Herrin vermählt werden, so daß sie und das Tier eins werden und die Herrin die Güte des Tieres in sich trägt. Nun, das ginge nur, wenn sie das Tier nach seinem Tod feierlich verzehrt. Ein geliebtes Tier kann sich auch in Zeiten der Not opfern – es gibt viele Arten von Opfer. Auch im Dschungel können wir ein Tier um ein Opfer bitten und in Liebe dessen Opfer annehmen. Aber solange wir ohne dies zurechtkommen, gibt es keinen Grund, ein Tier zu bitten, sich zu opfern."

Das waren ganz neue Perspektiven für Ronan. Irgendwie hörten sich Anjulies Worte logisch an, aber er hatte seine Zweifel. Ihre Kenntnisse sollten ja sehr groß sein, hatte ihm sein Meister gesagt. Na ja, aber sie konnte doch wohl nicht auf alles eine Antwort haben. „Gut und schön! Das sind viele neue Ideen für mich. Aber ich kann sie nicht einfach so annehmen."

„Niemand zwingt dich dazu. Aber entweder bist du ein denkender Geist, oder du hast keinen Geist für solche Dinge."

„Das ist unfair", wehrte er sich.

„Das tut weh, na und? Nur der Schwächling beklagt sich: unfair, unfair! Im Kampf ums Überleben gibt es keine Fairness. Wie heißt es doch: In der Liebe und im Krieg ist alles erlaubt."

„Wer zum Henk–" Er unterbrach sich noch rechtzeitig, bevor er das Wort aussprach. „Wer sind diese klugen Menschen?"

„Siehe da, der große, unerschütterliche Ronan kann auch zum Fluchen gebracht werden. Sucht Stärke in billigen Flüchen! Wahre Stärke entsteht daraus, die Ruhe zu bewahren."

Hat diese streitsüchtige Frau nichts anderes zu tun, als alles gleich aufzuspießen?, fragte er sich. Nirgendwo konnte er sie erreichen – sie bot ihm keine Angriffsfläche. Da stieg ein böser Gedanke in ihm hoch. War sie nicht von dem Pfeil getroffen worden?

Sofort tat es ihm leid, daß er überhaupt zu solchen Gefühlen fähig war. Er spürte gleich wieder eine ungeheure Anziehung zu ihr; er liebte ihre Art, ihre Kenntnisse. Sie wußte von so vielem, das ihm unbekannt war, selbst jetzt noch, wo ihn Meister Ling seit dem Aufbruch vom Hof manches Neue gelehrt hatte. Anjulie und der Meister waren auf je ganz eigene Art und Weise von einem ähnlichen Geist beseelt. Nein, daß er sie sehr mochte, war ganz klar.

Sie sprachen über viele Themen. Vor allem über das Leid der Tiere debattierten sie noch stundenlang. Aber sie waren im Grunde derselben Meinung, besonders über die abscheuliche Vorstellung von verschiedenen Heilweisen, für die oftmals durch sehr qualvolle Methoden angeblich gesundheitsbringende Erzeugnisse und Arzneien hergestellt werden.

„Die Tiere, unsere liebsten Freunde, sind so verwirrt durch diese Grausamkeiten. Sie würden uns so gerne so viel Wertvolles schenken und auch noch unsere Gesundheitsprozesse unterstützen, jedoch diese Greueltaten verzerren ihre treuen und unschuldigen Herzen", sagte Anjulie und eine Träne lief über ihre Wange.

Ronan war sehr berührt von Anjulies Tierliebe, aber er fühlte sich so unbeholfen, daß er ärgerlich sagte: „Wie kann sich der Mensch überhaupt vorstellen, durch solche Grausamkeiten Gesundheit und Wohlbefinden zu erlangen? Menschen, die diese Art von Arzneien zu sich nehmen, könnten sich doch nicht Vegetarier nennen oder?"

Manhawa lachte: „Wir leben in solchen Illusionen über uns. Der Mensch trägt sehr viel zu der Grausamkeit bei, doch fühlt er sich sogar edel, indem er sich für etwas Besseres hält."

„Das ist eben die Lüge, die der Mensch nicht sehen will und kann. Die Kräfte des Unwahren üben solch eine Macht über unser Bewußtsein aus, daß die Menschen einfachster Logik nicht folgen wollen. Auch wenn ihnen die Quittung für ihre Handlungen serviert wird, sind sie empört und fühlen sich ungerecht behandelt", fügte Anjulie hinzu.

„Also wenn ich die Logik weiterführe, dann würde der sogenannte gute Mensch bösartig erkranken, wenn er anderen gegenüber das Bösartige zuläßt", warf Ronan ein.

„Natürlich hat dieser Mensch dann bösartig gehandelt", stimmte Manhawa ein. „Jeder Mensch trägt das Bösartige in sich, und das in großem Maße. Sollte diese Bösartigkeit, wenn auch unbewußt, ausgeübt werden, löst es in diesem Menschen bösartige Prozesse aus. Daher kann ein Assassine zum Beispiel viel weniger bösartig sein, als jemand, der sich gut und nobel gibt, wenn der Assassine seine Bösartigkeit nicht aktiv werden läßt."

„Du bist nicht bösartig, Manhawa", lächelte Anjulie ihn an. „Es ist nicht die Kategorie – Assassine, Heiler oder so –, die einen bösartig oder gutartig macht, sondern inwiefern das Bösartige in Schach gehalten und dem Gutartigen freie Bahn geschaffen wird. Du bist nicht nur ein guter Mensch, Manhawa, sondern auch ein weiser."

„Ich habe mir die Freiheit genommen, da ich sowieso ein Assassine bin – und schlimmer kann es ja nicht sein –, weder gut noch böse, sondern ich selbst zu sein. Dadurch konnte ich meine bösen Neigungen im vollen Maße kennenlernen und die Entscheidung fällen, sie nicht zu pflegen. Stattdessen konnte ich die Güte in mir entstehen lassen oder, wie du sagen würdest, sie vielmehr zulassen."

„Ich sage zulassen, weil dann erst die Güte entstehen kann. Dadurch ist es uns möglich, unserer Pflicht als Heiler nachzugehen, vorurteilslos die krankhaften Folgen zu betrachten und so niemals den Kranken zu verurteilen. Auch dem Kranken eine innere Problematik bewußt zu machen, geschieht sehr behutsam und ohne zu beurteilen."

„Ich könnte nicht so einfach meine Verbitterung über die bösen Taten des anderen vergessen, glaube ich", sagte Ronan.

„Ja, verständlich", erwiderte Anjulie. „Aber als Heiler mußt du das Böse in dir kennengelernt haben, hindurchgegangen sein, es verstanden haben und davon geheilt sein, um den Kranken dort erreichen zu können, wo er steht. Wenn ihn Empörung bestimmt, dann mußt du auf seine Empörung heilsam einwirken. Wenn eher Hoffnungslosigkeit vorherrscht, dann mußt du ihm die Hoffnung, daß etwas Heilsames für ihn existiert, schenken. Das ist das Gesetz der Entsprechung durch das Ähnliche."

„Genug des Philosophierens", warf Ronan ein. „Auf jeden Fall wird der Kampf gegen die Mächte des Unwahren, den wir vor uns haben, ganz schön erbittert sein. Wir sollten uns nun lieber der Planung für unseren Einsatz gegenüber den bösen Kräften widmen."

Anjulie mußte jedoch wie immer das letzte Wort behalten: „Über die inneren Ursachen, die uns knechten und nur Leid bereiten, zu sprechen und zu philosophieren, ist immer sinnvoll. Doch wenn das Philosophieren bedeutet, Lösungen im Äußeren zu suchen oder in einem vermeintlichen Ideal zu finden, habe ich von vornherein genug davon."

In den Tagen ihres Zwangsaufenthalts in der Felsennische aßen sie viel von dem Fleisch des Rehs, schön auf dem Feuer gegrillt. Einen guten Teil jedoch trockneten sie für die weitere Reise. Das Fell säuberte Ronan von allen Fleischresten und klopfte es weich. Daraus fertigte er für Anjulie einen Umhang. Durch das halbnackte Herumstapfen im Schnee härteten sie sich zusätzlich ab, und nach einigen Tagen spürten sie die Kälte nicht mehr, und ihre Haut fühlte sich auch beim Spaziergang im Schnee warm an. Von ihren Strapazen hatten sie sich rasch erholt, zumal Ronan und Anjulie immer wieder Heilrituale und Übungen durchführten.

Sie legten sich nackt in den Schnee, bedeckten sich damit und verblieben im Schnee, bis sie blau vor Kälte waren. Dann ließen sie sich von einer kühlen rosa Flamme umhüllen und durchfluten. Langsam floß das Blut immer mehr an die Oberfläche und wärmte sie auf. Ronan schaffte es sogar, sich damit zum Schwitzen zu bringen. Manhawa hatte nicht gelernt, mit Flammen zu arbeiten. Also taten Ronan oder Anjulie dies für ihn. Einmal, als Anjulie spaßeshalber eine blaue statt einer rosa Flamme in Manhawa hineinfluten ließ, sprang er wie von der Hornisse gestochen aus dem Schneebett heraus, stampfte und hüpfte herum wie ein Berserker: Es flossen solche Energien durch seinen betäubten Körper, daß er sich zum Zerreißen anfühlte. Anjulie warf sich zur Seite und krümmte sich vor Lachen. Ronan fand es zwar nicht richtig schlimm, ermahnte sie aber doch, die Gefahren solcher Spielereien nicht zu unterschätzen; ein weniger zäher Mensch als Manhawa könnte schwere Schäden dadurch erleiden.

Doch sie streichelten sich auch sanft mit hellem grünen Licht, um die strapazierten Körperteile zu regenerieren, und führten Massagen mit dem Rehfett durch, das sie mit Heilkräutern wie Rosmarin angereichert hatten, welches die Glücksgefühle steigerte.

Als die Sonne am neunten Tag endlich wieder schien, waren sie sich über die weitere Route einig. Bei diesen Schneemengen war es nicht möglich, über die Berge zu kommen. Sie würden bei jedem Schritt nur noch tiefer in den Schnee einsinken, geschweige denn den Weg erkennen können. So stiegen sie den Berg hinab und nahmen einen viel tiefer liegenden Paß, wodurch sie weit nach Osten gelangten. Das kostete sie etwa zwei Wochen, da zusätzlich knapp über zweihundert Meilen zu schaffen waren; sie wollten ja kein Risiko mehr eingehen und hofften, daß alles gut laufen würde.

Die Lektion, die sie durch ihr impulsives Verhalten lernten, war hilfreich: Bei wichtigen Angelegenheiten nie aus einem Rausch heraus handeln. Den Rausch sollte man sich lieber fürs Feiern aufheben. Man braucht dabei seine Sinne nicht zu verlieren und völlig „un"-sinnig zu werden. Wenn der Rausch wieder abgeflaut und der Kopf abgekühlt ist, kann man in Ruhe planen und dann zielgerichtet voranschreiten.

Sie hatten aufgrund einer anfänglich überschießenden Euphorie, den Kampf gegen das Böse aufzunehmen, unüberlegt gehandelt und sich dadurch in Lebensgefahr begeben.

XII

Heldentaten

Die weitere Reise verlief ohne nennenswerte Zwischenfälle und sie kamen gut voran. Reisenden drohen mannigfaltige Gefahren, aber Manhawa hatte viel Erfahrung darin, wie man ihnen aus dem Weg gehen kann, und Ronan war ein williger und guter Schüler, der schnell lernte, besser aufzupassen und seine Umgebung achtsam wahrzunehmen. Dreizehn Tage nachdem sie losgegangen waren, erreichten sie die Provinz von Malina, legten aber keine große Rast ein, als sie die Grenze überquerten, sondern schritten zügig weiter. Erst in der Stadt Blum entschieden sie, einige Tage Rast zu machen oder, richtiger gesagt, es entschied sich für sie, daß sie blieben.

Und das ist, was als nächstes aus Anjulies Sicht geschah:

Wir erreichten die Stadt von ihrer bewaldeten Seite her. Die Natur war hier schön, friedlich und ohne das lebhafte Treiben einer urbanen Zivilisation. Wir zögerten nicht lange und entschlossen uns, diese aufbauende Energie des Naturwunders zu genießen, bevor wir uns in den Trubel des städtischen Alltags stürzten. Ein Naturpark hatte sich vor uns geöffnet. Auf einer Seite streckte sich die Parklandschaft mit ihren Bäumen, Büschen und Blumen der Stadt entgegen. Auf der anderen Seite ragte ein grandioser Fels aus tiefrotem Gestein empor, bemalt in Gelb, Orange und Weiß. Das Weiß floß schwingend an verschiedenen Stellen ins Rote, und es funkelte von diesen Stellen wie die Liebesgöttin selbst. Am Fuß des Felsens rauschte ein mächtiger Fluß und ergänzte das Lichtspiel mit seinem Lied. Ganz versunken in dieses Märchenland schlenderten wir in freudiger Leichtigkeit am Wasser entlang.

Plötzlich war ein lautes Wimmern und Flehen wahrzunehmen. Wir liefen an den Bäumen vorbei zu der Stelle, von der die Laute kamen. An dieser Stelle machte der Fluß eine kleine Biegung nach rechts, wo er in einer wunderschönen Kaskade in ein Becken hinunterstürzte. Oben neben dem Wasserfall am Rande des Abgrunds stand ein kleiner Junge, umringt von größeren, die lange Stöcke in den Händen hielten und den Armen immer mehr auf den Abgrund zutrieben. Später rekonstruierten wir, wie es dazu gekommen war. Der Kleine hatte sich unvernünftigerweise damit gebrüstet, wie mutig er sei und daß er sich traue, von großen Höhen ins Wasser zu springen; damit wollte er die älteren Jungen beeindrucken. Jetzt wollten sie das aber auch sehen und forderten ihn voller Hohn mit „Feigling, Feigling"-Rufen heraus. Er stand mit seinem Rücken zum Wasserfall und flehte um Erbarmen. Tränen strömten über sein angstverzerrtes Gesicht. Aber es gab keine Gnade mehr für ihn. Und plötzlich fiel er. Man hörte einen herzzerreißenden Schrei. Es war seine Mutter. Seine Eltern hatten unter einem Baum etwa dreißig Meter entfernt gestanden und sich mit Freunden unterhalten. Sie merkten erst in dem Augenblick, als der Junge fiel, was geschah, und der Vater lief vergeblich zum Abgrund.

Ich habe nie jemanden sich so schnell bewegen gesehen wie Ronan! Er war im Bruchteil einer Sekunde am Abgrund, als der Fallende schon in der Luft hing, und sprang, um das Kind noch im Fallen aufzufangen. Mir blieb die Luft weg. Es geschah so schnell, daß wir es gar nicht richtig wahrnahmen: Im einen Moment stürzte der Junge, und im nächsten Moment schlang Ronan schon den rechten Arm um seine Taille. Mit der Linken hielt er eine Baumwurzel, die etliche Schritt über der Wasseroberfläche wie eine Halteschlaufe aus dem Erdreich des Abhanges ragte. Als die eine Seite der Wurzel riß, stieß Ronan sich mit beiden Füßen vom Hang ab. Mit diesem mächtigen Sprung gelangte er über die Steine am Rande des Beckens bis ins tiefere Wasser. Ich rannte zum Rande des Abgrunds, mein Herz schlug mir bis zum Hals. Ronan schoß aus dem Wasser, das Kind im Arm, ein ekstatisches Lächeln auf seinem Gesicht. Mein Gott, dachte ich, diese abenteuerlichen Eskapaden sind wahrlich das Höchste für ihn. Es macht ihm leidenschaftlichen Spaß.

Ein paar Sekunden später kam die Mutter des kleinen Jungen angelaufen, dicht dahinter der Vater. Als sie den Sohn in Sicherheit sahen, konnten sie sich vor Freude gar nicht beruhigen. Die Frau fuchtelte mit den Armen vor überschießender Aufregung, und der Mann ging auf die Knie, weinte und bedankte sich bei Gott. Ronan stieg mit dem Knaben auf dem Arm aus dem Wasser und legte das Kind der Mutter in die Arme. Sie zog es an sich und bedeckte es mit Küssen. Der Vater hielt die Hände von Ronan und bedankte sich stammelnd und weinend angesichts dieses Wunders. Das machte Ronan so elendig verlegen, daß ich dazwischen fragte: „Wie heißt Ihr Sohn?"

„Min Put", antwortete die Mutter. Sie wollten wissen, wer wir waren, woher wir kamen und tausend andere Dinge. Statt unserer langen Geschichte gaben wir kurz zu verstehen, daß wir Reisende aus Kamlogscha seien, die weit im „Nordwesten" Freunde und Verwandte besuchen wollten, und nichts dagegen hätten, uns ein paar Tage Zeit zu nehmen, um diese wunderschöne Stadt näher kennenzulernen. Der Mann schaute seine Frau an, die ihm mit ihren Blicken ein Zeichen zu geben schien, so daß er sich zu uns wandte und uns höflich bat, ihre Gäste zu sein. Ich mochte die beiden schon beim ersten Anblick. Ronan aber ist ein Querkopf, und bevor er irgend etwas Dummes sagen konnte, nahm ich das Angebot mit einem Lächeln und einer

Verbeugung an. Er hatte keine andere Wahl, als ebenfalls seinen Kopf im Einverständnis zu beugen.

Wir gingen alle mit zum Haus der Familie. Am Eingang aber, als wir gebeten wurden, das Haus zu betreten, räusperte sich Manhawa höflich: „Ich bin nur ein Mitreisender. Ich suche mir eine Herberge." Ich verstand sofort, was in ihm vorging, und wieder stimmte ich zu, bevor Ronan einen Einwand vorbringen konnte.

„Das ist in Ordnung, mein Herr. Er ist wirklich ein Einzelgänger und kann sich am besten alleine erholen, und vielleicht hat er den einen oder anderen Wunsch, den er sich nur ohne unsere Gegenwart erfüllen kann." Der Frau kam das etwas merkwürdig vor, aber ihr Mann verstand schon und nickte zustimmend. Ich redete kurz mit Manhawa. Dann verabschiedete er sich und ging Richtung Altstadt.

Ronan war sehr neugierig, was sich da zwischen Anjulie und Manhawa abgespielt hatte. Aber er mußte seine Neugier bezähmen. Sie betraten das großzügige Haus des Ehepaares. Die Wände waren exquisit bemalt und mit prächtigen Bildern geschmückt. Die Gastgeber brachten sie zum Wohnzimmer, und ein Dienstmädchen bewirtete sie mit einem erfrischenden Getränk. Bald wurden verschiedene Köstlichkeiten aufgetischt. Nach so vielen Tagen, in denen sie zu Fuß unterwegs und nur mit dem Allernötigsten versorgt gewesen waren, war es eine Wohltat.

Es tat ihnen leid, daß Manhawa nicht ebenfalls davon kosten konnte. Aber er wollte die Situation in der Stadt erkunden und für ihre Sicherheit sorgen. So viel hatte Anjulie kurz in Ronans Ohr flüstern können. Nachdem sie gespeist hatten, zeigte die Mutter von Min Put ihnen ihre Zimmer. Sie schlug vor, sie sollten sich erfrischen und ausruhen. Ihre Freude, endlich wieder ein gemütliches Bett zu genießen, ist kaum mit Worten auszudrücken. Ronans Körper war so erholungsbedürftig, daß er erst nach vielen Stunden aus einem tiefen Schlaf wieder erwachte. Als er gewaschen und erfrischt aus seinem Zimmer kam, trat Anjulie auch gerade aus ihrem Zimmer.

„Na, gut ausgeruht?" fragte sie schelmisch. Trotz allem bedrückte ihn etwas, das spürte sie.

„Ja, geht", sagte er jedoch, wenn auch etwas verstimmt.

„Merkwürdig", erwiderte sie. „Ich habe mich sehr gut erholt."

„Ich weiß nicht, aber irgend etwas gefällt mir nicht. Es stimmt was nicht mit der Stadt. Ich spüre es in meinen Knochen."

„Beschuldigst du unsere Gastgeber eines Hinterhalts?"

„Nein. Sie sind, wie ich glaube, ehrlich und herzlich. Aber hier herrscht eine seltsame Stimmung. Ich hatte auch einen bedrohlichen Traum. Wir waren mit vielen angesehenen Bürgern dieser Stadt zusammen. Eine fröhliche und lichtvolle Stimmung herrschte dort. Doch dann ertönte eine Stimme aus der Dunkelheit. Sie rief „Verrat!"und die Gesichter der Bürger verzerrten sich vor Angst. Sie schauten uns an, und eine böse Atmosphäre schlich wie ein Nebel in die Menschen hinein. Aus ihren Augen schossen Blitze, und wir waren deren Ziel. Wir versuchten zu fliehen. Lange, kalte, glitschige Hände streckten sich uns entgegen und grapschten nach uns. Dann wachte ich auf."

„Nur ein schlechter Traum. Das bedeutet vielleicht gar nichts."

„Ich bin mir da nicht so sicher. Aber gehen wir doch runter."

Shui Zhin, die Mutter des Kindes, trat aus dem Wohnzimmer und begrüßte die beiden jungen Leute herzlich. „Ihr habt viel durchgemacht und braucht noch Erholung. Bleibt doch wenigstens eine Woche bei uns und regeneriert euch richtig. Kommt, die Sonne scheint. Setzen wir uns in den Garten."

Shui Zhin führte sie auf die Terrasse. Der Garten war mit kleinen Beeten ausgesuchter Blumen und schmückender Pflanzen traumhaft schön gestaltet. Ronan wunderte sich nur, daß keine Kräuterecke oder ein Gemüsebeet zu sehen waren. Sie plauderten gemütlich über alltägliche Dinge und genossen die gute Luft und die Sonne. Nach einer Weile ging Shui Zhin in den Garten und riß einige kleine Triebe aus, die sie erst jetzt wahrnahmen, da sie kaum die Köpfchen aus der Erde gesteckt hatten.

Anjulie schaute genauer hin. „Das sind doch Heilkräuter!" protestierte sie.

Shui Zhin blickte sie traurig an und sagte: „Ich habe keine Wahl. Das ist das Gesetz in unserem Lande. Wir haben leider in einer Traumwelt gelebt und nicht aufgepaßt. Dann war es zu spät. Es kam schleichend. Erst wurde das eine Heilkraut für giftig erklärt, dann hieß es über das andere, es sei schädlich. Und wir haben es hingenommen. Wir dachten nicht an die Konsequenzen. Die wenigen, die ihre Stimmen erhoben, wurden für verrückt erklärt. Auf einmal durfte man keine Heilkräuter mehr im Garten anbauen. Sollten sie von alleine wachsen, müssen wir sie ausreißen, sonst gibt es hohe Strafen. Auch aus dem Wald darf man sich keine holen. Wird man erwischt, drohen bis zu zwei Jahren Gefängnis. Nur der Sohn des Gesundheitsrates darf alles anbauen und vertreiben."

„Das kann doch der Staat nicht machen", eiferte sich Ronan aufgebracht. „Was ist mit den anderen höheren Beamten und der Miliz? Schützen sie denn nicht Land und Bevölkerung?" Shui Zhin schüttelte nur traurig den Kopf.

„Aber es ist doch die Aufgabe der Behörden, die Menschen zu schützen." Ronan wirkte fassungslos.

„Und wer hat Euch geschützt, als die Heilerschule überfallen wurde?" fragte Anjulie.

„Das war Krieg. Ich rede von den inneren Verhältnissen eines Landes."

„Es ist doch immer ein Machtspiel."

„Auch bei einem Machtspiel müssen die Rechte der Menschen bewahrt werden", beharrte Ronan.

„Da hast du aber noch viel zu lernen, was die menschliche Natur anbelangt." Anjulie hatte ihre Stimme erhoben und ihre Augen funkelten.

Voller Sorge, daß ihre Gäste ernsthaft zu streiten begännen, schlug Shui Zhin vor, die Diskussion später weiterzuführen, und bot Tee mit kleinen Häppchen an. Die beiden hatten seit dem gestrigen Abend nichts gegessen und waren ausgehungert, so daß die kleinen Köstlichkeiten sie schnell von ihrem aufziehenden Disput ablenkten. Ronan schmeckten die Häppchen himmlisch. Aber er hielt sich zurück, um nicht unangenehm aufzufallen. Doch Shui Zhin merkte gleich, daß er gerne mehr haben wollte, und füllte einfach seinen Teller nach, was ihr ein schüchternes Lächeln seitens Ronans einbrachte. Ihre Gastgeberin war eine sehr mütterliche Person und erweckte vergessene Gefühle in Ronan.

Sie verbrachten einen harmonischen Nachmittag, ohne daß die Diskussion erneut aufgekommen wäre. Und als die Kinder von der Schule heimkamen, setzten sie sich dazu in den Garten. Min Put hatte noch einen älteren Bruder, Manav Thai, und eine kleinere Schwester, Jang Hui. Die Kinder brachten nach einer Weile ihre Hausaufgaben zum Tisch und legten unbeschwert los. Anjulie schaute ab und zu, was die Kinder taten. „Du scheinst die Erdkunde zu lieben, Min Put."

„Hm, hm", erwiderte er. Als sie genauer hinschaute und anmerkte, wie sorgfältig und schön seine Aufzeichnungen seien, öffnete er sich etwas mehr. „Ja, Erdkunde ist was Schönes. Ich liebe es, Einzelheiten über die verschiedenen Länder zu erfahren. Es ist alles so exotisch und faszinierend."

„Und du, Jang Hui, du schreibst gerne Aufsätze. Es fließt dir ja sozusagen aus der Feder. Deine Sprache ist recht gewählt und deine Ausdrucksweise kraftvoll und deutlich."

„Danke", sagte sie mit leuchtenden Augen. „Aber wir haben auch Glück, daß wir uns nicht an irgendwelche merkwürdigen Regeln halten müssen."

„Was meinst du denn damit?"

„Na ja, in der Nachbarprovinz, Germing, sind komische Regeln eingeführt worden, die es den Kindern sehr schwer machen, mit dem Schreiben umzugehen. Man darf dort nicht einfach ausdrücken, was man fühlt, und selbst die Wortwahl ist vorgeschrieben. Sie haben dadurch keinen Kopf mehr für Poesie."

„Wie bitte", mischte sich Ronan ein. „Höre ich richtig, daß dort selbst die Sprache verstümmelt wird?"

„Ruhig", ermahnte ihn Anjulie. „Laß uns doch hören, was sie zu sagen haben."

„Das hat Jang Hui doch schon gesagt."

„Du bist ...", fing Anjulie an und hielt dann inne, als ob sie nach den richtigen Worten suchte. „Das hier ist kein Schlachtfeld, Ronan. Du kannst nicht einfach bei jeder Gelegenheit dein Schwert aus der Scheide ziehen." Ihre Augen ermahnten ihn, ruhig zu sein, dann schaute Anjulie Shui Zhin fragend an.

„Ja, es lief bei ihnen ähnlich wie bei uns mit den Heilkräutern. Niemand nahm das so richtig ernst. Als diese unsinnigen Regeln vorgestellt wurden, haben die denkenden Menschen es nicht gleich ernst genommen. Sie lachten darüber, daß Leute, die kein Sprachgefühl haben, einfach irgendwelche willkürlichen Regeln aufstellen wollten. Alle dachten, daß sich so etwas Albernes nie durchsetzen könne. Sie glaubten, daß diejenigen, die einen Sinn für die schöne Sprache haben, die die schöne Kultur lieben, aufstehen würden und es vom Tisch fegen. Doch es stand niemand auf, und dann war es auf einmal zu spät."

Ronan war fassungslos. Anjulie ließ ihn aber nicht zu Wort kommen und nahm ihren Gedanken von vor dem Tee wieder auf. „Leider ist es so auf unserer Welt. Diejenigen, welche die

Macht haben, haben in der Regel nicht das geringste Einfühlungsvermögen und Verständnis für die Dinge. Umgekehrt haben diejenigen, die diese heilsamen Eigenschaften besitzen, in der Regel keine Machtposition inne, und daher können sie nichts bestimmen. Sieh doch einfach nur auf die Lage in der Heilkunst. Man beschließt Gesetze, aber das, was wirklich als Gesetz durchgesetzt wird, dient nicht dem Wohl des Menschen."

Man merkte, wie ernst ihr das Gesagte war, und doch schmunzelte Anjulie in dem Moment, da sie Ronans verkniffenes Gesicht sah: „Ein weiser Mensch äußerte sich einmal so: Jedes Gesetz, das nicht auf Weisheit basiert, ist eine Bedrohung für den Staat. Wer soll aber überprüfen, ob das Gesetz weise ist? Gesetze werden von Räubern, Plünderern und Kriegern gemacht. Und du, Ronan, du großer Krieger! Wenn du Amok laufen würdest, in welcher Weise wärest du besser als diese Machthungrigen? Du würdest das gleiche Schicksal erleiden wie die armen Menschen, die wegen ihrer Ohnmacht gegenüber der Ungerechtigkeit durchdrehen. Sie werden dann gequält, erniedrigt, vielleicht sogar getötet. Egal, ob die Ungerechtigkeit nun empfunden wird, sie ist immer da. Solange die empfundene oder reale Ungerechtigkeit nicht mit Verständnis aufgearbeitet wird, bleibt sie bestehen. Doch bedarf es dazu der Weisheit – sie mit Haß, Groll oder Wut anzugehen, führt ins Verderben."

„Aber wenn die Kultur tot ist, stirbt auch der Mensch", empörte sich Ronan. „Du willst mir doch nicht sagen, daß die Seelen der Menschen einfach so getötet werden dürfen, oder? Wenn man das erlaubt, dann kann in jedem Bereich, der den Menschen wichtig ist, nach und nach alles weggenommen werden."

Shui Zhin lächelte über die Empörung Ronans, auch wenn seine Worte wohlmeinend waren. „Ihr, Ronan, seid ein Held, aber Ihr könnt nicht alles zu Eurem Problem machen."

„Wer macht was zu seinem Problem?" fragte Hamas Then, ihr Mann, der gerade zur Tür hereinkam.

„Niemand", sagte seine Frau. „Wie war dein Tag?"

„Ganz gut." Er erzählte ihnen von den Jungen, durch die Min Put fast ums Leben gekommen wäre. „Sie sind ganz schön eingeschüchtert und werden zwei Monate harte Strafarbeiten in den Kräutergärten des Sohnes vom Gesundheitsrat ableisten müssen." Ronan fand das zwar hart, aber jedes Land hat seinen eigenen Sinn für Gerechtigkeit. Anjulie jedoch erkannte, daß hier nur Macht ausgenutzt wurde und es nicht darum ging, die Jungen zu bessern, und sie ließ eine entsprechende Bemerkung fallen.

„Ach, da ist der Sohn des Gesundheitsrates einfach einen Handel eingegangen." Hamas Then und Shui Zhin sahen aneinander schweigend an, und auch Anjulie verstummte.

„Es herrscht ein großer Aufruhr in der Stadt wegen Eurer Heldentat, Ronan", erzählte Hamas Then weiter. „Einige unserer Freunde möchten Euch gerne treffen. Einer hat uns heute zum Abendessen eingeladen und gebeten, Euch beide mitzubringen. Ich hätte es lieber gehabt, Euch bei uns zu verwöhnen, aber er ist ein hoher Beamter."

Ronan wußte nicht recht, was er davon halten sollte. Im Grunde konnte er gar nicht sagen, ob es ihm gefallen würde, da er noch nie von jemandem eingeladen worden war. Am Hof des Purpurmantels hatte es das nicht gegeben. Da würde er es auch nicht einfach haben, sich angemessen zu benehmen. Doch Anjulie drückte seine Hand und sprach ihm mit einem Augenzwinkern Mut zu.

Der Abend erwies sich dann auch wirklich nicht als ein Höhepunkt seines Lebens. Er war sehr unsicher und hielt sich an Anjulie, und das half etwas. Die junge Frau schlüpfte ganz natürlich in ihre Rolle wie ein Fisch ins Wasser. Sie plauderte, lachte und machte Witze. Mit Ronan wollte natürlich jeder sprechen. Er verwies, soweit dies möglich war, aber alle Fragen an Anjulie, die in hohen Tönen seine Heldentaten pries. Er fühlte sich recht elend wegen der strahlenden Augen mancher jungen Damen, die wie Sterne funkelnde Blicke auf ihn richteten, als wollten sie ihn ganz und gar verschlingen.

Der Gedanke, *Gott, wann endet das nur?*, beherrschte Ronans Kopf.

Doch auf einmal spürte er ein Prickeln in seinem Nacken. Die eine Frau mit dem engelhaften Gesicht war nicht echt. Unauffällig musterte er sie und nahm hinter ihren Augen einen kalten, berechnenden Geist wahr. Anjulie und Ronan hatten natürlich nicht ihre richtigen Namen angegeben und ihre Gesichter soweit wie möglich getarnt. Doch die Frau hatte ihn erkannt. Davon war er überzeugt.

Wie sie von ihm wissen konnte, war ihm ein Rätsel. Woher irgendjemand etwas über ihn wissen sollte, konnte er nicht verstehen. Er war doch nur ein unbedeutender Schüler am purpurnen Hof. Anjulie und er hatten sich nur auf Anraten von Manhawa getarnt. Ronan selbst fand es witzig. Nun, hier hatte er den Beweis, daß viel mehr Gefahren im Hintergrund lauerten, als er sich hatte vorstellen können. Spielte er wirklich eine wichtige Rolle in diesem Geschehen? War Anjulie so eine machtvolle Frau, daß sie für manche eine echte Bedrohung darstellte? Der Anschlag auf sie war geplant gewesen, klar, aber was alles dahinterstecken mochte, fing er erst jetzt zu ahnen an. Stimmte vielleicht gar, was ihm der Sterngucker vor acht Jahren, an seinem elften Geburtstag, gesagt hatte?

An jenem Tag war ein mysteriöser Mensch in prunkvoller, bunter und doch geschmackvoller Kleidung auf ihrem Hof erschienen, der in den Augen der Kinder, die nur die schlichten Kleider der Meister und Brüder gewöhnt waren, äußerst exotisch wirkte. Dem Gerücht nach sollte er ein Sterngucker sein. Eine stattliche Frau hielt neben ihm Schritt. Ronan konnte seine Augen nicht von ihr losreißen und starrte sie sehnsüchtig an, wobei die Gründe ihm gänzlich unbewußt waren.

Auf einmal schaute sie in seine Richtung, und ein wunderschönes Lächeln umspielte ihre Lippen. Ihre so milden und doch kraftvollen Augen brannten ein herzerwärmendes Bild in sein Gehirn. Ein mütterliches, Geborgenheit verleihendes Gefühl erfüllte sein Herz, und Tränen des Glücks drängten in seine Augen, gegen die er mit aller Kraft ankämpfte. Vor Scham über sich selbst verärgert, sah er die beiden in die Räume des Abtes verschwinden. Kurze Zeit später wurde er dorthin gerufen. Sein Herz fing wie wild an zu pochen, das Blut raste zu seinem Kopf, seine Beine zitterten wie Espenlaub. *Was habe ich getan?*, fragte er sich. Und gab sich mit *Du hast die Frau zu lange angestarrt* selbst die Antwort. Er versuchte eine tapfere Miene zu behalten. Der Abt mußte die Angst in seinen Augen gesehen haben, da er ihn in seine Arme nahm, hochhob und an seine Brust drückte.

„Du brauchst vor uns niemals Angst zu haben. Egal wie streng wir scheinen mögen, so strömt unser Wohlwollen doch immer zu euch Kindern", beruhigte er ihn. Er bat Ronan, neben dem Sterngucker Platz zu nehmen, und erklärte: „Welch eine Freude, dir meinen teuersten Freund, Magus Cassiopeius, vorzustellen. Er ist ein Wahrsager des Ordens der Sterngucker. Daß im Hof des Purpurmantels alles so außerordentlich harmonisch verläuft, ist ihm zu verdanken."

„Mein lieber Lobsang, du sollst dem kleinen Jungen keine Flausen in den Kopf setzen", ermahnte ihn der Sterngucker und schaute den Abt dabei mit liebevoll funkelnden Augen an. Dann wandte er sich Ronan zu: „Euer Abt ist der sanftmütigste Mensch, den ich kenne. Aber jetzt zu dir. Du hast meine Frau, Damask, anscheinend besonders beeindruckt. Sie hat mich gebeten, in die Sterne zu schauen und deine Bestimmung herauszufinden."

Ronan starrte die beiden mit offenem Mund an, aber das

wundervolle Lächeln von Damask schenkte ihm doch Vertrauen, und er nickte erwartungsvoll.

Der Abt schaute gütig und sagte: „Ich bin sehr gespannt, mein lieber Magus."

Da nahm der Sterngucker Ronans Gesicht in seine Hände und schaute ihm tief in die Augen. Erst passierte nichts, doch dann stand Ronan plötzlich im Sternenhimmel! Seltsam, dachte er, sie sind alle so nah. Er konnte seine Hand ausstrekken und sie anfassen. Und tat das auch. Die Sternengruppe vor seiner Hand nahm Form an. Es war ein Tier, aber trotzdem hatte es eine Menschengestalt. Er berührte einen anderen Stern, und diesmal war es eine Schlange. Sie blitzte vorbei. So erschienen in schnellem Tempo – wie er eben nach den Sternen griff – Götter, Göttinnen und viele Geschöpfe, die er überhaupt nicht kannte. Die Szenen änderten sich beständig: Kämpfe, Verfolgung, schöne Landschaften, öde und gefährliche Orte, himmlische Stätten, Intrigen, Blut, Tod. Dann nahmen die Sterne Gestalten an: große, mächtige, solche jenseits der menschlichen Vorstellung, blutrünstige, aber ebenso kleine, unsichere, liebevolle, hilfreiche.

Ronan war überwältigt und wollte fragen, was das alles bedeutete, als er auf einmal aus seinem Augenwinkel eine Riesenspinne auf sich zukommen sah. Er erstarrte. Eine gewaltige Angst stieg in ihm auf. Seine Hand fühlte sich wie gelähmt an, und er vermochte sie nicht wegzunehmen. Die Spinne näherte sich ihm, auf ihrem Gesicht ein fast liebevoller Ausdruck, der zugleich so furchterregend war, daß sein Mund austrocknete. Die Spinne machte ihr Maul auf, und er verschwand mit einem erstickten Schrei des Entsetzens in ihrem Bauch.

Jemand schüttelte ihn. Verschwommen nahm er das Gesicht des Sternguckers wahr. Er schaute verdutzt um sich. Keine Spinne!

Von weit entfernt hörte er Worte: „Stur, sturer geht es nicht. Dabei hält er sich für einen zugänglichen Menschen. Doch er öffnet sich nur unter Druck, da er nicht zugrunde gehen will. Diese Kombination ist allerdings nicht schlecht, weil sie ihn fest seinen Weg gehen läßt und er trotzdem in der Lage ist, seine Lektionen zu begreifen."

„Ronan, verstehst du mich? Du hast etwas erlebt, das normalerweise nicht vorkommt. Die Götter haben es für wichtig gehalten, dir dies alles zu zeigen. Die ganze Geschichte der Menschheit, insbesondere deinen Anteil dabei, haben sie in deinem Bewußtsein aufscheinen lassen. Das bedeutet, sie haben ganz sicher einiges mit dir vor." Der Sterngucker erzählte ihm vieles, was er später als Heiler über sich wissen sollte und was ihm behilflich sein würde, doch die Worte „Verkriechst du dich zu sehr in dich, wird die Spinne dich jagen" prägten sich am tiefsten ein. Dies hatte nicht nur in seiner inneren Welt eine große Bedeutung, sondern bedeutete ihm auch, wie er mit bestimmten Gefahren der Außenwelt umzugehen hatte. „Die Feinde werden ihre Netze spinnen, und du, Ronan, der mütterlichen schützenden Kraft beraubt, tappst ahnungslos hinein. Die Anjumanen können dir helfen, dies zu vermeiden und siegreich zu sein."

Waren mit den Anjumanen „Anjulie und Manhawa" gemeint? Das kam ihm in diesem Moment sehr wahrscheinlich vor. Also ließ er Anjulie diskret herausfinden, wer diese Frau in der Abendgesellschaft war, und er selbst fühlte sich jetzt lockerer und sicherer unter den Fremden.

Shee u Kim hatte Ronan schöne Augen gemacht, doch eigentlich durchbohrte sie ihn von hinten mit eben diesen. *Das ist der Kerl, von dem sie mir erzählt haben. Die Stirn und die Augen kann man nicht verbergen. Alron nennt er sich. Etwas Besseres ist ihm nicht eingefallen? Die Frau muß Anjulie sein, auch wenn sie ihre Haare dunkelbraun gefärbt und ihre Augenbrauen nach unten gezogen hat.*

Sie verließ die Gesellschaft schon bald und wand sich durch enge, dunkle Gassen, immer darauf achtend, daß niemand ihr folgte. Sie kam zu einem prachtvollen Haus, das hinter unauffälligen Mauern verborgen war. Durch eine Gartentür schlüpfte sie hinein, die an drei Stellen gedrückt werden mußte, um sie öffnen zu können. An der Haustür klopfte sie ein Geheimsignal gegen das Holz. Eine dunkle Gestalt, das Gesicht unter einer Kapuze versteckt, öffnete die Tür und wies sie mit einem Nicken in das rechte Zimmer.

Der Raum war karg und unheimlich, aber sie war ihn gewöhnt und setzte sich auf einen Schemel. Eine Weile verging, bis sie seine Gegenwart wahrnahm, ohne es sich anmerken zu lassen.

„Shee u Kim, was bringt dich in der Nacht zu mir?" Die Stimme war hohl und furchterregend. *Macht er das bewußt, oder hat er wirklich so eine unirdische Stimme?*

„ Ich habe die beiden gefunden, nach denen Ausschau zu halten Ihr mir geboten haben. Shui Zhin und Hamas Then beherbergen sie."

„So, das ist also der Held der Stadt. Nach den Prophezeiungen ein gefährlicher Mann."

„Aber auch naiv, so viel war offensichtlich", antwortete sie.

„Sollen wir die beiden beseitigen?"

„Nein. Die Pläne haben sich geändert. Behalte sie im Auge. Du bekommst von uns später weitere Anweisungen. Geh jetzt."

Shee u Kim verließ das Haus. Ihr war nicht klar, was so wichtig an diesen beiden sein sollte. Sie sahen nach nichts Besonderem aus, wenn auch hübsch. Aber Letzteres war der unwichtigste Aspekt, obwohl sie nichts dagegen hätte, diesen Ronan näher kennenzulernen. Die Frau würde sie einfach, ohne einen Gedanken zu verlieren, beseitigen.

Shee u Kims Herr, Hong Nang, rief unterdessen seinen Diener zu sich und befahl ihm, die Botschaft über Anjulies und Ronans Ankunft zu seinem Meister Sar A Wan zu bringen. „Wir werden auf seine Anweisungen warten."

Dabei lächelte er bösartig. Der Meister hatte sicher etwas Interessantes mit den beiden vor. Grinsend ging er in sein Zimmer und verschloß die Tür hinter sich.

XIII

Mehrumas Dilemma

„Verehrte Mehruma, du bist hier in Gefahr. Wir müssen dich in Sicherheit bringen", sprach Meister Ling eindringlich.

„Du glaubst doch wohl nicht, daß ich alles packe und weglaufe?"

Sie saßen in Mehrumas einladend gestaltetem Wohnzimmer inmitten geschmackvoll geschnitzter Möbel. Auf dem Kaffeetisch stand eine schlichte Vase mit Blumen aus dem Garten, die voll ungebrochenem Stolz im Wasser prangten, jede im unbeschwerten Wettkampf mit der anderen, die schönste und strahlendste zu sein. Verschiedene Trockengräser und Getreidehalme in einer hohen, schmalen, hellgelben Glasvase zierten eine Ecke des Raumes. Bemalte Stoffe und einfache Malereien schmückten die Wände, und von der Decke hingen farbige Kugeln. Das Zimmer selbst war von leicht ovalem Zuschnitt, und ein gewölbter Durchgang führte zu einer halbrunden, gemütlichen Küche.

Meister Ling ließ sich durch das Licht der Feenkerze fast hypnotisch alle Sorgen nehmen, während er still den mit Tannenhonig gesüßten Tee aus Salbei- und Arnikablüten schlürfte. Nachdem er sich von Ronan verabschiedet und ihn zu Anjulie geschickt hatte, holte er etliche Erkundigungen ein. Die Stimmung in der Hauptstadt war nicht gut. Der alte König Landhor hatte dem Kronprinzen immer mehr Freiheit gegeben, die Staatsangelegenheiten zu regeln. Kronprinz Meinjing aber hielt nicht viel von den Heilmethoden der Meister und verstand sie noch weniger. Dem Kranken gut zuzureden war seine Vorstellung von heilsamen Gesprächen. Kräutersuppen, Hände auflegen, geschweige denn Flammen waren ihm einfach suspekt, und so machte er sich lustig darüber: „Wir wissen alle, daß Feuer brennt. Das ist eine Tatsache. Es ist doch eine komische Idee, die Krankheit mit einem unsichtbaren Feuer verbrennen zu wollen; was für ein Aberglaube!" Sein Rezept lautete stattdessen: „Der Mensch braucht etwas Handfestes und muß zu seinem Glück und seiner Gesundheit hingeführt werden, wenn notwendig mit Zwang." Er war der Überzeugung, daß es strenge Gesetze geben müsse, die die Gesundheitsleistungen eindeutig festlegten und jede Quacksalberei verbannten.

Für den König war die Freiheit des Menschen oberstes Gebot, und Zwang gehörte nicht zu seinem Vokabular. Gutes bewährt sich durch seine wohltuende Wirkung. Nur das Schlechte setzt Macht ein, um sich mithilfe ungerechter und tyrannischer Gesetze durchzusetzen. Die unbarmherzige Unterdrückung des Menschen verstößt gegen jegliche Rechtschaffenheit und jeden Glauben. Doch König Landhor war zu alt und hatte nicht mehr die Kraft, dem Walten seines Sohnes etwas zu entgegnen und seine eigenen Überzeugungen durchzusetzen.

Glücklicherweise gab es noch genügend mächtige Unterstützer Mehrumas im Kabinett des Königs. Dies konnte sich jedoch bald schon ändern, und deswegen war schnelles Handeln geboten. Schade, daß Santosh, Mehrumas Gemahl, nicht mehr lebte, denn er hatte sogar auf den Kronprinzen großen Einfluß gehabt.

Meister Ling war bei Graf Mildherz Malthan gewesen, einem der engsten Berater des Königs, bevor er sich zu Mehruma begab. Sie hatten lange über den Überfall auf den purpurnen Hof und die Situation im Lande gesprochen. Der Vorfall war für alle eine große Überraschung und löste tiefes Entsetzen aus.

„Der Hof liegt sehr nah an der Grenze von Saumeria", sagte Graf Malthan nachdenklich. „Wir können es zwar nicht beweisen, aber der dortige König unterstützt die Rothunde, diese Deserteure und Halunken. Sie können immer schnell über die Grenze verschwinden und sind in seinem Land in Sicherheit. Wir haben zwar keine Gerichtsbarkeit dort, jedoch machen wir viele Versuche, sie auch drüben zu jagen. Unsere Leute sind äußerst vorsichtig und achten darauf, daß keiner von ihnen gefangen genommen wird. Außerdem sind diese Elitekämpfer von geheimer Herkunft und können nicht zu uns zurückverfolgt werden. Aber es ist trotzdem ein gefährliches Spiel. Die Rothunde bleiben nicht an einem Ort, und daher haben wir ihre Macht noch nicht brechen können. Wir haben aber erfahren, daß Graf Jong Lim irgendwie darin involviert ist. Einer unserer Männer schnappte die Information über den geplanten Überfall auf euren Hof auf. Aber er wurde entdeckt und die Rothunde waren hinter ihm hinter. Er mußte in die Berge fliehen, wo er Anjulie begegnete, die sich auf dem Weg zu dir befand. Immer auf äußerste Vorsicht bedacht, gab er ihr den verschlüsselten Satz, den nur du verstehen würdest. Danach lief er in die entgegengesetzte Richtung, um seine Verfolger von den Spuren Anjulies abzulenken."

„Das war ein guter Einfall, aber wir kamen trotzdem zu spät, da sie verletzt wurde. Und dieser Graf Jong Lim, der war mir von Anfang an unsympathisch", erwiderte Meister Ling. „Er tut nach außen, als ob er allen gegenüber wohlwollend ist, tritt immer freundlich und hilfsbereit auf und ist doch äußerst hinterlistig."

„Du sollst dir keine Vorwürfe machen. Es gibt auch noch

das Schicksal, und bestimmte Dinge sind dazu bestimmt, zu geschehen. Wir hätten es nicht besser machen können. Ich versuche weitere Informationen zu bekommen. Du solltest zu Mehruma gehen und sie davon überzeugen, daß sie sich, bis alles geklärt ist, in Sicherheit begeben sollte. Sie ist uns zu wichtig, und wir dürfen sie nicht auch noch verlieren."
„Es stimmt, was du sagst, Mildherz. Manches könnten wir besser machen, wenn wir es wollten. Und dann gibt es die Dinge, die nicht anders hätten laufen können", erwiderte Meister Ling, bevor er sich von Graf Malthan verabschiedete. „Ich werde mein Bestes tun. Mehruma ist nicht leicht von ihrer Überzeugung abzubringen."

Meister Ling hatte Mehruma über seine Erkundigungen schon informiert, doch sie schien nicht besonders beeindruckt. Der Überfall auf den Hof des Purpurmantels hatte sie natürlich erschüttert, und der Tod des Abts und der anderen machte sie tief betroffen. Sie hatte geweint, als sie darüber sprachen, und Meister Ling konnte sich nicht erinnern, sie jemals weinen gesehen zu haben, die sie sonst immer in einer fröhlichen und heiteren Stimmung zu sein schien. Er betrachtete sie und überlegte sich, was er sagen sollte. Sie musterte ihn mit ihren ungemein schönen Augen, ein Hauch des Lachens schimmerte schon wieder in ihnen. *Sie gehört zu den Frauen, deren Schönheit unsterblich ist. Weit über achtzig, und nicht ein Schimmer war davon zu bemerken,* dachte er für sich in dem Bewußtsein, daß er älter als sie aussah.
„Ich weiß, was du denkst, lieber Ling: wie du mich dazu bringen könntest, von hier wegzukommen. Aber ich werde meine Schüler nicht einfach so auf sich gestellt zurücklassen. Ich habe eine Verpflichtung ihnen gegenüber. Und ich liebe sie auch zu sehr. Wenn es zu Unruhen kommt und Verletzte gibt, dann sind wir hier als Heiler mehr denn sonst gefragt. Ich glaube auch nicht, daß irgendjemand uns Schaden zufü-

gen wird. Wir sind im Herzen der Menschen dieses Landes fest verankert, und keine Kraft kann diese Herzensverbindung auseinanderreißen."

„Wenn du gesehen hättest, wie Anjulie angeschossen wurde, würdest du nicht so denken. Und was ist mit deiner Verpflichtung und Liebe zu Anjulie, deiner Enkelin?"

„Nein, das darfst du nicht, Ling. Diese Art der Erpressung ist nicht fair. Du weißt, ich würde alles geben für meine liebe Anjulie."

„Ohne dich wird sie nicht in ihre volle Kraft hineinwachsen, liebe Mehruma. Und dann sind wir sowieso verloren."

„Ling! Niemals die Hoffnung aufgeben. Was ist mit dir passiert? Du, unser stärkster und sicherster Sohn."

„Ich ahne viel mehr Gefahr, als wir derzeit zu sehen vermögen. Die bösen Kräfte sind nicht zu unterschätzen."

„Gut. Ich verspreche, wenn es wirklich dazu kommt, werde ich mit meiner Schar von hier fliehen."

„Ich hoffe nur, daß es dann nicht zu spät ist."

„Ling, hab Vertrauen."

Meister Ling war gar nicht glücklich auf dem Weg zu ihrem geheimen Ort. Und er mußte auch noch Ronan und Anjulie finden.

Hamamelis virginica
Zaubernuß

Der Genuß wurde zum törichten Fluß,
indem ich Selbstmitleid für Selbstliebe hielt.
Mit dieser Erkenntnis stieg ich aus der Gewohnheit heraus,
leiden zu wollen und umarmte die Liebe zu mir.

XIV

Unsicherheit

Es vergingen einige Tage, ehe Anjulie und Ronan Manhawa seit ihrer Ankunft in der Stadt Blum zum zweiten Mal trafen. Gleich am Tag nach der Party hatte Ronan dem Assassinen seine Bedenken über Shee u Kim mitgeteilt, ihm von den Sanktionen den Anbau und die Nutzung von Heilkräutern betreffend erzählt und ihn gebeten, mehr darüber herauszufinden.

Manhawa hatte in einer Pension Unterschlupf gefunden, die von einer herzlichen älteren Frau geführt wurde. Er schlug den beiden vor, nach draußen zu gehen, und dort taten sie so, als ob sie unbeschwert über erfreuliche Dinge redeten. Dabei erfuhren die beiden, daß Shee u Kim zu der Anhängerschaft des ehemaligen Führers von Manhawa gehörte.

„Sie ist aber keine voll ausgebildete Assassine, sondern dient ihm nur als Agentin. Nachdem sie uns gesichtet hat, wird es nicht lange dauern, bis der Führer der Assassinen von unserer Anwesenheit in dieser Stadt Nachricht erhält. Ich werde sie im Auge behalten, aber wenn die Dinge sich zuspitzen, wird es höchste Zeit, von hier zu verschwinden. Am besten sollten wir die Stadt sowieso so bald wie möglich verlassen. Doch vorher könnte ich vielleicht noch einiges in Erfahrung bringen."

„Was ist so wichtig, daß wir uns in dieser Gefahr aufhalten sollten?" fragte Ronan.

„Ich habe einen Mann kennengelernt, der einer Gruppe angehört, die im Geheimen gegen diese Tyrannei arbeitet."

„Wie hast du das nur geschafft? Als Fremder wird man doch kaum in Umsturzpläne eingeweiht", wunderte sich Ronan.

„Wie es der Zufall wollte, war ich vor vielen Jahren damit beauftragt, den Schwager dieses Mannes umzubringen. Wir hatten einen Hinterhalt geplant, bei dem ich mich in seiner Nähe aufhalten sollte, um sicherzustellen, daß der Mann tot war, nachdem ein Bruder ihn aus der Entfernung mit Pfeil und Bogen angegriffen hätte. Im letzten Moment bekam ich jedoch ein Zeichen, den Auftrag abzubrechen. Es blieb keine Zeit, den Schützen zu unterrichten, aber ich warf mich dazwischen und rettete unsere Zielperson. Dadurch gewann ich sein Vertrauen und seine Dankbarkeit. Der Schwager ist ein hoher Beamter in Schamunia im Osten. Diese Verbindung eröffnete mir jetzt den Zugang zu diesem Untergrundkämpfer, und ich konnte ihn überzeugen, wie wichtig es für alle Beteiligten ist, offen miteinander zu reden."

„Man kann nicht sagen, daß wir kein Glück haben", lächelte Anjulie.

„Die Mächtigen versuchen ihrer Kontrolle einen legalen Anstrich zu geben. Dazu schlossen sie sich vor vielen Jahren zusammen und nannten sich 'Das Goldene Versprechen'. Sie kamen auf die geniale Idee, die Menschen soweit zu manipulieren, daß sie Maßnahmen akzeptierten und sogar befürworteten, die sie am Ende entmündigen würden. Die Methoden von früher – Diktatur, Zwang, Willkür und Ungerechtigkeit – sind letztlich zum Scheitern verurteilt. Auf diese Weise die Macht an sich zu reißen, ist nicht nur von kurzer Dauer, sondern endet immer in Rebellion und Tod. Nach langen Diskussionen und Planungen legten sie eine Liste von Grundsätzen fest, die ihnen zu ungefährdeter Macht und Herrschaft verhelfen sollten.

Der erste Grundsatz lautet: Langzeitplanung! Schrittweises Vorankommen bestimmt die Vorgehensweise, und sollte etwas fehlschlagen, wird das, was sich als fehlerhaft erweist, fallengelassen, egal wie schön die Idee gewesen sein mag.

Der zweite Grundsatz: Gib den Menschen, was sie wollen! Sie wollen Gesundheit, dann geben wir sie ihnen. Die Frage ist nur, was wird als Gesundheit verkauft? Jeder will ein schönes Leben und soll es auch bekommen!

Der dritte Grundsatz heißt: Das Goldene Versprechen bestimmt, was ein schönes Leben ist, was Gesundheit ist; letztlich wird nur noch konsumiert werden, was das Goldene Versprechen empfiehlt.

Der vierte Grundsatz: Die Menschen werden davon überzeugt, daß sie ganz genau das erhalten, was sie sich so sehnlich wünschen, und zwar aus der Hand des Goldenen Versprechens, die immer alles tun wird, um dies zu ermöglichen.

Der fünfte Grundsatz: Die Menschen werden dazu gebracht, das Angebot des Goldenen Versprechens als ihr Recht zu verstehen und es gesetzlich absichern zu wollen.

Der sechste Grundsatz: Die 'Wohltaten' werden so klar wie möglich über gesellschaftlich anerkannte Werte, etwa *sichere Lebensfreude* oder *schnelle Heilung,* propagiert. Die Nutznießer dieser Wohltaten sind Mitglieder des Goldenen Versprechens, die Gelder bleiben dadurch in ihren Reihen.

Der siebte Grundsatz: Gegen alle Missetäter, die sich auch nur im Geringsten gegen die neuen Gesetze stellen, wird extrem hart vorgegangen, um dem Volk zu zeigen, wie wichtig dem Staat das Wohl und die Sicherheit seiner Bürger sind."

Ronan war sich nicht ganz sicher, ob Manhawa nicht damit übertrieb, wie wirksam diese Grundsätze angeblich sein sollten. Doch Anjulie nahm Ronans Zweifel als Anlaß und die

Heilkräuter als Beispiel, um die genannte Methode der Verschleierung auf eine einfache und nachvollziehbare Weise darzustellen: „Viele Frauen holen sich bei kleineren oder größeren Übeln oft Rat von Freundinnen. In jedem Dorf gibt es eine weise Frau, die oft erstaunlich gut bei einfachen Leiden helfen kann. Zudem besitzen besonders ältere Frauen wertvolle Erfahrungen mit Hausmitteln, die sich als gut und bewährt herausgestellt haben. Die Heilerin beziehungsweise die weise Frau vermag den krankhaften Zustand gut zu erfassen und das dafür passende Heilkraut zu finden. Dieses Verständnis kann teilweise rein intuitiv sein. Und glaubt mir, die Intuition ist sehr hilfreich, wenn sie gut entwickelt und der Mensch bescheiden ist. Krebswurz ist zum Beispiel bekannt als Hilfe bei Kopfschmerzen, die aus einer aufgewühlten Stimmung, einer nervösen Aufregung entstehen, besonders wenn eine Anstrengung dazu kommt, die die Nerven sehr belastet.

Eine Frau macht vielleicht gute Erfahrungen mit Krebswurz gegen ihre Kopfschmerzen. Als ihre Freundin ihr erzählt, daß sie nach dem Putzen ihres Heims immer wieder Kopfschmerzen bekommt, empfiehlt sie ihr, auch die Krebswurz zu nehmen. Und es hilft auch ihr! Nun verbreitet sich im Dorf der Glaube, daß Krebswurz bei Frauen, die Kopfschmerzen durch körperliche Anstrengungen bekommen, hilfreich ist. Natürlich hilft es den Frauen nicht, bei denen diese Art von Aufgewühltheit nicht vorkommt, da der eigentliche Grund für den Kopfschmerz ja die Nervosität ist, die emotionale Aufgewühltheit. In diesem Zustand wird dann das Putzen zu einer außergewöhnlichen Anstrengung, und es stellen sich die Schmerzen ein."

„Und? Was ist das Problem damit? Dann hilft halt Krebswurz bei diesen anderen Frauen nicht!" entgegnete Ronan.

„Sie können dann zu einem Heiler gehen, der ihnen helfen kann."

„Wenn alles so einfach wäre! Ein Hauptproblem dabei ist,

daß manche Frauen Heilkräuter längere Zeit auf einer falschen Basis einnehmen und dadurch noch kränker werden. Denn heilsam wirkt eine Arznei nur dann, wenn die Ähnlichkeit gegeben ist. Schon nach einer ganz kurzen Anwendung könnte es der Frau schlecht ergehen, sollte sie sich in einer sehr empfindlichen und instabilen Phase befinden."

Ronan hörte aufmerksam zu, schien aber immer noch nicht ganz zu verstehen.

„Nehmen wir ein anderes Beispiel, um die Problematik zu verdeutlichen", sagte Anjulie lächelnd. „Eine Frau klagt über Schmerzen in den Beinen. Auch fühlen die sich wie wund an, besonders zwischen den Schenkeln. Die erfahrene Großmutter, die das hört, fragt, ob sie vielleicht mit Hämorrhoiden zu tun habe. Die Frau nickt: ‚Ja.' Sie solle die Zaubernuß-Tinktur darauf geben, auch Hexenhasel genannt, rät daraufhin die Großmutter. ‚Das war ein genialer Tip', berichtet die Frau am nächsten Tag überglücklich. Es hat ihr nicht nur die Schmerzen genommen, sie fühlt sich nun auch wieder voller Elan und gekräftigt. Diese Frau fängt also an, ihrerseits Hexenhasel im Falle von Hämorrhoiden zu empfehlen.

Ist es aber so: Selbst wenn die Gabe von Zaubernuß nicht richtig paßt, so kann sie trotzdem die Hämorrhoiden zum Verschwinden bringen. Doch die krankmachende eigentliche Ursache bleibt, und der Druck kann zum Kopf steigen. Sollte jemand eine Veranlagung für einen Schlaganfall haben, ist es nicht unwahrscheinlich, daß er bald einen erleidet.

Das Goldene Versprechen benutzt solche Fälle dann als Aufhänger, um die weise Frau oder Großmutter, die ursprünglich die gute Empfehlung gegeben hat, in ein schlechtes Licht zu rücken, obwohl sie rein gar nichts damit zu tun hat, daß Menschen ohne das richtige Verständnis für alle Umstände ihrer Wirkungsweisen Heilpflanzen benutzen. Nach und nach, sehr subtil, wird sich die Meinung unter den Leuten verbreiten, daß diese weisen Frauen gefährlich sind. Und auch die

Heilkräuter werden in Verdacht geraten, den Menschen zu schaden. Besonders erfolgreich kann dabei gegen die Heilkräuter gewettert werden, die etwas giftig oder sogar sehr giftig sind und in den Händen von Unwissenden tatsächlich gefährlich sein können. Zudem können auch den weisen Frauen Fehler unterlaufen. Jeder macht Fehler. Die weisen Frauen werden jedoch ihre Fehler bemerken und in der Lage sein, sie wieder auszugleichen. Für die öffentliche Meinung ist es dann allerdings schon zu spät: Jetzt wird in den lautesten Tönen geschrien, wie unverantwortlich die weisen Frauen seien, wie gefährlich die Heilkräuter seien und daß der Hexerei und Quacksalberei ein Ende zu bereiten sei."

Zorn stieg in Anjulie auf, als sie Ronan und Manhawa ausmalte, wie perfide erfolgreich die Pläne des *Goldenen Versprechens* bei der breiten Masse waren.

„Was weiß aber der Sohn des Gesundheitsrats, Bansal Mirinin, von Heilung und Kräutern? Gar nichts!" fuhr sie fort. „Er umgibt sich mit einer ganzen Schar von Menschen, die vorgeben, die Wahrheit zu kennen. Sie und besonders diejenigen, die die Heilkräuter verarbeiten, stellen in recht überzeugender Weise den Wirkungsbereich des Heilkrautes 'mit wissenschaftlich erprobten Methoden' dar. Auf den ersten Blick kann das sogar für einen Weisen glaubhaft klingen, und derjenige, der sich nicht auskennt, verfällt gänzlich dem hoch wissenschaftlich klingenden Bombast.

Aber hast du etwa jemals gehört, daß jemand den Wirkstoff einer Pflanze ißt? Wir brauchen die heilkräftigen Teile der Pflanze, um sie richtig verarbeiten zu können, nicht den isolierten Stoff. Natürlich ziehen wir Öle und andere Stoffe aus Pflanzen und Nüssen heraus. Aber das gehört wiederum zur kulinarischen Kunst. Einem Kranken, der das Heilkraut als Ganzes nicht verarbeiten kann, wird ein stark verdünntes Elixier desselben gegeben. In den Arzneien von Bansal Mirinin sind die vermeintlichen Wirkstoffe erstens sehr hoch dosiert, zweitens wirken sie nur auf ein einzelnes Symptom und nicht gegen einen komplexen Krankheitszustand, ähnlich wie bei der Krebswurz, nur noch viel extremer, zumal diese Arzneien oft überhaupt keinen Bezug mehr zu der eigentlichen Krankheit haben. In der Folge ist dann ja klar, daß Menschen, die sich grundsätzlich selbst helfen können, kein Vertrauen in Organisationen oder Königreiche und Regierende haben."

„Ich glaube, jetzt holst du zu weit aus", unterbrach Manhawa. „Du solltest Ronan deutlicher den Bezug zu den sieben Grundsätzen aufzeigen."

„Das mag sein, aber wenn wir gegen Ungerechtigkeit kämpfen wollen, dann ist es wichtig, alle Hintergründe zu verstehen", entgegnete Anjulie.

„Sie hat Recht, obwohl ich nicht ganz mitkomme", stimmte Ronan zu. „Doch eines verstehe ich: Wenn das Wahre gegen das Unwahre ankommen soll, muß das Unwahre besonders gründlich beleuchtet werden."

„Also gut, laßt mich noch etwas weiter ausholen", fuhr Anjulie fort. „Die Machthaber erfüllen den Grundsatz, dem Volk das zu geben, was es will, indem sie einen grundlegenden Wunsch des Menschen befriedigen: von einem störenden Symptom sofort befreit zu werden, und zwar egal wie. Diejenigen, die das nicht wollen, können immer noch die Heilkräuter bekommen, nur sind die auf eine Weise angebaut und manipuliert, daß sie kaum mehr ihre wirkliche natürliche Heilkraft besitzen.

Und Heilkräuter, die dafür bekannt sind, daß sie sehr viel Heilsames bei bestimmten Krankheiten bewirken, werden einfach als giftig deklariert und ihr Handel wird verboten. Mit den Organisationen, die Wohlbefinden bieten, ist es eine ganz einfache Sache. Sie müssen die Produkte des Goldenen Versprechens abnehmen, da das Versprechen ihr Geldgeber ist. Aber auch in einem Land, wo noch die Freiheit existiert, Heilkräuter und Heilmethoden selbst wählen zu können, folgen die dortigen Organisationen den Grundsätzen der beschriebenen Art von Medizin, und daher verwenden auch sie ausschließlich deren Produkte. Sollte zufällig eine Organisation einen wirklich heilsamen Weg gehen wollen, sieht sie sich allen möglichen Einschränkungen gegenüber und ist gezwungen, irgendwann aufzugeben."

„Alles, was das *Versprechen* zu tun hat, ist, darauf zu achten, daß die von ihm geförderten Gruppierungen immer im Vordergrund bleiben, so daß sie ihren Reichtum beständig mehren können und zudem dafür sorgen, daß nur ihre Heilmittel und anderen Erzeugnisse in der Bevölkerung genutzt werden", ergänzte Manhawa.

Ronan hatte das Gefühl, daß beide vollkommen ihren Verstand verloren hatten. Was für einem Menschen war Manhawa da nur begegnet, daß er mit solchen Argumenten kam? „Bist du sicher, Manhawa, daß du nicht mit jemandem Bekanntschaft gemacht hast, der dich auf den Arm nehmen wollte?"

„Ronan, ich bin in der Bruderschaft der mächtigsten Assassinen groß geworden. Wir lernen dort genau dies: Wie man die Leichtgläubigkeit der Menschen weckt und ausnutzt. Also ist es nicht so einfach, mich in die Irre zu führen."

Anjulie schaute Ronan mitleidsvoll an, so als wollte sie sagen: *Mein armer Freund, bist du wirklich so naiv?* „Ronan, du hast doch selbst gespürt, daß in diesem Land etwas oberfaul ist. Höre auf, in einem Rausch wie von Opium zu leben."

„Was denkst du von mir? Ich habe in meinem Leben noch nie Opium berührt", verteidigte er sich.

„Das war doch nur im übertragenen Sinne gemeint. Aber du mußt kein Opium genommen haben, um in einer gewissen Weise in einen Rauschzustand zu fallen. Wahrscheinlich hast du irgendwann einen tiefen seelischen Schock erlitten und keine Erinnerung mehr daran. Man will dann keine schlimmen Fakten mehr wahrnehmen und versucht, nur die angenehmen Erinnerungen zu behalten und beständig das Schöne zu sehen beziehungsweise sich nur mit Dingen zu beschäftigen, die schön sind."

Manhawa fuhr fort: „Das hier ist nur der Anfang. Diese Gruppe will andere Länder genauso bestimmen, wie es ihnen hier schon gelungen ist. Im Grunde haben sie dort schon längst angefangen und erfolgreich Verbündete eingeschleust. In allen Ländern werden die Unterdrückungsmethoden im Prinzip die gleichen sein, nur jeweils den herrschenden Sitten und Denkweisen angepaßt. Mein Vorschlag lautet, schleunigst von hier zu verschwinden."

„Ja, das wäre normalerweise auch das Vernünftigste", entgegnete Ronan. „Aber außer der Zuneigung, die ich zu der Familie empfinde, besonders zu den Kindern, gibt es noch einen wichtigen Grund, in diesem Land etwas zu unternehmen. Wir können unsere Augen nicht verschließen und darüber hinwegsehen, welches Ausmaß die Dinge angenommen haben. Manipulation und Unterdrückung fangen hier erst an, Wurzeln zu schlagen, aber sie werden sich wie Unkraut ungehindert überallhin verbreiten. Wir sollten alle Anfänge des Bösen gleich im Keim ersticken. Wenn die Menschen nicht solch eine Angst hätten, die Dinge anzusprechen oder wenn sie nicht so gleichgültig und bequem wären, hätten wir eine viel gerechtere Welt. Natürlich ist eine wirklich gerechte Welt erst dann möglich, wenn das höhere Wissen der geistigen Prinzipien und Ideale Platz im Bewußtsein der Menschen finden wird, aber es muß einen Anfang geben, und den könnten wir hier setzen."

Anjulie klatschte. „Bravo, bravo, du erstaunst mich wieder mal, Ronan. Du bist doch nicht nur ein unbedarfter Kämpfer. Obwohl es hierbei natürlich auch um Kampf geht, den Kampf für eine bessere Welt höherer Einsicht. Du wirst also wieder in deinem Element sein und das ist gut so, denn es holt das Beste aus dir heraus." Ihre Augen lachten. Ronan war verdutzt. Sie schaute ihn liebevoll an. „Ich verspotte dich wirklich nicht. Du bist so lieb. Es ist in Ordnung, kämpfen zu wollen. Aber dieser

Kampf muß anders geführt werden. Erwarte keinen schnellen Sieg. Genauso wie diese Leute langsam und Stück für Stück ihr Imperium aufgebaut haben, müssen wir auch unsere Grundsätze festlegen und sie dann mit ihren eigenen Waffen schlagen. Also, wie stellst du es dir vor?"

„Ich weiß nicht. Wir könnten vielleicht wichtige Personen aufsuchen und versuchen sie zu überzeugen, daß sie handeln müssen."

„Leider geht das nicht so, mein lieber Ronan. Deine direkte Art funktioniert hervorragend, sogar unübertrefflich, wenn du alleine auf dich gestellt bist. Aber wenn du mit anderen zusammen etwas erreichen willst, mußt du auf sie achten, besonders auf ihre Gefühle."

„Ja, gut. Was aber dann? Was machen wir jetzt? Ich bin in der Hinsicht, wie du anmerktest, zu unbedarft."

Bevor die beiden ihr übliches Geplänkel wieder aufnehmen konnten, meldete sich Manhawa:

„Ich denke an zwei Möglichkeiten. Es gibt einen alten Brauch hier, der als ungeschriebenes Recht des Volkes gilt. Bürger dürfen eine Volksabstimmung in Bewegung setzen. Das ist aber aus zwei Gründen kein einfacher Weg. Erstens müssen mehr als zwei Drittel der Bürgermeister aller Bezirke der Volksabstimmung zustimmen. Und zweitens, was noch viel schwieriger ist, müssen mehr als die Hälfte der Bürger jedes Bezirks das wollen. Nun sehen aber die meisten Menschen diese Gefahren nicht, die ihre Freiheit beschneiden. Für sie sind andere Dinge wichtiger. Es ist sehr schwierig, Menschen davon zu überzeugen, daß es die Kleinigkeiten im Leben sind, die einem Menschenleben Qualität verleihen. Daß jeder kleine errungene Sieg einer besseren Lebensqualität dient und den Menschen ein Stück edler werden läßt. Die größeren Dinge, die der Mensch sonst meist für wichtig hält, erzeugen einen kurzen Rausch wie bei einer Revolution. Wenn der dann vorbei ist, verfällt der Mensch bald wieder in seinen alten Trott.

Kleine Siege dienen dagegen der Evolution und wirken nachhaltig."

Ronan wirkte überrascht. Anjulie schaute Manhawa mit neuem Respekt und voller Achtung an: „Du hast ein wirklich gutes Herz, mein lieber Bruder. Es tut mir so leid, daß du in dieses schreckliche Assassinentum hineingezogen wurdest."

„Liebe Anjulie, meine Vergangenheit wird jetzt vielleicht doch gute Früchte tragen. Die zweite Möglichkeit, von der ich sprach, hängt mit meinen Assassinenbrüdern und -schwestern zusammen. Ihr könnt euch kaum vorstellen, wie lieblos und einsam das Leben für uns ist. Wie wir darunter leiden, keine andere Wahl zu haben und gezwungen zu sein, dieses Leben zu führen. Eine große Anzahl von uns lebt unter den 'normalen' Menschen. Sie sind verheiratet worden und haben Kinder bekommen. Aber sie können ihre Familie nicht richtig lieben. Wenn der Befehl ergeht und sie ihre 'Geliebten' aus bestimmten Gründen umbringen sollen, dann müssen sie das, ohne zu zögern, tun. Diejenigen, die aus Liebe flüchten – und das gibt es immer wieder –, werden verfolgt. Was ihnen dann angetan wird, möchte ich euch nicht erzählen."

„Aber was können sie tun, wenn sie machtlos sind?" fragte Ronan erzürnt.

„Ronan, ich bin dir unendlich dankbar, daß du mir diese Chance gegeben hast. Du spürst vielleicht dieses Gefühl bei mir nicht, da der Assassine geschult wird, seine Emotionen unter Verschluß zu halten. Doch die Gefühle sind sehr wohl da. Nur darf er sich nicht durch sie bestimmen lassen."

„Sind nicht die meisten Menschen auf der Welt Sklaven dieser Art der Tyrannei?" fügte Anjulie nachdenklich hinzu. „Wenn Menschen in der Außenwelt sich den Tyrannen nicht beugen, so können sie sich doch in ihrer Innenwelt durch ihre eigenen Schöpfungen in einer ähnlichen Weise tyrannisieren lassen. Die Tyrannen der Innenwelt sind möglicherweise viel schlimmer als die des Äußeren."

„Ihr als Heiler der Innenwelt könnt sicher die Menschen von ihrer eigenen Tyrannei auf magische Weise befreien", meinte Manhawa. „Doch ihr habt auch wunderbare Möglichkeiten, in der Außenwelt Hilfe zu leisten. Und wenn wir meinen Brüdern und Schwestern die Möglichkeit anbieten, sich von der Tyrannei unseres Führers zu befreien, so werden die meisten sie sicher gerne ergreifen. Nicht alle, aber viele. Ich bin in der Bruderschaft geschätzt und beliebt. Und ich denke, ich weiß, wer von ihnen sich bereit erklären würde. Mit ihrer Hilfe können wir zusammen mit den 'Rebellen' hier die Regierung stürzen. Es wäre zwar eine Revolution, doch eine sanfte, und dann haben wir einen Stützpunkt, von dem aus wir uns sicherer bewegen können und wo meine Brüder und Schwestern erst einmal geschützt sind."

„Es ist vielleicht machbar", sagte Ronan. „Aber es ist immer noch ein gefährliches Spiel. Auch der Vertrauteste könnte ein Verräter sein oder werden."

„Deswegen brauche ich eure Hilfe. Ihr habt bestimmte Heilfähigkeiten und dadurch auch eine enorme Feinfühligkeit entwickelt. Uns zu helfen würde allerdings bedeuten, daß ihr mit eurer Reise nach Tongsu Dham warten müßtet, um mit mir zu kommen."

Ronan war im Zwiespalt. Es war ein Umweg, sicher, aber er hatte auch das Gefühl, daß dieser Plan stimmig und wichtig für seinen Auftrag sein könnte.

Anjulie war ganz still geworden. Dann richtete sie sich auf: „Ich glaube, daß wir keine andere Wahl haben. Wenn das klappt, würde es einen großen Sieg für unseren Kampf gegen das Böse bedeuten."

„Mag sein. Aber ich kann nicht gegen die Wünsche meines Meisters verstoßen."

„Stimmt. Aber du kannst mich auch nicht zwingen. Was willst du denn machen? Mich anketten und dorthin zerren?"

Ein Lächeln nahm ihrer Bemerkung jedoch jegliche Schärfe.

Ronan war sehr zornig. „Aber sieh zu, daß du keine unvernünftigen Sachen machst. Du darfst dich keiner Gefahr aussetzen."

„Ronan, Liebling. Du warst doch noch vor Kurzem Feuer und Flamme dafür, eine Revolution in diesem Land anzuzetteln!"

„Das war unbedacht von mir. Und jetzt sehe ich, wohin meine Unbedachtheit führt."

Manhawa unterbrach: „Wir müssen uns nicht gleich entscheiden, und es soll nicht in Streit ausarten."

„Nein. Wir entscheiden uns jetzt. Und, lieber Ronan, du bist mit vollem Herzen dabei, nicht wahr?" zwinkerte Anjulie ihm zu.

„Habe ich eine Wahl?" erwiderte Ronan. „Also, wie gehen wir vor?"

„Ich werde diesen Mann im Untergrund heute aufsuchen und ihm von unseren Ideen zu ihrer Unterstützung erzählen. Wir treffen uns morgen am späten Nachmittag wieder. Stellt euch darauf ein, daß wir dann gleich losziehen werden."

Damit verabschiedeten sie sich und gingen ihrer Wege.

Von ihrem Versteck aus hatte Shee u Kim die drei die ganze Zeit beobachtet. Manhawa kam ihr irgendwie bekannt vor, aber sie konnte ihn nicht genau zuordnen. Doch egal, jetzt war die Zeit gekommen, sich auf den Weg zu Hong Nang zu machen, um ihm Bericht zu erstatten.

Bellis perennis
Gänseblümchen

Der Stolz war einst mein Fall,
der Schmerz hat mich zum Glück umarmt.
In Dankbarkeit für diese Stütze,
legte ich nie wieder die Flagge der Ehre nieder.

XV

Überfall

Manhawa folgte Shee u Kim. Seine Assassinensinne hatten ihn vorhin, als er Ronan und Anjulie traf, gewarnt: Sie wurden beobachtet. Unauffällig, als ob er die anderen auf eine Kleinigkeit aufmerksam machen wollte, hatte er in die Richtung geschaut, von wo er die Gefahr spürte. Obwohl Shee u Kim hinter einer Wasserfontäne und noch dazu mitten in einer Menschenmenge versteckt stand, hatte er sie sofort erspäht, jedoch mit keiner Miene seinen Freunden zu erkennen gegeben, daß er sie gesehen hatte.

Shee u Kim ging durch eine Seitentür in den Garten von Hong Nangs Haus. Manhawas Gespür sagte ihm, daß die Person in dem Haus eine hohe Position innehaben mußte. Vielleicht gehörte sie sogar zur Bruderschaft? Er war neugierig, doch jetzt wäre es vielleicht unklug, seine Erkundungen weiterzuführen. Er beobachtete die Frau etwas unschlüssig aus seinem Versteck heraus, wie sie an der Haustür Einlaß fand, nachdem sie das Signal der Bruderschaft geklopft hatte. Flüchtig sah er den Mann, der die Haustür öffnete. *Woher kenne ich den?*, ging es ihm durch den Kopf. Er zögerte nicht länger, folgte Shee u Kim und klopfte das gleiche Signal. Als die Tür aufging, machte er das geheime Zeichen der Bruderschaft. Der Türöffner bat ihn hinein, ohne daß sich der Ausdruck in seinem Gesicht im Geringsten veränderte.

„Bring mich zu deinem Meister", befahl Manhawa.

„Es ist gerade jemand bei ihm."

„Ich weiß. Shee u Kim ist mir durchaus bekannt." Manhawa überlegte, ob er die drei nicht gleich beseitigen sollte. Doch das wäre ein extrem gefährliches Unternehmen, denn alle drei waren auf jeden Fall gute Kämpfer. Selbst wenn es ihm gelang, den Türöffner ohne einen Laut zu töten, blieben noch die anderen zwei, und ein lautloser Überraschungsangriff hätte nur sehr bedingte Chancen zu gelingen, waren die Assassinen doch immer auf der Hut. Nichtsdestoweniger begann ein Plan in seinem Kopf Gestalt anzunehmen. Er mußte jetzt dem Instinkt folgen und sich von seinem Geschick leiten lassen.

Der Türöffner klopfte an eine massive Tür mit Schnitzereien, die wohl zu einem Wohnzimmer führte. „Ein Bruder bittet dringend um ein Gespräch mit Euch."

Lange war es bedrückend still, bis endlich eine sonore Stimme erwiderte: „Laß ihn herein!"

Shee u Kims Überraschung war groß, als Manhawa den Raum betrat, und sie machte sich für einen Angriff bereit.

„Still!" befahl Hong Nang in einem Ton, der keinen Widerspruch duldete. Shee u Kim erstarrte, aber ihre boshaft blickenden Augen ließen nicht von Manhawa ab.

Hong Nang musterte Manhawa mit ausdrucksloser Miene. Shee u Kim hatte ihm soeben mitgeteilt, daß ein Fremder kurz zuvor sehr vertraulich mit Ronan und Anjulie geredet hatte. Sie war gerade dabei, diesen Mann zu beschreiben, als Manhawa eingelassen wurde, und war jetzt mehr als überrascht, ausgerechnet ihn hier zu sehen.

Manhawa hatte Hong Nang gleich beim Betreten des Zimmers das geheime Zeichen seines Ranges übermittelt. Diese Geheimzeichen wurden so unauffällig gegeben, daß nur ein Eingeweihter sie wahrnehmen konnte, weil die rechte Hand ablenkt von dem, was die linke aussagt. Doch Hong Nang war nicht ohne Weiteres in seine hohe Position gelangt und vertraute niemandem. Dieser Bruder durfte sicher nicht unterschätzt werden.

„Shee u Kim hat mich mit den beiden, Ronan und Anjulie, gesehen", gab Manhawa unumwunden zu. Dieser Hong Nang war ein alter Fuchs. Manhawa hatte ihn sofort erkannt, aber umgekehrt kannte Hong Nang ihn nur vom Hörensagen. Manhawa mußte vorsichtig vorgehen und so viel wie möglich herausfinden. „Ich glaube nicht, daß wir Shee u Kim für unser Gespräch brauchen."

Shee u Kim wurde stutzig. Hong Nang hatte zu derselben Meinung wie Manhawa gefunden, tat aber so, als ob er es sich noch überlegte. Dann nickte er und befahl ihr, nach Hause zu gehen. Nur unwillig folgte sie seiner Aufforderung und schaute Manhawa dabei mit einem unübersehbar mißtrauischen Blick an.

Hong Nang bat seinen unerwarteten Gast, Platz zu nehmen, und wartete geduldig, so daß Manhawa gezwungen war, das Gespräch zu beginnen.

„Ich heiße Manhawa." Hong Nang war überrascht, konnte es aber gut verheimlichen. Trotzdem entging Manhawa nicht, daß er Hong Nang beeindruckt hatte. *Ein Pluspunkt für mich,* dachte er und redete weiter: „Ich weiß nicht, wie weit ich ausholen soll. Den Auftrag, das Mädchen zu töten, habe ich eigenständig zurückgehalten. Mein Rang erlaubt es mir, solche Entscheidungen zu fällen. Nachdem alle meine Brüder gefallen waren und ich von Ronan ein Friedensangebot erhielt, machte ich mir neue Gedanken. Es wäre vorteilhafter für unseren Führer, wenn wir das Mädchen, und natürlich auch Ronan, lebend in die Hände bekämen."

Hong Nang dachte im Stillen: *Das wissen wir alles schon. Sie lebt, und ihr alle habt versagt. Jetzt weiß ich, wer du bist. Du hast so gehandelt, um dein Leben zu retten. Aber der Meister, den du nur vom Namen her kennst, möchte die beiden jetzt lebend haben.*

Zu Manhawa aber sagte er: „Wieso waren die beiden bereit, Euch ihr Vertrauen zu schenken?"

„Ich habe ihnen eine glaubwürdige Geschichte zusammengesponnen und damit sehr viel Mitleid erzeugen können."

Hong Nang kam zu dem Schluß, daß es im Moment nicht so wichtig war, ob Manhawa die Wahrheit sagte oder nicht. Es zählte nur, daß er die beiden an einen Ort bringen oder locken konnte, wo der Meister sie problemlos in seine Hände bekäme. *Doch ich werde ihn gut im Auge behalten müssen.*

„Ihr werdet sie sicherlich leicht überzeugt haben, nach dem, was ich alles über Euch hörte. Ich werde unseren Meister über Euer Vorhaben in Kenntnis setzen. Benötigt Ihr irgend etwas? Falls nicht, sollten wir uns nicht mehr treffen."

Es ist etwas faul an dieser Sache, dachte Manhawa. *Ich konnte ihn viel zu leicht einwickeln. Aber vielleicht ist ja tatsächlich von der obersten Stelle entschieden worden, daß Anjulie und Ronan jetzt zum Anführer gebracht werden sollen.*

Manhawa gab Hong Nang zu erkennen, daß er mit dem Gespräch zufrieden war, und verabschiedete sich.

Das nächste geheime Treffen mit Ronan und Anjulie leitete Manhawa mit den Worten ein: „Wir sind hier keiner unmittelbaren Gefahr ausgesetzt, doch ist es bald an der Zeit, die Stadt zu verlassen. Die Bruderschaft weiß, daß ihr lebt, und unser Oberhaupt wüßte euch nur zu gerne in seinen Fängen." Manhawa berichtete ihnen die Einzelheiten, die er nicht ohne Gefahr erfahren hatte.

„Also müssen wir so tun, als ob wir ahnungslos in die Falle hineintappen", ergänzte Ronan den Bericht.

„Seid sicher, daß sie uns weiter beobachten. Doch sie haben noch mit mir zu rechnen und werden einige Überraschungen erleben. Sie werden gar nicht mitbekommen, was geschieht, so unvorhersehbar wird das sein."

Anjulie griff Manhawa zärtlich an die Schulter: „Wir werden jetzt schon beobachtet, und Shee u Kim wird sicher weitergeben, wie ahnungslos wir sind und wie lieb ich dich habe."

Ronan lenkte das Gespräch auf ein anderes Thema: „Bevor wir uns Gedanken über die weitere Planung machen, sollten wir für unsere augenblickliche Sicherheit sorgen."

„Langsam, Ronan, sachte", ermahnte Anjulie.

„Ja ja, tut mir leid", murmelte Ronan und betrachtete dabei vor seinem inneren Auge die große Landkarte, die er sich eingeprägt hatte. „Sollte irgend etwas schieflaufen", unterrichtete er die anderen, „werden wir uns trennen. Anjulie und ich werden nach Nordwesten fliehen und du, Manhawa, nach Osten. Das oberste Ziel lautet, ihnen nicht in die Hände zu fallen. Sobald wir in Sicherheit sind, begeben wir uns auf den Weg zu diesem Ort. Er liegt nordöstlich dieser Stadt. Prägt euch den Weg und die Merkmale der Umgebung genau ein", sagte Ronan, wobei er Manhawa und Anjulie auf der kleinen Karte die Hauptmerkmale zeigte.

„Jeder von uns wird auf die anderen in dieser Schlucht dort oben am Berg warten." Er zeigte mit dem Finger auf die Karte. „Das auffallende Merkmal direkt davor sind die beiden Bäume, die sich miteinander vermählt haben und sich innig ineinander verschlingen. Kommen Anjulie und ich zuerst dort an, warten wir auf dich und umgekehrt. Es sollte mindestens ein Vollmond vergehen, bis Suchaktionen nach dem Vermißten eingeleitet werden. Falls einer von uns geschnappt wird, besteht für die anderen die Pflicht, zu entkommen. Erst dann können wir in Ruhe überlegen, wie wir helfen. Natürlich wäre es das Beste, so schnell wie möglich einen Befreiungsversuch zu unternehmen. Doch bedenkt, daß wir damit viel Aufsehen erregen werden. Es ist also unbedingt vorzuziehen, daß gar nicht erst jemand gefangen genommen wird."

Manhawa sagte: „Ich muß mit dem Mann von der Untergrundbewegung noch einiges besprechen. Doch er wird bereit sein, bis zu unserer Rückkehr alles vorzubereiten. Also brechen wir erst morgen Abend auf und treffen uns vor dieser Brücke. Von dort aus verlassen wir die Stadt."

Am nächsten Nachmittag verabschiedeten sich Ronan und Anjulie von ihrer freundlichen Gastfamilie und gingen zu einem Gasthof, um dort bis zum Abend zu warten. Als die Sonne mit einem prächtigen Farbenspiel ihren Abschied nahm, begaben sie sich langsam zu ihrem vereinbarten Treffpunkt, wo Manhawa schon auf sie wartete. Sie gingen über die Brücke und bogen nach links in einen tief im Schatten liegenden Weg, der aus der Stadt führte. Als sie die Brücke überquert hatten, stand dort ein nur undeutlich zu erkennender Mann.

Anjulie ging rechts von Ronan. Der spürte mehr, als daß er es gesehen hätte, daß etwas Dunkles sich auf ihn zubewegte. Im ersten Erspüren der Gefahr begann Ronan sich schon wegzudrehen und fallenzulassen. Trotz seiner Schnelligkeit traf ihn ein dicker Stock seitlich am Hinterkopf. Er verlor fast das Bewußtsein, aber mit einem Ruck riß er sich zusammen und rollte zur Seite. Als der Angreifer wieder mit dem Stock auf ihn einschlagen wollte, konnte er ausweichen und sprang auf die Beine. Der Stock schlug harmlos gegen den Boden, und Ronan stieß dem Mann seine Finger in die Magengrube. Die Luft zischte aus ihm heraus, und er kollabierte.

Ronan schaute sich nach Anjulie um. Wo war sie? Im selben Moment entdeckte er die junge Frau. Ein Mann hielt sie mit eisernem Griff und drückte ein Messer an ihren Hals. Er hatte sich hinter ihr verschanzt, nur ein Teil seines Gesichts war zu sehen. In dem Moment, da Ronan die Szene wahrnahm, hatte er schon, ohne zu zögern, sein Messer in der

Hand und schleuderte es zielgenau: Der Angreifer sank ins Auge getroffen zu Boden.

Anjulie starrte Ronan erschrocken an. Es waren nur wenige Sekunden vergangen. Sie sahen sich um.

Manhawa hatte nicht so viel Glück gehabt. Er war hart am Kopf getroffen worden und blutete heftig. Zwei Männer hielten ihn in eisernem Griff und zerrten den halb Bewußtlosen brutal über die Brücke. Ronan spannte seinen Bogen, traf einen von ihnen in den Nacken. Als Ronans zweiter Pfeil durch die Luft surrte, zerrte Manhawa an dem zweiten Mann, so daß der Pfeil diesen weit oben an der Schulter traf. Er riß sich von Manhawa los und rannte um sein Leben. Sofort drehte Ronan sich um und zielte mit dem nächsten Pfeil auf den Mann im Schatten, aber der war verschwunden.

Der fliehende, verwundete Angreifer würde bald mit Soldaten zurückkehren. „Schleunigst weg von hier", rief Ronan Manhawa zu, packte Anjulie und floh, darauf vertrauend, daß Manhawa allein zurechtkommen würde. Er war ein erfahrener Assassine und wüßte sich zu schützen. Glücklicherweise lag dieser Teil der Stadt direkt an der Grenze der Provinz, die sie schnell überschritten.

Sie kamen zunächst gut voran und entfernten sich zügig von der Provinz, aber dann verließ sie das Glück. In der Ferne hörten sie Pferde, die in ihre Richtung galoppierten.

„Wir müssen laufen", sagte er zu Anjulie. Aber wohin? Sie befanden sich in einer weiten Ebene. Nirgendwo ein Versteck. Also liefen sie weiter, und die Pferde kamen immer näher. Er hätte beten können, aber das würde auch nicht helfen.

Voller Angst um Anjulie suchte er mit seinen Blicken fieberhaft überall in der Dunkelheit nach etwas, das sie verbergen könnte und sie Zeit gewinnen ließ. In einiger Entfernung lagen Berge. In diesen Bergen war er zwar nicht zu Hause, aber Berge boten immer gute Möglichkeiten zum Entkommen. Doch sie brauchten sofort eine Lösung, ihr möglicher Schutz war viel zu weit entfernt. Dann sah er es, und sein Herz hüpfte freudig bei dem Anblick dieses Hoffnungsschimmers.

In einer Vertiefung neben einem kleinen Fluß gab es eine Stelle mit wässrigem Schlamm. Bei jeder Überflutung füllte sie sich mit Wasser. Aber er hoffte, daß sie noch tief genug war, um sie zu verbergen. Er hatte das Gefühl, daß schon der Gedanke an ein Gebet genug gewesen war, um von den Göttern erhört zu werden.

Die Reiter hatten sie noch nicht erspäht, und glücklicherweise war der mondlose Himmel sehr dunkel. Er hatte es sich seit dem Sturz in den Fluß, bei dem zum Glück der Rucksack geschützt gewesen war, zur Gewohnheit gemacht, ihr Gepäck immer wassergeschützt zu halten. Und so stellte das schon mal kein Problem dar, trotzdem war keine Zeit zu verlieren. Von dem in der Nähe wachsenden Schilfgebüsch schnitt er vier hohle, etwa dreißig Zentimeter lange Schilfrohre. Dabei achtete er darauf, daß die Schnittstelle am Gebüsch nicht auffiel. Er bat Anjulie, sich als Erste mit zwei Rohren im Mund tief in den Schlamm zu legen und die Augen zu schließen. Sie verschwand ganz, und er drehte die Röhrchen seitlich, bis sie gerade über den Schlammspiegel herausragten. Auf diese Weise würden sie hoffentlich unentdeckt bleiben. Dann ließ er sich neben ihr mit seinen zwei Luftröhrchen im Mund in den Schlamm sinken, die Lippen fest zusammengepreßt, damit weder Schlamm noch Wasser in seinen Mund eindrangen.

Ronan wußte nicht, wie lange sie dort lagen. Aber es mußten Stunden gewesen, eine Zeitspanne jedenfalls, die ihm unendlich vorkam. Doch er wollte ganz sicher sein, daß die Verfolger die Suche nach ihnen aufgegeben hatten, bevor sie sich aus dem Schlamm befreien konnten. Um Anjulie Zuversicht zu verleihen, hielt er ihre Hand fest in der seinen.

Endlich wagten sie sich aus ihrem Schlammversteck heraus. Der Himmel war jetzt etwas bewölkt. Suchten die Jäger sie noch in den Bergen, oder hatten sie schon aufgegeben und waren auf dem Rückweg in die Stadt? Auf jeden Fall bestand für sie keine andere Wahl, als sich den Bergen zuzuwenden. Sie wuschen sich im Fluß und drangen noch lange vor Sonnenaufgang tief in die Berge vor. Ronan steuerte instinktiv nach rechts, was sich später als richtig erwies, da der Hauptweg durch die Berge links über die Bergkette verlief. Sie stiegen immer weiter nach oben, bis sie eine Stelle erreichten, von wo aus sie weit in die Umgebung schauen konnten, ohne bemerkt zu werden. Erst dann erlaubten sie sich eine Rast und legten sich aneinander geschmiegt hin, spendeten einander die dringend benötigte Wärme.

Sie mußten geschlafen haben, denn als Ronan aufwachte, blickte die Sonne hinter einem Hügel hervor. Der friedvolle, beruhigende Anblick ließ ihn ihre ernste Lage für einen Augenblick vergessen. Er schüttelte Anjulie sanft wach, so daß auch sie das herz- wie körpererwärmende Antlitz der Sonne genießen konnte. Sie lächelte, und ihr ganzes Gesicht leuchtete auf. Ob es die Sonnenstrahlen waren, die auf ihr Gesicht fielen, oder bildete sich das Glück in ihrem Herzen auf ihrem Antlitz ab? Ronan erkannte die innere Freude, die aus ihr hervorstrahlte. Er hätte den Augenblick in der Zeit einfrieren und sie ewig anschauen mögen.

Aber alles kommt zu einem Ende. Schmerz schlich sich auf einmal in die eben noch vor Glück strahlenden Gesichtszüge; die Erinnerung an die Nacht mit ihrer Todesbedrohung hatte Anjulie eingeholt. Er zog sie an sich und hielt sie tröstend in seinen Armen. Von unten herauf hörten sie wieder das Hufgetrappel der Pferde. Die Verfolger waren den Hauptweg geritten, den Ronan instinktiv gemieden hatte. Sie hatten jetzt offensichtlich die Suche nach ihnen aufgegeben und waren auf dem Weg zurück. Erleichtert aufatmend konnten sie wieder lächeln und die Anspannung loslassen.

Hong Nang hatte gerade den Bericht von Shee u Kim erhalten.

Er lächelte. Dieser Überfall war ein guter Einfall gewesen. Er hatte auf das Geschick von Ronan und Manhawa gezählt, daß sie unbeschadet davonkommen würden. Sie würden denken, daß ihre Verbindung zur Untergrundbewegung irgendwie entdeckt worden sei.

Symphytum officinalis
Beinwell

Der Schlag ist wohl unglaublich stark,
ungeschickt, unbeholfen durch die Welt!
Lernen will ich doch schon,
die Kraft der Einheit mich tragen zu lassen.

XVI

Erkenntnisse und kleinere Abenteuer

Um Verfolger in eine andere Richtung zu locken, schlugen sie zunächst einen Weg nach Nordwesten ein. Erst nach einigen Tagen machten sie sich an einer geeigneten Stelle, wo ihre Spuren kaum aufzudecken wären, auf den Weg zum vereinbarten Treffpunkt. Dabei wechselten sie vorsichtshalber ihre Erscheinung, so gut das möglich war. Ronan wirkte in der Gegenwart von anderen Menschen jetzt klein und schwach, und Anjulie schaffte es, recht häßlich auszusehen, eine Frau, die man kein zweites Mal anschaute. So kamen sie gut voran, plauderten zwischendurch, erzählten sich Geschichten, lachten sogar dann und wann. Aber die überwiegende Zeit war es anstrengend und der Weg oft beschwerlich. Doch ihre Ausdauer wuchs, so daß dreißig, vierzig und mehr Meilen am Tag ihnen nichts mehr ausmachten.

Eines Tages kamen sie zu einem Dorf, das schon von Weitem sehr einladend aussah. Als sie sich ihm näherten, ging es von einer Senke wieder aufwärts, und so konnten sie nur die höher gelegenen Häuser sehen. Ronan wollte Anjulie gerade fragen, ob seine vorgetäuschte Körperhaltung gut genug sei, als ein durchdringender Schrei den friedlichen Morgen zerstörte. Wie angewurzelt blieben sie stehen. In dem Moment, in dem die kurzzeitige Lähmung, die einem solchen Schock folgt, durch einen Energieschub ersetzt wurde, ging ihnen ein zweiter Schrei voller Angst und Leid durch Mark und Bein.

Ronan stand noch wie angewurzelt da, als Anjulie schon in die Richtung lief, aus der der Schrei kam. Dann sprintete auch er los, und als er über die Kuppe kam, sah er eine Gruppe von Menschen in einer Mulde stehen. Er wäre fast in Anjulie hineingelaufen, die plötzlich stoppte. Entsetzt erblickte er ein junges Mädchen, sie konnte nicht älter als sechzehn oder siebzehn Jahre sein, die bis zu ihrer Taille im Boden eingegraben war. Sie stöhnte und blutete schlimm aus zwei offenen Wunden an Kopf und Hals. Zwei faustgroße Steine lagen ganz in der Nähe. Wie auf Befehl hob in diesem Augenblick die ganze Gruppe Steine auf und fing an, diese voller Haß auf die Eingegrabene zu werfen.

Ronan machte eine Bewegung auf sie zu, doch Anjulie packte ihn mit eiserner Kraft am Arm, legte ihren Finger auf die Lippen und schüttelte den Kopf. Langsam, so daß sie nicht bemerkt wurden, zog sie ihn von der Anhöhe fort, um den Hang herum, zu einem Baum. Hinter dem Baum ließen sie sich zu Boden gleiten und beobachteten in dessen Schutz weiter.

Ronan geriet in Wut darüber, daß er nicht eingreifen durfte. Aber Anjulie machte ihm klar, daß es lebensgefährlich war, wenn er sich mit einer ganzen Stadt anlegte.

Das Mädchen hatte aufgehört zu schreien. Nur noch ein Stöhnen war in ihrem Versteck zu hören. Und die Männer und Frauen bewarfen sie weiter mit kleinen und großen Steinen. Sie zuckte bei jedem Treffer auf.

„Warum?" fragte Ronan.

„Weil sie mit jemandem geschlafen hat." Er war so sprachlos, daß sein Mund offen stand.

„Du machst Witze."

„Wach auf in der realen Welt. Dies ist deine erste richtige Kostprobe von den Schrecken, die unsere liebe Erde plagen. Die Erde, die jedes Mal angesichts solcher furchtbarer Taten weint. Für die 'kleinen' unmenschlichen Taten hat sie schon längst keine Tränen mehr. Diese Menschen sprechen vom Erbarmen Gottes, tragen aber keines in ihren Herzen. Sie sind so grausam wie die dunkelsten Abgründe der Hölle. Irgendeine perverse Logik läßt sie denken, daß sie für diese unmenschlichen Taten sogar in den Himmel gelangen werden. Und schlimmer noch sind diejenigen, die selbst keinen Mut haben, einen Stein zu heben, diese Bestrafung aber als gerecht empfinden und den Tod des Mädchens in Kauf nehmen!"

Inzwischen hatte die Meute aufgehört, sie zu steinigen. Der Körper des Mädchens war zusammengesunken, bewegungslos, nichts war mehr von ihr zu hören. Sie war höchstwahrscheinlich tot. Die Menschenmenge hingegen jubelte und schrie. Ein Junge, der nicht mehr als achtzehn Jahre alt sein konnte, drehte plötzlich seinen Kopf zu ihnen. Auf seinem Gesicht war höchstes Entzücken zu sehen. In diesem Moment verstand Ronan, was hinter dieser entsetzliche Freude steckte. Dieser Junge wäre wohl liebend gerne mit dem Mädchen ins Bett gegangen, und bei der Steinigung und ihrem furchtbaren Tod erlebte er einen Ersatzorgasmus. Der eigentliche Grund des Zorns dieser Menschen war die Tatsache, daß sie keine echten Freuden beim Sex zu spüren imstande waren, hatten sie sich dies doch durch eigens geschaffene, starre und dumme Regeln unwissentlich verwehrt. Später – als Anjulie ihm erzählte, daß sie sogar glaubten, dereinst in einer anderen Welt unbegrenzten Sex genießen zu können, sollten sie nur an ihrem perversen Glauben festhalten – war er noch mehr entsetzt. Wie konnte jemand überhaupt den Sex genießen, wenn er oder sie nicht zuerst gelernt hatte, zu lieben.

Ronan verließ diesen Ort mit einer Schwere im Herzen, die

ihm neu war. Zum ersten Mal fragte er sich, ob er nicht doch in einer Traumwelt lebte. Ob er sich vor den unaussprechlichen Schrecken auf diesem Planeten verschloß und nichts an sich heranließ. Es war ihm klar, daß er sein Leben leben und seiner Berufung nachgehen mußte. Aber das bedeutete nicht, sich Grausamkeiten gegenüber zu verhärten oder gleichgültig zu werden. Diese Gedanken kamen ihm nach und nach in den Sinn.

Sie wanderten weiter, doch Ronans Kopf war ganz von diesem unbeschreiblichen und schrecklichen Ereignis erfüllt. Anjulie führte ihn, doch das nahm er gar nicht richtig wahr. Immer wieder sah er die Steine, wie sie mit einem dumpfen, furchtbaren Geräusch auf den jungen, unschuldigen Körper des Mädchens prallten. Und jedes Mal zuckte er zusammen, als ob er selbst geschlagen würde. In der Nacht wachte er oft unter Wimmern auf. Er hatte schlimme Alpträume, die Gott sei Dank so wirr waren, daß er keine genaue Erinnerung daran behielt.

Am nächsten Tag war er in einer gewissen Weise wiederhergestellt und konnte klare Gedanken fassen. Erst da wurde ihm klar, daß er eine große Last für Anjulie gewesen sein mußte. Er war wie in Trance herumgelaufen und hatte nicht auf sie aufgepaßt. Hatte sich nicht darum gesorgt, was das Erlebnis für Anjulie bedeutet haben mochte.

Sie hatte sich dabei so liebevoll um ihn gekümmert. Er war so mit sich beschäftigt gewesen, daß er nicht im Geringsten in der Lage gewesen war, zu empfinden, was Anjulie durchmachte. Für sie mußte es doch noch viel schrecklicher gewesen sein, als Frau eine Schwester so grausam zu Tode gesteinigt zu sehen. Sie mußte eine ungeheure emotionale Stärke besitzen, um ihm auch noch Beistand leisten zu können. Ronan schämte sich zusehends und warf ihr einen Blick zu. Sie blickte besorgt zurück.

Er nahm ihre Hand, küßte die Finger. „Es tut mir so leid,

daß ich dich mit diesem schlimmen Ereignis alleine gelassen habe. Daß ich kein Halt für dich war und daß du mich tragen mußtest."

„Lieber Ronan, wie oft hast du mich getragen! Wie oft hast du uns vor Schrecken bewahrt! Jeder hat seine Schwächen. Sich ihrer bewußt zu werden, sie zu erkennen – nein vielmehr, sie anzuerkennen – und dann die Stärke in sich zu entwickeln, ist das größte Geschenk, das wir uns selber machen können. Nur wenn man seine Schwächen verbirgt, sie nicht anschauen will, geschweige denn sich überhaupt ihrer bewußt wird und keine weiteren Schritte unternimmt, dann schneidet man sich von der Güte ab. Die Güte tritt nicht von alleine ins Leben. Sie muß entschlossen gesucht werden, muß geliebt werden. Die Güte des Herzens will stets gepflegt werden. Der Weg zu ihr führt über unsere Schwächen. Sie zeigen uns, was wir noch anzustreben haben, was wir suchen müssen. Du hast deine Schwäche nicht nur erkannt, sondern anerkannt, indem du dich soeben mir gegenüber in dieser Weise geäußert hast."

Ronan dachte an die Worte von Meister Ling: „Sie ist sehr wissend und weise." *Ich danke den Göttern, eine so weise Frau als Wegbegleiterin zu haben.* Mit diesen Gedanken und Empfindungen fühlte er sich ganz bescheiden und glücklich.

„Liebe Anjulie, welch tröstende Worte. Ich weiß nicht, ob ich deine Gegenwart überhaupt verdiene, aber ich habe dich sehr lieb." Sie schenkte ihm ein engelsgleiches Lächeln, und Ronan konnte die starke Zuneigung, die sie für ihn empfand, unverstellt erkennen. Er schüttelte seine Unsicherheit ab und nahm ihre Hände liebevoll in die seinen.

Anjulie mochte ihn schon gerne, aber war noch nicht bereit, die Liebe voll und ganz einzulassen. Nur in solchen Momenten brach die Barriere zwischen ihnen. Daher war er zufrieden mit der liebevollen Kameradschaft, die sich zwischen ihnen entwickelt hatte. Selbst wenn Anjulie wieder kratzbürstig werden könnte, war es schön und ließ das Zusammensein unbeschwert erscheinen. Auch die Zwänge fielen immer weiter ab, bis jeder mehr und mehr so sein konnte, wie er wirklich war. Und irgendwann merkte Ronan, daß er gar nicht wollte, daß diese Flucht und Wanderung ein Ende nahm. Bald würden sie zu dem Treffpunkt gelangen, aber er scheute innerlich davor zurück.

So fing er an, eher durch die Gegend zu schlendern, ihre Hand in seiner, als zügig voranzukommen. Er lenkte ab, unternahm unnötige Exkursionen in Seitenschluchten oder Täler und dehnte die sowieso schon kurzen Mittagspausen aus, bis es Anjulie auch langsam dämmerte, daß mit ihm irgend etwas nicht in Ordnung war.

In diesen Tagen bemerkte er auch, daß er Ereignisse anders als sonst empfand. Er fühlte sich mit Anjulie auf einer tiefen Ebene sehr nah verbunden, aber es war noch schwer für ihn, die Gefühle genau zu unterscheiden. Er wunderte sich über die Menschen, die all diese Gefühle so blumig und endlos beschreiben können. Auch die Natur wirkte in einer besonderen Weise auf ihn. Daß Anjulies Stimmung die seine beeinflußte, war schon lange so, doch jetzt empfand er auch die Natur als heiter oder traurig, und im letzteren Falle spürte er nicht wie sonst die Trauer als etwas Externes, nein, sie floß geradezu durch ihn hindurch.

Eines Tages kam ihm wie ein Blitz der Gedanke: *Das ist es, was Mitleid wirklich bedeutet!* Der furchtbare Tod des Mädchens hatte ihm den Zugang dazu verschafft. Es dämmerte ihm, daß Mitleid ein viel tieferes Gefühl ist als Mitfühlen. Beim Mitgefühl spürt man, daß der andere Schmerzen hat. Beim Mit-Leid kann das Leid bis in die eigenen Knochen gespürt werden, und man erkennt dieses Leid in sich. Aber der Mitleidende steht dabei über dem Leid, er kann eine heilsame Hand ausstrecken, und das bewirkt tief im Inneren des anderen etwas. Mitgefühl ist sehr wichtig auf der menschlichen Ebene, um die anderen verstehen und trösten zu können. Es ist heilsam für den momentanen Zustand. Jedoch muß der Heiler das Leid in sich erlebt haben, so daß aus der Passion heraus das Vermögen entstehen kann, auf die tiefsten Ebenen der Mitmenschen heilsam einzuwirken. *Wenn dem so war,* überlegte Ronan, *dann muß derjenige, der Mitleid für vieles empfinden kann, selber vieles durchgemacht haben.*

Als Ronan wieder einen ganzen Tag mit allen möglichen Verzögerungstricks vergeudet hatte, sprach Anjulie ihn an. „Was ist los mit dir? Willst du die Verabredung vielleicht nicht einhalten?"

„Doch, doch", entgegnete er ohne große Überzeugung.

„Warum nehmen wir dann nicht den kürzesten Weg dorthin?"

„Ich weiß es nicht. Ich habe einfach das Bedürfnis, nicht zu schnell voranzuhasten." Doch dann hielt er inne und fuhr fort: „Naja, eigentlich möchte ich die Zeit nur mit dir verbringen und wünsche mir, unsere Reise möge nie ein Ende finden."

„Ach, lieber Ronan, mir gefällt es genauso. Ich fühle mich glücklich mit dir. Trotzdem haben wir eine Verabredung mit Manhawa, die wir einhalten müssen." Auf einmal spürte Ronan Manhawas Leid, erinnerte sich, was er alles durchgemacht hatte: als Kind aus der vertrauten Umgebung und von seinen Eltern weggeschleppt; gezwungen, ein Leben als Assassine zu führen; dann noch der Tod der Schwester. Dies zog Ronan fast physisch runter, und Anjulie legte ihm besorgt ihre Hand auf die Schulter, schaute ihn fragend an.

„Ist in Ordnung, Liebes", sagte er. „Ich habe gerade nachempfunden, wie es Manhawa die Jahre über ergangen ist. Ich verstehe langsam, wie es denen geht, die Mitleid haben. Es ist eine ungeheure Kraft, die einen zu einer Schwester oder einem Bruder zieht. Eine Kraft, die einen dazu bringt, nicht nur Beistand zu leisten, sondern dazu befähigt, alles zu geben, so daß diese Person aus ihrer Misere heil und glücklich herauskommen kann. Mitleid ist die Bereitschaft, das dafür nötige Opfer zu bringen. Mitleid treibt aber nicht zu sinnlosen, sondern ganz im Gegenteil zu gut überlegten Handlungen, aus denen das Beste für alle – natürlich in erster Linie für den Leidenden – entstehen wird. Wir werden jetzt schnurstracks zu Manhawa gehen. Beten wir, daß wir unterwegs nicht länger aufgehalten werden."

„Hast du genug von Abenteuern und dem Schwelgen in deinen Heldentaten?" Das war wieder die alte Anjulie, und sie lachten von Herzen über ihre Neckerei. Danach legten sie ein gutes Tempo vor und näherten sich zügig ihrem Ziel. Erfreulicherweise ereigneten sich auch keine Zwischenfälle außer einer an sich lustigen Sache, selbst wenn sie etwas wehtat.

Sie gingen einen Weg außerhalb einer kleinen Stadt entlang. Erst kam ihnen ein einzelner Mann unbeholfen entgegengelaufen, dann ein Pärchen, und ab da sahen sie immer wieder merkwürdig rennende Menschen.

„Was machen die da?" fragte Ronan etwas erstaunt. „Sie laufen so komisch."

„Ja, das frage ich mich auch."

„Sie machen sich doch kaputt auf diese Weise."

„Stimmt", entgegnete Anjulie. „Willst du ihnen das richtige Laufen beibringen?"

„Nein, aber es tut doch weh, wenn sie bei jedem Schritt mit solch einer Erschütterung auf den Fersen landen."

„Ich weiß, aber ich habe gelernt, daß du ihnen nur gute Wünsche schicken kannst, eines Tages das Richtige zu lernen."

„Schau! Da ist auch keinerlei Dynamik in ihren Bewegungen. So ist das doch eine Quälerei."

„Vielleicht ist das auch gut so. Bei mehr Dynamik würden sie auch mit noch größerer Gewalt auf ihren Fersen landen und sich viel schneller Rückgrat und Knie kaputt machen. Dann würden sie noch verhärmter aussehen."

„Das muß ihnen aber jemand so beigebracht haben, da sie

alle gleich falsch laufen", meinte Ronan. „Jemand, der keine Ahnung hat."

„Sicher. Es ist, wie ein Weiser gesagt hat: Durch einen schlechten Lehrer erleiden beide Qualen, der Lehrer und der Schüler. Wie die Schlange, die einen zu großen Frosch im Hals stecken hat. Sie will ihn nicht loslassen, vermag ihn aber auch nicht zu schlucken."

„Komm, laufen wir von hier weg", schlug Ronan vor. Sie fielen in einen mühelosen Lauf, den Körper leicht nach vorne gebeugt, federnden Schrittes auf den Fußballen landend.

Nach ein paar Tagen hatten sie die gesamte Strecke hinter sich gebracht. Ronan wollte Anjulie gerade sagen, daß sie bald den Ort erreichen würden, an dem Manhawa auf sie wartete, als ein Instinkt ihn warnte, nicht direkt zum verabredeten Versteck zu gehen, sondern sich dem Ort von hinten anzuschleichen. Er erklärte Anjulie seine Bedenken, doch sie schien nicht überzeugt.

„Wie sicher bist du? Ich würde gerne sofort zu Manhawa gehen."

„Ich bin ziemlich sicher. Auf jeden Fall ist es immer besser, dem Instinkt zu folgen, auch wenn es sich wie eine Nichtigkeit anfühlt. Oft scheint es nutzlos zu sein, aber später stellt sich heraus, daß diese Achtsamkeit genau das Richtige war."

Statt also den Weg weiterzugehen, stiegen sie den Berg hinauf bis zu der Stelle, an der sie etwas oberhalb von Manhawa auskamen. So würden sie ihn von oben sehen können und hoffentlich erkennen, daß alles in Ordnung war. Wenn sein Instinkt ihn täuschte, dann hätten sie zumindest einen Spaß mit Manhawa, dachte Ronan dabei. Sie würden ihn überraschen und ihm vorhalten, nicht auf sich aufgepaßt zu haben.

Oben angekommen, krochen sie zum Hang hinüber. In diesem Moment bemerkte Ronan eine Bewegung rechts unter ihnen. Er ergriff Anjulies Arm und legte seinen Finger auf die

Lippen. Zu ihrem Schrecken sahen sie erst eine langhaarige Gestalt und dann noch zwei weitere auf das Lager von Manhawa zukriechen. Ihr Freund war nicht zu sehen, aber diese Männer mußten ihn wohl im Visier haben, da sie sich auf einen Überfall vorbereiteten, wie Ronan deutlich erkennen konnte.

Anjulie und Ronan waren zu weit entfernt, um sie mit einem Pfeil zu treffen. Und wie sollten sie Manhawa warnen, ohne daß die drei Angreifer etwas davon mitbekamen, sich gegen sie beide wendeten oder entkamen und ihren Aufenthaltsort verrieten? Alles drei waren Ergebnisse, die sie sich nicht leisten konnten. Ronan überlegte hin und her, und auch Anjulie hatte keine Idee.

Doch dann fiel ihm etwas ein. Er hatte in der Höhle instinktiv ein paar Böller eingesteckt und holte diese nun aus seinem Rucksack. Er band einen der Knallkörper schnell an einen Pfeilkopf und bat Anjulie, mit dem Feuerstein etwas Heu anzuzünden. Sie hatte das Heu schon zum Brennen gebracht und damit einen trockenen Zweig entzündet, als er fertig wurde. Als er den Bogen ganz gespannt hatte, bedeutete er ihr, die Lunte anzufachen. Kaum sprühten die Funken, da ließ Ronan den Pfeil los. Er landete etliche dutzend Meter vor den Angreifern auf dem Boden und explodierte mit solch einem Krachen, daß die drei vor Schreck erstarrten. Sie standen noch da, als Manhawa aus dem Versteck herausgelaufen kam. Sie schrien: „Bitte nicht schießen. Wir sind harmlos. Wir spielen nur." Erst da nahmen Anjulie und Ronan wahr, daß es Jungen waren, höchstens sechzehn Jahre alt, die sich einen Spaß hatten machen wollen. Sie befahlen ihnen stehenzubleiben und liefen schleunigst zu den Jungen hinunter.

Ronan versuchte, einen strengen Eindruck zu machen, doch Manhawa hatte einen Blick, daß selbst Ronan sich fast eingeschüchtert fühlte. Und Anjulie benahm sich wie eine Amazone und tat das ihre dazu, es den drei Möchtegern-

Scherzbolden mit gleicher Münze zu vergelten. Die Jungen waren so verschreckt, daß sie schon gar nicht mehr um ihr Leben flehten.

Da konnten sich die drei Freunde nicht mehr zurückhalten und lachten aus vollem Halse. Die Jungen sahen sie verdutzt an und verstanden überhaupt nichts. Anjulie ergriff den mit den langen Haaren freundschaftlich an den Schultern und versicherte allen, daß sie sich auch einen Spaß mit ihnen erlaubten und sie keine Angst zu haben brauchten. Dann lud sie sie ein, mit ihnen zu speisen. Sie ging mit den drei Burschen los und sammelte Kräuter und sonstiges Eßbares. Ronan machte Feuer und Manhawa bereitete die Speisen vor.

Erst beim Essen fragte Manhawa sie: „Wie heißt ihr denn und wie alt seid ihr?"

„Samuel", antwortete derjenige mit den langen Haaren, „und ich bin vierzehn." Es war ein hübscher Junge mit kraftvollen grau-grünlichen Augen. Sein rundes Gesicht gab ihm ein fast engelhaftes Aussehen, ebenso wie sein braunes, lockiges Haar.

„Samuel?" wunderte Anjulie sich. „Das ist kein gewöhnlicher Name."

„Ein Priester aus einem fernen Land sagte einmal zu meiner Mutter, daß ich wie Samuel aussehe, und nannte mich auch immer Samuel. Also ist der Name an mir hängengeblieben."

„Und ihr beide?"

„Das ist Nan Ho, auch vierzehn, und ich heiße Ras Tan, sechzehn Jahre." Nan Ho war ein niedliches Kind. Sehr schüchtern, aber nicht schwach. Ras Tan war groß, stark, sehnig mit sehr dunklem Teint. Er zeigte die Ansätze eines Kämpfers.

Auf die Frage, wo die Jungen herkämen, erfuhren sie, daß diese Gegend ziemlich verlassen war. Sie kamen ab und zu mal nach hier draußen, um eine schöne, ungestörte Zeit für sich zu haben und in einem abgelegenen Teich zu fischen. Diesmal hatten sie Rauch gesehen und Manhawa entdeckt. Sie hatten ihm einen harmlosen Streich spielen wollen, der aber danebengegangen war. Sie spielten auch gerne Krieger und Helden, und Ronan bot spontan an, ihnen zu zeigen, was Kämpfen bedeutet. Ihre Gesichter leuchteten auf, und sie waren sofort Feuer und Flamme.

„Okay", sagte er. „Die erste Lektion besteht darin, daß ihr die Grundlagen übt, übt und nochmals übt, bis sie ein Teil eures Wesens werden. Die zweite Lektion lautet, daß ihr das natürliche Talent eures Körpers aufrechterhalten müßt, es nicht abtöten dürft. Spielt mit dem, was ich euch zeige, experimentiert mit den Abläufen. Tut euch jedoch weh, was ihr übt, dann müßt ihr analysieren, was genau zu dem Schmerz geführt hat. Der entsteht durch falsche Bewegungen und unsaubere Technik. Probiert alle möglichen Bewegungen aus, um festzustellen, welche die geschmeidigsten sind. Diese werden euren Körper dann auch wohltuend stärken und flexibler werden lassen. Doch beachtet immer, daß Menschen verschieden sind. Was für den einen eine spontane Bewegung ist, auf die er nicht bewußt hinarbeiten muß, ist für den anderen erst möglich, nachdem er den ganzen Vorgang analysiert hat und dessen Ablauf nachempfinden kann. Für den Nächsten mag es notwendig sein, das Geschaute erst einmal lange auf sich wirken zu lassen. Deswegen blickt nicht auf die anderen, wie die das ihrige schaffen, sondern jeder konzentriert sich auf sich selbst."

Nach diesen einführenden Worten zeigte er ihnen einige Grundübungen und manche Tricks. Die jungen Burschen waren begeistert.

Hong Nang war schlecht gelaunt. Die drei Gesuchten waren spurlos verschwunden. „Du hast sie entkommen lassen", schalt er Shee u Kim darob.

Die wollte den Tadel eigentlich nicht auf sich sitzen lassen, war aber klug genug, nicht zu widersprechen. „Es tut mir leid,

Herr, aber sie haben sich getrennt und sind dadurch nach dem Überfall schnell entkommen. Es gelang mir nur, Manhawa zu folgen. Doch alleine hatte ich keine Chance gegen ihn. Er ist zu gerissen."

„Es gibt keine Entschuldigungen", zeigte sich Hong Nang wenig beeindruckt. „Du bekommst noch eine Chance. Begib dich zu diesen drei Ortschaften und lasse die drei Personen überwachen, deren Namen ich hier für dich notiert habe. Das sind Manhawas beste Kämpfer und Freunde, und er wird sie mit Sicherheit aufsuchen."

Urtica urens
Brennesseln

Wohl ist der gemeine Stich entsetzlich,
daß es mich graust ins Leben einzutreten.
Die süße Melodie der Liebe
nahm mir doch all die Ängste, die ich hegte.

XVII
Die Vorbereitung des Kampftrupps

Manhawa, Anjulie und Ronan setzten sich zusammen, um das weitere Vorgehen zu planen. „Ich habe drei enge Freunde, die äußerst erfahrene Kämpfer sind. Mit ihnen werde ich Kontakt aufnehmen. Dabei könnten diese Jungs hier sehr behilflich sein", sagte Manhawa.

„In welcher Weise?" fragte Ronan.

„Hong Nang hat meine drei Freunde sicherlich unter Beobachtung. Einer von uns wird sie schwer heimlich kontaktieren können, wogegen drei Kinder kaum auffallen sollten. Am besten holen wir die drei gleich, und ich weise sie ein." Anjulie winkte die noch immer eifrig übenden Jungen mit einem Zeichen herbei.

„Setzt euch", forderte Ronan sie auf. „Wollt ihr ein Abenteuer erleben und uns behilflich sein?"

Ihre Augen leuchteten auf. Kinder sind nun mal immer bereit für einen Spaß. Gefahren können sie noch nicht richtig einschätzen, daher sind sie aber auch schwerer zu erwischen, denn ihnen fehlt die lähmende Angst. Sie schlüpfen ganz natürlich in die Rolle, und der Spaß überwiegt. Manhawa war sich besonders dessen völlig bewußt und hatte nicht vor, das fehlende Bewußtsein der Bedrohung für sich auszunutzen: „Es sind gefährliche Menschen, mit denen ihr zu tun haben werdet. Sie werden die geringste Ungereimtheit sofort bemerken. Seid achtsam in dem, was ihr tut. Folgt meinen Anweisungen haargenau, und ihr werdet heil wieder zurückkommen. Ihr geht hin und schnell wieder fort! Keinerlei falschverstandene Heldentaten! Es macht einen Helden aus, daß er seinen Anweisungen folgt, solange er noch nicht erfahren genug ist, die eigenen Grenzen und Möglichkeiten voll und ganz zu erkennen. Also hört gut zu!"

Manhawa sah jedem der Jungen fest in die Augen und versicherte sich ihrer vollen Aufmerksamkeit, bevor er fortfuhr. „Ihr werdet zusammen bis nach Malwa gehen. Dort trennt ihr euch. Samuel, du gehst zu jener Stelle einige Meilen außerhalb der Stadt, an der drei Felsen aneinandergereiht stehen. Dort steckst du diese Münze in eine Nische auf der rechten Seite der Steine. Hinter den Felsen führt ein Weg nach oben, der nach einer Weile zu einer kleinen Höhle gelangt. Dort drinnen wartest du auf deine Kameraden."

„Ich bin gespannt, wie sie, ohne aufzufallen, deine Botschaft überbringen werden, daß eine Nachricht in der Nische auf deine Freunde wartet", unterbrach Anjulie.

„Ganz einfach. Sie werden am Haus eines meiner Freunde eine spezielle Erkennungsmelodie leise vor sich her pfeifen, wenn sie dort entlangschlendern. Ihr seid ganz entspannt, gute Freunde auf dem Weg durch die Stadt."

„Aber wie sollen die Jungs wissen, ob dein Freund zu Hause ist?" fragte Anjulie.

Manhawa schmunzelte und fuhr fort: „Nan Ho, du wirst zuerst diesen Stein unauffällig vor die Tür meines besten Freundes legen, und zwar rechts vom Türblatt auf den kleinen Sockel, den du dort sehen wirst. Dies Zeichen weist ihn an, am nächsten Tag zu einer bestimmten Zeit zu Hause zu sein. An diesem Tag geht ihr dann beide, Ras Tan und Nan

Ho, um die ausgemachte Zeit pfeifend an dem Haus vorbei. Sobald ihr eure Aufgabe erfüllt habt, geht ihr sofort zur Höhle. Mein Freund wird sich dann mit den beiden anderen Kämpfern zum Felsen begeben."

„Sehr gut. Doch warum läßt du die Kinder die Botschaft nicht direkt überbringen?" fragte Ronan.

„Sie würden es den Jungs nicht glauben. Sie werden nur einer persönlichen Botschaft nachkommen, die auf die verabredete Weise übersandt wird."

Manhawa bereitete alles vor und unterwies jeden in der ihm zugedachten Rolle. Ras Tan pfiff er die Melodie vor und ließ ihn so lange üben, bis er sie perfekt beherrschte. Sie gaben den Kindern noch etwas Proviant und Geld mit und schickten sie auf ihren Weg.

Ronan und seine Freunde verbrachten die folgenden Tage damit, sich geistig und physisch auf die kommenden Ereignisse vorzubereiten. Insbesondere übten sie ihre Kampfkünste. Anjulie erwies sich als eine dermaßen hervorragende Kämpferin, daß sogar Ronan im waffenlosen Kampf Schwierigkeiten hatte, ihr standzuhalten.

Aber auch für die geistigen Übungen nahmen sie sich viel Zeit. Ihnen war klar, wie wichtig es war, in ihre Ängste, Unsicherheiten und anderen Schwächen tiefer einzusteigen und sie noch bewußter zu spüren. Dadurch würden sie über sich hinauswachsen und noch gefestigter werden. Ein Führer trägt alle anderen mit und hat unerschütterlich zu sein; und sie würden die Speerspitze des angestrebten Umbruchs sein müssen.

Sie gingen ihre Pläne immer wieder in allen Einzelheiten durch, damit sie so klar und so risikoarm wie möglich vorgehen könnten. Schließlich kannten alle den Plan bis ins kleinste Detail in- und auswendig.

Eines Tages, als Anjulie und Ronan querfeldein ihr Lauftraining absolvierten und Manhawa mit einer Bewußtseinsübung beschäftigt war, hörte der ehemalige Assassine plötzlich Stimmen. Schneller als ein Panther hatte er sich hinter einen Baum geduckt, den Bogen schußbereit. Er betrachtete genau, wer sich ihm dort näherte. Zwei junge Burschen, der eine, mit dunklem Teint, beeindruckte durch seinen gut durchtrainierten Körper, der andere war etwas dicklich, hellhäutig. Das könnten Fuhua und Bandhu sein, dachte Manhawa. Ronan hatte von ihnen erzählt und angekündigt, daß sie irgendwann hier eintreffen würden.

„Keinen Schritt weiter und gebt euch zu erkennen", befahl Manhawa in einem Ton, der keinen Widerspruch duldete.

„Ronan! Bist du das?" antwortete der hellhäutige Bandhu ängstlich.

„Nein, die Stimme kenne ich nicht", antwortete ihm der andere, Fuhua, bevor Manhawa etwas dazu sagen konnte. „Wer du auch sein magst, wir sind Freunde von Ronan. Ich bin Fuhua und das ist mein Freund Bandhu."

Manhawa betrachtete sie kurz, dann lächelte er: „Ja, das seid ihr. Ronan hat mir schon von euch erzählt. Seid gegrüßt, Fuhua und Bandhu."

Als Anjulie und Ronan später dazustießen, saßen die drei schon am Feuer und plauderten entspannt miteinander.

Ronan vergaß sich selbst und umarmte die beiden fast überschwenglich. Dann stellte er ihnen Anjulie vor. Die beiden Neuankömmlinge verbeugten sich und waren still; sie schienen verlegen. Anjulie begann eine lockere Unterhaltung und hatte damit bald alle Spannungen aufgelöst.

Doch kurz darauf wurde die Atmosphäre ernsthafter, als sich mit dem Eintreffen von Manhawas Freunden abzeichnete, daß es nun nicht mehr lange dauern würde. Es waren zwei Männer und eine Frau, und sie brachten die drei wilden Kinder gleich mit.

Für die Kinder war es zu gefährlich, an den folgenden Gesprächen teilzunehmen, da die dort ausgetauschten Informationen sie in Gefahr bringen würden. Also waren sie mehr oder weniger sich selbst überlassen und übten ihre Lektionen oder machten sich nützlich, indem sie Nahrung und Wasser beschafften, während die Erwachsenen einander bekannt machten, Informationen austauschten und ihr Vorgehen berieten.

„Der Grund, aus dem ich euch, meine Freunde, hierher gebeten habe, ist etwas verzwickter, als daß ich ihn in wenigen Worten darstellen könnte. Bon Masal ist mein engster Freund und steht mir in der Hierarchie unserer Rangordnung am nächsten." Manhawa deutete auf einen großen, breitschultrigen Mann mit feinen Gesichtszügen. Unvoreingenommen kennengelernt, hätte Ronan ihn niemals für einen Assassinen gehalten. Er mußte sich eingestehen, daß auch er stark von Vorurteilen und eingefahrenen Vorstellungen geprägt war. Daß Bon Masal verheiratet war und zwei süße Kinder hatte, tat ein Übriges zu Ronans Überraschung dazu. Santulo, den Manhawa als den 'Gefährlichsten von uns' vorstellte, erfüllte da schon eher das Bild, das Ronan sich von einem Assassinen gemacht hatte, obwohl auch ihm überraschenderweise eine überwältigende Lebensfreude in den Augen geschrieben stand.

„Du machst Späße, nicht wahr, Manhawa?" unterbrach Anjulie, die noch weniger zu glauben vermochte, was sie da sah.

„Nein. Es ist mein voller Ernst. Wir Assassinen sind auch Menschen mit Gefühlen, und manche von uns haben ein großes Verständnis von allen Aspekten des Lebens. Wir sind nur gezwungen worden, auf die Weise zu leben, wie wir es tun. Wir empfinden große Lebensfreude, wir lieben, wir machen alles das, was andere auch tun. Doch auf der anderen Seite sind wir eben auch in der Lage zu töten, ohne mit der Wimper zu zucken, wenn es sein muß. Manchen bereitet das sogar große Freude, aber bei den meisten hinterläßt es unheilbare

Narben in ihren Seelen. Und das gilt noch mehr für jene, die am Töten Gefallen finden."

Anjulie wurde still und nachdenklich. Sie wollte zu gerne Trost spenden, aber wußte nicht, wie.

Ronan wurde es etwas unheimlich. Er versuchte das Gefühl des Mitleids, das er unterwegs kennengelernt hatte, zu erwecken. Doch das läßt sich nicht erzwingen. Unbeholfen wandte er sich der Frau zu: „Und dieses schöne Mädchen?"

Das 'schöne Mädchen' schmunzelte selbstbewußt und stellte sich selbst vor: „Ich bin Sandiala de Luna, und so jung bin ich auch nicht. Dein Kompliment bereitet mir jedoch viel Freude."

Bon Masals Augen lachten: „Du kannst dir kaum vorstellen, wie schön dein Kompliment ist. Sandiala, unsere großartige Freundin, ist nämlich Mutter von drei Kindern."

Anjulie riß ihre Augen auf. „Drei Kinder! Kaum vorstellbar. Das hätte ich nie gedacht. Wie hältst du dich so jung?"

Santulo schmunzelte ironisch und blies die Luft hörbar aus seiner Nase: „Manhawa hier hat mich als den Gefährlichsten hingestellt. Gefährlicher als unsere liebe Sandiala kann keiner sein. So süß, so liebenswürdig, wittert sie die geringste Gefahr, ist der Feind im Nu erledigt. Ihre Lebensfreude bleibt ungeschmälert dabei, und das läßt sie so mädchenhaft ausschauen."

„Das erste Gesetz des Lebens lautet: Du oder ich, wer wird das Opfer sein? Wenn du ehrlich bist, dann gibt es nur eine Antwort", fügte Sandiala hinzu.

Als Ronan sie noch immer verständnislos ansah, fuhr sie mit einem strahlenden Lächeln fort: „Akzeptierst du die Kompromißlosigkeit des Lebens, ist die Entscheidung, deine Freude zu bewahren, nicht mehr schwierig. Bei einem Kampf wird es immer ein Opfer geben. Die Frage ist, willst du das Opfer sein? Das bedeutet nicht, daß ich gerne töte."

„Sonst wären deine Männer Fraß für die Geier geworden", lachte Santulo.

Sandiala lachte herzlich mit: „Es ist nicht leicht für eine Frau wie mich, einen Mann zu halten, denn es wird schnell zu viel für ihn. So stark sind die Männer doch nicht, wie sie vorgeben. Zu meiner Freude hat jedes meiner Kinder viele der guten Eigenschaften ihrer Väter geerbt."

Ronan fragte ganz naiv: „Sind die Kinder nicht von einem Mann?"

„Von drei verschiedenen Vätern." Sie nahm wahr, wie Anjulie kurz zusammenzuckte. „Schockiert?" fragte sie lächelnd.

„Nein. Doch! Ich denke nur, wie stark darf eine Frau werden? Können die Männer mithalten?"

„Ich glaube nicht, daß die Frau oder der Mann deswegen Einschränkungen eingehen soll", sagte Manhawa. „Bei einer Beziehung ist es jedoch ganz anders als beim Kampf. Beim Kampf muß ich den anderen besiegen. Bei einer Beziehung muß ich mich selbst zähmen und nachgeben können. Nichts für ungut, Sandiala. Du hast dein Bestes gegeben."

„Versuche nicht mich zu verschonen, Manhawa. Jede hat ihre Schwächen. Ich will von einem starken Mann getragen werden und habe meinen Männern ihre Schwächen nicht erlaubt."

Manhawa schaute Anjulie und Ronan an: „Versteht ihr unsere Lage jetzt etwas besser?" und leitete seine folgenden Worte damit sanft ein. „Ihr habt in einer heilen Welt unter Heilern gelebt. Eure Meister sind zwar nicht weltunerfahren, doch trotzdem kennen sie unseren Schmerz nicht. Nichts gegen die Welt der Heiler. Nichts gegen eine heile Welt. Doch wir verstehen unsere Schwestern und Brüder, wie kein anderer es kann, und wir wollen jetzt unsere Ketten abwerfen. Ihr habt uns Hoffnung gegeben, und dafür stehe ich in eurer Schuld. Bitte versteht mich nicht falsch. Es ist eine dankbare Schuld."

Ronan wollte etwas sagen, aber Manhawa hielt seine Hand hoch und bat den jungen Heiler, ihn ausreden zu lassen. „Bitte hört mich an. Ihr fragt vielleicht, warum meine Freunde so ohne weiteres mit unseren Vorhaben einverstanden sind, selbst ohne daß ich sie darum bitten mußte. Wir haben schon oftmals über unsere Situation diskutiert und uns vorgenommen, jede Möglichkeit zu ergreifen, die sich zu unserer Befreiung bietet. Wir hatten auch überlegt, auf eigene Faust gegen den Bund vorzugehen, aber unser Oberhaupt ist nicht der Führer, der den Bund gründete. Der böse Führer hält sich verborgen. Es wäre zu gefährlich für uns, offen gegen ihn vorzugehen. Besonders für diejenigen, die Familien haben, da sie bei einem Fehlschlag die Vergeltung hart zu spüren bekämen."

Anjulie und Ronan fehlten die Worte. Auch der lebensfrohe Fuhua wirkte ob dieser Worte gedämpft.

„Nehmt es euch nicht allzusehr zu Herzen. Das Leben verläuft auf vielfältige Art und Weise", besänftigte Manhawa.

„Warum ist das alles bloß so ungerecht?" haderte ausgerechnet die der Realität normalerweise besonders nahe stehende Anjulie.

„Berechtigte Fragen, berechtigte Emotionen, aber trotzdem müssen wir die Umstände so akzeptieren, wie sie sind, um damit zurechtzukommen und aus dem Leben das Bestmögliche für uns zu machen. Laßt uns lieber überlegen, wie wir vorgehen wollen."

Ronan sah immer noch etwas verwirrt drein, nickte jedoch zustimmend. Anjulie hingegen haderte weiterhin.

„Sandiala, bitte, Gefühle kann man nicht einfach so wegschieben."

„Das stimmt, aber es gibt Zeiten der Handlung und Zeiten des Innehaltens. Jetzt steht die Handlung an."

Die gedrückte Stimmung ließ spürbar nach, als sie an die Planung gingen. Sie vereinbarten, daß Bon Masal, Santulo und Sandiala weitere vertrauenswürdige Freunde und gute Bekannte aufsuchen und überzeugen sollten, auf Schleichwegen zu ihnen zu stoßen. Manhawa machte sich Gedanken über ihre Freunde, welche sie aufzusuchen wollen und ließ sie dabei sicherheitshalber noch ein paar Namen von der gedachten Liste streichen.

Der grundlegende Plan, wie sie die Provinz Malina von der Tyrannei befreien würden, nahm nur langsam Gestalt an. Doch sie waren sich einig, daß eine der ersten Maßnahmen darin bestehen sollte, die Personen auszuschalten, die die gegnerischen Truppen und sonstigen Kämpfer befehligten, wobei es jedoch so wenig Tote wie möglich geben sollte. Waren die Kommandeure erst ausgeschaltet, wären etwaige Gegenmaßnahmen kaum noch möglich und ihr Sieg fast schon sicher. Zumal man vereinbarte, auf ähnliche Weise die führenden Regierungskräfte aus dem Spiel zu nehmen.

„Puhh", blies Ronan die Luft aus. „In der Theorie hört sich das wunderbar an. Doch inwieweit wird es in der Praxis funktionieren?"

„Das, lieber Ronan, ist unser Spezialgebiet", versicherte Manhawa. „Eine gute Koordination und Planung sorgen für einen reibungslosen Verlauf. Selbstverständlich müssen unsere Akteure die für ihre Aufgaben notwendigen Fähigkeiten besitzen und beherrschen, doch darauf kannst du dich verlassen. Die Einzelheiten werden wir erst ausarbeiten, wenn wir alle relevanten Informationen besitzen und uns hier wieder treffen. Wir wollen erst einmal sehen, wie viele unser früheren Kameraden wir noch auf unsere Seite ziehen können."

Manhawa bat seine drei Freunde, Vorbereitungen zu treffen, um früh am nächsten Morgen losgehen zu können. Die drei Kinder sollten nach Hause geschickt werden.

Als Manhawa, Anjulie und Ronan wieder unter sich waren, bemerkte Anjulie: „Welche liebe Person hast denn du noch dort im Hauptlager deiner alten Kameraden, Brüderchen?"

Manhawa errötete leicht und senkte seine Augen. „Ich glaube schon, daß sie mich liebt. Aber ich habe mich bisher nicht getraut, ihr meine Liebe richtig zu offenbaren. Dazu kommt, daß sie die Tochter des Führers ist."

„Fasse dir ein Herz und gewinne sie. Bring sie mit, wenn du zurückkommst. Wie heißt sie?"

„Norena. Sie ist so ein lieber Mensch. Mein Herz schmerzt immer, wenn ich sie sehe, da sie noch so unschuldig ist."

„Wieso ist sie nicht bei ihrem Vater?"

„Sie ist mit dem ganzen Assassinentum nicht einverstanden. Er hat sie deswegen von sich gestoßen und zum Hauptlager verfrachtet."

„Oh, wie traurig. Aber vielleicht ist es auch das Beste, da sie dich so zumindest kennengelernt hat."

„Ja. Aber Ronan, wie steht es mit dem Auftrag deines Meisters? Wir werden für all diese Vorbereitungen einiges an Zeit benötigen. Du könntest in der Zwischenzeit mit Anjulie zu ihm gehen, ihn über all das hier unterrichten."

„Ja, ich denke, wir sollten zu meinem Vater gehen", sagte Anjulie.

„Dein Vater? Lebt er denn in Tongsu Dham?" fragte Ronan.

„Nein, du Einfältiger. Mein Vater ist dein Meister Ling."

Ronan hätte nicht verwunderter sein können und stand mit offenem Mund da. „Warum hast du mir das nie gesagt?"

„Und warum hätte ich es dir sagen sollen?"

„Weil ... Ich meine, es wäre doch ... Der Höflichkeit halber zumindest."

„Sei mir nicht böse. Du hast dich auch nicht richtig getraut, dich meinem Herzen zu nähern. Das ist gut so. Es macht mich sowieso eher mißtrauisch, wenn Menschen gleich die besten Busenfreunde sein wollen. Aber das heißt eben, daß ich mich ebenfalls zurückhalte, und zwar auch mit Informationen über mich."

Ronan mußte schlucken und fühlte sich irgendwie abgelehnt. *Kein Wunder, daß sie so schlau ist,* dachte er. Er hatte keinen Vater, der ihn liebevoll aufgezogen hätte, und seine Mutter hatte ihn am Hof des Purpurmantels abgegeben. Er kämpfte mit diesen Gefühlen und traute sich nicht, seinen Freunden in die Augen zu schauen. Dann kam ihm der Gedanke, daß doch Meister Ling wie ein Vater für ihn war, und er spürte dessen Achtung und Liebe für seinen Schüler. So bekam er langsam seine Gefühle wieder in den Griff, hob den Kopf und brachte, wenn auch mit großem Kraftaufwand, ein Lächeln auf seine Lippen. „Ja, es stimmt, was du sagst. Es ist arrogant von mir, so zu denken."

„Ist das alles, was du zu sagen hast?" erwiderte Anjulie mit süß geschürzten Lippen. „Gehört nicht noch etwas dazu?"

Er wußte, was sie meinte, war aber gleichzeitig erbost und auch ein bißchen beschämt darüber, daß sie auch noch eine Entschuldigung von ihm forderte und er es nicht über sich bringen konnte, diese würdevoll auszusprechen.

Manhawa nahm ihn in seine Arme und flüsterte ihm ins Ohr: „Es scheint dir nur unmöglich zu sein, mein Bruder. Empfinde Liebe für sie, und du wirst sehen, daß es von alleine geht."

„Dein Bruder kann ich nicht sein", zischte Ronan in sein Ohr. „Wie kann ich sie dann als meine Frau gewinnen? Aber das schaffe ich, auch wenn ich dafür hundert Leben brauche, mein lieber zukünftiger Schwager." Das brachte die beiden zum Lachen, und Ronan spürte eine große Liebe für Anjulie, drehte sich ihr zu, nahm ihre Hand und sagte mit einem Kuß auf ihre schönen Finger: „Es tut mir aufrichtig leid, meine geliebte Anjulie."

„Jetzt bin ich plötzlich deine Geliebte, wo ich vorhin noch … In Ordnung, Entschuldigung angenommen. Nun zu meinem Vater. Wir müssen erst Richtung Tongsu Dham gehen. Aber nach einer Weile biegen wir rechts gen Osten ab."

„Warum ist Tongsu Dham eigentlich ein so besonderer Ort?" fragte Ronan.

„In Tongsu Dham leben einige unbesiegbare Meister. Dort wäre ich völlig geschützt, sollten die Meister mich aufnehmen.

Aber auch das Kloster selbst bietet schon große Sicherheit."
„Wie kommst du darauf, daß die Meister dich nicht aufnehmen könnten?" fragte Ronan erstaunt.
„Dich würden sie sicher nicht beherbergen, mein lieber Ronan. Du bist manchmal so grob."
Ronan stutzte, und Anjulie fuhr schnell fort. „Gleich wieder diese kindische, beleidigte Reaktion. Diese Meister mischen sich normalerweise nicht in die Angelegenheiten der Menschen ein. Es müßte dafür schon einen sehr triftigen Grund geben."
„Du bist doch ein besonderer Grund."
„Das ist sehr lieb von dir, Ronan, aber meine Person allein würde sie sicher nicht dazu bewegen. Wenn sie es überhaupt in Erwägung zögen, müßte ich eine Prüfung bestehen. Aber das ist im Moment alles unwichtig für uns, da wir gar nicht nach Tongsu Dham hinein wollen und ich nicht gleich auf ihre Hilfe angewiesen bin. Wir sollten unser weiteres Vorgehen besprechen und Vorbereitungen treffen. Was meinst du dazu, daß wir meinen Vater, deinen Meister, aufsuchen."
„Wenn du das möchtest, dann gehen wir."
„Kannst du keine Entscheidung für dich selbst fällen?"
Bevor das Gespräch eskalieren konnte, unterbrach Manhawa die beiden: „Stopp! Frieden! Es ist entschieden. Ihr geht zu Anjulies Vater und ich ins Lager der Assassinen. Jetzt legen wir uns zur Ruhe. Wir brauchen den Schlaf. Gute Nacht."
„Eines noch", sagte Ronan zu Manhawa. „Du hast doch gesagt, daß du uns brauchst. Wieso jetzt nicht mehr?"
„Es war wichtig, daß ihr bei uns wart, um uns aufzubauen. Ihr habt meinen Freunden durch eure bloße Gegenwart viel Mut gemacht. Nun werden sie mit dieser Kraft die Arbeit weiterführen können. Das Gefühl, daß ihr hinter uns steht, verleiht uns die notwendige Tatkraft, doch wenn ihr nicht von unserer Seite wichet, würden wir von euch abhängig werden. Also nochmals gute Nacht."

Am nächsten Morgen kam die Zeit des Abschieds. Die Freunde umarmten sich. Es waren keine Worte mehr notwendig. Anjulie weinte leise und wollte Manhawa gar nicht loslassen, bis er sie sanft von sich schob und ihre Hände in Ronans legte.
„Gott sei immer mit dir!" sagte sie mit einem wehmütigen Lächeln.
Mit einem „Lebt wohl" drehte sich Manhawa um und ging. Schweren, aber zugleich freudigen Herzens machten sich Anjulie und Ronan auf ihren Weg.

Die Tage waren so frustrierend für Shee u Kim gewesen, daß sie fast an den Rand der Verzweiflung geraten war. Die drei Assassinen, die sie hatte unter Beobachtung stellen lassen, waren spurlos verschwunden. Sie hatte den besten Spurenleser beauftragt, sie zu finden, doch er gab nach einer Weile auf. Und jetzt tauchten die drei plötzlich wieder auf. *Diesmal werden sie nicht einfach so verschwinden,* schwor sie sich.

Hong Nang schickte derweil Sar A Wan die Nachricht, daß er Manhawa nicht im geringsten traute, zumal der Assassine mitsamt Ronan und Anjulie spurlos verschwunden war. Das ging nicht mit rechten Dingen zu. *Wenn es tatsächlich Manhawas Vorhaben gewesen wäre, Ronan und Anjulie zu ihrem Oberhaupt zu bringen, warum hatte er es nicht längst getan?* sinnierte Hong Nang.

Ein Riese stand vor dem Felsen, in dessen Nähe Ronan die Assassinen besiegt hatte. Erholt von seinen Verletzungen, war er hinter Ronan und Anjulie hergelaufen. Er hatte versucht, sie weiter in die Berge zu verfolgen, aber ihre Spuren lösten sich im Schnee auf.
Zurückgekehrt zu den Felsen, wo die meisten Spuren zu finden waren, stand er nun da und rätselte. Anscheinend waren sie mit Manhawa zusammen. *Vielleicht hat Manhawa die*

beiden ausgetrickst und bringt sie gerade zu ihrem Verderben. Von diesem Gedanken ausgehend entschied er sich, zurück zum Hauptlager zu gehen und dort auf weitere Anweisungen zu warten.

Epiphegus virginiana
Krebswurz

Nun, ich will keine Lektionen mehr lernen,
die Nase habe ich voll vom stets mich Anstrengen müssen.
Die süße Belohnung am Ende der Strecke,
entfesselt mich von diesem Sklaventum.

XVIII

Wie es mit den dreien weiterging

Es gibt ein Sprichwort, nach dem die Götter launisch sind, die unberechenbarsten Geschöpfe im Universum. Keiner weiß, welche Steine sie einem in den Weg legen werden.

Was Ronan und Anjulie in dieser kurzen Zeit durchgemacht hatten, war mehr als genug für viele Leben. Ronan erwartete nichts anderes, als daß es so weitergehen würde, daß die Ereignisse sie fortlaufend auf Trab halten und ihre Talente noch mehr schärfen würden. Aber es passierte nichts.

Nun, es passierte nicht nichts, nur waren es bloß gewöhnliche Dinge, die sie erlebten: neue Landschaften, viele interessante Begegnungen, schöne Orte, wo sie liebend gerne ihr Leben hätten verbringen wollen, wunderbar abenteuerliche Begebenheiten ohne unangenehme Überraschungen. Ihr Weg war gesäumt von Friede, Freude und Unbeschwertheit.

Die Menschen, die sie trafen, waren nett, freundlich und halfen ihnen, wo und wie sie nur konnten. Die durchreisten Dörfer waren friedlich. Probleme stellten sich ihnen nicht. Sie wurden von der Straße weg eingeladen, Rast zu machen, und gingen mit Speis und Trank gestärkt und schönen, herzerfreuenden Erinnerungen ihres Weges.

„Ich glaube es einfach nicht!" sagte Ronan zu Anjulie.
„Was denn?"
„Das kann doch nicht wahr sein. Wir haben nur Glück. Die Welt scheint in Ordnung zu sein. Selbst die Elemente zeigen sich uns gegenüber wohlwollend."
„Die Welt an sich ist im Grunde schon in Ordnung."
„Was, machst du Scherze mit mir? Du hast dich doch vor Kurzem noch ganz gegenteilig geäußert", meinte Ronan stirnrunzelnd.
„Ich bin ein Optimist, das weißt du doch, Lieber. Ich glaube an die Güte des Menschen, auch wenn natürlich ab und zu mal Böses geschehen kann."
„Ab und zu! Was mit uns passiert ist und was wir alles erlebt haben, nennst du das ‚ab und zu'?"
Anjulie lächelte schelmisch. „Komm, sei nicht so erbost. Vermißt du denn wirklich all die Spannungen, Kämpfe, Verfolgungen und unsere Flucht?"
„Na ja. Wenn das alles wäre, wenn alles nur ein Kampf ums Überleben wäre, das wäre auch nichts für mich. Aber nach den letzten Tagen könnte mir ein bißchen mehr Spannung schon gefallen."
„Wir könnten auch ganz gefährliche Strecken einschlagen, wenn dir das mehr Spaß macht."
„Schon gut. Man soll ja zufrieden sein mit dem, was man bekommt. Nur neigt der Mensch dazu, mit der Zeit nachlässig zu werden."
„Im Grunde bin ich deiner Meinung, aber es muß sich keine Nachlässigkeit einschleichen. Bleib nur eingedenk der Dinge, die wir von unseren Meistern lernten, und es sollte unmöglich sein, daß Nachlässigkeit uns auf Abwege bringt. Man braucht nicht angespannt herumzulaufen und kann trotzdem seine Umwelt aufmerksam beachten, kann im Einklang mit den Geschehnissen um einen herum bewußt sein Leben genießen. Es ist einfach eine Sache der Disziplin. Eine Diszip-

lin, die nicht aus Härte entsteht, sondern aus Verständnis und Achtung für sich selbst."

Auf diese Worte hin fiel ihm der erste Tag nach ihrem Abschied von Manhawa ein. Anjulie und Ronan hatten kaum mehr miteinander gesprochen. Die junge Frau war in sich gekehrt gewesen und hatte ihm mit ihrer Haltung ganz klar zu verstehen gegeben, daß sie in Ruhe gelassen werden wollte. Ronan, von Natur aus kein gesprächiger Mensch, wußte überhaupt nicht, wie er sich der abweisenden Anjulie gegenüber verhalten sollte.

An dem Abend schlugen sie ihr Lager an einem schönen Wasserfall auf. Ronan schlief in dieser Nacht fest wie ein Baby und wachte am Morgen später auf als sonst. Da bemerkte er, daß Anjulie wohl schon länger auf den Beinen war, denn einige ihrer Kleider hingen zum Trocknen in den umliegenden Büschen. Sie mußte also im Pool am Wasserfall geschwommen und gebadet haben. Suchend schaute er sich um und entdeckte sie, wie sie an einem flachen Platz in der Nähe ihres Lagers Übungen machte. Er beobachtete sie, und seine Augen blieben entzückt an ihrem geschmeidigen Körper hängen. Ihre Bewegungen waren von einer Anmut, die er bisher in dieser Weise noch gar nicht wahrgenommen hatte.

„Hast du nichts anderes zu tun, als mich anzustarren?"

Diese Worte rissen ihn zurück in die Wirklichkeit. Er stammelte unbeholfen ein paar ablenkende Worte, erklärte, daß er gerade aufgewacht sei und nun den wunderschönen Tag genieße.

„Bin ich etwa dieser wunderschöne Tag?"

Das machte Ronan noch verlegener, er wußte nicht, was er erwidern sollte, und überlegte alles Mögliche, was er ihr sagen könnte. Selbstverständlich hatte er sie angestarrt. Aber das konnte er doch nicht einfach so zugeben.

„Hast du deine Sprache verloren?"

„Nein, nein", hub er an.

Doch Anjulie unterbrach ihn schon. „War es vielleicht dein schlechtes Gewissen?"

Er spürte Zorn aufsteigen. „Laß mich doch reden."

„Nun greift der Täter zur nächsten Taktik: Angriff, auf daß er seine Taten dadurch verwische."

„Ich hab dich doch nicht angegriffen. Ich habe nur darum gebeten, reden zu dürfen."

„Habe ich vielleicht deine Bitte überhört? Das tut mir wirklich leid. Ich entschuldige mich, daß ich dir nicht richtig zuhörte."

Er blieb sprachlos. Sie schmunzelte und machte weiter ihre Übungen, die sie während der ganzen Zeit beibehalten hatte, ohne aus dem Rhythmus zu kommen. Gleichzeitig nahm sie ihn in ihrer schnippischen Art auf den Arm. Trotz des aufkommenden Zorns mußte Ronan ihre Konzentration und Gewandtheit bewundern. Ihm fiel auf, daß er sie bisher keine Übungen hatte machen sehen, und das ließ ihm schmerzlich bewußt werden, daß er die seinen auch schon längere Zeit vernachlässigt hatte. Wie schnell sie die Disziplin vergaßen! Die Tage waren voller Aktivitäten, die ihnen kaum Zeit gelassen hatten, es war oft ein Kampf ums Überleben gewesen. Aber dazwischen hätten sie doch manche Tage Zeit gehabt, zum Beispiel in dem Dorf, in dem sie sich aufgehalten hatten.

„Bist du mit deinen Gedanken in ein fernes Land verreist?" holte Anjulie ihn wieder aus seinem Tagtraum.

„Ach, ja. Entschuldige, ich war in Gedanken versunken. Doch es stimmt, was du sagst. Ich habe dich nicht darum gebeten, reden zu dürfen."

„Bewundernswert! Ronan kann eine Untat einsehen und sich sogar entschuldigen. Was für ein Fortschritt!"

„Spaß beiseite", sagte er. „Ich finde, daß du die Übungen wundervoll machst. Es ist eine Wohltat für die Augen. Und das meine ich von Herzen."

„Ach so, warum hast du das nicht gleich gesagt?" erwiderte sie und machte weiter.

Er schwieg und nahm sich vor, auch selber wieder das Training aufzunehmen.

Später, als sie wieder ins Gespräch kamen, sagte er zu ihr, daß er ihren Vater für einen sehr guten Lehrmeister halte.

„Meinst du die Übungen? Die habe ich von meiner Mutter gelernt."

„Oh!" entwich es ihm unwillkürlich. War er wieder ins Fettnäpfchen getreten?

„Das überrascht dich?"

„Ja ... äh ... nein! Ich hab mich einfach ungeschickt geäußert."

„Scheint eine von deinen großen Eigenschaften zu sein."

„Na ja. Sicher bin ich kein Held, was Gespräche anbelangt. Aber ich arbeite an mir."

„In diesem Tempo ist es immer noch ein gemächliches Arbeiten."

„Weißt du", der Ärger wallte wieder höher, „ich gebe mir viel Mühe bei den Dingen, die mir wichtig sind. Wenn die Gesprächsführung Leben und Tod für mich beinhalten würde, würde ich mir mehr Zeit dafür nehmen."

„Der große Held fühlt sich getroffen. Er ärgert sich. Der kühle Kopf – vom Winde verweht. Ärger, der gute treue Freund des Menschen, macht ihn so menschlich."

„Was meinst du damit?" fragte er, noch ärgerlicher werdend.

„Was ich meine, ist unwesentlich. Es sind die Auswirkungen des Getroffenseins, die von Belang sind. Die Lösung, nach der du dich sehnst, ist dir dadurch aus der Hand geschlüpft."

Er war immer noch ärgerlich. „Welche Lösung soll ich suchen? Ich habe doch kein Problem. Wenn der andere sich reizend verhält ..."

„Von welchem anderen redest du? Du hast dich über mich geärgert, oder? Also kannst du auch deutlich sagen, daß ich mich nicht nett verhalte."

Das ließ ihn innehalten. Er hatte ihr indirekt zu verstehen gegeben, daß sie nicht nett sei. Das hatte er so nicht gewollt. Er redete normalerweise nicht in dieser indirekten Art.

„Worauf willst du hinaus?"

„Auf gar nichts. Es ist nur so, wenn du dich im Recht fühlst und dich auch noch ärgerst, aber dann gleichzeitig ein schlechtes Gewissen bekommst, werden diese entgegengesetzten Gefühle dich ewig in die Irre leiten."

„Ah, ja. Dann werde ich alt und bin immer noch nicht gescheit."

„Du hast doch eine gute Grundlage am purpurnen Hof bekommen, dann müßtest du etwas früher gescheit werden können", lächelte sie.

„Ich hoffe", sagte er. „Ja, doch. Ich glaube, ich werde es schaffen."

„Sei dir nicht so sicher. Es ist keine leichte Aufgabe."

„Woher willst du das wissen? Du bist schließlich auch nicht sechzig, alt und weise."

„Ich habe es aus erster Hand bei meinen Eltern gesehen. Wie sie gekämpft haben, um ihre Liebe zu erhalten und zu vertiefen. Wie sie unter den schwierigsten Umständen siegreich waren und was für ein Aufwand das für sie war. Die Lektionen des Lebens sind manchmal sehr hart."

Das war das erste Mal, daß sie etwas über sich selbst und ihr Zuhause erzählte.

„Nie hätte ich das bei Meister Ling gedacht. Er ist doch immer bei guter Laune, beherrscht, empfindsam und liebevoll."

„Ja, schon. Aber mit welch einem Einsatz! Mir tun die Menschen leid, die dieses Wissen nicht gewinnen und ihr Leben doch so gerne in die eigenen Hände nehmen wollen. Mit dreißig, vierzig Jahren geht es noch leicht, wenn sie jemanden haben, der sie gut zu führen vermag. Es ist bemerkenswert und selten, mit fünfzig, sechzig Jahren einen neuen Anfang zu wagen, weil der Mensch nicht zur Ruhe kommen will und noch den Elan und die Leidenschaft eines Zwanzigjährigen aufbringt."

Ronan aber empfand kein Mitleid für Menschen, die diese Leidenschaft für das Leben nicht aufbringen konnten und die nicht in der Lage waren, einen Neuanfang wenigstens zu versuchen.

„Das ist doch ihr Problem, wenn sie ihr ganzes Leben vor sich weglaufen", erwiderte er mit fast boshafter Freude.

Sie schaute ihn mit einem seltsamen Blick an. „Du hast schon einen ganz schön harten Kern, nicht? Du kannst manchmal richtig erbarmungslos sein."

„Warum sollte ich Erbarmen haben? Ich wäre auch erbarmungslos von den Bösen umgebracht worden, wenn ich mich nicht verteidigt hätte."

„Du hast Glück gehabt, den Segen des purpurnen Hofes zu genießen. Wer kann das schon von sich sagen?"

„Wer so eingeschränkt leben will, verdient es auch. Ich mußte mir mein Glück ebenfalls verdienen."

„Du bist ein Sturkopf. Wer soll diesen Menschen das beigebracht haben? Sie haben so wenige Möglichkeiten dazu, das zu lernen. Wir als Wissende und Heiler haben die Pflicht, demjenigen zu helfen, der hilfsbedürftig ist."

„Ja, wir geben ihnen die notwendigen Mittel für ihre Krankheit. Das ist unsere Hilfeleistung. Wir sind ja keine Priester."

„Genau das sollten wir aber in uns und für sie entwickeln, das, was den echten Priester und die Priesterin ausmacht."

„Jetzt soll ich auch noch Priester werden? Ich habe doch kaum die Heilkunst erlernt."

„Du hast noch viel zu lernen, wie ich sehe. Was meinst du, was mein Vater und die anderen Meister sind?"

„Das sind Lehrer und Meister."
„Und was haben sie dir beigebracht?"
„Ich weiß nicht, worauf du mit deiner Frage hinauswillst."
„Vertagen wir das Thema. Sollten wir meinen Vater treffen, kann er dir sicher noch manches über die Barmherzigkeit beibringen."
Sehr froh war Ronan nicht darüber, wie das Gespräch zu Ende ging. Aber es war klar, daß Anjulie nicht mehr über dieses Thema mit ihm reden wollte.

Shee u Kim wurde sehr vorsichtig. Unter normalen Umständen war es kaum möglich, Assassinen des ersten Ranges unter Beobachtung zu halten, ohne selber erspäht zu werden. Da die Observierten fast unsichtbar geworden waren, mußte sie sich etwas einfallen lassen, um herauszufinden, was sie vorhatten. Wie ein Blitz traf sie ein Gedanke. Warum sollte sie sich auf diese drei konzentrieren, wenn doch weitere Mitglieder der Bruderschaft in der Umgebung lebten? Sie nahm sich vor, einen von ihnen ständig im Auge zu behalten. Mit einem Helfer bezog sie Posten vor seinem Haus und wartete darauf, daß er sich zeigen würde. Nach Tagen geduldigen, an den Nerven zehrenden Ausharrens zahlte sich diese Strategie aus.

Von ihrem Versteck aus sah sie für einen kurzen Moment, wie sich hinter dem Haus des beobachteten Assassinen ein Schatten bewegte. Es war der, den sie suchte, und er mußte kontaktiert worden sein, wenn er sich jetzt auf den Weg machte.

Schnell verständigte Shee u Kim ihren Partner mit einem Spiegelsignal. Er blinkte zurück, daß er den Gesuchten in Sicht habe. Aus zwei Richtungen und immer die Stellungen wechselnd folgten sie ihm.

Am Dorfrand nahm der Assassine den Pfad zum Wald. An einer Steigung verschwand er plötzlich. Shee u Kim befahl ihrem Partner mittels Zeichensprache, unterhalb ihrer Position entlangzugehen. Sie selber verließ den Pfad und schlich durch das Gebüsch zu der Stelle, wo der Assassine verschwunden war. Nichts.

Sie drohte in Panik auszubrechen und mußte tief atmen, um sich zu beruhigen. Sie konnte sich nicht erlauben, diese Chance aus der Hand zu geben. Dann sah sie vor einem dichten Gebüsch einen Stein, der etwas von seinem Platz verrückt zu sein schien. Dort mußte er langgegangen sein. Ganz langsam streifte sie geräuschlos durch das Gebüsch. Nach ein paar Metern wurde die Vegetation dünner, und sie konnte vor sich einen selten benutzten Pfad erkennen. Rechts davon war es sumpfig, links wuchs ein Dickicht. Kein Wunder, daß der Verfolgte vom Erdboden verschluckt zu sein schien.

Mit größter Vorsicht schlich sie den Pfad entlang. Ein Windhauch brachte leise Stimmen an ihr Ohr. Sie blieb stehen und horchte. Ja, da waren immer wieder vereinzelte Stimmen zu vernehmen. Um ungesehen zu bleiben, verließ sie den Pfad in Richtung der lauter werdenden Stimmen, und auf einmal erblickte sie den Assassinen und Santulo etwa zwanzig Meter vor sich. Sie versuchte ihnen von den Lippen abzulesen, aber auch dafür waren sie zu geschickt, indem sie selbst hier draußen in der Wildnis mit zusammengepreßten Lippen sprachen. Nur vereinzelte Worte konnte sie entziffern; etwa Manhawas Namen. Auch das Wort 'Malina' schien gefallen zu sein. *Sie planen irgend etwas in Malina*, schlußfolgerte Shee u Kim. *Ich muß schnell von hier weg und Hong Nang unterrichten.*

Sehr langsam kroch sie rückwärts und wurde zu ihrer großen Erleichterung nicht bemerkt. Schnell schickte sie ihren Partner mit der Nachricht für Hong Nang nach Blum, der Hauptstadt von Malina. Sie würde noch hier bleiben und versuchen, weitere Informationen herauszufinden. Daß sie aufgefallen war, ahnte sie nicht.

„Wir werden beobachtet", ließ Santulo ganz ruhig in das Gespräch einfließen.

„Das muß Shee u Kim sein", meinte der andere. „Sollen wir sie uns schnappen?"

„Nein, wir ergreifen sie später. Laß sie ruhig triumphieren und ihre vermeintlichen Erkenntnisse Hong Nang wissen lassen. Hong Nang wird glauben, daß er dadurch die Oberhand besitzt."

Manhawa stapfte langsam und in Gedanken versunken einen schmalen, dunklen Weg zwischen zwei Felswänden entlang. Er ging zum hundertsten Mal durch, wen er ansprechen könnte und auf welche Weise er das tun würde. Sie waren eine gesellige Gruppe, aber lange Gespräche und Diskussionen würden Aufmerksamkeit erregen. Unter Verdacht stand er höchstwahrscheinlich sowieso längst.

Doch die Rekrutierung der Vertrauten war die Voraussetzung für alle weiteren Unternehmungen, und am wichtigsten war, daß sie dabei nicht auffielen. Eigentlich durften sie ja gar nicht in irgendeiner Weise aktiv werden, ohne daß sie dazu einen offiziellen Befehl erhalten hatten. Ein fiktiver Befehl würde da niemanden lange täuschen. Natürlich könnten sie sich in der Nacht wegschleichen, aber sehr weit würden sie nicht kommen, und das war das ganz große Problem.

Das Oberhaupt würde sofort alle ihm treu gebliebenen Anhänger hinter ihnen herschicken und Jagd auf sie machen. Die Jäger würden mit Sicherheit einfach im Untergrund verschwinden, um sie dann unerwartet aus dem Hinterhalt zu überfallen. Es gab zwar Möglichkeiten, sich gegen diese Taktik zu schützen, aber nicht für die, die Familien hatten.

Nein, er mußte sich etwas anderes einfallen lassen. Einer der wenigen Faktoren auf der Habenseite war die Freundschaft mit Anjulie und Ronan. Er versprach sich sehr viel davon und dankte den Göttern immer wieder für die Gnade, sie ihm geschickt zu haben. Durch diese beiden Freunde hatten er und seine Kameraden überdies den Zugang zu den Meistern,

die ihnen wiederum zusätzliche Schutzmöglichkeiten boten.
Die Felswände weiteten sich plötzlich, doch schon nach etwa fünf Metern endete der Pfad an einem Felsen. In dieser Abgeschiedenheit wuchs alles wild durcheinander, und sogar ein paar Bäume hatten es gewagt, sich hier anzusiedeln. Manhawa ging zum Ende des Pfades und legte seine Hände auf zwei Erhebungen auf der rechten Seite am Fuß des Felsens. Er drückte sie fest nach rechts, und plötzlich ließ sich eine Seitentür aufschieben, ein Meisterwerk der Steinmetzkunst. Auch ganz aus der Nähe war nicht zu erkennen, daß sich dort eine Tür befand. Der Tunnel, der sich dahinter auftat, war groß genug, um aufrecht gehen zu können, und öffnete sich weiter vorne gleich wieder ins Freie. Dort weiteten sich die Felsen zu einer rauhen Berglandschaft, und der Pfad führte zum geheimen Lager der Assassinen, das sich weiter unten in der Ebene befand. Es gab auch andere Zugänge zu diesem Ort, welche genauso gut getarnt und bewacht waren.

Manhawa begrüßte den Wachposten am anderen Ende des Tunnels, plauderte kurz mit ihm und folgte dann dem in die Ebene führenden Pfad. Als er die Obstgärten erreichte, überkam ihn eine überwältigende nostalgische Stimmung. Hier hatte er viele und zum Teil auch sehr schöne Jahre verbracht. Der Schmerz, diesen Ort nun für immer verlassen zu müssen, ergriff sein Herz, so daß er kurz schnaufend anhielt.

„Geht es dir gut?" fragte eine Frauenstimme hinter ihm.
Er drehte sich um: „Norena", rief er freudig und wollte auf sie zustürzen, doch dann stockte er und nahm einfach ihre Hände in seine.

„Gefalle ich dir nicht?"

Es stand eine so herzerweichende Sehnsucht in ihren Augen, daß er sich nicht mehr zurückhalten konnte und sie doch an sich riß. „Oh, Norena, ich habe dich immer geliebt, war mir aber nie sicher, ob du meine Liebe erwiderst." Nun schmiegte sie sich ganz an ihn, und er spürte, wie sein Herzschlag eins mit dem ihren wurde. Nie mehr wollte er sie loslassen, immerzu an sich gepreßt halten.

Norena legte ihren Kopf nach hinten und schaute mit leuchtenden Augen, die unbeschreibliches Glück versprachen, zu ihm hoch. Er neigte sich zu ihr, und sie reckte sich hoch. Als seine Lippen die ihren berührten, vergaß er alles. In seinem Kopf blitzte Licht. Wie lange sie dort Lippen an Lippen standen, war nicht zu ermessen. Langsam lösten sie sich von einander, um sich dann noch einmal voller Leidenschaft zu küssen. Sie nahm sein Gesicht in ihre Hände und preßte ihren Busen gegen seine Brust. Der Wind wehte ihren wunderschönen, schlanken Hals von den langen Haaren frei. Von Liebe überfüllt küßte er ihren Hals überall.

Endlich kamen sie wieder zu Sinnen, und Norena sagte mit großer Bestimmtheit: „Ich kann nicht mehr hier leben. Bitte bring mich weg, Manhawa."

„Genau das habe ich vor, meine Liebe, mein Herz. Jetzt aber müssen wir weitergehen." Er gab ihr noch einen langen Kuß, und dann schritten sie durch den Garten, als ob nichts geschehen sei und doch in liebende Gedanken über den anderen versunken.

Schließlich brach Manhawa die Stille. „Ich gehe jetzt zum Oberhaupt, Bericht erstatten. Wir sehen uns später, doch sollten wir uns unauffällig verhalten."

„Ich werde mein Bestes tun", gelobte sie und lächelte anmutig.

Auf dem Weg zum Quartier des Oberhaupts, Gran Ming, traf Manhawa immer wieder eine Schwester oder einen Bruder, begrüßte sie herzlich und wechselte ein paar Worte mit ihnen.

Beim Quartier angekommen, klopfte er an die Tür.

„Wer ist da?" rief Gran Ming hinaus, obwohl er wissen mußte, daß es Manhawa war.

„Ich bin es, Manhawa."

Eine Zeitlang war nichts zu hören. „Komm rein!" Manhawa hatte erwartet, daß die Stimme kühl und unfreundlich sein würde. Erstens kam er alleine, zweitens war er sehr lange fortgewesen, und drittens hatte er auch gar nichts von sich hören lassen.

Das Empfangszimmer, das gleichzeitig als Arbeitszimmer fungierte, war geschmackvoll ausgestattet. Der schwere, ovale, rostfarbene Holztisch war an der Tischkante verziert mit Schnitzereien von Blumen, und der Stuhl war im selben Stil wie der Tisch geschreinert. An den Wänden hingen große Gemälde von Naturlandschaften, Schlachten und Heldentaten; an der Decke leuchtete ein kleiner Sternenhimmel. Allerdings war sofort ersichtlich, daß die Hand einer Frau in diesem Haus fehlte.

Der Führer, ein kleiner breit gebauter Mann mit einem faßförmigen Brustkorb und kräftigen Armen, bat Manhawa Platz zu nehmen. „Du mußt viel zu erzählen haben", sagte er und schaute ihn unter buschigen Augenbrauen an.

Manhawa holte tief Luft: „Ja, und es ist nicht alles sehr erfreulich."

Es kam keine Entgegnung. Gran Ming betrachtete Manhawa ohne ein Wort, mit Augen, die nichts verrieten.

„Es war eine Falle. Unsere drei Brüder sind tot. Ich bin nur durch Glück am Leben geblieben."

„Interessant", erwiderte das Oberhaupt, und eine unüberhörbare Ironie lag in seiner Stimme.

„Irgendjemand muß uns verraten haben. Samir wurde von einem Pfeil ins Herz getroffen, bevor wir wußten, was geschehen war. Barte hat Treffer an Arm und Bein davongetragen. Er kam lebend, aber schwer verletzt davon. Malu und ich halfen Barte zu entkommen. Ich habe zwar das Mädchen mit einem Pfeil erwischt, aber es war kein tödlicher Schuß. Der Vater des Mädchens und einer seiner Schüler, ein junger Mann namens Ronan, sind zusammen mit dem Mädchen verschwunden.

Später wurden die beiden Männer allerdings noch nahe des Hofes gesehen. Wo sie das Mädchen versteckt haben, wissen wir noch nicht."

„Was meinst du? Wer hat uns verraten?"

„Das hätte ich gerne von Euch gewußt", erwiderte Manhawa.

„Erzähl weiter. Keiner kann uns verraten haben, da niemand von deinem Auftrag wußte."

„Könnt Ihr mir dann bitte erklären, wieso Hong Nang über Ronan und das Mädchen im Bilde und auf der Suche nach ihnen war?"

„Was erzählst du da?"

„Ich habe persönlich mit ihm gesprochen. Hat er Euch denn keine Nachricht zukommen lassen?"

Gran Ming schien auf einmal nachzudenken. „Nein. Hong Nang kommuniziert direkt mit unserem Führer, dem Meister", antwortete er nach kurzem Zögern.

„Den würde ich gerne kennenlernen. Hat unser gesalbter Meister Euch etwa auch keine Nachricht zukommen lassen?"

„Niemand kennt den Gesalbten. Alle, die ihn je sahen, sind nicht mehr hier. Ich habe nun die Führung. Jetzt zu deiner Frage. Nein, ich habe auch nichts von unserem Meister gehört."

„Also glaubt Ihr mir jetzt, daß irgend etwas faul ist."

„Ich werde es überprüfen. Erzähle mir den Rest."

Manhawa erzählte ihm eine ganz ähnliche Geschichte, wie er sie schon Hong Nang aufgetischt hatte, und Gran Ming schien sich damit erst einmal zufrieden geben zu wollen und entließ Manhawa.

XIX

Ronans Unterweisung

Nach der letzten Auseinandersetzung war Anjulie in sich gekehrt. Als Ronan mit ihr über die Schweigsamkeit, die sie an den Tag legte, sprechen wollte, war sie dem mit den Worten „Es gibt zu viel Streit, und ich möchte für mich sein" ausgewichen. Da wandte er sich in den Tagen darauf der Landschaft zu, die sie durchquerten.

Wie schön die Natur war. Er hatte es vermißt, hier draußen zu sein. Die vergangenen Wochen waren nichts als Flucht und Kampf gewesen, dazu kam die Zeit in der Stadt. Das Wunder der Natur um sie herum hatte er dabei gänzlich aus den Augen verloren. Nun betrachtete er nach langer Zeit das erste Mal wieder eine vor ihm zum Himmel aufragende Klippe voller Bewunderung. Freude stieg in seinem Herzen auf. *Wie flüchtig können Momente vorbeiziehen, wenn man ihnen mit dem Herzen keine Aufmerksamkeit schenkt,* dachte Ronan. *Wie vermißt man sie, obwohl sie sich nicht von uns abgewandt haben. Wir bauen eine Wand zwischen der Natur und uns selber auf. Aber wenn wir sie wieder mit Achtsamkeit und Liebe anschauen, strahlt sie Liebe und Sonnenwärme zurück.*

Er war in diesen friedlichen Moment versunken, als Anjulie plötzlich aufschrie. Seine Hand griff automatisch nach dem Dolch. Auf der Anhöhe vor ihnen stand eine Gestalt. Die Abendsonne warf ihren Schatten weit vor sie hinunter. Das Gewand wehte und flatterte, und im Licht der Sonne strahlte die Erscheinung eine außergewöhnliche Kraft aus, die ihm fast unheimlich vorkam.

Doch es war gar kein Schreckensschrei gewesen, wurde ihm klar, als er sah, wie sie freudig „Dada" rief und auf die Gestalt zurannte. Erst da erkannte auch er seinen Meister. Ronan ging zögerlich auf die beiden zu, etwas verlegen und mit gemischten Gefühlen. Ja, er freute sich riesig, ihn wiederzusehen, doch anderseits hatte er Anjulie nun nicht mehr für sich allein.

Sie teilte solch gemischte Gefühle ganz offensichtlich nicht. Sie fiel in Meister Lings Arme und weinte vor Freude. Ach, es war fast zu viel für ihn. Er schaute den hinter den beiden herfliegenden Vögeln nach, als ob ihn das viel mehr interessierte.

„Ronan", rief Meister Ling dann und breitete seine Arme aus. Er umarmte seinen Schüler, und dieser hätte den Meister fast küssen mögen. Aber es war richtig, daß er es nicht tat. Alles muß sich entwickeln, alles muß reifen. Unreife Früchte hinterlassen einen schlechten Geschmack. Wenn man diese Dinge zu hastig vorantreibt, täuscht man sich selbst, und im Inneren wird man unzufrieden bleiben. Ob Unzufriedenheit nicht der wahre Grund für das Leid ist?

„Kommt, gehen wir", wies der Meister sie auf den Weg.

Anjulie lief neben ihm her und redete unaufhörlich. Ronan ging mit etwas Distanz zu ihnen und hörte kaum die Worte. *Wie kann frau nur so viel reden?* dachte er. Dann ertappte er sich bei seiner melancholischen, unzufriedenen Stimmung und versuchte zumindest zuzuhören. Da wurde er gewahr, daß sie ihrem Vater über ihre Abenteuer erzählte, und dabei fiel auch Lob für ihn ab. Sehr viel sogar. Er staunte über die Achtung für ihn, die in ihren Worten mitschwang.

Sie schätzt mich! Als diese Erkenntnis durch seinen Kopf schoß, schwoll sein Herz vor Freude. Er war wieder der Alte, beteiligte sich nun auch am Gespräch und erzählte von ihrer Tapferkeit. Doch war es nicht leicht, die richtigen Worte zu finden. *Neidisch bin ich immer gewesen auf die Dichter, die sie so mühelos zu schmieden vermögen,* dachte er. Aber das machte nichts. Er lobte sie voll Inbrunst, und die freudige Miene seines Meisters und ihre schüchternen Blicke waren ihm herrlicher Lohn.

Bald aber wurde es dunkel und Meister Ling suchte einen geeigneten Platz für die Nacht. Nach dem Abendmahl, als sie Wacholdertee tranken, erzählte ihnen der Meister, wieso er gerade dort auf sie gewartet hatte: „Man hörte schon einiges von euren Heldentaten und erfuhr, welchen Weg ihr nahmt. Da ihr in diese Richtung gehen würdet, brach ich vor ein paar Tagen auf und hielt einfach Ausschau nach euch.

Ihr fragt, warum ich euch entgegenkam? Weil die Pläne sich geändert haben. Erstens werdet ihr nicht mehr nach Tongsu Dham gehen. Doch seid beruhigt, die restlichen Schüler sind dorthin gebracht worden. Sie sind alle in Sicherheit, all diejenigen, die entkommen sind. Dort werden sie weitergebildet. Warum nicht du, Ronan? Wie ich schon sagte, uns ist einiges über euch zu Ohren gekommen. Ihr habt euch zwar sehr geschickt immer wieder getarnt, aber es können ja nicht mehrere Paare und ein dritter Mann sein, von deren Heldentaten die Menschen im Land berichten. Ferner haben wir von unseren Leuten erfahren, daß vier Assassinen spurlos verschwunden sind. Das können nur diejenigen sein, die auf Anjulie geschossen hatten. Ronan mußte sie besiegt haben. Dies bestätigt die Vorhersagen über dich und bewegt uns, die weiteren Schritte einzuleiten. Aus diesem Grunde wird deine Schulung nun ganz woanders stattfinden."

Vorhersagen? Von welchen Vorhersagen sprach der Meister?

„Du weißt nicht, wovon ich rede, ja? Nun, die Prophezeiung lautet: „Ein großer Heiler wird sich auf den Kriegspfad begeben. Wenn es soweit gekommen ist, muß er gezähmt werden. Pflichtgefühl und Ehrgeiz werden ihn stets in den erbarmungslosen Krieg lenken. Heiler zu sein, wird er als lästige Aufgabe sehen, und nur das Nötige wird gemacht, wobei Kriegführen immer die Priorität für ihn sein wird."

Ronan sah gar nicht glücklich aus bei dieser Wahrsagung.

Meister Ling fuhr fort: „Nun, Krieger gibt es genügend auf der Erde. Doch Heiler? Von echten Heilern gibt es so wenige. Wenn du auf dem Kriegspfad bleibst, dann magst du zwar auch ein guter Heiler werden, sogar ein sehr guter, aber kein wahrer Heilkundiger. Ein guter Heiler kann jeder werden, aber um ein echter zu werden, bedarf es einer speziellen Disziplin sowie der Begabung. Begabung hast du. Die Disziplin muß noch viel geübt werden."

„Wie Ihr es darstellt, scheine ich keine Wahl zu haben."

„Eine Wahl hast du immer. Jetzt und jederzeit. Die Frage lautet jedoch, ob die Motivation, die Wahl auch zu treffen, vorhanden ist. Zum Kampf bist du scheint´s immer motiviert. Du mußt die Motivation finden, zu heilen. Im Moment hast du die Wahl schon getroffen, mit uns zusammen zu sein. Tun wir den nächsten Schritt, dann schauen wir weiter."

„Ich bin ja bereit dazu und will ihn auch wirklich gehen", erwiderte Ronan. „Vielleicht können wir auf dem Weg die Fragen, die mich so viel beschäftigen, angehen."

„Gut, ich bin mir sicher, daß du diese Schritte recht bald gehen wirst. Und auch daß du viele Fragen hast. In den kommenden Tagen werden wir über vieles reden. Jetzt gehen wir schlafen, um morgen rechtzeitig unsere Übungen machen zu können. Ihr habt gemerkt, wie schnell alles verloren gehen kann. Die wahre Disziplin läßt einen auch nach längeren Pausen gleich dort ansetzen, wo es für Körper und Geist stimmig ist."

Die folgenden Tage vergingen ohne Zwischenfälle. Am Morgen des vierten Tages kündigte Meister Ling ihre baldige Ankunft an dem Ort an, wo sie bleiben würden. Nach einigen Stunden gelangten sie auf eine Hochebene. Am rechten Ende der Hochebene ragten die Berge fast senkrecht empor. Ein zweiter niedriger Berg gleich daneben fiel scharf auf der linken Seite ab und lief in eine flache Landschaft aus. Sie gingen zu den hohen Bergen rechts und kamen zu einem schluchtartigen Weg zwischen den beiden Bergen, der sich deutlich nach rechts wandte. Sie betraten die Schlucht und gingen ihren Weg langsam und rhythmisch und damit kräftesparend weiter, wie es dem Krieger und überhaupt allen disziplinierten Menschen im Blut liegt.

Der Weg wurde immer schwieriger, und Ronan dachte schon, daß sie bald würden umkehren müssen, als er plötzlich an einer Biegung eine Leiter in der Wand hängen sah. Sie reichte weit nach oben, und ihr Ende war nicht zu erkennen.

„Da geht es jetzt entlang", sagte der Meister. „Wir werden die Leiter hochklettern. Du zuerst Ronan, Anjulie folgt und dann komme ich."

„Das ist ja hier zwar alles sehr versteckt und kaum begehbar, aber wenn jemand eine Leiter entdeckt, so hat er doch keine Probleme, hochzuklettern?" bemerkte Ronan.

Meister Ling lächelte. „Die Leiter wurde nur für uns heruntergelassen. Die Brüder oder Schwestern oben lassen sie nie herab, wenn ihnen nicht die Ankunft von Vertrauten und Freunden vorher angekündigt wurde."

„Wie kündigt man sich an? Telepathisch?"

„Nein, nicht unbedingt. Es gibt auch ganz normale Möglichkeiten. Hast du die Adler gesehen? Wir schicken ein Pfeifsignal zu einem von ihnen, und sie fliegen zu einem der Wächter, um ihm davon zu berichten. Das geht alles ohne Magie!"

„Beeindruckend", kommentierte Ronan.

Sie hatten eine ganze Weile zu klettern, bis die Felswand

nach hinten zurückwich und die Leiter unter einem Überhang verschwand. Damit war ihr Ende vom Boden aus völlig unsichtbar, wobei die Klippe selbst kaum zu erklettern war, außer vielleicht von den besten Kletterern mit optimaler Ausrüstung. Hinter dem Überhang befand sich ein zweiter Felsen, den man viel leichter ersteigen konnte. Dieser Felsen war gänzlich gegen Blicke von unten geschützt und führte zum Gipfel.

Jetzt ging Meister Ling voran, und auf einmal kamen sie zu einer Art Durchgang, der sanft zu einer Ebene abfiel, gespickt mit kleineren und größeren Hügeln, zwischen denen sich gemütlich ein Fluß entlangwand. Der Anblick war atemberaubend schön. Kleine Wälder und Gruppen von Bäumen hatten sich ihre Orte gesucht und schenkten der Idylle eine unbeschreibliche Pracht. An einen dieser Hügel schmiegte sich eine Siedlung, die Ronan an den purpurnen Hof erinnerte, doch war diese hier viel grandioser und mächtiger.

Ronan hatte im übertragenen Sinn das Ziel erreicht: Er hatte Anjulie zu einem sicheren Ort gebracht. Hier könnte Anjulie immer bleiben und keiner Gefahr mehr ausgesetzt sein. Anderes käme gar nicht in Frage. Und so täuschte er sich frohen Herzens darüber, das Schicksal eines anderen Menschen bestimmen zu können. Was ihn selbst anbelangte, würde er sich wahrhaftig bemühen, das besondere Training zu durchlaufen, über das sein Meister bisher nur Andeutungen gemacht hatte.

Was dann kam? Ronan wußte es nicht. Der Meister hatte sich vor einigen Tagen nur kurz geäußert: „Euren Verpflichtungen gegenüber Manhawa und den anderen Assassinen werden wir zu gegebenem Zeitpunkt nachkommen." Doch mehr war nicht aus ihm herauszubekommen.

So gaben die beiden sich ganz dem täglichen Training hin, besonders den geistigen Disziplinen, und die Zeit verging friedlich. Sie arbeiteten über Wochen an sich, und die Tage waren von großen Anstrengungen geprägt.

Ronan hatte das Gefühl, daß er mächtige Fortschritte machte: als Krieger, der er war, wie auch als Heiler, der er sein sollte.

Ruta graveolens
Raute oder Weinraute

Schickimicki sein hat mich in den Dreck gerissen.
Es tut erbärmlich weh, zermatt auf dem Boden zu liegen.
Ich stellte mich auf das gleiche Niveau,
die Eleganz der anderen bewundernd glücklich,
den Stich zurück zum Feind.

Acorus calamus
Kalmus

Wütend, verzweifelt, verärgert, verzerrt in den Schlamm.
Die Schlagkraft zerrüttet und eingeschüchtert.
Es ist an der Zeit sich zu erholen, Zeit des Rückzugs.
Ernüchtert, erholt, alles im Griff und dann vorwärts!

XX

Aussichtslosigkeit und seltsames Glück

Manhawa focht einen Übungskampf mit der wieselflinken Shirin La. Ihr Stock wirbelte mit solch einer Geschwindigkeit durch die Luft, daß es einem schwindlig werden konnte. Manhawa wehrte zwar geschickt all ihre Angriffe ab, war aber kaum in der Lage, selbst zu attackieren. Irgendwie mußte er näher an sie herankommen, um ihr unauffällig seine Botschaft übermitteln zu können. So entschied er sich für ein gefährliches Manöver. Bei einer Abwehr ließ er sich in ihre Richtung fallen und packte sie so, daß sie zusammen zu Boden gingen. Shirin La drehte sich aber noch in der Luft, landete auf Manhawa, ihre Beine um die seinen geschlungen und ihren Stock fest gegen seinen Hals gepreßt.

„Willst du frei werden?" flüsterte er ihr schnell zu. Sie war so verblüfft, daß sie ihn noch fester zu Boden drückte und auf ihm hocken blieb.

„Ich habe die Möglichkeit, uns von diesen Ketten zu befreien", keuchte Manhawa, dem keine Luft zum Atmen mehr blieb. „Wir können ein besseres Leben führen. Gib mir einen

Kopfstoß, wenn du interessiert bist. Danach stehen wir auf."

Für einen Lidschlag blieb sie still, und Manhawa tat so, als ob er verzweifelt aus ihrem Drosselgriff zu entkommen versuchte. Sie preßte ihn noch fester zu Boden, stieß kraftvoll mit ihrer Stirn gegen seine Schläfe und erhob sich in einer fließenden Bewegung. Sie kämpften weiter, bis sie Millimeter vor seinem Hals einen Schlag zum Stoppen brachte. Er ergab sich. Sie verbeugten sich voreinander und trennten sich.

Sie habe ich für uns gewonnen, sagte Manhawa zu sich selbst. Er hätte es gespürt, wenn sie es nicht ehrlich gemeint hätte. Seit dem Tag, an dem er seine eigene Schwester aus Versehen erschossen hatte, war er darauf trainiert, anderen Menschen eine Fassade vorzuleben. Dadurch war er in der Lage, die Lügen in anderen sicher zu erspüren.

Beim nächsten Mal, als er Shirin La auf dem Hof traf, sagte er laut zu ihr. „Du bist wirklich die beste Stockkämpferin, die ich je gesehen habe." Und fügte flüsternd hinzu: „Alle Einzelheiten, wenn wir hier ausbrechen. Halt dich bereit."

„Bin ich nur die beste Kämpferin?" fragte sie lächelnd. „Oder doch der beste Kämpfer?"

„Es gibt auch keinen Mann, der dir mit dieser Waffe ebenbürtig ist. Ich bin froh, dich auf unserer Seite zu wissen." Mit dieser Doppeldeutigkeit ging Manhawa weiter.

Bei Manus Hohencrest war es nicht so einfach. Als die beiden im Freistil miteinander rangen, reagierte er auf dieselbe Frage stutzig und erwiderte: „Was ist das für eine blöde Frage?" Manhawa hatte ihn bald mit festem Griff am Hals und flüsterte ihm ins Ohr: „Mag sich zwar blöd anhören, doch mir ist es ernst. Ich habe sehr gute Möglichkeiten, es zu schaffen."

Manus Hohencrest zögerte noch einen Moment, bevor er antwortete: „Gut, ich mache mir Gedanken!"

Damit wußte Manhawa, daß er auch ihn auf seiner Seite hatte. Und so fuhr er fort. Drei Assassinen lehnten ab, aber er wußte, daß sie ihn zumindest nicht verraten würden. Nach ein paar Wochen hatte er neunzehn Mitkämpfer rekrutiert. Übrig blieben noch dreiundvierzig, aber sie waren ihm entweder zu unsichere Kantonisten, um sie anzusprechen, oder er wußte, daß sie ganz klar dagegen waren, sich gegen den Führer zu erheben. Er hatte aber immer noch keine Lösung, wie sie von hier entkommen könnten, und verwarf einen verrückten Plan nach dem anderen: Sie alle überfallen und festbinden. Einen mitnehmen, der später alle befreien würde, nachdem sie in Sicherheit waren. Alle auf einen Trainingsausflug mitnehmen und dann nicht mehr zurückkommen. Nichts davon war praktikabel. Und dann gab es noch Norena; was wäre mit ihr? Er konnte sie nicht einfach mitnehmen, fühlte sich aber auch unfähig, zu einer anderen Lösung zu kommen.

Sein Vorhaben kam ihm immer aussichtsloser vor, und Verzweiflung drückte ihn sichtlich nieder. Warum hatte er überhaupt so etwas Undurchführbares begonnen? So vielen Menschen hatte er Hoffnung gemacht, und jetzt vermochte er nicht sie zu erfüllen. Ihm kam sogar der Gedanke, alle umzubringen, die nicht mitmachen wollten, doch bei diesem Gedanken wurde ihm richtiggehend schlecht. Wie würde er damit jemals leben können, seine Schwestern und Brüder kaltblütig getötet zu haben, nur weil sie ihm nicht zur Seite stehen wollten.

Ganz unglücklich und in Gedanken versunken schlenderte Manhawa in einem Garten, der sich weiter oben im Geheimlager befand. Die letzten Strahlen der Sonne waren längst entschwunden, und die Dunkelheit ließ seine Stimmung nur noch düsterer werden. Er bemerkte die Person nicht, bis sie eine Hand auf seine Schulter legte. Da reagierte er, ohne zu denken, und schon hatte er seinen Dolch am Hals der Person. Die erschrockenen Augen Norenas starrten ihn entgeistert an.

Von sich selbst entsetzt, nahm er ruckartig den Dolch von ihrem Hals.

„Norena, meine Liebste. Es tut mir leid, dich so erschreckt zu haben. Bitte entschuldige."

Norena warf sich an seinen Hals und schluchzte: „Das kann nicht der Sinn unseres Lebens sein. Nimm mich von hier weg, Manhawa. Ich hasse dieses Leben. Ich hasse meinen Vater und alle, die unserem Dasein die Schönheit nehmen."

„Es ist gut, ist gut, mein Herz."

„Ich habe solche Angst, Manhawa. Angst, daß unsere Bemühungen zunichte gemacht werden. Angst, daß sie dich mir dann auch noch nehmen. Oh, Manhawa, wer weiß, was die Zukunft bringt. Ich will all das Glück, das ich haben kann. Jetzt!"

Sein Herz klopfte heftig bis zum Hals. *Sie ist mir verboten,* schoß es ihm durch den Kopf. In die Tochter des Führers hätte er sich nicht verlieben dürfen, geschweige denn sie heimlich treffen; daß die Treffen bisher unbemerkt geblieben waren, grenzte an ein Wunder.

Sie schmiegte sich an ihn, legte ihren Kopf an seine Brust. Er spürte ein unheimliches Begehren und eine Liebe für sie, die alle Bedenken in den Wind wehten. Er küßte sie mit solch einer Inbrunst, daß es ihr Verlangen nur noch mehr entfachte. „Nicht hier, Manhawa!" Sie nahm seine Hand und zog ihn zu einer abgeschiedenen Stelle. Glückslaute entströmten ihren Lippen, und auch er konnte nun keine Sekunde mehr warten. Ein überwältigendes Gefühl übermannte ihn, und die Liebe floß durch ihn hindurch. Sie öffnete ihren Mund, um vor Glück zu schreien. Schnell bedeckte er ihre Lippen mit den seinen, und ihr Glück floß unmittelbar in ihn zurück.

Manhawa wußte nicht, wie lange er so eng an sie geschmiegt dalag. Die Zeit hatte längst aufgehört zu existieren. Doch nun kam er aus der himmlischen Welt wieder zu sich, und in unermeßlichem Zeitabstand tickte eine Sekunde nach der anderen, bis sie wieder den irdischen Rhythmus erlangten. Norena lag glückselig in seinen Armen, ihr Gesicht so engelhaft, daß sein Herz zu zerspringen drohte. Ihr dunkler, bernsteinfarbener Körper schimmerte im Spiegel des Mondlichts in überirdischer Schönheit und erfüllte ihn mit einem die Sinne berauschenden süßen Schmerz. Sie öffnete ihre Augen, und mit einem „Ach, mein Liebchen" küßte er sie noch eine lange Zeit.

Das unheimliche Glück des Augenblicks stärkte seine Entschlossenheit ins Unendliche. „Ich werde dich von hier in Sicherheit bringen, auch wenn ich alle, die im Wege stehen, töten müßte. Das verspreche ich dir."

„Ach, Manhawa, wenn das wahr würde!"

„Ich werde es wahr machen und fordere die Götter auf, mir all die Kraft zu geben, die ich dafür benötige. Sie müssen und werden unsere Bitte erhören. Bald wird es hell, und wir sollten zurück zu unseren Hütten eilen. Geh du zuerst. Ich folge später auf Umwegen." Mit ein paar Küssen riß sie sich von ihm los und lief glücklich summend den Berg hinab. Manhawa schaute ihr liebevoll nach. Sein Herz schwoll vor Stolz und Ehrfurcht, sich die Liebe einer so wunderbaren Frau verdient zu haben.

Hartnäckig und fest klopfte es. Manhawa hatte das Gefühl, die Augen gerade geschlossen zu haben. „Was ist los?" rief er ärgerlich Richtung Tür.

„Tut mir leid, Manhawa, dich zwingen zu müssen, Abschied von deinen schönen Träumen zu nehmen. Unser Oberhaupt will dich sehen."

Gott im Himmel, dachte Manhawa. *Hat jemand uns beide vielleicht gesehen?* Er hätte schwören können, daß sie unbeobachtet geblieben waren.

„Ich bin sogleich bei ihm", sagte er mit mehr Selbstsicherheit in der Stimme, als er wirklich empfand, sprang aus dem Bett, spritzte sich kaltes Wasser ins Gesicht und machte sich schnell fertig. Auf dem Weg zum Oberhaupt atmete er tief, um

Zuversicht in sich aufzubauen. Innerlich bereitete er sich auf jegliche Eventualität vor.

Er fand das Oberhaupt in einer seltsamen Stimmung vor. Zudem saß ein weiterer Mann im Zimmer, den Manhawa nicht kannte. Dieser Mann strahlte eine Aura extremer Gefährlichkeit aus. Manhawa wartete angespannt, bereit, bis zum Äußersten zu gehen, sollte Norena oder ihm Gefahr drohen.

„Das hier ist ein Vertrauter unseres Meisters", stellte das Oberhaupt den Mann zu seiner Rechten vor, ohne einen Namen zu nennen, denn die wurden in der Assassinenzunft niemals leichtfertig verraten. „Der Gesandte wird dir selber erklären, warum ich dich zu mir gerufen habe."

„Du wirst von unserem Meister sehr geschätzt, Manhawa, und er hat deshalb eine besonders wichtige Aufgabe für dich. Schon lange hegt er einen Plan, der nun kurz vor seiner Umsetzung steht. Das bedeutet, du sollst mit allen Brüdern und Schwestern nach Sinus gehen."

Sinus war für Manhawa nur ein vager Begriff, und infolge der großen Anspannung des Moments fiel ihm der dazugehörige Zusammenhang nicht mehr ein. Er war so erleichtert, daß die Ankunft des Gesandten nichts mit ihm und Norena zu tun hatte, daß er aufpassen mußte, sich nicht zu verraten. Der Gesandte bemerkte jedoch, daß da etwas war, und fragte: „Stimmt etwas nicht?"

„Nein, es ist alles in Ordnung. Ich war nur etwas überrascht. Sinus ist doch das Land, wohin wir geschickt wurden? Das ist dort, wo auch die Heilerschule lag."

„Richtig", sagte der Gesandte. „Unser Meister befindet sich in der Zitadelle. Ihr geht direkt zu ihm. Ich brauche euch nicht zu sagen, daß ihr in kleinen Gruppen auf getrennten Wegen wandern müßt. Ihr sollt eilen, denn die Zeit von Norenas Verbannung ist zu Ende. Unser Meister will ihr ein besseres Leben ermöglichen, ein Leben, wie sie es sich wünscht. Deshalb wirst du sie mit dir nehmen."

Manhawa war erstaunt. Warum sollte er sie mitnehmen? Steckte hinter diesen Anweisungen vielleicht doch eine Falle? Normalerweise sollte sie ein enger Vertrauter des Meisters begleiten, etwa dieser Gesandte.

Und auch dieses Mal entging dem Mann das Unbehagen seines Gegenübers nicht. Als hätte er Manhawas Gedanken gelesen, sagte er: „Ich muß noch etwas Wichtiges für meinen Meister erledigen und kann Norena deswegen nicht mitnehmen; es würde sie nur unnötiger Gefahr aussetzen. Und nun bereite dich vor, denn ihr solltet schon heute Nacht aufbrechen, um vor dem übernächsten Vollmond in Sinus eintreffen zu können."

Das war knapp über einen Monat. *Was für ein Glück,* dachte Manhawa. Die Götter schienen wahrlich gnädig zu sein. Darüber hinaus lag nämlich auch Blum, die Hauptstadt von Malina, fast auf dem Weg nach Sinus. Sie könnten sogar den selbst auferlegten Auftrag ausführen, daran mitzuwirken, dieses Land von der Tyrannei zu befreien.

„Ich werde tun, was Ihr sagt, Herr Gesandter. Alles Nötige werde ich sogleich in die Wege leiten und mir fünfzig unserer Leute aussuchen. Zwölf lassen wir hier, um unser Lager zu bewachen. Ist Euch das recht?" fragte er und drehte sich zum Oberhaupt.

„Ja, zwölf werden reichen. Sind Euch fünfzig genug?" fragte das Oberhaupt den Gesandten.

„Unterwegs sammelt ihr die restlichen Brüder", wies der Gesandte Manhawa an. „Und das wird reichen. Bevor ich gehe, werde ich mit Norena ein Wort reden, so daß auch sie dir freiwillig folgt. Schick sie bitte zu uns."

Seinem Glück kaum trauend lief Manhawa geradewegs zu Norena und klopfte leise, aber fest an ihre Tür. „Wer ist da?" kam eine schläfrige Stimme.

„Ich bin's, Manhawa. Mach die Tür auf." Norena sprang zur Tür, riß sie auf und wollte sich in seine Arme stürzen.

„Schhhh. Laß mich herein", ermahnte Manhawa sie lachend und mit blitzenden Augen.

Sie schloß die Tür hinter ihm und überhäufte ihn mit Küssen. „Was ist? Erzähle schnell. Warum wirkst du so glücklich?" flüsterte sie mit heißem Atem in sein Ohr.

„Langsam, langsam. Es wendet sich alles zum Guten." Und er erzählte ihr, was der Gesandte verlangte. Sie tanzte vor Freude und küßte ihn immer wieder. „Manhawa, mein Liebster, du bist ein Genie."

„Ja, vielleicht bin ich wirklich ein Genie. Sicher ist aber: Die Götter sind genial. Jetzt hör mir zu. Du mußt ein bißchen störrisch spielen; aber nicht übertreiben. Gib bald nach, zeig aber weiterhin, daß du skeptisch bist. Ich hole dich heute Abend ab. Jetzt muß ich alles vorbereiten." Mit einem schnellen Kuß verließ er Norenas Hütte.

Bald waren die notwendigen Vorbereitungen abgeschlossen, und noch am selben Abend konnte Manhawa mit seinen Brüdern und Schwestern aufbrechen. Sie gingen die ganze erste Nacht durch, denn sie bewegten sich lieber im Schutz der Dunkelheit.

Kurz vor Morgengrauen suchte Manhawa einen Lagerplatz für sich und die fünfzig Assassinen. Sie stellten Wachen auf und legten sich zur Ruhe. Spät nachmittags beim Essen teilte er seine Leute in kleinere Gruppen ein und gab ihnen jeweils eigene Strecken vor, die sie zu gehen hatten. Unterwegs sollten sie die Assassinen einsammeln, die entlang der Strecke lebten.

Die neunzehn Frauen und Männer, die ihm in seinem wahren Plan folgen würden, bekamen natürlich Strecken zugeteilt, die sie zu ihrem Treffpunkt in der Schlucht führten. So würde zwischen den Vertrauten und den anderen ein sicherer Abstand liegen. Genaueres würden seine Leute erfahren, wenn sie unter sich waren.

Mit Beginn der Dunkelheit schlich sich eine Gruppe nach

der anderen fort. Auch seine Leute machten sich auf, trödelten dabei jedoch unauffällig rum. Als die anderen Gruppen weit genug entfernt waren, rief Manhawa die seinen mit verabredeten Eulenlauten zurück.

Nun konnten die neunzehn endlich offen reden. Es kamen so viele Fragen, daß Manhawa seine Hand abwehrend hoch hielt: „Unterwegs werde ich euch noch Näheres erklären. Kurz gesagt umfaßt unser Plan im Wesentlichen, dem König von Sinus zu helfen, sein Land von dem Besetzer Jong Lim und seinem Verbündeten, unserem Meister, zu befreien. Der König bietet uns im Gegenzug ein neues, sicheres Leben in Sinus."

„Wie können wir in Sinus sicher sein? Wird man nicht unsere Brüder und Schwestern auf uns hetzen?" gab Hohencrest zu bedenken.

„Da kommen die Heilermeister und vor allem Ronan und Anjulie ins Spiel."

„Warum sollten die uns helfen", fragte ein anderer, „und selbst wenn sie das tun, wie könnten sie uns Schutz bieten?"

„Ich habe viele Wochen mit Anjulie und Ronan verbracht und vertraue ihnen völlig. Einer von den Meistern ist Anjulies Vater. Sie wollen in dem Land Sinus dauerhaft Frieden und Sicherheit schaffen. Für unsere Hilfe erhalten wir, was ich euch sagte." Manhawa fiel die Unwahrheit nicht leicht. Weder Meister Ling noch der König hatten ihm so etwas versprochen. Aber er wußte, daß Anjulie und Ronan es ermöglichen würden. Doch manche Assassinen schauten ihn immer noch skeptisch an.

Er fuhr fort: „Die Heilermeister haben ganz andere Möglichkeiten als wir. Und wenn wir erst einmal Sinus befreit haben, werden wir im gleichen Zuge die Bruderschaft der Assassinen auflösen, und niemand von uns muß sich darum sorgen, daß Brüder und Schwestern ihm auflauern werden. Bis es soweit ist, müßt ihr mir einfach vertrauen."

„Das könnte erfolgreich sein", warf Shirin La ein. „Aber es

ist nicht auszuschließen, daß einige der Schwestern und Brüder uns aus Rache verfolgen werden. Nicht jeder wird damit einverstanden sein, daß wir den Bund der Assassinen auflösen, und vielleicht wird nicht jeder einsehen können, daß Gutes dem entspringt, was wir damit tun. Ich aber werde diesen Weg mit all meiner Kraft und Liebe und meinem ganzen Glauben beschreiten."

„Daß wir vor Vergeltung geschützt sind, dafür wird Anjulie sorgen, die die Begabung hat, den Keim des Wahren im Menschen zu verankern", fügte Manhawa hinzu. Auch das überzeugte noch nicht jeden, doch er beließ es für den Augenblick dabei.

Manhawa legte einen Laufschritt ein. Sie mußten schnell vorankommen. Seine drei Kameraden sowie Fuhua und Bandhu bereiteten zu dieser Zeit alles mit dem Anführer der Untergrundbewegung Malinas vor. Für die Einweisung seiner restlichen Kameraden vor Ort würde er knapp eine Woche benötigen, und dann würde der Plan blitzschnell durchgeführt werden können. Von dieser Aufgabe hatte er gegenüber seinen Kameraden noch nichts erwähnt, holte dies aber bei der kommenden Rast nach.

„Hast du noch weitere geheime, abenteuerliche Pläne in der Hinterhand?" fragte Chiara, eine kleine niedliche Assassine, und andere nickten nachdenklich zu der Frage.

„Nein", schmunzelte Manhawa, „dies ist der Wunsch von Anjulie, die ich zu meiner Schwester ernannt habe. Der Anführer der Untergrundbewegung und ich haben den Plan sehr gut ausgearbeitet. Bon Masal, Santulo und Sandiala de Luna gehen jetzt die Details mit ihm durch. Mit etwas Glück müßten wir es alle unversehrt schaffen. Die Einzelheiten des Planes werde ich mit euch jeden Nachmittag beim Rasten durchgehen, bis ihr jedes Detail blind nachvollziehen könnt."

Norena lief immer neben Manhawa her. Sie war erstaunlich gut trainiert und konnte die ganze Nacht laufen, ohne die geringste Ermüdung zu zeigen. Manch anderen brachte sie damit in Verlegenheit. Doch es gab keine Möglichkeit, viel miteinander zu reden, dafür waren sie zu schnell unterwegs, was auch bedeutete, daß zu den Ruhezeiten der Schlaf Priorität hatte. Dann konnten sie sich wenigstens eng zusammenschmiegen, die Nähe des anderen genießen und friedfertig wie Babys schlummern. Das entging auch den anderen nicht, die sich für die beiden freuten. Shirin La küßte ihn einmal auf die Stirn und rief aus: „Ich freue mich so für dich, Manhawa!"

In einem anderen Teil des Landes kam nach vielen Tagen harten Marsches der Gesandte zu dem mit seiner Kontaktperson vereinbarten Platz. Er errichtete ein Lager, schickte ein Rauchsignal in den Himmel und wartete.

„Na, du gottverlassener Hund. Wo kratzt es dich diesmal?" Wie aus dem Nichts erklang die Stimme.

Der Gesandte schaute ängstlich um sich, unsicher aus welcher Richtung die Stimme kam. Die dämonische Persönlichkeit seines Kontakts flößte sogar dem harten, erbarmungslosen Gesandten Angst ein.

Die furchterregende Gestalt, die der Gesandte so gut kannte, trat aus einer ganz anderen Richtung aus einem nahen Gebüsch, als er vermutet hatte. Die Nase war lang, gebogen wie bei einem Raubvogel. Die Ohren liefen spitz auf die gewölbten Schläfen zu, die Haare waren kurz, als bestünden sie aus rauher Wolle. Die Augen durchbohrten den Gesandten, und ein Schauer rieselte ihm den Rücken herunter. Er hatte sich einmal über diesen Menschen geärgert und hatte ihm eine Lektion erteilen und ihn angreifen wollen. Doch er lag schneller mit seinem Gesicht im Schlamm, als er denken konnte, drei Finger gebrochen, den Arm fast ausgerissen, so daß er vor Schmerz und Schreck nur noch hatte jammern können. „Der Meister schickt mich. Er hat eine Botschaft für dich", stammelte er.

„Nun, dann raus damit und mach dich wieder auf den Weg", beschied ihn der Unheimliche.

„Jong Lim hat dem König von Sinus den Krieg erklärt und belagert ihn. Mein Meister, Sar A Wan, sammelt seine Assassinen um sich und wird zum nächsten Vollmond Jong Lim helfen, den König zu stürzen. Auch erwartet er Meister Ling dort."

„Was soll ich mit dieser Botschaft anfangen?"

„Das weiß ich nicht. Ich bin nur der Bote."

„Gut, dann verschwinde. Du hast deine Pflicht erfüllt." Damit verschwand die schreckenerregende Gestalt.

Der Gesandte atmete auf und machte sich auf den Weg zurück zu seinem Meister.

XXI

Überraschungen für Ronan und Anjulie

Ronan saß mit geschlossenen Augen vor Anjulie und fühlte, daß sie tief in ihren Herzen miteinander verbunden waren. Mit all seinen Kräften versuchte er Anjulies Begabung zu stärken, so daß sie diese zielgerichteter einsetzen konnte.

Leise trat Meister Ling hinzu und beobachtete sie eine Zeitlang. Beide schienen während der Übung gut zu harmonieren. Auf des Meisters Gesicht leuchtete kurz Freude auf, und gleich war er schon wieder ernsthaft wie immer. Sehr sanft sprach er die beiden an, um sie nicht zu plötzlich aus der Tiefe ihrer Übung herauszureißen.

Die beiden nahmen Meister Ling wie von weither wahr und kamen mit langsamen, sehr tiefen Atemzügen zu sich zurück. Sie reckten und streckten sich, blinzelten und erst dann schauten sie ihren Meister an.

Er setzte sich zu ihnen: „Die Zeit, die ich fürchtete, ist gekommen, und zwar viel zu früh. Ich kann nur hoffen, ihr beide seid gut vorbereitet." Ronan und Anjulie wußten nicht genau, wovon er sprach, und er las dies in ihren Gesichtern.

„Sar A Wan fordert uns heraus."

Ah, dachte Ronan, *das ist doch der Name, den Anjulie einmal erwähnte.*

„Wie ich merke, Ronan, ist dir der Name nicht ganz unbekannt. Sar A Wan war wie ein Bruder für uns alle, bis ihn eines Tages ein Ereignis aus der Bahn warf und er sich hartnäckig gegen alle Vernunft stellte. Was vorgefallen ist, ist im Moment nicht von Belang. Wie ihr wißt, ist er der Gründer des gefürchteten Assassinenbundes. Wir haben jetzt die Nachricht erhalten, daß er zusammen mit Jong Lim das Königreich Sinus erobern will. Mehruma, deine Großmutter, ist in großer Gefahr, Anjulie. Sie hat sich geweigert, mit ihrer Schar in Sicherheit gebracht zu werden. Der König sieht sich schon jetzt in arger Bedrängnis, und der Kronprinz ist leider leicht beeinflußbar. Wir müssen uns auf den Weg machen, um die Situation zu retten, sonst wird alles, was Mehruma aufgebaut hat, zerstört, und wir könnten Jahrzehnte in unseren Bemühungen zurückgeworfen werden. Wenn es nicht sogar noch schlimmer kommt. Anjulie, dein Freund Manhawa ist ebenfalls mit der gesamten Bande der Assassinen nach Sinus beordert worden."

„Wie ich ihn kenne, wird er den Weg dorthin eher dazu nutzen, die Revolution in Malina in Gang zu bringen", meinte Ronan voller Aufregung. Und im Stillen wünschte er sich, an diesem Abenteuer Anteil haben zu können.

„Wie dem auch sei", fuhr Meister Ling fort, „auch ihr beide müßt euch nach Sinus begeben." Ronan und Anjulie schauten Meister Ling erstaunt an. „Ich verstehe eure Überraschung. Ich sagte euch absichtlich bisher nichts, so daß ihr unbeschwert euer Training durchführen konntet ..."

„Und was müssen wir nun tun?" unterbrach Ronan den Meister, was der ihm aber mit einem Lächeln verzieh. Ronan merkte sofort, daß er in seiner Aufregung unhöflich gewesen war, und entschuldigte sich rasch.

„Ronan, auch angesichts der größten Überraschung mußt

du einen kühlen Kopf bewahren können. Wenn ihr im Kampf gegen Sar A Wans Elitetruppe steht, ist es von großer Wichtigkeit, daß du deine Energien vollkommen unter Kontrolle hast. Was du gerade geübt hast, wird höchste Priorität erlangen. Anjulie, du mußt den Keim des Wahren in alles eindringen lassen, so daß Sar A Wan und ganz besonders seine Truppe ihre Kraft nicht aufrechterhalten können."

Anjulie wurde blaß. „Dada, du erzählst immer von irgendeiner Begabung, die ich habe. Aber ich kenne sie gar nicht. Was wird überhaupt meine Aufgabe in Sinus sein?"

„Eine große Kraft schlummert in dir, das ist wahr. Im richtigen Moment wird sie erwachen, und dann wirst du auch wissen, was zu tun ist."

Ronan sah jetzt eine Chance, doch noch bei der Revolution in Blum, der Hauptstadt von Malina, mitzukämpfen. Aber diesmal hatte er sich im Griff und schwieg. Doch dem Meister entging nicht, daß etwas im Kopf seines Schülers vorging, und er ließ ihn mit einem Kopfnicken zu Wort kommen. „Wenn Anjulie und ich schnell nach Blum und zu Manhawa reisen, dann könnte Anjulie dort schon anfangen, für ihre große Aufgabe zu üben."

Meister Ling lächelte und überlegte eine Zeitlang. „In Ordnung. Ihr werdet sogleich aufbrechen. Zwei unserer Brüder begleiten euch zu eurem Schutz ein Stück des Weges."

Ronan konnte seine Freude darüber, daß er wieder im Kampfeinsatz sein würde, kaum verbergen. Meister Ling besprach mit den beiden die Vorbereitungen und wie die Meister, die direkt nach Sinus gehen würden, mit ihnen kommunizieren könnten.

Als die jungen Leute aufbrechen wollten, fiel Ronan noch etwas ein: „Wir könnten den Führer der Untergrundbewegung von Sinus nach dem Sieg in Blum bitten, einige seiner Soldaten mit uns nach Sinus zu schicken."

„Das ist eine gute Idee, Ronan", lobte Meister Ling und

verabschiedete sich mit einem „Gott behüte euch und verleihe euch viel Kraft für euer Vorhaben!"

In ihrer Begeisterung verausgabten sich Ronan und Anjulie in den ersten zwei Stunden ihres Marsches und kamen schließlich keuchend zum Stehen. „Nein, so geht es nicht, Ronan", ermahnte ihn Anjulie streng. „Wir wissen, wie wir kräftesparend gehen sollten, und doch ziehst du mich zu sehr mit."

Ronan konnte sich nicht zurückhalten: „Wenn du so schlau bist, warum hast du nicht eher etwas gesagt?"

Anjulie schaute ihn nur eine Zeitlang an und atmete dann tief ein. „Entschuldigung. Es tut mir leid, daß ich meinen Ärger an dir ausgelassen habe. Erholen wir uns und gehen dann vernünftig vor, wie wir es gelernt haben. Von nun an passen wir besser auf."

In der folgenden Nacht schrie Ronan im Traum vor Entsetzen und wachte auf. Eine Riesenspinne hatte Anjulie verschluckt, und er hatte nichts dagegen tun können. Anfangs war die Spinne winzig klein und Meilen entfernt aufgetaucht, so daß er sie nicht gleich erkennen konnte. Erst langsam und dann mit rasender Geschwindigkeit war sie auf ihn zugekommen. Anjulie erschien auf einmal und fragte, was los sei. *Warum schaust du so entsetzt?* Er konnte darauf keine Antwort geben, sondern nur auf die Spinne zeigen. Doch Anjulie nahm nichts wahr und forderte ihn immer wieder auf zu antworten. Im selben Moment war die Spinne da, öffnete ihr großes Maul und kreischte: „Ich bin Sar A Wan, ihr könnt mir nicht entkommen!" Dann verschluckte die Spinne seine Anjulie.

Anjulie wachte auf und blickte den erschrockenen Ronan an. „Was hast du, Ronan?" fragte sie besorgt.

„Du bist in großer Gefahr durch Sar A Wan", sagte er und erzählte ihr von seinem Traum.

Anjulie lachte: „Das ist doch nur ein Traum. Du hast wohl zu viel von den rohen Wurzeln gegessen."

„Nein, Anjulie. Dies ist ernst. Ich weiß es", und er erzählte ihr von dem Sterngucker, der ihm damals, im Alter von elf Jahren, die Zukunft vor Augen geführt und die Vision einer Spinne gezeigt hatte.

Anjulie wurde nachdenklich. „Was meinst du, was genau der Traum bedeutet?"

„Ich weiß nur, daß ich dich beschützen muß, und das werde ich tun. Wir gehen nirgends blindlings hin. Es geht nicht um den Schutz vor Waffen und Soldaten. Sar A Wan plant, deinen Geist auszunutzen. Also muß ich einen undurchdringlichen mentalen Schutz um dich aufbauen."

Anjulie drückte seinen Arm: „Hoffen wir, daß dir das gelingt."

„Es wird funktionieren. Das weiß ich. Ich kann es fühlen. Das ist, was der Traum mir sagen will. Ich bin jetzt hellwach. Weiterzuschlafen kann ich vergessen. Was hältst du davon, wenn wir gleich aufbrechen?"

„Sicher. Gehen wir es an!"

Sie liefen durch ein wunderschönes Tal. Weit oben drehten ein paar Adler in würdiger Ruhe ihre machtvollen Kreise am frühesten Morgenhimmel. Noch darüber kreischten Krähen und flogen fantastische Kapriolen mit Hilfe der Luftströmungen. Fasziniert beobachtete Ronan die Vögel, wurde sich dann der gesamten sie umgebenden Natur bewußt. Ihm fielen die Übungen im Paradies der Meister ein, an jenem Ort, den sie nach so kurzer Zeit wieder hatten verlassen müssen. Bei den Kampfübungen war es darum gegangen, mit Anjulie verbunden zu bleiben und sie gleichzeitig zu fördern.

Jedes Mal, wenn er damals versucht hatte, an Anjulie zu denken, bekam er von dem Bruder, mit dem er übte, solch heftige Prügel, daß er sich mit aller Kraft schützen mußte. Sobald er dies tat, vergaß er Anjulie. Nach dem ersten Kampf hatte er seine Stöcke frustriert in die Ecke geworfen.

Der Bruder, ein knorriger, breitschultriger Kerl, lächelte. „Du sollst würdevoll wie der Adler Herr der ganzen Szene sein. Dieser mächtige Vogel läßt sich von den Strömungen tragen und schwebt mühelos durch die Lüfte. Bisher hast du versucht, zu kämpfen und dich dabei gleichzeitig auf Anjulie zu konzentrieren. Läßt du aber zu, daß der Kampf dich übernimmt, dann kannst du zugleich auch deine anderen Fähigkeiten nutzen."

Ronans erste Versuche waren holprig, weil er nicht ganz zulassen konnte, daß sein Verstand nicht mehr die Kontrolle haben sollte. Doch nachdem er zum hundertsten Mal durch die Luft gewirbelt worden und schwer auf den Boden gekracht war, reichte es ihm. Das Bild des majestätisch schwebenden Adlers tauchte vor seinem Auge auf, und er gab sich ihm hin. Er ließ seinem Geist freien Lauf, ließ zu, daß er kämpfte und doch die Verbindung zu Anjulie aufrechterhielt. Seine Wahrnehmung dehnte sich aus, bis er eins mit dem Kampf, der Umgebung und Anjulie wurde.

Noch lange nachdem die Übung zu Ende war, gelang es ihm nicht, zurück in den „normalen Zustand" zu finden. „Du bist verheddert", erklärte ihm Meister Ling. „Das ist in Ordnung. Laß die Dinge ihren Lauf nehmen. Du wirst lernen aus dem Zustand heraus- und in ihn hineingehen zu können. Die Gefahr, darin steckenzubleiben, gibt es normalerweise nicht."

„Was muß in mir geschehen, um diese Verschmelzung in Bewegung zu setzen?" fragte Ronan.

„Es existiert die Meinung, daß der Mensch nur einen kleinen Teil seines Gehirns nutzt beziehungsweise nutzen kann. Wenn er nur mehr frei bekommen könnte, was für große Taten wären möglich! Aber diese Idee stimmt nicht so ganz."

„Meint Ihr, daß der Mensch keine größeren Taten zu vollbringen vermöchte, wenn er mehr von seinem Gehirn benutzen könnte?"

„Es ist nicht das Gehirn, das dich befähigt, sondern du befähigst dein Gehirn, freier und aktiver zu sein."

„Das heißt also, daß das Gehirn von sich aus nicht aktiver werden kann. Es müssen bestimmte Fähigkeiten erworben werden, die dann dem Teil des Gehirns eine besondere Energie verleihen, so daß es die entsprechende physische Aktivität durchführen kann?"

„Es gibt die Möglichkeiten, von außen in ganz geringer Weise Gehirnteile zu aktivieren und besondere Taten hervorzubringen. Aber diese Aktivitäten sind erstens außerhalb der Kontrolle des Menschen und zweitens nur von kurzer Dauer."

„Und welche Möglichkeiten sind das?"

„Da gibt es sehr mannigfaltige. Du kannst beispielsweise die Zentren unmittelbar stimulieren. Aber sobald die Stimulation wegfällt, hört die Aktivität auf, und man versinkt in eine Art von Lethargie. Sollte die Stimulierung länger aufrechterhalten werden, geht das zu sehr auf Kosten der Kräfte auch der feineren Körper – des Mentalen, des Ätherischen und der Gefühlswelt. Um dies zu kompensieren, kann das Gehirn an der Stelle eine Vermehrung der Gehirnzellen bewirken, wobei diese Zellen jedoch nicht die ursprüngliche Reinheit aufweisen."

„Das ist doch tödlich für den Menschen!"

„Leider stimmt, was du sagst. Die Menschen arbeiten in der Regel zu oft auf Kosten ihrer Gesundheit und ihres Lebens. Besonders kräftezehrend ist es, Stoffe zu sich zu nehmen, die bestimmte Teile des Gehirns anregen. Da das Gehirn selber nicht in der Lage ist, die Aktivität aus eigener Kraft durchzuführen, muß es an die schlummernden Fähigkeiten des Menschen herangehen und sich die entsprechende Kraft von dort holen. Fähigkeiten sind einfach Bündelungen gleichartiger Energieströme. Je mehr gebündelte Strahlen von dieser Energie vorhanden sind, um so fähiger ist der Mensch auf diesem Gebiet. Die gefährlichen Stimulanzien ziehen jedes Mal einen

Teil dieser Fähigkeiten ab und lassen den Menschen in eben dieser Hinsicht schwächer und unfähiger werden."

„Das hört sich ja schrecklich an. Was passiert, wenn ein Mensch gar nicht über die Fähigkeit verfügt, die der Stoff aktivieren kann?"

„Dann verfällt dieser Mensch in einen Zustand, in dem er furchtbare Dinge erlebt."

„Warum wollen die Menschen dann aber nicht verstehen, was sie sich selber antun? Es ist doch viel schöner und befriedigender, das Gehirn durch die eigene Kraft und Arbeit zu trainieren und dadurch seine Fähigkeiten zu verbessern."

„Üben bedeutet, sich Mühe zu geben. Die Menschen leben in einer Traumwelt, in der sie denken, sie könnten sich durch äußere Reize aktivieren lassen, und dann wären sie in der Lage, ihre Träume mühelos zu verwirklichen. Aber viele Erkenntnisse des heilsamen Wissens sind versteckt, geschützt und auch schwer verständlich. Die Menschen neigen dazu, jegliches Wissen sofort zu mißbrauchen. Der Mißbrauch ist eine Aktivität, bei der ein gewisser Teil des Menschen versklavt wird und somit unter die Kontrolle der mißbrauchten Energie gerät. Das führt wiederum dazu, daß sich der Drang verstärkt, andere versklaven zu wollen. Der Sklave soll die Arbeiten durchführen, zu denen der Mensch infolge seiner Selbstversklavung unfähig geworden ist." Nach diesen Worten wünschte Meister Ling ihm eine gute Nacht und entfernte sich.

Ronan mußte angesichts der Erinnerung an seine mißlich verlaufenen Übungen lächeln. Nach einer Weile war er so mühelos in die Fähigkeiten eines Adlers hineingeschlüpft, als ob er sie seit eh und je besessen hätte, und Selbstsicherheit stellte sich ein.

Guten Mutes kamen Ronan und Anjulie zügig voran. Auf diese Weise würden sie nun bald ihr Ziel erreichen.

Sar A Wan, der Gründer des Assassinenbundes, saß in seiner erst vor kurzem eroberten Zitadelle. Er war ein stattlicher Mann, mit hoher Stirn, die Wangenknochen prägnant gewölbt, doch gezeichnet von einer tiefen Furche der Bitterkeit, die bis unter das Ohr reichte. Er war mindestens einen halben Kopf größer als der große, nach außen würdevoll wirkende Mann, der vor ihm saß.

„Wie laufen deine Pläne, Sar A Wan?" fragte der kleinere, aber Ehrfurcht einflößende Mann mit einer Stimme, die das Blut in den Adern gefrieren ließ. Seine noblen Gesichtszüge verloren unter dem Eindruck seiner eiskalten Augen alles an möglicher Güte.

„Ausgezeichnet, Hoheit Bonifactus!"

Die Augen seines Gegenübers blitzten drohend, und sehr leise flüsterte er: „Auch in diesen Räumen ist es dir nicht erlaubt, meinen Namen zu nennen."

„Verstanden", erwiderte Sar A Wan. „Doch hört mich an. Das Pärchen wird sogar freiwillig hierher kommen! Es war unentbehrlich, Anjulie ahnungslos hierher zu locken. Nur wenn sie ihre Macht ausübt, ohne die geringste Idee von dem zu haben, was ich zu tun beabsichtige, werde ich eine Kopie von ihr anfertigen können."

„Und du bist sicher, daß niemand den geringsten Verdacht hegt?"

„Ja, da bin ich sicher. Das Glück hat mich auf vielerlei Weisen begleitet. Durch Zufall habe ich erfahren, daß Jong Lim ohne meine Erlaubnis mein Oberhaupt beauftragt hatte, Anjulie umbringen zu lassen. Ich habe ihn bestraft und sofort meinen besten Leibwächter losgeschickt, um die Tat zu stoppen. Er traf gerade ein, als Anjulie von ihnen angeschossen wurde und mit der Hilfe ihres Vaters den Assassinen entrinnen konnte. Das war ein glücklicher Zufall. Mein Mann beschattete sie auf ihrer Flucht, jederzeit bereit einzugreifen, sollte sich Anjulie in unmittelbarer Todesgefahr befinden. Doch dieser

Ronan entpuppte sich als ein außergewöhnlicher Kämpfer. Er erledigte drei ihrer Verfolger und gewann auch noch Manhawa auf seine Seite. Ein weiterer glücklicher Zufall, denn dadurch konnte ich sie noch besser manipulieren. Sie sind der Überzeugung, daß alles wie am Schnürchen läuft.

Mein Leibwächter befahl Hong Nang, Ausschau nach Ronan und Anjulie zu halten. Jetzt hat Ling die Nachricht erhalten, daß Jong Lim das Königreich von Sinus an sich reißen will. Sie haben keine Wahl, als jetzt zu handeln, und werden ahnungslos in die Falle tappen. Ich hatte mir überlegt, ob eine Kopie von Ronan nicht auch nützlich wäre. Doch es ist nicht unbedingt notwendig, und da ich keinen geeigneten Mann dafür habe, ginge es wohl auch nicht. Mit Tara hingegen habe ich Glück. Sie ist begeistert von der Idee, eine Kopie von Anjulie werden zu dürfen."

„Tara ist die geeignete Person dafür", sagte Bonifactus leicht höhnisch. „Da sie die Tochter deiner ebenso talentierten wie ungezähmten Konkubine ist, könntest du es mit keiner anderen besser treffen. Ich wünsche dir uneingeschränkt Glück. Und du wirst es brauchen. Mach nicht den Fehler, diese Menschen vom Hof des Purpurmantels zu unterschätzen." Ohne ein weiteres Wort zu sagen, stand der Ehrfurchtgebietende auf und verließ die Zitadelle. Zurück blieb ein nachdenklicher Sar A Wan. Doch nach einiger Zeit schmunzelte er selbstgefällig und wandte sich unbeeindruckt von dem Hohen Bonifactus seinen Vorbereitungen zu.

XXII

Die Befreiung von Malina

Am siebten Tag erreichten die Assassinen mit Manhawa die Schlucht, wo ihre Verbündeten auf sie warteten. Die drei Freunde, die ihre Emotionen nach außen hin normalerweise gut unter Kontrolle hatten, strahlten und hüpften dieses Mal fast vor Freude. Eine große Last fiel von ihren Schultern, und die Erleichterung, daß Manhawa es geschafft hatte, war ihren Gesichtern abzulesen. Sandiala umarmte ihn mit einem langen Kuß auf die Wange. Bon Masal und Santulo klopften ihm auf die Schulter. Norenas Anwesenheit war für manchen eine Überraschung, aber sie freuten sich für die beiden, daß sie sich gefunden hatten. Und dann entstand ein Wirrwarr von Stimmen, als die zwanzig neu hinzugekommenen Assassinen in Gespräche verfielen.

Nach einer Weile deutete Manhawa an, daß es langsam an der Zeit wäre, Nägel mit Köpfen zu machen. „Gut, Bon Masal, erzähl mir von den weiteren Plänen, die ihr mit Taras Sagun, dem Führer der Untergrundbewegung von Malina, geschmiedet habt", leitete er ein.

„Grundsätzlich werden wir die Personen, die eine entscheidende Rolle in der Regierung und bei den regierungstreuen Truppen spielen, mit einem Schlag außer Gefecht setzen können", sagte Bon Masal. „Das war ja deine Idee, Manhawa."

„Das Wichtigste ist die Armee", meinte Santulo. „Wenn wir die unter unserer Kontrolle haben, kann nichts mehr passieren."

„Theoretisch schon", entgegnete Sandiala. „Die Armee ist aber keine Einzelperson. Wenn nur ein wichtiger Kommandeur etwas merkt und schnell reagiert, haben wir im Nu einen Bürgerkrieg am Hals. Ferner sind die normalen Ordnungskräfte der Miliz nicht zu unterschätzen. Sie können dich auf den leisesten Verdacht hin festnehmen, und du bist aus dem Spiel, oder tot, solltest du den Helden spielen. Wir müssen überall Verbündete der Untergrundbewegung plazieren, die mögliche Aktionen gegen uns abblocken und ablenken."

„Ich hoffe, daß ihr dies alles in der Zeit, in der ich weg war, abgeklärt habt. Wie weit ist Taras Sagun mit seinen Informationen über die Gewohnheiten der Personen, die ausgeschaltet werden müssen?" fragte Manhawa.

Bon Masal schmunzelte: „Das ist weitgehend abgeklärt, aber wir müssen noch auf die jüngsten Auskünfte warten, da bei Soldaten und Ordnungskräften Dienstplanänderungen in letzter Minute vorkommen. Zum Beispiel hat der Chef der Miliz seine Geliebte immer in der Nacht des Venustages getroffen. Nun will er aber einen Tag vorher, in der Jupiternacht, mit ihr zusammen sein, da er am Venustag woanders sein muß. Das bereitet uns natürlich Probleme, da wir auf Grund der vorherigen Informationen alles für die Venusnacht geplant hatten."

„Können wir ihn nicht eine Nacht vorher schnappen und eine plausible Geschichte für seine Abwesenheit zusammenspinnen?" schlug Sandiala vor.

„Oder ihn einfach in der Einsatznacht zum gegebenen Zeitpunkt aus dem Weg schaffen? Dann laufen wir die geringste Gefahr", warf Santulo ein.

„Wir wollen nicht mehr wie gewöhnliche Assassinen agieren, sondern dieses Leben hinter uns bringen. Und welch bessere Gelegenheit kann es geben, als jetzt zu beweisen, daß wir es tun können. Aus dem Grund wollen wir unser Möglichstes geben, mit so wenig Blutvergießen wie möglich auszukommen", erwiderte Manhawa.

Santulo bewegte sinnend seinen Oberkörper vor und zurück. „Stimmt, wenn wir jetzt nicht anfangen, werden wir weiterhin nur von Kampfeslust getrieben bleiben. Wie schwer es doch ist, sich von Gewohnheiten loszureißen, die man einerseits abscheulich findet, die anderseits doch eine gewisse Faszination auf einen ausüben", fügte er nach einem kleinen Moment des Nachdenkens an.

„Gut, dann gehen wir nochmals alles durch. Es sind fünfzehn Personen in führenden Positionen auszuschalten. Zehn von ihnen sind mehr oder weniger gefährlich. Um sie müssen sich je zwei von uns kümmern. Die anderen fünf sind einfachere Ziele; da reicht je eine Person. Wir sind fünfundzwanzig, und wir brauchen fünfundzwanzig. Dann kommen noch Fuhua und Bandhu dazu, alles in allem also siebenundzwanzig Streiter." Manhawa ließ leise zischend die Luft durch seine Lippen heraus. „Knapp, sehr knapp. Wir haben damit nur zwei Personen für die Kommunikation und Koordination übrig, und sie sind unerfahren auf diesem Gebiet." Er schaute Fuhua und Bandhu an und fügte hinzu, es sei nicht persönlich gemeint. „Ihr beide beherrscht völlig, was ihr erlerntet, aber dies hier ist einfach eine andere Disziplin."

„Mit ihrem Training haben wir gleich begonnen, nachdem du weggingst, und vorsichtshalber haben wir auch die Kinder hinzugezogen", sagte Bon Masal. „Sandiala ist gerade dabei, ihnen die Grundlagen der Tarnung und die Signalcodes beizubringen. Ich muß sagen, daß ich sehr beeindruckt bin, wie schnell sie alles aufnehmen."

„Okay, wir haben, heute eingerechnet, nur noch fünf Tage,

wenn der Einsatz schon am Jupitertag beginnen muß. Selbst auf dem direkten Weg von hier brauchen wir drei volle Tage, um die Hauptstadt von Malina, Blum, zu erreichen, und dabei müssen wir uns schon sehr beeilen. Wir sollten also unbedingt noch heute Nacht aufbrechen. Macht euch marschfertig und ruht euch danach aus", befahl Manhawa.

Und so machten sie sich nach Einbruch der Dunkelheit auf den Weg.

In der zweiten Nacht nach ihrem Aufbruch, als sie nach vielen Stunden des Laufens gerade eine kurze Rast einlegten, kam der Kundschafter zu Manhawa und berichtete, daß zwei Personen von Norden in ihre Richtung eilten.

Manhawa befahl den anderen zu bleiben, wo sie waren, und nahm Shirin La mit sich. Sie begleiteten den Kundschafter zu einer Stelle, von der aus sie die Ankömmlinge beobachten konnten. Manhawa schickte seine Begleiter zu je einer Seite des Pfades, den die beiden entlangkommen würden, und beobachtete dann weiter von seinem Aussichtspunkt aus. Als sie sich näherten, kamen ihm die beiden irgendwie bekannt vor, und dann erkannte er sie: Anjulie und Ronan. Sein Herz füllte sich mit Freude. Er wollte zu ihnen hinunterlaufen, wartete dann aber etwas abseits einer Wegbiegung auf das Paar.

Als sie um die Kurve gelaufen kamen, stellte sich Manhawa vor sie und sagte: „Wohin so schnell, meine Lieben?"

Anjulie schrie auf vor Freude. „Manhawa, du Schurke, wolltest du uns einen Schreck einjagen?" Sie fiel ihm um den Hals.

Er hob sie hoch und schleuderte sie einmal rund um sich. Dann setzte er sie ab und umarmte Ronan fest. Die beiden schnauften noch, hatten aber trotzdem hundert Fragen, die sie alle gleichzeitig zu stellen schienen.

„Kommt, ich bringe euch zu den anderen und dann erzähle ich euch alles. Das hier ist übrigens Shirin, Shirin La, die beste Stockkämpferin der Welt", lobte Manhawa seine Begleiterin.

„Angenehm dich zu treffen, Shirin La. Wenn Manhawa ein solches Lob ausspricht, dann mußt du die beste Kämpferin sein, die man sich nur denken kann", entgegnete Anjulie.

Shirin Las Augen leuchteten, obwohl sie etwas zurückhaltend blieb: „Du bist wirklich zu gütig."

„Aber nein, es ist wahr, Shirin", sagte Anjulie und drückte sie an sich. „Laß uns Freunde sein."

Dann stellte Manhawa seinen anderen Begleiter vor: „Komm du auch her, Arnold. Ich glaube nicht, daß wir im Moment noch spähen müssen. Unser begnadetster Kundschafter."

„Wir bleiben hier für die Nacht", erklärte Manhawa seiner Truppe, als sie zurückkehrten. „Meine liebste Schwester, Anjulie, und Ronan, mein lieber Freund, haben zu uns gefunden. Ich erzählte euch so viel von den beiden, und nun kennt ihr sie auch."

Sie setzten sich hin. Manhawa erzählte kurz, was sich bei ihm zugetragen hatte, und stellte dabei Norena vor. Es gab wieder Umarmungen und Küsse von Anjulie. „Oh, ich freue mich so für euch. Du bist solch eine Schönheit, Norena." Norenas dunkles Gesicht wurde rot. „Ach, so bescheiden. Wie schön. Manhawa braucht dich so sehr. Er ist so zart, und eine Walküre würde seinen Tod bedeuten."

Manhawa lachte. „Anjulie, komm, stell mich nicht bloß. Ja, und jetzt zum weiteren Geschehen. Wir sind unterwegs nach Blum, und dort außerhalb der Stadt werden wir mit Taras Sagun, dem Führer der Untergrundbewegung, die letzten Details besprechen." Er erzählte ihnen in groben Zügen von dem Plan.

„Sag mal, Manhawa", unterbrach Anjulie. „Kennt ihr gar keine Angst? Das ist ja äußerst riskant, was du da beschreibst."

Manhawa wirkte für einen Moment nachdenklich, als ob

er überlegte, wie er die Frage am besten beantworten sollte. „Weißt du, Anjulie, Angst wird wie vieles andere zu hoch bewertet. Wenn du der Angst auf den Grund gehst, dann gibt es nur eine Erkenntnis: Angst bekommt man, wenn man keinen Ausweg sieht. Wenn du diese Erkenntnis tief in dir verankerst und in deinem Kopf festlegst, daß es immer eine Lösung gibt, entsteht keine Angst. Du wirst nämlich ganz darauf ausgerichtet sein, die Lösung zu finden."

„Manhawa, du machst Scherze. Die Angst ist doch einfach da!"

„Ich glaube nicht, Anjulie. Schau, du selbst bist doch auch ziemlich frei von Angst. Oder nimm Ronan. Kennst du Angst bei ihm? Er ist einfach frei von Angst geboren. Absolute Selbstsicherheit liegt in seinem Blut, und die speist sich aus dem Wissen, daß er die Lösung finden wird. Wir, meine Brüder und Schwestern, haben es auf die harte Weise lernen müssen. Ich kann nicht sagen, ob alle von uns angstfrei sind, ob ich es bin. Aber wir haben für alle möglichen Situationen trainiert. Wir haben uns der Angst auf jede mögliche Art gestellt. Uns ist eingehämmert worden: 'Lösung suchen, Lösung finden, Lösung ergreifen.' Ich muß sagen, daß unser Meister in dieser Hinsicht genial gewesen ist, denn dies hat sich uns eingeprägt."

„Ich werde drüber schlafen", meinte Anjulie, nun ihrerseits nachdenklich geworden.

„Gute Idee. Gehen wir doch alle zur Ruhe. Morgen werden wir auch am Tag weitergehen."

Taras Sagun war ein drahtiger Mensch, die Augen klar, ehrlich, mit einer gewissen Milde im Blick. „Es ist eine große Freude, dich wiederzusehen, Manhawa. Und du bist sicher Anjulie, und du Ronan. Welch eine Ehre und Freude. Ich habe Manhawa immer wieder von euch sprechen hören und jetzt endlich treffe ich euch persönlich." Die beiden erwiderten den Gruß, und nachdem die anderen auch vorgestellt worden waren, setzten alle sich zusammen. Sie befanden sich in einer Senke etliche Kilometer außerhalb von Blum. Da der Ort geschützt lag, konnten alle Männer und Frauen an der Besprechung teilnehmen außer zwei Wächtern.

Manhawa stellte den Plan dar: „Unsere schwierigste Aufgabe wird es sein, den Regierungsrat gefangen zu nehmen, und dies muß auch zuletzt geschehen. Sollte es mißglücken, so hätten wir zumindest für unsere Mitkämpfer in Malina bis dahin alle anderen aus dem Weg geschafft. Dann wird es zwar einen Kampf geben, und es wird Blut fließen, aber wir werden trotzdem am Ende siegreich sein."

„Nun, so wie ich es verstanden habe", sagte Ronan, „wird der Oberkommandeur gegen vier Uhr früh zusammen mit dem Vorsteher der Abwehr und der rechten Hand des amtierenden Regierungsrates zu dessen Haus gehen, wo ja auch die Regierungszentrale untergebracht ist. Er wird ihm die Nachricht überbringen, daß eine Verschwörung entdeckt worden und nun schnell zu handeln sei. Du, Manhawa, und ich werden mit fünf deiner Männer als Leibwächter mitgehen. Ihr seid natürlich gut getarnt. Allerdings werden die persönlichen Leibwächter der Beiden auch mitkommen. Was machen wir mit ihnen?"

„Mit denen werden wir fertig. Unterdessen wird die Aktion anlaufen. Boten werden unsere Leute davon unterrichten, daß es Zeit ist loszuschlagen, und wir werden in wenigen Minuten alle führenden Personen der Gegenseite ausschalten."

„Muß nicht der zweite General, jener, der nicht mitspielt, vorher außer Gefecht gesetzt werden? Er ist doch auch sehr gefährlich", fragte Anjulie.

„Ja, und das ist unser Hauptproblem. Er neigt dazu, bis sehr spät in die Nacht hinein zu arbeiten. Wenn er dieses Mal nicht bis spätestens halb vier sein Arbeitszimmer verläßt, müssen wir ihn noch dort überwältigen. Aus dem Grund bekommt

Santulo diese Aufgabe. Sandiala wird ihn begleiten. Sollte der General sehr lange in seinem Zimmer bleiben, wird Sandiala sich als vermeintliche Geliebte einschleichen. Für diese Aufgabe kommt natürlich nur eine Frau infrage."

„Gibt es noch andere Probleme?" fragte Ronan.

„Alles andere ist dagegen ein Kinderspiel. Doch nun machen wir uns rasch an die Aufgaben. Wir haben zwei Tage, um die Stadt und die Häuser kennenzulernen. Taras Saguns Leute werden uns dabei helfen. Als erstes werden wir dann den Anführer der Miliz einen Tag vorher ausschalten und mit Hilfe seines Stellvertreters die Nachricht verbreiten, daß er auf einer geheimen Mission unterwegs ist."

„Und was ist mit mir?" fragte Shirin La.

„Dazu komm ich jetzt. Deine Aufgabe liegt in der Stadt von Salim. Ein großer Teil der Armee befindet sich dort. Der dortige General gehört zu uns, aber zwei seiner Untergebenen werden seine Befehle nicht befolgen. Du mußt sie morgen Nacht aus dem Weg räumen. Leider kann ich niemanden mit dir schicken."

„Das schaffe ich. Keine Sorge, Manhawa", erwiderte Shirin La selbstbewußt.

„Gut. Dann brechen wir auf. Wir werden uns nicht mehr sehen, bevor das hier zu Ende ist. Jeder kennt seine Aufgabe. Trotzdem solltet ihr jetzt immer wieder den Plan durchgehen. Wenn ihr einen Partner habt, spielt ihn gegenseitig durch. Die Leute von Blum, die euch zugeteilt wurden, warten in der Nähe. Jeder geht seinen Weg. Viel Erfolg, meine Schwestern und Brüder!"

Damit beendete Manhawa die Sitzung, und nur Shirin La, Anjulie und Ronan blieben mit ihm zurück. Shirin La rief er zu sich. „Ich muß mit dir deinen Einsatz durchgehen."

Sie setzen sich mit den anderen zusammen, und Manhawa stellte den Plan dar. Zufrieden, daß Shirin La alles verinnerlicht hatte, bat er sie, sich nun auf den Weg nach Salim zu begeben. Shirin La winkte allen freundlich und zuversichtlich zu, nahm ihre Stöcke auf und machte sich auf den Weg.

Manhawa wandte sich Anjulie und Ronan zu. „Ihr wollt also, was ihr gelernt habt, ins Spiel bringen. Wie ich es verstehe, wollt ihr auf alle Beteiligten hier einwirken, ja? Wobei wir durch die wahre Kraft getragen werden, und der Feind, insbesondere seine stärksten Leute, geschwächt wird, weil die falsche oder unwahre Kraft ihnen etwas entzieht."

„So ungefähr kannst du es dir vorstellen", erklärte Anjulie. „Es ist in Wirklichkeit so, daß der Keim des Wahren auf die essenzielle Motivation wirkt. Mit anderen Worten, sollte deine Motivation sein, jemandem tatsächlich zu helfen, ganz ohne Selbstsucht, dann wirst du in deinem Glauben gestärkt. Umgekehrt wird derjenige in seinem Glauben geschwächt, dessen Motivation eigennützig ist."

„Die Aufgabe, die Sandiala und Santulo auf sich genommen haben, ist von höchster Wichtigkeit. Ich bitte euch, eure Kräfte zunächst dort einzusetzen und dann uns hier zu helfen. Riskant, aber so magst du es ja, Ronan", scherzte Manhawa.

„Ein kalkuliertes Risiko schon, doch in diesem Fall ist Anjulie bei mir, und ich werde nicht leichtfertig sein. Ihr Schutz steht an erster Stelle."

„Ja, das weiß ich", erwiderte Manhawa.

Anjulies Augen wurden schmal und funkelten wütend. „Habe ich auch etwas zu sagen, oder habt ihr euch vorgenommen, über mich zu verfügen?"

„Nein, meine liebe Anjulie", antwortete Ronan erstaunt.

„Wag es nicht, auf mich herabzuschauen. Ich habe auch einiges gelernt. Wie zum Beispiel die Kraft auszuüben und gleichzeitig auf Gefahren zu achten. Und sie sogar abwehren zu können."

Sie schwieg, und ihre Gedanken kehrten zu den Lektionen zurück, die eine Schwester der Gemeinschaft ihr einst schmerzhaft beigebracht hatte.

Die Schwester hatte ihr heftige Treffer auf Gesicht und Kopf verpaßt. Anjulies Lippe war bis tief in den Mund hinein aufgerissen. Die Schwester lächelte fast mitleidig. „Anjulie, es wird dir da draußen schlecht ergehen, wenn du nicht lernst, dich in jeder Situation zu schützen." Anjulie schaute sie böse an und hätte ihr gerne den Hals umgedreht. „Sauer zu sein hilft da nicht", fuhr die Schwester fort. „Du fühlst dich hilflos und verschwendest nur Kraft in diese unnütze Emotion. Sei wie der Schwan, der anmutig und würdevoll durch das Meer der Emotionen gleitet. Wenn du jetzt mit mir kämpfst, gleite wie er dahin und halte mit deinem Bewußtsein den Kern des Wahren fest. Visualisiere den Schwan einmal richtig und dann laß ihn selbst walten."

Und Anjulie wurde zum Schwan und glitt anmutig über den Boden. Schwupps war die Schwester hinter ihr und versetzte ihr einen furchtbaren Hieb zwischen die Schulterblätter, der ihr die ganze Luft aus der Lunge pustete. Als sie keuchend sich zu fangen versuchte, bekam sie zwei weitere heftige Schläge mit der Faust in den Nacken und dann einen dritten Hieb mit dem Handballen auf den Hinterkopf. Anjulie schrie auf vor Schmerzen. Es fühlte sich an, als ob ihr Kopf vom Hals gerissen würde, und sie fiel platt auf ihr Gesicht. Tränen des Entsetzens flossen ihre Wangen herunter.

„Du kleines Baby, willst du zu deiner Mama?" höhnte die Schwester. Anjulie wurde so wütend, daß sie hochsprang und die Schwester wild angriff. Diese wehrte mit Leichtigkeit all die schlecht gezielten Angriffe ab, dann schlüpfte sie unter Anjulies rechten Arm, brachte ihren linken Arm darunter, ergriff mit der rechten Hand Anjulies Nacken und drückte sie mit Wucht runter. „Jetzt werd vernünftig und tu, was ich dir sage", zischte sie ihr ins Ohr. „Du sollst nicht aus dieser Welt hinausgleiten. Die erste Regel ist, immer in deinem Wurzelchakra fest verankert zu sein. Wenn du dein Bewußtseinschakra ohne diese Verankerung benutzt, schwebst du aus der Realität.

Wenn du aber fest verankert bist, laß die gleitende Kraft von den Fußsohlenchakren hochsteigen. Versuchen wir es noch mal!"

Und so ging es tagein, tagaus. An manchen Tagen lief es wie am Schnürchen, an anderen drohte Anjulie zu verzweifeln. Aber es kam der Tag, an dem sie meisterhaft durch den Kampf segelte und ihre Kraft aus dem Bewußtseinschakra so zu benutzen wußte, daß sie der Schwester einmal sogar eine Niederlage zu bereiten vermochte.

Die Schwester nickte freundlich und erteilte die letzten Ratschläge: „Lobenswert, würde ich sagen. Doch laß dir das Lob nicht zu Kopfe steigen, sonst wirst du auf den Lorbeeren von heute ausruhen und im Ernstfall sogleich geschlagen werden. Jedes neue Mal ist es ein frischer Anfang. Die Erinnerung von heute wird nur ein Hindernis darstellen, da du versuchen wirst, das gleiche Gefühl zu beschwören, dabei aber die Schritte nicht genau durchgehst. Das ist eine verhängnisvolle Falle! Behalte im Kopf, Anjulie, daß du recht gut bist. Doch stets mußt du danach streben, besser zu werden."

Das Gesagte ging Anjulie durch den Kopf, doch auch, wer es ihr beigebracht hatte: eine brutale Frau; sie hat sicher kein leichtes Leben gehabt. Gänzlich unerwartet schmunzelte die Schwester auf einmal freundlich, und als ob sie ahnte, was Anjulie dachte, sagte sie mit großem Mitgefühl: „Wir gehören zu den Barmherzigen. Die Lektion muß erteilt werden, aber nicht härter als notwendig. Das ist Barmherzigkeit. Sei froh, daß es keine von den goldenen Schwestern war. Die sind nämlich gnadenlos."

Die Lektionen waren schmerzhaft gewesen, sehr schmerzhaft. Aber Anjulie verstand, daß sie, um zu überleben und ihr Leben so zu gestalten, wie sie es sich wünschte, alles Unwahre aus ihrem Sein verbannen mußte. Natürlich hatte sie viele dieser Dinge gewußt, doch bis jetzt noch nicht richtig in die Praxis umgesetzt. Erst dieses Kampftraining zeigte ihr, wo sie wirklich stand. Anjulie hätte nie gedacht, wie schmerzhaft das Ausreißen des Unkrauts – des Unwahren – wirklich ist, da es so tief in einem verwurzelt ist.

Ronan stand mit offenem Mund verdutzt da. Manhawa, stets der Ritter, berührte Anjulie sanft am Arm: „Liebe Schwester, Juwel der Prinzessinnen, nimm unsere Sorge um dich nicht als Respektlosigkeit auf. He, Ronan, hast du was zu sagen?"

Ronan schluckte und holte tief Luft, um Einsicht einzuatmen: „Ich neige dazu, gedankenlos zu reden und war unachtsam. Ich entschuldige mich dafür und nehme mir vor, achtsamer und respektvoller zu sein."

„Ich nehme deine Entschuldigung an. Das Leben in unserem Dorf hat dir anscheinend schon etwas gebracht." Sie lächelte ihn freundlich an.

Manhawa lachte ganz offen: „Meine Anjulie, immer am Ende noch einen kleinen Stich anbringen, was? Doch solange das nicht böse gemeint ist, ist es eine gute Eigenschaft. Der Stich hält die Erinnerung der Sünde im Bewußtsein. Nun aber weiter. Ich würde gerne von dir hören, wie du den Plan umsetzen willst."

„Als erstes muß ich immer dort sein, wo das Wichtigste passiert. Also heute Nacht beim Überfall auf den Polizeichef. Morgen wird es zwei wichtige Einsätze geben. Wir müssen es so planen, daß Ronan und ich bei beiden Einsätzen dabei sind."

„Es wird recht eng werden, nach dem ersten Einsatz rechtzeitig zum Haus des Staatsoberhaupts zu kommen. Und eine Frau, die in der Nacht durch die Gassen rennt, ist verdächtig", meinte Ronan.

„Deswegen sollten wir uns über meine Kleidung Gedanken machen. Ich könnte mich wie eine Priesterin gewanden. Eine Priesterin kann zu jeder Tages- oder Nachtzeit in Eile sein."

„Eine gute Idee", sinnierte Manhawa. „Und eine bessere fällt mir nicht ein. Damit, so glaube ich, haben wir das Wichtigste besprochen."

„Wir sollten gleich zusammen mit dir losgehen, da wir die Stadt noch besser kennenlernen müssen, um für heute Nacht vorbereitet zu sein", sagte Ronan.

Anjulie und Ronan nahmen sich viel Zeit, um die Gegend zu erkunden, in der die Geliebte des Führers der Miliz lebte. Anjulie hätte gerne die schöne Altstadt näher kennengelernt, aber Ronan drängte sie immer weiter. Endlich am Ende ihrer Erkundigungen, kehrten sie zurück zu Manhawas Unterschlupf und ruhten sich aus, bevor sie sich an die Verfolgung des Führers der Miliz machten.

Der Mann war ein alter, gewiefter Fuchs. Ganz selbstbewußt, aber ohne aufzufallen, ging er wie ein Schatten, mal hier, mal da lang, um dann wieder in der nächsten Gasse zu verschwinden. Offensichtlich wollte er sichergehen, daß er auf dem Weg zu seiner Geliebten nicht beobachtet wurde, und die Verfolger mußten all ihre Talente einbringen, ihn erstens nicht zu verlieren und zweitens nicht von ihm entdeckt zu werden. Obgleich sie wußten, wo das Haus seiner Geliebten lag, mußten sie doch sichergehen, daß er nicht woandershin unterwegs war. Trivun Mali, ein pechschwarzer, großer Assassine, schlich wie ein Schatten hinterher. Wie er es trotz seiner äußerst beeindruckenden Figur schaffte, sich so unauffällig zu machen, war Ronan ein Rätsel. Dem dunkelbraunen Costa würde man keinen zweiten Blick schenken. Seine kleine Statur und sein rundes, fast unschönes Gesicht machten ihn von Haus aus für diese Aufgabe geeignet.

Auf einmal betrat ihre Zielperson ein Gebäude. Im selben Moment tauchte plötzlich eine Frau vor Anjulie auf und flehte die vermeintliche Priesterin an, mit ihr zu kommen. Während Trivun Mali sich auf den Weg zum Hinterausgang machte und

Costa in das Gebäude und dort auf das Dach schlich, verfluchte Ronan ihr Schicksal, daß ausgerechnet in diesem Moment jemand den Beistand der 'Priesterin' benötigte.

Anjulie aber war ganz gefaßt und fragte die Frau, wie sie ihr helfen könne. Mit den Augen voller Tränen erzählte diese, daß ihr kleiner Sohn im Sterben liege. Er habe viele Tage schon hohes Fieber, und nun habe er begonnen Blut zu spucken, und die Heiler der Stadt hätten ihn aufgegeben. Dann habe eine Bekannte sie auf die neu erschienene Heilerin aufmerksam gemacht, und so sei sie ihr sofort hinterhergestürzt. Anjulie ergriff liebevoll ihre Schulter und versprach, sogleich zu kommen, sobald sie mit dem fertig sei, was sie vorher noch zu erledigen habe. Sie ließ sich sagen, wo die Frau wohnte, und instruierte sie, in der Zwischenzeit Grapefruit, Mango und hellbraunen Zucker zu besorgen.

Ronan hüpfte fast vor Ungeduld, als er in die Richtung der beiden verschwundenen Assassinen blickte. Anjulie aber schaute Ronan lächelnd an und informierte die Frau, daß sie ihn auch mitbringen würde, da er ein noch größerer Heiler sei. Ruhig schickte sie die Frau weg, wandte sich zu Ronan und wies ihn an, sich zu beeilen, wobei sie sich ebenfalls schnell zu dem Gebäude aufmachte, in dem der Milizenchef verschwunden war. Ronan war so wütend, daß er nicht mehr wußte, wie er sich beherrschen könnte. „Wir sind mittendrin in einem höchst wichtigen ..." Ronan suchte nach dem richtigen Wort und fand 'Krieg'.

Anjulie sah ihn belustigt an. „Du kannst an nichts anderes als an Krieg denken. Wir sind jedoch mitten in einer Revolution."

„Was ist dir eingefallen, zu dieser Frau gehen zu wollen? Dabei haben wir auch noch die Spur unseres Mannes verloren."

Anjulie wurde still. „Jetzt beruhige dich, Ronan. Erstens spielt das alles keine Rolle. Wenn du in einer solchen Situation nicht die richtigen Worte finden kannst, kannst du auch kein Führer sein." Ronan wollte fragen, wer zum Henker denn hier Führer sein wolle, hielt aber vernünftigerweise seinen Mund. „Zweitens, was hättest du dann mit der Frau anders gemacht, ohne Mißtrauen zu erwecken? Und drittens haben wir die Spur des Milizenchefs nicht verloren. Ich habe ihn schon anpeilen können – sein Herz ist bei seiner Geliebten, und so konnte ich mich an sein Herzchakra anschließen. Komm mit. Ich weiß, wohin wir müssen."

Der Gesuchte stieg derweil vorsichtig vom Treppenhaus auf das Dach des Gebäudes, ging oben entlang, sprang hinüber zum nächsten Gebäude und schritt die Treppe hinunter. Costa war kaum aufs Dach gelangt, als der Verfolgte schon die Treppe hinunterging. Der Assassine eilte zum Ende des Daches und blickte nach unten. In dem Moment sah er, wie auch die Geliebte das Gebäude betrat. Er trifft sie woanders, erkannte Costa gleich. Mit einem Krähenschrei rief er seinen Partner, erklärte ihm in Zeichensprache die Lage und bat ihn die Treppe hochzueilen. Er selber würde von oben kommen. Er betrachtete die beiden Dächer und sah eine Stelle, wo das Dach etwas herausragte. Von dort könnte er sicher auf die andere Seite springen. Ohne sich weitere Gedanken zu machen, lief er hin, nahm Anlauf und sprang. Gerade als er springen wollte, sank sein Fuß in das morsche Dach. Sein Sprung geriet zu kurz, er krachte gegen die Mauer, und die Luft wurde ihm aus den Lungen herausgepreßt. Es fühlte sich an, als seien etliche Rippen gebrochen. Zum Glück hatte er sich mit beiden Händen am Dach festkrallen können. Schnaufend zog er sich hoch. Unbeweglich und zusammengekauert lag er eine Zeitlang da, bevor er mit reiner Willenskraft die Verfolgung erneut aufnahm.

Vorsichtig stieg er die Treppe des Gebäudes hinab, in dem der Chef der Miliz verschwunden war. In der dritten Etage wartete Trivun Mali: „Ich habe sie auf dieser Etage noch sehen können, dann hörte ich, wie sich eine Tür schloß. Das bedeutet, daß der Milizenchef in einer dieser beiden Wohnungen ist."

Der verletzte Costa überlegte eine Zeitlang. Dann bat er seinen Partner, ihn mit dem Seil kopfüber vom Dach aus zu einem Fenster einer der beiden Wohnungen hinunterzulassen. Es war schon länger dunkel, und auf der Rückseite des Gebäudes war kaum jemand zu erwarten.

Das Zimmer war dunkel und niemand zu sehen. Das hintere Zimmer, sicher das Schlafzimmer, war beleuchtet, aber die Tür war geschlossen. Er holte ein filigranes Hörrohr heraus, plazierte es an der Fensterritze und hielt das Ohr daran. Er hörte eine Frauenstimme, aber es war nicht die Stimme der Geliebten: Die hatte er tags zuvor sprechen hören und sich eingeprägt. Er ließ sich wieder hochziehen und zur anderen Wohnung abseilen.

Das Fenster war beleuchtet. Die beiden Gesuchten saßen im Zimmer und plauderten. Plötzlich blickte der Milizenchef zum Fenster hoch. Schnell zog der Assassine seinen Kopf zurück, doch er war nicht schnell genug. Der Mann hatte ihn auf jeden Fall, wenn auch nur flüchtig, gesehen. Rasch Hand um Hand zog er sich an dem Seil hoch, während Trivun Mali von oben half. Gerade als er sich über die Mauer des Flachdachs warf, ging unten das Fenster auf, und die beiden Assassinen liefen zum Treppenhaus.

Anjulie führte Ronan zu dem Gebäude, in das die Geliebte gerade hineingegangen war. „Das ist aber nicht das Gebäude, in dem sie wohnt?" schaute Ronan Anjulie fragend an.

„Wie aufmerksam von dir! Ich habe ja auch nicht gesagt, daß ich dich zur Wohnung der Geliebten führe, sondern an den Ort, wo die beiden jetzt sind. Gehen wir schnell hoch. Wir haben wenig Zeit."

Die beiden erreichten die dritte Etage, und Anjulie wollte

gerade auf die Wohnung hinweisen, als die Tür aufging und gleichzeitig von oben schnelle Schritte zu hören waren, die die Treppe heruntereilten.

„Wer seid ihr?" schaute der Milizchef die beiden erstaunt an.

Im gleichen Moment flüsterte Anjulie: „Pack ihn dir, Ronan. Ich habe ihn mit meinem Geist im Griff." Ronan bewegte sich schnell und zielgerichtet auf ihn zu, während die Bewegungen des Mannes im Zeitlupentempo abliefen. Anjulies Magie wirkte auf erstaunliche Weise. Ronan sah, wie der Arm des Chefs der Miliz sich langsam auf ihn zubewegte. Es war fast lächerlich einfach, als ob Ronan ewig Zeit hätte, sich zu positionieren. Er packte den Milizionär mit beiden Händen am Arm, drehte sich und warf ihn mit Wucht über seine Schulter auf den Boden.

Dessen Geliebte kam in diesem Moment in den Flur gelaufen, sah, was los war, und öffnete den Mund. Anjulie zischte warnend: „Ronan, die Frau!" Wieder machte sich der Mund der Frau ganz langsam rund, um einen Schrei loszulassen. Während Trivun Mali ihm von der Treppe aus noch einen weichen Stoffballen zuwarf, hatte Ronan die Frau schon erreicht, bevor sie zu schreien vermochte. Er hielt ihr mit der einen Hand den Mund zu, bog ihren Kopf nach hinten, und als er spürte, daß ihre Lippen weit offen standen, stopfte er geschwind den Stoff dazwischen, und der Schrei erstickte in ihrer Kehle.

Der Chef der Miliz hingegen war von anderem Kaliber. Er rollte sich zur Treppe, stand auf, als der Assassine unten ankam, und schleuderte ihn mit Wucht an die Wand.

„Nimm die Frau, Anjulie", rief Ronan und lief, um dem Assassinen zu helfen. Anjulie mußte die Kontrolle über den Milizionär aufgeben, um sich der Frau zu widmen. Der Milizionär verfügte damit wieder über seine ganze Schnelligkeit, war blitzschnell hinter Ronan geschlüpft und hätte bei diesem fast einen bösen Hieb gelandet. Ronan ließ sich in einen Spagat herunterrutschen, so daß der Schlag harmlos über seinen Kopf hinwegfegte. Er zog die Beine wieder an, ergriff im Aufstehen den Arm seines Gegners und warf ihn zu Trivun Mali an der Treppe, der ihn mit einer Bewegung Richtung Treppengeländer durch die Luft wirbelte. Dabei versetzte er ihm einen Schlag an die Kehle, der ihn endgültig außer Gefecht setzte.

Anjulie war hin- und hergerissen, auf was sie sich konzentrieren sollte, und so war ihr die Geliebte entglitten. Die packte Anjulies Haare und riß ihren Kopf zu sich heran. Doch die Lektionen der Schwester wirkten nach. Voll in sich verankert, ließ Anjulie sich auf die Frau fallen und versetzte ihr dabei einen heftigen Schlag mit dem Ellbogen auf den Solarplexus. Damit war der Kampf zu Ende.

Schwer atmend sahen die vier Freunde einander an. Costa ließ einen lauten Seufzer der Erleichterung hören. „Früher war es einfacher, als wir unsere Opfer noch nicht ohne Blutvergießen überwältigen mußten", stellte er mit einem Lächeln fest.

„Das stimmt", erwiderte Ronan. „Aber so ist es ein besseres Gefühl! Bringen wir die beiden ins Wohnzimmer."

Nun saßen sie alle auf dem Sofa und bedienten sich von dem durstlöschenden Gebräu der Gefangenen, die vor ihnen gefesselt und geknebelt auf dem Boden saßen.

Ronan wandte sich den Gefangenen zu: „Das hier schmeckt gut, exzellent. Merke ich mir! Spaß beiseite, ihr braucht keine Angst zu haben. In knapp dreißig Stunden seid ihr wieder frei. Leider müssen wir euch geknebelt halten. Betrachtet diese Unannehmlichkeit als den Preis für euer Leben."

Ronan und Anjulie verabschiedeten sich von den beiden anderen und verließen das Gebäude. „Okay, machen wir uns auf den Weg zu dieser Frau", sagte Anjulie.

„Ist nicht dein Ernst?" fragte der überraschte Ronan.

„Ich habe ihr doch versprochen zu kommen."
„Es ist einfach zu gefährlich für uns, diese Spiele zu spielen. Wenn die Frau anfängt, von zwei Heilern zu erzählen, werden die Menschen auf uns aufmerksam."
„Mach dir keine Sorgen. Das regle ich schon. Sei kein Angsthase."
„Es geht nicht um Angst haben, sondern darum daß wir bis morgen viel vorbereiten müssen."
„Richtig. Aber das bißchen Zeit, das wir uns jetzt für eine gute Sache nehmen, werden wir gut einholen können. Nutzen wir doch das Training, das wir gehabt haben, um es uns gefühlsmäßig tief einzuprägen."

Ronan gefiel das zwar gar nicht. Aber er wußte, wie sinnlos es war, sich mit Anjulie anzulegen und sie von einem Vorhaben abbringen zu wollen. Außerdem stimmte das, was Anjulie angesprochen hatte. Obwohl das Training kurz gewesen war, wenn auch sehr intensiv, und er mußte er jetzt das nötige Vertrauen aufbringen.

Anjulie klopfte an die Tür. Die ging leise auf, und ein Lächeln leuchtete auf dem verweinten Gesicht der Frau auf, als sie Anjulie erkannte. „Herein, gnädige Frau. Auch Sie, gnädiger Herr. Gott segne euch für eure Güte."

Ronan fühlte sich beschämt, nur an sich selbst gedacht zu haben. Anjulie ging selbstsicher zum Bett des Kindes und setzte sich im Diamantsitz auf den Fußboden, ihre Fersen unter dem Gesäß. Nachdem sie den Jungen eine Zeitlang beobachtet und festgestellt hatte, daß er ganz still dalag, mit dunkelrotem Gesicht, schwachem, doch vollem Puls und bräunlicher Zunge, holte sie die getrocknete Zaunrübenwurzel aus ihrer Tasche. Sie erhob sich und ließ sich von der Frau in ihre Küche führen.

Zuerst bat Anjulie um das Obst, das die Frau schon geschält und klein geschnitten hatte, dann um den Zucker. Das

Obst legte sie in einen Topf und dünstete es auf kleiner Flamme. Den Zucker ließ sie erst in einem Topf trocken schmelzen, und sobald er flüssig, aber noch hell war, fügte sie etwas Wasser hinzu und kochte ihn zu einem dicklichen Sirup ein. Dabei redete sie mit Ronan so, als ob er der Experte wäre. „Mache ich es richtig? Da das Kind Blut gespuckt hat, braucht es diese Art der Früchte gedünstet, mit dickem Zuckersirup angereichert." Ronan machte das Spiel mit und nickte. „Weil der Junge ganz still liegt und eine braune Zunge hat, braucht er die weiße Zaunrübe, ja?" Ronan hob seinen Daumen und klopfte ihr auf die Schulter.

Nachdem das Obst vorbereitet war, bat Anjulie die Mutter, ihren Sohn damit zu füttern. Vorher sollte er noch etwas Wasser trinken. „Er wird die Arznei, die ich jetzt vorbereite, dann besser vertragen als im nüchternen Zustand", erklärte sie der Mutter, während sie ein paar Gran von der Zaunrübenwurzel in einem Mörser fein verrieb. Dann streute sie etwas roten Pfeffer darauf. Sie schaute Ronan an und sagte: „Ich weiß, daß man normalerweise keinen Pfeffer dazugibt. Aber da das Kind ziemlich abgemagert ist, fehlen ihm sicher viele Vitamine und Mineralien, die der Pfeffer abdecken wird." Ronan nickte ihr weise zu. Unter Zugabe einer Prise Steinsalz und mit etwas Wasser rührte sie die pulverisierte Zaunrübe zu einer dicken Paste an.

Die Mutter hatte ihren Sohn geweckt und war nun fertig mit dem Verfüttern des Obstes. Anjulie lächelte den Jungen an und erkundigte sich nach seinem Namen. „Er heißt Aslan nach dem ehrwürdigen Verschönerer unserer Parkanlagen", erwiderte die Mutter stolz.

Sanft legte Anjulie ihm ihre kühlen Finger auf die Wange und verharrte einen Moment, bevor sie die von ihr zubereitete Arznei mit einem Holzspatel auf der Zunge des Kindes ausstrich. „Hier, Aslan, trink etwas Wasser", damit flößte sie ihm das Wasser ein. Jetzt setzte sie sich neben sein Bett und sagte zur Mutter: „Nun warten wir ab." Der Kleine war schon wieder eingeschlafen, doch inzwischen sah es nach einem ruhigeren Schlaf aus.

Nach etwa zwanzig Minuten öffnete das Kind seine Augen wieder, lächelte die Mutter an und flüsterte: „Mama!"bevor es wieder einschlief. Seine Atmung wurde ganz tief und ruhig, die Gesichtsfarbe rosiger.

Die Mutter hielt Anjulie an den Händen und weinte vor Dankbarkeit. Die junge Frau zog die ältere hoch, umarmte sie und flüsterte ihr ins Ohr: „Dein Kind braucht jetzt einen ganzen ungestörten Tag absoluter Ruhe. Erzähle niemandem etwas, so daß Aslan nicht gestört wird und keinen Rückfall bekommt." Die Mutter nickte, und impulsiv küßte sie Anjulie auf die Wange. Anjulie bat, sich verabschieden zu dürfen. Die Mutter bedankte sich noch einmal herzlich und ließ die beiden gehen.

„War doch nicht so schlimm, oder?" Ronan war trotzdem nicht froh, daß sie sich der Gefahr ausgesetzt hatte. „Komm, gib doch einmal zu, daß etwas gut war. Die Frau wird auch mindestens einen Tag niemandem davon erzählen. Ich habe ihr Versprechen." Nur zögernd lächelte Ronan, ein paar Worte des Lobes stammelnd, als sie sich auf den Weg zum Unterschlupf machten.

Die Venusnacht war eine prachtvolle Inszenierung der Götter, und die Sternenfülle wie ein hoffnungsvolles Versprechen für die Erfüllung des Vorhabens. Manhawa, der die Zuversicht des Himmels tief in seinem Herzen spürte, erfreute sich der gnadenvollen Botschaft. Und in den nächsten Stunden erwies sich die Hoffnung als stimmig. Die Boten überbrachten eine Erfolgsnachricht nach der anderen, bis kurz vor zwei Uhr fast alles reibungslos und ohne Zwischenfall beendet war.

Shirin La hatte durch den Freund von Taras Sagun gute Nachrichten geschickt. Bei ihnen war es fast zu reibungslos verlaufen, wie sie später erzählte. Alles war schon vorbei, ehe sie nach Blut lechzen konnte.

Sie verlockte den Kommandanten Hermand, den sie zu beseitigen hatte, mit ihr zu seinem Freund zu gehen. Sie zeigte ihm die Kopie eines mysteriösen Objekts, über das er bei seinem Freund mehr würde in Erfahrung bringen können: Um eine dunkelhäutige Frau in Ekstase war eine goldene Schlange gewunden. „Das ist die begehrte Schlangenkraft", wisperte sie mit kehliger Stimme. Sie hatte in Blum von seinem Interesse an okkulten Dingen erfahren. Mit diesem Köder würde es ein Leichtes sein, ihn anzulocken. Unterwegs erzählte sie ihm fantastische Geschichten von dem Objekt, die sein Interesse befeuerten.

An der Tür seines Freundes angelangt, klopfte Kommandant Hermand in unverhohlener Aufregung an die Tür. Erstaunen füllte die Augen des Mannes, der die Tür aufmachte: „Was machst du hier, Hermand? Und wer zu-"

Weiter kam er nicht. Shirin La, die seitlich hinter Hermand geblieben war, setzte ihren Fuß auf sein Kreuz und schupste ihn mit solch einer Kraft in das Haus, daß er einige Meter hineinflog und dabei den Freund gleich mitnahm. Sie zog ihren verlängerbaren Holzstock heraus und versetzte Hermand einen gezielten Schlag an die Schädelbasis und beim Umdrehen dem anderen in die Magengrube. Dies geschah so glatt und rasch, daß die Personen, die in dem großen, gemütlich gestalteten Wohnzimmer zusammensaßen, wie angewurzelt in ihren Sesseln blieben. Bevor sich einer auch nur rühren konnte, war Shirin La unter ihnen und schaltete sie mit wohlbedachten, rasch aufeinander folgenden Schlägen aus.

Als Manhawa die Nachricht von Shirin Las raffiniertem Überfall überbracht wurde, freute er sich noch mehr. Doch damit war es längst nicht getan, denn der General saß immer noch in seinem Arbeitszimmer. Die Uhr tickte stur weiter, und der risikoreichste Einsatz hatte nun zu erfolgen. Manhawa hob seine Augen zum Himmel. Das Bild hatte sich verändert. Ein feiner Dunst schmälerte die Schönheit des majestätischen Umlaufes der Sterne. Manhawa seufzte. Es war sowieso zu schön gelaufen, jetzt sprach der Himmel eine Warnung aus und forderte besondere Aufmerksamkeit und höchstes Geschick. *Sandiala, die Unbeirrbare*, sinnierte er und schickte ihr das Gebet: „Mögest du heute deinem Namen treu sein." Santulo war zwar dabei, aber sein merkurisches, launisches Temperament war ein großes Hindernis. Solange er Situation und Beteiligte unter seinem hypnotischen Einfluß hatte, war er unaufhaltbar; unvermittelt, ohne zu zögern und äußerst gefährlich. Sobald jedoch jemand aus seinem Bann ausbrach, fing seine zielgerichtete Kraft an zu zerbröckeln. Gott sei Dank waren Anjulie und Ronan auch dabei.

Sandiala entschied sich anzugreifen. „Wir warten nicht mehr, Santulo. Ich gehe rein. Gib Anjulie und Ronan das Zeichen." Der Oberkommandeur hatte ihnen vor einigen Stunden Zugang zu dem Militärgelände verschafft. Jetzt warteten sie in einem Gebäude, von dem aus sie den großen Komplex und den General ausspähen konnten, der sich nicht auf ihre Seite hatte stellen wollen. Auf die vorsichtige Andeutung eines Putsches hin war er ganz stutzig geworden. Daher wollte man ihn unter einem Vorwand von seinem Büro weglocken, falls er eine Gefahr werden sollte. Ronan und Anjulie warteten mit dem Oberkommandeur außerhalb des Geländes, um das Risiko einer Entdeckung zu minimieren. Erfuhr der General, daß der Oberkommandeur anwesend war, würde ihn das argwöhnisch werden lassen.

Santulo ging zum Fenster und schlug dreimal Funken an seinem Feuerstein. Anjulie, die gerade Wache hielt, rief aufgeregt: „Es ist an der Zeit. Sie haben das Signal gegeben." Ein Lächeln erhellte die Miene des Oberkommandeurs, der nach der Entmachtung dieses Generals unbehindert die Führung übernehmen könnte.

Ronan bestätigte, daß sie das Signal bemerkt hatten, und Sandiala sorgte dafür, daß Manhawa und die anderen zwei Boten benachrichtigt wurden. Alsbald traf mit einem weiteren Signal die Erwiderung von Manhawa ein.

Manhawa würde jetzt hier auf dem Dach warten, bis er das Zeichen für den Erfolg des Unternehmens von einem der Akteure erhielt. Daraufhin würde die Nachricht weitergeleitet und er selbst schleunigst die ihm zugeteilten Freunde zum vorgegebenen Ort bringen.

Ronan, Anjulie und der Oberkommandeur machten sich auf den Weg zum Militärgelände. Sie betraten den Komplex und begaben sich zum Offizierskasino, in dem selbst um diese Uhrzeit noch einige Offiziere anwesend waren. Sie standen alle auf, als sie den Oberkommandeur sahen und salutierten, während sie Anjulie und Ronan neugierig anschauten. Der Oberkommandeur bat sie alle, Platz zu nehmen, als ein Schrei die Luft zerriß.

Der Soldat klopfte an der Tür zum Büro des Generals und sagte: „Entschuldigen Sie, Herr General, Madame Rosalina ist hier." Sandiala hatte ihm den Namen einer Bekannten des Generals gegeben. Als der General die Tür öffnete, stieß sie den Soldaten in die Magengrube und wollte ihren Dolch an die Kehle des Generals setzen. Zu ihrem Erstaunen wehrte der ihre Hand jedoch mühelos ab und stieß mit gestreckten Fingern auf ihren Kehlkopf. Sie warf sich nach hinten, war aber nicht schnell genug, und die Finger des Generals trafen ihr Ziel.

Sandiala konnte nicht mehr atmen. Ihr Abwehrmanöver hatte zwar verhindert, daß sie auf der Stelle starb, aber ihr Verstand sagte ihr, daß die weichen Knochen des Kehlkopfs soweit zerstört waren, daß die folgende Schwellung ihr in Sekunden gänzlich den Atem abschneiden würde. Sie hatte kaum Zeit, bevor alles vor ihren Augen verschwimmen und sie das wehrlose Opfer des Generals sein würde.

Sandiala war jedoch nicht ohne Grund als die Unbeirrbare bekannt und behielt selbst jetzt noch einen kühlen Kopf. Sie rollte fallend auf die Seite, den Arm des Generals fest im Griff. Sie brachte ihre Knie hoch, und als der General auf sie stürzte, warf sie ihn mit ihren Beinen nach hinten über den Kopf. Sie drehte sich dabei auf den Bauch, die Hand des Generals immer noch festhaltend. Dessen Arm kugelte aus der Schulter, und er schrie aus vollem Hals. Schnell auf die Beine gekommen, versetzte sie ihm einen kontrollierten Tritt gegen den Kopf, so daß er länger bewußtlos sein würde, und setzte mit einem weiteren Tritt auch den Wachsoldaten endgültig außer Gefecht.

Sandialas angestrengter Körper rang vergeblich nach Luft, doch sie behielt ihren klaren Geist und ließ den Körper weiterkämpfen. Rasch ergriff sie das aus ihrer Hand gefallene Messer und setzte sich an die Wand. Mit eiskalter Präzision stach sie die Klinge unter ihrem Kehlkopf in die Luftröhre, steckte ihren Finger hinterher und hielt das Loch offen. Blut lief aus der Wunde, aber sie konnte wenigstens wieder atmen. Sie fand eine dekorative Muschel auf dem Schreibtisch des Generals, die sich vorne wie eine Blume öffnete. Mit ihrem Messer schnitzte sie ein Loch in das schmale hintere Ende, steckte die Muschel in die Öffnung ihrer Luftröhre und wartete.

Als der Schrei die Luft zerriß, befahl der Oberkommandeur allen, ruhig sitzen zu bleiben. „Der General ist jetzt unsere Geisel, und ich übernehme hier das Kommando." Die anwesenden Offiziere sahen unsicher um sich, aber trauten sich nicht, etwas zu sagen. Doch der Adjutant des Generals, der von Anfang an mißtrauisch auf Ronan und Anjulie in ihrem Priestergewand geschaut hatte, befahl plötzlich: „Wache! Überfall!"

Santulo, der den Soldaten an der Tür am nächsten war, ging auf die eindringenden Wachen los. Im Nu hatte er einen überwältigt, so elegant wie mühelos. Den nächsten Soldaten nahm er am Arm und brachte ihn zwischen sich und einen dritten Soldaten und schlug mit dem Fuß dessen Knie unter seinem Körper weg. Als er nach unten sackte, setzte er ihm einen Hieb mit dem Handballen auf das Brustbein. Sich drehend und die Bewegung weiterführend knallte er seine zu einer flachen Schale geformte Hand mit gerade soviel Kraft aufs Ohr des dritten Soldaten, daß der, ohne bleibenden Schaden zu erleiden, bewußtlos zusammensackte.

Der vierte Soldat, der alles mit aufgerissenen Augen mitangesehen hatte, drehte sich um und versuchte wegzurennen. Santulo zog sein Messer heraus und warf es zielgenau. Doch der laufende Soldat schob einen anderen Soldaten beim Vorbeilaufen in den Weg, und das Messer traf diesen tödlich in die Brust.

Aber der vierte Soldat war Santulo entkommen. Santulos merkurisches Temperament übernahm; er hatte das Geschehen nicht mehr unter seiner Kontrolle.

Der Assassine lief dem Soldaten hinterher, ohne Rücksicht auf die eigene Sicherheit. Am Ende des Flurs stürmte er in den nächsten Raum hinein. Zwei Soldaten traten ihm entgegen, und er attackierte sie, ohne zu zögern. Beide fielen unter seinen Schlägen, und auch der geflohene Gegner brach schwer getroffen zusammen.

Doch er hatte zwei weitere Soldaten hinter sich nicht wahrgenommen. Als ein wahnsinniger Schmerz neben seinem rechten Schulterblatt aufflammte, wurde ihm erst klar, welchen Fehler er begangen hatte. Ein Messer steckte tief in seinem Rücken, die Verletzung war lebensgefährlich. Ein Ellbogenstoß nach hinten schleuderte den Soldaten mit dem Messer fort. Da der das Messer fest umklammert hielt, rutschte es raus; noch war Santulo zu kraftvollen Aktionen fähig.

Er warf sich mit seinem Rücken auf die Brust des Soldaten, packte das Messer und stieß es dem zweiten Soldaten, der von hinten am ersten vorbeizutänzeln versuchte, in den Oberschenkel. Den unter ihm liegenden schaltete er mit einem Ellbogenstoß gegen den Kopf aus. Dann erhob er sich und ließ sich mit einem Knieaufprall auf die Brust des Angreifers vor ihm fallen, der mit dem Messer im Bein zu Boden gegangen war.

Als alle Gegner beseitigt waren, legte Santulo ein gerolltes Stück Stoff auf die Wunde, setzte sich gegen die Wand und preßte den Rücken mit aller Kraft dagegen. Wie weit die inneren Blutungen damit gestoppt würden, konnte er nicht sagen, auf jeden Fall würde er nicht gleich verbluten. Aber das Unglück verfolgte Santulo diesmal erbarmungslos. Einer der ersten außer Gefecht gesetzten Soldaten erlangte das Bewußtsein wieder, ergriff unbemerkt sein Schwert, erhob sich und stürzte sich auf den verletzten Santulo. Santulo sah ihn kommen, doch zu spät, um den Hieb gänzlich abzuwenden, der ihm den Hals durchbohrte.

Ronan war sofort klar, daß der Adjutant die eigentliche Gefahr darstellte und daß alles wieder unter Kontrolle sein würde, wäre der erst ausgeschaltet. Mit einem Sprung stand er auf dem Tisch und versetzte dem Adjutanten einen Fußtritt gegen den Hals.

Aber damit war noch nicht alles getan. Anjulie sah, wie ein Offizier sein Schwert herausziehen wollte, und auch ein dritter machte Anstalten, zu den Waffen zu greifen. Sie warf sich zu Boden, drehte sich auf den Rücken und rutschte so zu den beiden hinüber. Als sie den ersten Offizier erreichte, hob sie einen Fuß und traf ihn hinter dem Knie. Aus dem Gleichgewicht gebracht, krachte der Offizier mit dem Gesicht auf den Tisch. Anjulie sichelte unterdes mit dem Fuß die Fesseln des zweiten Offiziers weg, und auch dieser stürzte zu Boden.

Der Oberkommandeur schrie: „Stopp! Alle Soldaten, hört sofort auf! Zurück auf eure Posten." Auf einmal war Ruhe. Ausnahmslos alle gehorchten nun dem Oberkommandeur. „Ronan, schau nach Santulo. Anjulie, wir laufen zum Zimmer des Generals."

Die blutgefleckten Lippen Santulos gefielen Ronan gar nicht. Er band einen breiten Stoffstreifen um seine Brust und einen um den Hals, der das Stofftuch fest gegen die Wunden drückte. Dann trug er ihn in das Kasino. In dem Moment brachte Anjulie Sandiala ins Zimmer. Oh Gott! Zwei Schwerverletzte, stöhnte Ronan innerlich. Wir können beim nächsten Einsatz nicht helfen. Wir müssen die beiden erst verarzten.

„Gebt bitte den Boten die Nachricht, daß die letzte Runde ins Rollen gebracht werden kann. Anjulie und ich können bei dem Einsatz jedoch nicht dabeisein, da wir uns um Sandiala und Santulo kümmern müssen."

Die Signalgeber hatten eine knappe halbe Stunde Zeit, den restlichen sechs die Botschaft zu überbringen. Als das Signal Manhawa erreichte, hatte sich der Oberkommandeur mit dem Vorsteher der Abwehr und seiner rechten Hand sogleich auf den Weg gemacht. Manhawa begleitete sie mit den dreizehn Leibwächtern. Er ging den kommenden Einsatz noch einmal im Kopf durch, fand aber keinen Haken: Vor seinen Augen sah er alles wie am Schnürchen laufen, auch wenn es sicher Verletzte geben würde.

Anjulie blickte Ronan an. „Wir müssen zuerst Santulo versorgen. Sandiala hat es soweit selber geschafft, daß sie zunächst ohne Versorgung zurechtkommt. Als erstes brauchen wir eine Feuerstelle. Bitte erhitze das Calendula-Öl darauf."

Sie entfernte den Verband und gab Santulo Anweisungen: „Füll deine Lungen mit Luft auf. Dann hältst du die Luft in der rechten Lunge an und atmest nur über die linke."

Santulo sah sie verdutzt an. „Es ist möglich, Santulo", schmunzelte sie. „Im Moment scheint es ein fremder Gedanke für dich zu sein, doch richtig ausgeführt bringst du damit die innere Blutung langsam zum Stoppen. Aber du mußt mit aller Kraft die rechte Seite aufgepustet und stramm halten." Als Ronan das heiße Öl brachte, gab sie etwas Sumpfporst hinein. „Calendula ist für die Blutungen und die Wundheilung, wie du weißt, Ronan, und der Sumpfporst für die Stichwunde." Ronan legte ein Stück Leder zwischen Santulos Zähne, und Anjulie goß das heiße Öl direkt in die Wunde. Santulos Augen traten fast aus ihren Höhlen, doch er behielt die Kontrolle über den Schmerz. „Du kannst jetzt die Luft aus der rechten Lunge ganz rauslassen, so daß sie, soweit sie es vermag, zusammenfällt und dadurch entlastet wird. Du atmest weiterhin nur auf der linken Seite. Die verletzte Lunge wird dadurch schneller heilen können."

Auf einmal verdrehte Santulo die Augen. Aus seiner Halswunde quoll Blut heraus und sickerte in Mengen durch den Stoff. Die Anstrengung hatte seine Halsschlagader platzen lassen, die durch das Schwert des Soldaten verletzt worden war.

„Ronan, schnell, noch mehr Calendula-Öl", rief Anjulie.

Aber Santulo hielt ihre Hand fest: „Anjulie, es ist vorbei. Es war eine Ehre, dich und Ronan kennengelernt zu haben. Sandiala, gib mir deine Hand." Ihr kamen die Tränen, als sie seine Hand ergriff.

Anjulie ließ die beiden alleine. Sandialas Lippen formten stumm die Worte: „Du darfst uns nicht verlassen. Du schaffst es. Laß Anjulie deine Wunde versorgen", und sie weinte.

„Sandiala, meine liebste Freundin. Meine Geliebten sind schon gekommen, um mich zu holen. Sag Manhawa und Bon Masal, es tut mir leid, daß ich nicht dabeisein kann, aber ich darf jetzt heim." Er drückte ihre Hand und sackte zusammen.

Sandiala legte ihn sanft hin. Kurz hielt sie ihn noch fest, dann küßte sie ihn auf die Wange und ließ ihn los. Ihre Augen waren jetzt trocken, aber ihr Schmerz war überdeutlich. Anjulie legte ihre Hand auf Sandialas Schulter. Sie wiegte sich leicht hin und her, aber weinte nicht.

Sie sagte zu Sandiala: „Jetzt sollten wir deine Wunde versorgen. Das ist eine viel schwierigere Angelegenheit, auch wenn im Augenblick keine akute Lebensgefahr mehr besteht." Sandiala nickte. „Ich muß dich operieren, um alles wieder zu richten. Ich werde dir etwas einflößen, das dich nichts mehr spüren läßt, aber du bleibst bei Bewußtsein." Dann nahm sie Ronan auf die Seite und verriet ihm: „Ich habe das noch nie gemacht. Ich weiß nur theoretisch, wie es geht, weil ich einmal bei dieser Art von Operation dabeisein durfte."

Doch nach der Versorgung Santulos und obwohl der gestorben war, hatte Ronan ein ganz anderes Vertrauen in Anjulie. Er nickte zustimmend, und seine Zuversicht und der von ihm ausgehende Beistand erfüllten Anjulie mit der Selbstsicherheit, die sie benötigte.

Die Operation verlief ohne Zwischenfälle. Nachdem Anjulie die gebrochenen Knochen wieder gerichtet hatte, pinselte sie die gesamte Wunde mit einem verdünnten Extrakt von Beinwell aus. Am Ende blies sie mit ihrem Mund auf alle wunden Stellen und summte dabei eine entspannende, wohltuende Melodie. „Ich habe die grüne heilende Flamme hineingeblasen", erklärte sie.

„Und was war diese wunderschöne Melodie?" wollte Ronan wissen.

„Die habe ich von meiner Mutter gelernt. Sie summte sie mir immer vor, wenn ich krank war, und ich fühlte mich von wunderschönen heilsamen Wolken umhüllt." Ronan konnte nur langsam in Ehrfurcht den Kopf senken.

Als sie fertig war, wickelte sie einen festen Stoff mit längs eingesteckten dünnen Holzstäben als eine Art von Minikorsage um den Hals. Anjulie hatte schon vor der Operation die Muschel im Loch gut befestigt, so daß sie nicht mehr herausfallen konnte. „Bald mußt du anfangen, deine Halsmuskeln zu benutzen, Sandiala, sanft, aber dynamisch. Damit werden die Knochen angeregt, die ursprüngliche Form wieder anzunehmen", erklärte sie weiter. „Wie mag es Manhawa und seinen Freunden wohl gehen, nachdem wir nun nicht mehr dabei sind?"

Manhawa hatte das Gefühl, unendlich lange unterwegs gewesen zu sein. Als sie schließlich ankamen, schwitzte er leicht. Eine ganz ungewöhnliche Reaktion, die er nicht kannte. Es war eben doch viel leichter, alle Feinde einfach zu töten. Und der Moment des Zuschlagens erzeugte ein Hochgefühl, obwohl er sich hinterher immer schlecht gefühlt hatte, Unschuldige zu beseitigen, Familien in Trauer und Verzweiflung zu stürzen.

Irgendwie sind alle gleich. Die Brutalität, die wir auf die Seele ausüben, nehmen wir gar nicht gerne wahr, dachte er. Gott sei Dank bemerken einige Menschen, daß lieb zu sein und die Liebe zwei verschiedene Dinge sind. Das hier war ein Liebesdienst für Menschen, die einem ans Herz gewachsen sind, für ein Land, das er in sein Herz geschlossen hatte. Und wenn doch ein Feind ums Leben kommen sollte, würde das ohne Hass geschehen, mit Respekt im Herzen für das Opfer. Die Liebe, die durch Norena in Manhawa entfacht worden war, schenkte ihm ungeahnte Kräfte und den Mut, dabeizubleiben, trotz allem am Ziel festzuhalten.

Ohne Zögern wurden sie in das Haus des Regierungsrates eingelassen, nachdem der Oberkommandeur auf die vorliegende Notfallsituation aufmerksam gemacht hatte. Auch der Türwächter des Empfangszimmers erkannte die sich nähernden Persönlichkeiten und nahm eine respektvolle Haltung ein, riß die Tür auf und gab den Weg frei. Sie traten ein.

Die draußen lauernden Assassinen hatten sich in der Zwischenzeit in der Nähe gesammelt. Darga, der statt Santulo jetzt dort die Führung hatte, beobachtete, wie alle hineingelassen wurden. Mit einem Vogelzwitschern gab er das Signal zum Angriff. Die Wachen am Tor und im Gelände waren schnell überwältigt. Blieben nur noch jene im Wachhaus. Sie hatten von Anfang an keine Chance, da alle ankommenden Leibwächter dorthin gebracht wurden, sechs Assassinen unter ihnen. Nachdem die letzten der Wächter ohne Kampf überwunden, gefesselt und geknebelt waren, ging Darga zum Hauptgebäude und klopfte an.

Als Manhawa mit dem Oberkommandeur eingetreten war, merkte er gleich, daß er von einem der Leibwächter des amtierenden Regierungsrates mißtrauisch betrachtet wurde. „Dich kenne ich nicht", bemerkte der nach einer Weile.

„Stimmt", erwiderte Manhawa. „Ich kenne dich auch nicht, außer vom Namen her." Manhawa erkannte ihn aus Beschreibungen als den Chef der Leibwächter.

„Es ist aber meine Aufgabe, jeden hier zu kennen."

„Wenn der Oberkommandeur Vertrauen in mich hat, sollte dir das reichen", entgegnete Manhawa. Er hoffte, daß es bald an der Tür klopfen würde, da die Situation langsam außer Kontrolle geriet.

Irgendetwas mußte den obersten Leibwächter gewarnt haben, da der in dem Moment, als es an der Tür klopfte, schrie: „Eine Falle. Alle zurück."

Einer von Manhawas Begleitern riß die Tür auf, während Manhawa sich auf den Chef der Leibwächter stürzte: „Darga, die Treppe hoch. Schnappt den Regierungsrat!" Die Assassinen drängten in das Empfangszimmer, das auch der Regierungsrat gerade von der anderen Seite des Raumes aus betreten wollte. Der machte sofort kehrt und eilte die Treppe hoch, in die Sicherheit seiner Gemächer. Darga sprang ihm hinterher über die Stufen. Die übrigen Assassinen begaben sich rasch zu den festgelegten Orten, und einzelne Kämpfe brachen aus, als weitere Leibwächter, von dem Warnschrei alarmiert, ins Empfangszimmer stürmten.

Manhawa stand dem obersten Leibwächter gegenüber und damit dem vielleicht besten Kämpfer, dem er je begegnet war. Als ginge sie der Kampf um sie herum nichts an, umkreisten sie einander, schätzten den anderen ab, suchten die Lücke, um losschlagen zu können. Dann glaubte Manhawa eine solche gefunden zu haben und attackierte. Unerschrocken teilte er Schlag um Schlag aus. Doch sein Gegner verteidigte sich mit einer Leichtigkeit, die ihn überraschte. Eigentlich sollte Manhawa Darga helfen, doch an einen schnellen Sieg war gar nicht zu denken.

Manhawa versuchte, sich von seinem Gegner zu lösen. Als er zwischen anderen Kämpfenden hindurchtunneln wollte, landete der Leibwächter einen wuchtigen Tritt in seine Seite. Manhawa stürzte, rollte aber nicht vom Angreifer fort, sondern zu ihm hin, und es gelang ihm, den Fuß, der ihn eben noch getroffen hatte, zu ergreifen. Er drehte den Fuß im Gelenk, so daß der völlig überraschte Gegner sein Gleichgewicht verlor. Manhawa drehte weiter, bis etwas in dem Knöchel mit einem Knall zerriß. Sogleich sprang er auf und raste die Treppe hinauf, dem Freund hinterher.

Darga lief drei, vier Stufen auf einmal nehmend die Treppe hoch und griff die Leibwächter des Regierungsrates an. Den ersten überraschte er mit einem unglaublich schnellen Schlag genau auf die Herzspitze, er sank einfach zu Boden. Den links daneben ergriff er an dessen rechtem Arm, zog ihn heran und schlug eine über Kreuz geschwungene Außenkante mit der linken Hand gegen dessen Kiefer. *Zwei*, sagte er zu sich selbst. Aber dann war er gezwungen, sich gegen drei weitere Angreifer zu wehren.

Oben auf der Treppe angekommen, sah Manhawa, daß Darga in Bedrängnis war. Ein Angreifer hatte seinen Freund von hinten im Würgegriff, der Regierungsrat schlug auf Darga ein, und ein weiterer Leibwächter wollte von vorne angreifen. Doch Darga stützte sich auf den Rumpf des Hintermannes, hob seine Beine und trat den neuen Gegner gegen den Brustkorb, so daß er hilflos auf den Boden stürzte. Manhawa hatte das nur abgewartet und wandte sich nun gegen den Mann, der Darga noch immer festhielt, stieß ihm die Faust in den Nacken, so daß dieser zusammenbrach. Als der Regierungsrat sah, daß er alleine dastand, gab er jeden Widerstand auf.

Taras Sagun und seine Freunde übernahmen die Regierung in Dankbarkeit für die unblutige Revolution. Santulos Tod bedauerten sie von Herzen, auch wenn sie ihn nur flüchtig kannten. Seine Freunde gedachten seines Todes kurz, aber inbrünstig, und waren bald bereit für die wichtige Aufgabe, die ihnen noch bevorstand. Nach kurzer Zeit brachen Ronan, Anjulie und Manhawa mit seinen Leuten wieder auf. Die versprochenen Soldaten Malinas würden schnell nachkommen. Mit einem Kuß auf die Wange verabschiedeten sich Manhawa und Anjulie von Sandiala, die zur Heilung ihrer Wunde in Blum zurückbleiben würde.

Der Riese stand auf dem Pfad und überlegte. Es war etwas verwirrend für ihn, da sehr viele Menschen hier langgegangen waren. Die Spuren von Anjulie und Ronan waren dabei und auch die Manhawas. Was machten aber die anderen Spuren hier? Er meinte, bekannte Spuren zu sehen, die ihn an seine Brüder und Schwestern erinnerten. Es war ein großes Rätsel. Das mußte er lösen, und dann war da noch die Frage wegen des Mädchens und ihres Helden zu beantworten. Der Riese schätzte das Alter der Spuren auf ungefähr eine Woche. Entschlossen legte er ein schnelles Tempo vor und konnte Tag für Tag sehen, wie er den dreien näher kam.

XXIII

Keine rosigen Aussichten

Der klare Nachthimmel dominierte eine bergige Landschaft. Dem Vollmond fehlten noch vier Tage, doch er erhellte weit oben die von steilen Felsen umgebene Festung Jong Lims wie eine liebenswürdige Leuchte. Nach der harten Reise war der Anblick dieser Pracht ein Trost für die Seele. Seit Ronan und Anjulie mit ihren Kameraden Blum verlassen hatten, hatte es schnell gehen müssen. Mit kurzen Pausen liefen sie täglich bis tief in die Nacht und schliefen nur so viel, daß sie sich gerade eben zu erholen vermochten. Trotz der Strapazen ging es ihnen aber recht gut; sie waren abgehärtet und verfügten über eine sehr gute Kondition.

„Bevor wir uns eine wohlverdiente Rast gönnen können, werden noch lange Stunden der Nacht vergehen", sagte Ronan zu Anjulie.

„Rast? Mehr als eine kurze Verschnaufpause wird nicht möglich sein", erwiderte Manhawa.

„Ich fände es aber gar nicht schlecht, mal ein kleines bißchen lockerzulassen und mich richtig ausruhen zu können", bemerkte Anjulie. „Doch was genau haben wir vor?"

„Deinen Vater hatten wir ja von unterwegs benachrichtigt; er müßte jederzeit eintreffen", sagte Ronan. „Dann werden wir gemeinsam planen. Der Kampf hier ist zu einem Stillstand gekommen. Den südöstlichen Teil des Landes hat Jong Lim dem König abgenommen und unter seine Kontrolle gebracht. Er selbst ist hinter seinen Festungsmauern dort oben in Sicherheit. Das glaubt er zumindest."

Sie waren gerade mit den Vorbereitungen für das Abendessen fertig, als Meister Ling eintraf. Anjulie schrie vor Freude auf und fiel ihrem Vater um den Hals. Der Stich des Eifersuchtsstachels war so unerwartet, daß Ronan die Luft wegblieb und es ihm fast schlecht wurde. Mit größter Kraft konnte er eine gewisse Freude vortäuschen. Meister Ling mußte etwas gemerkt haben, da er ihn fragte, ob alles in Ordnung sei. Das freundliche Gesicht seines Meisters erfüllte Ronans Herz mit solch einem Glück, daß seine kurzzeitige finstere Miene als Schattenspiel abgetan werden konnte.

Ronan erinnerte sich an das Gespräch mit Meister Ling, damals als er mit ihm und Anjulie zur Geheimstätte ging. Die kurze Eifersucht, die er damals gegenüber Manhawa einige Tage zuvor gespürt hatte, wollte er verstehen und überwinden.

„Meister Ling, wie kann ich von der Eifersucht frei werden?" hatte er gefragt.

„Es wird vieles vorgeschlagen und gemacht, jedoch ist es am besten, den unkompliziertesten und sichersten Weg zu gehen. Wenn du jemanden innig liebst, dann bedeutet es, daß du diesem Menschen in deinem Herzen stets Glück wünschst."

„Richtig", sagte Ronan. „Also sollte ich der Geliebten für die Situation, die Eifersucht in mir auslöst, Glück wünschen."

„Schon, aber wenn du das zuerst tust, dann geht es vom Kopf aus und hat keine tiefe und dauerhafte Wirkung."

„Muß ich also in mir verstehen, woher die Eifersucht kommt, und dem nachgehen?"

„Nein, alles zu kompliziert. Versuche, lediglich die Liebe für deine geliebte Person in deinem Herzen zu empfinden, diese Liebe so wachsen zu lassen, bis du die geliebte Person nur noch glücklich sehen willst, und ihr dann dies aus vollem Herzen zu wünschen und auf sie hinüberfließen zu lassen."

Ronan hatte dies inzwischen schon geübt und war stolz darauf, gute Erfolge gehabt zu haben, und jetzt kam die Eifersucht unerwartet wieder. *Das kann ich mir nicht erlauben,* dachte er. *Endgültig Schluß damit. In einem schlechten Moment oder gar in einer Notfallsituation kann das Auftauchen solcher runterziehenden Gefühle verheerende Auswirkungen haben. Jetzt werden wir Krieg führen, und ich will und muß rein von allen solchen Gefühlen bei seiner Zusammenarbeit mit Anjulie sein.* Also empfand er all die Liebe für Anjulie, und als sein Herz vor Freude zum Bersten voll war, wünschte er ihr in jeglicher Situation nur noch Glück. Und dann befahl er seinem Herzen, daß dies endgültig sei.

Beim Essen schnitt Meister Ling ohne Umschweife die Probleme der Armee des Königs an: „Zwei Dinge bereiten uns große Schwierigkeiten. Die Assassinen von Sar A Wan verbreiten jede Nacht Terror unter den Soldaten. Sie schleichen unsichtbar durch die Dunkelheit, bringen die Wachen um und richten auch im Lager teilweise großen Schaden an. Ich habe sie mit zwei meiner Brüder etwas in Schach halten können, aber zu dritt können wir nicht überall sein. Zwei von ihnen haben wir getötet und drei gefangen genommen. Dafür sind über hundert unserer Männer verletzt oder tot."

„Manhawa, können deine Leute gleich eingesetzt werden, um die Moral der Soldaten zu heben?" fragte Ronan.

„Sicher. Wir könnten schon diese Nacht die Macht der Assassinen Sar A Wans schwächen. Ich werde meine Kameraden gleich einweisen. Glaubt mir, sie werden keinen von Sar A Wans Leuten mehr durchkommen lassen. Doch wenn ihr beide - du, Ronan, und Anjulie - euch einsatzbereit fühlt, könnten wir auch den unterwegs geschmiedeten Plan noch heute Nacht umsetzen."

„Du meinst, ich soll meine Kräfte gegen sie benutzen und so viele Assassinen wie möglich für unsere Seite gewinnen?" entgegnete Anjulie. „Das bedarf aber schon einer gewissen Vorbereitung. Gib mir etwas Zeit, und ich denke, daß ich es schaffe. Was aber ist das zweite Problem, Dada?"

Meister Ling zögerte einen Moment: „König Landhor wünscht, daß der Krieg mit so wenig Blutvergießen wie möglich gewonnen wird. Was wir tun, soll auch seinem Sohn als Beispiel dienen. Doch die Festung Jong Lims steht diesem Ansinnen effektiv entgegen. Es wird kaum möglich sein, sie ohne große Verluste zu erobern, so wie sie geschützt von rauhen Felsen und steilen Abgründen auf dem Berg liegt. Zudem verfügt die Anlage über ausreichende Vorräte, um auch einer langen Belagerung zu widerstehen. Auch fürchte ich, daß es nicht möglich sein wird, Jong Lims Soldaten alle Versorgungswege abzuschneiden, denn wir brauchen den Hauptteil der Armee hier vor Ort."

„Aber es gibt doch eine Möglichkeit, sonst würden wir nicht hier sitzen", sagte Manhawa mit ernster Miene. „Und wenn ich raten darf, betrifft sie mich und die Assassinen."

Meister Ling lächelte: „Das hast du gut erfaßt, obgleich auch Ronan und Anjulie dabei eine wichtige Rolle spielen werden."

„Warum setzen wir Anjulie immer wieder der Gefahr aus?" wollte Ronan wissen. „Wo sie so wichtig ist, sollten wir sie nicht unnötig gefährden, sondern beschützen."

„Bist du mein Kindermädchen?" Erzürnt schoß Anjulie die Worte auf Ronan ab.

„Anjulie, vielleicht erklärst du ihm selber, warum wir so vorgehen müssen", schlug Meister Ling vor.

„Solange sich eine zarte Pflanze in der Entwicklung befindet, muß sie unbedingt den vollen Schutz erhalten. Wenn sie anfängt, gewisse Stärken und Stabilität zu zeigen, soll sie den entsprechenden Gefahren ausgesetzt werden, muß aber selbstverständlich gut darauf vorbereitet sein. So lernt sie, mit dem Leben zurechtzukommen. Wenn sie alles Grundsätzliche gelernt hat, soll sie sich bewußt in alles, was auf sie zukommt, hineinbegeben. Damit lernt sie, das Geübte zu integrieren und zu meistern. Dies kann ein Mensch nur inmitten des Schlachtfelds des Lebens tun."

„Aber wenn Anjulie stirbt, verlieren wir doch, oder?" warf Ronan ein.

„Jeder muß auf seinen eigenen Füßen stehen lernen und sich auch grundsätzlich selbst schützen können, auch wenn das bedeuten sollte, ein großes Risiko einzugehen. Niemand kann sich ewig verstecken oder vom Leben abwenden. Außerdem steht Anjulie unter eurem Schutz, Manhawas und dem deinen; besonders aber ist sie dir anvertraut, Ronan", erwiderte Meister Ling.

„Können wir nun langsam zur Sache kommen?" mischte sich Anjulie ungeduldig ein.

„Ja. Es gibt eine Möglichkeit, unbemerkt zur Festung zu gelangen. Sie birgt jedoch unbekannte Gefahren in sich, da niemand von uns diesen Weg kennt."

„Woher wissen wir dann, daß es diesen Weg gibt?" fragte Ronan.

„Ich komme noch dazu. Von den Bergen oberhalb der Festung fließt ein Bach in die Festung hinein. Doch der teilt sich auf und sein zweiter Teil verschwindet unterirdisch. Dieser Teil soll ein Höhlensystem geschaffen haben, das mit der Festung verbunden ist. Darüber werdet ihr eindringen."

„Er könnte an der Festung vorbeifließen!" gab Manhawa zu bedenken.

„Die Legende sagt, daß es vor langer Zeit ein großer Kämpfer namens Bronnheld geschafft hat, dort einzudringen."

„Und was machen wir, wenn wir in den Höhlen sind?" fragte Ronan.

„Höchstwahrscheinlich gibt es oben mehr als einen Ausgang. Ihr müßt den finden, der euch Zugang zur Festung verschafft."

Ronan fuhr fort: „Auf der rechten Seite der Festung steht die Zitadelle, in der sich Sar A Wan einquartiert hat. Ihm scheint der Vollmond wichtig zu sein. Außer unsere Armee zu verunsichern, unternimmt er nichts, als zu warten. Warum? Das ist nicht die Art eines Kriegers, besonders eines Assassinen. Da seine genauen Absichten im Dunkeln liegen, werde ich mich in die Zitadelle einschleichen, um mehr zu erfahren, ihm möglichst auch Schaden zufügen oder ihn gar zu beseitigen, sollte sich eine Chance dazu bieten."

„Ich halte das für keine gute Idee, Ronan", entgegnete Anjulie. „Das Risiko ist viel zu groß. Mit solch einem mächtigen Menschen ist nicht zu spaßen. Er ist nicht nur Krieger, sondern verfügt auch über geistige Kräfte."

„Wer nicht wagt, der nicht gewinnt!"

Anjulie schaute Manhawa flehend an: „Kannst du ihn nicht davon abbringen?"

„Es tut mir leid, Anjulie, aber das muß Ronan selbst entscheiden. Es stimmt, was du sagst. Sar A Wan ist keineswegs zu unterschätzen, doch wenn Ronan sich in den Kopf gesetzt hat, in die Zitadelle einzudringen, können wir nicht mehr tun, als sorgfältig für ihn zu planen."

Ronan war von Manhawas Worten etwas verunsichert. Er hatte sich allzu leichtfertig ausgemalt, wie er als Held in diesem Kampf brillierte, und außer Acht gelassen, was für einen gefährlichen Gegner er in Sar A Wan haben würde. Kindisch! Das wäre so, als wollte er sich mit seinem Meister anlegen. Sogar schlimmer, da Sar A Wan ein skrupelloser, machthungriger Mensch war, der sämtliche bösen Tricks beherrschte und sie auch einsetzen würde, ohne mit der Wimper zu zucken.

Manhawa fragte: „Also, wie gehen wir dies alles an? Ich schlage vor, daß wir als Erstes versuchen, so viele unserer Brüder und Schwestern wie möglich auf unsere Seite zu ziehen. Zudem könnten wir von denen vielleicht etwas Wertvolles über Sar A Wan und die Zitadelle erfahren. Morgen können wir dann aufbrechen, um den verborgenen Weg zu finden."

„Das ist leicht gesagt, Manhawa", wandte Anjulie ein. „Ich will der Hoffnung keinen Dämpfer erteilen, aber auch der Nachteinsatz deiner gewieften Assassinen ist kein Kinderspiel. Ganz zu schweigen vom Eindringen in Festung und Zitadelle. Das dürfen wir nicht auf die leichte Schulter nehmen. Und wenn ich mich nicht irre, Dada, war das noch nicht alles, oder?"

„Wir werden nach diesem ersten Einsatz weiterplanen. Jetzt solltet ihr euch vorbereiten und versuchen, so viele der Assassinen wie möglich für unsere Sache zu gewinnen. Ich schlage vor, daß ihr euch kurz ausruht, dann macht ihr euch bereit für den Einsatz heute Nacht", schlug Meister Ling vor.

Der Mond blickte gütig auf das Kommando hinab. Obwohl noch drei Tage zum Vollmond blieben, schien sein huldvolles Gesicht schon die volle Kraft seines Schutzes zu verleihen, in dem seine Frau Lunara vierundzwanzig Stunden lang unbeschwert und angstfrei ihre magischen Fäden weben durfte.

„Schau, wie liebenswürdig der Mond wirkt", rief Anjulie aus, als sie mit Ronan, Manhawa und drei Assassinen in Richtung der Festung ging. Ronan schaute hoch zum Firmament und lächelte Anjulie abwesend zu. Sein Geist war auf die Aufgabe gerichtet und fand keinen Platz für Romantik. Der Plan war, zuerst einige der Assassinen aufzusuchen, die von Anjulie beeinflußt werden sollten. Drei Assassinen würden an strategisch guten Stellen aufgestellt und ihnen als Wache dienen.

Plötzlich blieben Manhawa und Ronan gleichzeitig stehen. Der Wald war ganz dicht an dieser Stelle und wirkte unheimlich in den Schatten des Mondlichtes. Ronan erhob eine Hand, um Anjulie zu warnen. Er hatte etwas gespürt, das auch Manhawa zur selben Zeit wahrnahm. Mit Handzeichen gab Ronan Anjulie zu verstehen, daß sie jetzt ihre Magie bewirken sollte.

Anjulie und Ronan setzten sich an eine geschützte Stelle, und Anjulie schickte dem Assassinen, den sie wahrgenommen hatten, die Botschaft: *„Das wahre Glück liegt in der Befreiung von den Ketten der Tyrannei. Manhawa und wir bieten euch diese Möglichkeit der Befreiung in Liebe und Respekt."* Sie verpackte die Botschaft in ein Saatkorn, das im Bewußtsein des Adressaten aufgehen sollte. So sandte sie Keim für Keim dieser Friedensbotschaft, und Ronan verstärkte ihre Kraft teilweise bis auf das Zehnfache. Angesichts dieser Unterstützung verstreute Anjulie weitere Keime der Botschaft und hoffte darauf, daß sie auch andere Assassinen bis hinauf in die Zitadelle erreichte.

Doch irgendetwas stimmte nicht. Ihre Kraft verflüchtigte sich. Was war hier am Werk? Sie berührte Ronan leicht am Knie und bat um Schutz. Ronan schickte seine Spürsinne hinaus, und auf einmal wurde ihm so schlecht, daß er sich mit Gewalt zusammenreißen mußte, um sich nicht zu übergeben.

Er verankerte sich mit seinem Geist fest im Grund, auf daß er nicht weggeschleudert würde, und brachte unter gewaltigen Mühen ein weiß schimmerndes Schutzschild zwischen sich und diese grauenhafte Kraft, die da plötzlich auf ihn einströmte, während er noch mit der Übelkeit rang. Er bewegte sein Herz und schickte Glücksgefühle an sein Zentrum der Glückseligkeit, das Leberchakra. Langsam stellte sich Linderung ein. Dann befreite sich Ronan auf einmal aus den Klauen des Bösen, und seine Übelkeit entwich zur Gänze. Mit großer Erleichterung vermochte er wieder tief einzuatmen. Schnell verstärkte er den blauen Schutz um sie herum und ergänzte ihn mit viel leuchtendem Weiß. Am Rande malte er ein großes, friedliches Gesicht, das rosa Strahlen ausschickte.

Anscheinend hatten Ronans Anstrengungen Erfolg, da auf Manhawas Katzenruf, mit dem er seine friedlichen Absichten signalisierte, eine Antwort seitens des Assassinen kam. Doch nicht die, die sie sich erhofft hatten. Er übermittelte das Zischen einer Schlange, ein Zeichen, daß er Manhawa nicht traute. Anjulie verstärkte die Kraft ihrer Botschaft, und irgendwie mußte ihre Magie ihr Gegenüber positiv beeinflussen, da auf einmal der Taubenruf von dem Wächter herüberdrang. Jetzt war er zumindest bereit zuzuhören.

Anjulie war hocherfreut, daß ihre Bemühungen Erfolg zeigten. Manhawa bat die beiden, in Deckung zu bleiben, und schlich durch das Dickicht zu dem aufnahmebereit gestimmten Assassinen. Anjulie und Ronan warteten angespannt und vergaßen darüber, ihre Beeinflussungen weiterzuführen. Eine unheimliche Stille durchdrang den Wald. Auch die nachtaktiven Tiere schienen geflüchtet zu sein.

Ein leises Geräusch erreichte von weitem Ronans Ohr. In der Stille fühlte es sich jedoch wie ein Hammerschlag an. Oder waren das seine überspannten Nerven? Mit einem Finger auf den Lippen und einer Handbewegung befahl er Anjulie, ihm zu folgen. Da sie anscheinend nichts gehört hatte, schaute sie ihn fragend an. Aber er preßte seinen Finger noch nachdrücklicher auf die Lippen und schlich lautlos in die Richtung, aus der er das Geräusch vernommen zu haben glaubte. So bewegten sie sich eine Weile durch die Dunkelheit, aber sie konnten niemanden mehr sehen oder hören. Ronan wollte gerade die Suche aufgeben, als Anjulie mit zusammengepreßten Lippen „Ronan" flüsterte. In dem Moment sah er, wie eine Schattengestalt links von ihm mit einem Messer auf ihn zustieß, und auch zu seiner Rechten raschelte es plötzlich. Ronan ließ sich abrupt fallen, und als der Angreifer mit dem Messer über ihn stolperte, richtete er sich auf und warf ihn nach rechts, wo eine weitere Gestalt aus dem Unterholz kam. „Mach deine Arbeit, Anjulie", rief Ronan leise und versetzte dabei dem ersten Angreifer einen Tritt in den Nacken. Die Person stieß einen erstickten Schrei aus und rührte sich nicht mehr.

Der zweite Assassine schob den bewußtlosen ersten von sich herunter, rollte sich zur Seite und sprang geschmeidig auf. Ronan setzte nach, kam aber ins Straucheln und stolperte am Gegner vorbei. Als er sich umdrehte, bewegte er sich damit direkt in einen Sprung des Angreifers hinein, und zwei Füße trafen Ronans Brust. Der fiel nach hinten, konnte aber zumindest dem folgenden Stampftritt noch mit einer Rolle seitwärts ausweichen. Doch es lief gar nicht gut für Ronan. Der Assassine paßte nämlich seine Rolle ab, sprang Ronan auf den Rücken und nahm dessen Hals von hinten in einen Würgegriff. Ein drahtiger, kraftvoller Unterarm drückte Ronans Kehlkopf zu und schnitt ihm die Luft zum Atmen ab; er war hilflos und würde in wenigen Sekunden sein Bewußtsein verlieren.

Doch das Glück kam erneut zu seiner Rettung. Anjulie hatte sich herangeschlichen und legte dem abgelenkten Assassinen ihre Hand auf das Herz. Sie schickte ihre Friedenskraft geballt hinein. Es sah aus, als ob ihn ein Hammer getroffen hätte. Er zuckte gewaltig zusammen und erschlaffte. Doch er war noch bei vollem Bewußtsein und schaute Ronan und Anjulie verwirrt an.

„Was war das?" fragte eine Frauenstimme.

„Oho, du bist aber eine gefährliche Kämpferin", sagte Ronan. „Wie geht es dir?"

„Ich fühle mich nicht schlecht, aber ganz seltsam. Ich möchte gar nichts mehr gegen euch unternehmen. Was habt ihr mit mir gemacht?"

„Wir haben dich auf unsere Seite geholt. Auf die Seite von Manhawa, wo du Frieden und Freiheit finden wirst."

„Ich mag es nicht glauben, aber es fühlt sich dennoch gut an. Wer seid ihr? Ein Kämpfer und eine Zauberin?"

„Das hier ist Anjulie und ich bin Ronan. Wir sind Heiler."

„Merkwürdige Heiler, die wie Assassinen kämpfen und

auch noch über Zauberkräfte verfügen! Ich heiße Marla und mein Begleiter ist Margho. Wie geht es ihm?"
„Er ist nur bewußtlos. Komm, dann bringen wir euch zu Manhawa."
„Dem Abtrünnigen!"
„Du wirst bald erfahren, worum es wirklich geht und wo euer wahres Wohl liegt."

Meister Ling hatte den Schrei des Assassinen gehört und sich sofort auf den Weg gemacht. Eine ältere Dame mit goldenem Haar begleitete ihn.
„Schau bitte nach dem verletzten Assassinen, Mehruma", sagte Meister Ling zu seiner Begleiterin. Mehruma setzte sich zu dem Assassinen, der inzwischen stöhnend das Bewußtsein wiedererlangt hatte.
„Ein Halswirbel ist gebrochen und drückt auf einen Nerv", berichtete Mehruma, als sie ihn abtastete. „Ein Wunder, daß er noch lebt."
Schon beim Abtasten wurde der Assassine ruhiger, und als sie ihre Hand an seinen Nacken hielt, begann er tiefer zu atmen. Nun holte sie aus ihrer Tasche Johanneskrautöl und Beinwellblätter sowie Arnika. Beide Kräuter vermischte sie in ihren Händen mit dem Öl und blies hinein. Ronan nahm voll Staunen wahr, wie ihre Hände anfingen zu glühen. Sie bat Anjulie, den Kopf des Verletzten gerade zu halten und dabei kraftvoll zu sich zu ziehen. Ronans Erstaunen nahm kein Ende, als er sah, wie das Glühen von ihren Händen in den Nakken des Assassinen eindrang. Nach kurzer Zeit war sie fertig und legte eine feste Packung wie ein Korsett an seinen Hals. Die Bandage sollte eine Woche darauf bleiben. „Der Beinwell hat den gebrochenen Wirbel mit Hilfe der glühenden Flamme zusammengefügt, aber du solltest dich eine Woche schonen, dann ist er wieder ganz stabil", sagte Mehruma zum Assassinen. „Den Nerv habe ich mit Hilfe des Johanneskrautöls auch

wiederhergestellt." Ronans Respekt kannte keine Grenzen, obwohl er auf das Können der Meisterin hätte vorbereitet sein müssen. *Was die Heilkunst anbelangt, steht sie auf einem ganz anderen Niveau als alles, was ich je erlebt habe,* ging es ihm durch den Kopf.

Nach getaner Arbeit drehte sich Mehruma zu Anjulie, nahm sie in ihre Arme und küßte sie auf beide Wangen. Anjulie schmiegte sich an sie und gab wohlige Laute von sich. Dies war eine weitere Überraschung für Ronan, und er wunderte sich noch mehr. „Darf ich bekanntmachen", sagte Meister Ling. „Mehruma, dies hier ist Ronan."

„Ronan, welch eine Freude, dich persönlich kennenzulernen." Mehruma hielt ihn an den Schultern und schaute ihm in die Augen: „Du bist wirklich der, von dem Ling mit lobenden Worten sprach."

Ronan murmelte: „Hocherfreut", und versuchte bescheiden zu wirken.

„Ich muß weiter", sagte Mehruma. „Meine Helfer und ich haben viel zu tun in diesem Krieg." Sie umarmte Anjulie und Meister Ling, lächelte Ronan an, winkte Manhawa und den anderen Assassinen zu und verschwand so schnell, wie sie gekommen war.

Manhawa hatte gerade dem bekehrten Assassinen mit knappen Worten die Sachlage erklärt. Marla und der verletzte Margho setzten sich dazu. Der Wächter war anfänglich unsicher gewesen, da die Angst vor Vergeltung einen Assassinen prägt. Marla, die Assassine, zuckte mit den Schultern und meinte, schlimmer denn als Sklave des Tyrannen Sar A Wan könne die angebotene Alternative nicht sein. Margho hingegen schaute boshaft und äußerst mißtrauisch um sich. Anjulie schickte noch mehr Kraft zu den eingepflanzten Keimen in den beiden Männern. Beim freundlichen Wächter, Lantu war sein Name, wie sie jetzt erfuhren, wichen die Zweifel daraufhin gänzlich, dann auch bei Margho. Beide faßten Mut und gaben schließlich mit einem tiefen Atemzug eine entschlossen Zusage.

„Lantu, Margho, ich freue mich von Herzen, euch bei uns zu haben", sagte Manhawa zu den beiden. „Und auch dir, Marla, ein herzliches Willkommen. Ich schätze deinen spontanen Entschluß sehr. Nun zum weiteren Vorgehen. In dieser Weise können wir natürlich nicht weitermachen." Die Worte waren eher für Ronan und Anjulie gedacht, um die Sachlage klarer darzustellen. Zu Marla und Lantu meinte er: „Eure Abwesenheit wird Probleme auslösen. Deswegen müßt ihr zurückgehen. Versucht diejenigen zu überzeugen, von denen ihr für es möglich haltet, daß sie sich von Sar A Wan abwenden. Paßt dabei aber gut auf euch auf, und tragt eure alte Überzeugung nach außen."

„Marla, du äußertest dich über Sar A Wan", schaute Anjulie sie fragend an. „Bist du schon in der Zitadelle gewesen?"

„Ja, ich war öfters dort, auch früher." Anjulie blickte unsicher. „Schon gut, Anjulie", sagte Marla mit lächelnden Augen. „Ich war seine Geliebte. Daher kenne ich ihn so gut."

„Kannst du uns das Innere der Zitadelle beschreiben?" fragte Ronan

„Einen Moment", unterbrach Manhawa. „Lantu, du solltest schon zurückgehen, damit du nicht vermißt wirst. Morgen oder übermorgen Nacht werden wir für eine Ablenkung der Wächter sorgen. Das wird für euch das Zeichen sein, euch offen auf unsere Seite zu schlagen. Wir werden euch Unterstützung geben und euch, soweit wir können, vor dem Angriff der Sar A Wan treuen Brüder und Schwestern schützen, auch wenn es mir nicht gefällt, gegen sie kämpfen zu müssen. Doch eine Wahl haben wir nicht. Nun schnell zurück." Lantu schlich wie ein Schatten davon. Manhawa drehte seinen Kopf wieder Marla zu und nickte: „Bitte erzähl uns alles, was du über die Zitadelle weißt. Auch über Sar A Wan."

Marla zog ein langes Gesicht, als die Erinnerungen hochkamen. „Wan ist kein gut aussehender Mensch. Doch er hat eine Anziehungskraft, die ihn attraktiv macht und einen tief in seine Seele hineinzieht. Zumindest verlor ich mich komplett in ihm. Aber ihr wollt ja nicht meine Liebesgeschichte, meine Trauer und Schmerzen, hören.

Was ihr wissen müßt, ist dies: Er ist ungemein gefährlich. Ihr dürft gar nicht in seine Nähe kommen, besonders du nicht, Anjulie. Er benutzt die sexuelle Kraft und beherrscht das zweite Chakra ungemein. Sex mit ihm war Wahnsinn, so als ob mein Bewußtsein weggeblasen würde. Ich schwebte in Welten, die mir so fremd waren, daß sie mir Angst machten. Nur er konnte mich wieder zurückholen. Aber ich war süchtig nach dem Sex mit ihm, und damit hatte er volle Macht über mich. Ich erzähle euch dies, damit ihr Vorsicht walten laßt. Bekommt er irgendeinen von euch zu Gesicht, hat er ihn auch sehr schnell in seinen Bann gezogen. Die Kraft, die von ihm ausgeht, spaltet dich. Du bekommst das Gefühl, nur durch ihn eins werden zu können. Das ist das Wichtigste. Und dann hat er auch noch eine Elitetruppe bei sich. Mit der ist nicht zu spaßen." Dann beschrieb sie ihnen das Innere der Zitadelle in allen Details.

Manhawa war nachdenklich geworden, und Anjulie sah gar nicht glücklich aus. Nur Ronan saß ruhig da und machte sich Gedanken. „In dem Raum im obersten Stockwerk neben seinem Arbeitszimmer ist das Sprechrohr, sagtest du, Marla. Damit kann er ganz gezielt einem oder allen Leuten Befehle geben. Wenn ich dahin komme, könnte ich so hineinkreischen, daß der Schrei seinen Assassinen das Blut in den Adern gefrieren läßt."

„Bravo, mein lieber Ronan", unterbrach Anjulie sarkastisch seine Worte. „Und wie stellst du dir das vor? Weil der Anblick des unbesiegbaren Helden auch den stärksten und kühnsten Krieger in Ohnmacht fallen läßt?"

Ronan bekam seinen sturen Blick und schwieg.

„Anjulie", ermahnte Manhawa. „Ich verstehe deine Angst um Ronan. Aber das ist nicht der Weg. Ronan hat sich dabei etwas gedacht, und egal, was wir tun, es wird kein Kinderspiel sein."

Anjulie tat es längst leid, daß sie Ronan so verletzend angefaucht hatte. Doch sie mußte irgendwie mit ihrer Angst fertig werden und brachte nur ein leises „Tut mir leid", über die Lippen.

Marla warf ein: „Ich glaube, ich kann euch bei eurem Plan behilflich sein. Ganz entfremdet bin ich Wan noch nicht und kann mich daher in der Zitadelle in gewissen Grenzen frei bewegen. Ich werde euch begleiten. Wie stellst du es dir aber vor, Ronan, unbeobachtet bis zum Eingang der Zitadelle zu gelangen?"

„Darüber wollte ich auch mit dir reden."

„Machbar wäre es, doch ist es nicht ohne Gefahr. An drei Stellen der Hinterseite der Zitadelle steht jeweils ein Wächter. Wir werden alles daransetzen, daß bis morgen Abend mindestens einer von ihnen auf unserer Seite ist. Ronan, du gehst die Stellen ab, bis du ein Signal bekommst. Der Wächter, den Lantu umstimmen wird, wird euch dann zum Hintereingang durchlassen. Von dort aus übernehme ich die Führung."

„Danke, Marla", sagte Manhawa aus ganzem Herzen. „Jetzt solltest du dich auf den Weg zur Zitadelle machen. Viel Glück! Und Gott behüte dich."

Lautlos verschwand die bekehrte Assassine in der Nacht, und die anderen begaben sich zur Ruhe, um sich ein paar Stunden Erholung zu verschaffen, bevor sie den nächsten Teil ihres Plans in Angriff nahmen.

Bryonia alba
Zaunrübe

Warum dieses Nicht-Vertrauen?
Ackere dich nicht deswegen zum Verderbnis.
Nimm dir Zeit für ruhige Momente,
aus der Stille heraus zu schöpfen!

XXIV

Die bösen Absichten Sar A Wans

Sar A Wan erwachte in seiner Zitadelle. Was hatte ihn aufgeweckt? Aufregung kribbelte in seinem Bauch. Irgendetwas passierte da gerade um ihn herum, etwas, das er nicht genau greifen konnte. *Dies ist ein wichtiger Moment,* ging es ihm durch den Kopf. Doch er mußte ruhiger sein, um empfänglich zu werden. Etwas klopfte an seiner Schläfe. Von weit her hörte er Stimmen, berauschende Worte: „Wahrhaft, Frieden, Wahrheit, Liebe, Freundschaft, Wahres." Er sprang auf. Diese Anjulie war da tätig. *Gott, warum habe ich mich auf diese Möglichkeit nicht vorbereitet?* Er hatte alles auf den Vollmond gesetzt. Schnell ging er zu einem Schlafzimmer, in dem ein Mädchen lag, holte sie aus dem Schlaf und brachte sie zu einer für seine Zwecke vorbereiteten Liege. Sanft strich er über ihren Körper, bis er sie in Trance versetzt hatte.

Er betrachtete das liebliche, wie in Alabaster gemeißelte Antlitz seiner Tochter. Ihr dunkelbraunes Haar umgab in Wellen ein ovales Gesicht, die Augen waren friedlich geschlossen. In Wirklichkeit hegte er keine Gefühle für sie und täuschte sich selbst damit, sie zu lieben. Denn was er jetzt mit dem

Mädchen vorhatte, war kein Akt der Liebe, sondern monströs. Sie sollte eine Kopie von Anjulie werden; geschaffen, um seine egoistischen, bösartigen Wünsche zu erfüllen. Doch in seinem verzerrten Denken betrachtete er dies als eine Wohltat für seine Tochter. Sie würde mächtig werden und den Menschen das Wahre so überzeugend vortäuschen können, daß jeder an ihre 'guten Absichten' glauben würde. Männer würden ihr zu Füßen liegen und Frauen miteinander wetteifern, ihr dienen zu dürfen. Vom Glanz ihrer Versprechungen würden alle geblendet sein und sie als Göttin verehren. Eine Göttin, welche die tiefsten Wünsche der Menschen erfüllt.

Ausgesaugt! Abgetan! Das wäre das wahre Los ihrer Verehrer. Mit der bezaubernden, süßen Stimme der Göttin noch in ihren Ohren, würden sie eifriger in ihrem Glauben sein und die wahre Hingabe aufbringen, die den Vorgängern gefehlt hatte. Seine Tochter aber würde immer machthungriger, kaltherziger und unersättlicher werden. Stets auf der Suche nach noch grandioserer Beute. Die Liebe, die sie in ihrem Herzen besaß, würde sich in einen hässlichen Strudel der Gier verwandeln.

Vor zwanzig Jahren hatte seine Geliebte, Dhanwani, dieses engelhafte Kind geboren. Tara hatte sie ihre Tochter genannt, was in ihrer Sprache 'Himmelsstern' bedeutete. Dhanwani mit ihren langen Beinen, die selbst seine stattliche Figur um einiges überstieg, hatte eine majestätische Macht ausgestrahlt, und ihre sprudelnde Vitalität hatte ihn überwältigt. Sie war die einzige Frau, die er jemals geliebt hatte, aber schon bei der Empfängnis hatte sie sich seelisch von ihm getrennt. Später sprach sie nicht mehr von 'unserem Kind', sondern nannte Tara allein 'mein Kind'. Daraufhin hatte Sar A Wan ihr Tara weggenommen, ohne daß sie etwas dagegen hatte tun können. Durch die Liebe zu ihrer Tochter, die alles überwog, hatte er vermocht, ihre Macht zu brechen.

Die Liebe macht schwach, wurde zu Sar A Wans Credo,

wie hätte er es sonst schaffen können, solch einen mächtigen Menschen wie Dhanwani zu bezwingen. Zu welchen Opfern die Liebe befähigt, das verstand er nicht im Geringsten. Indem Dhanwani ihrer Tochter all ihre Macht gegeben und sie mit solch einem Liebesschutz umhüllt hatte, war es für Sar A Wan unmöglich geworden, Tara jemals für seine niederträchtigen Zwecke benutzen zu können.

Tara lag mit den Füßen zum Fenster. Am Kopfende befand sich ein Apparat aus Spiegeln. Sar A Wan nahm all seine Kräfte zusammen und leitete die Kraft, die von Anjulie ausging, in diesen Apparat. Die Spiegel leuchteten auf und ein mächtiger Lichtstrahl ging von ihnen direkt auf die Stirn des Mädchens: Sie begann schemenhaft eine andere Form anzunehmen. Doch dann flackerte der Strahl unstetig und verschwand nach wenigen Sekunden gänzlich.

„Nein", schrie Sar A Wan. Er konnte Anjulies Kraft immer noch spüren, aber irgendetwas stimmte nicht. *Vielleicht funktioniert es nicht, weil die volle Kraft des Mondes noch nicht spürbar ist,* dachte er. Frustriert über den mißglückten Versuch, seine Tochter Tara in eine Abart von Anjulie umzuwandeln, warf er das Tuch, mit dem er gerade sein schweißgebadetes Gesicht abgewischt hatte, angewidert in die Ecke. *War dies der Fluch Dhanwanis?* Er schüttelte den Kopf. *Nein. Er hatte sie doch gebrochen.* Sar A Wan bedeckte das Mädchen mit einem Leinentuch. Sie sollte jetzt still hier verharren, um wenigstens die winzige Menge der aufgenommenen Kraft störungsfrei wirken zu lassen. Dann legte er sich wieder ins Bett.

Nach einem kurzen, bewußtseinserhellenden Schlaf waren Anjulie und Ronan wieder auf den Beinen. Auf dem Rücken liegend hatten sie ihr inneres Auge auf das höhere Selbst gerichtet. Die innere und die äußere Welt hatten sie zwar wahrgenommen, waren jedoch völlig unberührt von ihr geblieben, ruhend im Schoß ihres Selbst. So ausgeruht widmeten sie sich nun ihren Körperübungen, um für den kommenden Einsatz geschmeidig und beweglich zu sein. Dann gesellten sie sich zum Kommandostab der Assassinen und waren ganz Ohr für Meister Lings Plan.

„Was wir vorhaben, ist an sich recht einfach", sagte Meister Ling. „Das wirklich Schwierige wird sein, zur Festung zu gelangen. Nachdem aber Ronan einen Angriff auf die Zitadelle ausüben will, müßt ihr den Zeitplan sehr gut koordinieren. Wenn du, Ronan, deine Erkundungen in der Zitadelle, ohne aufzufallen, erledigen kannst, dürfte alles glatt laufen. Solltest du aber entdeckt werden und gibt es einen Aufruhr, werden die Wachen in der Festung alarmiert, und unser Plan ist zum Scheitern verurteilt. Außerdem wird der Feind wissen, daß es möglich ist, über Geheimwege zur Festung zu gelangen, so daß wir den Einsatz in der Festung nicht mehr in der gleichen Weise durchführen können."

„Also willst du doch von der Idee abraten, die Zitadelle zu erkunden?" fragte Anjulie.

„Nein. Sar A Wan ist unser Hauptfeind, Jong Lim nur eine Schachfigur. Also ist es ratsam, seine Pläne möglichst vollständig zu durchzukreuzen. Die beiden Einsätze müssen in dieser Nacht durchgeführt und genau abgestimmt werden. Nun erst einmal zur Festung: Sie verfügt über zwei Mauern und eine Bastion. Die Bastion besteht aus einer Erweiterung der Außenmauer mit drei Türmen. Von dort aus kann der Feind uns mehr oder weniger in Schach halten und uns von der Außenmauer aus gezielt mit Pfeilen beschießen, sollten wir offen angreifen oder beim Anschleichen erspäht werden. Wenn ihr von den Höhlen aus die Festung erreicht, müßt ihr als erster die Wache der Innenmauer überwältigen. Der Posten ist schwach besetzt, da sich der größere Teil der Wache auf der Außenmauer und auf der Bastion befinden wird. Hier läßt du, Manhawa, ein paar deiner Männer zurück. Sie sollen mögliche Überraschungen von hinten abwehren. Eure Hauptaufgabe ist es aber, die Außenmauer einzunehmen. Dazu müßt ihr gleichzeitig an allen Stützpunkten der Mauer zuschlagen und es vermeiden, vorher schon Aufmerksamkeit zu erregen."

Manhawa fügte hinzu: „Dies alles sollte vor dem Morgengrauen abgeschlossen sein, so daß ihr von unten die Bastion angreifen könnt, wenn es noch dunkel ist. Wir werden die beiden Tore öffnen, der Armee ein Signal, das ihr uns gebt, senden und gleichzeitig die Bastion mit meiner Mannschaft von hinten angreifen." Dabei blickte er zu den Assassinen und fügte lächelnd hinzu: „Mit dem Begriff 'Mannschaft' ist natürlich keine Beleidigung unserer Schwestern gemeint."

„Wobei wir teilweise besser kämpfen als ihr", schmunzelte Shirin La.

„Ich glaube jedoch, daß der Überraschungseffekt auch eine wichtige Rolle spielt", meinte Ronan. „Ich würde mich scheuen, eine Frau so anzugreifen wie einen Mann. Und auch beim Kampf hätte ich Bedenken, eine Frau mit aller Kraft zu schlagen, sondern würde eher schonend zu kämpfen versuchen."

„Du beleidigst uns", entgegnete Anjulie angriffslustig. „Sind wir nicht gleichberechtigt?"

„Ich habe mich nicht richtig ausgedrückt, denn 'schonend' ist nicht der richtige Begriff. Gleichberechtigung muß angepaßt sein. Ihr seid andere Geschöpfe, wohl auch schöner, zarter, gefühlvoller", Ronan schmunzelte. „Ich könnte einfach nicht so brutal wie bei einem Mann vorgehen. Um gleichberechtigt zu bleiben, müßte ich mich eurer Natur anpassen. Das würde mir schwerfallen, da ich wenig Übung darin habe. Aus dem Grund wäre ich von vornhinein benachteiligt. Und noch ein Gedanke: Gleichberechtigung heißt für mich, daß ihr dasselbe Recht habt, euren Bedürfnissen nachzugehen wie der Mann den seinen."

Anjulie schaute Ronan nachdenklich an und fragte dann: „Was würdest du tun, wenn das Ziel des Einsatzes gefährdet wäre, weil eine Frau dir im Wege steht?"

„Ich würde sie so schnell wie möglich überwältigen."
„Das war nicht meine Frage. Sie behindert dich, weil sie nicht nur gut kämpfen kann, sondern auch dein Leben unmittelbar bedroht."
„Dann würde ich sie ohne Bedenken töten."
„Da hättest du plötzlich keine Skrupel?"
„Das sind zwei verschiedene Dinge. Ich würde immer schonender mit einer Frau umgehen als mit einem Mann. Aber das Ziel ist das Wichtigste, und da würde ich auch eine Frau beseitigen, wenn notwendig töten."
„Ich glaube, Ronan hat sich sehr klar und würdevoll ausgedrückt", trat Meister Ling dazwischen, was Anjulie gar nicht gefiel, da sie gerade wieder im Begriff war, Ronan aufzuziehen, auch wenn ihr nicht bewußt war, daß sie damit hauptsächlich ihre Angst zu überspielen versuchte.
„Nun zum weiteren Vorgehen. Sobald deine Assassinen aus der Höhle in die Festung hineindrängen, brauchen sie nicht länger als eine halbe Stunde, um die beiden Mauern zu übernehmen." Meister Ling sprach jetzt die Assassinen direkt an: „Die beiden Mauern müßt ihr spätestens eine halbe Stunde, bevor es hell wird, eingenommen haben. Deswegen solltest du bis dahin nicht auffallen, Ronan." Ronan nickte zum Zeichen, daß er verstanden hatte.
„Um den Zugang zur Höhle zu erreichen, müßt ihr hier den Pfad am Bach bergauf gehen." Meister Ling zeigte ihnen die Stelle auf einer Karte, die unten am Felsen an einer geschützten Stelle versteckt gewesen war. „Ihr müßt einige hundert Meter hochsteigen bis zu diesem sehr steilen Teil des Bachs, wo er aus dem Berg herausrauscht. Ab hier fängt das Unbekannte an, und ihr seid auf die Führung der Engel angewiesen."
„Was machen wir, falls wir zu spät in die Festung gelangen und unseren Angriff nicht im Dunkel der Nacht starten können?" fragte Ronan.

„Dann müßt ihr den Tag über in der Höhle warten und die Mission in der nächsten Nacht durchführen", erwiderte Meister Ling. „In dem Fall werden wir uns kurz vor der Morgendämmerung zurückziehen und in der kommenden Nacht wieder auftauchen. In dieser Weise kommen wir zur Not jede Nacht und erwarten euer Signal. Wir haben volles Vertrauen in euch."

Die Gruppe der dreißig Assassinen mit Ronan, Anjulie, Manhawa, Bon Masal und auch Fuhua sowie Shirin La stieg langsam den Pfad am Bach entlang hoch. Zu den drei Assassinen, die die Meister gefangen genommen hatten, kamen vier weitere hinzu. Damit hatten sie zusammen mit den übrigen vom Hauptlager eine ausreichende Anzahl von ehemals Sar A Wan treuen Assassinen als Helfer.

Es würde noch anstrengend genug werden, und so gab es keinen Grund, jetzt mehr Kraft aufzuwenden als notwendig. Es dauerte nicht lange, bis sie den steilen Teil des Aufstiegs erreicht hatten, und Ronan machte sich mit einem geübten Kletterer zuerst auf den Weg in die Höhe. Auf halbem Weg nach oben betrachtete er das vorbeirauschende Wasser. *Was für eine gewaltige Kraft sogar dieser kleine Bergbach entfalten kann,* sann er. Kurz blieb er im Sog des rauschenden Wassers stehen, dann setzte er den Aufstieg zielsicher fort. Oben angekommen, ließ er zwei Seile neben dem Bach herunter, damit die Nachfolgenden schneller hinterherklettern konnten.

Das Wasser sprudelte mit Getöse aus dem Berg und wirbelte in einen Pool, bevor es nach unten weiterschoß. Die beiden Stärksten schoben sich bäuchlings durch die tosende Bachöffnung, wobei die hinter ihnen sie an den Fußsohlen nach vorne schoben. In dieser Weise bildeten sie schnell eine Menschenkette. Als der Vorderste die Höhle erreicht und sich vom Sog des Baches befreit hatte, ließ er ein Seil vom Bach nach außen spülen. Das erleichterte den anderen den Weg enorm, und in kürzester Zeit waren sie alle in einer großen, domartigen Höhle, die sie mit eilig entzündeten Fackeln ausleuchteten.

Der überwältigende Anblick der wunderschönen Höhle konnte den Schlag nicht mindern, der sie traf, als sie den Bach von der Kuppel am oberen Ende des Raumes herunterstürzen sahen. Die Wände der Höhle hätte man hochklettern können. Aber wie sollte jemand durch ein Loch nach oben klettern, während Tonnen von Wasser auf ihn niederprasselten?

Alle schauten auf Ronan und Manhawa, die die unglaubliche Szene still betrachteten. „Einer hat es einst geschafft", sagte Ronan mehr zu sich selbst als zu den anderen. „Es muß noch einen anderen Weg geben."

„Vielleicht ist er von oben gekommen", meinte Anjulie.

„So erzählte es dein Vater nicht", erwiderte Ronan. „Wenn es eine Heldentat gewesen ist, dann müßte er ebenso wie wir das Ziel gehabt haben, in die Festung hineinzugelangen. Also durchsuchen wir diese Höhle Millimeter für Millimeter!"

„Welches Mauseloch sollten wir dabei finden, das wir jetzt nicht sehen können?" Anjulie schaute hoffnungslos um sich.

„Höhlen sind heimtückisch und unberechenbar. Was vielversprechend aussieht, führt oft ins Leere, und das Unmöglichste kann manchmal zum Ziel führen", erwiderte Ronan.

„Wie viele Höhlen hast du erforscht, daß du uns dies erzählst?" gab Anjulie zurück.

Manhawa legte seine Hand auf Anjulies Schulter und sagte in einem beruhigenden Ton: „Anjulie!" worauf sie sich sogleich an ihn klammerte. Er streichelte sie und fragte besorgt: „Was ist mit dir, Anjulie? So kenne ich dich nicht."

„Ich weiß nicht, was mit mir los ist. Ich bin so voller Hoffnung gekommen, und dann dieser Anblick ... Aus unserer einzigen Chance da oben stürzt das Wasser herunter, und sonst ist nichts zu sehen. Das hat mich einfach umgeworfen. Aber jetzt ist es wieder gut. Ich habe mich gefangen. Danke! Ronan, mir tut es leid, wenn ich ungerecht war. Das war nicht richtig."

Ronan lächelte sie freundlich an: „Es ist keine Entschuldung notwendig."

Sie durchsuchten alles. Mehrmals. Sie kletterten jede Wand hoch, sogar bis zum Loch und versuchten dort irgendwo Haltegriffe zu finden. Sie gruben und stachen in jede Ecke, hinter sämtliche Vorsprünge und in alle Spalten. Nichts. Nach Stunden des vergeblichen Suchens hörten sie niedergeschlagen auf. Ronan seilte Manhawa durch den Bach nach draußen ab, damit er schauen konnte, wie weit der Tag vorangeschritten war. Schnell kehrte er wieder zurück: „Die Nacht ist schon angebrochen. Wie wollen wir jetzt vorgehen?"

„Danke, Manhawa. Laßt uns jetzt ausruhen und morgen weitermachen."

Es war noch sehr früh, als Ronan wohlig warm aufwachte, und besonders am Rücken empfand er ein so angenehmes Gefühl. Da merkte er, daß Anjulie mit ihrem Rücken an ihn gekuschelt lag. Er hielt sich ganz still, um lange ihren Körper an sich geschmiegt zu genießen. Doch mit einem Ruck entfernte sie sich, und als sie merkte, daß Ronan wach war, wurde sie rot im Gesicht: „Das wollte ich nicht."

„Das war doch schön, wie du meinen Rücken gewärmt hast."

„Kannst du nichts anderes als unsinnige Bemerkungen machen?" Ronan lächelte, als er merkte, daß es für sie auch schön gewesen war. Er reckte und streckte sich, ging im Lager im Höhlendom herum und weckte alle. „Nach dem Frühstück geht die Suche weiter."

„Hast du im Traum die Lösung gefunden?" fragte Anjulie belustigt.

„In einer gewissen Weise schon. Ich erzähle es euch beim Frühstück."

Anjulie betrachtete ihn mit skeptischen Augen, sagte aber nichts mehr.

Ein kaltes Frühstück war alles, was sie hatten, um sich etwas zu stärken. Dabei entwarf Ronan die Idee, die ihm beim Aufwachen gekommen war: „Diesmal machen wir es anders. Wir setzen uns hin und warten, daß die Höhle uns ihr Geheimnis verrät", schlug er vor. Die meisten Assassinen schauten ihn verständnislos an, doch Shirin La war interessiert, und auch Manhawa erklärte sich bereit mitzumachen. „Vier Personen glaube ich reichen. Alle anderen bitte etwas wegrücken und ruhig sein", bat Ronan.

Er erhöhte sein Bewußtsein und kam in einen Zustand des 'Schwirrens', eine scheinbar absichtslose Aktivität des Geistes. Um ihn drehte sich alles, und dann wisperte die Höhle von vielen Gängen und Öffnungen, allerdings konnte Ronan dem keinen Sinn entnehmen. Wo sollte er suchen? Er berichtete den anderen aber schon mal von seiner Wahrnehmung, und ihre Stimmung hellte sich sogleich auf.

Anjulie wandte ein, daß sie die Höhle um eine Wahrnehmung gebeten hatten, statt selbst penibel zu suchen. Das führte allzu oft nur dazu, daß man vor lauter Bäumen den Wald nicht sehen konnte. Manhawa hingegen spürte deutlich, daß ein Weg aus der Höhle weiterführte. Vertrauen sollten sie haben.

Shirin La stieß plötzlich einen Ruf des Entzückens aus, da sie die klare Botschaft empfing, daß sich der Ausgang links vom kleinen Pool, unterhalb des Lochs, woraus der Bach herunterprasselte, befand.

Sie gingen hinüber und stellten sich einige Meter vor die Wand, an eine Stelle, wo der Boden abwärts fiel. Ronan tat, was von ihnen verlangt wurde, und ließ seine Wahrnehmung schweifen. Sein Blick fiel auf eine Stelle am Boden, die bis zur Höhlenwand eine unebene Erhöhung aufwies. Dort hatten sie gestern schon viel rumgestochert und dann aufgegeben. Still betrachtete er den Platz erneut. Davor schien eine kleine Rinne zu verlaufen, in der Wasser abfloß, wenn der Pool infolge stärkeren Regens überfüllt wurde. Bevor die Rinne vor der Höhlenwand abbog, sah er den Hauch einer Abzweigung, die unterhalb der Bodenwölbung verlief.

Früher floß hier Wasser entlang, kam es ihm in den Sinn. Die Vertiefung schien nach unten in den Boden zu führen, als ob dort tatsächlich ein Gang wäre. Aber dort war nichts als der steinige Boden zu sehen. Er betrachtete die Stelle näher, und es kam ihm der Gedanke, daß, wenn die Vertiefung sich nach unten öffnete, dort tatsächlich ein Gang sein könne. Er nahm sein Messer und fing an den Boden abzukratzen. Zu seinem Erstaunen ließ sich der so stabil aussehende Steinboden mit viel Krafteinsatz beseitigen. Es war kein Fels, sondern eine kompakte erdige Masse. Ronan winkte alle zu sich und bat sie zu graben. Nach einer Weile konnten sie sehen, wie sich vor ihnen ein Gang enthüllte. Sie jubelten vor Freude, und Ronan ließ die anderen holen, die noch vor der Höhle warteten.

Innerhalb einer Stunde hatten sie einen halben Meter tiefen Gang unter der Höhlenwand herausgebuddelt und von Erde befreit. Da brach der Erste in eine gewölbte Höhle auf der anderen Seite der Wand durch. Auch die abgebrühtesten Assassinen atmeten sichtlich erleichtert auf.

Schnell teilten sie die Untersuchung der Gänge unter sich auf, mit der Warnung, nicht zu weit zu streifen und immer in Richtung Bach zu steuern. Das war allerdings einfacher gesagt als getan. Angesichts der Eigenart von Höhlen, über Umwege zum Ziel zu führen und manchen Weg plötzlich enden zu lassen, ist es schwierig, sie zu erforschen. Viele Stunden vergingen, und fast waren sie verzweifelter als zuvor. Ronan drang sogar soweit vor, daß er den Bach durch eine Spalte vorbeifließen sehen konnte, doch genau dort wurde es so eng, daß es ihm kaum möglich war, auch nur eine Hand durchzustrecken. Den Stein aufzubrechen würde Tage dauern. So nah und doch so fern. Vor lauter Frustration hätte er den Spalt mit bloßen Händen einreißen können.

Stattdessen setzte er sich in die Wölbung, das Kinn auf die Brust gesenkt. Auf einmal sprühten feine Wassertropfen auf seinen Kopf. Kurze Zeit später kam eine zweite Ladung feiner Tropfen. Er hob den Blick und hielt die Fackel nach oben. Doch er konnte nichts Außergewöhnliches entdecken. In dem Moment geschah es wieder. *Nein,* dachte er, *es kann doch nicht von oben kommen.* Aber dann sah er ein Loch über sich. Wasser kann nur sprühen, wenn ein Windstoß dahintersteckt. Er preßte seine Hand in die Öffnung, und auf einmal merkte er, wie der Wind blies und ein paar Wassertropfen auf seine Hand sprühten. Sofort war er wieder hellwach. Diese Öffnung hatten sie nicht untersucht. Er horchte hinein und hätte schwören können, fließendes Wasser zu hören. „Anjulie, Manhawa", rief er laut. „Kommt hierher, schnell. Ich habe den Weg gefunden."

Aufgeregt eilten Anjulie und Manhawa herbei. „Wo?" rief Anjulie ihm entgegen.

„Hier, das Loch hier. Wir haben es bisher nicht beachtet, da es unscheinbar dort oben lag und nirgendwohin zu führen schien." Er nahm Anjulies Hand und führte sie in das Loch.

Als Anjulie das kalte Sprühen und den Luftzug spürte, lachte sie auf: „Ja!"

„Ich gehe hinein. Helft mir", forderte Ronan die beiden auf. Der Gang schlängelte sich sachte nach oben, machte dann einen scharfen Bogen nach links und wurde dabei ebener. Als Ronan weiter wollte, merkte er, wie der Weg immer enger wurde. Mitten in der Kurve überkam ihn eine überwältigende Angst, gleich hier steckenzubleiben und auf einmal weder nach vorne noch zurück nach hinten zu können. Für den Bruchteil einer Sekunde spürte er die Art von Panik, die einen wahnsinnig macht, dann ließ er sich von der Angst überrollen und kämpfte nicht mehr gegen sie an. Im nächsten Moment war die Angst verflogen und er wieder er selbst. Selbst der Gang schien gar nicht mehr so eng. Trotzdem ließ er all seine Atemluft heraus, streckte die Arme vor und zog sich weiter hoch. Auf einmal sah er, wie das Wasser das Licht seiner Fackel widerspiegelte. Geschwind kroch er zum Wasser und erreichte einen aufwärts führenden Höhlentunnel. Vor Freude duckte er seinen Kopf in die Öffnung des Ganges und rief jubelnd: „Alles in Ordnung. Kommt hoch. Breitschultrige, eure Jacken ausziehen und den Rucksack vor sich herschieben."

Bald waren alle in der neuen Höhle versammelt. Bei einer näheren Untersuchung fanden sie mehrere Gänge neben dem Bach, die immer wieder kleinere oder größere Öffnungen zum Bachlauf aufwiesen. Manche Gänge schlugen ganz andere Richtungen ein oder endeten in Sackgassen. *Der ganze Berg scheint hier durchlöchert zu sein,* dachte Ronan. Sie gingen zwei Gänge auf beiden Seiten des Bachs hoch, bis der rechte scharf abbog. Nun mußten alle den linken Gang nehmen. Sie waren ziemlich weit oben angekommen, als der linke Gang an ein Ende kam und direkt in den Bach führte.

Nun hatten sie kaum eine andere Wahl, als ins Wasser zu steigen und durch den Bach hochzuwaten. Dem rechten Gang konnten sie nicht folgen, der würde nur ins Ungewisse führen. Den Bachlauf zu nehmen war daher logischerweise das Beste, und auch sein Instinkt riet ihm, dort langzugehen.

Die Decke wurde schnell immer niedriger, bald konnten sie nur noch auf allen vieren hochkriechen. Das Wasser wusch ständig ihre Gesichter und Körper und nahm ihnen alle paar Sekunden den Atem, so daß sie nur keuchend, prustend und hustend vorankamen.

Auf einmal prasselte Wasser mit Wucht auf Ronan. Er schob tastend seine Hände nach vorne, und sein Herz setzte aus. Der Gang stieg hier fast senkrecht nach oben, und er stand im stockdunklen Loch unter einem Wasserfall. Er mußte irgendwie da hoch, sonst war alles vergebens. Er kroch zu Anjulie zurück, brachte seine Lippen an ihr Ohr: „Es geht da vorne senkrecht hoch. Ich werde hochsteigen und dann lasse ich ein Seil herunter."

Anjulie hielt ihn fest und bat: „O Gott! Ronan. Sei vorsichtig. Soll Manhawa dir nicht helfen und dich nach oben schieben?"
„Nein. Das bringt nicht viel. Er schafft mich vielleicht zwei Meter hoch, und dann? Ich gehe alleine. Keine Sorge. Ich schaffe das."
Er preßte seinen Rücken gegen eine Wand, hob ein Bein und drückte es gegen die andere Seite. Als er einen sicheren Halt gefunden hatte, brachte er das zweite Bein hoch, stemmte sich mit beiden Beinen gegen die Wand und rutschte mit dem Rücken etwas nach oben. Die ganze Aktion erinnerte Ronan an den Tag, an dem er sich mit Anjulie fest an seiner Brust den Wassertunnel hochstemmte. Nur damals war es nur eine ganz leichte Steigung im Gegensatz zu der jetzt fast senkrechten, und sie waren auch ganz unter dem Wasser gewesen. Hier war zwar Luft vorhanden, jedoch bekam er durch das runterprasselnde Wasser fast nichts davon ab. Bald würde er ohnmächtig nach unten rutschen. Er drückte sich mit Händen, Beinen und Körper an die Wände des Ganges und brachte sein Gesicht auf eine Seite. Dort fand er etwas Luft und atmete mehrmals tief ein, bevor er sich weiter vorarbeitete. Langsam kam er Stück für Stück voran, zwischendurch Luft holend. Trotzdem taten ihm seine Beine vor Sauerstoffmangel unbeschreiblich weh. Er hätte loslassen und runterfallen mögen, um sich eine kleine Linderung zu verschaffen. Doch ein Teil seines Geistes war ganz nach oben fokussiert und ignorierte die Schmerzen. Dann kam er an eine Vertiefung in der Wand, in die er sein Gesäß klemmen und den Körper entlasten konnte.

Es war so ein erleichterndes Gefühl, den Kopf im Wasserstrahl hängend ein bißchen ausruhen zu können. Zu seiner Überraschung bekam er auch genügend Luft. Als er etwas Kraft gesammelt hatte, machte er so zügig er konnte weiter. Auf dem Weg nach oben lernte er zunehmend kraftsparender und entspannter zu klettern. Fast am Ende seiner Kräfte angekommen, fühlte er hoch und merkte, daß die Wand etwas anders war, daß sie schräger zu verlaufen schien. Kräftig schob er sich weiter nach oben und fühlte noch einmal. *Puh*, er hatte tatsächlich das Ende des senkrechten Aufstiegs erreicht. Es ging zwar weiter hoch, doch die Steigung ließ nach. Der Aufgang wurde breiter, und Ronan sorgte sich, ob er ausreichend Halt fände, sollte er zu breit werden. Er fühlte mit einer Hand vorsichtig voraus, die andere Hand und die Füße fest verankert, um den Halt nicht zu verlieren. Tatsächlich wurde es dort vorne flacher.

Ermutigt schob er sich weiter, und bald konnte er sich von der Schräge hinauf auf eine flache Ebene schieben. Frei vom starken Sog des Bachs kroch er weiter, bis sich der Gang zu einer weiteren Höhle öffnete.

Er entzündete eine Fackel, die ihm einen ovalen Raum offenbarte. Der Bach floß in dessen Mitte nach unten, und vom Raum aus lief ein Tunnel neben dem Bach leicht aufwärts. Ronan wartete nicht mehr und ließ sein Seil nach unten.

Das Ende des Seils schnalzte mit einer gewissen Hartnäckigkeit gegen Anjulies Gesicht. Sie wollte das störende Objekt etwas irritiert wegschieben, als ihr die Bedeutung dämmerte, und Erleichterung durchströmte sie. Freudig hielt sie es Manhawa hin. Ronan hatte es geschafft! In kurzer Zeit zog er sie und Manhawa nach oben. Danach war es viel einfacher, auch die anderen hochzuschaffen.

Ronan und Manhawa entschieden sich, eine halbe Stunde Erholungspause einzulegen, wonach sie ein kleines Mahl zur Kräftigung zu sich nahmen. „Eßt nicht zu viel", ermahnte Manhawa, „es steht uns noch einiges bevor."

Ausgeruht und gekräftigt folgte die kleine Gruppe dem Bach nach oben, bis die Decke der Höhle sich fast bis zum Wasser neigte. Kurz davor zweigten mehrere Gänge nach links ab und einer nach rechts. Ronan entschied sich für den letzteren, der bald auch nach links abbog und zu einem kleinen Raum führte. Hier konnten sie das Rauschen des Bachs hören.

„Ich werde die Gänge links erkunden, einer von ihnen muß eigentlich außerhalb der Festung herauskommen", sagte Ronan. „Ihr wartet hier auf mich, bis ich zurückkomme."

„Ich komme mit dir", entgegnete Anjulie. „In den Höhlen ist es besser, zu zweit zu sein."

„Gerne", schmunzelte Ronan.

Der zweite Gang links erschien ihnen vielversprechend, und erstaunlicherweise brachte er die beiden bald zu dem Teil des Bachs, der außerhalb der Festung nach der Teilung in den Untergrund verschwand. Sie kamen an einem Hang heraus, der zwar abgelegen und versteckt lag, wunderten sich aber, daß dieser Eingang nicht bekannt gewesen sein sollte. Irgendjemand hätte ihn doch finden müssen.

Der Mond stand noch im Westen und tauchte die Umgebung trotz der diesigen Wolken in ein helles, silbriges Licht. Anjulie streckte ihre Arme aus, ließ sich vom Mondlicht baden und genoß seine sanfte Kraft. Ronan betrachtete mit herzerfreutem Wunder ihre entzückende, in Silber gebadete Gestalt, ihre weiblichen Konturen allerliebst akzentuiert. *Die Liebe und die Leidenschaft kennen keine Grenzen,* kam ihm in den Sinn. *Hier sind wir mitten in einen Krieg verwickelt, und ich bin überwältigt von der Schönheit dieser wunderbaren Frau.* „Wir haben nur ein paar Stunden Zeit", merkte er an, sie sanft berührend.

Anjulie öffnete langsam ihre Augen, schaute ihn liebevoll an und sagte: „Ja, stimmt. Gehen wir zurück und suchen den anderen Ausgang." Bald waren sie wieder in dem Raum, wo sie ihre Begleiter zurückgelassen hatten.

Ronan ging zu der kleinen Öffnung, hinter der er mit dem Licht der Fackel den Bach vorbeifließen sah. Mit den Worten „Ich werde diese Möglichkeit erkunden" verschwand er mit einer kleineren Fackel und kroch nach oben. Hinter einer Engstelle erreichte er den Punkt, wo der Bach von der Festung in die Höhle floß. Der Eingang war äußerst schmal, und nur an einer Seite war es möglich, hinauszukriechen. Kein Wunder, daß dem nicht viel Beachtung geschenkt wurde. Von der Festung konnte bei der niedrigen Decke kaum jemand weit kommen. Er zog an der Leine, dessen anderes Ende Manhawa in Händen hielt. Einer nach dem anderen kamen sie: zuerst Bon Masal und Fuhua mit fünfundzwanzig Assassinen, die die Festung überfallen würden. Manhawa, Shirin La und fünf weitere, die ihn und Anjulie begleiten würden, warteten auf ihn im kleinen Raum.

„Gebt uns etwas Zeit, um bis zur Zitadelle zu gelangen. Eine knappe halbe Stunde müßte reichen. Der Erfolg dieses Kampfes liegt jetzt in euren Händen, Bon Masal. Die Engel werden dafür sorgen, daß ihr die Mauern sicher in eure Hände bekommt." Damit ergriffen Ronan und Bon Masal die Arme des jeweils anderen, und mit einem Schulterklopfen für Fuhua eilte Ronan zu Manhawa und Anjulie zurück. Sie wechselten ihre Kleidung und ließen die nassen Sachen liegen.

Der Weg von der Festung zur Zitadelle war teilweise recht flach, gespickt mit Bäumen, und an manchen Stellen befanden sich schöne Haine. Direkt vor der Zitadelle eröffnete sich eine große Parklandschaft. Als sie sich ihr von der Seite durch den Wald näherten, erledigte Ronan die letzten Vorbereitungen, zog seinen Stoffgürtel fest um die Taille und steckte sein Messer fester in die Lederscheide. Anjulie straffte die Kleidung um ihren geschmeidigen Körper. Sie trug ein dunkelgrünes Kleid, das sich ab der Taille teilte, um jedes Bein locker bis zu den Waden reichte und ganz eng an den Knöcheln endete. *Sogar für einen wahrscheinlichen Kampfeinsatz macht sie sich schön,* wunderte sich Ronan.

Anjulie schaute zu Ronan hin: „Die weibliche Kraft wirkt unbeschwert und liebevoll in solcher Kleidung, lieber Ronan."

„Ich habe nichts gesagt", wehrte Ronan ab.

„Aber gedacht!"

„Okay, okay. Machen wir uns auf den Weg."

„Nein, tun wir nicht, ehe du mir nicht zu verstehen gibst, daß du zu mir stehst."

Manhawa schmunzelte. Anjulie war einfach reizend, wie sie Ronan immer auf den Arm nahm. Aber sie hatte ja recht. Ronan mußte sie akzeptieren, wie sie war, damit sie das Bestmögliche aus sich herausholen konnte.

Ronan erwies sich als gut aufgelegt: „Liebe Anjulie, du siehst reizend aus in deinem Kleid. Es ist auch recht praktisch und läßt dir alle Bewegungsfreiheit, besonders nachdem du das blaue Band um den Oberschenkel gebunden hast. Sollte dich jemand sehen, wird er sicher denken, daß du ein Gast des Meisters bist, auch wenn er nicht weiß, woher du kommst. Wir werden heute ein gutes Team abgeben."

Das war Anjulie wiederum zu viel. „Genug der Anmache. Packen wir es."

Mit vier Assassinen, die sich in einer weiten Reihe bewegten, schlichen die beiden durch das Dickicht. In der Nähe des ersten Wachpostens angekommen, gab Ronan das Signal, daß sie sich näherten. Keine Erwiderung. Sie schlichen zur zweiten Stelle. Wieder keine Erwiderung. Die letzte mußte es sein. Doch auch diesmal gab es kein Signal! Verzweifelt schaute Ronan Anjulie an. „Marla war doch sicher, daß sie mindestens einen Wächter umstimmen kann?"

„Vielleicht hat etwas an den ersten beiden Stellen den neugewonnenen Wächter aufgehalten", erwiderte Anjulie. „Wir sollten noch einmal zurückgehen." Bevor sie umkehrten, ließ Ronan wieder das Zwitschersignal ertönen. Er lauschte kurz, dann nahm er Anjulies Arm und ging mit ihr zum zweiten Wachposten zurück. Gerade wollte er das Signal geben, als er von weither ein Vogelzwitschern vernahm. Er wurde ganz still, wobei er Anjulie am Oberarm festhielt. Anjulie befreite sich von seiner Hand, gab ihm ein Zeichen, ihr zur ersten Stelle zu folgen, und sandte dort das Signal. Nach kurzer Zeit kam ganz leise das Rücksignal. Anjulie grinste und schlich langsam zum Wachposten. Aber da war niemand aufzuspüren. Gerade wollte sie weitergehen, doch im nächsten Moment stand der Wächter vor ihnen. Anjulie schreckte fast aus ihrer Haut und schlug die Hand auf den Mund. Wortlos signalisierte der Wächter den beiden, den Weg weiterzugehen. Ronan übernahm jetzt die Führung. Er gab ihr mit einem Blick zu verstehen, daß sie es gut gemacht hatte, und winkte mit der Hand, ihm zu folgen. Sie kamen zum Ende des Waldes, vor dem sich die Zitadelle erhob. Kurz lauschend schauten sie sich um, dann gingen sie wie selbstverständlich zum Hintereingang.

Marla öffnete auf Ronans Klopfen hin die Tür und winkte sie herein. Trotz allem waren sie angespannt – das Gefühl, daß hinter jeder Tür ein Ungeheuer in Form eines Eliteassassinen lauern mochte, drohte ihnen den Mut zu nehmen. Mit großer Willenskraft hielt Ronan die aufsteigenden Gefühle der Angst in Schach, nahm Anjulies Hand und folgte Marla zur Tür am Ende des Flurs. Sie betraten einen größeren, ovalen Raum, von dem aus es zu den einzelnen Quartieren ging. Eine Treppe führte nach oben.

Marla wollte die beiden weiterführen, aber Ronan stoppte sie mit einem Handzeichen: „Wir stimmen uns jetzt auf die Zitadelle ein", flüsterte er. „Wie besprochen, dürfen die hier Anwesenden keine fremden Energien spüren. Wenn wir eine schöne ruhige Stimmung geschaffen haben, können wir deine Magie ausprobieren, Anjulie."

„Es ist keine Magie."

„Ja, ja. Ich weiß. Fangen wir gleich hier rechts im hinteren Teil der Zitadelle an."

Die beiden ahnten nicht, daß Sar A Wan seiner Truppe den strengen Befehl gegeben hatte, bis auf weiteres alle Angriffe zu unterlassen. Alle Assassinen, außer der Wache, waren angewiesen, in ihren Zimmern zu bleiben, egal welche Geräusche sie auch hörten. Anjulie sollte ruhig und ahnungslos ihre

Friedensarbeit weiterführen. Marla hatte in ihrer Aufregung vergessen, den beiden gleich von Sar A Wans Anweisungen zu berichten, und holte es jetzt nach, was sie enorm beruhigte, da sie also die Assassinen einzeln überfallen konnten, ohne daß andere denen zu Hilfe eilen würden.

Im ersten Zimmer erwachten die beiden Schlafenden in dem Moment, da Anjulie und Ronan eintraten. Der nackte Mann sprang aus seinem Bett und stürzte sich auf Ronan; die ebenfalls nackte Assassine ging auf Anjulie los, ohne sich zu genieren. Doch Anjulie glitt wie ein Schwan um sie herum und wehrte ihre Angriffe geschickt ab. Dabei lenkte sie ihre Friedenskraft auf das Herzchakra der Frau, was zur Folge hatte, daß die Assassine nur ihre halbe Kraft einsetzen konnte. Zwischen Ronan und dem Mann gab es einen furchtbaren Kampf, aber Anjulie konnte ihm keine Hilfe leisten. Doch schließlich gelang es Ronan, den Assassinen zu besiegen und zu fesseln. Anjulie brachte es zur selben Zeit fertig, die Frau soweit zu besänftigen, daß sie bereit war zu reden.

Anjulie klärte die beiden über Sar A Wan auf, führte ihnen vor Augen, was für ein Mensch er wirklich war und daß seine Macht über sie jetzt gebrochen sei. Die beiden besprachen sich kurz und erklärten dann ihre Bereitschaft, sich gegen ihren Herrn zu stellen. Ronan wunderte sich über die schnelle Entscheidung, doch die Frau erklärte lächelnd: „Ich fragte ihn, wie er es sich vorstelle, ohne meinen kuscheligen Busen seinen wirren Kopf in einen ruhigen Schlaf fallen zu lassen." Ihr Freund grinste nur zufrieden, die Augen von Liebe erfüllt. Ronan erklärte ihnen, daß sie durch den Hintereingang zu den Freunden hinübergelangen könnten, weil der Wachposten auf dieser Seite zu ihnen gehörte.

Die nächsten drei Assassinen hatte Anjulie sogleich mit dem Wahrheitsstrahl getroffen, so daß sie nur noch halbherzig kämpfen konnten. Doch bei ihnen war das Risiko zu groß, sie freizulassen, also fesselte und knebelte man sie. All die Anstrengungen hatten Anjulie jedoch so viel Kraft gekostet, daß sie sich am liebsten hätte ins Bett legen können. Ronan merkte ihre Erschöpfung und hielt seine Hände an ihre Schläfen. Aber er leitete keine beruhigende Energie hinein, womit einer schön einschläft, sondern die perlende, flüssigweiße Kraft. Augenblicklich spürte sie, wie die Erschöpfung verflog und sie sich wacher fühlte.

„Genug. Wir müssen weiter."

„Ich glaube, wir sollten jetzt nach oben gehen", meinte Ronan.

„Ein paar können wir meinem Gefühl nach schon noch anpacken", erwiderte Anjulie.

Ronan wunderte sich über ihre Kampfeslust, nickte aber zustimmend, und sie gingen zum nächsten Zimmer. Er öffnete die Tür einen Spalt weit, schlich hinein und drückte sich an die Wand. Anjulie stellte sich neben ihn. Bevor er die Tür verschließen konnte, war der Assassine hochgesprungen und schlug mit der Faust auf Ronans Brustbein. Ronan, überrascht durch den unerwarteten Angriff, konnte gerade noch den rechten Arm so hoch bringen, daß der Schlag des Gegners etwas abgeschwächt wurde. Trotzdem fühlte es sich an, als ob sein Brustbein eingedrückt würde; er sackte zu Boden und bekam keine Luft mehr. Anjulie reagierte blitzschnell und in Angst und Sorge um Ronan äußerst heftig. Mit ihrem rechten Handballen verpaßte sie dem Assassinen einen mächtigen Hieb seitlich in die unteren Rippen. Er fiel keuchend zu Boden. Sie hob die Hand und hätte sie ihm beinahe seitlich gegen den Hals geschlagen, ein tödlicher Angriff. Doch dann bremste sie sich und fesselte den schwer nach Luft schnappenden Gegner.

Ganz sanft berührte sie Ronans schmerzendes Brustbein. Eine heilende Kraft, wie von einem Meer aus Balsam, floß durch ihre Hand in seine Brust. Langsam weitete sich sein Torso, und er bekam wieder etwas Luft. „Ich glaube, ich bin für immer erledigt", stöhnte er.

„Nein. Du darfst jetzt nicht schwach werden. Wir müssen noch nach oben."

„Dafür mußt du viel mehr als das tun, auch wenn das, was du tust, schon unbeschreiblich schön ist."

Anjulie bückte sich und küßte ihn auf die Lippen. „Ist das gut genug?"

„Dafür könnte ich es mit zehn Sar A Wans aufnehmen."

„Gut dann legen wir los. Viel Zeit haben wir nicht." Vorsichtig stand Ronan auf und befühlte sein Brustbein. Es schien nichts gebrochen. Zusehends fühlte er sich kräftiger, und nach einigen tiefen Luftzügen war er bereit weiterzumachen.

Marla wartete auf sie und informierte sie, daß Wan in seinem Eßzimmer sei, daß sie also ihre Aufgabe schnell erledigen und die Zitadelle wieder verlassen konnten.

Ronan wollte wissen, ob nicht irgendetwas sonst getan werden konnte, um die Pläne Sar A Wans zu durchkreuzen. Doch Marla warnte eindringlich, das sei zu gefährlich. Sie hätten zwar etwa zwanzig Minuten Zeit. Doch es wäre besser, nach oben zu gehen, gleich das Signal zu geben und sofort zurückzukehren. Das würde höchstens zwei Minuten dauern. Marla führte sie schnell in Richtung des Raumes, in dem sich das Sprechrohr befand. Als sie ihn erreichten, deutete Ronan auf die Tür davor und meinte, daß dies laut Beschreibung das Arbeitszimmer sein müßte. Marla nickte unwillig dazu. „Wartet hier. Ich komme gleich."

Anjulie sah eine Tür gegenüber und bewegte sich dorthin. „Was hast du vor?" zischte Marla.

„Nichts. Nur kurz reinschauen." Sie öffnete die Tür und schlich hinein. Das Zimmer war völlig dunkel, und sie konnte nur ahnen, daß sich vor ihr ein Bett befand, auf dem jemand lag. Sie wurde ganz still und bewegte sich nicht. Nach einer Weile nahm sie rhythmisches Atmen wahr, wie von einem Schläfer. Ihre Augen hatten sich langsam an die Dunkelheit gewöhnt, und sie getraute sich näherzukommen. Die Gestalt eines wunderschönen, selig schlafenden Mädchens zeichnete sich langsam auf dem Bett ab.

Sie ging noch näher. Irgendetwas stimmte hier nicht. Das war kein normaler Schlaf. Sie umgab sich mit dem Schutz des Strahles der Wahrhaftigkeit und erlaubte sich erst dann, das Mädchen zu berühren. Doch es schlief weiter. Sie schüttelte es jetzt richtig, aber auch das weckte es nicht. Verdutzt betrachtete sie die schlafende Gestalt genauer. Sie lag wie im Koma, und irgendetwas an ihr kam Anjulie bekannt vor, aber sie konnte es nicht greifen. *Wie mysteriös,* dachte sie und verließ das Zimmer. Draußen fragte sie Marla, wer das Mädchen sein könne.

„Das ist seine Tochter."

„Tochter? Norena ist doch seine Tochter?"

„Eine andere Tochter. Wir sollen nicht so lange hier verweilen." Und sie klopfte leise an die Tür des Arbeitszimmers, um Ronan herauszurufen.

„Irgendetwas scheint mit dem Mädchen nicht zu stimmen. Können wir sie nicht einfach mitnehmen?"

„Törichter Gedanke." Bevor Anjulie etwas sagen konnte, trat Ronan auf den Flur und machte ein Zeichen hin zum Sprachrohrraum. Sie gingen hinein, und Ronan nahm das Sprachrohr in seine Hände, schaute kurz auf die Schaltungen, drehte den Knopf, so daß man ihn draußen würde hören können, und sprach hinein: „Schwestern und Brüder des Assassinenbundes. Ich komme im Namen Manhawas zu euch. Befreit euch von der Tyrannei Sar A Wans. Jetzt ist eure Chance. Lauft Richtung Festung zum Hügel. Dort erwartet euch wohlwollend euer Freund Manhawa. Wer bleibt, wird es bereuen –" Da unterbrach ihn ein Klatschen. Als die drei sich umdrehten, stand Sar A Wan an der Tür.

„Marla, wie schön von dir, mir einen Besuch abzustatten", sagte der Assassinenführer und ließ die Hände sinken, die soeben noch spöttisch Beifall geklatscht hatten. „Anjulie, wie nett, daß du dich in meine Obhut begibst. Und der da muß dann wohl der hochgerühmte Ronan sein." Damit hob Sar A Wan seine rechte Hand.

Blitzschnell war Ronan in Aktion und wirbelte durch die Luft, um einer möglichen Energieanwendung Sar A Wans zu entkommen. Mit einem zweiten Salto landete er in der Hocke neben ihm, sein Handballen raste auf das linke Knie Sar A Wans zu. Sar A Wan pirouettierte auf dem linken Fuß, perfekt balanciert die rechte Hand immer noch erhoben, und plazierte einen Tritt mit dem rechten Fuß an die Schulter von Ronans ausgestrecktem Arm. Der verlor vollständig sein Gleichgewicht und wurde einige Meter über den Boden geschleudert.

Schon bevor Ronan in Aktion getreten war, hatte Anjulie angefangen, einen Schutz um sich zu bauen. Sar A Wan kümmerte sich nicht mehr um den weggeschleuderten Ronan und konzentrierte sich auf die beiden Frauen. Auf einmal ging eine gewaltige Kraft von ihm aus, und trotz eines schon einigermaßen aufgebauten Schutzes wurden Anjulies Knie zu Butter. Marla fiel auf die Knie.

Ronan krachte gegen ein Tischbein. Doch dieser Schmerz war fast süß im Vergleich zu dem in Arm und Schulter. *Mentalkraft einsetzen! Den Schmerz ausblenden!*, dröhnte es durch seinen Kopf. Er sammelt seine Kräfte und hörte Sar A Wan nur undeutlich im Hintergrund sprechen.

„Nun, ihr habt mir einige Probleme geschaffen, die ich erst berichtigen muß. Dann werde ich mich um euch kümmern." Sar A Wan, die beiden Frauen voll in seinem Bann, trat an das Sprachrohr: „Meine treuen Kinder. Hört auf die Stimme, die euch ein gutes Zuhause und Liebe geschenkt hat."

Anjulie spürte, wie ihre Kraft zurückkehrte. Sar A Wan war abgelenkt, jetzt war die Chance da. Sie sammelte sich.

Auch Ronan hatte sich unbemerkt wieder aufgerappelt. Sar A Wan schien ihn nicht wahrgenommen zu haben und sprach weiter: „Bleibt hier bei mir, und eure Belohnung wird groß sein. Kommt schnell zurück. Greift niemanden an. Es ist ein böser Trick."

Als Ronan fast bei Sar A Wan angekommen war, drehte sich dieser leicht, und mit einer kleinen Handbewegung rammte er Ronans Kopf gegen die Wand. Ronan fiel wie ein Kartoffelsack zu Boden.

Anjulie sah ihre Chance und schickte einen kraftvollen Friedensstrahl zum zweiten Chakra Sar A Wans, dem Sexualzentrum. Er verstummte und geriet ins Wanken. Sein Bann war gebrochen.

„Schnell weg von ihm", rief Anjulie. Ronan hatte zum Glück den Aufprall an die Wand mit einer kleinen Drehbewegung des Kopfes deutlich abmildern können, so daß außer etwas Kopfweh und einem verletzten Ego nichts Schlimmes passiert war. Er sprang auf, riß Marla an sich und lief mit Anjulie zur Treppe. Drei Assassinen von der Wachmannschaft kamen, vom Aufruhr aufgeschreckt, den Anweisungen Sar A Wans zuwiderhandelnd, gerade hochgelaufen. Ronan versetzte dem ersten einen Tritt aufs Brustbein und sprang über ihn hinweg dem zweiten entgegen. Dieser versuchte auszuweichen, schaffte das aber nur soweit, daß Ronans Füße ihn an der Schulter trafen und gegen die Wand schleuderten.

Anjulie drehte sich um und sah Sar A Wan an der Tür. Er war dabei, neue Kraft zu sammeln, um sie zu entmachten. Schnell warf sie ihm eine geballte Ladung Liebesenergie entgegen, diesmal zu seinem Wurzelchakra. Er sackte zusammen, die aufrechterhaltende Macht dieses Zentrums wurde außer Gefecht gesetzt. Sofort drehte sie sich zurück und sprang zur Treppe, um Ronan zu helfen.

Marla stürzte sich auf den dritten weiter unten an der Treppe. Als sie auf ihn traf, bückte er sich unter ihrem Schlag hinweg und stach sie mit dem Messer. Es traf den Hüftknochen und drang in ihre Leiste ein. Mit einem Schrei fiel sie auf den Assassinen, und beide purzelten die Treppe runter.

Der zweite der Wachmannschaft gehörte zur Elitetruppe, und Ronan hatte nicht nur einige heftige Hiebe abbekommen, sondern war in großer Bedrängnis, als Anjulie ihm zu Hilfe kam. Doch auch sie konnte der Elitekrieger von sich fernhalten. Dann beging er aber einen Fehler: Er versuchte, ohne sich genau zu plazieren, Ronan mit einem Hieb an der Schläfe ganz auszuschalten. Der wich mit einer Drehbewegung aus, wodurch der Assassine für den Bruchteil einer Sekunde aus dem Gleichgewicht geriet. Die schmale Chance ergreifend traf Anjulie ihn böse am Fußknöchel. Mit einem Aufschrei ging er in die Knie. Ronan schlug ihn mit der Faust in die Kehle, und lautlos rutschte der Assassine tot zu Boden.

Schnell liefen sie zu Marla und dem letzten Assassinen, dessen Messer fast an ihrer Kehle lag. Sie hielt mit letzter Kraft das Handgelenk des Angreifers auf, doch er drückte unaufhörlich, und die Schneide berührte jetzt schon ihre Haut. Bevor Ronan die beiden erreichen konnte, schnitt das Messer in Marlas Hals. Ronan war außer sich und brach dem Assassinen mit einem Schlag unters Ohr das Genick. Doch er schlug immer weiter auf den Körper ein, bis Anjulie ihre Arme um ihn schlang und ihn festhielt.

Beide knieten sich neben Marla. Sie gurgelte durch blutbefleckte Lippen: „Es war eine Ehre, mit euch zusammen zu sein. Mit mir ist es vorbei. Jetzt schnell weg von hier."

Ronan hielt ihre Hand noch einen Augenblick. Anjulie küßte sie auf die Wange, und dann liefen beide mit den anderen durch Aufruhr und Verwirrung aus der Zitadelle zur Stellung des freundlichen Wächters. Im Tohuwabohu des Kampfes merkte keiner, daß sie von dort verschwanden.

Am Abend zuvor, bevor die Dunkelheit den Tag gänzlich eroberte, hatte ein Riese den Weg zum Ausgang des Baches gefunden, in dem an diesem Morgen Ronan mit den anderen zur Festung aufgestiegen war. Trotz des immer geringer werdenden Lichts konnte er die Spuren genau lesen und glaubte zu verstehen, was die Menschen hier vorhatten. Er entschied sich, ihnen durch die Höhle zu folgen. Dies war die bessere Möglichkeit, ihre Pläne zunichte zu machen. Sehr viel Zeit verlor er, bevor er das Schlupfloch nach oben zum Bach fand. Er zog seine Kleider aus. Der Gang sah ganz eng aus, und um seinen riesigen Körper hindurchzuzwängen, mußte er jegliche Behinderung reduzieren. Er war nicht nur ein erfahrener Höhlenforscher, sondern besaß zum einen sehr dehnbare Knorpelteile, und zum anderen hatte er seinen Körper trainiert, die Knochen verschieben zu können. Und es gelang ihm, seinen Körper durch die engsten Stellen hindurchzuwinden. In seinem Rucksack verstaute er alles, verknotete diesen mit einem Seil und band das andere Ende um seine Hüfte. Dann nahm er zwei krallenartige Haken und zog sich mit ihrer Hilfe den Gang hoch. An der Engstelle atmete er tief aus und schaffte es auch hier hindurch. An der Biegung angekommen, krallte er die Haken erneut in die Wände und kam geschmeidig um die Kehre. Bald konnte er die Aura der Menschen wahrnehmen. Dort, wo die Gruppe sich geteilt hatte, folgte er den Spuren von Ronan und Manhawa, dem Erzverräter.

Rosmarinus officinalis
Rosmarin

Genuß an erster Stelle brachte mich auf die Knie,
all die Disziplinen der Jahre im Sumpf verschollen.
Der Himmel leuchtete wieder auf mit den
Engelsworten im Ohr:
Genuß mit Disziplin, Disziplin mit Liebe, Liebe mit Genuß!

XXV

Der letzte Kampf

Bon Masal gab den Befehl zum verdeckten Angriff. Die sechsundzwanzig Assassinen, Bon Masal und Fuhua, nackt wie am Tag ihrer Geburt und so gut wie unsichtbar, schlüpften durch die kleine Öffnung am Bach, zogen ihre mitgeführten trockenen Kleider an und verschwanden in der Nacht. Zu zweit und dritt machten sie sich auf ihren Weg durch die Gassen, den sie sich vor zwei Tagen eingeprägt hatten. Ihre Füße in Schuhen aus dünnem, wie angegossen passendem Leder, flitzten sie leiser als Katzen auf ihren Samtpfoten von Ecke zu Ecke. Rasch erreichten sie die Innenmauer. Bon Masal mit zwanzig seiner Assassinen und Fuhua hielten sich im Hintergrund, um den sechs Brüdern und Schwestern Rückendeckung zu geben, die die Wache auf der Innenmauer von der Bildfläche schaffen würden.

Drei Assassinen schlichen auf je einer Mauertreppe hoch. Oben angekommen, drückten sie sich hintereinander auf eine Seite der Treppen und waren unsichtbar, solange keiner über sie stolperte. Zwölf Wächter patrouillierten die Mauer, je zwei an den Enden der Mauer, die anderen verteilt auf die ganze

Länge. Die Assassinen verstanden einander blind, so daß kein Signal notwendig war. Sobald die Wächter sich in etwa gleicher Entfernung voneinander befanden, würden die Angreifer im Takt loslegen – die Paare eins und zwei Richtung Mitte und das dritte aufgeteilt, je einer zu jedem der Mauerenden schleichend. Ihr Auftrag war dadurch erschwert, daß der Befehl lautete: möglichst niemanden töten; und dennoch sollte es lautlos geschehen.

Die Assassinen sind auf dem Sprung. Ein Wächter bewegt sich zu einem Ende der Mauer und spricht dort mit einer Wache. Die Assassinen erstarren.

Bon Masal hörte entfernt im Hintergrund Geräusche. Sollte jemand jetzt zur Mauer kommen, konnte die gesamte Operation scheitern. Schnell lief er in die Richtung, von der die Geräusche zu kommen schienen. Mit einer Handbewegung befahl er acht seiner Männer, sich von den Seitengassen dorthin zu bewegen.

Sieben Soldaten in Begleitung von vier Frauen kamen die Gasse herunter. Die Soldaten schienen betrunken. Wie im Akkord griffen die Assassinen an. Zwei Assassinen packten die Frauen am Hals, so daß sie keinen Laut von sich geben konnten. Die anderen setzten im Gleichklang die Soldaten außer Gefecht.

Bon Masal erhob sich von dem bewußtlosen Mann, den er zu Boden gestreckt hatte, als er eines achten Soldaten gewahr wurde. Er kam gerade um die Ecke getorkelt, begriff langsam, was sich da abspielte, und setzte zu einem Warnruf an.

Das Messer Bon Masals flog zielsicher in den offenen Mund des Soldaten. Der Schrei erstickte im Hals, und der Soldat sackte mit aufgerissenen Augen zusammen. Die anderen Soldaten und die Frauen wurden gefesselt, geknebelt und in eine dunkle Ecke geschafft. Bon Masal ließ zwei seiner Assassinen dort, um sie zu bewachen und eine mögliche Entdeckung der Gefesselten zu verhindern. Sobald die erste Mauer gesichert war, würden die beiden ihren Kameraden nachfolgen. Der Wächter auf der Mauer schien endlos mit dem anderen zu quatschen. Die ersten Vorzeichen der Morgendämmerung im Osten signalisierten, daß sie jetzt angreifen mußten, und Bon Masal gab das Zeichen. Sechs geschmeidige Schatten glitten auf die Wächter zu, dann brach eine unaufhaltsame Gewalt über die Wachen herein.

Die drei Wächter am einen Ende der Mauer standen in einem Dreieck zusammen, doch es waren eben drei, einer mehr als geplant. Das hielt den ihnen zugeteilten Assassinen jedoch nicht zurück. Er packte die Köpfe der beiden ihm abgewandten Wächter und schlug diese zusammen, stützte sich auf den Köpfen ab und knallte im gleichen Moment einen geraden Fußtritt nach vorne in den Solarplexus des dritten Mannes. Die ersten beiden waren sofort bewußtlos, den dritten, vergeblich nach Luft japsenden Wächter nahm der Assassine in den Schwitzkasten. Mit der Blutzufuhr zum Gehirn abgeschnitten, fiel dieser nach Sekunden in Ohnmacht.

Bon Masal und der Rest seiner Assassinen waren im Moment des Angriffs ihrer Kameraden auf die Mauer losgelaufen und zogen rasch die Uniformen der Wächter an. Damit waren jetzt alle Angreifer als Soldaten Jong Lims getarnt. Mit Seilen kletterten sie auf der anderen Seite der Mauer herunter.

Zwischen der Innenmauer und der Außenmauer befand sich das Hauptlager der Armee, wo die Assassinen nicht ohne weiteres durchkommen würden. Sie mußten die Außenmauer jedoch bei aller Vorsicht so schnell wie möglich erreichen. Bon Masal entschied sich für die einfachste Strategie: Im Laufmarsch hindurchpreschen, frech und offensichtlich, als ob sie mit einer höchst wichtigen Aufgabe beauftragt seien.

Die Assassinen auf der Innenmauer hatten keine beneidenswerte Aufgabe, zu sechst gegen alle Soldaten hinter der Innenmauer. Das Tor würden sie so lange geschlossen halten müssen, bis die Armee des Königs diese Mauer erreichte. Sie müßten verhindern, daß die Soldaten Jong Lims vom Hauptlager durch das Tor kommen und es verbarrikadieren könnten. Die Armee des Königs würde nicht frontal mit der anderen Armee zusammentreffen, sondern schnellstens auf beiden Seiten um das Lager hinter Jong Lims Armee gelangen und das zweite Tor sichern. Bon Masal und seine Assassinen würden von der Mauer aus die andere Armee mit Pfeilen beschießen, hauptsächlich um Verwirrung in deren Reihen zu stiften. Sobald die Königsarmee die Innenmauer eingenommen hatte, würden die Assassinen zur Zitadelle aufbrechen, um Manhawa und ihren Freunden Hilfe zu leisten.

Doch bevor sie soweit kamen, mußte Bon Masal nicht nur die Außenmauer in seine Hände bekommen, sondern auch den Turm, in dem sich die Falltür befand. Wenige Sekunden bevor sie die Mauer unbemerkt erreichten, hub hinter der Innenmauer Geschrei an. Die gefesselten Soldaten waren gefunden worden. Die Angreifer warfen alle Tarnung ab und kletterten flink wie Affen die Mauer hoch. Die ersten überraschten Wächter hatten keine Zeit zu reagieren und wurden von den Assassinen im nächsten Moment überrannt. Doch es waren zu viele, und ernsthafte Gegenwehr setzte ein.

Den Turm einzunehmen hatte zentrale Bedeutung für den Erfolg ihres Angriffs, und das hatte auch einer der Turmwächter erkannt. Mit der Absicht, die Turmtür von innen zu verriegeln, sprang er durch sie hindurch. Bon Masal entfesselte einen Schrei aus seinem zweiten Chakra. Der Wächter erstarrte, die Tür stand noch einen Spalt breit offen. Bon Masal sprang auf einen ebenso unbeweglichen Wächter vor der Tür zu. Seine beiden Hände packten dessen Schultern, und in einem drehenden Salto warf er sich gegen die Turmtür. Der Wächter krachte gegen sie und riß sie mit solch einer Wucht nach hinten, daß sie aufsprang und er samt dem Wächter in eine Gruppe hinter der Tür wartender Soldaten hineinkegelte. Einer von denen rannte mit seinem Schwert zu dem Seil, das die Falltür öffnete und schloß. Im Aufspringen hatte Bon Masal eine kleine runde, zackige Metallscheibe aus dem Gürtel gezogen. Fast hatte die Klinge des Soldaten das Seil zerschnitten, als ihn die Scheibe im Nacken traf, und seine Halswirbel durchtrennte. Das Schwert fiel aus seinen kraftlosen Fingern.

Die Morgendämmerung war angebrochen. Die übergelaufenen Generäle und Meister Ling hatten beschlossen, sich zurückzuziehen und auf die nächste Nacht zu warten. Gerade als das Signal für den Rückzug gegeben werden sollte, wehte eine Stimme von weit her durch die Luft. „Das ist Ronan", erklärte Meister Ling in Hochstimmung. Er lächelte den General an: „Er hat es geschafft. Wir sollten doch sofort angreifen."

Der Befehl erging, und die Soldaten des Königs strömten zum Bastion. Doch sie wurden von einem Schwall Pfeile getroffen, und einige Soldaten fielen. „In Deckung", schrie ein Offizier, „die Außenmauer ist noch nicht in unseren Händen." Der General befahl den Bogenschützen, ihm Deckung zu geben.

Mit dem Schrei „Vorwärts!" lief der Offizier auf die Mauer zu, und die Soldaten sprangen wieder auf und folgten ihm. Wurfhaken flogen durch die Luft; Leitern wurden an die Mauer gelegt, und die Kämpfer kletterten die Befestigungen hoch. Trotz der Pfeile, welche die Soldaten auf der Mauer niederhielten, leisteten die Verteidiger effektive Gegenwehr, und die Armee des Königs erlitt große Verluste.

Doch auf einmal erklang ein Heulen auf Seiten der Verteidiger, und sie fielen wie die Fliegen, von einem Pfeilhagel getroffen. Endlich griffen die Assassinen ein und beschossen die Verteidiger gezielt mit ihren Pfeilen. Die Soldaten des Königs, gut erkennbar in ihren purpur-blauen Uniformen, drangen mit erneutem Mut auf die Soldaten Jong Lims ein, und nach wenigen Minuten ließen die ihre Waffen sinken und baten um Gnade.

Der Soldat war über dem Seil zusammengesackt. Bon Masal blickte sich um. Er war umringt von neuen Feinden, die ihn grinsend ansahen. Einer schloß die Turmtür und sperrte sie ab. In dem Moment tönten die Worte Ronans durch die Mauer.

Großartig, Ronan, schickte Bon Masal ein Lob durch den Äther und tat, als würde er die Soldaten angreifen. Die Soldaten stürzten sich auf ihn. Bon Masal ging in die Hocke, ein Messer schlitzte durch die Achillessehne eines Angreifers. Mit dem zweiten Messer durchtrennte er den Wadenmuskel eines anderen. Dann huschte er durch die Beine eines Soldaten und öffnete dabei dessen Schlagader am Oberschenkel. Immer noch in Bewegung, drehte er sich und stach dem nächsten in die Niere, wich dem Schwerthieb eines fünften aus und schnitt im Aufstehen dessen Kehle bis zum Ohr auf. „Fünf erledigt, nur noch vier!" rief er den erschrockenen restlichen Soldaten zu, das Gesicht zu einem grausigen Lächeln verzogen. „Wollt ihr eure Waffen niederlegen? Die Armee des Königs steht an der Tür."

Ein mutiger Feind bewegte sich auf Bon Masal zu und fiel mit einem Messer im Auge zu Boden. Die letzten drei legten ihre Waffen nieder. Bon Masal schob sie in einen kleinen Nebenraum und schloß die Tür. Dann wandte er sich nach draußen. Einige seiner Leute wiesen zwar Wunden auf, schienen aber gut zurechtzukommen. *Das sind meine Schwestern und Brüder. Bald haben wir die Gegner alle besiegt. Doch das Tor zu öffnen, ist im Moment die wichtigste Aufgabe,* ging es ihm durch den Kopf.

„Rasul", rief er einen der seinen zu sich, „hilf mir." Zu zweit legten sie Hand an das Rad, und langsam bewegte sich das Tor aufwärts. Dann hörten sie das Jammergeschrei der Verteidiger auf der Bastion. Mit einem Lachen und aller Kraft vollendeten sie die Arbeit, während die ersten Soldaten des Königs schon durch das erst halb offene Tor liefen. Jetzt drehten sich die

Assassinen um und schossen auf die Soldaten Jong Lims, die vom Lager zum Tor durchdringen wollten. Zehn von ihnen rutschten die Mauer herunter und hielten die Soldaten auf, so daß die Königsarmee schnell die zweite Tür erreichte.

Fuhua griff sich einem Impuls folgend einen Wurfhaken und lief zur Innenmauer. Er lief wie selbstverständlich an ihr entlang und niemand machte irgendwelche Anstalten, ihn aufzuhalten. An der Mauer angekommen, warf er den Wurfhaken hoch und kletterte schnell auf die Krone.

Die sechs auf der Innenmauer fochten einen einsamen Kampf. Bald mußten sie Pfeil und Bogen beiseitelegen, da die Soldaten die Mauer hochströmten und sie an allen Fronten zu tun hatten. Dann fiel der erste von ihnen schwer verwundet. Ein Schrei des Entsetzens ging von den übrigen aus und sie warfen sich erneut mit solch einer Wucht auf die Verteidiger, daß sie kurzzeitig unbesiegbar erschienen. Doch lange würden sie trotzdem nicht standhalten können. Noch einer fiel. Von den vier übrigen blutete einer stark, konnte aber noch kämpfen.

Die Soldaten machten erneut einen Versuch, die Mauer zu erobern, und wieder wurden sie zurückgedrängt. Aber die Assassinen hatten fast keine Kraft mehr.

Als Fuhua über die Mauer kam, sah er, daß die vier Assassinen am Turm in großer Bedrängnis waren. Bisher hatten sie die Soldaten davon abhalten können, in den Turm einzudringen und das Tor zu öffnen, aber lange würde das nicht mehr gehen. Die zwei an der anderen Treppe vermochten die Soldaten so gerade noch in Schach zu halten. Bevor er eingreifen konnte, fiel noch ein Assassine unter dem Anschlag eines halben Dutzends Soldaten.

Mit einem markerschütternden Schrei sprang Fuhua auf einen der Angreifer, der unter ihm platt gedrückt wurde. Ein Seiten- und ein Rückhieb warfen zwei andere aus dem Gefecht. So schnell und mächtig war sein Angriff, daß sechs

Gegner erledigt waren, bevor die anderen sein stürmisches Schwert überhaupt richtig wahrnahmen. Und noch indem sie versuchten, ihm auszuweichen, waren sie leichte Beute für die drei noch auf den Beinen befindlichen Assassinen. Doch dann kamen weitere Soldaten auf sie zu.

Ein Wurfhaken klirrte gegen die Mauer. Dann noch einer. Und auf einmal weitere. In Sekundenschnelle kletterten viele Soldaten des Königs über die Mauer. Die Assassinen atmeten auf und überließen den Rest ihren neuen Kameraden. Rasch liefen einige Soldaten zum Turm und sperrten das Tor auf. Damit war der Kampf im Grunde vorbei. Als König Landhors Soldaten durch das Tor drangen, gaben die meisten der Verteidiger auf. Nur die mutigsten und stursten Gefolgsleute Jong Lims kämpften weiter und zogen sich langsam in Richtung der Quartiere ihres Herrn zurück.

Bon Masal sammelte die fünfzehn noch kampffähigen Mitglieder seiner Truppe und machte sich zur Zitadelle auf. Zwei Tote hatte er zu beklagen, drei waren schwerstens verwundet und fünf so verletzt, daß auch sie der Hilfe bedurften.

Ronan und Anjulie waren nur ein Stück in den Wald hineingelaufen, als Anjulie anhielt und sagte: „Komm, wir rennen zurück in die Zitadelle."

Ronan schaute sie erstaunt an. Dann dämmerte es ihm, und mit einem breiten Lächeln erwiderte er: „Keiner erwartet, daß wir so dumm sein werden, uns gleich wieder in die Höhle des Löwen zu wagen. Du übst deine Kräfte aus, und ich kann Teile der Elitetruppe ausschalten."

„Ich denke, Eile mit Weile wäre gut für uns. Sei nicht übereifrig, Ronan. Andere wollen auch Heldentaten vollbringen."

„Um Himmels willen! Mußt du immer scherzen?"

„Ich meine es ernst. Wir tun nur das Nötigste und dann schnell wieder raus. Am liebsten würde ich Tara retten."

„Niemals. Sar A Wan hat sie sicher gut bewacht. Das schaffen wir auf keinen Fall. Wir werden einige Mitglieder seiner Elitetruppe bekehren und dann nichts wie weg."

„Wir könnten Tara schnappen und aus dem Fenster springen." Als Ronan sie noch erstaunter anschaute, fuhr sie schnell fort: „Ich meine, wir haben doch die Seile. Fenster einschlagen, Seile festbinden und runter." Er betrachtete sie, als ob sie nicht ganz bei Trost wäre. „Ronan, du kannst eine unschuldige Frau nicht dort in den Händen dieses Schurken zurücklassen." Ronan wurde klar, daß Anjulie es ernst meinte, und nach einigem Überlegen gefiel ihm die abenteuerliche Idee gar nicht schlecht.

Der Riese kam aus den Höhlen am Felsen heraus, da vernahm er die Stimme seines Meisters Sar A Wan. Doch es war nicht seine Stimme. Er hielt kurz inne, dann fing er an den Felsen zu erklimmen.

Jong Lim beobachtete unterdes, wie die Armee König Landhors zu ihm durchdrang. Er hatte längst Vorbereitungen getroffen. Mit zwölf seiner loyalsten und besten Männer machte er sich durch den Tunnel auf den Weg zur Zitadelle. Er selbst trug die wertvollsten Edelsteine, und seine Männer waren mit Goldmünzen beladen.

Sar A Wan schließlich hatte sich schnell von Anjulies Anschlag erholt. Dieser Debütantin würde er eine mächtige Lektion erteilen, wenn er sie nächstes Mal in seine Fänge bekam. Aber im Moment waren wichtigere Dinge zu erledigen. Schon vor dem Morgengrauen hatte er alles Nötige vorbereitet und wartete seitdem voll freudiger Spannung darauf, daß diese Neulinge es wagten, in seine Zitadelle einzudringen. Diesmal würde er sicher recht zufriedenstellende Ergebnisse erzielen.

Und tatsächlich ging es auf einmal los. Anjulie hatte wieder angefangen, ihre Friedensbotschaft zu schicken, und er machte sich erneut daran, sie für die Herstellung der Kopie Anjulies anzuzapfen.

Doch seine Bemühungen flackerten immer nur kurz auf, dann brach die Verbindung ab. Es schien ihm alles ohne Sinn und Verstand. Kaum ein Fünftel hatte er geschafft und war am Rande der Verzweiflung, da ihm die Zeit davonlief. Die Sonne kündigte sich schon an, und bald würde sie am Horizont auftauchen. Dann kam ihm eine Idee, und er stellte sich auf Tara ein. Da war eine Kraft, die sich in ihr oder um sie herum bewegte, die schwer zu erfassen war. Etwas Altes, das schon immer da gewesen war. Wieso hatte er das bisher nicht wahrgenommen? Auch jetzt konnte er es nicht richtig erfassen. Diese Kraft, was sie auch sein mochte, mußte er ausschalten. Er tauchte tiefer in Tara ein und empfand in ihrer Liebe für ihn Möglichkeiten, mit der Kraft umzugehen.

Der erste Strahl der Sonne leuchtete mit einem Aufblitzen ihres Lichterspiels in den Spiegeln. Sar A Wan öffnete seine Augen, und in stolzer Freude schüttelte er seine Faust über seinen Sieg. Die Umwandlung Taras ging gut voran.

Anjulie und Ronan hatten sich durch den Hintereingang wieder in die Zitadelle eingeschlichen. Der Westen war noch in Dunkelheit gehüllt, nur im Osten erhellte sich der Himmel langsam.

„Schauen wir, daß wir das Mädchen schnell retten, und weg von hier!"

„Wir brauchen aber etwas Zeit, um uns vorzubereiten", erwiderte Anjulie.

Sie nahm Ronans Hände in ihre und schickte die mächtigsten Friedensbotschaften aus. Nach einer Weile tippte sie auf Ronans Hand und gab ihm mit einem Zeichen zu verstehen, daß sie Sar A Wans Aufmerksamkeit soweit unterdrückt haben müßten, um ihn mit ihrem plötzlichen Erscheinen überraschen zu können.

Schon schickte die Sonne die ersten goldenen Strahlen ihrer Liebesgrüße durch die Felsspalte. Manhawa warf einen Blick auf das glitzernde Spiel der Strahlen, als sie die klare Morgenluft trafen. Für solch glückliche Momente lebt der Mensch, und jetzt warteten sie mit dem Beginn der Schlacht auf das Erscheinen von Ronan und Anjulie.

Manhawa war auf dem Plateau eines geschützten Hügels versteckt, der hinter ihm noch etwas anstieg, bis er steil abfiel. Einige Meter vor ihm begann eine Wiesenlandschaft mit einzelnen Bäumen und dichten Büschen. Ein direkter Angriff von vorne war nicht möglich. Aber aus dieser Richtung würden Anjulie und Ronan kommen. Manhawa hatte seine Schwestern und Brüder in den dichten Büschen und hinter den zahlreichen Bäumen gut verstreut versteckt. Die Verfolger von der Zitadelle würden im Freien völlig schutzlos sein.

Doch Manhawas Nerven waren angespannt, da nichts passierte und schon so viel Zeit vergangen war. Die Sonne, die gerade in voller Pracht den Horizont erleuchtete, spiegelte sich in irgendwelchen Scherben, und tausende blendende Strahlen sprangen in alle Richtungen. Manhawa starrte fasziniert auf die funkelnden Spiegelungen, bis sein Geist wahrnahm, was los war. „Achtung, es geht los! Haltet euch bereit", schrie er.

Sar A Wan schaute zur Tür. Anjulie und Ronan standen dort. Anjulie begriff mit einem Blick, was los war. „Schnell, Ronan, rette Tara, bevor es zu spät ist!"

Ronan schnellte zum Mädchen hin. Sar A Wan wich ihm mit Leichtigkeit aus, packte ihn an den Haaren und einem Arm, und Ronans eigene Kraft nutzend warf er ihn durch die Luft. Ronan landete mit seinem Rücken am Fenster, das in tausend Scherben zerbrach, doch wenigstens stürzte er nicht hinaus. Anjulie schloß indes die Tür und glitt auf Sar A Wan zu. Als er sie angriff, segelte sie geschmeidig unter seinem Arm hindurch, bombardierte seine Fußsohlenchakren mit der Kraft der Leidenschaft und versetzte ihm einen Schlag mit dem Handballen zwischen die Schulterblätter. Die Fußsohlen waren durch das Bombardement ohne Halt, so daß der Hieb ihn mit äußerster Wucht auf sein Gesicht warf. Ronan war von dem heftigen Zusammenprall mit dem Fenster noch ganz benommen.

Anjulie sah, wie Sar A Wan versuchte, einen Schutz aus weißem Licht um sich aufzubauen. Es wäre verheerend, wenn er es schaffte. Hektisch suchte sie nach der schwächsten Stelle in seiner Lichtrüstung. Da! An seiner Milz. Wunderbar!

Sie rammte eine durchdringende, pfeilartige Energie von Erbarmen hinein. Sar A Wans Augen drehten sich in den Höhlen, und seine Kräfte schwanden, bis er fast das Bewußtsein verlor. Er betrachtete sie mit haßerfüllten Blicken, war jedoch unfähig sich zu befreien. „Schnell, Ronan. Runter mit Tara durch das Fenster", befahl Anjulie. „Ich muß Sar A Wan außer Gefecht halten. Sobald du unten bist, komme ich nach. Vertrau mir. Geh, bevor es zu spät ist!"

Ronan war unwillig. Keineswegs wollte er Anjulie alleine hier oben lassen. Doch ihre feurigen Augen blitzten mit solch entschlossener Kraft, daß er ihr gehorchte. Er befestigte das Seil an dem massiven Tischbein und befreite den Fensterrahmen von Glasresten. Dann lief er zu Anjulie, nahm ihre Haare in seine Hände, atmete tief ihren Duft ein und schnitt ein paar Locken mit seinem Dolch ab, während Anjulie ihn erstaunt anstarrte. „Jetzt werde ich dich immer finden, egal wo du dich aufhältst." Darauf trug er Tara zum Fenster und band das Seil unter ihren Armen fest.

In dem Moment knallte es an die Tür. Die Assassinen hatten den lauten Krach des zersplitternden Fensters gehört und eilten Sar A Wan zu Hilfe.

Schnell ließ Ronan Tara hinunter. Als die junge Frau unten angekommen war, seilte auch er sich in Windeseile ab, warf sie auf seine Schulter und schrie zu Anjulie, die auf ihn wartete:

„Komm schnell, Anjulie!"

Sie lief zum Fenster. Als sie das Seil in die Hand nahm, schlug ihr eine gewaltige Kraft in den Unterleib. Das Letzte, was sie sah, war die Horde von Assassinen, die aus allen Richtungen auf Ronan und Tara zuliefen.

Die winzige Unaufmerksamkeit Anjulies, als sie Ronan zum Entkommen gedrängt hatte, genügte Sar A Wan, eine Lükke in ihrer Macht zu nutzen. Ganz sachte, ohne im Geringsten Anjulies Feld zu berühren, hatte er sich von ihr befreit, seinen Schutz fertig aufgebaut und einen Angriff eingeleitet. Ein gewaltiger Blitz schoß von ihm in den Unterleib der abgelenkten Anjulie.

Sie gehörte ihm.

„Bogenschützen", brüllte Manhawa, „zu Hilfe. Alle Mann angreifen." Ein Dutzend Pfeile flogen durch die Luft. Sar A Wans Assassinen wendeten sie geschickt mit ihren Schwertern und Messern ab. Doch zwei wurden getroffen, einer in den Bauch und der zweite ins Auge.

Ronan rannte um sein Leben und feuerte sich an, noch schneller zu laufen. Doch mit Tara auf der Schulter konnte er nicht sprinten, und so kam ein schneller Gefolgsmann Sar A Wans ihm immer näher. Anzuhalten und zu kämpfen ging gar nicht, da dann gleich ein Dutzend über ihn herfallen würden. Er schaute noch einmal hinter sich und sah, wie der Assassine mit einem Messer auf ihn zielte. Ronan vollführte Ausweichmanöver und hatte sich gerade entschlossen, ihm doch einen schnellen Kampf zu liefern, als er einen dumpfen Aufprall hörte. Der Assassine lag auf dem Boden, tot, mit einem Pfeil in seinem Hals. Ronan blickte sich um und sah, wie Manhawa den Bogen wieder spannte.

Manhawa war nicht entgangen, in welcher Gefahr sich Ronan befand. Jetzt war keine Zeit, den Feind zu schonen, und so tötete er den Assassinen. Er winkte Ronan zu sich und traf auch den nächsten Verfolger direkt ins Herz. Den dritten verschonte er mit einem Pfeil, der tief in seinen Oberschenkel drang. Und dann kam es zum Handgemenge zwischen den beiden Parteien.

Manhawa konnte absehen, daß es nicht mehr lange dauern würde, bis der Feind besiegt war oder sich ergab. Da bemerkte er auf einmal viel Bewegung auf der linken Seite. Dort passierte etwas.

Dann sah er es. Sieben Mitglieder von Sar A Wans Elitetruppe kamen auf sie zu und richteten dabei eine Verwüstung um sich herum an. Zwei von Manhawas Leuten waren schon tot und drei außer Gefecht, da ertönte ein furchterregender Schrei. Shirin La hatte tief aus dem Bauch heraus gebrüllt und rannte, ihren Stock in der Hand, zu den sieben Feinden hinüber. Der Schrei brachte die Angreifer zum Erstarren, da war sie auch schon heran, plazierte noch im Laufen ein Ende des Stocks auf den Boden und schwang sich, beide Hände fest am Stab, kreisend in die Luft. Mit brutaler Kraft traf sie den ersten im Gesicht, landete flink auf den Füßen, ging in die Knie und schlug mit solcher Wucht auf das Knie des nächsten, daß Manhawa einen lauten Krach über den sonstigen Lärm hinweg hören konnte. Fasziniert schaute er ihrem Derwischtanz zu. Im einen Moment hier, im nächsten ganz woanders. Gegen fünf erfahrene Kämpfer geriet sie nun aber zunehmend in die Defensive.

Da sprang aus den Büschen ein Riese heraus. Er erfaßte die Szene mit einem Blick, und mit „Du Verräter!" stürzte er sich von hinten auf Manhawa. Der, noch hingerissen von der Kampfkunst Shirin Las sowie erfüllt von zunehmender Sorge um die Freundin, war zu abgelenkt, um schnell zu reagieren.

Ronan legt Tara auf dem Boden ab und schaut auf das Kampfspektakel. Warum helfen wir da nicht?, denkt er. Da warnt ihn ein siebter Sinn, und sein Blick fällt auf den Riesen.

In dem Augenblick, als der sich auf seinen Freund stürzen will, ist Ronan schon in Bewegung. Das Schwert des Riesen rast auf Manhawa herunter. Ronan bringt seines der tödlichen Klinge entgegen und reißt es von unten in den Weg des herabsausenden Verderbens.

Seine Hände fühlten sich an, als ob eine Steinmauer draufgestürzt wäre. Der Aufprall des Schwerts hatte ihn durch und durch erschüttert. Die Wucht des Schlages war so gewaltig, daß trotz seiner kräftigen Gegenbewegung von unten der weitere Schwung des Schwertes nicht ganz zu stoppen war. So landete die Schneide auf Manhawas Schulterblatt. Glücklicherweise war jetzt aber auch er in Bewegung, und die Verletzung fiel zwar schmerzhaft, aber nicht tödlich aus.

Doch Ronan ließ sich durch den Aufprallschock nicht aufhalten und rollte sich hinter den Riesen. Der schwang einen Rückhandschlag gegen Manhawas Kopf, der sich aber wegduckte und rechtzeitig aus dem Weg der Klinge rettete. Ronan, jetzt hinter dem Riesen angekommen, knallte eine Hacke in die Kniekehle des Riesen. Der stürzte auf die Knie, und sein Schwert klapperte zu Boden. Ronan sprang hoch, schlang seine Beine um den Hals des Riesen, ließ sich fallen und riß den Koloß mit sich zu Boden. In Bodenlage preßte er seine Schenkel auf die Halsschlagadern des Gegners, bis dessen Gegenwehr nach einigen heftigen Sekunden des Aufbäumens nachließ. „Schnell, Manhawa", schrie Ronan. „Pack ihn an den Armen."

Da tönte aus der Zitadelle die laute Stimme Sar A Wans: „Malu, zurück zu mir! Elitetruppe, abbrechen!"
Die Stimme seines Meisters durchbrach die drohende Ohnmacht von Malu, dem Riesen. Mit letzter Kraft schleuderte er Manhawa von sich, bäumte sich auf, warf sich nach hinten und landete auf Ronan. Alle Luft entwich aus dessen Lungen, und der Halt seiner Beine um den Hals des Riesen löste sich. Malu rollte sich fort. Kurz zögerte er, wog ab, ob er Ronan noch er-

greifen könnte – sein Meister hätte ihn zu gern in die Finger bekommen –, entschied sich dagegen und hechtete mit einem Satz über einen auf ihn zulaufenden Assassinen hinweg. Flink entwich er zur Zitadelle.

Manhawa sprang auf und lief zur Anhöhe. Shirin La kämpfte noch, war aber sichtlich schwächer geworden. Gerade in diesem Moment gelang es einem ihrer Gegner, sich in ihren Rücken zu schleichen. Sein Schwert zielte auf die Stelle links unter ihrem Schulterblatt. „Helft ihr!" schrie Manhawa und steckte einen Pfeil in seinen Bogen. Wie in Zeitlupe sah er das schreckliche Geschehen:

Er zieht an der Bogensehne. Der Pfeil fliegt. Doch flink ist der Feind in der richtigen Position und durchbohrt Shirin La. Alle Bewegungen kommen zum Stillstand. Dann sinkt die großartige Kämpferin langsam zu Boden.

„Nein!" schrie Manhawa, und die große Trauer würgte ihn fast. „Attacke!" krächzte er noch so laut, wie er konnte, und lief zu ihr.

Alle seine Mannen stürmten jetzt hinter dem Feind her. Der gerade angekommene Bon Masal erfaßte den Ernst der Lage augenblicklich und griff mit seiner Kampftruppe ein. Im Nu waren zwei von der Elitetruppe erledigt, doch zwei weitere schafften es, zu entkommen. Nur der Mörder von Shirin La kämpfte noch. Manhawa landete auf seinem Rücken, mit seinem Arm fest um die Kehle des Mörders gelegt, drückte er ihn mit aller Kraft nach hinten zu sich. Dabei brüllte er wie besessen.

Seine Freunde mußten ihn von dem längst toten Mann wegreißen. Mit einem Schütteln kam er wieder zu sich und schaute zu Shirin La hinüber, die wenige Meter entfernt lag. Mühsam kroch er zu ihr. Ganz sanft drehte er sie um und bettete ihren Kopf in seinen Schoß. „Nicht sterben, bitte nicht sterben!" weinte er. Sie strich liebevoll über seine Wange. „Du warst von Anfang an für Norena bestimmt. Ich hatte sowieso keine Chance, und das ist gut so. Ich wünsche euch von Herzen all das Glück des Himmels." Und doch schaute sie ihn dabei sehnsüchtig an. Manhawa verstand, beugte sich zu ihr und küßte sie auf die Lippen. Ein Seufzer der Freude entwich ihrer Brust. Er hob seinen Kopf und strich ihr über die Haare. „Ich liebe dich", sagte sie und starb. Manhawa hielt sie an seiner Brust und weinte. Er weinte all die Tränen, die er sein ganzes Leben lang zurückgehalten hatte.

Endlich sagte er zu niemand Bestimmtem: „Wir werden ihr einen stattlichen Abschied bereiten. Aber im Moment steht noch einiges an."

Ronan hatte in der Zwischenzeit alle noch kampffähigen Assassinen um sich gesammelt und war bereit, die Zitadelle mit ihnen zu erstürmen, um Anjulie zu retten.

Staphisagria
Stephanskorn

Unwürdig habe ich den anderen behandelt.
Alle Hemmungen durchgeschnitten und noch
unwürdiger angehen.
Würdevoll bin ich gestimmt worden und streite mit,
achtend, respektvoll den anderen in die Augen schauend.

XXVI

Anjulie in Gefahr

Jong Lim öffnete die Geheimtür in der Zitadelle, die ins Arbeitszimmer führte. Verstohlen schaute er sich im Zimmer um. An der Wand lag eine Frau von beeindruckender Schönheit gefesselt und geknebelt auf einer Couch. In der Zitadelle schien ein Aufruhr im Gange zu sein. Menschen riefen einander, laute Geräusche waren zu hören. *Diese Frau muß eine wichtige Person sein,* dachte er und entschied sich, sie mitzunehmen, zumal auch ihre Schönheit es ihm angetan hatte. Schnell lief er zu ihr, warf sie sich auf die Schulter und verschwand wieder in den Geheimgängen.

Ein paar Minuten später kam Sar A Wan zurück. Er traute seinen Augen nicht: Anjulie war verschwunden. Ein Brüllen entrang sich seiner Kehle, aber da war nichts zu machen. Es gab keine Zeit zu verlieren. Ein wütender Ronan würde sehr bald mit den Assassinen die Zitadelle erstürmen. Sar A Wan flüchtete mit Malu und seiner restlichen Elitetruppe und verschwand in die Berge hinter der Zitadelle.

Ronan stürzte in die Zitadelle, bereit einen mächtigen Kampf zu führen. Doch Stille! Sie schien leer zu sein. Er durchsuchte die Räume oben, aber Sar A Wan war nicht mehr dort.

„Sie müssen in die Berge entwichen sein", sagte Manhawa. „Heften wir uns schnell an ihre Fersen."

„Wartet", befahl Ronan. „Anjulies Spuren kommen nicht aus dieser Richtung." Manhawa betrachtete Ronan erstaunt. Ronan ging zur Hinterwand des Arbeitszimmers und tastete die Wände ab.

„Was ist, Ronan?" fragte Manhawa. „Was siehst du?"

„Anjulie ist irgendwo dahinter."

Manhawa sah Ronan skeptisch an. Doch der ließ sich nicht abbringen und suchte weiter. Als er eine lila Rosette an der Wand berührte, kam es ihm vor, als ob sie sich bewegte. Er drückte fest, und ein Teil der Wand ging einen Spaltbreit auf. Mit ganzer Kraft erweiterte er diesen Spalt. Die Wand öffnete sich zu einem begehbaren Gang.

„Hier entlang", rief Ronan und war schon verschwunden. Doch war er gleich wieder zurück und verlangte nach einer Fackel. Schnell lief er den Gang entlang. Der Duft von Anjulie in seiner Nase führte ihn unfehlbar. Manhawa und seine Leute hatten es schwer, in Sichtweite zu bleiben, da er wie ein Berserker voranstürmte.

Bald stieg der Gang aufwärts und verzweigte sich immer wieder in verschiedene Richtungen. Nach etwa einer halben Stunde konnten sie weiter vorn eine helle Stelle erkennen, und bald brachen sie aus dem unterirdischen Gang nach draußen in ein Dickicht. Der Ausgang war gut versteckt und öffnete sich als Spalte zur Hangseite des Berges.

Ronan wartete, bis Manhawa bei ihm war, und mit einem „Folgt mir!" lief er durch das Dickicht. Sie kamen auf eine Anhöhe. Die Festung lag jetzt schon weit unter ihnen, und der Weg führte über eine karge, steinige Landschaft in die Berge. Einige hundert Meter vor ihnen konnten sie die Umrisse von mehreren Menschen sehen, die langsam hochstiegen.

„Das sind sie. Sie haben Anjulie. Aber das ist nicht Sar A Wan", bemerkte Ronan.

„Woher weißt du das, Ronan? Wie konntest du ihnen folgen?" fragte Manhawa.

„Ich folge meiner Nase." Als Ronan das ungläubige Gesicht Manhawas sah, erklärte er, wie er vorsichtshalber ein paar Locken von Anjulies Haaren abgeschnitten hatte, die er nun bei sich trug.

„Und du kannst mit Hilfe ihrer Haare der Spur folgen?"

„Ja, ihren Duft kann ich meilenweit riechen."

„Du mußt sie sehr lieben!"

„Mit ganzer Seele und aus vollem Herzen. Jetzt aber schnell hinterher, und zwar so geräuschlos wie möglich. Irgendwann werden sie uns entdecken, aber bis dahin nutzen wir den Überraschungseffekt."

Unbelastet von schweren Goldmünzen und einer zögerlichen Anjulie, konnten Ronan und die Assassinen den Abstand bald auf ein Drittel reduzieren. Doch dann drehte sich einer der Männer Jong Lims um und entdeckte sie.

„Viele Verfolger hinter uns!" rief der Mann.

„Schnell den Berg hoch", befahl Jong Lim. „Lauft so schnell ihr könnt!" und zerrte Anjulie den steilen Hang hinauf. Sein großer Körper bewältigte die Steigung, als liefe er auf einer Ebene, und weil Anjulie da nicht mithalten konnte und wollte, packte er sie mit einem Arm um die Taille und trug sie. Festgehalten von seinem muskulösen Arm, konnte Anjulie nichts dagegen unternehmen.

An seinen Rumpf gepreßt, betrachtete sie Jong Lim erneut. *Sieht eigentlich wie der charmante Prinz aus dem Märchen aus*, dachte sie. Doch das fliehende Kinn verriet seine Charakterschwäche und bewies, daß er nicht die nötige Willenskraft besaß, die den Ritter ausmacht. Trotz der beeindruckenden Anziehungskraft seiner Augen kam seine Erbarmungslosigkeit in ihrem harten Ausdruck deutlich zum Vorschein, und die Grausamkeit enthüllte sich dem eingehenderen Blick schnell. Sie schauderte ob der Tatsache, in der Gewalt dieses rücksichtslosen Verräters zu sein.

Jong Lim bemerkte ihr Schaudern und grinste Anjulie mit boshafter Freude an. „Wer bist du?" fragte er sie noch einmal. Anjulie schwieg. Sie hatte bisher kein einziges Wort ihm gegenüber geäußert. „Du mußt eine wichtige Person sein, um von Sar A Wan in dieser Weise gefangen genommen zu werden." Ihr Schweigen ärgerte ihn, und er zeigte seine wahre Natur. Seine Augen verkleinerten sich, und er riß sie schmerzhaft zu sich: „Dir werde ich eine richtige Lektion erteilen, du arrogante Schlampe, auch wenn Sar A Wan Wert auf dich legt und ich sicher eine königliche Belohnung für deine Ablieferung bekomme. Du wirst noch um Erbarmen flehen. Vergeblich!" Kein Mucks zeigte an, ob das Gesagte Anjulie beeindruckte.

Auf der Kuppe des Berges angekommen, befahl Jong Lim sechs seiner Männer, die Verfolger aufzuhalten, bis sie in Sicherheit wären. Die Beutel mit den Goldmünzen nahm er ihnen mit dem Hinweis ab, daß sie ihm dann ja leichter folgen könnten. Doch eine halbe Stunde hatten sie mindestens herauszuschinden, so der Befehl.

Mit der doppelten Last hatten seine verbliebenen Männer es deutlich schwerer, obwohl der Weg jetzt eher eben war. Nach etwa zwanzig Minuten kamen sie zu einer Stelle, an der es auf der linken Seite wieder steil hinaufging, während der Pfad, auf dem sie unterwegs waren, bergab führte. Jong Lim befahl seinen Männern, die Geldbeutel in einer Felsspalte auf dem oberen Weg zu verstecken. Dann schickte er sie den unteren Weg hinunter, sie sollten versuchen seine Armee im Süden zu erreichen. Er selbst würde mit dem Mädchen einen anderen Weg nehmen, hoffend, daß die Verfolger auf die breitere Spur nach unten hereinfielen.

Jong Lim zog die an den Händen gefesselte Anjulie hinter sich her. Durch die ständige Zerrung hatte sie kaum eine Chance, ihre Kräfte zu sammeln und gegen ihn einzusetzen, doch die Hoffnung, daß Ronan seinen Trick durchschauen würde, gab ihr Mut.

Ronan raste den Berg hoch. Die Füße aus dem Kreuzbein lenkend, sprang er mühelos über Steine und Erhöhungen. Plötzlich wurde er von eisernen Armen gepackt und zu Boden gezerrt, während ein Pfeil in den Stein neben ihm krachte. Manhawa rollte sich mit ihm hinter einen kleinen Felsen. Mehrere Pfeile flogen an ihnen vorbei, und Ronan begriff, wie unvorsichtig sein wilder Sturmlauf war. Manhawa gab Ronan zu verstehen, daß sie sich etwas zurückziehen und an einer versteckten Stelle den Berg hochklettern sollten, um so hinter die Soldaten zu gelangen. Seine Assassinen würden die Gegner auf sich ziehen, und sie konnten dem abgelenkten Feind in den Rücken fallen.

Es war einfacher gesagt als getan. Manhawa umklammerte den Felsen über Ronan mit seinen Fingern und suchte vergeblich die nächste Stelle, an der er sich hätte hochziehen können. Der hohe Fels über ihm war überhängend und glatt wie ein Spiegel. „Wir müssen runter und rechts einen Weg finden", sagte er.

Aber Ronan war zu ungeduldig und suchte nach einer Möglichkeit, nach oben weiterzukommen. „Wie weit entfernt sind die Vorsprünge am Felsen über dir?"

„Fast eine Manneslänge", antwortete Manhawa.

„Kannst du mein Gewicht halten?"

Manhawa überlegte kurz: „Ja, aber nicht lange."

„Mit welcher Hand hast du den besseren Halt?"

„Mit der rechten."

Ronan kletterte auf Manhawas linke Seite. Vorsichtig brachte er seinen linken Fuß gegen dessen Hüfte gepreßt in Position. „Jetzt", sagte Ronan, und Manhawa krallte seine rechte Hand so fest in den Felsen, wie er konnte. Ronan zog sich langsam hoch, darauf bedacht, daß er sein Gewicht nicht nach hinten verlagerte, und setzte seinen rechten Fuß auf die rechte Schulter Manhawas, den linken auf die linke. Ganz langsam schob er seinen Körper an den Felsen geschmiegt hoch und richtete sich auf. Seine rechte Hand suchte nach einem Vorsprung, fand ihn und krallte sich wie ein Raubvogel daran fest. Doch auf der linken Seite war die Felskante ein paar Zentimeter zu weit entfernt, egal wie sehr er sich auch streckte. „Ich stelle jetzt meinen linken Fuß auf deinen Kopf", sagte Ronan. Manhawa schwieg. Es ging ja nicht anders.

Ronan hatte nun einen gewissen Halt, doch er mußte sich noch weiter hochziehen. Damals auf dem Purpurhof hatte er die Übung, das eigene Gewicht mit den Fingerspitzen zu halten und sich dann hochzuziehen, übertrieben gefunden. Die Kraft der Finger dafür einzusetzen hatte ihm gut gefallen, aber nur die Spitzen einzusetzen empfand er als eine unnötige Tortur. Wie froh war er jetzt, daß Bruder Palan ihn dies damals einige Tage lächelnd hatte üben lassen, bis er es zehnmal hintereinander schaffte.

Sein Rücken spannte sich, als er sich mit den Fingerspitzen nach oben zog, bis er mit seinem Gesicht oberhalb der Hände war. Die rechte Hand griff nach vorne, fand den nächsten Halt, und dann war er sicher auf einem Felsenband. Schnell ließ er sein Seil herunter und zog den Freund hoch. Ein paar Minuten lagen sie nur da, ohne ein Wort zu sagen. Dann blies Manhawa halb lachend die Luft aus: „Wenn das zu deiner täglichen Routine gehört, dann nehme ich gerne Abstand davon!"

Ronan lächelte ihn an: „Dich an meiner Seite könnte ich mir aber weiterhin gut vorstellen. Du warst ganz schön tapfer."

Ein schmaler Pfad lief an der Felswand entlang. Dem folgten sie, bis sie sich oberhalb der Soldaten befanden. Die Assassinen lenkten sie schon länger ab, ohne sich dabei in Gefahr zu begeben. Die Aufmerksamkeit der Soldaten war voll und ganz nach vorne gerichtet, während Ronan und Manhawa von oben auf sie zu schlichen.

Kaum waren sie direkt über den Soldaten, sprang eine Assassine auf einen großen Stein und tat so, als ob sie von dort zu einem anderen hinüberspringen wollte. Sie hüpfte aber gleich wieder herunter, ehe ein Pfeil sie treffen konnte. In dem Moment sprangen Ronan und Manhawa auf die Soldaten herunter. Ronan landete auf dem Rücken des ersten, begrub ihn unter sich und zog ihn damit aus dem Gefecht. Kaum gelandet, schleuderte er das Messer des Soldaten, das er flink dessen Hand entrissen hatte, auf denjenigen, der seinen Bogen auf ihn richten wollte. Auch Manhawa hatte seinen Gegner zu Boden gerissen und in einem Schwung mit dem Schädel gegen einen kleinen Felsen geknallt. Doch die restlichen drei waren noch zu weit weg von ihnen. Also nahmen sie die Bogen und Messer der beiden Soldaten und versteckten sich hinter Steinen.

Da die drei übrigen Soldaten sich auf den neuen Gegner einstellen mussten, konnten die Assassinen unterdes viel näher kommen und schon mit Pfeil und Bogen aktiv werden. Als die Soldaten dann von allen Seiten angegriffen wurden, ein Soldat verletzt war und einer tot am Boden lag, ergab sich voller Angst auch der noch unverletzte. Ronan packte diesen und zwang ihn, auf der Jagd nach Jong Lim mitzukommen.

Sie liefen an der Stelle vorbei, wo Jong Lim nach links oben abgebogen war, als Ronan plötzlich mit einem Ruck anhielt. „Was ist?" fragte Manhawa.

„Jong Lim hat uns austricksen wollen. Seine Soldaten hat er hier entlang geschickt, und er selber ist nach oben gegangen. Zwei von euch kommen mit uns", sagte Ronan zu den Assassinen. Die anderen sollten die Soldaten verfolgen und sie festnehmen. Dann winkte Ronan dem mitgenommenen Soldaten zu und fragte ihn, ob er sich hier auskenne. Der Mann nickte. „Gut, dann beschreibe mir, wie dieser Pfad seinen Weg durch die Berge nimmt."

„Er führt viele Meilen auf dieser Seite der Felsen entlang und biegt dann scharf nach links. Von dort aus führt er mit einigen Richtungswechseln hin und her, bis es endgültig rechts nach unten hinabgeht", erklärte der Soldat.

„Also, wenn ich gleich hier hochklettere und mich links halte, dann müßte ich auf Jong Lim treffen, oder?" fragte Ronan.

„Ich weiß nicht, ob es hier hochgeht. Aber theoretisch müßte das stimmen."

„Gut, dann packen wir es. Du, Manhawa, gehst mit den beiden den Pfad entlang. Ich werde versuchen, Jong Lim von oben den Weg abzuschneiden." Damit lief Ronan gleich hoch zu dem anderen Pfad, suchte eine geeignete Stelle am Felsen und begann einen halsbrecherischen Aufstieg.

„Bist du sicher, daß du es alleine anpacken willst? Soll ich mit?" rief Manhawa hinter ihm her.

„Nein. Ihr müßt schauen, daß Jong Lim keine anderen Wege nimmt und uns entkommt."

„Jawohl", erwiderte Manhawa und machte sich mit den anderen so schnell wie möglich auf den Weg.

Es gibt Zeiten, zu denen Geist und Körper im Einklang miteinander das Geschehen übernehmen und Dinge ermöglichen, die der Mensch im Nachhinein als Erlebnis vollständig vor sich sehen kann, während der rationale Geist kaum glaubt, daß es tatsächlich so geschah.

An Stellen, an denen er normalerweise nie hochgekommen wäre, sprang Ronan sicher wie ein Affe von einem winzigen Halt zum nächsten und von dort, ohne den Tritt zu verlieren, zum übernächsten. Das einzige, was er in seinem Kopf sah, war Anjulie, ihr Bild unerschütterlich in ihm fixiert. Oben angekommen, lief er über unebenen Untergrund, über Höhen und Tiefen. Wie eine junge Gazelle, unbekümmert durch die Luft segelnd, den Boden wie mit einem sanften Kuß berührend, raste er der Geliebten hinterher.

Es war ein Lauf wie noch nie in seinem Leben. *Mögen die Götter mir ihre Kraft verleihen,* ging das Gebet über seine Lippen. Er hielt das Seil in seinen Händen bereit für jeglichen Einsatz. Aus einem Instinkt heraus schlug er noch einen Knoten knapp oberhalb des schon vorhandenen an einem Ende des Seils.

Auch Jong Lim lief wie ein Besessener, Anjulie an der Leine hinter sich her zerrend. Er war von seinem Trick überzeugt, aber es machte ihm Spaß, Anjulie zum Äußersten anzutreiben.

Seit sie die Zitadelle verlassen hatten, war Anjulie darum bemüht gewesen, ihre Kräfte zu sammeln, um gegen ihren Entführer zu kämpfen. Doch sie wurde immer wieder aus ihrer Konzentration gerissen; die Auseinandersetzung mit Sar A Wan hatte viel Kraft gekostet. Allmählich aber merkte sie, wie sich das erste Chakra behutsam, dann immer kräftiger drehte. Sie ließ die drehende Kraft nach oben steigen, bis sie ihren Hals erreichte. Im Halschakra, dem Zentrum der Konzentration, sammelte sie die Kraft und richtete sie für den Anschlag auf Jong Lim aus.

Anjulie atmete die ganze geballte Kraft in seinen Nacken, doch genau in diesem Moment drehte er sich und warf seinen Blick nach hinten, so daß die Energieladung nur seinen Unterkiefer streifte, statt ihn in den Nacken zu treffen.

Immerhin war der Energieball noch so machtvoll, daß er Jong Lim rückwärts warf und seinen Kopf seitlich wegdrückte. Schnell ihren Vorteil nutzend, versetzte Anjulie ihm mit den gefesselten Händen einen Schlag. Leider ist aber die Kraft von zwei gefesselten Händen, nur wenn sehr genau ausgeführt, effektiv genug. Der Hieb auf sein Brustbein reichte nur aus, um ihm die Luft zu nehmen, doch sie vermochte nicht, ihn außer Gefecht zu setzen.

Der Entführer erholte sich sehr schnell, und bevor Anjulie ihm einen zweiten Hieb versetzen konnte, hielt er ihre Arme fest umschlungen, seine Augen leuchteten hämisch.

„Es wird mir Freude bereiten, dich zu zähmen, dich von deinem hohen Roß zu holen", zischte er in ihr Gesicht. „Deine Lektion bekommst du jetzt restlos erteilt."

Anjulie rang mit aller Kraft gegen ihn, aber er war einfach zu stark und riß sie mit sich fort. Er schob sie gegen einen Felsen auf der Hangseite, schnitt ihre Hände frei, um sie hinter ihren Rücken zu bringen, und versuchte sie zu küssen. Anjulie riß ihren Kopf auf die Seite, und als er ihre Kleider zerreißen wollte, biß sie ihn tief in den Unterarm. Jong Lim brüllte, drückte mit einer Hand ihr Gesicht weg und riß seinen blutenden Arm aus ihrem Mund. Vor Wut rot sehend, hob er seine Faust, um sie mit aller ihm zur Verfügung stehenden Kraft zu schlagen.

Ronan stieß von weiter oben am Hang auf diese Szene herab. „JONG LIM!" schrie er, packte einen Stein, warf ihn auf Jong Lim und sprang auf den schieferglatten Hang. In großen Sprüngen und mit nach hinten angelehntem Rutschen bewältigte er rasend schnell die Entfernung zum verhaßten Feind und der geliebten Frau.

Der Stein traf Jong Lim am Stirnhöcker und nahm seinem Schlag gegen Anjulie die tödliche Kraft. Die warf ihren Kopf seitlich nach unten, und die Faust landete unter ihrem Ohr und raubte ihr fast die Sinne. Die Wucht des Schlages schleuderte sie vom Pfad und den Hang hinunter. Anjulies Überlebensgeist war wieder völlig da, als sie auf dem Steilhang landete. Sie krallte und griff mit aller Kraft in den Boden, um ihren Abwärtsschwung zu stoppen. Ihre Beine rutschten in den sicheren Tod über eine Felskante, wo der Hang senkrecht nach unten abfiel, als ihre Hände im letzten Moment an einem kleinen Busch Halt fanden. Sie klammerte sich daran und lag schnaufend genau auf der Kante. Ihr Unterkörper baumelte über dem Abgrund, und sie hatte keine Kraft mehr, sich hochzuziehen.

Ronan warf sich auf Jong Lim, aber der schaffte es, auszuweichen. Doch Ronan landete wie eine Katze vor ihm. *Keine Zeit zu kämpfen*, dachte Ronan; er hatte Anjulies schlimme Lage erkannt. Er versetzte Jong Lim einen Tritt mit der Fußsohle gegen die Brust und sprang zum Wegrand, das Seil bereit, das er vor seinem Sturmlauf über die Kuppe fünfmal um seinen rechten Unterarm gewickelt hatte. Sein Messer in der linken Hand haltend, warf er das geknotete Ende Anjulie zu. „Greif zu, Anjulie", schrie er. Der Knoten des Seils landete wie mit dem Lineal abgemessen neben ihren Händen. Rasch hatte sie mit einer Hand den einen Knoten, dann mit der anderen den zweiten fest gepackt, und Ronan zog, wobei er das Seil um seinen Körper wickelte.

Jong Lim stand auf, schüttelte seinen Kopf und sah die Lage der beiden. „Hah", grunzte er, zog sein Schwert heraus und lief auf Ronan zu.

„Halt dich fest, Anjulie", rief Ronan. Er machte einen Schritt auf Jong Lim zu, so daß er direkt unter Jong Lim war, ging auf ein Knie herunter, zog seinen Kopf ein und machte einen Buckel, als das Schwert Jong Lims auf ihn zuschoß. Den Bruchteil eines Herzschlags, bevor das Schwert auf seinen Rucksack prallte, schnitt er mit seinem Messer die Hauptschlagader am Oberschenkel seines Gegners auf. In dem Moment, als das Schwert ihn traf, schob er sich unter den weit nach vorn gebeugten Jong Lim, streckte explosionsartig seine Beine durch und warf ihn nach hinten.

Das Seil rutschte nach unten, und Anjulie schrie vor Angst, konnte aber ihren Griff am Seil halten. Sie schwang gefährlich hin und her; einige Male schlug sie gegen den Hang. Auf einmal wurde sie mit rasender Geschwindigkeit nach oben gezogen. Ronan hob sie in seine Arme und brachte sie in Sicherheit auf die Bergseite. Dann stand er auf, um den Kampf mit Jong Lim zu Ende zu bringen. Jong Lim hatte seine Blutung oberhalb des Schnitts abgebunden. Unerklärlicherweise schien ihn die schwere, für normale Menschen tödliche Wunde gar nicht zu behindern, und er griff erneut mit seinem Schwert an. Diesmal war er jedoch vorsichtiger, tastete Ronan mit schnellen, aber wenig entschlossenen Vorstößen ab, wobei dieser mit seinem Messer eindeutig im Nachteil war. Als er mit dem Schwert einen Hieb nach unten führte, ergriff Ronan die Chance und stieß unter seinen Arm, packte das Handgelenk mit der freien Hand und zog sein Messer über den das Schwert haltenden Unterarm. Jong Lim ließ die Waffe fallen, doch Ronan hatte den Arm schon zurückgehebelt, drehte sich jetzt um den Gegner, schwang ihn über seine Hüfte und schleuderte ihn über die Felskante. Mit einem Todesschrei verschwand Jong Lim in der Tiefe.

Anjulie hatte alles beobachtet. Ronan lief zu ihr, nahm sie in seine Arme, drückte sie fest an sich und küßte sie immer wieder auf die Stirn und die Wangen, fast weinend vor Erleichterung. „Nie wieder lasse ich dich alleine. So ein Narr wie ich kann man ja gar nicht sein, dich alleine bei Sar A Wan zu lassen." Anjulie löste sich etwas von Ronan und schaute ihn liebevoll mit leuchtenden Augen an; die Erwiderung seiner Liebe in ihrem Blick war unübersehbar. Mit unbeschreiblicher Freude bückte er sich zu ihr und berührte ehrfürchtig ihre Lippen mit seinen. Sie genoß die sanfte Berührung, schmiegte sich an ihn und preßte ihre Lippen auf seine. Wochenlange Leidenschaft brach in Ronan auf, und er konnte sie gar nicht genug küssen. Anjulie erwiderte seine Liebe mit glücklichen Lauten und Küssen.

Nach einer Weile setzten sie sich nebeneinander, Anjulie lehnte ihren Kopf an Ronans Schulter. Er wollte alles wissen, was passiert war. „Nein", sagte sie. „Du mußt mir alles erzählen. Wie hast du mich überhaupt gefunden? Jong Lim hat solche Tarntricks benutzt, und trotzdem bist du hier."

Ronan holte das Haarbüschel heraus: „Dein Duft hat mich zu dir geführt."

Eine Träne der Freude lief über ihre Wange: „Ach! Mein lieber Ronan, wie groß ist deine Liebe für mich. Wie glücklich bin ich heute."

Manhawa kam um die Biegung des Weges, sah sie und zog sich gleich wieder zurück, mit der erhobenen Hand seine Begleiter aufhaltend.

Anjulie hatte ihn aber bereits erspäht und rief ihn zu sich: „Manhawa, mein ehrenwerter Bruder, komm, teile unser Glück!"

Salvia officinalis
Salbei

Non ce! Was ich brauche, ist nicht da.
Das schreckliche Gefühl, das nicht zu bekommen,
was ich sehnlichst will.
Das Herz ist immer da, die Engel sind immer da,
Freunde sind immer da!
Vertraue, die Engel schicken durch die Freunden,
was mein Herz begehrt!

XXVII

Abschied

In der Festung ergab sich Jong Lims Kommandeur sehr bald, nachdem er gemerkt hatte, daß sein Herr verschwunden war. Niemand kämpft für einen verräterischen Feigling. Den Soldaten von König Landhor war es unter Androhung der Todesstrafe verboten worden, irgendjemanden in der Festung zu belästigen, wie es sonst bei Soldaten in der Euphorie des Sieges üblich ist.

Bis zum Abend war alles geregelt und in bester Ordnung. König Landhor wurde die Nachricht geschickt, daß im Lande wieder Frieden herrsche. Nachdem nun Jong Lim tot war, wurde seiner Armee die Botschaft verkündet: „Wenn ihr sofort die Waffen streckt, so werdet ihr Milde finden." Nach kurzer Zeit ergab sich ihr letzter verbliebener General. Überall gab es fröhliche Menschen, die feierten, tanzten und sangen. Nur Manhawa konnte seine Trauer über den Tod von Shirin La nicht loslassen. Anjulie und Ronan wollten für sich sein, und wann immer ihre Pflichten sie nicht zu sehr beanspruchten, erlaubten sie sich schöne, verstohlene Momente.

Am zweiten Abend nach dem großen Kampf versammelten sich Manhawa, Anjulie, Ronan und alle anderen Freunde Shirin Las am See des ewigen Friedens um ihre Bahre. Manhawa gab Shirin La ihren Stock in die gefalteten Hände. Norena legte eine Perlenbrosche auf ihre Brust und Anjulie ein Rosenblatt auf ihre Stirn. Ronan küßte sie auf die Lippen und hielt ihr Gesicht sanft in seinen Händen. Tränen schoßen in seine Augen, und zum ersten Mal im Leben ließ er sie fließen, ohne sich zu schämen. Da schien es, als ob ein Lächeln auf Shirin Las Lippen trat.

Ja, sie war eine Assassine, sinnierte Ronan. *Macht dies ihre Taten sündhafter? Oder hat ihre kindliche Seele die Konsequenzen gemildert? Wer trug letzten Endes die Verantwortung für ihre Taten? Sar A Wan? Dessen Auftraggeber? Und was ist mit dem Opfer selbst? Trägt es nicht auch die eigene Verantwortung für sein Leben? Wir alle begehen Sünden. Oft wissen wir gar nicht, wie groß unsere Sünden sind, wie tödlich die Seele verletzt werden kann. Die Güte des Herzens, welche die Seele des anderen verschont, müßte den Ausschlag für die Schwere der Sünde geben! Shirin La hatte ein gutes Herz und war eine treue, ehrliche Freundin. Und doch hat sie als Assassine vielen Menschen Leid zugefügt. Für ihre Taten wird sie geradestehen müssen. Wird sie es schaffen, im Himmel die Lektionen zu lernen, damit sie nie wieder in solch ein Leben hineingezwängt werden kann? Die Chancen dafür stehen gut, glaube ich. Sie sieht im Tod zufrieden und friedlich aus, ganz der Aufgabe gewachsen.*

„Möge die ewige Liebe dein Heim sein", wünschte Manhawa und legte einen brennenden Stock auf ihre Bahre. „Möge der ewige Frieden dich begleiten", fügte Norena hinzu. „Möge ewig das Wahre in deinem Herzen wohnen", gab Anjulie ihr mit. Und Ronan wünschte: „Möge das purpurne Blut in deinen Adern fließen." Jeder von ihnen warf einen brennenden Stock auf die Bahre, und dann schoben sie sie in den See hinaus.

Die Sonne machte ihre letzte Verbeugung und verschwand am Horizont. Die Bahre brannte viele Stunden und erweckte süße Erinnerungen. Am See feierten sie bei einem Feuer die schönen Zeiten, die sie mit Shirin La hatten erleben dürfen. Manhawa und ihre Freunde erzählten von ihren Erlebnissen mit der wunderbaren Frau. Anjulie und Ronan fühlten sich beglückt durch die Liebe und den Respekt, die in den Erzählungen zum Ausdruck kamen und alle immer mehr umhüllten.

Doch die reinigende Katharsis für Manhawa wollte sich nicht einstellen. Er fühlte sich schuldig, denn er hatte Shirin La ein freies Leben versprochen. Dies Versprechen hatte er nicht einhalten können, und jetzt war sie tot.

Anjulie war traurig, daß Manhawa so litt. Da nahm sie auf einmal ein Schimmern wahr: Shirin La, nun vollständig von ihrer physischen Hülle befreit, stand prächtig gekleidet vor ihr und lächelte sie an. Anjulie strahlte vor Freude und verbeugte sich ehrerbietig. Shirin La deutete liebevoll auf Manhawa, und ihre Lippen schienen die Worte zu formen: „Hilf ihm bitte!"

Anjulie schaute sie fragend an, nicht sicher, ob sie verstanden hatte. Shirin Las Lächeln breitete sich auf ihrem ganzen Gesicht aus, und nun drangen ihre Worte in Anjulies Kopf: „Ich bin gekommen, um mich von euch zu verabschieden, bevor ich meine Reise in eine andere Welt antrete. Aber das kann ich noch nicht. Seine Trauer hält mich zurück. Hilf Manhawa, mich zu sehen und zu verstehen."

„Wie?"

„Du kannst das, Anjulie. Du weißt, wie. Tu, was dein Herz dir sagt."

Anjulie ging zu Manhawa, legte ihre Hand auf seinen Hinterkopf und sagte: „Manhawa, Shirin La möchte sich von dir verabschieden. Schau doch, da steht sie."

Manhawa blickte in die Richtung, und tatsächlich, da war etwas Schimmerndes zu sehen, das langsam eine konkrete Form annahm. Als er Shirin La erkannte, juchzte er vor Freude und lief zu ihr, um sie zu umarmen. Er umarmte zwar nur Luft, konnte sie aber trotzdem spüren. „Oh! Shirin La, wie glücklich ich bin, dich zu sehen. Es tut mir leid, daß ich mein Versprechen nicht einhalten konnte."

Shirin La nahm sein Gesicht in ihre Hände und küßte ihn auf die Lippen. Manhawa konnte sichtlich ihre Hände und den Kuß spüren, und Tränen liefen seine Wangen herunter. „Du hast dein Versprechen gründlicher erfüllt, als du dir vorstellen kannst, mein lieber Manhawa. Ich bin frei, wirklich frei, mein Leben so zu gestalten und mich so zu erfreuen, wie ich es mir wünsche. Du bist ein edler Mensch und dein Verdienst ist groß. Nun laß deine Liebe für mich die Ketten der Trauer lösen. Freue dich für mein Glück." Da ging auf einmal sein Herz vor Freude auf, und er verstand, daß das Festhalten an der Trauer keine Liebe, sondern Egoismus ist. Er küßte ihre ätherischen Lippen, und sein Herz quoll über vor Liebe; ein unbeschreibliches Glücksgefühl für sie strömte durch seinen Körper.

Shirin La wies auf Ronan und nickte Anjulie zu. Die schaute fragend, den Kopf leicht schüttelnd, ob Ronan wirklich gemeint sei. Shirin La nickte ihr lächelnd zu.

Anjulie führte Ronan vor sie und legte ihre Hand auch auf seinen Hinterkopf. Ronan hatte das Gefühl, als ob sein ganzer Hinterkopf elektrisiert würde, und er spürte, wie ein Schleier vor seinen Augen aufriß. Shirin La stand strahlend vor ihm.

Ronan starrte sie mit offenem Mund an. „Komm, Ronan, komm zu mir. Deine Tränen haben dir ein besonderes Verdienst ermöglicht. Ich schenke dir meine gesamte Kampfkunst", und sie legte ihre Hände auf seinen Kopf.

Lichter gingen in Ronans Kopf auf, und mit rasender Geschwindigkeit sah er eine Kampfszene nach der anderen. Er selbst war einer der Kämpfer und Shirin La die andere, bis sie mit ihm verschmolz.

Dann nahm er wahr, wie Shirin La vor ihm ihren Tanz mit

dem Stock durchführte. Anjulie und Manhawa beobachteten das wunderschöne Spektakel ebenfalls.

Langsam stieg die Assassine, immer noch tanzend, in den Äther auf, und mit den Worten „Ich werde euch stets meine Liebe, meinen Schutz und alles Glück schicken", zog ihre Gestalt weiter himmelwärts, bis nur noch das goldene Licht um sie herum zu sehen war, das sich nach und nach auflöste.

Hypericum perfoliatum
Johanneskraut

Das Nervenkostüm schon recht geplagt,
die Süße des Lebens von ihm gerissen,
fasse nun den Mut zusammen,
denn die Leichtigkeit des Lebens will dich tragen!

XXVIII

Das Wahre und das Unwahre

Die Zeit in Sinus ging langsam zu Ende. Meister Ling hatte alle wichtigen Besprechungen hinter sich gebracht, und jetzt stand nur noch aus, die Auseinandersetzung mit der Contraria-Schule zu beschließen. Und so gingen Ronan, Anjulie und Manhawa zu dem Treffen in den Palast König Landhors in der Hauptstadt von Sinus. Den Namen der Hauptstadt, Brise, fand Anjulie entzückend, wohingegen Ronan sich darüber lustig machte. Jetzt tanzte er mit seinem Stock herum, halblaut singend: *Brise, Brise, oh! Du entzückende Brise.*

„Hör auf, Ronan. Sonst werde ich dich eine richtige Brise erleben lassen", drohte Anjulie.

„Wird sie so sein wie die, mit der du auf Sar A Wan losgingst oder eine liebevollere Version, mein Herz? Du hättest Anjulie sehen sollen, Manhawa, wie eine Zauberin drehte sie ihre Hand, und bums lag Sar A Wan flach, seine Sinne in irgendeine Hölle verbannt. Beherrschte ich das, so brauchte ich diese ganzen Kampfkünste nicht mehr. Obwohl die mit dem Stock mir sehr gefällt."

„Du bist ja richtig kindisch, Ronan", schimpfte Anjulie.

„Ein bißchen würdevoller könntest du dich schon benehmen, zumal du von anderen als ehrwürdig angesehen wirst."

„Ich bin einfach glücklich und kann nichts dafür. Dein Vater hat mich gelehrt, daß ich das nicht unterdrücken soll. Das wäre krankhaft!"

„Du bist jetzt krank, so wie du dich benimmst. Er hat dir sicher auch gesagt, daß du Kontrolle ausüben sollst und daß Kontrolle keine Unterdrückung ist, sondern vielmehr den erwachsenen Menschen auszeichnet."

Bevor das Geplänkel eskalieren konnte, lenkte Manhawa ein: „Ich bin schon gespannt, wie es ausgehen wird mit den Beschlüssen König Landhors und der Contraria-Schule. Die Zeit mit euch hat mir einen guten Einblick in die Problematik gegeben, und ich bin froh, daß König Landhor Vertrauen in mich fand und ich dabei auf eine andere Weise auch beteiligt sein darf."

Das war nicht das erste Mal, daß sie hier im Palast gewesen waren. Schon bald nach dem Sieg wurden sie zusammen mit Manhawa zum König geladen. Ronan war damals sehr aufgeregt, die Audienz bei einem König zu erleben. All seine Versuche, diese Aufregung zu verbergen, waren vergeblich gewesen, und Meister Ling mußte ihm eine Bärlapp-Essenz verpassen, damit er für seinen Auftritt beim König die nötige Würde gewann.

Nach einem kurzen Gang wölbte sich das Zimmer in einen weiten Raum, an dessen Ende auf einem Podest der kunstvolle und doch schlichte Thron von König Landhor stand. Schräg vor ihm waren auf beiden Seiten des Saals Sessel um einen im gleichen Stil gehaltenen, halbrunden Tisch plaziert und die Wände verziert mit schönen Landschaftsmalereien sowie Szenen von Heldentaten aus den Legenden.

König Landhor präsentierte sich trotz seines Alters mit einer beeindruckenden Figur. Auch wenn sein runzeliges Gesicht durch die Sorgen, über die Jahre ein gerechtes und gütiges Königreich zu führen, etwas müde wirkte, brannte noch Feuer in seinen Augen. Der Kronprinz, Meinjing, saß neben ihm auf einem kleineren Thron. Er machte keinen schlechten Eindruck und hätte dem prüfenden Blick wacker standhalten können, wenn ihn nicht ein eigensinniger Zug im Antlitz so beherrscht hätte. Als er Ronan sah, leuchteten seine Augen auf. *Die Güte des Königs und sein Vorbildcharakter belasten ihn*, dachte Ronan. *Er möchte das Leben genießen und sich austoben, aber die Pflicht, dem Vater nachzueifern, erlaubt es nicht. Wenn er zustimmt, kann ich ihm helfen.* Ronans Augen versprachen, die Wünsche des Kronprinzen zu erfüllen, und mit einem leichten Beugen seines Kopfes verlieh er diesem Versprechen Nachdruck.

Mehruma, wie immer eine elegante, aufrechte Erscheinung, saß majestätisch vor dem König an der Mitte des Tisches. Sie stand auf, als alle eintraten, und dabei war ihr das lautlose Gespräch Ronans mit dem Kronprinzen nicht entgangen. Sie schmunzelte innerlich und nahm sich vor, dies zum Vorteil aller einzusetzen. Auf ihrer rechten Seite saß Mildherz Malthan, der zum neuen Gesundheitsrat von Sinus ernannt worden war.

Freudig leuchteten die Augen des Königs auf, als er Meister Ling erblickte. „Ling, mein lieber, loyaler Ling. Es ist mir eine Freude, Euch wiederzusehen."

„Die Freude ist ganz meinerseits. Es ist mir eine Ehre, zu dieser Besprechung eingeladen worden zu sein. Darf ich meine Begleiter vorstellen? Meine Tochter Anjulie kennt Ihr schon. Dies hier ist Ronan und dies Manhawa. Ich habe um die Erlaubnis gebeten, Ronan und Anjulie an der Besprechung teilnehmen zu lassen, da sie in Zukunft eine wichtige Rolle im Reich spielen werden."

„Ich habe von euren Heldentaten gehört und weiß, in welcher Form ihr euch um die Befreiung von Sinus verdient gemacht habt. Seid willkommen und nehmt alle Platz", sagte der König Landhor.

Nachdem alle sich gesetzt hatten, lächelte König Landhor Mehruma zu: „Mehruma, als die Älteste in diesem Raum bitte ich dich, den Grund meiner Einladung zu erläutern. Mehruma ist das Licht dieses Landes. Eine Schönheit, ein Balsam für die Augen, eine Wohltat für die Menschen. Möge ihr Licht ewig für uns leuchten."

Mehruma sah den König mit tiefer Liebe an. Es war ihr keine Erregung anzumerken, und seine Lobesworte verstärkten nur die Liebe, die sie für ihn empfand. Mit einer kleinen Kopfbeugung fing sie an: „Seit über fünfzig Jahren kämpfen wir in diesem Land für ein gerechtes Leben. Auch wenn König Landhor in dieser Zeit ein gütiger König gewesen ist, reichte dies nicht aus, die Errungenschaften zu erhalten. Die Geschichte hat uns immer gezeigt, daß alles wieder verlorengeht, wenn dem Guten keine echte Basis gegeben wird. Güte kann nur durch das Wirken von gütigen Menschen erhalten bleiben, die ihr Leben der Rechtschaffenheit widmen.

Doch das reicht nicht aus. Solche Menschen müssen auch geschützt werden. Am Beispiel des purpurnen Hofs sehen wir, wie flüchtig das Gute und der Frieden sein können. Auch wenn der Heiler gut kämpfen kann, ist es nicht seine Aufgabe, vorrangig gegen die Bösen in der Außenwelt zu kämpfen, sondern als Heiler tätig zu sein." Dabei schaute sie Ronan und Anjulie liebevoll an. „Wir bringen den Heilern in unserer Schule das Kämpfen bei, damit sie das Leben besser verstehen und sich verteidigen können, jedoch einzig in Notzeiten. Es geht beim Kampf im Leben darum, die Rechtschaffenheit zu bewahren und gegen das Unrecht zu kämpfen. Deswegen sind wir heute hier versammelt, um zu besprechen, wie wir dies gewährleisten können."

König Landhor bedankte sich bei Mehruma und blickte die Helden an: „Ronan, Anjulie und Euch auch, Manhawa, bin ich äußerst dankbar für euren Einsatz, den Frieden in unser Königreich zurückzubringen. Und dann gelang euch das auch noch so elegant und mit so wenig Blutvergießen. Mein Anliegen ist es, in meinem Land den Frieden zu erhalten und dafür zu sorgen, daß dies auch nach meinem Tod so bleibt." Er schaute zu Manhawa hin und fragte, in welcher Weise der sein Vorhaben unterstützen könne.

„Die Assassinenbande existiert nicht mehr in dem bisherigen Sinne, wir aber schon. Meine Freunde und ich können Menschen ausbilden, die die Sicherheit des Landes gewährleisten werden. Unsere Leute können unauffällig dafür sorgen, daß die Freiheit gewahrt bleibt."

„Wird das nicht dazu führen, die Freiheit eher einzuschränken, da Menschen dann Angst haben werden, ihre Meinung zu äußern?" meinte Ronan.

„Es sind selten diejenigen Menschen gefährlich, die öffentlich ihre Meinung äußern", warf Anjulie ein. „Daher brauchen sie keine Angst zu haben. Sie hegen ja keine bösen Absichten, sondern üben Kritik und lassen Luft ab."

„Wie werdet Ihr vorgehen, Manhawa?" fragte König Landhor.

„Wir erlangen durch unser Training ein Gespür dafür, was sich gefährlich anfühlt", sagte Manhawa. „Wir werden diesem Gespür besondere Achtung schenken und es im Rahmen der Ausbildung noch verfeinern. Auf diese Weise bewahren wir nicht nur die Freiheit des Menschen, so sein zu können, wie er ist, sondern können dem Bösen auch einen Riegel vorschieben, so daß es keinen Schaden anrichte. Das wird letztlich das Volk schützen. Auch können wir unsere Schüler lehren, die wahren Absichten der Menschen zuverlässig zu erkennen."

„Gestattet mir eine Frage, mein König", bat Mildherz Malthan.

„Mit Vergnügen, mein treuer Begleiter und Diener, Mildherz."

„Gnädiger Herr. Ich bin sicher, daß Ihr Kämpfer und deren Gespür auszubilden vermögt. Aber es geht hier hauptsächlich um zwei Dinge. Einmal müßt Ihr verhindern, daß die Menschen getäuscht werden. Zweitens müssen die Organisationen in Schach gehalten werden, die aus eigennützigen Gründen nach Macht und Posten streben. Wie stellt Ihr Euch vor, diese Gefahren anzugehen?"

Meister Ling machte mit einem Zeichen auf sich aufmerksam, und der König erbat seine Meinung. „Gerne, mein König. Was Mildherz aufgeworfen hat, ist ein grundsätzliches Problem und kann von einem Menschen nicht gelöst werden. Wir werden in absehbarer Zeit mit den Vertretern der Gegenschule der Heilung eine Abmachung anstreben. Nachdem wir zu einem gegenseitigen Schluß gekommen sind, sollten wir uns Gedanken machen, wie diese Abmachung dann umzusetzen ist und wessen Aufgabe worin liegt."

„Ihr habt ganz Recht, Ling. Wir wollen hier keine Diktatur. Solange Menschen sich täuschen lassen wollen, wird es Menschen geben, die ihnen diese Täuschung gerne verkaufen. Wir können nur den gesunden Weg der Nichttäuschung zeigen, jedoch muß jeder selber entscheiden, wie weit er ihn gehen will", erwiderte König Landhor.

„Dazu gibt es verschiedene Meinungen, mein König", sagte Mildherz Malthan. „Mit Absicht geht kein Mensch in sein Verderben, aber die falsche Hoffnung, die wir auch Täuschung nennen können, läßt den Menschen sich doch manchmal gegen das Wahre entscheiden."

„Bevor wir noch weiter in diese Diskussion hineingeraten, würde ich vorschlagen, daß wir beim nächsten Treffen, bei dem wir die Beschlüsse fassen wollen, die praktischen Lösungen für die beiden Probleme erörtern, die Mildherz dargestellt hat", schlug Mehruma vor.

König Landhor nickte und gab das Zeichen für das Ende des Treffens.

Ronan kehrte mit den Gedanken wieder zurück in die Gegenwart und nahm die Schönheit um sich wahr. Die Stadt Brise war in Form schöner, weiter Alleen angelegt, die zum Palast führten. Vor dem Palast war die große Allee mit einem großzügigen Blumengarten, kleinen Büschen und Sträuchern in zwei geteilt. Der Palast selber war in runden und majestätischen Konturen aus gelbem Sandstein errichtet, den man schlicht, aber anmutig bemalt hatte.

Ronan war dieses Mal viel entspannter und freute sich richtig, König Landhor wiederzusehen. Am Eingangstor mußten sie warten, bis ein Aufseher des Königs kam und sie bat, ihm zu folgen. Er brachte sie zum Vorraum des Audienzsaals. Eine würdige Gestalt saß schon dort und stand auf, als sie hereinkamen. Hoch erfreut lief Anjulie zu ihm und klammerte sich an ihn. Ronan starrte Anjulies Vater, seinen Meister, erstaunt an. In seiner weißen Toga mit dem bestickten Purpurmantel als Überwurf, die Haare geflochten und in Ledersandalen, die mit Riemen bis hoch zu den Knien befestigt waren, hätte er ihn kaum wiedererkannt, hätte Anjulie ihn nicht so enthusiastisch und liebevoll begrüßt. Sie hatte ihn die letzten paar Wochen kaum mehr gesehen, da er nur noch in Besprechungen gesessen hatte, und sie wollte ihn jetzt gar nicht mehr loslassen. Sanft nahm er ihre Hände und führte sie zu Ronan, der ein frohes, doch zurückhaltendes Lächeln auf seinen Lippen hatte. Meister Ling ergriff seine Schulter und nickte ihm freundlich zu. Manhawa schenkte er ein weiteres, respektvolles Nicken. Der erwiderte die Geste und sie nahmen Platz. In dem Zimmer waren noch zwei Personen, die etwas abseits saßen.

„Mehruma bespricht noch einiges mit dem König, und dann werden wir dazu kommen", leitete Meister Ling ein. „Da ihr so viel dazu beigetragen habt, das Land zu befreien, seid ihr Ehrengäste. Ihr werdet hauptsächlich zuhören, außer etwas betrifft euch direkt, dann wird man euch ansprechen. Faßt euch kurz, wenn ihr gefragt werdet."

Als Ronan seinen Mund aufmachte, um noch eine Frage zu stellen, erschien der Aufseher und bat sie, in das Audienzzimmer zu treten.

Mildherz Malthan saß, vom König aus gesehen, links und einen Platz weiter neben ihm die Gesundheitsrätin von Malina, Claire Hymus. Nachdem der Krieg gewonnen worden war, entschieden sich Sinus und Malina, Partnerländer zu werden und gemeinsam für das Wohl ihrer Völker zu arbeiten.

Meister Ling setzte sich neben Mildherz Malthan. Ronan, Anjulie und Manhawa nahmen auf Stühlen hinter ihm Platz. Auf der anderen Seite wurden die beiden, die mit im Vorzimmer gesessen hatten, plaziert.

Mehruma wurde zum Leiter der Versammlung benannt, und sie stellte die beiden vor: Herr Thomas Conklin war der Vertreter der Contraria-Schule in Sinus, und neben ihm saß Frau Zhua Shong, die diese Schule in Malina repräsentierte. Die beiden verbeugten sich vor dem König. Thomas Conklin war ein großer, hagerer Mann mit ernster Miene. Zhua Shong dagegen war eine temperamentvolle Dame, die keine Niederlage zu kennen schien.

Mehruma legte das Ziel der Versammlung fest: „Es ist unsere Aufgabe, demjenigen, der uns sein Vertrauen schenkt, das Wohlbefinden und die Gesundheit, die er sich wünscht, zu verschaffen."

„Und wie soll er wissen, was gut für ihn ist?" fragte Frau Shong.

Mehruma deutete auf Meister Ling für die Antwort. Der Meister hielt kurz inne, dann sprach er mit Bestimmtheit, und seine ruhige Stimme war von Autorität geprägt: „Indem wahrheitsgemäß alle Möglichkeiten dargestellt werden. Was die Behandlung von dem Betroffenen verlangt, was für Konsequenzen er zu tragen hat und was letztlich sein Gewinn am Ende der Behandlung sein könnte. Was muß er von seinem Leben opfern, um das erlangen zu können, was ihm an Möglichkeiten dargestellt wird? Es sollte ihm nicht versprochen werden, daß er das schafft, auch nicht auf die beliebte subtile Weise, die man so oft antrifft. Dem Menschen, vor allem dem Kranken, muß bewußt gemacht werden, daß er für sein Leben und seine Gesundheit selber die Verantwortung zu tragen hat. Der Heiler darf nur versprechen, sein Bestes zu tun, aber nicht das Gefühl erwecken: *Komm zu Mama und ich werde dir Heil bringen.* Das möchte ich ausdrücklich auf die Contraria-Schule beziehen, die sich direkt – oft auch indirekt und subtil – als die einzige heilbringende darstellt und dabei lautlos ein großes Versprechen äußert."

„Die meisten Menschen sind wie kleine Kinder", sagte Herr Conklin mit traurigen Augen. „Sie verstehen wenig von Medizin und müssen zu ihrem Wohl geführt werden!" *Hochnäsige Alte, dir erteile ich eine richtige Lektion. Dann schauen wir, wer hier nach der Mama schreit,* versprach Conklin sich im Stillen.

Claire Hymus sah ihn kurz belustigt an, nahm dann aber gleich eine neutrale Haltung ein und sprach: „Auch die Kinder haben das Recht, ihren Weg selber zu bestimmen, und sind nicht irgendwelchen willkürlichen Regeln unterworfen. Ihnen und den Eltern sollten alle Informationen und sämtliches Wissen frei zur Verfügung gestellt werden. Die Beratungen sollten auf beiden Seiten frei von subtilen Manipulationen sein. Das ist das Ziel, das wir erreichen wollen. Freiheit ist die Grundlage eines gesunden Heilwesens."

Mehruma fuhr fort: „Keiner von uns darf die Macht beanspruchen, zu bestimmen, auf welche Weise das Individuum sein Wohlbefinden und seine Gesundheit erreichen soll. Jeder hat das Recht, aus eigener Erfahrung zu lernen, was für ihn das Beste ist. Unser Bestreben soll es sein, in Respekt, Achtung und Gerechtigkeit miteinander zu leben."

Mildherz Malthan ging es noch um einen weiteren Punkt: „Gesetze, die es dem Heiler eines Landes verbieten, die Wahrheit zu sagen, sind unsinnig. Dann herrscht oft auch ein Zwang, Richtlinien einzuhalten, die man nicht mittragen kann. Was daran ist Freiheit? Zumal so dem Kranken wichtige Informationen vorenthalten werden, die er benötigt, um für sich die beste Entscheidung zu fällen!"

„Wir lernen acht, zehn und mehr Jahre lang die richtige, hieb- und stichfeste Medizin. Bodenständige Heilkunst, auf Tatsachen und auf Wissenschaft beruhend, und jetzt sollen wir die Macht in die Hände von Menschen legen, die keine Ahnung haben? Es ist unsere Pflicht, ihnen den Weg zur wahren Gesundheit zu zeigen", entgegnete Thomas Conklin mit überzeugter Bestimmtheit.

„Da stimme ich zu", sagte Zhua Shong. „Wissenschaft ist die Basis des Lebens und daher der Gesundheit. Unsere Medizin ist auf unumstößlicher Wissenschaft aufgebaut."

Mehruma lächelte fast, hielt sich aber zurück: „Der Wissenschaftler, glaube ich, hat als erste Aufgabe, Begriffe genau zu definieren und sich dann streng daran zu halten. Wie war es vor kurzem, als Ihre Schule schon von einer Epidemie sprach, die Krankheit aber kaum begonnen hatte? Eine Epidemie ist sogar nach Ihrer Definition eine rasche Verbreitung der Krankheit. Doch es erkrankte nicht mal ein Hundertstel der Bevölkerung. Wo ist da die Wissenschaft geblieben?"

Schauen wir, was ihr macht, wenn wir eine böse Krankheit über euch kommen lassen!, dachte Thomas Conklin und sagte laut: „Wir müssen die Menschen vor schlimmen Krankheiten und Epidemien schützen und lieber eher als zu spät warnen."

„Nennt Ihr es Menschen schützen, wenn Ihr Angst und Panik schürt? Treibt nicht gerade die Angst die Leute dann zu unbedachten Handlungen? Braucht die Wissenschaft Unwahrheiten, um zu funktionieren?" rügte Mildherz Malthan.

„Der Schutz vor Krankheiten ist eine unserer großen Errungenschaften", warf Zhua Shong triumphierend ein. *Dieser alte Dummkopf von einem Blödherz Malthan. Denkt er, daß er uns so einfach einschränken kann? Man muß all diese Schwachköpfe erschrecken. Wenn er selber dann in Panik die Hände ringend zu uns läuft, haben wir ihn und die Macht wieder in unserer Hand.*

„Meint Ihr mit Eurem Schutz das Pathogen der Krankheit, die giftige Substanz, die die Krankheit produziert?" fragte Mehruma. „Ständig stur etwas zu behaupten macht noch keine Wissenschaft aus. Sie muß sich nachprüfbar beweisen können. Ich habe früher auch gedacht, es müßte etwas Wahres dran sein, wenn alle so fest daran glauben. Aber nachdem ich der Sache nachgegangen bin, fand ich heraus, daß es niemals eine einzige Studie gab, die diese Behauptung belegen konnte. Ich bin kein Wissenschaftler von Beruf, aber so viel weiß ich: Einer Hypothese müssen jahrelange Studien folgen, bevor eine Umsetzung überhaupt nur angedacht werden darf."

„Wie könnt Ihr es wagen, so etwas zu behaupten?" stotterte der vor Wut errötende Thomas Conklin. Zhua Shong hingegen hielt ihren Mund. Sie schien nicht so überzeugt zu sein von seiner Taktik. Er fuhr fort: „Wir haben Beweise, die ich Euch zeigen kann. Ihr werdet Euch bei uns entschuldigen."

„Das wird mein erstes Gesetz werden", sagte König Landhor mit Bestimmtheit. „Es müssen abgesicherte und gründliche Studien von jeglichem Medikament und jeglicher Vorgehensweise vorliegen, bevor es überhaupt eine Diskussion darüber geben kann."

„Wie sollen diese Studien aussehen?" fragte Meister Ling ganz arglos. „Sollen Medikamente an Kranken oder an Tieren ausprobiert werden?" *An dir und deinen schwachköpfigen Schülern werden wir die Versuche machen. Dann schauen wir, was ihr mit euren tollen Energien erreicht,* nahm sich Zhua Shong voller Schadenfreude vor.

„An unschuldigen Tieren?" fragte König Landhor erzürnt. „An Kranken würden wir es bedingt erlauben, wenn sich der aufgeklärte Patient freiwillig entscheidet, den Test durchzuführen. Doch es müssen danach unabhängige Personen die Studie überprüfen und uns vorlegen. Wenn sich beweisbare Erfolge einstellen, wird die Methode bedingt erlaubt, da wir erst bei der wirklichen Anwendung die verborgenen Vor- und Nachteile eines Heilmittels erkennen und davon lernen. Aber ich bin grundsätzlich dafür, so vorzugehen, wie es die naturverbundenen Heiler machen. Sie probieren alles an sich selbst aus, um durch ihre Lebenserfahrungen verstehen zu lernen, welche Heilkraft in einer Substanz oder einer Pflanze steckt und wie diese Heilkraft für das Wohl der Menschen gewonnen und verwendet werden kann."

Mehruma wandte sich den beiden Gesundheitsräten zu und fragte, wie es gewährleistet werden sollte, daß die Behauptungen aller Schulen der Heilung auf ihre Richtigkeit überprüft werden.

Mildherz Malthan antwortete: „Um dem Volk unparteiisch die Beratung zu seiner Gesundheit zukommen zu lassen, wird ein Gremium von zwölf Personen gegründet. Diese Personen werden nicht primär aufgrund ihrer akademischen Errungenschaften ausgesucht werden, sondern auf Basis der Leistungen in ihrem Leben. Sie müssen in Geist, Seele und Körper Gesundheit beweisen und für ihren gesunden Menschenverstand bekannt sein."

Claire Hymus ergänzte: „Die Aufgabe dieser Personen liegt daher nicht im Erlassen von Gesetzen, sondern in der Sorge für die Bedingungen des rechtmäßigen Funktionierens aller Heilsysteme."

„So werdet Ihr die einzige wissenschaftliche Medizin zugrunde gehen lassen", giftete Thomas Conklin. *Ich werde persönlich die Hilfe von Sar A Wan erbitten, um euch endgültig von der Erde auszuradieren,* schwor er sich insgeheim.

„Wir müssen nichts beweisen. Die Quacksalber müssen mit ihrer Quacksalberei aufhören", betonte Zhua Shong.

„Genau dafür werden wir sorgen", sagte Mehruma. „Es

wird von jedem Heilwesen verlangt, das Verständnis über die Vorgehensweise seines Systems in nachvollziehbarer Weise darzulegen: alle Vor- und Nachteile, jegliche Gefahren. Alles muß mit Studien belegt werden, bevor es akzeptiert wird. Jedes System hat ein Jahr Zeit, diese Belege zu liefern. Das Gremium überprüft die Richtigkeit der Darstellungen und der Studien oder Ergänzungen. Jede neue Hypothese muß auf die gleiche Weise bewiesen werden."

„Wir wissen, daß unsere Medizin viele Gifte benutzt, und Ihr verlangt von uns, all dies schwarz auf weiß festzulegen und öffentlich darzustellen!" sagte Zhua Shong und dachte bei sich: *Wir werden euch mit euren eigenen Waffen schlagen. Es wird mein oberstes Ziel sein, all eure Schwächen auszugraben und euch vor den Menschen lächerlich zu machen.*

„Frau Shong, wir alle müssen dies tun. Und keine Sorge: Es wird immer Menschen geben, die ihren Körper oder Geist zwingen wollen. Diese Menschen werden Eure Medizin wissend in Kauf nehmen. Aber keiner von uns hat mehr die Macht, die Menschen irrezuleiten. Und darum geht es", endete Mehruma und faßte die Beschlüsse zusammen:

Alle Fakten müssen vorgetragen werden, sämtliche bestehenden Lücken nach bestem Wissen und Gewissen aufgelistet werden. Der Begriff Heilung muß von jedem System nach seinen Kriterien exakt definiert werden. Jegliche Täuschung ist verboten.

Diesen Vertrag legten alle Beteiligten als Grundlage für das weitere Vorgehen fest. Damit durften die Vertreter und die Gesundheitsräte den Saal verlassen.

Die Atmosphäre wurde sofort lichter und lebendiger, und König Landhor wandte sich an Mehruma: „Lady Mehruma, es ist viel, was wir da vorhaben. Was müssen wir noch in die Wege leiten, um den Erfolg zu gewährleisten?

„Wir sollten den anderen in allem voraus sein, das wir von

ihnen fordern. Wir werden alle Dinge gründlich vorbereiten; die, welche uns betreffen, ebenso wie die der anderen. Dadurch werden wir in der Lage sein, zu prüfen, ob die Freiheit der Menschen gewährleistet ist. Auf dieses Ziel hin müssen wir auch unsere Schüler ausbilden. Schließlich müssen wir auf unsere zwei Juwelen, Anjulie und Ronan, achtgeben."

König Landhor wandte sich an Ronan und Anjulie: „Ich habe mich noch gar nicht richtig bei euch beiden bedankt. Ihr habt Großartiges geleistet, hier Frieden zu schaffen. Ich bin auch überzeugt davon, daß ihr in Zukunft dafür sorgen werdet, daß die wahre Gesundheit, die dem gesunden Inneren entspringt, nicht nur in unserem Lande, sondern auch anderswo verbreitet wird."

„Eure Hoheit", entgegnete Ronan. „Ich werde mein Bestes geben, diesem Wissen nicht nur in mir eine gute Basis zu schaffen, sondern auch in diesem Land. Der beste Körper ist ohne die Tugenden nur eine leere Hülle."

„Und ich, Eure Hoheit", schloß Anjulie sich an, „werde mein Bestes tun, der noch vorhandene Leere in einer Hülle das Wahrhafte zu schicken, so daß sie angespornt wird, sich mit Tugenden anfüllen zu wollen. Dabei werde ich Ronan all die Hilfe leisten, die ich ihm geben kann."

König Landhor stand auf und befahl Ronan zu sich. Alle erhoben sich respektvoll. „Dir verleihe ich mit diesem Kreuz den Orden des Grünen Heilers." Und er legte ein Kreuz aus grüner Jade um seinen Hals. Ronan kniete vor dem König nieder und nahm den Orden demütig an.

Dann befahl der König Anjulie zu sich: „Dir verleihe ich mit diesem Kreuz den Orden des Wahrhaften." Auch Anjulie kniete nieder, und der König legte ein Kreuz mit leuchtenden Smaragden um ihren Hals.

Die beiden bedankten sich für die Ehre, und mit einem Kuß auf das Kreuz gingen sie zu ihren Plätzen zurück.

„Mein Dank gebührt euch allen. Mit eurer Hilfe kann sich

Sinus nun langsam zur Hochburg der Freiheit, Gerechtigkeit und des heilsamem Lebens entwickeln", beendete König Landhor lächelnd die Audienz.

Lycopodium clavatum
Bärlapp

Irgendwann hast du deine Größe erreicht,
größer geht es nicht.
Wozu soll ich mich weiter anstrengen, denn
größere Glorie gibt es nicht.
Zum Glück die Augen geöffnet:
Je kleiner, umso schmerzloser der Fall.

Juniperus communis
Wachholder

Erstarrt mit einem Grinsen auf meinem Gesicht,
unfähig den Wunsch zu äußern.
Handeln muß ich, so oder so!
Entweder umarme ich das Angebotene oder
lehne es dankend ab.

Epilog

Manhawa und Norena entschieden sich, in Malina zu leben, und mit ihnen gingen viele ehemalige Assassinen, die nun keine mehr waren. Sandiala de Luna hatte eine große Zuneigung zu Anjulie entwickelt und wünschte, in ihrer Nähe zu leben. Einige Zeit nachdem die offiziellen Angelegenheiten zum Abschluß gebracht worden waren, kam die Zeit des Abschieds.

Als Meister Ling Mehruma umarmte, sagte er: „Ein letztes Wort über Sar A Wan. Wir können nicht hoffen, daß er keine Pläne mehr schmiedet, die uns das Leben schwer machen würden. Doch erst die Zukunft wird zeigen, inwiefern wir unseren Frieden und unser Glück bewahren können."

„Deswegen sollten wir uns stets in unserer Entwicklung fortbewegen und auf jede Möglichkeit vorbereitet sein", fügte Mehruma hinzu. „Indem wir uns der Gefahr, die von Sar A Wan und anderen ausgeht, bewußt sind, können wir die entsprechenden Stärken in uns entwickeln, um dagegen gewappnet zu sein. Du, Anjulie, unsere liebe Hoffnung, und du, unser Juwel, Ronan, werdet die anfallenden Aufgaben für die zukünftigen Auseinandersetzungen mit Sar A Wan meistern. Das ist meine Überzeugung. Nun, Ling und Ronan, geht euren Weg und lebt wohl."

„In unserer Sorge wegen der Bedrohung durch Sar A Wan sollten wir die Gefahr der Contraria-Schule nicht außer Acht lassen", erwiderte Meister Ling. „Sie wird unnachgiebig gegen uns arbeiten, mag sie auch nach außen hin so tun, als ob sie uns entgegenkomme. Eine der größten Gefahren ist die Nachahmung unserer Erkenntnisse und Grundsätze auf eine perverse Weise, zumal sie selbst für uns oft schwer durchschaubar sind. Das größte Problem jedoch ist die Einigkeit des Bösen. Alle stehen sie als eins zusammen und stellen ihre Individualität in den Hintergrund, unbeirrt dem gemeinsamen Ziel folgend. Dagegen sind diejenigen, die die Gesetzmäßigkeiten des Lebens bejahen, sehr oft uneinig. Jeder begreift seine Errungenschaft als die höchste, und das Erreichen des Ziels wird zweitrangig. Das gemeinsame Ziel kommt erst hinter dem Bestreben, das eigene Ziel verwirklicht zu sehen, wobei die echte Verwirklichung des Menschen nur im Dienst an einem tugendhaften Ziel liegt." Meister Ling umarmte Anjulie, die ihrem Vater viele Küsse gab. Dann verbeugte er sich vor Mehruma und machte sich mit Ronan auf den Weg.

Die aufgehende Sonne sandte Ronan weißgoldene und rosa Strahlen der liebevollen Hoffnung, als er mit seinem Meister zu ihrer geheimen Stadt aufbrach. Sein Herz war zur gleichen Zeit erfüllt von Wehmut und Sehnsucht nach Anjulie wie von der freudigen Aussicht, bald neue Abenteuer zu erleben.

Übersicht über den Anhang

Anhang I
Wichtige Erkenntnisse über Kampf und Heilung
Ein Gespräch zwischen Ronan, Anjulie, Meister Ling und Mehruma klärt über die Beziehung der Kampfkunstlehre zur Heilung auf.

Anhang II
Kurze Erläuterung wichtiger Begriffe
In diesem Anhang wird auf einige der grundsätzlichen Lehren hingewiewsen, z.b. die Lehre über die Chakren und die Strahlen, welche Ronan und Anjulie in ihrem Leben zu integrieren haben.

Anhang III
Die Entstehung dieses Romans und meine Danksagung
Hier wird der Werdegang dieses Romans erzählerisch beschrieben.

Anhang IV
Kommentar über die neue Rechtschreibung
Im letzten Anhang werden die Gründe für die überwiegende Beibehaltung der alten Rechtschreibung dargestellt. Ein Auszug aus meinem Buch *Die Reaktionen und die LM-Potenzen*, rundet das Thema ab.

Anhang I

Wichtige Erkenntnisse über Kampf und Heilung

Bevor sich Meister Ling und Ronan auf den Weg machten, hatten sie sich mit Anjulie und Mehruma zu einem weiteren Gespräch getroffen. Das geschah einige Wochen nach dem Abschied von Shirin La.

Ronan war immer noch überwältigt von den vielfältigen Erfahrungen und konnte kaum glauben, daß er jetzt ein Meister des Stockkampfes war. Gleich am nächsten Tag, nach dem Abschied von Shirin La, hatte er die Bewegungen ausprobiert, und es kam ihm vor, als ob er sie seit eh und je kenne. Doch sein Körper mußte sich erst daran gewöhnen, und sobald er manche Abläufe in seiner Begeisterung zeitlich zu lange ausdehnte, taten ihm die Muskeln weh. Anjulie klatschte immer begeistert, wenn er besonders schwierige Manöver durchführte, und teilte freudig sein Glück mit ihm.

Ronan und Anjulie befanden sich jetzt auf dem Weg, um Meister Ling zu treffen. Ronan führte immer wieder einige Bewegungen des Stockkampfes durch, um den Fluß weiter zu verinnerlichen. Dabei fiel ihm ein, mit welcher Leichtigkeit Anjulie Sar A Wan schachmatt gesetzt hatte.

Bisher war er so im Üben des Stockkampfes vertieft gewesen, daß er nicht viel darüber nachgedacht hatte: „Deine neue Kampftechnik, Anjulie, hat mir schon sehr imponiert. Ich würde gerne mehr darüber wissen."

„Mein Vater hat gesagt, daß es zum richtigen Zeitpunkt wie von selbst gehen würde. Mehr kann ich dazu nicht sagen. Wir treffen ihn gleich. Dann kannst du ihn ja selbst fragen."

Meister Ling stand bereits an der Tür, als die beiden bei ihm ankamen. Anjulie warf sich mit solch einer Freude um den Hals ihres Vaters, als ob sie ihn jahrelang nicht gesehen hätte. *Diese Liebe liegt außerhalb jeglicher Vorstellungskraft,* ging es Ronan durch den Kopf. Er war sich der tiefen Liebe von Vater und Tochter bisher nicht richtig bewußt gewesen. Zu sehr mit sich selbst beschäftigt, betrachtete er Anjulie in dieser Hinsicht als ein kleines Kind. Erwachsene sollten doch über diese Art der kindlichen Liebe hinauswachsen, war seine Vorstellung. Jetzt erst wurde ihm klar, daß die Liebe nie altert, sondern immer jung bleibt.

Meister Ling bat sie herein, und nachdem er ihnen Erfrischungen gebracht hatte, leitete er das Gespräch ein: „Wir haben kaum Zeit gehabt, miteinander zu reden, seit der Krieg vorbei ist. Ich habe nur nebenbei von euren Heldentaten gehört. Ihr seid in aller Munde, und nach dem heutigen Tag würde ich mir gern Zeit nehmen, um von euch alles erzählt zu bekommen. Ich bin sehr stolz auf dich, Anjulie", und dabei drückte er sie liebevoll. Anjulie schmiegte sich an ihn, Tränen der Freude in ihren Augen.

Und so war Ronans erste Frage: „Ich würde gerne wissen, wie die neue Kampfkunst Anjulies funktioniert."

„Es ist keine neue Kampfkunst in dem Sinne", antwortete Meister Ling, „sondern die Art und Weise, wie die Götter Dinge richten. Menschen können die echte Kunst dieser Disziplin nur schwer beherrschen. Es ist die göttliche Wahrheitskraft, die durch Anjulie wirkt, dadurch kann das Unwahre keinen Raum mehr finden."

„Folglich wäre Anjulie, nach dieser Beschreibung, eine Göttin?" lachte Ronan.

„Was diese Fähigkeit anbelangt, schon. Ansonsten ist sie in allen anderen Fähigkeiten, Begabungen und Bedürfnissen aber ein Mensch wie wir alle. Sie hat sich diese göttliche Eigenschaft aneignen können, doch ist sie sich dessen noch nicht bewußt. Daher wird diese im Moment nur in extremen Situationen bei ihr aktiviert."

„Wie dem auch sei, es war für mich einfach erstaunlich, wie sie Sar A Wan überwältigt hatte und er auf einmal bewußtlos dalag. Anjulie erklärte, sie hätte die wahre Liebeskraft gebündelt auf sein Wurzelchakra geschmettert.

„Bewundernswert, mein Herz!" wandte sich Meister Ling zu Anjulie. „Die Liebeskraft stoppt das Böse. Auch wenn ich gewußt habe, daß das Wissen in dir schlummert, ist es etwas ganz anderes zu hören, daß du es auch geschafft hast, es anzuwenden. Die Liebeskraft gebündelt auf das erste Chakra zu schleudern, war genau das richtige. Damit hast du die ihn treibende Kraft vollständig zum Stillstand gebracht. Hättest du ein anderes Chakra getroffen, besonders das Herz- oder ein höheres Chakra, wäre er in der Lage gewesen, seine treibende Kraft, die auf boshafte Handlungen ausgerichtet ist, am Herzen vorbeizuleiten. So aber ist er in Ohnmacht gefallen. Doch die Kraft der Liebe muß immer stärker sein als die des Bösen, um es stoppen zu können. Deswegen wird der Mensch, der nicht genügend Liebe gegen das Böse aufbringen kann, verlieren. Infolgedessen versinkt er oft in Hoffnungslosigkeit."

„Stoppt nur?" rief Ronan mit größtem Erstaunen. „Die Liebeskraft stoppt nur? Ich dachte, daß sie eigentlich heilt."

„Die Liebe ist sicher das Höchste. Doch sie alleine kann nicht heilen, nur den Wunsch nach Heilung bestärken."

„Ich glaube, Dada, daß du Ronan damit noch mehr verwirrst. Die Liebe muß doch immer bei der Heilung vorhanden sein, sonst ist es ja eine seelenlose, mechanische Tätigkeit", warf Anjulie ein.

„Seelenlos und lieblos kann die Heilung auch auf den höheren Ebenen durchgeführt werden. Im Gegensatz dazu können sogar mechanische Handlungen doch voll mit Liebe durchdrungen sein", erwiderte Meister Ling. „Wie ihr seht, ist der Vorgang der Heilung ein anderer als der der Liebe. Jedoch die echte, dauerhafte Heilung ist ohne Liebe nicht möglich. Es ist eine andere Art von Liebe, die Liebe der Heilung."

„Und wie sieht die Liebe der Heilung aus?" Ronan schaute ihn fragend an.

„Sie ist nur bestrebt das Wahre hineinzubringen."

Ronan schüttelte seinen Kopf: „Das heißt, ich brauche nur die Wahrheit hineinzubringen?"

„Oh, Ronan! Du bist so ...", unterbrach Anjulie ihn.

„Ich bin halt naiv und verstehe Dinge erst, wenn sie mir genau dargestellt worden sind." Ronan hätte sowieso nicht gewagt, ihr in der Gegenwart seines Meisters zu erwidern: Wenn du so schlau bist, dann erkläre es mir bitte, aber dich habe ich gar nicht gefragt. Doch seine Gefühle hatte er souverän unter Kontrolle und konnte nach außen ganz gelassen auftreten.

Meister Ling berührte Anjulie sanft, aber bestimmt. Sie bekam sich wieder in den Griff und schaute Ronan liebevoll an. „Es ist die grüne Flamme, wie ich dir schon erklärt habe, Ronan. Sie liebt das Wahrhafte. Die Menschen, die sich die Eigenschaft der grünen Flamme aneignen, entwickeln allmählich eine Liebe für das Wahre. Und das macht den Heiler aus."

„Ich komme nicht ganz mit. Also wenn ich sehr viel Liebe habe und den anderen von ganzem Herzen heilen will, muß trotzdem keine Heilung geschehen?" warf Ronan ein und blieb weiter ganz gelassen trotz der mitleidigen Blicke Anjulies.

„Nehmen wir einen Menschen, der sehr viel Liebe für seine Mitmenschen besitzt, aber der trotzdem noch sehr von seinen Glaubenssätzen bestimmt wird. Die meisten Menschen glauben, daß die Krankheit etwas Böses ist und durch Bekämpfung aus der Welt geschafft werden muß. Aber wenn du etwas bekämpfst, gewinnt dies nach dem Gesetz, daß Energie nicht zerstört werden kann, an Kraft. Also wird die Krankheit um so mehr zerstörerische Kraft erlangen, je zerstörerischer die Methoden der Bekämpfung sind. Kurzfristig kann es zwar den Anschein erwecken, als ob sie besiegt worden sei, aber die Krankheit wird noch heftiger zurückschlagen, nach dem sie sich wieder gesammelt hat."

„Bedeutet das, ich verstärke die Krankheit, egal wie viel Liebe ich auch aufbringe, wenn ich gegen die Krankheit arbeite, das heißt mit dem Contraria-Prinzip?" fragte Ronan.

„Im Grunde ja. Nur müssen wir verstehen, was verstärkt wird, und dafür definieren wir Meister die Krankheit grundsätzlich nach dem Similia-Prinzip: Krankheit ist der mißgestimmte Zustand des gesunden Körpers, was sich durch Symptome und Zeichen äußert. Diese Mißstimmung wird durch das Wirken des Krankhaften im Menschen verursacht. So verstehen wir es. Im Allgemeinen wird Krankheit als die Auswirkung von bösen Kräften gesehen, ob winzig kleine böse Wesen oder Dämonen oder sonstige böse Entitäten. Wenn also gegen die Krankheit gekämpft wird, dann gewinnt die Krankheitsäußerung nicht direkt an Kraft. Das Krankhafte, das Krankheitsverursachende im Menschen, ist es, das an Kraft gewinnt, oder auch das Pathogen genannt. Unserem Verständnis nach dringt dies nicht von außen in den Menschen ein, sondern ist im Menschen selbst schon existent und prädisponiert ihn für die entsprechende Krankheit. Nachdem das Krankheitsverursachende durch den Kontra-Angriff mit den dem Leben entgegengesetzten Mitteln an Kraft gewonnen hat, wird es die Krankheit noch stärker zum Ausdruck bringen, zumal der Körper durch die giftigen Medikamente geschwächt ist, indem ein Teil des Gesunden mit zerstört wird."

„Das kann man doch nicht die Liebe des Heilers nennen!" warf der erzürnte Ronan ein.

„Doch, da dieser Mensch zwar unwissend ist, aber trotzdem viel Liebe besitzen kann, die er in voller Überzeugung seines Glaubens anwendet."

„Aber die Folgen sind schrecklich. Statt Heil zu schaffen, verbreitet er Unheil mit der Liebe!"

„Ja, so ist es nun mal auf unserer Erde. Dem Unwahren wird der Großteil des Glaubens geschenkt und dem Wahren nur sehr wenig. Deshalb könnte man sogar behaupten, daß die liebevollen Menschen in einer gewissen Weise viel gefährlicher sind als die anderen, da der Mensch etwas Schädliches, das mit Liebe verpackt ist, nur sehr schwer abwehren kann!"

Ronan hatte genug von diesem Thema, da es ihm so weh tat, und er flüchtete in ein anderes: „Zu dem Mechanischen von vorhin habe ich eine Frage. Wenn wir nur die physische Ebene angehen, ist das nicht rein mechanisch? Besonders wenn all die tieferen Ursachen der Krankheiten unbeachtet gelassen werden?"

„Es gibt auch auf der physischen Ebene das Wahrhafte, Ronan. Und wir müssen oft erst die rein physische Ebene behandeln. Das heißt, daß wir die tieferen Ursachen in dem Moment noch gar nicht beachten. Erst wenn die nächst tiefere Ebene dran ist, schauen wir, was für diesen Menschen wahrhaft nötig ist. Das ist immer individuell. Deswegen gibt es die Wahrheit an sich nicht, sondern die Wahrheit muß in jedem Moment für die Gegebenheiten neu herausgefunden werden."

„Kein Wunder, daß viele so blind herumdoktern!"

„Ronan!" lächelte Meister Ling. „Etwas Einsicht, bitte! Jeder wahrhaft Suchende kommt stets der Wahrheit näher. Und letztendlich können wir nie wissen, warum ein anderer gerade in einer gewissen Weise handelt."

„Dürfen wir denn den anderen einfach machen lassen, was er will? Tragen wir dann nicht die zerstörerischen Auswirkungen seines Handelns mit?"

„Nicht unbedingt. Nur wenn wir uns nicht genügend und stets schützen. Wir zeigen dem anderen auch, was wir in unserem Leben haben wollen und was nicht. Wenn der andere dies mißachtet, muß er die Konsequenzen tragen. Das ist keine einfache Angelegenheit, da wir ganz gerecht sein wollen. Genauso, wie wir dem anderen seine Freiheit lassen müssen."

„Ein endloses Thema", sagte Anjulie. „Dada, kannst du uns vielleicht erklären, wie die Kunst meiner Kampfausführungen in die Kunst des Heilens umgesetzt werden kann?"

„Sicher. Es ist im Grunde nicht anders, als ich schon dargestellt habe. Die Liebeskraft würdest du nur dann direkt benutzen, wenn die Krankheit schon zu sehr die Oberhand gewonnen hat. Damit stoppst du sie. Jetzt kannst du sie gezielt heilsam angehen, ohne ständig mit dem Gedanken beschäftigt zu sein, daß es nur eine Frage der Zeit ist, bis der Kranke von der Krankheit besiegt wird."

„Und was war beim zweiten Mal, mit dem Friedensstrahl?"

„Das war ein genialer Einfall. Du hast Sar A Wans spaltende Kraft durch den Frieden wieder ausgeglichen. Und da das zweite Chakra auch das Friedenschakra ist, war dieser Strahl genau dort anzusetzen. In der Heiltätigkeit kommt die Kraft des Friedens hinein, wenn der Kranke psychisch so belastet ist, daß seine Gefühle keinen Frieden finden. Gezielt eingesetzt, wird der Mensch ausgeglichen, und dann kann die weitere Heilung eingeleitet werden."

„Das verstehe ich zwar bei der Heilung, aber was hat der Kampf mit Heilung zu tun?" wollte Ronan wissen.

„Als eingefleischter Kämpfer wirst du genauso unnachgiebig auch für das Wohl deiner Patienten kämpfen und die anderen gelernten Fähigkeiten anwenden können.

„Scheint so zu sein, daß ein Heiler kämpfen können muß", meinte Anjulie. „Da muß ich an Shirin La denken, die sehr gut mit Stöcken kämpfen konnte und jetzt ihre Macht Ronan übertragen hat. Da dürfte er mit Stöcken gut heilen können." Und sie mußte bei diesem Gedanken lachen.

„Goldene Worte", erwiderte Meister Ling. „Kämpfen mußt du sowieso können, egal in welcher Lebenssituation du dich befindest. Wenn du im Kampf die Meisterschaft erreicht hast, dann sind die dadurch erlernten Fähigkeiten in jeder Situation umsetzbar, in der du kämpfen mußt. Das Wesen des Stockkampfes besteht darin, schnell den Angriff abzuwehren und den anderen außer Gefecht zu setzen. Es gibt Krankheitszustände, die schwer in den Griff zu bekommen sind, da jedem erfolgreichen oder auch nicht so erfolgreichen Angriff im Gegenzug eine andere oder erneute Attacke folgt. Durch deine Geisteshaltung als Stockkämpfer bist du schon für jeden Angriff bereit, bevor er kommt, und kannst ihn abwehren. Mit dem letzten Schlag setzt du die Krankheit schachmatt."

„Mir fiel auf, daß das, was Anjulie benutzte, die reinen Kräfte der Chakren sind. Für mich fühlt es sich stimmig an, doch verstehe ich es nicht genau, da ich selbst einfach nur kämpfe."

„Wenn du die grundlegenden Kräfte der Chakren nutzt, bringst du etwas Tugendhaftes in den Kampf hinein und nimmst dadurch dem Bösen im Menschen die entsprechende Kraft."

„Dann müßte es auch eine Heilwirkung haben?"

„Genau. Du bewirkst im anderen eine kleine Heilung, auch wenn das Böse in diesem Menschen dir und dem Kranken gegenüber wütender wird, da das Böse das Lichtvolle verabscheut. Doch mit dieser Handlung verstärkst du in diesem Menschen den Lichtanteil. Solltest du aber böse Energien verwenden, würdest du das Böse im anderen stärken und das Lichtvolle schmälern."

„Was genau waren denn die Pläne von Sar A Wan? Was hatte er mit Tara vor?" wollte Ronan noch wissen.

„Er wollte aus seiner Tochter eine Kopie von Anjulie erschaffen."

„Was?" Anjulie schrie fast. „Und du schicktest mich dorthin, obwohl du das wußtest?"

„Nein, mein Herzchen. So einfach ist es nicht. Wir Meister haben auch gerätselt. Am Ende ergeben doch eins und eins immer zwei. Nur müssen wir das eine und das andere erkennen. Ihn interessierten seine Assassinen gar nicht. Er benutzte sie, damit du deine Kräfte auf sie ausübst. Dadurch hätte er deine Energie auf seine Tochter umgeleitet und sie ihr übertragen."

„Wie schrecklich!" Anjulie schaute entsetzt. „Was wollte er damit erreichen?"

„Mit einem Double von dir wollte er das Unwahre als das Wahre verkaufen."

„Warum sollten die Menschen das Unwahre als das Wahre annehmen? Das müßten sie doch merken, wie etwa bei gepanschter Ware."

„Anjulie, du bist entsetzt, sonst würdest du selber die Antwort wissen. Du hast die Begabung das Wahre zu empfangen, und die dadurch entstandene Überzeugungskraft nimmt die Widerstände des anderen hinweg. Also kann der andere problemlos das Wahre in sich aufnehmen. Tara, die Tochter von Sar A Wan, würde in dem Fall das Unwahre für wahr halten und es dem Betroffenen mit derselben Überzeugungskraft übermitteln. Du, Anjulie, bringst das Wahre hinein, und damit bewirkst du Heilsames, wogegen Sar A Wan durch Tara das Unwahre als das Wahre hineinbrächte und Unheil verbreiten würde."

„Also, Anjulie bewirkt durch ihr Tun Heilung, und Sar A Wan hätte durch die unschuldige Tara mehr Krankhaftes geschaffen", faßte Ronan zusammen.

„Das stimmt. Doch Sar A Wan hätte es so nicht schaffen können. Soviel ich weiß, hat Dhanwani, Taras Mutter, einen gewaltigen Schutz um Tara aufgebaut. Zudem habt ihr beide gelernt, euch gut zu schützen. Dadurch war es für ihn von vornherein kaum möglich gewesen, sein dunkles Vorhaben umzusetzen."

„Dada, du hättest uns doch helfen können", sagte Anjulie.

„Ja, das hätte ich. Aber dann wäre das Beste in euch nicht ans Licht gekommen. Und das wünsche ich euch: daß ihr über alles Unwahre hinauswachst."

Einige Tage später trafen sie sich mit Mehruma, um Zukunftspläne zu schmieden.

„Ronan! In diesem Land der Freiheit hast du die Wahl, dein Leben so zu führen, wie es dir gefällt", leitete Mehruma sanft ein.

„Ich bleibe natürlich bei euch. Wo soll ich sonst hin?"

„Genau, das ist der springende Punkt. Daß du keine andere Wahl siehst und in diesem Moment dein Herz sich sehr zu uns hingezogen fühlt, bedeutet nicht, daß das dein wahrer Herzenswunsch ist."

„Ja, ja, dieses Wahre, die Wahrheit. Das macht mir Kopfzerbrechen. Wir behaupten, mit Sicherheit zu wissen, was das Wahre ist. Aber alle Menschen, außer den Betrügern, meinen auch mit gutem Gewissen, das Wahre zu verkaufen", klagte Ronan.

„Lieber Ronan. Du bist nicht der einzige mit diesem Problem. Du stehst nicht alleine da. Wir alle haben damit zu kämpfen. Die Wahrheit ist nicht irgendetwas Statisches und sie existiert nicht per se. Sie ist ein Prozeß."

Ronan sah so verdattert aus, daß Anjulie sich nicht zurückhalten konnte und loslachte. „Ich kann nicht anders, ich kann nicht anders. Er sieht so, so ...", und sie lachte wieder fast wider ihren Willen.

„Anjulie!" rief Meister Ling halb lachend. „Paß auf. Es ist zwar lustig, aber doch nicht so lustig für den armen Ronan. Natürlich meinst du es nicht böse, aber er könnte dadurch so traumatisiert werden, daß er lange in seiner Entwicklung stekkenbliebe."

Ronan wußte nicht recht, ob sein Meister ihn auf den Arm nahm. Aber er dachte, daß es doch nicht ernsthaft seine Meinung sein konnte. „Also, Anjulie, nachdem du das so gut verstehst – sonst würdest du nicht lachen –, könntest du mich gefälligst aufklären?"

Anjulie wurde wieder ruhig. „Nun, ich denke, daß das

Wahre nichts Konkretes ist, sondern daß es in seiner Essenz erfaßt werden muß. Aber wir können es nicht künstlich konstruieren, sondern wir müssen das Essentielle immer individuell ausarbeiten."

„Das ist gut, aber schlecht erfaßbar", sagte Mehruma. „Wenn die Menschen das Wahre nicht verstehen, wie können wir es ihnen dennoch verständlich machen?"

„Ich denke, ich hab es", sagte Ronan. „Wir müssen es dem Menschen näherbringen."

„Sehr gut, Ronan, aber die Frage bleibt wie?"

„Ich passe", sagte Ronan.

„Nun, die Wahrheit ist ja etwas Unfaßbares, Unbegreifliches. Wir können die Essenz davon erfahren, ja sogar trinken, darin baden. Dann erleben wir in dem Moment, was sie grundsätzlich bedeutet und begreifen dies auch. Also: Wenn es für uns begreiflich wird, können wir dem anderen zeigen, was für ihn in diesem Moment stimmig ist, und das Unbegreifliche greifbar machen."

Oh weh!, dachte Ronan. „Dann gibt es ja die Wahrheit an sich gar nicht", sagte er ziemlich aufgebracht. „Und wir müssen ständig schauen, daß wir sie erleben."

„Natürlich gibt es sie. Nicht aber in Stein gemeißelt: *Das ist wahr*, und *das ist unwahr*! Und du mußt dir nicht ständig die größten Mühen geben, um einen winzigen Teil davon zu erfahren. Du kannst lernen, das Grundlegende davon immer mehr zu integrieren, indem du dich mit dem essentiellen Wesen der Wahrheit umgibst. Dann bist du angeschlossen, sozusagen angedockt. Darin liegt die Mühe: die Disziplinen durchzugehen, um sich dies immer mehr anzueignen."

„Die Menschen sind so bescheuert", brach es aus Ronan hervor.

„Sachte, sachte!" Meister Ling schaute Ronan etwas grimmig an. „Wir sind alle Menschen. Mensch sein heißt auch, fehlerhaft zu sein. Der Neigung der meisten Menschen entspricht es, den Weg des geringsten Widerstands zu gehen. Deswegen hätte er gerne die Weisheit – die Wahrheit – in goldenen Lettern aufgeschrieben. Ich auch. Nur habe ich das Glück, gelehrt worden zu sein, daß sie so nicht existiert. Ich muß sie, wie jeder, finden. Deswegen ist es als Heiler unsere Aufgabe, stets nach dem Essentiellen zu streben und es weiterzugeben, da das Wahrhafte gleichzeitig das Heilende ist."

„Lieber Ling", sagte Mehruma sanft. „Deine Worte sind gut. Aber Ronan braucht deine Liebe. Eigentlich versteht er schon alles." Aus ihren Augen floß etwas Goldiges, Ätherisches zu Ronan herüber. Eine warme, friedvolle, liebevolle Wolke umhüllte sein Herz. *Das ist die Liebe, die Heilung, das Wahre*, dachte Ronan. *Alles, was der Mensch für sich begehrt.*

Anjulie spürte es auch. Aber langsam wurde es ihr unheimlich. „Also, das Scheinbare funktioniert ja auch und kann sogar frappierend ähnlich sein. Menschen wollen es ja oft viel lieber so. Warum machen wir uns so viele Probleme?"

„Das Scheinbare funktioniert nur dann gut, wenn es eine gute Kopie des Wahren ist –", fing Mehruma an.

„Was?" fiel Ronan ihr ins Wort. Er wurde rot im Gesicht und entschuldigte sich verlegen mehrmals für seine Unhöflichkeit.

„Du bist entschuldigt", sagte Mehruma mit einer übertrieben strengen Miene. „Wer die Essenz der Wahrheit tief berührt, bringt aus dem Unfaßbaren meist die Gesetzmäßigkeiten und die Methodik der Umsetzung mit, die für diese spezielle Angelegenheit stimmen. Wenn diese Person nun dieses Wissen nicht geheim hält, sondern es in der Allgemeinheit anwendet, wird es auch allgemein bekannt. Doch um dieses Wissen individuell anzuwenden und dabei natur- und zeitgemäß zu bleiben, muß die Person jedes Mal tief in das Unbegreifliche eintauchen." Mehruma schaute alle an, um zu sehen, ob sie mitkamen.

„Um Gottes Willen!" sagte Ronan.

„Ja, du kannst es Gottes Wille nennen oder es einfach als die Natur des Unfaßbaren anerkennen. Und da wir Menschen lieber in einer Traumwelt leben wollen, in der uns alles zufliegt, ahmen wir es nach, statt uns Zugang dazu zu verschaffen. Der richtige Schöpfer in unserer Welt schöpft aus dem Unendlichen, und derjenige, der der menschlichen Neigung nachgibt, macht ein Spiegelbild daraus, indem er nur die Methodik anwendet, ohne sich mit dem Inneren zu verbinden."

„Das ist ja übel, ja, sogar buchstäblich böse", empörte sich Ronan.

Anjulie und Mehruma schmunzelten, sogar Meister Ling fand es herzerfrischend, wie Ronan sich ereiferte. „Nun, es ist doch Diebstahl oder nicht? Wieso findet ihr das alle so lustig?" fragte Ronan.

„Manchmal schmunzeln wir, da wir uns an unsere eigene Ereiferung erinnern", besänftigte ihn Mehruma. „Nichts, Ronan, ist absolut falsch oder in dem Sinne böse, wie es der Mensch als böse empfindet. Es könnte gar nicht existieren. Jeder Mensch erfährt immer wieder das Wahre in sich, auch wenn er sich vollständig der Neigung hingegeben hat, nach künstlich Konstruiertem zu verfahren. Nur baut er das erlebte Wahre in sein Gedankengebäude – in sein System – nach seinem Verständnis ein. Da dieses Gebäude schlichtweg eine Kopie des Wirklichen ist, liegen ihm keinerlei Lebensprinzipien zugrunde. Dieses Gebäude hat kein eigenständiges Leben, nur ein scheinbares und lebt von der Energie anderer."

Ronan hatte sehr aufmerksam zugehört: „Wenn ich es verstanden habe, dann würde das bedeuten, daß, je scheinbar näher die Konstruktion dem Leben steht, um so mehr daran geglaubt wird, um so mehr kann dieses System die Lebensenergie der Menschen ausnutzen."

„Genau", erwiderte Mehruma. „Je besser die Nachahmung, um so eher erscheint sie als das 'Echte'."

„Vielleicht könntest du uns konkret sagen, Mehruma, wie

wir das Wahre vom Scheinbaren unterscheiden können", bat Anjulie.

„Ich könnte euch raten, die Unterscheidungskraft zu entwickeln. Aber das an sich ist keine echte Hilfe. Auch wenn ich euch sagen würde, daß das Scheinbare all die rechtmäßigen Methoden benutzt, die dem jeweiligen Gebiet zugehörig sind, aus dem es kopiert worden ist, nur nicht die grundlegenden Gesetzmäßigkeiten, sagt das nichts aus. Es muß immer von Fall zu Fall und individuell angegangen werden, um richtig unterscheiden zu können."

„Nun, Mehruma, das war ein großer Brocken", mischte sich Meister Ling ein. „Was du sagen willst, ist, daß das Unechte dem Echten sehr ähnlich sehen kann. Und je nachdem wie gut die Kopie ist, um so echter erscheint sie. Aber sie ist hohl und hat keine Substanz. Wenn du reinbeißt, dann ist sie geschmacklos. Doch da kommt die Raffinesse hinein. Sie braucht Zusätze, um zu täuschen: die goldenen Lettern, von denen Mehruma sprach. Sie glitzert. Sie verspricht einem etwas Himmlisches. Doch sie erfüllt dich nicht, obwohl sie kurz ein Hochgefühl verleihen kann. Je nachdem wie gut die Kopie ist, ist das Gefühl um so hinreißender. Da du aber unerfüllt bleibst, begehrst du immer mehr davon."

„Mal langsam", sagte Ronan. „Wenn ich unerfüllt bin, dann spüre ich das doch und werde das Echte suchen."

„So leicht ist es nicht, mein lieber Ronan", sagte Anjulie. „Du hast zwar kurzzeitig ein Hochgefühl, doch wenn das weg ist, fühlst du dich wieder leer. Auch diese Reaktion ist wieder individuell. Kurzzeitig ist ein relativer Begriff. Das Gefühl des Unerfülltseins spürst du durch das Hochgefühl erstmal gar nicht, und natürlich wirst du immer wieder auf das Glitzernde zugreifen, sobald du wieder leer bist. So verlierst du das echte Gefühl für Qualität."

„Das Thema ist sehr komplex, Ronan", beschwichtigte Mehruma. „Jedoch gibt es einfache Regeln, mit deren Hilfe du feststellen kannst, ob du etwas Lebensspendendes bekommen hast oder etwas Lebensberaubendes. Beim Unechten brauchst du immer mehr an Quantität, um überhaupt annähernd wieder an das Gefühl herankommen zu können, das du anfänglich empfandest. Wogegen du beim Lebensspendenden durch die hohe Qualität zufriedengestellt wirst und nur noch mehr Qualität anstrebst. Diese kann jedoch nicht rein mechanisch oder physikalisch geschaffen werden."

„Ein Punkt ist dabei wichtig, Mehruma", ergänzte Meister Ling. „Wir alle haben in uns das Echte und das Unwahre, und wir alle müssen hier unsere Erfahrungen machen. Die Erfahrung lehrt uns mit der Zeit, bis man eines Tages nur noch das Wahre will und die Methodik systematisch anwendet. Aber du kannst dich auch entscheiden, alles Unwahrhafte zu erfahren und daraus zu lernen. Keine Gesetzmäßigkeit zwingt dich, auf eine bestimmte Weise zu lernen; du hast die freie Wahl, wie du es haben willst."

„Ich werde nicht so dumm sein und leiden wollen", brachte sich Ronan mit seiner besserwisserischen Meinung ein.

„Wir sind halt alle Menschen, Ronan, und der Mensch hat einfach eine begrenzte Intelligenz", sagte Meister Ling. Ronan schaute ihn mit Augen an, die sagen wollten: Ihr und auch Mehruma, ihr seid sicher nicht von begrenzter Intelligenz.

Mehruma verstand Ronan anscheinend gleich, da sie hinzufügte: „In dem Moment, in dem wir mit dem Inneren verbunden sind, waltet eine andere Intelligenz. Je mehr jemand verbunden ist, um so mehr erleben die Menschen in seiner Umgebung diese großartige Intelligenz. Aber dann ist er wieder ein Mensch wie alle anderen auch. Natürlich ist er insgesamt etwas anders, aber trotzdem ist er ein Mensch. Und das ist der ewige Kampf zwischen dem Scheinbaren und dem Echten oder dem Bösen und dem Guten."

„Ja, ich habe es, glaube ich, verstanden. Doch wo ist der Kampf bei Anjulie? Sie trägt die Wahrheit in sich."

Anjulie begann wieder zu lachen, aber dann stoppte sie sich. „Du machst dich gerne über den armen Ronan lustig", ermahnte Mehruma. „Du hast besonders viel zu lernen, meine liebste Anjulie. Anjulie ist an der Essenz des Wahren angeschlossen, Ronan. Sie kann das Wahre für den jeweiligen Moment zum Vorschein bringen. Aber dieses Herzstück, meine Anjulie, die so gerne lacht, muß lernen, das individuell und passend anzuwenden. Dafür wirst du viel Zeit bei mir verbringen, Anjulie, und darüber freue ich mich von Herzen. Du, Ronan, hast aber nicht das grüne Blut in dir, sondern das purpurne. Du hast eine ganz andere Aufgabe."

Oh nein, dachte er, *ich werde von Anjulie getrennt.*

„Laß es mich dir erklären. Nehmen wir als Beispiel, vergiftete Nahrung: Die grüne Kraft, das Wahrhafte, kann das Echte in dem Unwahren leuchten lassen und die schädlichen Auswirkungen beseitigen. Aber sie ist unfähig, gegen das Gift selbst anzugehen. Also, indem das Gift uns schwächt, können wir uns nicht ewig wiederherstellen, uns ewig regenerieren. Wir verlieren durch das Scheinbare, das Giftige, stetig Kraft, und irgendwann bleibt uns keine mehr."

„Das ist ja schrecklich", sagte Anjulie. „Was können wir da machen?"

„Da kommt dein lieber Ronan ins Spiel", fügte Meister Ling hinzu. „Wenn du, Ronan, deine Kampflust nach innen wendest und lernst, in dir das Gift ins Heilsame umzuwandeln, wirst du zusammen mit Anjulie ein hervorragendes Team bilden. Um dein purpurnes Blut zu aktivieren, wirst du bei mir bleiben."

„Doch um deine Kampflust nach innen und in einen Dienst umzuwandeln, lieber Ronan, mußt du zu mir kommen", sagte Mehruma schmunzelnd. „Bevor du das Purpur erlangen kannst, mußt du erst golden werden. Also wirst du oft auch bei mir sein."

Ronan sah die große Aufgabe vor sich, und anstatt diesmal

überwältigt zu werden, freute er sich. Er freute sich auch für Anjulie, seine süße Anjulie.

Anjulie drückte seine Hand, und als er das liebevolle Versprechen, ihm stets Beistand zu leisten, in ihren Augen sah, erfüllte große Freude sein Herz.

Am Ende wollte er doch noch etwas wissen: „Es müßte doch irgendwelche Kriterien geben, mit deren Hilfe wir bestimmen können, ob der Mensch sich auf dem Heilungsweg befindet und ob eine Heilung stattfand; zumal Sar A Wan noch ungehindert herumläuft und nicht endgültig besiegt ist. Hat er nicht vor, Unwahres für seine eigenen selbstsüchtigen Zwecke als das Gelbe vom Ei zu verkaufen?"

„Du hast in deiner Wortwahl von Selbstsucht schon ein wichtiges Kriterium genannt", erwiderte Mehruma. „Drei Kriterien können uns die Gewißheit verleihen, daß eine echte Heilung stattfand: erstens, daß es eine Bewußtseinserweiterung gibt; zweitens, daß ein kleines bißchen Selbstsucht wegfällt, und drittens, daß etwas mehr Liebe für die anderen im Herzen Platz nimmt."

„Was denn für eine Bewußtseinserweiterung?" fragte Ronan.

„Exzellent, Ronan!" lobte Meister Ling. „Eine Bewußtseinserweiterung kann unter anderem eine böse, eine zerstörerische, eine selbstsüchtige sein. Also was würdest du selber sagen?"

„Eine liebevolle? Aber die Liebe hat Lady Mehruma schon genannt. Selbstsucht hatten wir auch. Anjulie, kannst du mir bitte helfen?"

„Nein, du wurdest gefragt", erwiderte sie schmunzelnd.

Ronan ackerte in seinem Kopf, und dann war es ihm nicht mehr so wichtig, ob er die richtige Antwort hatte oder nicht. Und in diesem Moment wußte er es. „Sie muß Einsicht zur Folge haben", sagte er. Dabei strahlten seine Augen überzeugend.

„Ronan, du bist doch klug. Du tust nur so blauäugig", lobte Mehruma.

„Wir haben zwar sehr viel über diese besonders wichtigen Themen gesprochen, doch noch nicht konkret über unser Zukunftsvorhaben", warf Meister Ling ein. „Mit euch beiden haben wir einiges vor. Speziell in Bezug auf diese Themen werdet ihr geschult. Nachdem wir hier alles besprochen und organisiert haben, mußt du, Ronan, mit mir kommen, und Anjulie wird bei Mehruma bleiben."

Das war den beiden gar nicht recht, aber in Anbetracht der bevorstehenden Arbeit, besonders angesichts der Gefahr durch Sar A Wan, fügten sie sich dem höheren Willen.

Anhang II

Kurze Erläuterung wichtiger Begriffe

Die Chakren und anderes tiefes Wissen sind unabhängig von jeglicher Religion. Eine Religion ist eine Methodik, eine Technik, die göttlichen Welten erleben zu können. Dagegen ist das 'Wissen' über die materiellen und göttlichen Welten kein Besitz irgendeiner Religion. Dieses 'Wissen' hat nur insofern Gültigkeit, als es erfahren, erlebt und ins Leben integriert wird. Es verlangt keinen Glauben, keine Moral und keinen Gehorsam gegenüber irgendeiner Autorität.
Eine Atemübung ist einfach eine Atemübung, und wenn der Mensch ein bestimmtes Gefühl hineinbringt, das die nützliche Wirkung vermehrt, dann besteht keine Notwendigkeit, irgendeiner Autorität die Macht darüber zu erteilen. Die Gefühle gehören keiner Religion, keiner Autorität und keiner Institution. Sie sind dem Menschen eigen.

Die Hauptchakren

Die Chakren sind Energiezentren. Sie gehören zu der uralten vedischen aus Indien stammenden Universallehre, die uns nahebringt, in welcher Weise die vier Körper Energien aus dem Kosmos aufnehmen. Es gibt sieben Hauptchakren und jedes ist so aufgebaut, daß es bestimmte Energien aufnehmen, verarbeiten und sie den Körpern zur Verfügung stellen kann. Jedes Chakra hat eine Grundeigenschaft, die verschiedene Funktionen beinhaltet.

Das erste Chakra – das Wurzelchakra

Die Grundeigenschaft des Wurzelchakras ist die Leidenschaft. Die Grundfunktion besteht darin, die vier materiellen Körper des Menschen – physischer Körper, ätherischer oder energetischer Körper, Gefühlskörper und Mentalkörper – mit der erforderlichen Energie aus dem Universum zu versorgen.

Das zweite Chakra – das Sakralchakra

Die Grundeigenschaft des Sakralchakras ist die Süße des Lebens. Die Grundfunktion besteht darin, sie durch Fusion der männlichen und weiblichen Seite im Menschen erlebbar werden zu lassen.

Das dritte Chakra – das Nabelchakra

Die Grundeigenschaft des Nabelchakras ist die Ekstase. Die Grundfunktion ist das Saugen. Über dieses Chakra saugt der Mensch die göttliche Milch – das flüssige Licht. Deswegen haben die alten Kulturen das Kind an der Brust der göttlichen Mutter als eine höchst wichtige Darstellung des Kosmos geehrt. Es ist kein sexueller Akt, wie es fälschlicherweise von der Psychologie erfaßt worden ist.

Der Solarplexus – das Sonnengeflecht

Der Solarplexus ist kein Chakra, aber verhält sich wie eines. Jedes Chakra hat einen Verteiler im physischen Bereich, und das Sonnengeflecht ist der Verteiler für das Nabelchakra. Es hat aber auch eine Grundeigenschaft, und zwar die Unerschrockenheit. Ebenso auch eine Grundfunktion, nämlich die Aufnahme der Sonnenkraft.

Das vierte Chakra – das Herzchakra

Die Grundeigenschaft des Herzchakras ist die göttliche Liebe. Seine Grundfunktion besteht in der Erschaffung der Liebe für den Dienst, den der Mensch ausüben will.

Das fünfte Chakra – das Halschakra
Die Grundeigenschaft des Halschakras ist die Vernunft. Die Grundfunktion ist der Gehorsam gegenüber dieser Vernunft.

Das sechste Chakra – das Stirnchakra
Die Grundeigenschaft des Stirnchakras ist der Verstand. Die Grundfunktion ist das Bewußtsein für die rechte Handlung.

Das siebte Chakra – das Scheitelchakra
Die Grundeigenschaft des Scheitelchakras ist die Achtung vor dem göttlichen Reich. Seine Grundfunktion besteht darin, den Weg zu diesem Reich zu öffnen.

Das göttliche Reich

Das göttliche Reich
ist dort gegenwärtig, wo jegliche materielle Begrenztheit wegfällt.

Gott
ist ein Mysterium, wie vieles andere. Er ist auch für die Wesen in Gottes Reich ein Mysterium. Es wird ein Mysterium bleiben, und es ist auch nicht der Zweck des Lebens, das Mysterium zu lösen, sondern das Leben zu genießen, und sich nicht mit unnötigen Qualen zu martern: wie ein Kind zu leben, das sich unbeschwert am Leben erfreut.

Die Götter
sind die Wesenheiten, welche die göttlichen Eigenschaften soweit integrieren, daß sie die materiellen Begrenztheiten hinter sich lassen.

Die Halbgötter
sind die Menschen, die bestimmte Übungen benutzen, um Macht zu erlangen. Diese Übungen dienen eigentlich dem Zweck, die göttlichen Eigenschaften in höherem Maße aushalten zu können. Die Halbgötter aber eignen sich die göttlichen Eigenschaften nicht an, zumindest nicht bewußt. Und sollte doch etwas davon bei ihnen zu finden sein, dann ist es nur Zufall.

Die sterblichen Götter
sind diejenigen, die göttliche Eigenschaften bewußt anstreben, jedoch nicht aus der Begrenztheit heraus wollen. Alles, was begrenzt ist, kommt doch irgendwann an ein Ende, auch wenn Äonen vergehen können.

Kosmos
Der Kosmos schmückt unsere Welt mit herzerwärmenden, schönen Dingen. Im wahrsten Sinne stellt der Kosmos Schmuck aus den Grundbestandteilen im Universum für den allgemeinen Nutzen her.

Kosmischer Schmuck
Der kosmische Schmuck wird von Künstlern in den höheren Welten aus dem Universum hergestellt. Dieser Schmuck dient dazu, eine Facette einer göttlichen Eigenschaft bei sich zu haben, um diese Eigenschaft, stets genießen und nutzen zu können.

Das Universum
Die kleineren und größeren Universen enthalten alle notwendigen Bestandteile in ihrer ursprünglichen Form. Diese benötigt der Mensch, um in der materiellen Welt sein Leben so gestalten zu können, wie es ihm zumute ist.
Die Universen bestehen aus reiner Materie, bis in die feinsten

Formen. Sie enthalten zwar die Essenz ihres göttlichen Ursprungs, unterliegen jedoch der Begrenztheit.

Alle Exkursionen in die Universen, gleich wie feinstofflich, sind daher Erfahrungen auf der materiellen Ebene.

Die sieben Strahlen

Die sieben Strahlen sind kosmischen Ursprungs, das heißt schon entsprechend aus dem göttlichen Reich verarbeitet, so daß sie in der materiellen Welt verwendbar sind:

Der blaue Strahl
ist der Wille Gottes. Der Wille Gottes ist nichts anderes als der tiefe Wunsch in jedem Menschen nach Schönheit, Frieden, Liebe, Harmonie, Heilsamem. Alles andere sind Situationen, die der Mensch selbst kreiert, woraus er bestimmte Fähigkeiten erlernen will und in der er auch lernt, „Fehlprogrammierungen" abzulegen. Die Menschen, als Schöpfer, sind selber verantwortlich für die Geschehnisse auf der Erde. Jeder hat die Wahl und daher die Möglichkeit, sein Leben konstruktiv und schön zu gestalten.

Der gelbe Strahl
enthält all das Wissen, das wir brauchen, um auf der Erde alles schön, wohltuend, dem Glücksgefühl dienend zu gestalten. Sobald Vorstellungen hineinkommen, die diesen Zwecken nicht dienlich sind, wird das Wissen zum Verhängnis.

Der rosa Strahl
ist die göttliche Liebe, die alles trägt und am Leben erhält. Wenn sie nicht für die schönen, dienlichen Zwecke eingesetzt wird, wird sie geschmälert und wirkt zerstörerisch. Der falsche Einsatz bewirkt das Gegenteil und ist deshalb selbstsüchtig.

Der weiße Strahl
ist die Reinheit. Sie bewahrt die Individualität des Menschen, und wenn richtig angewandt, bewahrt sie die ursprüngliche Reinheit seines Seins. Sollte durch nichtdienliche Vorstellungen des Menschen die Individualität verzerrt werden, arbeitet der Mensch gegen sich selbst, jedoch in der vollen Überzeugung, das Dienliche zu tun.

Der grüne Strahl
ist das Wahre. Die Wahrheit per se existiert nicht. Sie kann nur in dem Moment als das Wahre empfunden werden. Zum Beispiel empfinden Sie vielleicht, daß ein Apfel in dem Moment für Sie das Wahre wäre.
Dieser ist einer der gefährlichsten Strahlen, da Ideale als etwas Wahres hingestellt werden. Ideale haben zwar ihre Grundgültigkeit, aber dennoch keine allgemeine Gültigkeit. Zum Beispiel ist es für jemanden zu einem bestimmten Zeitpunkt ideal, eine Tasse Pfefferminztee oder etwas anderes zu trinken.

Der goldene Strahl
ist der Frieden. Frieden ist ein extrem aktiver Zustand und entsteht, wenn der Mann der Frau - oder die männliche Seite der weiblichen Seite - das gibt, was sie braucht. Und die Frau das Geschenk ehrenvoll empfängt und annimmt, somit die weibliche Seite die männliche Seite ehrt. Nur wenn der Mann nicht mehr das Wahre und das Schöne in der ursprüngliche Reinheit und Liebe besitzt, muß er etwas vortäuschen. Die Frau, als Empfängerin, muß das verbleite Gold zwar zwangsläufig empfangen, aber ihr Gefühl der Ehre ist dementsprechend verringert.
Dann glitzert der Mann, vielleicht noch mit Goldüberzug auf dem Unedlen, und die Frau strahlt eine vorgetäuschte Würdigung aus. Aus dem Grund ist der Mensch verrückt nach dem Gold, da er kaum noch etwas davon in seinem Herzen besitzt.

Der violette Strahl
ist der Reinigungsstrahl. Nachdem eine Arbeit beendet ist, steht die Beseitigung des Abfalls an. Der Abfall soll wieder in seiner reinen Form zurück in den Kreislauf der Natur! Doch der Strahl hat noch eine wichtige Funktion bezogen auf das Produkt: Er gibt ihm den letzten Schliff.

Anhang III

Die Entstehung dieses Romans und meine Danksagung

Warum schreiben Sie nicht Ihr Wissen über die Heilkunde in Form eines Romans nieder?

Diese Frage tauchte vor etwa zehn Jahren bei einem Gespräch auf, wonach ich glücklich aufstand, im Herzen den freudigen Entschluß, einen Roman zu schreiben.
Ich war bei einem Astrologen gewesen, um einen momentanen blinden Fleck zu beleuchten, und das Gespräch entwickelte sich immer mehr zu einer psychologischen Auseinandersetzung. Wir kamen zu dem einen Punkt: Was würde mir Freude bereiten, echte Freude? Ich empfand tief in meinem Herzen, so klar wie nie zuvor: Schreiben!

Ha! Das hätte man mir mal vor vierzig Jahren sagen sollen. Ich haßte schreiben.
In der Schule hatte ich immer diejenigen bewundert, die mühelos Aufsätze schrieben. Ich selbst zerbrach mir den Kopf, um dann mit Ach und Krach ein paar Zeilen aufs Papier zu bringen. Erzählendes Schreiben, hier besonders den Charakter eines Helden aus der Literatur wiederzugeben, war mir ein Greuel. Ich hätte mir in meinen kühnsten Träumen nicht vorstellen können, eines Tages Geschichten zu schreiben und dann sogar diesen Roman.
Ehrlich gesagt: Stilistisch kann ich manchmal eine Katastrophe sein. Ging nicht in meinen Kopf in der Schule. Ist das von Nachteil oder Vorteil?

Krampfhaft die Sätze perfekt schreiben zu wollen, kann die Gefühle so weit verdrängen, daß es gekünstelt wirkt. Das Problem ist, daß das Gefühl in einen schönen Satz hinein formuliert werden muß, und das kann manchmal sehr lange dauern. Wenn ich dazu noch mit meiner Frau zusammensitze, um dies zu tun, kann der Kampf zwischen der Authentizität des Gefühls und dem Umschreiben in einen fließenden Satz zwar liebevoll, aber doch recht heftig werden. Meine Frau ist nämlich die erste Instanz, bevor unser Lektor ein Schriftstück in die Hände bekommt. Sonst würde er es, so die Erfahrung, gar nicht erst anschauen.

„Haben Sie es schon durchgeschaut, liebe Frau Lage-Roy?" fragt er gewöhnlich. „Gut, dann kann ich es getrost lesen!"

Meine Frau und ich haben bis zu diesem Zeitpunkt zusammen über dreißig Fachbücher geschrieben. Also sind wir als Team wirklich nicht schlecht eingespielt.

Doch kommen wir zurück zu den Ursprüngen dieses Romans. Ich wollte leidenschaftlich schreiben. So viel war mir klar. Ich hatte doch schon viel geschrieben. Aber was wollte ich eigentlich schreiben? Nicht mehr diese trockenen, sachlichen Texte. Zwar hatte ich immer mit viel Leidenschaft geschrieben, besonders die Arzneimitteldarstellungen in Form von Geschichten, aber jetzt wollte ich einen Roman schreiben.

Vor mehr als zwanzig Jahren erschienen unangekündigt zwei Freundinnen der Familie vor unserer Haustür. Sie hätten einen Auftrag für mich. Sie wollten, daß ich die homöopathischen Arzneimittel erzählerisch für ihre Zeitschrift beschreibe, genauso wie ich sie in meinen Seminaren darstelle.

Wie ich sie in den Seminaren darstelle? Zu diesem Zeitpunkt war ich in den homöopathischen Kreisen für meine bildhafte und lebensnahe Darstellung der Arzneimittelbilder sehr bekannt. In der Homöopathie sind die Arzneien für uns Persönlichkeiten und werden wie Menschen betrachtet, und so wird auch über sie gesprochen. Daher können sie sehr gut schauspielerisch dargestellt werden.

Bin ich ein Schauspieler? Fast fünfzig Jahre ist es her, daß mein Freund Sukhbir auf einmal ausrief: „Du bist ein verdammt guter Schauspieler!"
Ich war gerade dabei, eine Szene auszugestalten. Etwas entsetzt schaute ich ihn an. Schauspieler?! Ich fühle mich nicht so. Ich bin doch nur ich selbst! Ich spiele doch nichts vor.
Aber ich sagte nichts. Er hatte mir eigentlich meinen Spaß verdorben, mich voll in eine Situation hineinzuversetzen und sie zu erleben. Eigentlich habe ich ihm nicht vergeben, mir die Freude am Leben so verdorben zu haben. Aber er weiß nichts davon. Erst viel später wurde mir klar, daß ein echter Schauspieler zu dem wird, was er spielt.
Zugleich mußte ich an meine Schulzeit denken. Ich sollte einmal mit Klassenkameraden zusammen eine Szene spielen. Am Ende sagte die Lehrerin zu mir: „Schau, daß du im Hintergrund bleibst." Und zu meinem Freund, der in der Szene neben mir war: „Laß Ravi keinesfalls in den Vordergrund treten, sonst vermasselt er das Ganze." Was für eine goldene Gelegenheit, dieses Brandmal umzuschwenken und meine Talente zu entwickeln. Also lernte ich alles Vermasselnde zu meiden. Laut der Lehrerin war ich wohl ein miserabler Schauspieler. Dabei hatte ich wirklich versucht, meine mir zugewiesene Rolle perfekt zu spielen. Aber anscheinend gelang es mir nicht, eine Ente zu sein. So angefeuert von ihrer Äußerung konnte ich später in die Rollen einfach hineinschlüpfen.
Einige Jahre später auf dem Homöopathie College in Neu-Delhi, wo ich mein homöopathisches Arztstudium absolvierte, erzählte eines Tages ein Lehrer von einem seiner Professoren. Dieser habe die Arzneimittelbilder so lebendig vorgespielt, daß er sich vor Schmerzen krümmte und schrie. In dem Moment nahm ich mir vor: Sollte ich jemals lehren, würde ich

auch die Arzneimittelbilder vorspielen, jedoch in ihrem gesamten Wesen.

Nun – spiele ich sie wirklich nur vor? Bin ich nicht genau in diesem Moment dieses Mittel? Es ist nichts Fremdes für mich. Das bin ich. Ich brauche nichts vorzuspielen. Die Situation, die ich wähle, kann fiktiv sein, aber die Handlung ist real.

Während eines Seminars kam es zu einem Vorfall: Ich war an diesem Tag vielleicht besonders gut drauf. Von manchen Seminarteilnehmern, die zum ersten Mal da waren und mich nicht kannten, wurde ich jedenfalls entgeistert angeschaut, als ich ein Arzneimittelbild darstellte. Da es mir doch augenscheinlich so schlecht ging, wollten mich ein paar gleich behandeln. Ich habe sogar das angebotene Mittel von ihnen genommen, natürlich in derselben Weise, in der das Arzneimittel, das ich schauspielte, es tun würde. In der Mittagspause wollten einige Teilnehmerinnen das Seminar verlassen. Mit so einem furchtbaren Menschen wollten sie nichts zu tun haben. Die Seminarorganisatorin brauchte all ihre Überzeugungskünste, um sie zurückzuhalten: „Er hat doch nur eine schauspielerische Darstellung des Mittels abgegeben." In ihren Augen hatte ich mich wohl aufgeführt wie der letzte Narr.

Zwei der Teilnehmerinnen, die besonders besorgt um mich gewesen waren, fragten mich beim Mittagessen: „Du hattest tatsächlich keine Kopfschmerzen mit dieser furchtbaren Übelkeit und es geht dir jetzt wirklich gut?" Um sie restlos zu überzeugen, mußte ich eine doppelte Portion Nachtisch essen.

Seit diesem Tag gibt es einen ewigen Kampf zwischen Carola, meiner Frau, und mir. „Nicht einfach so loslegen. Du schreckst deine Seminarteilnehmer ab, und überdies bekommst du einen schlechten Ruf!" sagt sie.

Und ich: „Überraschungseffekt! Der Überraschungseffekt ist gut. Alles bleibt in Erinnerung." Aber ich habe keine Chance: Ihr ist mein Ruf einfach wichtiger.

Vor jedem Seminar muß ich warten, bis sie allen erklärt hat: „Das ist nicht wirklich mein Mann, den ihr jetzt erleben werdet, sondern das lebendig gewordene Arzneimittel. Es ist alles nur ein Schauspiel. Er ist sonst nicht so usw."
Natürlich bin ich das. Aber das bleibt unser Geheimnis.

Ja, und ich kann jetzt Schauspielern nachempfinden, die warten müssen, bis es heißt: „Und jetzt" und dann „Cut, cut, cut. Nochmal anfangen!"

Aber zurück zu den beiden Herausgeberinnen der Zeitschrift, die lange bei uns in homöopathischer Behandlung gewesen waren, und eine von ihnen hatte auch meine Seminare besucht. Sie wollten die Arzneimittelgeschichten in Schriftform. Jeden Monat eine, und ich hatte bis zum zehnten des Monats Zeit zu schreiben. Ich fing an, sie auf ein Diktiergerät zu sprechen. Carola meint, diese Aufsätze wären stilistisch und im Satzbau fast einwandfrei.

Vielleicht sollte ich also lieber diktieren? In gewisser Weise war es beim ersten Buch 1979 mit meinem Mitautor, Herrn Lachowski, so. Ich erzählte, und er schrieb alles auf. Das war toll. Ich konnte einfach reden, und er formulierte alles.

Ja, jetzt hätten wir aber den Astrologen fast vergessen. Das Gespräch verlief in etwa so: „Sie haben ja viele homöopathische Fachbücher geschrieben."
„Das stimmt. Außerdem habe ich auch zehn homöopathische Geschichten über Arzneimittel geschrieben. Und seit ich meinen Fernlehrgang für Homöopathie schreibe, sind noch viele dazugekommen."
„Also macht es Ihnen Spaß, Geschichten zu schreiben?"
„Sehr viel Spaß. Ich würde am liebsten nur noch Geschichten schreiben."

Der Astrologe überlegte und sagte schließlich: „Dann tun Sie es doch. Warum schreiben Sie nicht gleich einen Roman? Sie können dann all das trockene Wissen in eine Geschichte einbauen, und die Informationen für den Leser schön spannend und leicht verständlich aufbereiten."

Mit freudiger Überzeugung und großer Sicherheit verließ ich den Astrologen: Das war auf jeden Fall mein zukünftiges Metier. Mein erster Dank gebührt also dem Astrologen. Er hat mich auf die Idee gebracht.

Und die phantastische Idee ließ mich nicht los. Sie war so felsenfest verankert, daß ich keine Sekunde daran zweifelte, einen wunderschönen Roman schreiben zu können.

Aber die kommenden Jahre zogen mich voll in ihren Bann. Zwei von den ganz wichtigen Fachbüchern, die ich seit eh und je schreiben wollte, wurden veröffentlicht. Ein Riesenprojekt lief einige Jahre und wurde dann auf Eis gelegt. Und der Roman blieb Idee.

So vergingen fast fünf Jahre, und ich wurde immer unruhiger, da ich doch eigentlich unbedingt den Roman verwirklicht sehen wollte. Eines Tages hatte ich die Nase voll. Ich legte den Titel fest und schrieb den ersten Satz.

Gott, wie zäh waren die Anfänge! Zögerlich floß es aus meiner Feder. Und der Ehrgeiz. Ich wollte den Roman unbedingt in zwei Sprachen gleichzeitig schreiben – Deutsch und Englisch. Eine Arbeit, die ich auf mich nahm, immer dem Gefühl folgend, mal auf Englisch, mal auf Deutsch. Aber danach mußte ich immer in die andere Sprache zurückübersetzen.

Nach gut zwei Jahren war ich erst mit zwei Fünfteln des damaligen Manuskripts fertig und langsam fast verzweifelt, da meine anderen Verpflichtungen immer mehr Zeit in Anspruch nahmen. Und ich wollte diesen Roman doch unbedingt 2012 in Druckform sehen, weil 2013 noch viel mehr Verpflichtungen auf mich warteten.

Also entschied ich mich, den Roman zu beenden, und die letzten drei Fünftel schrieb ich in achtzehn gefüllten Tagen runter. Was für ein wundervolles Gefühl, fertig zu sein. Meisterwerk beendet!

Da wußte ich noch nicht, was auf mich wartete. Ahnungslos, mit größten Erwartungen überreichte ich meiner Frau Carola ein Exemplar als Geschenk zu ihrem Geburtstag. Unsere drei Söhne, schon alle erwachsen, bekamen auch je ein Exemplar. Sie sollten es bitte lesen und mir berichten, was für ein Held ich sei! Mich als Romanautor zu sehen war für alle eine Überraschung, da ich meine Arbeit sehr gut geheim gehalten hatte.

Als Autor ist mir immer bewußt, wie viel Dank demjenigen gebührt, der sich die Mühe macht, das Manuskript durchzulesen und seine „wertvollen" Ratschläge preiszugeben, meist weil er den Autor schätzt oder liebt. Ich wußte aber auch, wie ich mich sträuben würde, die Ratschläge anzunehmen.

Ernsthaft nahm ich mir jetzt vor, jegliche Kritik anzunehmen, sogar die kleinste, und auch wenn sie meines Erachtens unbedeutend sein würde, gleich ob wohlgemeint, schlecht gemeint, aufbauend oder niederschmetternd. Den größten Nutzen für den Roman wollte ich daraus ziehen und in vollem Maße einbauen – leichter gesagt als getan.

Die erste Kritik kam von unserem Sohn Jonas. Er hatte ein paar Jahre zuvor mein Homöopathie-Fachbuch *Die Reaktionen und die LM-Potenzen* durchgelesen, und seine wertvollen Ratschläge waren dem Buch sehr zugute gekommen: „Solltest du dies für Carola als eine schöne zusammenhanglose Erzählung geschrieben haben, dann ist es okay. Aber es fehlt an so vielen Stellen an Raffinesse, es ist einfach plump."

Ich war platt. Die schönen Erinnerungen an unsere Zusammenarbeit am Fachbuch – vom Winde verweht. Die Blätter wie ins Gesicht geschmissen: Was soll denn das ...?

Es ist gut, platt zu sein und die Kritik auf sich wirken zu lassen. Töricht ist es auf jeden Fall, sie zu verwerfen und mt ihr auf Kriegsfuß zu stehen. Vielleicht die schwierigste Lektion für jeden. Jedoch eine, die einem Unglaubliches bringt. Denn dann fängt, auch bei einem Roman, die richtige Arbeit an, aus der potenziell guten Erzählung etwas Wertvolles zu schaffen.

Also mußte ich jetzt meine Widerstände in vollem Maße wahrnehmen, akzeptieren und bereit sein, sie aufzugeben. Das Aufgeben war jedoch nicht im Handumdrehen getan, sondern wurde zu einem immerwährenden Prozeß beim Aufarbeiten des Rohmanuskripts.

Eigentlich schien mir ja das Rohmanuskript ein fertiges Werk gewesen zu sein. Daß ich jede Kritik annehmen und umsetzen konnte, beurteile ich an zwei Punkten: Das Rohmanuskript ist zum Schluß von ursprünglich etwa 150 Seiten auf fast 500 Seiten gewachsen. Und das wirkliche Kriterium ist: Der Roman ist erschienen.

Ja, daß Sie jetzt den Roman in Ihren Händen halten, ist wahrlich ein Glücksfall. Denn meine Frau war durch das Rohmanuskript so „traumatisiert", daß sie es kategorisch ablehnte, ihn jemals zu drucken. Sie ist die Chefin des Verlags, und wenn sie „Nein" sagt, dann ist es ein Nein. Eine von ihren Kritiken war: Besonders die Kampfszenen sind zu lang, zu kompliziert, zu detailliert und zu verworren.

Daran mußte ich lange knabbern. Ich wollte doch so bildhaft wie möglich schreiben! Doch ärgern wollte ich meine Leserschaft nicht: „Mann, ist der umständlich!" will keiner hören.

Aber ich gab nicht auf. Das versteht sich von selbst, sonst hätten Sie das Buch nicht in der Hand. Anders gesagt: Ich verlor nicht den Mut.

Nun bin ich doch wieder umständlich geworden und ärgere Sie vielleicht. Aber ich weiß nicht, was ich hier streichen soll. Ja, was man geschrieben hat, liebt man halt. Es ist extrem schwer, etwas Liebgewordenes rauszuschmeißen. Doch es waren am Ende mehr als 150 Seiten Text, die wieder rausgenommen wurden, weil sie entweder Belehrungen enthielten oder den Erzählfluß gestört haben oder, oder.

Allmählich lernte ich, daß beim Schreiben von Belletristik sehr, sehr viele Regeln zu beachten sind. Zum ersten Mal lehrte mich eine Frau, die sich 'Scriptdoktor' nennt, was grundsätzlich zu beachten ist, allerdings hatte ich zu diesem Zeitpunkt den Roman schon dreimal umgeschrieben.

Also schrieb ich noch einmal alles um. Dafür nahm der Roman bei jedem Umschreiben an Umfang zu.

Dann gab ich ihn unserer Freundin Christa zu lesen, die unsere SURYA-Zeitschrift „Lebensfreude und Selbstheilung" lektorierte. Sie hatte einiges zu sagen, aber das Wichtigste war, daß die umfangreiche Darstellung des Lebens am Hof des Purpurmantels im ersten Kapitel gar nicht notwendig war, da fast all die Personen darin später mit der Geschichte nichts mehr zu tun hatten. Dank ihr hat der Roman viel gewonnen.

Also: Kapitel eins gestrichen, das Relevante daraus in den Prolog umgewandelt und die notwendigen Teile später als Flashback gebracht. Das war, glaube ich, die sinnvollste und auch die schwierigste Arbeit. Dann bekam ihn noch jemand zu lesen, und danach bat ich die Scriptdoktorin, ihn noch ein weiteres Mal durchzulesen.

Sie hatte mich schon beim ersten Mal gefragt, ob sie mir alles sagen dürfe oder ob ich eine Mimose sei. Ich ganz stolz: Sie dürfen mir die härteste Kritik unverblümt zukommen lassen. Ja, die härteste Kritik war dann: „Sie sind schlicht und einfach schlampig geworden, Herr Roy."

Eine Tatsache ist eine Tatsache. Rechtfertigung ist der Tod. Also mußte ich mich zusammenreißen und mir selbst versprechen, die Sorgfalt wieder an die oberste Stelle zu setzen. Ja, man will manchmal etwas schnell zu Ende bringen, und darunter leidet die Qualität. Geduld üben wurde zu meiner täglichen Disziplin. Der Scriptdoktorin gebührt großer Dank.

Und unsere zwei anderen Kinder? Jakob, der Älteste: „Was soll ich sagen?" Das war genug. Ich wußte, ich mußte mir unendlich viel Mühe geben.

Aron, der Jüngste, hatte viel zu lachen über den Roman, angeblich über einen Fehler, den man nicht machen darf. Aber es ging um mehr: Ein drittklassiges Buch würde er nicht veröffentlichen lassen, und so stelle er sich wie ein Felsen zwischen mich und die Veröffentlichung des Romans, bis ich endlich all die Anforderungen erfüllt hätte.

Folgendes ärgerte ihn besonders: „Es ist keine wahre Geschichte, die du schreibst!" Ich hatte zu meinem großen Schrecken einige Jahre zuvor erfahren, daß er die wunderschönen, ellenlangen Geschichten, die ich ihnen abends erzählte, als sie alle klein waren, schrecklich fand, weil sie nicht wahr waren.

Als wir Kinder waren, hatte uns ein Onkel endlose Geschichten wie aus „Tausendundeiner Nacht" erzählt, und ich war immer total begeistert. Wie unterschiedlich wir sind.

Unseren Kindern gebührt von ganzem Herzen ein großer Dank.

Und dann waren da einige, die mit einem Wort, einem Satz oder nur durch das Gefühl, das sie mir vermittelten, dazu beitrugen, den Roman zu verbessern.

Eine der schwierigsten Herausforderungen war es, die Lehren fließend zu gestalten und dabei die Spannung zu halten. Ein Leser sagte mir klipp und klar: Ein Satz der Belehrung, und ich schlage das Buch zu. Eine andere Person gab mir das Gefühl: *Mit meinem Roman die Leser zu begeistern sei außerhalb meines Vermögens.* Das war wichtig für mich. Ich richtete mich auf und verarbeitete alle Zweifel in mir, bis volles Vertrauen einkehrte. Ab diesem Zeitpunkt trat eine ganz neue Energie ein und alles lief wie am Schnürchen.

All diesen Menschen gilt mein Dank für die gewollte oder ungewollte Hilfe.

Zu diesem Zeitpunkt hegte ich immer noch große Zweifel. Zwei Jahre hatte ich schon ohne Anerkennung geackert, bis eines Tages Carola zu mir sagte: „Liebchen, wir schaffen es. Ich helfe dir." Ich weiß, daß Sie sich wundern, lieber Leser.

Ich habe Carola gleich am Anfang unserer Beziehung gesagt, daß ich sie mein Liebchen statt Liebling nennen würde. Sie fragte mich, ob ich wüßte, wofür der Begriff „Liebchen" stünde. Ich antwortete: „Ja, ich weiß es, aber ich finde, daß er viel mehr Gefühl mit sich bringt, wohingegen Liebling sich zu kopfmäßig anhört." Dies möchte ich so gerne im Bewußtsein verankern, daß jeder sich traut, seinen Herzensgefühlen Ausdruck zu verleihen.

Die Lehre Gautama Buddhas, *wer nicht tief empfinden kann, hat noch viel zu lernen,* soll auch in Deutschland den ihr gebührenden Platz erhalten. Carola sagt sowieso immer: „Du hast einen deutschen Geist. Du bist kein Inder. Vom Herzen vielleicht, aber nicht vom Geist her."

Und so möchte ich dem deutschen Geist Mut wünschen, die Gefühle aus tiefstem Herzen zu empfinden und auch leben zu wollen.

Noch einer Person gebührt sehr viel Dank, und zwar meinem Freund Hans Baranek. Er hat jede Umschreibung, jede Ergänzung gelesen und ist mir mit seinem Rat zur Seite gestanden. Das heißt, er hat das Buch genauso oft durchgelesen, wie ich es umgeschrieben habe. War er zufrieden, bekam ich Lob. War er unzufrieden, bekam ich sanfte, jedoch deutliche Kritik. Ich hatte also das Glück, daß ich nicht lange warten mußte, bevor mir bewußt gemacht wurde, welche Stellen nicht gut genug, klar genug, aussagekräftig genug usf. waren. Mit

Freude, Liebe und Vertrauen war er immer dabei. Worte sind zu wenig. Also lasse ich das Gefühl sprechen: Dank sei dir!

Und meine bezaubernde Carola? Nach zwei Jahren, in denen sie „mich ackern ließ", war sie bereit, einen Blick in das Manuskript zu werfen. Am Anfang war es ein harter Kampf, da es so viel zu verbessern gab. Ihr gebührt mein liebster Dank.

Außerdem hatte unsere Schwiegertochter Lena bei einigen Kapiteln Verbesserungs- und Formulierungsvorschläge gemacht, die ich auch noch zusammen mit Carola einarbeiten wollte. Also ging es kunterbunt zu. Aber mit viel Einfühlungsvermögen und Liebe schafften wir es immer, die Wogen zu glätten, bis wir auch für den Roman das alteingespielte Paar wurden.

Lena hat uns gute Denkanstöße gegeben und manch elegantere Formulierung vorgeschlagen. Sie hat unseren Dank von Herzen.

Felix, meinem Schwager, ist auch zu danken, da er bei etlichen Kapiteln gute Vorschläge brachte und logische Fehler aufzeigte.

Meinem Sohn Jakob und meiner lieben Frau Carola danke ich für die wunderschönen Photos.

So habe ich den Roman Stück für Stück mit Carola ein letztes Mal in Dankbarkeit und Freude durchgearbeitet. Sie wurde immer begeisterter und ist längst von ihrem Trauma von damals geheilt. In all ihren Chakrablüten Essenzen Seminaren schwärmte sie nun von meinem Roman, wie spannend und gut er sei. Ich atmete immer mehr auf, als sich abzeichnete, daß der Roman doch gedruckt würde.

Mein Wagnis hat Früchte getragen!

Ravi Roy im August 2015

Anhang IV

Kommentar über die neue Rechtschreibung

Tyrannei und Versklavung sind zwei der wichtigsten Themen der Menschheit. Der Wunsch des Menschen, seinen Willen einfach durchzusetzen, ohne Berücksichtigung der anderen, der Natur, des Lebens, führt unweigerlich zu Machtbestrebungen. Jeder versucht, die Macht, die er besitzt, in dieser Weise selbstsüchtig auszuüben, außer wenn es ihm bewußt wird, daß diese Art der Kontrollausübung zu keinem befriedigenden Ergebnis führt, sondern nur zu Kummer. Eine Beziehung, ob zu einem Baum, einem Tier oder einem Menschen, fängt mit Achtung an.
Das erste, auf das wir zu achten haben, sind die Gefühle des anderen. Wenn willkürliche Regeln aufgestellt werden, um einer Vorstellung nachzukommen, und diese dann mit Macht durchgesetzt werden, lassen wir die Gefühle dabei vollständig außer Acht.

Ob es im Kleinen ist oder im Großen, es ist eine Tyrannei. Unser Geburtsrecht der Freiheit können wir erst erlangen, wenn wir jeder Tyrannei Widerstand leisten. Widerstand kann eine sehr friedliche Kraft sein, solange die Gefühle nicht unterdrückt werden, auch wenn sie dabei gewaltvoll ist.

Was die neue Rechtschreibung anbelangt, wurde sie durchgezogen, ohne das Volk und die Medien einzubeziehen, mindestens nicht Zeitungen, Zeitschriften, Verlage und Presse Agenturen. Gegen sie wurde sogleich sehr viel Kritik ausgeübt, und so gab es über die nächsten zehn Jahre drei Revisionen. Dies zeigt, daß sie gar nicht richtig durchdacht war: ein unausgereifter Wein, wodurch einem schlecht wird.

Der Stand der Dinge heute ist, daß viele Zeitungen und Verlage ihre hauseigene Orthographie nach ihrem eigenen Gutdünken aufgestellt haben. Zusätzlich richten sie die Regeln entsprechend des Sachverhalts aus. Ein renomierte Autor eines Romans hat die Freiheit seinen Roman so zu schreiben, wie er es will, wogegen Sachbücher für Schulen nach der neuen Rechtschreibung gesetzt werden.
Das ist an sich keine schlechte Entwicklung. Wir haben daher viel mehr Freiheit als früher, was die Rechtschreibung anbelangt, da es keine einheitliche Richtung mehr gibt, die einen zu sehr beengt.
Für die Schulkinder entwickelte sich dadurch, nach anfänglichen Schwierigkeiten und Verwirrung, auch mehr Freiheit. Es wird heute mehr auf die Begabung geachtet, anstatt daß das Kind die Rechtschreibung in- und auswendig beherrschen muß.

Und nun folgt ein Auszug aus meinem Buch „Die Reaktionen und die LM-Potenzen", warum das Buch in der alten Rechtschreibung erscheint:

„Wir wollen ein Zeichen setzen, zum Überlegen anstoßen und eine positive und heilsame Gegenkraft gegen die rasend schnell wachsende zerstörerische Tendenz auf unserer Erde positionieren.

Was hat die neue Rechtschreibung Positives bewirkt? Sie soll eine Vereinfachung sein. Sie soll uns die Sprache leichter machen. Schnell, einfach, gerade. Denn wir haben keine Zeit.

Oh Muße, wo bist du geblieben? Oh, das Schöne, wer hat dich so geschändet?
Ach, du sanfte Schönheit der Kunst, du bist geradegebogen worden. Achtlos wurden die wogenden Gefühle niedergetrampelt. Ach, du gelinde Linde, du standest einfach im Wege.

Die Sprache ändert sich, aber müssen wir deswegen ihre Schönheit zerstören? Wir können nicht wie Goethe oder Shakespeare schreiben, jedoch sollten wir Erhabenheit, kraftvollen Ausdruck und Präzision anstreben.

Ich bin aus Indien gekommen, um die Homöopathie in der Originalsprache zu studieren.
Was für eine schockierende Tatsache erlebe ich hier: Die Politiker in Deutschland können es wagen und schaffen es tatsächlich, die Sprache der Dichter und Denker zu verstümmeln, sie ihrer Kraft zu berauben!

Ähnliches passiert auch mit der Heilkunst. Die Schulmedizin will alles gerade haben, durch alle Störungen hindurch mit ihrer Keule, alles „Ungerade", alles „Kranke" mit ihren Instrumenten der Zerstörung beseitigen.
Griffe diese Handlungsweise auf die Homöopathie über, bliebe uns deren leere Hülle.

Wir haben in uns die Macht, nicht nur die Homöopathie in die ursprüngliche Erhabenheit zurückzubringen, sondern auch die Kunst und die Sprache.
Schützen wir die Gefühle, die Empfindungen, das Herz, das uns die Schönheit des Lebens beschert. Schützen wir das Weibliche in uns, das uns den Sinn und die Freude des Lebens schenkt. Schützen wir das Männliche in uns, das uns die Klarheit und die Zielgerichtetheit gibt."

Die Lehre der Heilkräfte – Miasmen
Aufbruch ins Bewußtsein
Die sieben Ursachen aller Krankheiten und ihre Auflösung

von Ravi Roy

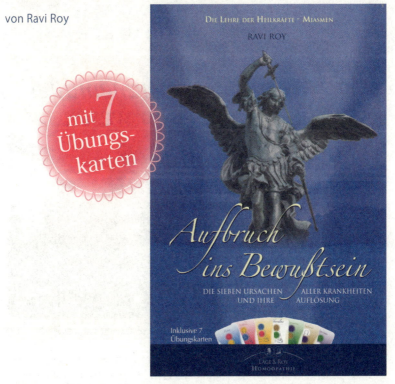

mit 7 Übungskarten

Das Verständnis der Miasmen – der Grundursachen unseres Leidens – ist der Schlüssel zum Glück. Verpackt in spannenden Erzählungen werden Ihnen die geistigen Hintergründe verständlich und bildhaft gemacht. Die kontemplativen Übungen mit dem Einsatz von Farben, Musik und Anrufungen (inklusive Übungskarten) sind hervorragende Hilfsmittel, um uns dauerhaft von den Miasmen zu befreien und unser Leben zu bereichern. Für alle Menschen auf der Suche nach sich selbst stellt dieses Buch – aus der Reihe „Die Lehre der Heilkräfte" – eine tiefgehende Selbstfindungshilfe dar, für Therapeuten ist es ein unverzichtbares Grundlagenwerk für die tägliche Arbeit in der Praxis.

184 Seiten, gebunden, mit 7 farbigen Übungskarten
1. Auflage Juli 2009
ISBN 978-3-929108-21-7
Bestellshop: www.shop.lage-roy.de

Arzneimittellehre
Homöopathische Märchen

von Ravi Roy

Das Wesen
der zehn wichtigsten
Konstitutionsmittel

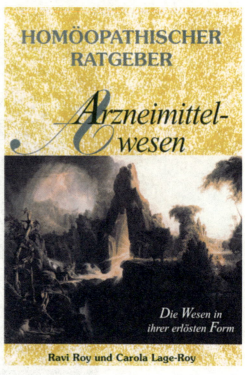

Ravi Roy wirft ein ganz neues Licht auf die homöopathische Arzneimittellehre! Er beschreibt in wunderschönen Märchen den Fall der einzelnen Individuen aus dem paradiesischen Zustand der Einheit in Getrenntheit und damit auch in Krankheit. Durch die positive Darstellung der Arzneimittel fällt es dem Leser leichter sich mit den homöopathischen Mitteln zu identifizieren und das richtige Mittel für sich oder Andere zu finden. Die Symptomenkomplexe und Charakteristika der Mittel geben die Wirkung übersichtlich wieder.

Dieses Buch ist auch für Kinder und Jugendliche geeignet – zum Lesen oder Vorlesen.

Aus dem Inhalt: Sulfur, Calcium carbonicum, Lycopodium, Nux vomica, Aconit, Belladonna, Pulsatilla, Silicea, Arsen und Natrium muriaticum werden vorgestellt.

160 Seiten, 3. Auflage 2015
ISBN 978-3-929108-24-8
Bestellshop: www.shop.lage-roy.de